STEFANIE H. MARTIN

Die Liebenden von Bloomsbury

VIRGINIA UND DIE NEUE ZEIT

atb aufbau taschenbuch

STEFANIE H. MARTIN

Die Liebenden von Bloomsbury

VIRGINIA UND DIE NEUE ZEIT

Roman

aufbau taschenbuch

MIX
Papier aus verantwortungsvollen Quellen
FSC® C083411
FSC
www.fsc.org

ISBN 978-3-7466-3904-8

Aufbau Taschenbuch ist eine Marke
der Aufbau Verlage GmbH & Co. KG

1. Auflage 2022

Satz Greiner & Reichel, Köln
Druck und Binden CPI books GmbH, Leck, Germany
Printed in Germany

www.aufbau-verlage.de

»It is perhaps as difficult
to write a good life
as to live one.«

»Es ist vermutlich genauso schwer,
ein Leben gut zu erzählen,
wie ein gutes Leben zu führen.«

Lytton Strachey, Eminent Victorians, 1918

Mit der Macht der Worte

Es sind die dunklen Tage, die Raum für Licht geben.

An diese Worte ihrer Mutter erinnerte sich Virginia genau, auch wenn der Rest von ihr wie hinter einer wehenden Gardine verborgen blieb. Ihr Porträt im Salon zeigte eine Frau von großer Schönheit, die Virginia nicht mit den Umrissen hinter dem Gazestoff in Verbindung bringen konnte.

Der Tag, an dem ihre Mutter für immer verschwunden war, lag neun Jahre zurück, doch das Licht, von dem sie gesprochen hatte, war ausgeblieben. Die Räume im Haus am Hyde Park Gate hatten sich noch mehr verfinstert, als zwei Jahre später Stella gestorben war, Virginias große Schwester, durch die zumindest etwas Licht auf sie hatte scheinen können, weil Stella selbst wie eine Mutter gewesen war. Und bald würde nun der Vater folgen.

Wenn sich die Gardine nur beiseiteziehen ließe, dachte Virginia oft, wenn sie nur noch einmal einen klaren Blick auf ihre Mutter erhaschen könnte, dann würde das Licht auch ihr Inneres fluten. Aber je mehr sie versuchte, den irritierenden Stoff zu lüften, desto mehr schien sich das Gewebe zu verdichten, und sie hatte zunehmend das Gefühl, die freie Sicht auf das zu verlieren, was im Jetzt geschah.

Vielleicht, hoffte sie, gäbe es Worte mit der Macht einer Zauberformel, die dieses Wunder bewerkstelligen konnten. Die ihr den Blick freigeben würden auf die Wahrhaftigkeit dessen, was gewesen war. Was immer noch war. Und was sein würde.

1. Kapitel

London, 31. Dezember 1903

Es war seit Tagen nicht richtig hell geworden. Die Wolken hingen so tief über den Häusern, dass Virginia manchmal dachte, sie müsse sie greifen können, wenn sie sich aus dem Fenster in ihrem Zimmer lehnte. Die kleine Lampe auf ihrem Schreibpult brannte unablässig. Sie war seit fast einer Woche nicht mehr draußen gewesen, hatte sich mit einer abgegriffenen Aischylos-Ausgabe ihres Bruders in ihr Zimmer verkrochen und übersetzte die leuchtenden, bilderreichen Verse des griechischen Dichters, um der Düsternis, die sich wieder einmal über das Haus der Familie Stephen gesenkt hatte, zu entgehen. Es gelang ihr jedoch nur halb, denn immer wieder störten Besucher, die ihren Vater ein letztes Mal sehen wollten, ihre konzentrierte Einsamkeit und erinnerten sie daran, was ihre eigentliche Aufgabe als Tochter des sterbenden Leslie Stephen wäre: ihm in seinen letzten Stunden so gut wie möglich beizustehen. Aber dem Tod schon wieder so nahe zu sein, ertrug sie nicht.

So war der Ausflug, den Vanessa für heute Nachmittag vorgeschlagen hatte, eine willkommene Abwechslung. Ihre Schwester hatte nicht einmal gesagt, wo sie hinwolle, aber es war Virginia gleich. Allein die Tatsache, ein paar Stunden ganz allein mit ihr verbringen zu können, ließ den Tag ein wenig heller erscheinen.

Vanessa hatte eine Droschke rufen lassen. »Bringen Sie uns nach Bloomsbury, bitte!«, rief sie zu dem Droschkenfahrer hinauf, der sie mürrisch anstarrte. Zum Glück war es eine geschlossene Kabine, so dass sie gegen den einsetzenden eisigen Regen geschützt waren.

»Bloomsbury?«, fragte Virginia und bestieg die Kutsche hinter Vanessa. »Warum Bloomsbury?«

»Ich möchte mir die Gegend genauer ansehen. Die Häuser dort sollen sehr günstig sein.«

Darum ging es also. Seit die Ärzte festgestellt hatten, dass im Bauch des Vaters ein Geschwür wuchs und der Tod unausweichlich war, sprach Vanessa davon, das große Elternhaus am Hyde Park Gate verkaufen zu wollen. Virginia indes verbat sich, ihre Gedanken in die Zukunft zu richten, als hieße das, dem Tod die Tür zu öffnen und dazu einzuladen, den letzten Rest vertrauten Lebens zu stehlen.

Die Droschke hielt unmittelbar vor dem Gebäude der Slade School of Fine Art, der Fakultät der Künste des University College London. Inzwischen hatte der Regen nachgelassen, hier und da schien sogar ein Sonnenstrahl die Wolkendecke durchdringen zu wollen.

Einige junge Frauen in ihrem Alter gingen gerade unter lautem Gelächter auf das Gebäude der Slade zu, unter dem Arm großformatige Mappen und tragbare Staffeleien. Kurz darauf gesellten sich zwei Männer zu dem Grüppchen, leger gekleidet und mit ähnlichen Mappen. Sie begrüßten einander zwanglos und verschwanden gemeinsam durch das Haupttor im Inneren der Kunstschule. Von Vanessa wusste Virginia, dass an der Slade Frauen und Männer gemeinsam studieren durften, die einzige Einrichtung in ganz England, wo dies möglich war.

»Wenn es an der Slade geht, warum dann nicht auch anderswo? Vielleicht nicht unbedingt in Cambridge, aber wenigstens hier in London!«, sagte Virginia, während sie zu den trotz der frühen Nachmittagsstunde hell erleuchteten Fenstern des Gebäudes hinaufsah.

»Warum eigentlich nicht auch in Cambridge?«, fragte Vanessa.

Virginia schürzte die Lippen. »Es gibt dort bereits Girton und Newnham«, sagte sie. Das waren beides reine Frauen-Colleges, an denen Frauen zwar studieren konnten, jedoch noch keine akademischen Titel verliehen bekamen. »Aber dennoch, ich finde, es sollte kein Unterschied gemacht werden zwischen Frauen und Männern, sofern sie die Eignung zu einem Studium besitzen.«

Vanessa lachte freudlos. »Sag das nicht zu laut, sonst erklärt man dich noch für verrückt.«

»Verrückt kann man werden, wenn man lernen will und es nicht darf. Und immer allein im Zimmer sitzt mit den Büchern«, sagte Virginia. »Bei euch Künstlern ist es besser. Du darfst immerhin an der Royal Academy lernen.« Vanessa hatte ein Stipendium für ein Kunststudium erhalten, was bei Virginia Bewunderung, aber auch Neid hervorrief.

»Ich weiß schon gar nicht mehr, wann ich das letzte Mal dort war«, sagte Vanessa. »Unentwegt muss ich mich mit den Haushaltsbüchern herumschlagen, während du Zeit für deine Bücher hast.«

Gern hätte Virginia widersprochen und ihr vorgehalten, dass Vanessa ihre Ausbildung bald würde fortsetzen können, während sie selbst niemals die Chance auf ein Studium bekäme, so wie sie auch nie eine Schule besucht hatte. Dieses Privileg war immer nur den Brüdern vorbehalten gewesen. Aber die Schwester sah erschöpft aus, und Virginia wollte nicht mit ihr darüber streiten, wer von ihnen das härtere Los zu tragen hatte.

Vanessa hatte nach dem Tod ihrer Halbschwester Stella mit nur achtzehn Jahren – trotz einer ausgeprägten Zahlenschwäche – die Führung der Haushaltsbücher übernehmen müssen, wie auch alle anderen häuslichen Pflichten, deren Stella sich nach dem Tod der Mutter angenommen hatte – und das waren zahlreiche. Der Haushalt der Stephens war groß, und das vielköpfige Personal musste angeleitet, die Gäste bewirtet und natürlich die aufwendige Pflege des Vaters organisiert werden. Dazu kamen die verhassten Bälle, zu denen der älteste Stiefbruder George sie und auch Virginia immer wieder ausführte, um sie den Gepflogenheiten entsprechend in die Gesellschaft einzuführen. Immerhin diese Termine waren seit der schweren Erkrankung des Vaters seltener geworden.

Sie machten kehrt und wanderten Richtung Tottenham Court Road. Zu dieser Stunde herrschte in diesem Teil Bloomsburys eine hektische Betriebsamkeit. Droschken und Pferdekarren rumpelten über das Pflaster, Dienstboten drängelten sich durch die Menge der zahlreichen Passanten, als hinge ihr Leben von der Erledigung ihrer Aufträge ab, und ab und zu knatterte ein Automobil mitten durch eine der unzähligen Pfützen.

Virginia betrachtete die mehrstöckigen Gebäude des Viertels, die so viel einfacher und ärmlicher aussahen als die

Stadtvillen in Kensington. »Und warum muss es ausgerechnet Bloomsbury sein? Ich finde, das wirkt hier alles entsetzlich schäbig!«

»Mir gefällt es«, entgegnete Vanessa und ließ den Blick über einen schmalen zweistöckigen Ziegelsteinbau gleiten, der sich zwischen den beiden Nachbarhäusern zusammenzukauern schien. Im untersten Fenster hing ein Schild: *Zu vermieten.*

»Das hier wäre vermutlich zu klein«, sagte sie, zückte aber dennoch ihr Notizbuch, um sich die Adresse zu notieren.

»Wir könnten doch auch in Kensington bleiben«, fand Virginia. »Es hat viel mehr Charme. Außerdem kennen wir hier *niemanden.*«

»Eben«, sagte Vanessa nur.

Sie wandten sich Richtung Süden und kamen zum Bedford Square. »Ich glaube …«, Virginia wies unauffällig in Richtung einer Gruppe junger Männer, die rauchend an einer Straßenecke standen und sie verstohlen musterten, »… mir gefallen die Leute hier nicht.«

»Du bist so ein Snob.« Vanessa bedachte sie mit einem Kopfschütteln. »Hier leben viele Künstler. Es ist vielleicht nicht so *à la mode* wie Kensington, dafür aber ist es …« Sie ließ den Rest des Satzes bedeutungsschwanger in der feuchtkalten Luft hängen.

»Dafür ist es – was?«

Vanessa sog die kalte Luft ein. »Man kann hier freier atmen, findest du nicht?«

Virginia tat probehalber ebenfalls einen tiefen Atemzug. »Nein.« Sie zeigte auf ein offen stehendes Fenster direkt über sich. »Es riecht nach ranzigem Öl.«

Zum ersten Mal seit langer Zeit lachte Vanessa. »Du bist bockig.«

»Ziegenböcke sind so.«

Die Schwestern nannten einander oft bei ihren Spitznamen aus der Kindheit. Virginia war die Ziege oder der Ziegenbock und Vanessa der Delfin.

Sie versetzte Virginia einen Stoß in die Seite und hakte sich bei ihr ein.

»Komm, Böcklein, sei nicht so mürrisch!«

Sie wies auf ein dreistöckiges Haus mit hohen Fenstern und weißen Verzierungen unter dem Dachfirst.

»Sieh mal, das ist doch hübsch. Steht ebenfalls zur Vermietung.« Sie kritzelte schon wieder in ihrem Notizbuch herum und zog dann Virginia mit sich, ohne deren Antwort abzuwarten.

»George wird niemals nach Bloomsbury ziehen«, sagte Virginia und entzog Vanessa ihren Arm. »Du kannst dir die Mühe sparen, diese Leute zu kontaktieren.« Sie wies auf Vanessas Notizbuch.

»Nein. Natürlich wird er das nicht«, entgegnete Vanessa und lächelte.

Virginia blieb abrupt stehen. »Soll das etwa heißen …?«

Vanessa warf einen raschen Blick über die Schulter, als fürchtete sie, der älteste Stiefbruder könnte plötzlich aus dem Nichts auftauchen und ihr Gespräch belauschen. »Ich will nicht mehr mit George unter einem Dach leben. Auch mit Gerald nicht, aber vor allem nicht mit George.« Sie sah Virginia vielsagend an.

Die wich ihrem Blick aus. »Mir ist kalt«, sagte sie. »Gehen wir weiter.«

Sie kamen zum Gordon Square, der ganz in der Nähe der Slade lag, wo sie ihren Ausflug begonnen hatten. Ein großzügiger Platz mit dreistöckigen Wohnhäusern, die rings um einen kleinen Park angeordnet waren. Hier ging es etwas beschaulicher zu als in den überfüllten Straßen. Auch die Häuser wirkten freundlicher als die, die sie bisher gesehen hatten. Sie umrundeten den Platz, fanden jedoch nirgends einen Hinweis, dass eines der Häuser zur Vermietung oder zum Verkauf stünde.

»Hier könnte ich es mir vorstellen zu leben«, gab Virginia widerstrebend zu. »Ein Haus nur für dich, mich, Adrian und Thoby. Ohne Duckworth-Brüder.« Sie lächelte. »Das klingt … überlegenswert.«

»Das klingt paradiesisch.« Der Widerschein des aufklarenden Himmels ließ Vanessas Augen für einen Moment aufleuchten.

Kurz glaubte Virginia, eine unsichtbare Tür habe sich geöffnet und ein warmer Wind, wie eine Meeresbrise, wehe durch die Straße. Eine Sinnestäuschung gewiss, aber sie war plötzlich voller Eifer. »Und du bekommst ein Atelier und ich eine eigene Schreibstube«, sagte sie. »Ich werde Romane schreiben, und du malst Bilder, die in Ausstellungen gezeigt werden, und wir müssen niemandem den Tee servieren und keine geistlosen Gespräche mehr führen.«

»Siehst du!«, sagte Vanessa. »Genau das meine ich. In Kensington wäre all das nicht möglich.«

»Nein. Wahrscheinlich nicht.« Virginia sog ein weiteres Mal die Luft ein, aber diesmal mischte sich eine Spur von Urin in den Geruch von feuchtem Stein und Regen. Sie rümpfte die Nase.

Gerade wollte sie hinzufügen, dass es vielleicht doch nicht *unbedingt* Bloomsbury sein müsse, da sagte Vanessa: »Wir behalten die Lage im Blick«, notierte sich *Gordon Square* mit einem dicken Ausrufezeichen versehen in ihrem Notizbuch und ließ es in ihre Manteltasche gleiten. »Aber noch ist Vater nicht tot«, setzte sie hinzu und hob den Arm, um eine nahende Droschke heranzuwinken.

»Das klingt, als könntest du es kaum erwarten, dass er endlich stirbt.«

Nur Vanessas leicht hochgezogene linke Braue verriet Virginia, dass ihre Schwester den Kommentar überhaupt gehört hatte.

London, Hyde Park Gate, 23. Februar 1904

»Heilige Maria Mutter Gottes, möge der Herr seiner Seele gnädig sein und ihn aufnehmen in seiner unendlichen Güte.«

Es war eine wohlbekannte Stimme, die die Stille im Haus am Hyde Park Gate durchschnitt. Nur Sekunden später wurden die Schiebetüren zum Salon aufgezogen, und Cousine Rosamond schob sich herein, voll ausstaffiert mit Trauerschleier, Kreppkragen und Krinoline, dicht gefolgt von ihrer Schwester Dorothea in schlichtem, hochgeschlossenem Schwarz, mit streng zurückgekämmtem Haar und schwarzer Haube.

»Das wird er, meine Liebe, das wird er!«, deklamierte Dorothea, während ihr Blick vom prasselnden Kaminfeuer zum bereits aufgetischten Teegebäck huschte. Erst dann wandte sie sich Virginia und deren beiden Brüdern Adrian und Thoby zu, die sich am Kaminfeuer zusammendrängten, als könnten sie auf diese Weise dem zu erwartenden Beileidsschauer der Cousinen trotzen. Nur George, der in einem Sessel abseits in der Dämmerung saß, erhob sich, um die Nichten des Verstorbenen zu begrüßen. Vanessa hatte mit dem Läuten der Türglocke fluchtartig den Salon verlassen, um sich vor dem unablässigen Strom von Nachbarn und Verwandten in Sicherheit zu bringen, der das Haus am Hyde Park Gate 22 seit Leslie Stephens Ableben am gestrigen Vormittag flutete.

»Dorothea, Rosamond, danke, dass ihr gekommen seid«, sagte George und verneigte sich. Rosamond segelte jedoch gleich mit ausgebreiteten Armen auf Virginia zu.

»Mein armes Vögelchen!«, rief sie. »Schon wieder ein solch schwerer Verlust! Erst eure Mutter, dann Stella und nun noch …« Ihre Worte gingen in heftiges Schluchzen über.

Virginia, eingezwängt zwischen Rosamonds Brust und der Sessellehne, schloss die Augen und hielt die Luft an, um den Geruch von Mottenkugeln, der aus dem Trauerkleid der Cousine drang, nicht einatmen zu müssen. Zum Glück dauerte die Umarmung nur wenige Sekunden, dann schob sich Dorotheas rotwangiges Gesicht neben das ihrer Schwester.

»Ich hoffe, er hat seine Letzte Ölung erhalten?«

Streng blickte sie auf Virginia herab, als hätte es in ihrer Verantwortung gelegen, den agnostischen Vater in seinen letzten Stunden noch auf den rechten Weg zurückzubringen. Leslie Stephens Abkehr von der Kirche war ein seit Langem viel besprochenes Thema bei den streng religiösen Cousinen, und so lange Virginia denken konnte, waren sie eifrig darum bemüht gewesen, sie, Vanessa, Thoby und Adrian das gebotene Maß an Gottesfurcht zu lehren. Gelungen war es ihnen nicht.

»Ich nehme an, ihr wollt ihn noch ein letztes Mal sehen?«, fragte George.

Rosamond schlug die Hand vor den Mund, und Dorothea zückte ein Taschentuch, um ihre Augenwinkel zu betupfen. Beide nickten. Unter lautem Seufzen und Klagen ließen sie sich von George und Thoby aus dem Raum führen.

Schweigend blieb Virginia mit ihrem zwei Jahre jüngeren Bruder Adrian im Salon zurück. Dieser starrte reglos in die Flammen und schien das ganze Treiben kaum wahrzunehmen.

»Sie haben nur auf diesen Tag gewartet, um sich mit ihren grotesken Trauerkleidern hier breitmachen zu können«, unterbrach Virginia irgendwann das Schweigen. »Wie widerliche Käfer, die über einen Kadaver herfallen.«

Adrians Blick flackerte kurz zu ihr herüber, jedoch ohne ein Zeichen der Zustimmung.

»Ihre Nahrung ist die Trauer. Und die Kleider haben sie bestimmt schon bei Queen Victorias Begräbnis getragen.«

»Dann würden sie jetzt nicht mehr passen«, gab Adrian zu bedenken. Es waren die ersten Worte, die er seit Stunden gesprochen hatte.

»Stimmt. Wir füttern sie zu gut. Hast du gesehen, wie unverfroren Dorothea das Gebäck angestarrt hat?«

»Virginia!« George war unbemerkt zurückgekommen und hinter sie getreten, auf diese typische George-Art, bei der sich ihr die Nackenhaare aufstellten.

»Die Beerdigung ist erst morgen«, begehrte Virginia auf. »Warum müssen sie heute schon kommen?«

»Weil es sich so gehört. Und jetzt geh und such deine Schwester, es ist Zeit für den Tee. Tante Minna müsste jeden Moment eintreffen.«

Tante Minna war die fast achtzigjährige Tante von George und Gerald, Schwester ihres verstorbenen leiblichen Vaters, die nur wenige Häuser weiter allein mit ihrem Papagei und ihrem italienischen Diener lebte. Das gemeinsame Teetrinken mit ihr war eine der Streben des Korsetts der Wohlanständigkeit, das Virginia und Vanessa als die letzten verbliebenen weiblichen Mitglieder im Stephen-Haushalt zu tragen hatten.

Virginia fand Vanessa in ihrem Zimmer vor der Staffelei. Schatten lagen unter ihren Augen, ihre Schultern waren in tiefer Konzentration nach vorn gebeugt, der Kopf leicht geneigt, als suchte sie auf der Leinwand nach einem Schlupfloch, das es ihr erlauben könnte, in eine Welt ohne Trauerfeiern, Beileidsbriefe und Verwandtenbesuche zu entschwinden. Sie schien Virginias Eintreten gar nicht bemerkt zu haben, denn sie zuckte zusammen, als Virginia sie ansprach.

»Tante Minna kommt gleich.« Virginia betrachtete die Leinwand, auf der ihre Schwester zu zeichnen begonnen hatte. Nur wenige Linien, skizzenhaft angedeutet, waren auf dem Bild zu sehen. »Woran arbeitest du?«

»Wenn ich das wüsste.«

»Du weißt nicht, was es werden soll, wenn du ein Bild anfängst?«

»Normalerweise schon.«

»Warum hier nicht?«

Vanessa sah Virginia an, als wollte sie sagen: Ist das nicht offensichtlich? »Ich habe gestern begonnen, daran zu arbeiten«, sagte sie. »Gleich nachdem Vater …« Sie schloss die Augen, und Virginia glaubte schon, sie wolle nun doch ein paar Tränen wegblinzeln, aber dann sagte ihre Schwester mit einem tiefen Seufzer der Erleichterung: »Es ist vorbei. Endlich vorbei.«

Vanessa hatte sich im Hintergrund gehalten, während ihr Vater auf dem Bett mit dem Tod rang, ihre Miene unbeteiligt. Sie hatte sofort den Raum verlassen, als sie sicher sein konnte, dass es endgültig der letzte Atemzug gewesen war. Der eigentümlichen Stille, die danach eingetreten war, hatte Virginia ohne Vanessa standhalten müssen.

»Vanessa! Virginia!« George. Seine Ungeduld ließ das Haus erbeben.

»Oder doch nicht ganz vorbei«, sagte Vanessa und rollte mit den Augen. Sie straffte die Schultern und ging zur Tür. »Lass uns brav sein und ihnen unsere schönsten Trauergesichter zeigen.«

»Geh schon vor«, sagte Virginia. »Ich schaue, ob die Kerze in Vaters Zimmer noch brennt.«

»Sie brennt ganz sicher«, gab Vanessa zurück. »Und wenn nicht …« Sie hob die Schultern, um anzudeuten, wie unwichtig es war, ob im Zimmer eines Verstorbenen eine Kerze brannte oder nicht.

Mit ihren Worten lagerte sich eine weitere Schicht Sprachlosigkeit auf die unsichtbare Wand, die sich zwischen Virginia und ihrer Schwester aufbaute. Immer hatten sie über alles miteinander reden können, ihre Gefühle waren im Gleichklang gewesen. All die Jahre seit Stellas Tod war Vanessa ihre engste Freundin, Vertraute und sogar mütterliche Trösterin gewesen, doch auf einmal schien die Schwester sich von ihr zu entfernen – und Virginia blieb mit all ihrer Trauer und den ungesagten Worten allein zurück.

Unten im Salon hatten sich die untröstlichen Cousinen und Tante Minna um Tee und Gebäck versammelt.

»Wo steckt Virginia?«, fragte Tante Minna, während ihre beringte Hand zögernd über dem Teller mit dem Teegebäck schwebte, unentschlossen, ob sie einem zweiten mit Clotted Cream gefüllten Hörnchen oder einem Butterscone den Vorzug geben sollte.

Bevor Vanessa darauf antworten konnte, schob Cousine Rosamond ihren Teller ein Stückchen vor und sagte: »Minna, würdest du mir noch eins von diesen köstlichen Hörnchen reichen?«

»Es ist zu bedauerlich, dass ihr dieses wunderbare Haus hier aufgeben müsst«, ließ sich nun Cousine Dorothea vernehmen und nippte an ihrem Tee. Auch wenn sie dabei den kleinen Finger geziert abspreizte, wirkte die feine Porzellantasse in ihrer Hand wie ein vom Zerdrücken bedrohter Schmetterling.

»Solange die Mädchen unverheiratet sind, dürften es die Mittel kaum erlauben, ein solch großes Haus zu unterhalten.« Rosamond hatte immer eine Erklärung für alles.

»Mit wem gehen die Mädchen aus?« Tante Minna hatte sich inzwischen für das gefüllte Hörnchen entschieden und blickte – das Gebäck in Bissweite vor dem Mund – fragend in die Runde.

»Das Haus, es geht um das Haus!«, rief Dorothea.

»Welches Haus?«

»Na, dieses hier! Sie müssen es aufgeben!«

»Ah.« Die Tante rückte ihre Brille zurecht. »Aber in Kensington gibt es auch kleinere hübsche Häuser anzumieten. Vielleicht nicht in direkter Nachbarschaft, aber gerade gestern …«

»Wir bleiben nicht in Kensington«, warf Vanessa ein. Einen Moment herrschte Stille.

»Nicht in Kensington?« Tante Minna blinzelte verwirrt.

»Es wird Bloomsbury.« Virginia war unbemerkt in den Raum getreten. Ihre zierliche Gestalt hob sich dunkel vor dem Schein des Kaminfeuers ab.

Vanessa schüttelte warnend den Kopf.

»Bloomsbury!«, entfuhr es synchron den Kehlen der Cousinen, während Tante Minna sich schwerfällig zu Virginia umzudrehen versuchte, was bei der Steife ihrer Glieder eine gewisse Zeit in Anspruch nahm.

»In Bloomsbury gibt es unzählige große und günstige Häuser zu mieten und …«, ein boshaftes kleines Lächeln umspielte Virginias Lippen, als sie mit klarer, akzentuierter Stimme fortfuhr, »… die Slade befindet sich in unmittelbarer Nachbarschaft. Ihr wisst, was das ist, nehme ich an.«

»Zu spät?«, fragte Tante Minna verständnislos. »Was ist zu spät?«

Ohne den Blick von Vanessa zu lösen, kam Virginia zum Tisch, beugte sich zu Tante Minna hinunter und sagte direkt neben ihrem Ohr: »Die Slade, Tante Minna. Eine Kunstakademie. Dort kann Vanessa studieren.«

Dorothea verschluckte sich an ihrem Tee, und Rosamond

hüstelte aus Solidarität mit, während Tante Minna sich ein paar Schweißtropfen von der Stirn tupfte.

»Nun«, sagte sie dann. »Ein wenig Zeitvertreib und die Kenntnis der schönen Künste haben noch keiner jungen Dame geschadet. Ich hoffe allerdings, ihr werdet es mir nachsehen, dass ich den weiten Weg nach Bloomsbury kaum werde auf mich nehmen können.«

»Gewiss, Tante Minna«, sagte Vanessa. »Auch wenn wir das natürlich außerordentlich bedauern werden.«

Die alte Dame biss nun endlich herzhaft in ihr Hörnchen, und Virginia wandte sich angewidert ab.

»Obwohl Bloomsbury … nun, es ist … ich vermute, es wird nur vorübergehend sein, nicht wahr? Aus finanziellen Gründen?« Tante Minna nickte, wie um sich selbst zu bestätigen. »George wird schon dafür sorgen, dass ihr in den richtigen Kreisen verkehrt. Dann werden die Verehrer Schlange stehen.«

»Er tut das ja schon eine Weile, aber bislang …« Rosamond hob die Schultern und wandte die Handflächen himmelwärts.

Tante Minna zwinkerte ihr zu. »Zwei so hübsche junge Damen – das wird schon noch! Vanessa ist allerdings schon fünfundzwanzig, und Virginia …« Sie wandte sich erneut Virginia zu, die zurück an den Kamin geflüchtet war, und klopfte mit der Hand einladend auf den Stuhl neben sich. »Komm her, Liebes, setz dich doch zu mir. Iss etwas! Du bist so schrecklich dünn.«

»Danke, Tante Minna, aber ich habe keinen Hunger. Ihr entschuldigt mich bitte.« Sie stürzte aus dem Raum.

Tante Minna sah ihr nach und schüttelte den Kopf. »Sie

sollte nicht so viel lesen. Das ist schlecht für die Haltung. Ihr Rücken ist schon ganz krumm.«

»Der Kummer«, seufzte Rosamond. »Sie hat sehr an ihrem Vater gehangen. Wie wir alle, nicht wahr, Vanessa?« Die letzten drei Worte waren so laut gesprochen, dass selbst Tante Minna sie gut hören konnte.

»Selbstverständlich«, sagte Vanessa, ohne eine Miene zu verziehen.

Rosamond faltete die Hände vor der Brust. »Herr, sei seiner Seele gnädig. Wir werden für ihn beten.«

Und Cousine Dorothea setzte ein inbrünstiges »Amen« hinzu.

2. Kapitel

Manorbier, Pembrokeshire, März 1904

Nur wenige Wochen nach dem Tod ihres Vaters mietete George ein Haus in einem abgelegenen Küstenort von Wales. Manorbier lag im Schatten einer normannischen Burg, die sich an die schroffe Steilküste klammerte. Die wenigen Häuser des Ortes schienen sich zu ihren Füßen zusammenzukauern, und bis auf eine kleine Kirche auf einem Hügel gab es weit und breit nichts als Gras, Felsen und ein paar Schafe, die dem steten Wind trotzten.

George, Gerald, Adrian und Thoby gingen auf Rebhuhnjagd, und Vanessa brachte Stunden an ihrer Staffelei zu, um die dramatische Landschaft vor ihrer Haustür auf der Leinwand festzuhalten. Sie alle waren wie junge Hunde, die nach einer langen Zeit im Zwinger endlich wieder ins Freie gelassen wurden. Für Virginia jedoch war die plötzliche Freiheit nach den langen Jahren der Enge und Düsternis am Hyde Park Gate ein Schock. Bisweilen übermannte sie die Weite der Natur regelrecht, und sie zitterte ohne äußeren Anlass. Sie unternahm einsame Spaziergänge entlang der Küste, und der Blick auf das Meer und der Wind in ihrem Gesicht brachten ihrem aufgewühlten Inneren ein wenig Ruhe, auch wenn sie immer wieder fürchtete, jeden Moment könne sich eine Felsspalte vor ihr auftun und sie verschlingen.

Gemäß dem Wunsch ihres Vaters hatten sie seine Asche auf dem Grab der Mutter verstreut. Virginia stellte sich vor, wie der Regen die feinen Partikel in den Boden wusch, wo sie sich mit den verrotteten Resten dessen vermischten, was einmal ihre Mutter gewesen war, und daraus wieder neues Leben erwachsen konnte. Trost brachte ihr dieser Gedanke allerdings nicht.

Einige Male nahm sie etwas zu schreiben auf ihre Spaziergänge mit, legte sich an einer windgeschützten, trockenen Stelle auf den Boden und lauschte den Geräuschen, die sie umgaben. An windstillen Tagen war es, als könnte sie die Erde atmen hören. In diesen Momenten glaubte sie, verstehen zu können, was die Welt im Inneren zusammenhielt, und sie suchte nach den Worten, um dieses Gefühl der Erkenntnis zu beschreiben.

Den Rücken in eine felsige Nische oberhalb der steil abfallenden Küste gepresst, die Beine angezogen und den Blick auf das Meer gerichtet, begann sie zu verstehen, was sie eigentlich schreiben wollte. *Wie* sie schreiben wollte. Es musste möglich sein, eine Sprache zu finden, die ihre eigene wäre, eine Sprache, die wie das Auf und Ab der Wellen klang, die diesem Atmen der Erde, wie sie es manchmal zu hören meinte, entsprach. Eine Sprache, die nicht nur abbildete, was sie sah und was in der äußeren Welt geschah, sondern die den tiefen Zusammenhang zwischen dem Geist des Einzelnen und dem großen Ganzen spürbar werden ließ. Oft glaubte sie, in den versteckten Nischen ihres Geistes wartete die Geschichte einer Frau darauf, dass sie sie entdecken und in Worte kleiden würde. Diese Frau könnte sie eine Reise zu den unberechenbaren Wogen des Lebens antreten lassen, mit einer Sprache, die den Klang dieser Wogen nachbilden würde.

Sie hatte viele Bücher mitgebracht, Bücher, die sie in den vergangenen Monaten beiseitegelegt hatte, weil sie keine Muße fand. Nun blätterte sie durch die Seiten, las Shakespeare, Dante, Plato, Euripides und hatte das Gefühl, dass sich ihre Fähigkeit, zu denken und Zusammenhänge zu verstehen, mit jedem Wort, das sie von diesen großen Männern las, erweitere. Im Lesen und im Schreiben, so glaubte sie, trete sie in Kontakt mit dem alles verbindenden Geist, der auch einen Plato oder Shakespeare erfüllt haben mochte. Und dass der Geist, den sie in der Erde atmen hörte, derselbe war, den auch ein Plato wahrgenommen und mit seinen klaren, schönen Worten zum Ausdruck hatte bringen können. Sie musste nur die richtigen Worte finden, um selbst ein schöpferischer Teil dieses Ganzen zu werden.

Wenn jedoch die Düsternis sie wieder überkam, schämte sie sich dieser Gedanken. Wie konnte sie als Frau es wagen, in geistige Welten eindringen zu wollen, die nur von Männern geschaffen worden und ganz gewiss nicht für sie bestimmt waren! Sie hatte nie eine Schule besucht, würde niemals eine Universität von innen kennenlernen. Ihr Drang nach geistiger Entwicklung war anmaßend, und so ließ sie die Ehrfurcht vor den Geistesgrößen, deren Texte sie las, zusammenschrumpeln wie eine gerade erst sich entfaltende Blüte in der glühenden Mittagssonne.

Sie führte Gespräche. Aber nicht mit Vanessa, die doch immer ihre erste Ansprechpartnerin gewesen war, und schon gar nicht mit ihren Brüdern, die ohnehin niemals verstanden hätten, was sie bewegte. Ihre Geschwister schienen auf einer helleren Seite des Lebens angekommen zu sein. Über den Vater, seinen Tod und das, was sie zurückgelassen hatten, sprachen sie nicht. Sie redeten über Rebhühner und seltene Schmetterlinge, über köstliches Gebäck und eigenartige Käfer, die es nur hier zu geben schien. Meist hörte Virginia auch gar nicht zu, wenn die Geschwister bei Tisch über Nichtigkeiten diskutierten. Sie saß schweigend da und nickte an Stellen, die ihr dafür passend erschienen, ohne jedoch zu wissen, ob es wirklich so war.

Stattdessen führte sie Gespräche mit ihrem Vater. Im Geiste versuchte sie, ihm zu erklären, was sie entdeckt hatte. Dass sie glaubte, eine eigene Sprache finden zu müssen, für eine Literatur, die sich grundsätzlich von der seinen und all der anderen Schriftsteller vor ihm unterschied.

»Was für ein Unsinn«, sagte er dann. »Die Sprache ist ein Regelwerk, dem wir alle unterliegen, das wir nicht missachten können, wenn wir einander verstehen wollen.«

»Aber«, so antwortete sie ihm im Geiste, »diese Regeln sind von Männern gemacht. Sollen sie für uns Frauen in gleicher Weise gelten? Wo doch so viele Dinge für uns nicht gelten, die für Männer selbstverständlich sind?«

»Du willst schreiben?«, fragte er dann. »Nun, schreib. Aber bilde dir nicht ein, dass das, was du dir in deinem schwachen weiblichen Geiste ausdenkst, von Bedeutung sein wird.«

»Könnte es nicht sein«, entgegnete sie, »dass mein schwacher weiblicher Geist, wie du ihn nennst, so viel stärker werden könnte, wenn er nicht aufs Gebären und Versorgen reduziert würde, sondern sich an Universitäten mit euch klugen Männern austauschen dürfte? Wenn er nicht eingesperrt und verlacht, sondern geachtet und gefördert würde?«

»Ich habe dir immer Bücher zum Lesen gegeben«, verteidigte sich ihr Vater. »Du darfst dich nicht beschweren.«

»Mehr wäre möglich gewesen«, war ihre Antwort darauf. Sie warf ihm vor, dass sich alles immer nur um ihn und seine Arbeit als Biograph gedreht habe, dass er dem Leben bedeutender Männer so viel mehr Aufmerksamkeit und Zeit gewidmet habe als ihr und ihrem Wunsch, selbst Schriftstellerin zu werden. Aber sie bat ihn auch um Verzeihung, ihn in den letzten Jahren seines Lebens alleingelassen zu haben mit seiner alles verzehrenden Trauer um ihre Mutter. Wie viel näher hätten sie einander kommen können, wenn diese Gespräche, die sie nun im Geist mit ihm führte, tatsächlich stattgefunden hätten. Nun war es zu spät und das Versäumte nie mehr nachzuholen.

»Denkst du noch manchmal an ihn?«, fragte sie einmal Vanessa, als sie gemeinsam mit Vanessas Staffelei loszogen, um eine besonders schöne Stelle aufzusuchen. Virginia hatte einige Tage zuvor einen Felsvorsprung entdeckt, von dem aus man die gesamte Küste überblicken konnte. Im spätnachmittäglichen Dunst erinnerte der Landstrich an die steingewordenen Falten einer ins Meer sinkenden Abendrobe.

»Wenig«, sagte Vanessa. »Und wenn …« Sie zog entschuldigend die Schultern hoch.

»Wenn?«, fragte Virginia.

Die Schwester sah sie nicht an, als sie nach einer ganzen Weile antwortete: »Wenn, dann mit Erleichterung.«

Nach all dem, was Vanessa in den letzten Monaten hatte leisten, hatte ertragen müssen, war die Antwort zu erwarten gewesen; ihre Körperhaltung, die Zufriedenheit, die sich in ihrer Miene spiegelte, und ihr wiederkehrendes fröhliches Lachen sprachen für sich, und doch rückten die Worte ihre Schwester ein weiteres Stückchen von ihr weg, hinaus in die Helligkeit, wo sie mit ihren Brüdern ihre neu gewonnene Freiheit feierte, während Virginia im Schatten zurückblieb. Es wäre der richtige Moment gewesen, um von ihrer eigenen Freudlosigkeit zu erzählen, dem Gefühl, so viel Wichtiges mit ihrem Vater versäumt zu haben. Und auch von den Gedanken um ihr Schreiben, aber all das schien sich in einem undurchdringlichen Nebel zu verlieren, wenn sie es zu formulieren versuchte. So nickte sie nur. »Es ist ja auch so schön hier«, sagte sie. »Wer will da an Trauriges denken.«

»Eben«, sagte Vanessa.

Es *war* schön, aber über die Wochen wurde die Abgeschiedenheit des Ortes den Geschwistern langweilig.

»Ich würde gern nach Venedig reisen«, sagte Gerald.

»Und Florenz. Wir müssen unbedingt auch nach Florenz. Ich muss die Uffizien sehen«, fiel Vanessa ein.

»Was ist mit Paris?«, fragte Thoby. »Mein Freund Clive Bell lebt zurzeit dort, und …«, er sah Vanessa bedeutungsvoll an, »er könnte dich dort in die Kunstszene einführen. Soweit ich weiß, hat er einige sehr interessante Bekanntschaften gemacht.«

Vanessa war begeistert. Virginia weniger. Noch vor einem Jahr wäre sie mit der Aussicht auf ausgedehnte Reisen aus dem Häuschen geraten, jetzt aber hatte sie nur ein Bedürfnis: sich auf den nackten Fels oberhalb eines sehr steilen Kliffs zu legen, dem Rauschen der Wellen und des Windes zu lauschen und die Erde »atmen« zu hören.

Nur das. Und sonst nichts.

Paris, Mai 1904

Für Thobys Studienfreund Clive Bell gab es keinen schöneren Ort der Welt als Paris, auch wenn er außer London und Wiltshire, wo er herkam, noch nicht allzu viele Orte kannte. Seit Januar hielt er sich in der Stadt auf, um an seiner Dissertation zu arbeiten. Das zumindest war der offizielle Grund, den auch sein Vater für ehrenwert genug erachtete, um seinen langen Aufenthalt hier zu finanzieren. Sehr viel mehr als die Bibliotheken mit ihren staubigen Büchern reizten Clive jedoch die Bars und Cafés rund um den Montmartre, in denen zahlreiche der meist mittellosen Künstler der Stadt anzutreffen waren. Er hatte bereits Bekanntschaft mit einigen von ihnen gemacht und seine Leidenschaft für die schönen Künste entdeckt.

Clive war Virginia und Vanessa Stephen erst ein einziges Mal begegnet, hatte diesen denkwürdigen Moment aber noch lebhaft in Erinnerung. Damals hatten die Schwestern ihrem Bruder Thoby – Clives ehemaligem Zimmergenossen in Cambridge – einen Besuch abgestattet. Er hatte nur einen kurzen Blick auf diese beiden wunderschönen Wesen in ihren weißen Sommerkleidern erhaschen können, aber in diesen wenigen Minuten hatte er sich in sie verliebt. Genau wie alle anderen jungen Männer, die Zeuge der Szene wurden –

ja sogar diejenigen, die sich üblicherweise *nicht* in erster Linie in junge Damen zu verlieben pflegten, und davon gab es am Trinity viele.

Clive gehörte eindeutig zu den jungen Männern, die sich *ausschließlich* und mit stürmischem Herzen in junge Damen verliebten. Und so hatte Thobys Ankündigung, dass seine Schwestern einige Tage in Paris weilen und auf Clive als Fremdenführer zählen würden, bei ihm für höchste Nervosität gesorgt.

An diesem sonnigen Maitag sollte Clive die bezaubernden Schwestern auf ausdrücklichen Wunsch Vanessas in den *Salon des Indépendants* begleiten – die alljährliche Frühjahrsausstellung avantgardistischer Künstler in Paris. Er wusste, dass Vanessa selbst eine ambitionierte Malerin war, und das machte ihn umso nervöser.

Er musste eine ganze Weile im Foyer des Hotels auf die beiden Damen warten. Als sie dann endlich die Treppe herunterkamen, richteten sich nicht nur Clives Augen auf sie. Beide trugen sie Sommerkleider, die dunklen Haare waren hochgesteckt, und die Art und Weise, wie sie vor ihn traten, die Hände in distinguierter Zurückhaltung vor dem Körper gefaltet, war so durch und durch britisch, dass Clive fast Heimweh befiel. So entzückend die Pariserinnen sein mochten, an die Grazie dieser beiden Damen reichte keine von ihnen heran. Er verneigte sich tief und stammelte ein paar unzusammenhängende Worte, die von der Größeren der beiden, Vanessa, mit einem amüsierten Blick aus ihren kühlen blaugrauen Augen bedacht wurden. Im Gegensatz zu ihrer zartgliedrigen Schwester erschien ihm Vanessa mit ihren weiblichen Kurven fast einschüchternd. Nun reichte sie ihm die Hand und sagte mit überraschend dunkler Stimme: »Wir entschuldigen uns für die Verspätung. Ich hoffe, Sie mussten nicht allzu lange warten?«

Clive hatte sich inzwischen gefasst. »Auf manches lohnt es sich, *sehr* lange zu warten«, sagte er und hauchte einen Kuss auf den ihm dargebotenen Handrücken. »Miss Vanessa Stephen, nehme ich an?« Dabei sah er ihr in die Augen.

»Sie sagen es«, erwiderte sie errötend und senkte den Blick. Aha. Ganz so selbstsicher war sie also doch nicht.

Er wandte sich Virginia zu, die sie aufmerksam zu beobachten schien. Ihre linke Augenbraue hob sich ein wenig skeptisch, als hielte sie Clive für unwürdig, ihre Schwester so unverhohlen betrachten zu dürfen. Dann zeichnete sich auf ihren Lippen ein spöttisches Lächeln ab, und auch sie bot ihm die Hand dar.

»Miss Stephen. Ich bin hocherfreut, Sie kennenzulernen.«

»Virginia! Nennen Sie uns doch bitte beim Vornamen, lieber Mister Bell, sonst können meine Schwester und ich uns am Ende selbst nicht mehr auseinanderhalten.« In ihren Augen blitzte es schalkhaft, und Clive konnte sich des Eindrucks nicht erwehren, dass sie ihm mehr sagen wollte, als die Worte es vermuten ließen. Er kam aber nicht dahinter, was das sein sollte.

»Sehr gern«, sagte er und verbarg seine Verwirrung hinter einer erneuten Verbeugung. »Wollen wir uns auf den Weg machen? Wir starten unseren Rundgang im Grand Palais. Dort erwartet uns ein Freund von mir, Gerald Kelly; kennen Sie ihn vielleicht, Miss Ste… äh … Miss …?«

»Vanessa, lieber Mister Bell, mein Name ist Vanessa«, sagte

die kühle Schöne mit dieser sinnlichen Stimmfarbe, die Clives Inneres in Aufruhr brachte. »Und, nein, ich kenne keinen Gerald Kelly. Wer ist er?«

»Ganz wie Sie wünschen. Miss Vanessa also. Kelly ist ein Freund aus Cambridge-Tagen. Er ist selbst Maler, wie Sie, und stellt einige seiner Porträts im Salon aus. Wichtiger aber ...« Clive hielt inne, um in den Genuss zu kommen, die Blicke beider Damen auf sich ruhen zu sehen.

»Nun, Mister Bell, wollen Sie uns verraten, was wichtiger ist? Oder müssen wir irgendetwas dafür tun, um es zu erfahren?«, fragte Virginia.

Thoby hatte ihn bereits vor seiner jüngeren Schwester gewarnt. »Sie hat eine scharfe Zunge und einen ebensolchen Verstand«, hatte er gesagt. »Eigentlich gehört sie nach Cambridge, mehr noch als du oder ich, aber sie ist auch attraktiv genug, um eine hervorragende Partie zu machen. Der Mann, der sie einmal heiratet, wird viel Grips und ein mächtig dickes Fell brauchen.«

»Ja ... also – nein«, sagte Clive und ließ mit glühenden Wangen seine Hand in der Hosentasche verschwinden. »Sie müssen nichts tun, selbstverständlich nicht. Wir ...«, eine weitere kurze, effektvolle Pause, »werden Monsieur Rodin einen Besuch abstatten.«

»Rodin?«, kam es aus beiden Mündern gleichzeitig.

Clive lächelte zufrieden. Der Coup war gelungen. »Der Meister lädt Sie ein, ihn in seinem Atelier zu besuchen.«

Das entsprach nicht ganz der Wahrheit. Clives Freund, Gerald Kelly, kannte einen jungen Bildhauer, der wiederum mit Rodin gut bekannt war und häufig für ihn arbeitete. Kelly also hatte auf Clives Drängen vereinbart, dass er mit den Stephen-Schwestern das Atelier des Meisters besuchen dürfe. Ob Rodin darüber nun unterrichtet war, wusste Clive nicht. Was er aber wusste, war, dass Rodin niemals eine junge hübsche Dame abweisen würde. Und schon gar nicht zwei.

Sie machten sich auf den Weg zum Grand Palais. Vanessa war schon einmal in Paris gewesen, für Virginia jedoch war es der erste Besuch, und sie nahm die Eindrücke mit großer Begierde in sich auf, schien kaum zu wissen, wohin sie zuerst blicken sollte, stellte Clive tausend Fragen, die er nicht zu beantworten wusste, und kommentierte alles um sich herum mit wohlgeformten Sätzen. Sie erinnerte ihn ein wenig an ein Eichhörnchen, das vor dem nahenden Winter in hektischer Betriebsamkeit sämtliche Kostbarkeiten, deren es habhaft werden konnte, in sein Versteck zu bringen suchte. Vanessa war deutlich gelassener, in ihrem Gesicht spiegelte sich eine beseelte Zufriedenheit, die ihr etwas Madonnenhaftes verlieh. Clive wollte sie unablässig ansehen, weshalb er entweder rückwärts vor den beiden herlaufen oder sich den Hals verrenken musste. Beides führte dazu, dass er mehrfach stolperte. Das blieb den beiden Damen nicht verborgen, doch sie waren so charmant, schweigend darüber hinwegzusehen. Die Blicke, die sie einander zuwarfen, entgingen ihm indes nicht, er war jedoch zu euphorisch, um sich davon verunsichern zu lassen. Wenn ihm an diesem wundervollen Tag überhaupt etwas Kopfzerbrechen bereitete, dann war es die Frage, welche der beiden Damen ihm besser gefiel: die schöne, ruhige, unnahbare Vanessa oder die intelligente, lebhafte, fragile Virginia.

»Ich finde diese Glaskuppel wirklich beeindruckend, sie schafft ein wunderbares Licht, aber es wird recht heiß hier drinnen, findest du nicht?«, fragte Virginia ihre Schwester, die nun schon seit zehn Minuten mit Clive vor demselben Bild stand und über die ungewöhnliche Maltechnik des unbekannten Künstlers diskutierte. Über zwei Stunden waren vergangen, seit sie aufgebrochen waren, und seither hatte sie mit Vanessa nicht ein einziges vertrauliches Wort wechseln können. Dieser Möchtegern-Bohemien Clive war ihrer Schwester nicht von der Seite gewichen. Sein pausenloses Geschwätz über das Pariser Nachtleben und all die Künstler, die er angeblich kannte, standen so sehr im Widerspruch zu seinen biederen Knickerbockern, den rötlichen Locken und dem pausbäckigen Landjunkergesicht, dass Virginia ihn einfach nicht ernst nehmen konnte. Obendrein hatte er ihnen auch noch diesen Gerald Kelly aufgehalst, der immer, wenn sie das Wort an ihn richtete, zu stammeln begann. Seine Porträts mochten ja ganz ansprechend sein, aber der Kerl selbst war eine Zumutung: kaum größer als ein Schuljunge, mit kleinen Schweinsaugen und unablässig rot glühenden Ohren.

Vanessa schien das alles nicht zu stören. Sie widmete jedem Bild in dieser Ausstellung ihre konzentrierte Aufmerksamkeit, fragte Clive, ob er den Künstler kenne, und erklärte ihm geduldig, mit welcher Maltechnik man diesen oder jenen Effekt erzielen konnte. Dabei steckten sie die Köpfe so vertraulich zusammen, als würden sie sich schon ewig kennen. Virginia wollte endlich wieder hinaus an die frische Luft und Paris erkunden – die Seine, die breiten Prachtalleen, die elegant gekleideten Menschen mit ihrer ungezwungenen Selbstsicherheit.

»Was sagtest du, Ginia?«, fragte ihre Schwester zerstreut, ohne den Blick von dem Bild zu wenden.

»Ich glaube, Ihre Schwester sehnt sich nach frischer Luft«, sagte Clive. Er schien ein aufmerksamer Zuhörer zu sein.

»Wann werden wir bei Monsieur Rodin erwartet?«, fragte Virginia, nur um ihm nicht zustimmen zu müssen.

»Richtig, Rodin«, rief Clive mit Blick auf seine Uhr, als wäre ihm diese Nebensächlichkeit tatsächlich entfallen.

»Wir dürfen kommen, wann es uns passt«, mischte sich Gerald Kelly ein.

»Aber gewiss doch nicht zu spät am Nachmittag?«, fragte Virginia.

»Je später, desto höher die Wahrscheinlichkeit, Rodin selbst dort anzutreffen.« Es war der erste Satz, den Kelly, ohne sich zu verhaspeln, gesprochen hatte.

»Oh!« Vanessa sah von Kelly zu Clive. »Ich dachte, er erwarte uns?«

»So ist es vereinbart«, sagte Clive ohne die Spur einer Verunsicherung. »Machen wir uns also auf den Weg.«

Er war nicht nur ein aufmerksamer Zuhörer, sondern auch ein glänzender Lügner. Was Vanessa nur an ihm fand?

Monsieur Rodin war tatsächlich anwesend. Das Tor zum Atelier stand offen, und sie konnten einfach hineingehen. Von Clive wussten sie, dass Rodin eine ganze Heerschar begabter Künstler und auch Künstlerinnen beschäftigte, die seine in Ton oder Gips entworfenen Skulpturen in Marmor meißelten oder, je nach Auftrag, in Bronze gossen. Als sie die lichtdurchflutete Halle betraten, stand der Meister gerade oben auf einer Leiter und rief barsche Kommandos zu einem

Mann hinunter, der mithilfe einer Art hölzernem Riesenzirkel Linien und Punkte auf einen gewaltigen Marmorblock zeichnete. Ein paar Meter weiter beugte sich eine junge Frau über eine weibliche Büste und bearbeitete die Kinnpartie, indem sie mit vorsichtigen Schlägen auf einen spitzen Meißel kleine Splitter ablöste. Ein muskulöser Bursche hämmerte mit deutlich mehr Elan auf einen mannshohen Stein ein, dessen geplante Form noch nicht zu erkennen war.

Überall lagen und standen Werkzeuge und Leitern herum, das Dröhnen scharfer Hiebe mit Eisen auf Marmor hallte von den Wänden wider, während in der steinstaubschwangeren Luft der intensive Schweißgeruch der fleißigen Zuarbeiter des Meisters hing, der dort oben auf der Leiter thronte wie ein Heeresführer auf seinem Schlachtross.

Als er die Besuchergruppe erblickte, runzelte Rodin kurz die Stirn, nickte dann aber und stieg langsam die Leiter hinab. Er wechselte ein paar Worte mit seinem Gehilfen, der sich umdrehte und ebenfalls nickte. Rodin winkte die Gruppe zu sich.

Clive ergriff sofort das Wort und erklärte in gebrochenem Französisch ihr Anliegen.

»Anglaises?«, Engländerinnen?, fragte Rodin, und sein Blick wanderte an Clive vorbei hin zu Vanessa, dann zu Virginia und wieder zurück zu Vanessa. Die Art und Weise, wie er ihre Schwester ansah, gefiel Virginia ganz und gar nicht. Der buschige Bart, die lange, spitze Nase und auch der herrische Tonfall erinnerten sie an ihren Vater – ein schmerzvoller Gedanke, verbunden mit der Sorge, eine Schreibaufgabe, die der Vater gestellt hatte, nicht zufriedenstellend erfüllt zu haben. Die bohrende Unzufriedenheit, die sich seit dem Vormittag

immer mehr gesteigert hatte, wuchs sich in diesem Moment zu einem heißen Wutgefühl aus, dessen sie nur Herr werden konnte, indem sie mit dem linken Daumen über ihren rechten Daumenknöchel rieb und zugleich ihren Oberkörper vor- und zurückschaukeln ließ. Nur gerade so viel, dass die Spannung entweichen und sie freier atmen konnte. Niemand würde etwas bemerken; es war mehr ein inneres Schaukeln, eine ausgefeilte Technik, mit der sie sich schon oft vor unkontrollierten Gefühlsausbrüchen bewahrt hatte.

»Haben Sie mich verstanden?«, fragte Rodin und sah sie direkt an. Er sprach Englisch, sogar recht passabel, und wie es schien, hatte er soeben ein paar gewichtige Dinge gesagt, denn alle anderen nickten ehrfürchtig. Sicherheitshalber nickte auch Virginia, woraufhin der Meister lächelte und sie mit einer einladenden Geste zum Rundgang durch sein Atelier aufforderte.

»Was hat er denn gesagt?«, zischelte Virginia ihrer Schwester hinter vorgehaltener Hand zu.

»Wir dürfen alles ansehen, aber nichts anfassen – vor allem nicht die verhüllten Skulpturen«, flüsterte Vanessa. »Wo bist du nur mit deinen Gedanken?«

Gedanken. Virginia *konnte* schon gar nicht mehr denken, so sehr brodelte es in ihr. Sie beobachtete Rodin, der sich der Bildhauerin an der Büste genähert hatte. Er stand unschicklich nah hinter ihr, beobachtete eine Weile ihr Tun und griff dann um sie herum, als wollte er sie umarmen. Er führte ihre Hände, die das Werkzeug hielten, wohl um ihr zu zeigen, wie sie es besser machen konnte, aber in Virginias Kopf verschob sich plötzlich etwas. Es war wie ein Riss mitten durch die Szene, und sie sah nicht mehr Rodin, sondern George – und sich selbst, über ihre Griechischvokabeln gebeugt. George, der sie von hinten umfasste und sie in den Nacken küsste. Sie streichelte. Den sie gewähren lassen musste – weil er älter war. Weil er ein Mann war.

Sie stand ein wenig abseits von den anderen, die sich von Rodins Gehilfen das hölzerne Vermessungsinstrument erklären ließen. Auf einem Podest neben ihr erhob sich ein schmaler, hoher Gegenstand, verborgen unter einem weißen Tuch. *Nichts anfassen – vor allem nicht die verhüllten Skulpturen*, hörte sie Vanessas Stimme. Doch diese stand weit entfernt und beachtete sie nicht. *Nichts anfassen,* flüsterte die Stimme. *Anfassen, anfassen, anfassen!*

Mit einem kräftigen Ruck riss Virginia das Tuch herunter. Darunter kam blendend weißer Marmor zum Vorschein. Ein weiblicher Torso, Brüste, die sich ihr entgegenreckten, die sanfte Wölbung eines Bauches. Ihre Hand legte sich ganz von allein auf die kühle Rundung – eine Wohltat, die die heiße Wut in ihrem Inneren schlagartig befriedete.

Hinter ihr ein Schrei, ein Poltern und ein heftiger Stoß, der sie zur Seite taumeln ließ. Rodin, der sich vor ihr aufbaute und einen Schwall Flüche über sie ergoss. Und Vanessa, die herbeigeeilt kam und sie von ihm fortzog.

»Was tust du? Bist du verrückt geworden?«, schimpfte sie. »Ich habe dir doch gesagt, wir dürfen hier nichts anfassen!«

Am liebsten hätte sich Virginia die Ohren zugehalten. Das Hämmern um sie herum hallte in ihrem Kopf wider und schien ihn spalten zu wollen.

»Ich möchte bitte gehen«, sagte sie leise. Jetzt, da ihr Zorn auf dem kühlen Marmor verglüht war, überkam sie die Scham über ihre Tat. Noch schlimmer jedoch war der

Schmerz, der sich vom Nacken aus über ihren ganzen Kopf ausbreitete. Sie sah zu Boden, aber sie spürte die Blicke von Clive und Gerald Kelly wie Nadelstiche in ihrem Rücken. »Ich möchte endlich zurück nach Hause, Vanessa. Bitte, lass uns heimfahren!«

3. Kapitel

London, 4. Mai 1904

Zwei Tage später kam George, um Virginia und Vanessa nach London zurückzubegleiten. Vanessa hätte noch wochenlang in Paris bleiben mögen, die Museen durchstreifen und mit Mister Bell und seinen Künstlerfreunden bis spät in die Nacht in Cafés hocken und über die Kunst diskutieren. Aber die Rückkehr war unvermeidlich. Virginia zeigte beunruhigende Anzeichen einer nervösen Krise, die Vanessa nicht ignorieren konnte. Sie redete beinah ununterbrochen, aß kaum und schlief wenig. Nach ihrem merkwürdigen Sabotageakt in Rodins Atelier waren sie ins Hotel zurückgekehrt, wo Virginia mehrere Stunden geschlafen hatte. Danach wollte sie unbedingt Mister Bells Angebot wahrnehmen, ihn ins Chat Blanc, eine Künstlerkneipe in Montmartre, zu begleiten, wo auch Rodin häufig anzutreffen war. Einen Grund für ihr seltsames Verhalten gab sie nicht an; ihr sei einfach danach gewesen, sagte sie nur, und vor einem Wiedersehen mit Rodin habe sie auch keine Angst. Ob sie sich bei ihm entschuldigen solle, wenn sie ihn dort anträfen?

Zum Glück war Rodin nicht dort gewesen, und sie hatten die Bekanntschaft mit einer ganzen Reihe junger Maler gemacht. Sogar geraucht hatten sie und sich herrlich verrucht dabei gefühlt. Natürlich erzählte Virginia ihrem Stiefbruder auf der Rückfahrt haarklein von ihren Sittenwidrigkeiten und weidete sich an seinem Entsetzen. Wenn sie in dieser aufgepeitschten Stimmung war, stichelte und provozierte sie, wo sie nur konnte.

Mister Bell hatte Vanessas Hand beim Abschied unnötig lange festgehalten und sie dreimal daran erinnert, ihm unbedingt zu schreiben, sobald sie wohlbehalten in London eingetroffen seien. Sie fand ihn amüsant, wenn auch wenig distinguiert, was sie jedoch nicht störte – anders als Virginia. »Eitel, plump und allzu bemüht, einen gebildeten Eindruck zu machen«, war ihr Urteil über den armen Kerl, der sich solche Mühe gegeben hatte, ihnen die spannendste Seite von Paris zu zeigen. Thoby mochte ihn sehr, und das allein war für Vanessa ein Grund, ihn ebenfalls zu mögen – egal was Virginia sagte.

Nach den langen Wochen des Reisens, die voller Kunst, Schönheit und Lebensfülle gewesen waren, legten sich die Stille und Leere des Hauses am Hyde Park Gate bleischwer auf Vanessas Schultern. Auch Virginia rang merklich nach Luft, als sie zum ersten Mal seit langer Zeit wieder in die dunkle, kühle Halle traten. Thoby war in Cambridge, Gerald bei der Familie seines verstorbenen Vaters Herbert Duckworth, und dann war da noch Adrian, der laut George seit Tagen sein Zimmer kaum verlassen hatte. Die Krankenschwestern, die den Vater gepflegt, die Tanten, die jeden Tag ein und aus gegangen waren, die Dienstboten, die so viele Jahre für das Wohl der vielköpfigen Familie gesorgt hatten – sie alle waren fort. George und Vanessa hatten entschieden, nur die Magd und die Köchin zu behalten und den Rest der Dienerschaft mit den allerbesten Empfehlungen zu entlassen.

Das gesamte Dachgeschoss mit den früheren Kinderzimmern, Vaters Arbeitsräume, das ehemalige Elternschlafzimmer sowie Stellas Räume, in denen sie so kurze Zeit nur mit ihrem Ehemann gewohnt hatte, standen nun leer, bis auf die verwaisten Möbel, Teppiche und Vorhänge, in denen der Staub der Erinnerung hing.

In der Nacht nach ihrer Rückkehr träumte Vanessa dann zum wiederholten Male, dass sie ihren Vater umbrachte. Sie hatte ihn schon mit Arsen getötet, das sie in sein Essen gemischt hatte, mit einer langen Giftspritze, in sein Ohr eingeführt, und in dieser Nacht erstickte sie ihn mit einem der kostbaren Seidenkissen aus dem Bett ihrer Mutter.

»Wir müssen endlich einen Käufer für dieses Haus finden«, sagte sie am nächsten Morgen zu George. Er hatte eine gut bezahlte Anstellung als Privatsekretär des Finanzministers Austen Chamberlain, verließ jeden Tag pünktlich um Viertel vor neun das Haus und hatte überhaupt keine Eile, nach einer neuen Bleibe zu suchen. Vanessa fürchtete, er könne trotz ihrer unmissverständlichen Andeutungen in letzter Zeit immer noch nicht begriffen haben, dass sie und Virginia künftig nicht mehr mit ihm unter einem Dach leben wollten. Aber George gehörte nicht zu den Menschen, die zwischen den Zeilen zu lesen verstanden. Gerald hingegen hatte längst eine neue Bleibe für sich gefunden und plante seinen Umzug für Juni.

»Wir können nicht verkaufen, bevor wir etwas Neues haben«, sagte George, während er den Sitz seiner Krawatte im Spiegel begutachtete.

»Für *uns* würde sich bald etwas finden lassen«, sagte Vanessa. Es war klar, wer mit diesem *uns* gemeint war, denn ein *wir* hatte es zwischen den Stephen- und Duckworth-Kindern nie gegeben. »In Bloomsbury gibt es reichlich Häuser zu mieten. Ich verstehe natürlich, dass Bloomsbury für dich in deiner Position und mit deinem Einkommen nicht infrage kommt«, setzte sie hinzu.

»Da hast du völlig recht«, sagte George, als wäre der Sachverhalt damit geklärt und Bloomsbury vom Tisch. Er setzte seinen Hut auf und machte Anstalten, das Haus zu verlassen.

Es half nichts. Klare Worte mussten her. Jetzt. »Virginia, Thoby, Adrian und ich werden nach Bloomsbury ziehen«, sagte sie schnell.

George zögerte, drehte sich jedoch nicht um. Dann riss er die Tür auf und ging.

Hyde Park Gate, 8. Mai 1904

George war wütend. Jemand musste Vanessa zur Vernunft bringen. Es war völlig ausgeschlossen, dass er nach Bloomsbury zöge – und noch weniger konnte er zulassen, dass seine beiden Stiefschwestern in einem ungeordneten Haushalt ohne männlichen Vormund lebten. Er verkehrte in respektablen Kreisen, die Leute würden sich das Maul über ihn zerreißen, wenn er Vanessa gewähren ließe. Aber er kam gegen sie nicht an. Schon längst hatte er es aufgegeben, sie zu Abendgesellschaften, Bällen oder gar Wochenendbesuchen auszuführen, wo es unter normalen Umständen für sie ein Leichtes hätte sein sollen, einen passablen Ehemann zu finden. Mit ihrer mürrischen Schweigsamkeit hatte sie ihn schon bei mehreren Gelegenheiten unmöglich gemacht. Und ihn zurückzustoßen, als er ihr einen völlig harmlosen Kuss auf diese zarte weiße Stelle unterhalb des Ohrläppchens gegeben hatte, war eine unverzeihliche Demütigung. Sie brachte seiner Bewunderung ihrer Schönheit keinerlei Wertschätzung entgegen, und so hatte George beschlossen, sie einfach zu ignorieren. In dieser Angelegenheit aber war Ignorieren offenbar die falsche Strategie. Sie legte es ihm wohl als stilles Einverständnis aus, dass er bislang nicht gegen ihre verrückten Pläne protestiert hatte. Nun musste er seine Strategie ändern.

Auch wenn Vanessa glauben mochte, er sei dumm – George wusste sehr wohl, wie seine halsstarrige Schwester zu beeinflussen war. Er kannte ihre Schwäche. Und die hieß Virginia. Nur wenn Virginia ihren Segen zu dem Unternehmen Bloomsbury gab, würde Vanessa ihre Pläne in die Tat umsetzen. Und Virginia steckte in der Vergangenheit fest, das war für George offensichtlich. Am Abend ihrer Rückkehr aus Paris war sie als Erstes in das Arbeitszimmer ihres Vaters gegangen. Er wusste nicht, was sie dort getan hatte, aber dass sie den Tod Leslies trotz der ausgiebigen Reisen nach der Beerdigung nicht verwunden hatte, sah selbst ein Blinder. Hier musste er ansetzen.

An diesem Abend kehrte er erst spät nach Hause zurück, um sicherzugehen, dass Vanessa sich bereits zurückgezogen hatte. Sie ging gern früh schlafen, im Gegensatz zu Virginia, in deren Zimmer oft bis spät in die Nacht Licht brannte. So auch heute. Es war weit nach zweiundzwanzig Uhr, als George leise an ihre Tür klopfte. Er wartete nicht, dass sie ihn hereinbat. Das tat er nie.

Sie saß an ihrem Pult am Fenster und starrte in die Dunkelheit. Offenbar hatte sie sein Klopfen nicht gehört.

»Virginia«, sagte er leise.

Sie fuhr herum. Ihre Augen lagen noch tiefer in den Höhlen als sonst. Paris hatte sie offenbar sehr erschöpft. Auch das war Vanessas Schuld. Wenn es nach ihm gegangen wäre, hätten die beiden schon viel früher die Heimreise nach London angetreten.

Er ging auf sie zu und streichelte ihr übers Haar. »Du schläfst nicht«, stellte er fest.

Stumm schüttelte Virginia den Kopf.

»Komm«, sagte er, griff ihre Hand und wollte sie zum Bett ziehen.

Virginias Augen weiteten sich, und sie schüttelte heftiger den Kopf.

»Nein«, beruhigte er sie. »Heute werde ich nicht bei dir liegen. Ich möchte mich nur ein wenig zu dir setzen.«

Er zog sie hoch und schob sie mit sanftem Druck zum Bett.

»Es war sehr einsam hier, weißt du. Das Haus ist so leer, wenn ihr nicht da seid.« Er streichelte ihre Hand. »Du zitterst ja, ist dir kalt?«

Virginia reagierte nicht auf seine Frage, presste nur fest die Lippen zusammen.

»Komm her, Zicklein. Ich wärme dich«, sagte George und zog sie eng an sich. Sie war so zart, wer würde sie beschützen, wenn Vanessa ihn aus ihrer Mitte verdrängte?

Er schob seine Nase zwischen ihre Haare und sprach ganz dicht an ihrem Ohr: »Hör, Liebes, du hängst sehr an diesem Haus, nicht wahr?«

Diesmal nickte sie.

»Dein Vater würde sich im Grabe umdrehen, wenn er wüsste, dass du von hier fortgehen willst.«

Sie sah ihn stirnrunzelnd an und schien protestieren zu wollen, dann aber blinzelte sie verwirrt, als wären ihr die Worte des Widerspruchs plötzlich entglitten.

»Ich verdiene gut und kann euch gern eine Weile dabei unterstützen, das Haus zu halten.« Er strich ihr eine Strähne aus der Stirn und steckte sie mit einer ihrer Haarnadeln wieder fest. Dann küsste er ihre Schläfe. »Dein Vater hat viel in dieses Haus investiert. Du bist hier groß geworden.«

Eine Träne. Dann noch eine. Zärtlich wischte er sie beiseite. »Ich weiß, wie schwer es für dich ist. Vanessa versteht das nicht. Sie war nie so eng mit eurem Vater verbunden wie du. Du warst sein Liebling.«

Bei seinen letzten Worten krümmte sich Virginia und stöhnte.

»Du darfst ihn nicht im Stich lassen. Er ist tot, aber …« Behutsam nahm er ihr Gesicht in beide Hände und bohrte seinen Blick in den ihren. Ein letzter Satz. Dann würde er aufstehen und so leise aus dem Zimmer gehen, wie er gekommen war. »In diesem Haus lebt er weiter. Wir sind ihm das schuldig. Virginia. *Du* bist ihm das schuldig.«

Hyde Park Gate, 10. Mai 1904

»Miss Vanessa! Kommen Sie, schnell!«

Vanessa sprang aus dem Bett und warf sich ihren Schlafrock über. Sie lag schon seit geraumer Weile wach im Bett und studierte die Annoncen in der Morgenzeitung, die sie in aller Frühe heraufgeholt hatte, noch bevor George sie mit in sein Büro nehmen konnte.

Sie riss die Tür auf und überrannte beinah Sophie, die händeringend davorstand.

»Miss Virginia hat den Verstand verloren!«, rief die aufgeregte Dienstmagd und zeigte die Treppe hinauf. Jetzt hörte auch Vanessa ein dumpfes, gleichmäßiges Poltern aus dem Dachgeschoss, dann ein Heulen. Eine Gänsehaut überlief sie. Allzu lebhaft war die Erinnerung an ihre schwachsinnige Halbschwester Laura, die dort oben jahrelang eingesperrt gewesen war, bevor ihr Vater sie endlich in einer Anstalt untergebracht hatte. Genauso hatte es geklungen, wenn die Raserei Laura erfasste.

»Sie ist im Arbeitszimmer. Die Köchin sagt, sie sei die ganze Nacht dort oben gewesen. Ich habe versucht, sie zum Frühstücken zu bewegen, aber …«

Vanessa hörte nicht weiter zu, so schnell sie konnte, rannte sie die Treppen hinauf und blieb vor der verschlossenen Tür des Arbeitszimmers stehen, um ihren Puls unter Kontrolle zu bringen. Sie musste Ruhe ausstrahlen, wenn sie Virginia gegenübertrat.

Im Moment war es still. Hatte ihre Schwester sich beruhigt? Leise öffnete sie die Tür.

Auf dem großen Schreibtisch des Vaters lagen mehrere Bücher kreuz und quer durcheinander, einige davon aufgeschlagen. Offenbar hatte Virginia sie aus den Regalen gezerrt, denn auch auf dem Boden davor lagen Bücher. Eine der Gardinen vor dem Fenster, das zur Straße hinausging, war heruntergerissen.

Ein Blutfleck an der Wand direkt daneben.

Vanessa sog scharf die Luft ein und zwang sich, langsam und ruhig auszuatmen. Virginia selbst war nicht zu sehen. Sie schob die Tür ein Stück weiter auf und machte einen vorsichtigen Schritt in den Raum.

»Geh weg!«, zischte es unmittelbar hinter ihr. Eine Stimme, wie Vanessa sie noch nie gehört hatte. Sie drehte sich um.

Virginia stand mit dem Rücken zur Wand, direkt neben der Tür. Die Haare hingen ihr in wilden Strähnen vor dem Gesicht, und sie sah Vanessa von unten herauf an, ein Blick wie der eines in die Enge getriebenen Tieres.

»Schsch …«, machte Vanessa und streckte die Hand aus.

»Geh weg!« Ein Schrei, hoch und schrill. Dann stieß Virginia die Schwester beiseite und stürzte an ihr vorbei aus dem Raum, hin zur Treppe. In den Haaren an ihrem Hinterkopf klebte Blut.

»Virginia!«, rief Vanessa entsetzt. Mit einem Satz war sie bei ihr, umfasste sie von hinten mit den Armen, um sie festzuhalten.

Virginia wehrte sich. Sie stieß Vanessa mit dem Ellbogen in die Magengrube und biss ihr gleichzeitig in die Hand. Vanessa musste loslassen und hilflos zusehen, wie Virginia die Treppe hinunterstolperte und nur wie durch ein Wunder nicht zu Fall kam. Vanessa rannte ihr nach und schrie, so laut sie konnte: »Adrian, wo bist du? Adrian!«

Eine Tür im zweiten Stock flog auf, und ihr Bruder fing Virginia gerade rechtzeitig ab, bevor sie sich das nächste Stockwerk hinabstürzen konnte. Sie schlug um sich und stieß unartikulierte Laute aus, aber gegen Adrians Kräfte konnte sie nichts ausrichten.

Er hielt sie fest umklammert, und gemeinsam zerrten sie Virginia unter den fassungslosen Blicken der Dienstboten in ihr Zimmer, schlossen die Tür und zwangen sie auf ihr Bett.

Noch immer wehrte sie sich, aber ihr Widerstand wurde schwächer. Während Adrian sie auf das Bett drückte, rannte Vanessa zurück auf den Flur und wies Sophie an, einen Kübel kaltes Wasser zu bringen und Doktor Savage, Virginias Arzt, zu verständigen. Er hatte sie schon bei einer ihrer früheren Nervenkrisen behandelt.

Als sie ins Zimmer zurückkehrte, hatte Virginia die Gegenwehr aufgegeben. Hilflos stand Vanessa vor ihr und überlegte, was sie tun sollte.

»Sind es die Kopfschmerzen?«, fragte Vanessa vorsichtig, nachdem sich Virginias Atem ein wenig beruhigt hatte.

»Er klopft«, sagte Virginia. Ihre Stimme klang fremd, hohl.

»Im Kopf?«, fragte Vanessa. »Der Schmerz pocht in deinem Kopf? Hier hinten?« Sie zeigte auf eine Stelle an ihrem Hinterkopf, direkt am Ansatz des Schädels.

»Er sagt, ich darf nicht fortgehen. Er sagt, du willst mich von ihm wegziehen. Er sagt, ihm ist kalt.«

»Wer sagt das? George?«

»Neiiiin!«, heulte Virginia. »*Er* sagt das. *Er*!« Dabei zeigte sie zur Decke. »Ich habe ihn alleingelassen. Jetzt ist ihm kalt!« Sie sagte noch mehr, aber die Satzstellung geriet ihr durcheinander, und schließlich stieß sie zusammenhangslos griechische und englische Wörter hervor.

Zum Glück kam in diesem Moment die Magd Maud mit dem Wasser, einem Tuch und der erleichternden Botschaft herbeigeeilt, dass Doktor Savage auf dem Weg zu ihnen sei.

Vanessa tauchte das Tuch ins eiskalte Wasser und legte es

Virginia auf die Stirn. Sie beruhigte sich und schloss endlich die Augen. Nach wenigen Minuten war sie eingeschlafen. Vanessa atmete auf.

So schlimm war es noch nie gewesen. Selbst damals nicht, nach Mutters Tod, als sie das erste Mal einen solch nervösen Zusammenbruch erlitten hatte. Die Warnzeichen waren da gewesen, seit zwei Tagen hatte sie fast nichts gegessen und wohl auch kaum geschlafen. Aber dass es so schlimm werden würde, damit hatte Vanessa nicht gerechnet.

Sie kehrte in ihr Zimmer zurück, um sich zurechtzumachen, bevor Doktor Savage eintreffen würde. Auf ihrem Bett lag die Zeitung. Sie hatte eine Annonce unterstrichen. Ein Wohnhaus am Gordon Square. Vierzehn Zimmer und durchaus bezahlbar. Noch heute, so schwor sie sich, würde sie dort vorsprechen. Aber zuerst musste sie Doktor Savage ein paar sehr wichtige Dinge über Virginia sagen. Und über George. Vor allem über George. Sie hatten alle viel zu lange geschwiegen.

4. Kapitel

George Henry Savage war ebenso ein Mann von Ehre wie ein gewissenhafter Arzt. Es war seine berufliche Pflicht, alles für seine Patienten zu tun, was in seiner Macht stand. Und zu seiner Ehre gehörte auch, ein Versprechen einzuhalten, das er gegeben hatte. Das Versprechen aber, das Vanessa Stephen ihm abgerungen hatte, bereitete ihm Kopfzerbrechen.

Der Zustand der jungen Virginia war erschreckend. Solange er sie kannte – und das waren nun schon viele Jahre –, hatte er die junge Frau noch nie in einem solch erbarmungswürdigen Zustand erlebt. Ein Anfall von Hysterie, begleitet von hohem Fieber und einer Störung der Sprachfähigkeit, die jegliches Gespräch mit ihr unmöglich machte.

Schuld an dieser Hysterie war wohl der Tod des Vaters. Drei Todesfälle in nur neun Jahren innerhalb der Familie – das war schon für einen stabilen Menschen nicht leicht zu verkraften. Die junge Miss Virginia war indes alles andere als eine stabile Persönlichkeit, aber was Miss Vanessa ihm nun über ihren Stiefbruder George Duckworth erzählt hatte, erschütterte ihn zutiefst. Die Sache war allerdings delikat, weshalb es ihm lieber gewesen wäre, er hätte nie davon erfahren. Als ältester Bruder war Duckworth nach dem Tod Leslie Stephens in die Position des Familienoberhaupts gerückt. Und wenn der Mann sich weigerte, von gewissen Liebesbezeugungen gegenüber seiner jüngsten Schwester abzusehen … was sollte *er* als Arzt da ausrichten?

Gar nicht wohl war Savage bei dem Gedanken, sein Versprechen in die Tat umzusetzen. Aber er war ein Mann von Ehre.

Er ließ eine ganze Woche verstreichen, bis er sich endlich durchringen konnte, George Duckworth um ein Gespräch unter vier Augen zu bitten. Dieser willigte sofort ein und ließ ihn im Salon Platz nehmen. Hier, umgeben von den Gemälden illustrer Vorfahren, frühviktorianischen Sideboards, Kommoden und gehäkelten Lampenschirmen, tief eingesunken in den knarzenden Sessel, der vermutlich immer Leslie Stephen vorbehalten gewesen war, rang Doktor Savage um die passenden Worte für die heikle und doch eigentlich so höchst private Angelegenheit.

»Ich möchte … Es ist … Wie Sie ja wissen, steht es um Miss Virginia nicht besonders gut.«

»Es ist mir nicht verborgen geblieben.« George Duckworth war mit seinen siebenunddreißig Jahren nur wenig jünger als Doktor Savage selbst. Die offensichtliche Ungeduld, die den Herrn des Hauses ruhelos vor dem Kamin hin und her wandern ließ, erleichterte es dem Doktor nicht, seiner Nervosität Herr zu werden.

»Vielleicht möchten Sie ebenfalls Platz nehmen?«, fragte er vorsichtig.

»Ich bin etwas in Eile. Wenn Sie also zur Sache kommen mögen?«

»Zur Sache. Ja. Wie soll ich es formulieren …«

»Hat es organische Ursachen, oder ist sie dem Wahnsinn verfallen? Sie wissen, dass es in der Familie liegt?« Duckworth hob den Zeigefinger und blieb kurz stehen, um seinen

Worten das nötige Gewicht zu verleihen: »In der Stephen-Linie!«

»Nun … Eine gewisse erbliche Vorbelastung ist nicht von der Hand zu weisen. Jedoch …«

»Was schlagen Sie vor? Eine Anstalt?«

»Himmel, nein! Wo denken Sie hin?«

»Es ist bekannt, dass die Tochter aus Leslies erster Ehe dem Wahnsinn verfallen ist.«

»Ich bin überzeugt, dass sich Miss Virginia wieder erholen wird. Sie braucht sehr viel Ruhe und …« Savage wechselte die Beinposition und räusperte sich.

»Und?«

»Nun … Gewisse Situationen könnten … Emotional ist es in ihrer derzeitigen Verfassung …« Er holte tief Luft und schloss dann: »Ich fürchte, es könnte sie zu sehr aufregen.«

»*Es?* Was meinen Sie?« Duckworth war direkt vor ihm stehen geblieben und blickte fragend auf ihn herab. Er hatte die Hände in den Hosentaschen versenkt und die Schultern ein wenig vorgezogen – ganz und gar keine Drohgebärde, und doch sank Doktor Savage noch tiefer in den Sessel.

»Ich weiß, Ihre Schwester liegt Ihnen sehr am Herzen«, sagte er ausweichend.

»Natürlich. Sie liegt uns allen am Herzen.«

»Ihnen vielleicht besonders?« Savage vermied es, Duckworth direkt in die Augen zu sehen.

»Worauf wollen Sie hinaus?« George Duckworth hatte eine weiche, sanfte Stimme, die jedoch – wenn er sich echauffierte – eine Tonlage höher rutschen konnte. Savage hob beschwichtigend die Hand.

»Ich kenne Miss Virginia schon viele Jahre und habe sie bereits mehrfach wegen ihrer übermäßigen nervlichen Reizbarkeit behandeln müssen. Sie erinnern sich vielleicht, wie krank sie nach dem Tod ihrer Mutter war.«

»Sie war auch *meine* Mutter!«, fuhr Duckworth dazwischen.

»Gewiss. Aber Miss Virginia war dreizehn, als es geschah. Sie achtundzwanzig.« Der Doktor sah Duckworth über den Rand seiner Brille hinweg an. »Das ist etwas anderes.«

Die Zustimmung blieb aus, stattdessen wanderte Duckworth zum Porträt seiner Mutter und betrachtete es, als hielte er Zwiesprache mit ihr. Dann wandte er sich ihm wieder zu. »Bitte, Doktor, fahren Sie fort.«

»Das Beste für Miss Virginia wäre, sie aus diesem Haus zu entfernen.«

»Also doch eine Anstalt!«

»Auf keinen Fall.« Nun hielt auch Doktor Savage nichts mehr im Sessel. Er stand Duckworth Auge in Auge gegenüber und stellte nicht ohne Genugtuung fest, dass dieser den Blick nach einer Weile senkte und in Richtung Kamin zurückwich.

»Was sollen wir also tun?«

»Ich habe bereits mit Miss Vanessa besprochen, dass sie außerhalb dieses Hauses gesund gepflegt werden sollte. Ich gebe weiterhin zu bedenken, dass ihre vollständige Genesung auch in hohem Maße davon abhängt, wie *Sie* sich künftig ihr gegenüber verhalten.«

»Ich?«

Savage hob bedeutungsvoll eine Augenbraue, sagte aber nichts weiter.

»Wollen Sie damit andeuten, dass ich ... dass ihr Zusammenbruch ... Geben Sie etwa mir die Schuld?«, stammelte Duckworth, und sein Blick jagte im Zimmer umher, als suchte er Beistand von irgendwoher.

»Ich spreche nicht von Schuld. Sie können natürlich nichts für Miss Virginias nervöse Veranlagung. Aber gewisse Handlungen ...«

»Handlungen?«

»Sinnlicher Art, meine ich.«

»Ich verstehe nicht.«

Er schien ihn wirklich nicht zu verstehen. Aus seinem Blick sprach Ratlosigkeit. Savage konnte nur innerlich den Kopf schütteln über so viel Unsensibilität.

Er nahm wieder Platz und fuhr fort: »Miss Vanessa vertraute mir an, dass Sie einem Verkauf dieses Hauses noch nicht zugestimmt haben.«

»Vanessa also.« Duckworth zwirbelte an seinem Schnurrbart und sah ihn lauernd an, als dämmerte ihm allmählich, dass der Doktor ihm nicht wohlgesinnt war. »Und hat sie Ihnen auch gesagt, was für eine Zukunft ihr vorschwebt?«

»Sie sagte etwas von Bloomsbury, ja.«

»Es geht nicht um Bloomsbury!«, fuhr Duckworth auf. »Sie will mit ihren beiden Brüdern und Virginia in einem vollkommen unziemlichen Haushalt zusammenleben. Zwei unverheiratete junge Damen und dann diese beiden ...« Duckworth warf die Hände in die Höhe, als gäbe es keinen geeigneten Ausdruck, um seine beiden Stiefbrüder angemessen zu beschreiben.

»Zumindest teilen diese beiden jungen Männer nicht das Bett ihrer Schwestern!«, entfuhr es Savage.

Sprachlos starrte Duckworth ihn an, während sein Bein hektisch auf und ab wippte. »Ich wüsste nicht, was es *Sie* angehen würde, wenn Ihre Behauptung den Tatsachen entspräche«, sagte er schließlich leise, fast drohend. Dann sprang er unvermittelt auf und schrie: »Was nicht der Fall ist!«

Savage hob beschwichtigend die Hand. »Verzeihen Sie, wenn ich Ihnen zu nahegetreten bin. Wir wissen beide, dass diese Dinge durchaus ... nun, unter gewissen Umständen ... Es ist natürlich das Recht eines jeden Mannes, in seinem eigenen Haushalt ... Nun, Sie wissen schon.« Savage räusperte sich erneut. »Allerdings ...«, setzte er dann behutsam wieder an, um seinen Gesprächspartner nicht noch mehr zu verärgern.

Duckworth neigte den Kopf wie ein Sultan, der seinem Untergebenen das Wort erteilt.

»Ganz gleich, in welcher Weise Sie Ihrer Zuneigung gegenüber Ihrer Schwester Ausdruck verleihen«, fuhr Savage fort, »ich möchte darum bitten, in Zukunft äußerste Vorsicht walten zu lassen.«

»Glauben Sie mir«, unterbrach ihn Duckworth mit vorgerecktem Kinn, »das Wohlergehen meiner Schwester ist mir eine Herzensangelegenheit. Sie dürfen darauf vertrauen, dass ich alles in meinen Kräften Stehende tun werde, damit sie wieder vollständig gesundet.«

»Und unterlassen werden?«

Duckworth wich seinem Blick aus, nickte aber.

»Wunderbar.« Savage erhob sich. »Damit hätten wir das geklärt. Ich darf mich empfehlen?«

»Bitte sehr«, sagte Duckworth und ließ Savage zur Haustür vorangehen. Kurz bevor er ins helle Sonnenlicht hinaustreten konnte, hielt der junge Hausherr ihn plötzlich am Arm fest.

»Aber es ist doch nicht meine Schuld? Ihr Zustand?«, fragte er. Für einen Moment wich die pompöse Selbstgewissheit aus dem Blick des Mannes, und Savage glaubte, einen verwirrten Jungen vor sich zu sehen.

»Aber nein«, beschwichtigte er. »Es ist nur … Stellen Sie sich einfach vor, Miss Virginia bestünde aus einer hauchdünnen Eisschicht, wie sie manchmal zu Beginn der Frostperiode den See im Hyde Park überzieht. Dann können Sie keinen Fehler machen.«

An der Wand gegenüber dem Bett ist ein Fleck. Immerzu muss sie daraufstarren. Er verändert seine Form, mal ist er kreisrund, mal aber dehnt er sich zu den Seiten aus. Manchmal glaubt Virginia, dass er wächst, aber wenn sie sich zwingt, den Blick abzuwenden, und wieder hinsieht, kann sie sich nicht sicher sein, ob es stimmt.

Der Fleck ist nicht schwarz wie die Salontür unten im Haus, nicht grau wie der Anzug, den der Vater trug, als sich der Sargdeckel über ihm schloss, er ist auch nicht braun wie Georges Augen. Sie wagt nicht, aus dem Bett aufzustehen, um ihn aus der Nähe zu betrachten, denn dann würde sich vielleicht herausstellen, dass er gar nicht auf der Wand liegt, sondern in die Wand hineinführt, eine Öffnung hinein ins Nichts.

Wenn sie hier reglos auf dem Bett liegen bleibt, lässt er sie vielleicht in Ruhe, der Fleck. Wenn sie sich ihm aber nähert, dann wird er sie verschlingen.

Vielleicht kommen die Stimmen, die sie nachts hört, dort aus dem Nichts. Sie weiß ja, dass niemand im Raum ist, und doch hört sie die Stimmen. Meist flüstern sie nur, Worte in einer Sprache, die sie nicht versteht. Zwischendurch aber sind sie laut und deutlich zu vernehmen, aber sie kann sich keinen Reim auf das machen, was sie sagen. Die Worte kennt sie, aber sie ergeben keinen Sinn. Bestimmt wollen sie sie locken, näher zu treten an dieses Mal an der Wand, das sich als Fleck nur tarnt, um sie endgültig hineinzuziehen ins Nichts.

Wie lange liegt sie hier schon? Die Tage fließen ineinander, durchbrochen nur von den Stimmen, die manchmal zu Körpern werden. Sie sind zu dritt, tragen schwarze Röcke mit weißen Kitteln und Hauben auf dem Kopf. Sie verabreichen ihr widerlich schmeckende Flüssigkeiten und zwingen sie zu essen. Aber Virginia will nicht essen. Jeden Bissen, den sie in sie hineinzwingen, versucht sie, wieder hinaufzuwürgen. Am schlimmsten sind die Tropfen, die sie ihr auf die Zunge träufeln. Dazu halten sie sie fest, trotz ihrer Gegenwehr, aber wenn die eine von ihnen ihre Arme packt, die zweite auf ihren Beinen sitzt und die dritte ihren Kiefer aufsperrt, kann Virginia sich der bitteren Flüssigkeit nicht entziehen, die ihr in die Kehle rinnt. Sie hustet und spuckt und versucht zu schreien, aber all das nützt nichts. Die Tropfen machen sie wehrlos, dann wird das Mal an der Wand riesengroß, und die Stimmen beginnen zu singen. Dann treibt sie haltlos wie auf einem tosenden Fluss darauf zu, gerät in einen Strudel, der sie immer schneller, schneller hineinzieht in dieses Nichts.

Ihre Schwester kommt. Auch Vanessa will sie zum Essen zwingen, die Medizin zu nehmen, sich waschen zu lassen, frische Kleider anzuziehen. Vanessas sanfte Stimme klingt ähnlich wie die, die Virginia inzwischen beinah ständig hört. Ein säuselnder, lockender Klang, der sie jedoch nicht täuschen kann. Sie weiß genau, dass Vanessa sie hier von den Krankenschwestern bewachen lässt, um in Ruhe sämtliche Bücher aus dem Haus wegzuschaffen, damit Virginia sich nicht mehr beim Lesen »überanstrengen« kann, wie sie es nennt. Und nicht nur die Bücher. Auch die Möbel, die Lampen, Bilder, Teppiche. Die Vorhänge, das Geschirr, jedes geschriebene Wort ihres Vaters. Virginia weiß, dass Vanessa sich wie ein gefräßiger Käfer durch das ganze Haus arbeiten wird, bis nur noch die leeren Wände und Böden übrig bleiben. Und der Fleck an der Wand in ihrem Zimmer wird sich ausdehnen über alle anderen Wände im Haus, bis nur noch Virginia da ist, allein mit den körperlosen Stimmen.

5. Kapitel

Vanessa saß am Schreibtisch ihres Vaters und ging die Liste der Dinge durch, die in den nächsten Wochen erledigt werden mussten. Sie hatte endlich die Zusage für das Haus am Gordon Square 46 erhalten und nutzte jede freie Minute, um den Umzug zu planen. Wenn Virginia wüsste, dass sie dies ausgerechnet im Arbeitszimmer ihres Vaters tat! Aber Virginia war nicht bei Verstand, und Vanessa erschien es der passende Ort, um ein für alle Mal einen Strich unter die Vergangenheit zu ziehen.

Vanessa durfte ihrer Schwester inzwischen überhaupt nicht mehr nahe kommen. Sie schien zu glauben, dass Vanessa den Vater getötet und es nun auf sie abgesehen habe. Allerdings war es schwer, sich aus ihren unzusammenhängenden Worten einen Reim zu machen. Oft stieß sie in ihrem Wahn griechische oder lateinische Wörter aus. Doktor Savage meinte, das sei ein Zeichen geistiger Überanstrengung der jungen Frau, und hatte dringend angeraten, ihr jeglichen Zugang zu Büchern zu verwehren. Vanessa solle auch sich selbst schonen, hatte Doktor Savage gesagt, sie sehe erschöpft aus. Darüber konnte Vanessa nur lachen. Schonung war ein Privileg der Männer, das sollte er eigentlich wissen, der Herr Doktor.

In diesem Augenblick streckte Maud den Kopf durch die Tür.

»Miss Dickinson ist eingetroffen. Sie wartet im vorderen Salon auf Sie.«

Violet, endlich. Vanessa legte ihr Notizbuch beiseite, in dem sie all die Möbel und Gegenstände notiert hatte, die sie wegzugeben gedachte. Einige größere, wertvolle Möbelstücke hatte sie bereits an einen Antiquitätenhändler verkauft. Nun kamen täglich Anfragen verschiedener Armenhäuser, denen sie Laken, Tischtücher und Lampen angeboten hatte. Jedes Mal, wenn sie einen Posten auf ihrer Liste durchstreichen konnte, fühlte es sich an, als löste sich eine Schlaufe an einem zu eng geschnürten Korsett.

Sie schloss leise die Tür zum Arbeitszimmer und eilte die Treppe hinunter. In Virginias Zimmer war es ruhig. Vielleicht schlief sie, es wäre dringend nötig, sie hatte wieder eine unruhige Nacht gehabt.

»Vanessa, komm her mein Schatz. Lass dich umarmen«, rief Violet, als Vanessa in den Raum trat. Violet Dickinson war eine enge Freundin von Stella gewesen und hatte sich nach deren Tod sehr um sie und ihre Geschwister gekümmert. Vor allem um Virginia. Seither hatte sich zwischen den beiden eine enge Freundschaft entwickelt. Manchmal hatte Vanessa den Verdacht, dass diese Bindung mehr als nur Freundschaft war, zumindest für Virginia. Wenn überhaupt jemand ihre Schwester noch erreichen würde, dann war es Violet.

Nun umschlang sie Vanessa mit ihren langen Armen und drückte sie eng an ihren hageren Körper. Im Gegensatz zu Virginia wahrte Vanessa immer lieber die Distanz zu anderen Menschen – so gern sie diese auch mochte. Selbst Virginias Bedürfnis nach Zärtlichkeit und Liebkosungen war ihr oft zu viel.

»Danke, dass du gekommen bist«, sagte sie. »Wollen wir

spazieren gehen? Ich glaube, Virginia schläft gerade, und ich war kaum draußen in den letzten Tagen.«

»Du siehst blass aus. Schläfst du genug?«

»Wo denkst du hin?«

Violet zog eine Grimasse. Sie war mit ihren ein Meter neunzig nicht nur eine der größten Frauen, die Vanessa je gesehen hatte, sondern zugleich auffallend unansehnlich. Ihre enorme Größe versuchte sie mit einer stets gebeugten Haltung zu verstecken. Mit dem dünnen, kurz geschnittenen Haar auf ihrem für den großen Körper viel zu kleinen Kopf, der gebogenen, spitzen Nase und dem wachen Blick aus ihren blassblauen Augen erinnerte sie dazu an einen Greifvogel. Die zahllosen Fältchen um die Augen und der humorvolle Zug um den Mund verrieten jedoch ihr großes Vermögen, sich des Lebens zu freuen. In diesem Augenblick blickte sie besorgt auf Vanessa herab. »Gibt es denn niemanden, der dich entlasten könnte?«

»Doch«, sagte Vanessa, »die drei Krankenschwestern. Ich darf inzwischen gar nicht mehr in ihre Nähe kommen.«

»Ja, du schriebst es. Und es ist seither nicht besser geworden?«

»Eher noch schlimmer.«

»Allmächtiger!« Violet seufzte, und ihre hohe Stirn legte sich in Falten.

Sie machten sich auf den Weg in Richtung Park, wobei der scharfe Kontrast zwischen der Düsternis im Haus und dem grellen Sonnenlicht Vanessa erst leichten Schwindel verursachte. Sie musste ein paarmal tief ein- und ausatmen, um das Gefühl der Schwere abzuschütteln, das seit Wochen auf ihren Schultern lastete.

»Wie soll es weitergehen? Habt ihr einen Plan?«, fragte Violet, nachdem sie eine Weile wortlos nebeneinanderhergegangen waren.

»Ihr?«, fragte Vanessa zurück. »Wer soll das sein?«

»Nun, du hast ja noch vier Brüder.«

Vanessa lachte auf. »Thoby ist in Cambridge, Adrian zu nichts zu gebrauchen, Gerald nur noch mit halbem Bein bei uns und George …«

»Was ist mit ihm?« Violets langer Oberkörper neigte sich nach vorn, und sie verdrehte den Hals, so dass sie das Kunststück schaffte, weiter neben Vanessa herzugehen und ihr dabei dennoch in die Augen zu blicken.

Wusste sie Bescheid? Aber nein, unmöglich. So sehr Virginia an Violet hing, niemals würde sie sich ihr in dieser Sache anvertraut haben. Oder etwa doch?

»George ist aus dem Spiel«, sagte Vanessa zögernd und beobachtete die Reaktion der Freundin.

Die zog nur eine Augenbraue hoch und richtete sich wieder auf. »Verstehe.«

Schweigend gingen sie weiter. Die Hitze der letzten Tage war nach dem reinigenden Gewitter in der Nacht einer belebenden Kühle gewichen. Die Rhododendren standen in voller Blüte, und die Parkwiesen leuchteten so grün, als hätte ein wagemutiger Maler ohne Rücksicht auf geltende Regeln für Lichtverhältnisse und Dezenz seinen Farbtopf darüber ausgeleert. Wie lange hatte sie nicht mehr gemalt? Eine Ewigkeit schien es ihr. In der Welt ihres Elternhauses hatten die Farben schon immer gefehlt, aber mittlerweile, so fürchtete sie, fehlten sie auch in ihrem Inneren.

»Ich weiß ehrlich gesagt nicht, wie ich es anstellen soll, Virginia gesund zu pflegen und gleichzeitig diesen Haushalt aufzulösen«, sagte sie. »Doktor Savage ist der Meinung, sie solle möglichst an einem anderen Ort untergebracht werden.«

»Er schlägt doch nicht etwa eine Anstalt vor?«, rief Violet erschrocken aus.

»Nein. Einen privaten Haushalt. Aber Virginia ist eine unzumutbare Belastung. Und wenn jemand außer Doktor Savage und uns von ihrer Verfassung erfährt …«

Sie zuckte die Achseln. Violet musste sie die Gesetzeslage nicht erklären. Die Gefahr, dass Virginia mit gerichtlichem Beschluss für den Rest ihres Lebens weggesperrt werden könnte, war groß.

»Und an das Naheliegendste denkst du nicht«, schimpfte Violet und schüttelte den Kopf. Dann machte sie kehrt und eilte mit weit ausgreifenden Schritten zurück zum Haus, so dass Vanessa Mühe hatte, mit ihrem Tempo mitzuhalten.

»Was hast du vor?«, fragte Vanessa, als sie sie wieder eingeholt hatte.

»Ich werde mit ihr reden. Inzwischen wird sie wohl erwacht sein.«

»Wie du meinst. Versprich dir aber nicht zu viel davon.«

Violet sah streng auf sie herab, und Vanessa fühlte sich wie ein dummes Mädchen.

Virginia lag hochgelagert auf einem Berg aus Kissen in ihrem Bett und schaute aus dem Fenster. Eine der Krankenschwestern saß in einem Sessel daneben und schnarchte hingebungsvoll. Als Violet ins Zimmer trat, ruckte Virginias

Kopf herum, und ihre Augen weiteten sich. Nein, das waren nicht die Augen einer Irren, wenn sie auch tief und dunkel in ihren Höhlen lagen. Ihr Blick war klar, ohne jegliches Anzeichen von Verwirrung oder Angst. Jetzt zeichnete sich sogar ein Lächeln des Erkennens auf ihrem Gesicht ab. Sie war allerdings so bleich und ausgezehrt wie einige der armen, geisteskranken Seelen, denen Violet in den Jahren ihres mildtätigen Ehrenamtes am Londoner Hospital schon begegnet war. Doch was auch immer mit Virginia geschah – ihr Verstand mochte erschüttert sein, verloren hatte sie ihn keinesfalls.

»Meine Violet«, flüsterte Virginia und streckte die Hand nach ihr aus.

»Virginia, Liebes, wie froh bin ich, dich zu sehen!«

Die Krankenschwester schreckte aus ihrem Schlaf hoch und musterte Violet argwöhnisch.

»Keine Sorge«, sagte Violet. »Ich bin eine Freundin der Familie. Möchten Sie uns einen Moment allein lassen?«

Die Frau schüttelte den Kopf und sprang auf, um hektisch Virginias Kissen in Ordnung zu bringen. »Ich darf sie nich allein lasse«, sagte sie in ihrem breiten Cockney-Dialekt.

»Sie ist nicht allein. Ich passe auf sie auf. Trinken Sie eine Tasse Tee. Zum Wachwerden.« Violet lächelte aus ihrer einschüchternden Höhe auf die kleine, rundliche Frau hinab und schob sie mit sanftem Druck aus dem Zimmer.

Virginia kicherte.

Violet setzte sich an den Bettrand. »Du hättest flüchten können. Sie hätte es nicht einmal bemerkt.«

»Es ist ohnehin nicht ihre Stärke, Dinge zu bemerken. Dafür kann sie sehr gut meine Beine festhalten.«

»Jeder hat so sein Talent«, gab Violet zurück. »Aber sag,

Liebes, wie fühlst du dich? Ich hatte befürchtet, dich in einer Zwangsjacke vorzufinden.«

»Drei von denen sind schlimmer als eine Zwangsjacke.«

»Ich zweifle keine Sekunde. Behandeln sie dich sehr schlecht?«

»Du solltest fragen, wie ich *sie* behandle.«

Violet schmunzelte und streichelte die erschreckend schmale Hand der Freundin, die kraftlos in der ihren lag. »Ich bin sicher, du hast sie ordentlich im Griff«, sagte sie. »Vielleicht aber solltest du hin und wieder etwas essen, damit das auch so bleibt.«

»Sie mästen mich«, protestierte Virginia.

»So siehst du aus.«

»Sie schütten literweise Milch in mich hinein. Ich hasse Milch.«

»Ich könnte vorschlagen, dass sie es mit Starkbier probieren«, schlug Violet mit einem Augenzwinkern vor. »Schreibst du manchmal? Schreibst du auf, was mit dir geschieht?«

»Sie verstecken die Bücher vor mir. Wenn ich nach Tinte und Feder verlange, glauben sie offensichtlich, dass ich mich damit umbringen würde. Oder eine von ihnen! Ich kann nichts tun, außer diesen Fleck anzustarren.« Virginia zeigte auf einen dunklen Punkt an der Wand.

»Ach, du Arme«, sagte Violet und drückte Virginia an sich. Nachdenklich betrachtete sie den Fleck an der Wand und die Gardine, die sich sanft im Wind hin und her bewegte. Dann ging sie zu der Stelle an der Wand und kratzte mit dem Daumennagel, bis der Fleck verschwunden war.

»Ich werde sie zu mir nach Burnham Wood nehmen«, sagte Violet, als sie Vanessa unten in der Halle traf. In Burnham Wood bei Welwyn bewohnte sie ein großes Landhaus gemeinsam mit ihrem Bruder Ozzy, der die staatliche Kontrollkommission für Geisteskranke und geistig Behinderte leitete.

Vanessa sah sie ungläubig an. »Das willst du für uns tun?«

»Du hättest längst fragen sollen.«

»Ich wäre nie auf den Gedanken gekommen ...«

»Ich weiß. Du glaubst immer, alle Probleme mit dir selbst ausmachen zu müssen. Aber so ist es nicht.«

»Ist sie einverstanden?«, fragte Vanessa.

»Sie ist nicht in der Verfassung, für sich selbst Entscheidungen zu treffen. Das müssen wir für sie tun. Und ich bin sicher, das ist die richtige.«

»Sie muss rund um die Uhr bewacht werden«, mahnte Vanessa.

»Das, meine liebe Vanessa«, sagte Violet, »ist das falsche Wort. Nicht *bewacht. Beschützt* muss diese Frau werden. Und bitte – schick mir diese vielen Drachen fort, die ihr engagiert habt. Einer davon reicht völlig.«

In dieser Nacht blieb es zum ersten Mal seit Wochen still in Virginias Zimmer, und Vanessa schlief tief und fest bis zum Morgen. Noch vor dem Frühstück informierte sie Schwester Traill, dass sie bis zum Mittag Virginia und sich selbst reisefertig machen solle. Sie entließ die anderen beiden Krankenschwestern und informierte Doktor Savage über das getroffene Arrangement.

Um zwölf Uhr mittags saß sie gemeinsam mit Virginia, Schwester Traill und einer Tasse Tee im vorderen Salon und wartete auf die Droschke. Als Virginia auf unsicheren Beinen in den Salon getreten war, hatte sie kurz innegehalten und die leere Stelle angestarrt, an der bis vor wenigen Tagen das alte Sideboard, ein Erbstück ihrer Mutter, gestanden hatte. Nun saß sie mit ergeben gefalteten Händen in einem Sessel und wartete. Niemand sagte etwas, nur die Wanduhr tickte viel zu laut.

»Ich werde dieses Haus nicht wiedersehen, nicht wahr?«, fragte Virginia.

»Das Haus wird bleiben. Wir aber gehen weiter auf unserem Weg«, sagte Vanessa.

»*Du* gehst weiter«, erwiderte Virginia, und Vanessa konnte sehen, wie viel Mühe es ihre Schwester kostete, eine aufrechte Haltung zu bewahren.

»Wir gehen beide, Virginia. Zusammen.«

»Mich sperrst du weg. Das ist nicht *zusammen.*« Virginias Worte trafen sie wie ein Hieb in den Magen. Vanessa widerstand der Versuchung, die Schwester in die Arme zu schließen, aus Furcht, diese könnte sie zurückstoßen, wie sie es in letzter Zeit so häufig getan hatte.

In diesem Augenblick streckte die Magd den Kopf durch die Tür. »Die Droschke ist da.«

Virginia verließ, gestützt von Schwester Traill, das Haus ihrer Eltern, ohne einen Blick zurück.

Vanessa winkte der Droschke nach, obwohl sie sicher war, dass ihre Schwester sich nicht noch einmal nach ihr umdrehen würde.

6. Kapitel

46, Gordon Square, August 1904

An einem Nachmittag im August schloss Vanessa zum ersten Mal die Tür zu ihrem neuen Heim am Gordon Square Nummer 46 auf. Aus dem Haus schlug ihr eine angenehme, wenn auch leicht muffige Kühle entgegen, die sie als köstliche Erleichterung nach der Hitze in den Straßen Bloomsburys empfand. Ihre Schritte auf den Steinfliesen in der Empfangshalle klangen wie die einleitenden Taktschläge zur Ouvertüre eines mit Spannung erwarteten Konzerts.

Der größte Raum im Erdgeschoss war ehemals eine Bibliothek gewesen. Die ehemaligen Befestigungen der Regale zogen sich rings über die kahlen Wände, auch auf dem Holzboden hatten Regalwände und Lesesessel helle Stellen hinterlassen. Genauso sah es in den mittlerweile leeren Räumen am Hyde Park Gate aus, nur dass die Spuren der ehemaligen Bewohner in diesem Haus auf Vanessa lebendiger und freundlicher wirkten. Ein merkwürdiges Phänomen.

Thoby hatte bereits angekündigt, in diesem Raum sein Arbeitszimmer einrichten zu wollen, ein Wunsch, den Adrian und Vanessa ihm ohne Einspruch gewährten. Viele Dinge waren leichter zu regeln ohne Virginia und ihren obsessiven Hang zum Widerspruch.

Vanessa durchschritt die beiden großen Räume im ersten Stockwerk, die nur durch eine Falttür voneinander getrennt waren und – wenn man diese öffnete – einen riesigen L-förmigen Salon ergaben. Das Sonnenlicht flutete ungehindert herein und offenbarte überall auf dem Parkett tiefe Spuren. Die Räume hatten stuckverzierte hohe Decken, höher noch als am Hyde Park Gate. Die Wände waren bis auf Schulterhöhe mit dunklem Holz vertäfelt und darüber mit einer gestreiften Tapete beklebt, ähnlich wie im Salon ihres Elternhauses, eine Zumutung für Augen und Seele. Vanessa kannte allerdings keinen Haushalt, in dem es diese geschmacklosen Wandverzierungen nicht gegeben hätte. Nun, ihrer würde der erste sein! An einer Ecke löste sich die dicke Tapete, und darunter kam der graue Stein zum Vorschein. Vanessa versuchte, die Tapete weiter abzuziehen, aber sie schien mit der Wand verwachsen. Das würde eine schweißtreibende Angelegenheit werden. Sie hatte beschlossen, bei den Renovierungsarbeiten selbst Hand anzulegen, um im Budget bleiben zu können, auch wenn sich die Verwandtschaft darüber die Mäuler zerreißen würde, denn so etwas tat eine Frau ihres Standes für gewöhnlich nicht. Außerdem konnte sie es kaum erwarten, helle Leimfarbe auf die nackten Wände aufzutragen und diese beiden wundervollen Räume in ihrem vollen Glanz strahlen zu sehen.

Sie inspizierte auch die übrigen Zimmer des Hauses, bis hinauf ins Dachgeschoss, machte sich Notizen über die anfallenden Arbeiten und kehrte zum Schluss in den Salon im ersten Stock zurück. Sie öffnete das große Doppelfenster und reckte ihr Gesicht der Sonne entgegen, nahm mit geschlossenen Augen die Geräusche ihrer neuen Umgebung in sich auf. Hufgetrappel, klirrendes Pferdegeschirr, Wagenräder, die über das Pflaster rumpelten, Kinderlachen im Park gegenüber und Gesprächsfetzen von Passanten, die vor dem Haus vorbeigingen. Leben.

Als sie zum Hyde Park Gate zurückkehrte, fing George sie in der Halle ab. Es schien, als hätte er dort auf sie gewartet. Seit Anfang des Sommers lebte sie nun allein mit ihm, der Magd und Sophie, der Köchin, in dem fast leeren Haus und hatte kaum ein Wort mit ihm gewechselt. Oft war er tagelang verreist, ohne dass sie wusste, wo er sich aufhielt, und wenn er in London war, verbrachte er kaum einen Abend daheim. Aber das war für George nicht ungewöhnlich. Ein Abend ohne gesellschaftliche Verpflichtung schien ihm eine persönliche Beleidigung.

Er wirkte fahrig und schwitzte, als hätte er gerade einen strammen Spaziergang hinter sich. Doch George war niemand, der sich freiwillig körperlicher Ertüchtigung unterziehen würde; selbst zu Besuchen bei der nur wenige Straßenzüge entfernt wohnenden Tante Minna bediente er sich seines Einspänners.

»Bruder, was ist mit dir? Du siehst aus, als wärst du gerannt. Ist etwas mit dem Pferd? Musstest du zu Fuß von der Arbeit zurückkehren?«

»Dem Pferd geht es bestens, danke der Nachfrage. Aber ich habe eine Ankündigung zu machen und würde dich bitten, dich heute Abend um acht im vorderen Salon einzufinden.« Der vordere Salon war, bis auf die Küche, der einzige Raum im Haus, in dem noch nahezu alle Möbel an ihrem Platz waren. George hatte darauf bestanden, dass dieser Raum zuletzt leer geräumt werden solle, damit man möglicherweise noch Besuch empfangen könnte.

»Haben wir Gäste?«

»Ähm … nun, ich … nein. Keine Gäste. Also, in gewisser Weise … lass dich überraschen.«

Vanessa legte den Kopf schief. »Nur wir beide? Warum sagst du es mir dann nicht jetzt einfach?«

»Die Angelegenheit verlangt nach einem angemessenen Rahmen, liebe Schwester. Da nun unsere Geschwister überall in der Welt verstreut sind …« Er hob die Schultern und seufzte, damit Vanessa die Tragweite seiner Betrübnis über den Zerfall seiner geliebten Familie ermessen könne.

»Verstehe. Schließt der besondere Rahmen auch eine spezielle Kleiderordnung ein? Perlenkette? Diamantcollier?« Sie sah ihn herausfordernd an, aber die Spitze verfehlte ihre Wirkung.

»Ich vermute, du wirst dich ohnehin frisch machen wollen und …« Er wies auf ihr lockeres Sommerkleid. »Da könnte es nicht schaden, dich den Gepflogenheiten entsprechend zu kleiden.«

Die »Gepflogenheiten« schlossen nach Georges Verständnis immer ein Korsett mit ein, was Vanessa jedoch den ganzen Sommer über kein einziges Mal mehr getragen hatte. Selbst wenn sie sich mit ihrer Freundin Margery Snowden zu Spaziergängen durch die Stadt getroffen hatte, war das verhasste Kleidungsstück im Schrank geblieben. Niemand würde ihr mehr vorschreiben, wie sie sich zu kleiden hatte. Auch und vor allem nicht George!

Es blieb noch reichlich Zeit bis acht, und so schlüpfte Vanessa zum ersten Mal nach langer Zeit in ihren Malerkittel. Etwas in ihr verlangte nach kräftigen, lebendigen Farben, und so entführte sie die Obstschale aus dem Speisezimmer, in dem nur noch der große Tisch mit zwei Stühlen stand. Auch der würde in den nächsten Tagen abgeholt werden. Dann würden sie und George nur noch in der Küche speisen, was ihr selbst nichts ausmachte, George dafür umso mehr.

Sie arrangierte Äpfel, Kirschen und Beeren, skizzierte mit raschen Strichen das Arrangement auf ihrer Leinwand und mischte dann Rot, Gelb und Blau auf ihrer Palette zu sattem Dunkel- bis Himbeerrot, Grün und Orange zusammen. Die Farben entsprachen nicht einmal annähernd der natürlichen Färbung ihres Motivs, aber das gefiel ihr in diesem Moment umso besser. Sie hatte keine Lust, sich an die mit Fleiß an der Akademie erarbeiteten Regeln der Kunst zu halten. In ihr schrie es nach Revolution, und sei es nur auf einem winzigen Stück Leinwand.

Als die Glocken der nahe gelegenen Holy Trinity Church schlugen, ließ sie erschrocken den Pinsel fallen. In ihrem Farbenrausch hatte sie nicht eine Sekunde darauf verschwendet, auf die Uhr zu sehen. Sie riss sich den Kittel herunter, rannte ins Bad, um sich notdürftig vom Schweiß des Tages und Farbspritzern zu befreien, und schlüpfte hastig in das nächstbeste Kleid, das ihr in die Hände fiel. Es entsprach ganz gewiss nicht dem, was George sich für seine großartige Ankündigung erhoffte, aber ihn warten zu lassen, wäre ein noch größerer Frevel. Sie flog die Treppe hinunter und stürzte um Viertel nach acht in den Salon.

»Es tut mir leid, Bruder, aber ich …« Abrupt blieb sie stehen. George war nicht allein. Neben ihm stand eine kleine, zierliche Person mit adrett gelocktem Blondhaar, kirschroten Lippen und blauen Augen, die sich in diesem Moment in irritiertem Erstaunen weiteten. Auf dem Kopf trug sie einen kecken Hut, das Korsett schnürte die Taille auf Wespenmaße zusammen, wobei es zugleich die füllige Brust in schwindelerregende Höhen schob und ihrem Körper die seit einigen Jahren so beliebte S-Form verlieh.

»Oh«, machte Vanessa. »Wir haben also doch Besuch.« Sie versteckte die Hände hinter dem Rücken, denn in der Eile war es ihr nicht gelungen, die Farbe unter ihren Nägeln vollständig zu entfernen. »Du hättest es mir sagen sollen, George.«

»In der Tat.« George ließ seinen Blick missbilligend auf ihrem Kleid ruhen. »Nun«, sagte er dann und räusperte sich. »Darf ich vorstellen? Lady Margaret Herbert … meine Verlobte.«

Vanessa öffnete den Mund, aber die Worte, die eine Schwester im Angesicht einer solchen Verkündigung zu sagen hätte, wollten ihr spontan nicht einfallen. So verzog sie die Lippen zu etwas, das hoffentlich einem Lächeln gleichkam, und knickste.

Lady Margaret lächelte ebenfalls ein wenig gezwungen und sagte: »Hocherfreut, Sie kennenzulernen, Miss …« Hilfe suchend sah sie zu George auf.

»Vanessa. Dies ist Vanessa. Leider ist Virginia kurzfristig verhindert, aber auch sie wirst du bald kennenlernen.«

Typisch George! Vermutlich hatte er seiner Zukünftigen von den beiden eleganten, liebevollen Schwestern erzählt, die ihm sein Nest daheim behaglich machten und mit denen er am Abend angeregt am Kamin plauschte, damit Lady Margaret schon einmal wusste, wie hoch die Messlatte der Ansprüche ihres Angebeteten lag.

Vanessa trat auf Lady Margaret zu und ergriff ihre Hände. »Ich freue mich! Gibt es denn schon einen Hochzeitstermin?«

»O ja!«, sagte Lady Margaret. Sie hatte eine dünne Fistelstimme, was auch daher rühren mochte, dass sie in ihrem Korsett nicht richtig atmen konnte. »Im September werden wir heiraten.«

»Im September schon.« Anerkennend sah Vanessa von Lady Margaret zu George, der, die Hände hinter dem Rücken verschränkt, das Kinn stolz vorgereckt, selbstzufrieden hinter seiner zierlichen Verlobten stand und lächelte. »Das ist nun wirklich eine überraschende Neuigkeit.«

George legte in besitzergreifender George-Manier Lady Margaret die Hände von hinten um die Taille und küsste sie in den Nacken. Sie blickte mit dankbarem Augenaufschlag zu ihm hoch, und er sagte, ohne Vanessa anzusehen: »Es wird die Hochzeit des Jahres werden, nicht wahr, mein Goldengel? Und du …« Jetzt schaute er über den Kopf seiner Verlobten Vanessa an: »Du und Virginia, ihr werdet unsere Brautjungfern.«

Deswegen also hatte er sie in den Salon zitiert. Es ging ihm überhaupt nicht darum, Vanessa über eine bedeutsame Veränderung in seinem Leben zu informieren, das hätte er auch ohne die Anwesenheit Lady Margarets problemlos tun können. Um seiner Zukünftigen aber zu zeigen, wie sehr seine Schwestern nach seiner Nase tanzten – dazu brauchte er Vanessa. Zu dumm, dass das andere Beweisstück just in diesem Moment unerreichbar für ihn in geistiger Umnachtung dahindämmerte. Zumindest schien er damit zu rechnen, dass Virginia sich bis zu seiner Hochzeit wieder vollständig erholt hätte, denn sonst wäre sie vermutlich von der Liste der Personen, die seine Angetraute kennenlernen durften, verschwunden.

»Aber natürlich, mit dem allergrößten Vergnügen«, sagte Vanessa laut und fröhlich und warf George gleichzeitig einen wütenden Blick zu, den seine Verlobte jedoch nicht sehen konnte, weil sie immer noch zu ihm hochschmachtete. Mit einem boshaften Lächeln setzte sie hinzu: »Allerdings glaube ich, dass Virginia im September noch nicht genesen sein wird.«

»Oh, ist sie krank?« Lady Margaret wandte sich ihr zu. »Ich dachte …«

»Sie hatte Scharlach«, fuhr George dazwischen. »Aber es geht ihr schon besser, sie braucht nur etwas mehr Ruhe als sonst.« Sein Tonfall duldete keinen Widerspruch.

Tatsächlich war Virginia wenige Tage nach ihrem Eintreffen bei Violet an Scharlach und heftigen Fieberschüben erkrankt, was ihren Allgemeinzustand noch einmal verschlimmert hatte. Das Fieber war inzwischen abgeklungen, aber die Halluzinationen waren geblieben. In einem der letzten Briefe hatte Violet geschrieben, dass Virginia auf einem Spaziergang glaubte, König Edward mit entblößtem Unterleib aus einem Gebüsch hervorspringen zu sehen.

»Du solltest sie nicht unter Druck setzen, lieber Bruder«, sagte Vanessa mit süßer Stimme. »Du weißt, wie empfindsam sie ist.«

»Natürlich nicht«, sagte George, und Vanessa konnte nur staunen, wie gut ihm der Spagat zwischen herrischem Gebaren ihr gegenüber und zärtlicher Hingabe an seine Angebetete gelang. »Nun wird es aber Zeit für uns aufzubrechen. Du darfst dich zurückziehen, Schwesterherz.«

Damit schob er Lady Margaret sanft an ihr vorbei aus dem Raum, und Vanessa blieb nur, ihnen hinterrücks die Zunge so weit herauszustrecken, dass es schmerzte.

Zur gleichen Zeit in Burnham Wood, Welwyn

Die Vögel singen auf Griechisch. Sie weiß, dass das eigentlich nicht sein kann. Vögel sprechen kein Griechisch. Virginia braucht Schwester Traill nicht, um ihr zu sagen, was sein könne und was nicht. Ein König treibt sich nicht in Büschen herum und schon gar nicht ohne Hose. Aber sie sieht ihn beinah jedes Mal, wenn sie mit Schwester Traill spazieren geht. Wenn Violet bei ihr ist, passiert das nicht. Dann schämt sich der König wahrscheinlich und bleibt in seinem Versteck.

Auch die Stimmen haben sie bis hierher verfolgt. Virginia hat einen Trick entdeckt, um sie in Schach zu halten. Lautes Singen. Damit kann sie sie übertönen. Schwester Traill will nicht, dass sie singt, vor allem nicht in der Nacht, und hält ihr den Mund zu. Aber nachts sind die Stimmen am lautesten.

Manchmal kommt Violet zu ihr, wenn sie singt. Dann schickt sie die grobe Schwester fort, nimmt sie in die Arme und umhüllt sie mit ihrem süßen Duft und ihrer Wärme. Virginia schmiegt sich auf ihrem Schoß an sie und lässt sich sanft schaukeln. Dann kann sie auch aufhören zu singen, denn die Stimmen erreichen sie nicht, so wie auch die Kälte ein Känguruhbaby in seinem schützenden Beutel nicht erreichen kann.

Violet ist nicht da. Schwester Traill behauptet, sie kehre bald zurück, aber Virginia glaubt das nicht. Schwester Traill sagt es zu oft. Wie viele Tage sind es schon? Sind es überhaupt Tage? Die Zeit hat keine Konturen mehr. Immer ist es dunkel, dann wieder so grell, dass Virginia die Augen schließen muss, weil die Helligkeit ihren Kopf zerspringen lässt vor Schmerz.

Bestimmt ist nun auch Violet für immer fortgegangen, und es gibt keinen Schutz mehr vor den Stimmen, die in gewaltigen Wellen aus Worten heranrollen, über ihr zusammenbrechen und sie in diesen Sumpf aus tückischer Schwachsinnigkeit hinabziehen. Sie wehrt sich. Ihr Körper bäumt sich dagegen auf, die Angst lässt sie brennen, lässt ihren Puls galoppieren, immer schneller, schneller, fort!, wo sind die rettenden Arme, wo die klaren, hellen Fluten, die Stille versprechen, endlich Stille? Sie schreit.

Sie reißt das Fenster auf. Die Kühle der Nacht weht herein. Mit ihr die Stille, die sie mit offenen Armen empfängt. Endlich.

An
Vanessa Stephen
22, Hyde Park Gate
Kensington, London

Burnham Wood am 28. August 1904

Liebste Vanessa,
verzeih meine Schweigsamkeit in den letzten Tagen. Virginias Zustand hat einen kritischen Höhepunkt erreicht, aber ich glaube, der Zenit ist nun überschritten, und seit heute Morgen geht es ihr besser. Das Fieber ist gesunken, und sie sagt, sie habe kaum noch

Schmerzen. Allerdings hat sie sich eine üble Verstauchung an der linken Hand zugezogen. Warum, will ich dir erzählen:

Anfang der Woche musste ich für ein paar Besorgungen nach London. Ich war nur einen halben Tag und eine Nacht fort, aber Virginia schien zu glauben, dass ich nicht zurückkehren werde. Schwester Traill hatte ihre liebe Mühe mit ihr. Sie verweigerte vollständig das Essen, weigerte sich am Abend, ins Bett zu gehen, und schlug nach ihr, als sie ihr das Schlafmittel verabreichte.

Doktor Savage hat uns empfohlen, die Dosis Veronal zu erhöhen, damit sie nachts Ruhe findet, doch mir scheint, das Mittel hatte den gegenteiligen Effekt. Sie schlief keine Sekunde, hatte hohes Fieber, und dennoch war sie nicht im Bett zu halten. Wie es ihr gelungen ist, unbemerkt von Schwester Traill das Fenster zu öffnen, ist mir ein Rätsel. Ich vermute, sie hat kurz das Zimmer verlassen, was sie nicht hätte tun dürfen. Ich habe sie nicht gescholten deswegen, sie hat es wirklich nicht leicht mit Virginia.

Was also passiert ist: Virginia hat sich aus dem Fenster gestürzt. Nun hatte ich sie in weiser Voraussicht in einem Zimmer im Erdgeschoss untergebracht, so hat sie den Sturz bis auf ein verstauchtes Handgelenk ohne dramatische Folgen überlebt. Sie hat den ganzen folgenden Tag und die Nacht geschlafen, und als ich ihr von ihrem Unfall erzählte, wollte sie mir nicht glauben. Nun aber ist sie, so denke ich, über den Berg, denn sie spricht völlig normal und isst ohne Widerspruch.

Natürlich ist es ausgeschlossen, dass sie an Georges Hochzeit teilnimmt. Ich habe ihr noch nicht erzählt, dass er heiraten wird, vielleicht möchtest du es selbst tun, wenn du sie demnächst besuchen kommst? Du wirst doch kommen? Sie hat nach dir gefragt. Auch das ist ein gutes Zeichen, findest du nicht?

Deine Violet

7. Kapitel

46, Gordon Square, Oktober 1904

Nun war es fast perfekt. Die neuen Möbel waren alle angeliefert worden und standen in ihren zugewiesenen Zimmern. Aus ihrem Elternhaus hatte Vanessa nur einige ausgewählte Möbelstücke behalten sowie ihre Staffelei, Virginias Schreibpult und ihren Sessel. Der Rest war verschenkt, versteigert oder gespendet worden. Jeder von ihnen hatte ein eigenes kleines Arbeitszimmer, Thoby das größte im Erdgeschoss. Im großen Salon standen nur wenige Möbelstücke, allesamt modern und neu. Vanessa hatte die Familienporträts an den weiß getünchten Wänden im Salon und im Speisezimmer verteilt, so dass sie zum ersten Mal in ihrer ganzen Schönheit zur Geltung kamen. Die Fotografie, die Julia Margaret Cameron von ihrer Mutter gemacht hatte, hing im Esszimmer und bildete einen stilvollen Kontrast zu dem roten Teppich, den Vanessa vor einigen Tagen noch gekauft hatte. Ansonsten schmückten nur in Leder gebundene Bücher und moderne Vasen die Regale im Salon, über Tische und Sessel hatte sie indische Tücher drapiert, die einen Hauch von Exotik in die Schlichtheit der Räume zauberten.

Und nun saß sie zum ersten Mal im Salon in einem der Sessel und ließ das Ergebnis ihrer wochenlangen Arbeit auf sich wirken. An den Fenstern fehlten noch die Gardinen. Sie hatte bisher keinen Stoff gefunden, der ihr gefiel, und überlegte, ganz darauf zu verzichten, damit das Licht weiterhin ungehindert hereinfluten konnte. Nur farbige Schals an den Seiten wollte sie anschaffen, um Akzente zu setzen und dem Licht einen passenden Rahmen zu bieten.

Überall im Haus verteilt standen Kisten mit Büchern, Wäsche und Geschirr, bereit zum Auspacken. Vanessas Bilder, Virginias Notizbücher und der Schmuck harrten in einem Safe der Bank des Tages, an dem auch sie endlich am Gordon Square würden einziehen können.

Eines der wertvollsten Schmuckstücke, das Vanessa je besessen hatte, war indes nicht mehr dabei. Es hatte auf der Rückreise von Georges Hochzeit die Besitzerin gewechselt. Vanessa musste kichern, als sie daran dachte. Es war ein Perlencollier mit Diamantschließe, das ihr George vor Jahren geschenkt hatte. Es solle, wie er meinte, die Zartheit ihres Dekolletés zur Geltung bringen, wenn sie ihn zu seinen Abendgesellschaften begleitete – damals, als Virginia noch zu jung und sie noch nicht in Ungnade gefallen war.

Sie hatte es nach Dulverton mitgenommen, um es zu seiner Hochzeit zu tragen. Natürlich nicht freiwillig – es war Georges ausdrücklicher Wunsch gewesen.

Im Sommersitz der Herberts hatten sich die Earls und Comtessen Somersets sowie hochrangige Londoner Regierungsbeamte versammelt, um mit viel Pomp die Vermählung zwischen Lady Margaret und George Duckworth zu feiern. Vanessa trug ihre Lockenpracht, das verhasste altmodische Brautjungfernkleid und Georges Collier mit der allergrößten Würde, die sie trotz ihres Widerwillens gegen die ganze Angelegenheit aufzubringen in der Lage war.

Auf der Rückreise saß in ihrem Abteil eine ältere Dame,

die von der schlicht gekleideten jungen Frau neben ihr mit »Lady Isabel« angesprochen wurde. Die »Lady« tyrannisierte das arme Geschöpf ohne Unterlass, verlangte bald frische Luft, dann wieder war es ihr zu kühl, mal wollte sie unterhalten werden, dann fuhr sie das arme Ding an, sie solle endlich schweigen.

Kurz bevor sie in London ausstiegen, zog Vanessa – nachdem Adrian mit dem großen Koffer schon das Abteil verlassen hatte – das Collier aus ihrer Handtasche. Die alte Hexe war eingenickt, und Vanessa ließ das Geschmeide in den Schoß der jungen Frau gleiten.

»Würden Sie mir den Gefallen tun, dies als Geschenk anzunehmen?«, fragte sie und lächelte in die müden, traurigen Augen der überraschten Frau.

»Aber … nein, ich …«, stammelte diese erschrocken und schüttelte den Kopf.

»Bitte«, sagte Vanessa. »Nehmen Sie es. Es würde mich sehr glücklich machen.«

Bevor die Frau noch etwas entgegnen konnte, trat Vanessa auf den Gang hinaus, winkte ihr noch einmal zu und sprang, kurz bevor die Türen sich schlossen, aus dem Zug. Adrian sah sich bereits mit besorgter Miene nach ihr um.

»Ich dachte schon, du schaffst es nicht mehr rechtzeitig. Was hast du gemacht?«

»Einen Schlussstrich gezogen«, sagte sie und schritt mit zufriedenem Lächeln voran.

Die Handtasche an ihrem Arm fühlte sich um so vieles leichter an, als es das Fehlen des Colliers hätte erklären können.

Die Türglocke riss sie aus ihren Gedanken – ein warmer, dunkler Ton, der einen jedoch nicht aufschreckte wie am Hyde Park Gate, sondern auf gelassene Weise verheißungsvoll klang.

Niemand sonst war im Haus, und so ging sie selbst hinunter, um die Tür zu öffnen. Draußen stand Thoby, neben ihm ein kleinerer Mann, den Vanessa im ersten Augenblick nicht erkannte, denn die Sonne stand bereits tief am Himmel und schien ihr genau in die Augen.

»Schwesterherz! Ich dachte mir doch, dass wir dich hier antreffen würden.«

Thoby hatte sich bei den Vorbereitungen für den Umzug sehr zurückgehalten, weil er in den Abschlussprüfungen steckte. Er schloss Vanessa in die Arme. »Sieh, wen ich dir mitgebracht habe.«

Und nun erkannte sie ihn. Clive Bell. Er war kleiner, als sie ihn in Erinnerung hatte, aber vielleicht lag es daran, dass Thoby im Vergleich so riesig war. Ihr Bruder und sein Freund sahen nebeneinander aus wie ein stolzer, rüstungsloser Ritter mit seinem Knappen. Thoby war schlank, fast einen Meter neunzig groß und hatte die edlen, fein ziselierten Züge eines griechischen Gottes. Clives rundliches Gesicht, die rötlichen Locken, die schon jetzt eine Neigung zur Ausdünnung zeigten, und sein kräftiger, gedrungener Körper ließen ihn deutlich älter erscheinen als ihren Bruder.

Sein Lächeln aber machte alles wett. Aus seinen Augen strahlte die unwiderstehliche Lebensfreude, die sie schon bei ihrer ersten Begegnung so für sich eingenommen hatte.

»Mister Bell!«, rief sie. »Sie beehren uns mit einem Besuch, hatten Sie Heimweh nach unserer schönen alten Insel?«

»Paris begann mich zu langweilen, und Thoby hat so von seinem neuen Heim geschwärmt, da konnte ich nicht widerstehen …«

»Du alter Aufschneider.« Thoby versetzte ihm einen kameradschaftlichen Stoß. »Herbeizitiert worden ist er«, flüsterte er Vanessa hinter demonstrativ vorgehaltener Hand zu, laut genug, dass auch die nächsten Nachbarn es hätten hören können. »Offenbar ließen die Früchte seiner wissenschaftlichen Arbeit zu wünschen übrig.«

»Ein schöner Freund bist du, mich vor deiner Schwester so bloßzustellen.« Clive zwinkerte Vanessa gut gelaunt zu.

»Sagen Sie nicht, dass Sie der schönsten Stadt der Welt den Rücken gekehrt haben«, sagte Vanessa.

»Seit Ihrem Besuch dort ist mir bewusst geworden, dass es nur die zweitschönste Stadt der Welt sein kann. Es sei denn, Sie hätten vor, sich in Paris niederzulassen, verehrte Miss Vanessa. Dann könnte ich mein Urteil revidieren.«

Thoby zog die Augenbrauen hoch. »Lass dich nicht umgarnen, Schwester. Er ist ein notorischer Charmeur.«

»Das ist mir nicht entgangen«, entgegnete Vanessa. »Aber wollen Sie nicht trotzdem hereinkommen, mein Lieber?«

Clive stand noch immer in der geöffneten Eingangstür, während Thoby sich bereits an Vanessa vorbeigeschoben hatte und auf sein zukünftiges Arbeitszimmer zuschritt. Er war erst ein einziges Mal im Haus gewesen, und das zu einem Zeitpunkt, als noch alles kahl und verwohnt gewesen war.

»Vanessa!«, hörte sie ihn rufen. »Du bist eine Zauberin!«

»Das findet meine uneingeschränkte Zustimmung«, flüsterte Clive ihr im Vorbeigehen ins Ohr und ging nun ebenfalls zu Thobys Zimmer.

Vanessa betrachtete seine breiten Schultern und spürte dem Gefühl nach, das ihr wie feinperliger Champagner über den Rücken rieselte.

»Gefällt es dir?«, fragte sie, an den Türrahmen gelehnt.

Sie hatte auf einer Auktion einen großen Mahagonischreibtisch erstanden, der einen wundervollen Kontrast zu dem hellen Parkett bildete. Thobys Bücher vom Hyde Park Gate hatte sie in lockeren Gruppen in die Regale gestellt mit viel Platz für all die Werke, die er aus Cambridge mitbringen würde, sobald er dort seine Räume aufgegeben hatte. Dies stand nun bevor – und damit auch für ihn ein neuer Lebensabschnitt.

Thoby saß hinter seinem Schreibtisch und ließ die Hände über die glänzende Tischplatte gleiten, auf den Lippen ein Lächeln. »Was für ein Unterschied zu meinem winzigen Studierzimmer in Cambridge.«

»Ich weiß ohnehin nicht, wie du es so lange dort ausgehalten hast«, sagte Clive, lehnte sich lässig an den Tisch und ließ den Blick durch den Raum schweifen. »Beim Zeus, hier könnte es mir auch gefallen.«

»Und Sie haben noch gar nicht den Rest gesehen«, sagte Vanessa.

»Dann auf zur Besichtigung.«

Vanessa führte die beiden durch das Haus, freute sich über Thobys Begeisterung und Clives Bewunderung für ihr Gespür für Farben und Räume.

»Das sollte sie als Künstlerin wohl haben«, sagte Thoby und zog sie voller Bruderstolz an sich.

»Wann bekomme ich eines Ihrer Werke zu sehen?«, fragte Clive, als sie ihren Rundgang schließlich im Salon beendeten.

»Nachdem Sie monatelang in Paris in künstlerischer Exzellenz gebadet haben? Meine Bilder werden Ihrem hohen Anspruch kaum genügen können, fürchte ich«, sagte Vanessa.

»Nicht so bescheiden. Ich hörte, dass Sie als eine der wenigen Bewerberinnen einen Studienplatz an der Royal Academy bekommen haben.«

»Vor Jahren. Und ich darf nun nicht mehr dorthin zurückkehren.«

»Aber warum denn nicht?«, fragte Thoby erschrocken. Er war ungeheuer stolz gewesen, als seine Schwester an der ehrwürdigen Akademie aufgenommen worden war, und blieb bis heute einer der größten Bewunderer ihrer Bilder.

»Ich wollte diesen Winter wieder anfangen, aber mein Antrag ist abgelehnt worden«, sagte Vanessa und zog ein golddurchwirktes, farbiges Tuch glatt, mit dem sie ein Sideboard im Salon dekoriert hatte. Sie zuckte gleichgültig die Achseln, konnte aber nicht verhindern, dass ihre Stimme gepresst klang.

»Abgelehnt? Warum nur?« Thoby war ehrlich erstaunt. Wie weit entfernt von der Realität er doch war. Zumindest von dem, was eine Frau wie sie als Realität kannte.

»Die Klassen sind voll. Einmal ausgeschieden, ist das Recht auf einen Platz verwirkt. Aber ich werde meinen Weg schon finden«, sagte Vanessa und begegnete dem Blick ihres Bruders mit trotzigem Selbstbewusstsein.

»Du hättest nicht unterbrechen dürfen«, stellte Thoby mit der ihm eigenen Gewissheit fest, dass jeder Mensch sein Schicksal selbst in der Hand hielt.

Vanessa bedachte ihn mit einem nachsichtigen Lächeln. Clive hatte es sich inzwischen in einem der Sessel neben dem großen Fenster gemütlich gemacht und ihr Gespräch aufmerksam verfolgt.

»Warum haben Sie unterbrochen?«, fragte er mit aufrichtiger Neugier.

»Mein Vater war krank. Mir fehlte die Zeit«, erwiderte Vanessa knapp.

Clive nickte, als wüsste er genau um die Zwänge familiärer Verpflichtungen.

»Sie wohnen in unmittelbarer Nähe zur künstlerischen Avantgarde unseres Landes. Versuchen Sie Ihr Glück an der Slade«, sagte er. »Man wird Sie dort mit offenen Armen empfangen.«

Vanessa zog skeptisch eine Braue hoch. »Was macht Sie da so sicher?«

»Nun ...«, erwiderte Clive und drehte die Handflächen nach oben, als wäre die Antwort auf diese Frage zu selbstverständlich, um sie auszusprechen.

Tatsächlich erwog Vanessa ernsthaft, an der Slade vorzusprechen, obwohl ihre Freundin Margery Snowden, die sie von der Royal Academy kannte, behauptete, der leitende Professor dort sei ein rechtes Ekel, insbesondere Frauen gegenüber, was sie nun auch zu Clive sagte.

»Professor Tonks ist sehr von den französischen Impressionisten beeinflusst. Das sollte Ihnen entgegenkommen«, sagte Clive. »Ihn meinen Sie doch, nicht wahr?«

Überrascht sah Vanessa ihn an. »Dein Freund kennt sich aus«, sagte sie dann zu Thoby. »Und das, obwohl er nur ... was studierten Sie noch gleich?«

»Dies und das«, sagte Clive. »Griechisch, ein wenig Geschichte, etwas Literatur. Vor allem aber ...«

»Das Leben«, warf Thoby ein. »Und das mit besonderer Intensität.« Beide lachten, als hätte er einen ausgezeichneten Witz gemacht, dessen Pointe Vanessa jedoch vollständig entging.

Sie plauderten bis in den frühen Abend, und Vanessa genoss es sehr, Clives Blicke offen zu erwidern, ohne dass irgendjemand dies unpassend oder verwerflich hätte finden können. Als er nach ihrer »reizenden Schwester« fragte, sah Vanessa zu Thoby, der unmerklich den Kopf schüttelte.

Unter Violets Obhut hatte Virginia sich bis Anfang September so weit erholt, dass sie gemeinsam eine Woche Urlaub hatten verbringen können. Allerdings fand Vanessa sie noch lange nicht gesund genug, um sie während der anstrengenden Wochen des Umzugs selbst zu betreuen. Und so hatte Vanessa sie bei ihrer Tante in Cambridge untergebracht, auch wenn sie dabei selbst kein gutes Gefühl hatte. Tante Caroline Emilia war eine strenggläubige Quäkerin mit einem Hang zum Mystizismus, die zu glauben schien, es gelte den Teufel aus dem Körper ihrer Schwester auszutreiben. Beinah täglich kamen nun Briefe von Virginia, in denen sie sich über die strengen Regeln, die ihr auferlegt wurden, beschwerte und Vanessa anflehte, sie nach Hause zu holen. Aber erst musste in Bloomsbury Ruhe eingekehrt sein. Vanessa hatte keine Kraft, sich in all dem Trubel auch noch um ihre Schwester zu kümmern. Es war einfacher so, wie es war.

»Virginia ist zu Besuch bei unserer Tante in Cambridge«, sagte sie also zu Clive.

»Ich hoffe doch, es geht ihr gut? Sie schien in Paris ein wenig ...«

»Sie war sehr erschöpft nach den vielen Reisen. Aber es geht ihr gut, ja. Sie wird bald zurückkehren.« Wieder sah Vanessa zu Thoby, der ihr aufmunternd zunickte.

An diesem späten Nachmittag kehrte Clive so beschwingt in sein Zimmer zurück, als hätte er Champagner getrunken. Seit seiner Rückkehr aus Paris bewohnte er ein winziges, aber günstig gelegenes Apartment nahe Kings Bench Walk, das es ihm erlaubte, eine Dame zu empfangen, deren Besuche unbedingte Diskretion verlangten. Gegenüber seinen Cambridge-Freunden sprach er von ihr als seiner »guten alten Freundin« Mrs Raven-Hill, die in ihm das Interesse an französischer Kunst und Lebensart geweckt habe. Annie Raven-Hill war die Ehefrau des Karikaturisten Leonard Raven-Hill von der Satirezeitschrift *Punch* und damit in exponierter gesellschaftlicher Stellung. Sie entstammte einer befreundeten Familie seiner Eltern und hatte ihn auf dem elterlichen Anwesen in Seend im zarten Alter von 18 Jahren das erste Mal verführt. Sie war es gewesen, die ihm die Entscheidung, aus Paris nach London zurückzukehren, sehr erleichtert hatte. Das reizende Apartment, in dem sie nun oft und ausgiebig ihrer Leidenschaft füreinander frönten, hatte sie ihm verschafft.

Auch am heutigen Abend würde sie zu ihm kommen, da war er sicher. Nicht sicher war er allerdings, ob es ihm gelingen würde, die edlen Züge Vanessa Stephens', ihre klugen blaugrauen Augen und die sinnlichen Lippen aus seinem Geiste zu verbannen. So aufregend es war, Annie genussvoll aus ihren französischen Unterkleidern und Spitzenstrapsen zu schälen, allein die Stimme Vanessas versetzte ihn in Erregung und sein Herz in Aufruhr. Sie war noch schöner, als er sie von ihrer letzten Begegnung in Erinnerung hatte. Die Schüchternheit, die er in Paris an ihr wahrgenommen hatte, war einer selbstgewissen Zufriedenheit gewichen. Aus ihren ruhigen Gesten sprach eine Souveränität, wie er sie nie zuvor bei einer Frau gesehen hatte. Ohnehin hatte er für die unterwürfige Koketterie der britischen Damenwelt nichts übrig, und es war wohl Vanessas unverfälschte Natürlichkeit – mehr noch als ihre Schönheit –, die ihn so sehr reizte.

Als er sich jedoch kurze Zeit später mit einem Bad auf die Genüsse des Abends vorbereitete, musste er sich eingestehen, dass er das vor ihm liegende sinnliche Spiel nicht minder reizvoll fand. Er hätte sich in diesem Augenblick nicht zu entscheiden vermocht zwischen einer angeregten, keuschen Unterhaltung mit Vanessa und einem erotischen Stelldichein mit seiner Geliebten – und zum Glück musste er diese Entscheidung auch gar nicht treffen.

8. Kapitel

The Porch, Cambridge, 26. Oktober 1904

Ein Brief von Vanessa. Sie war bei diesem Kerl Savage gewesen und hatte mit ihm zusammen etwas ausgeheckt, was angeblich der Stabilisierung ihrer Gesundheit dienen sollte. Doch letztlich wollte sie ihre Schwester nur von London fernhalten, damit sie dort in aller Ruhe in ihrem neuen Haus Hof halten konnte, während sie, Virginia, hier bei ihrer Tante in der Provinz versauerte! Voller Wut zerknüllte Virginia den Brief und warf ihn gegen die Wand. Vernunft und Einsicht solle sie üben! Wenn irgendjemand von Vanessa verlangt hätte, wochenlang ohne ihre geliebten Farben, Pinsel und Staffeleien, unter der strengen Aufsicht eines Drachens von Krankenschwester und einer religiösen Eiferin eine Wand anzustarren – was hätte sie wohl getan? Wenn ihre Schwester morgen käme, würde sie ihr gehörig die Meinung sagen. Niemand konnte sie zwingen, noch länger in diesem Zwangsexil zu verbleiben. Sie war längst wieder gesund und wollte endlich zurück zu ihren Büchern, wollte ins Theater, Konzerte besuchen, sich mit intelligenten Menschen austauschen.

Zu allem Überfluss durfte Virginia abends vor dem Zubettgehen nicht einmal schreiben oder lesen. Dies wurde ihr ausschließlich vormittags zwischen zehn und elf Uhr gestattet. Eine Stunde! Der Rest des Tages war ein eintöniges Einerlei aus Spaziergängen, erzwungenen Mittagsruhen und den enervierenden Bibelsprüchen ihrer Quäkertante. Um Punkt neun Uhr am Abend kam Schwester Traill ins Zimmer und bestand darauf, dass sie das Licht löschte. Und natürlich sollte sie weiterhin jeden Abend Schlafmittel einnehmen. Wer würde schlafen können, wenn er den ganzen Tag zum Nichtstun verurteilt war? Zum Glück hatte sie inzwischen einen Trick gefunden, die widerliche Pille in ihrem Mund zu verstecken, bis die alte Traill ihr den Rücken zukehrte, um sie dann ungesehen wieder auszuspucken. Sie hörte auch keine Stimmen mehr. Inzwischen hatte Virginia sogar den Verdacht, dass das Mittel selbst diese Stimmen heraufbeschwor. Leider schlief sie dennoch furchtbar schlecht und war tagsüber oft müde und abgeschlagen. Damit verbunden waren auch die Rückenschmerzen, die ihr inzwischen mehr zu schaffen machten als alles andere. Trotzdem fühlte sie sich wieder als Mensch. Das Grauen der letzten Monate schien nur noch wie eine ferne dunkle Wolke über der Ödnis zu hängen, die sie hinter sich gelassen hatte. Und wenn Virginia sich nicht allzu oft danach umdrehte, würde auch diese Erinnerung sich irgendwann auflösen und dem Glanz einer verheißungsvollen Zukunft Platz machen.

Noch wollte in ihrem Umfeld aber niemand so recht glauben, dass sie die Herrschaft über sich selbst zurückerlangt hatte, und dieses Misstrauen erfüllte sie mit Zorn. Sie schrieb verzweifelte Briefe an Violet, wütende an ihre Schwester und hin und wieder appellierende an Doktor Savage selbst, dem sie durch die Klarheit ihrer Worte zu verstehen geben wollte, dass auch ihr Geist wieder vollständig klar war. Allerdings erhoffte sie sich von ihm am allerwenigsten – wie überhaupt von all diesen Quacksalbern, die doch letztlich keinen einzigen Menschen in ihrem Umfeld hatten heilen können. Im Gegenteil. Sie war überzeugt, dass die Ärzte mit ihrer Inkompetenz und Überheblichkeit die Schuld an Stellas Tod trugen. Viel zu spät hatten sie erkannt, dass sie an einer Bauchfellentzündung litt, und sie völlig falsch behandelt.

Es gab jedoch etwas, das sie mit Stolz und Zufriedenheit erfüllte: Sie durfte die Korrespondenz ihres Vaters durchsehen und die Briefe abschreiben, die sie für geeignet hielt, um in eine Biographie über ihn aufgenommen zu werden. Der Biograph, Fred Maitland, ein Freund und Schüler ihres Vaters, hatte sie sogar gebeten, eine eigene Notiz abzufassen, die er ebenfalls aufnehmen wollte. Ihre Geschwister waren einstimmig der Meinung gewesen, dass sie diese Aufgabe am besten erfüllen konnte, weil keiner von ihnen dem Vater so nahegestanden hatte wie sie. Und so nutzte sie die jämmerliche morgendliche Stunde, die ihr dafür zur Verfügung stand, um tief in das Leben und die Gedanken ihres Vaters einzutauchen. Meist hingen ihr die Dinge, die sie las, noch lange nach, und so konnte es geschehen, dass sie am späten Abend, wenn alle schliefen, die Petroleumlampe in ihrem Zimmer wieder anzündete und heimlich ihre Gedanken zu Papier brachte, um sie zu ordnen. Das Ordnen war wichtig; nur so konnte sie überhaupt die Ruhe zum Schlaf finden, aber das verstanden weder Schwester Traill noch Tante Caroline Emilia. Vielleicht würde Vanessa es verstehen, wenn sie nur endlich die Gelegenheit bekäme, es ihr zu sagen.

Vanessa traf am nächsten Tag pünktlich zum Tee ein. Sie saßen inmitten von Christuskreuzen, Heiligenbildchen und Marienfiguren jeder nur erdenklichen Größe im Salon der

Tante, dem einzigen Raum im ganzen Haus, der richtig beheizt wurde. Der Preis für die Wärme war eine stickige, vom Geruch der Petroleum- und altmodischen Öllampen geschwängerte Luft, die sich schon nach wenigen Minuten schwer auf Virginias Brust legte.

Hier wurde Vanessa gründlichst von Tante Caroline Emilia über Virginias »Zustand« in Kenntnis gesetzt. Die »Nonne«, wie Virginia und Vanessa sie heimlich nannten, behauptete mit der gebührenden Besorgnis im Blick, Virginia esse viel zu wenig, schlafe kaum und sei nach ihrer morgendlichen Arbeit sehr erschöpft. Auf keinen Fall dürfe man ihr gestatten, mehr als eine Stunde zu lesen oder zu schreiben, dies wirke sich negativ auf ihr Verhalten aus.

»Welches Verhalten?«, fragte Virginia, die mit wachsendem Groll dem Wortschwall gelauscht hatte.

»Nun«, sagte Caroline Emilia und tätschelte ihre Hand, »du reagierst mit Einsilbigkeit und Geistesabwesenheit.«

Virginia hätte einwenden können, dass die Briefe ihres Vaters selbstverständlich ihren Geist beschäftigten und sie bedauerlicherweise nicht gleichzeitig zu belanglosen Gesprächen über Stickereien oder die Schwierigkeiten im Umgang mit unverständigem Hauspersonal in der Lage war, aber dazu fehlte ihr die nötige Unverblümtheit. Sie konnte nur Vanessa einen Blick zuwerfen und darauf vertrauen, dass die Schwester ihn zu deuten wüsste.

Tante Caroline Emilia redete weiter: »Während sie am Tage schweigsam und apathisch ist, wird sie am Abend plötzlich erregt und fahrig. Wir messen ihre Temperatur nicht mehr regelmäßig wie noch am Anfang, aber ich bin sicher, dass es das Fieber ist, das steigt.«

»Und warum messt ihr das Fieber nicht?«, fragte Vanessa.

»Weil ich keines habe«, schimpfte Virginia.

»Siehst du!«, trumpfte die Tante auf. »Sie erregt sich schon wieder.«

Virginia lehnte sich mit dem Stuhl einen Deut nach hinten, so dass ihre Tante nicht sehen konnte, wie sie demonstrativ mit den Augen rollte.

»Schwester Traill ist zu nachsichtig mit ihr«, fuhr die Tante fort. »Sie lässt es ihr durchgehen, wenn sie sich gegen das Fiebermessen wehrt.«

»Ich *weiß*, wann ich Fieber habe und wann nicht. Und wenn ich keins habe, muss es auch nicht gemessen werden.«

»Du *glaubst*, du hast keines, so wie du auch glaubst, Stimmen zu hören oder Dinge zu sehen, die nicht da sind. Du kannst dir selbst nicht vertrauen, mein Kind.«

»Ich sehe und höre gar nichts! Schon lange nicht mehr!«

Die Tante lächelte nachsichtig. »Dann wollen wir daran arbeiten, dass es auch so bleibt.«

Virginia gab sich große Mühe, ruhig zu atmen, aber sie spürte, wie ihr Herzschlag sich beschleunigte und sie nach Luft ringen musste. Sie sah Vanessa beschwörend an, als könnte sie ihr auf diese Weise Einlass in ihre Gedanken geben. Doch die alte Vertrautheit zwischen ihnen wollte sich nicht einstellen, und Vanessas Blick driftete ab.

»Wie ich dir geschrieben habe, ist auch Doktor Savage der Meinung, dass du noch Ruhe brauchst«, sagte ihre Schwester und glättete mit ihren langgliedrigen, kräftigen Händen eine Serviette.«Du selbst hast mir geschrieben, wie schlimm deine Rückenschmerzen geworden sind.«

Wie gern hätte Virginia ihr gesagt, dass ihr Bett unbequem und die Schlafkammer eisig kalt war, aber sie wollte nicht undankbar erscheinen. So entzog sie Vanessa ihre Hände und murmelte: »Ich würde einfach gern wieder in meinem eigenen Bett schlafen.«

Ihre Schwester nickte verständnisvoll, und in ihrer Stimme schwang Mitgefühl. »Gib dir Zeit. Ich bin sehr froh, dass es dir schon besser geht, aber wir dürfen kein Risiko eingehen, hat Doktor …«

»… Savage gesagt. Jaja«, unterbrach Virginia und zog eine Grimasse. »Und was hat er noch gesagt? Wie viele Minuten täglich soll ich spazieren gehen? Wie viel Gramm Fleisch essen? Darf es auch mal Fisch sein? O ja, und die Milch. Mit Honig oder ohne? Handwarm oder so, dass sie mir die Zunge verbrennt? Oder vielleicht doch lieber eisgekühlt?«

Ihre Tante ließ ein missbilligendes Geräusch vernehmen. »Sie ist immer so gereizt und angespannt. Natürlich bekommt sie auch davon Rückenschmerzen.«

Virginia musste sich an ihrem Stuhl festkrallen, um nicht vor Zorn aufzuspringen. Dass ihre Stimme sich allerdings hysterisch in die Höhe schraubte, konnte sie nicht verhindern. »Und das Schlafmittel nicht zu vergessen. Möchte er die Dosis noch einmal heraufsetzen? Ein ganzes Gramm anstatt einem halben? Anstatt Veronal vielleicht doch lieber wieder Chloralhydrat?«

Einen Moment schwiegen alle drei, dann sagte Vanessa ungerührt: »Er empfiehlt gesüßten Wein zur Nachtruhe und darin aufgelöst maximal null Komma drei Gramm Veronal.«

Fassungslos starrte Virginia ihre Schwester an. »Er will mich wohl umbringen!«

Vanessa und Tante Caroline Emilia wechselten einen raschen Blick, dann erhob sich die Tante und sagte mit ihrer säuselnden, verständnisvollen Stimme: »Du darfst dich nicht aufregen, mein Kind. Möchtest du dich vielleicht etwas ausruhen?«

»Ich habe bereits nach dem Mittagessen geruht, wie jeden Tag«, sagte Virginia so leise und freundlich, wie sie konnte. »Ich möchte mich also ganz und gar nicht schon wieder ausruhen. Wenn es euch aber angebracht erscheint, würde ich gern mit meiner Schwester ein wenig spazieren gehen!« Die letzten Worte gerieten ihr zu laut, und die Tante, die gerade wieder Platz nehmen wollte, fuhr erneut erschrocken hoch.

»Aber natürlich, Liebes«, rief sie aus und bekreuzigte sich hastig. »Was meinst du, Vanessa? Ein Spaziergang könnte vielleicht helfen, deine Schwester …«

»Frische Luft wird uns beiden guttun, nicht wahr, Virginia?«

Virginia blieb nicht verborgen, wie es um die Mundwinkel ihrer Schwester zuckte. »Unbedingt«, sagte sie und hakte sich bei ihr ein.

Als sie den Raum verließen, sah Virginia aus den Augenwinkeln, wie Tante Caroline Emilia sich ein weiteres Mal bekreuzigte.

»Ich warte auf den Tag, an dem ihr mich entmündigt«, zischte sie, als sie außer Hörweite waren.

»Aber was redest du für einen Unsinn.«

»Merkst du es denn nicht? Ich werde von ihr behandelt wie eine Invalidin. Ich darf überhaupt nichts allein entscheiden.«

»Sie will nur dein Bestes.«

»Ihr alle wollt nur mein Bestes, aber vielleicht irrt ihr euch, und ich brauche nicht *euer* Bestes, sondern das *meine*.«

»Doktor Savage …«

Virginia hob die Hand. »Tu mir den Gefallen und schiebe nicht immer Doktor Savage vor. Ich bekomme langsam das Gefühl, du willst mich gar nicht mehr in deiner Nähe haben.«

»Aber, Ginia! Wie kannst du so etwas sagen? Ich ersehne den Tag, an dem du endlich wieder bei uns bist. Aber du musst vollständig gesund sein.«

»Ich *bin* gesund. Wenn ich allerdings noch länger hierbleiben muss, werde ich bestimmt wieder krank.«

»Das würde dir ähnlich sehen«, sagte Vanessa, und zum ersten Mal seit langer Zeit fühlte Virginia etwas von der alten Verbundenheit.

»Und diesen süßen Wein werde ich nicht trinken.«

»Unter gar keinen Umständen.«

Sie sahen einander an und brachen gleichzeitig in Lachen aus.

»Komm her, Zicklein«, sagte Vanessa. »Lass dich in den Arm nehmen.«

Dankbar atmete Virginia den vertrauten Duft ihrer Schwester ein. Wie lange war es her, dass sie einander umarmt hatten?

Sie wanderten weiter und hatten bald das rückwärtige Ende des Grundstücks erreicht, das ein Gatter von dem dahinterliegenden Wald trennte. Ein schmaler Pfad führte am Waldrand entlang auf die entfernten Felder zu. Vanessa legte die Hand auf das morsche Holz und sah Virginia auffordernd an. »Gehen wir weiter?«

»Hier sind die Mauern meines Gefängnisses. Weiter als bis hier darf ich nicht gehen.«

»Das ist nicht dein Ernst.«

»Mein voller Ernst.«

Vanessa drückte das Gatter auf. »Bitte sehr. Willkommen in der Freiheit!«

Sie spazierten Arm in Arm über den gewundenen Pfad, und Vanessa erzählte von ihren Unterrichtsstunden an der Slade, die sie inzwischen aufgenommen hatte. Sie war tatsächlich nach Vorlage einiger ihrer Arbeiten für das Winterhalbjahr angenommen worden, stellte jedoch fest, dass die Lehrmethoden des berüchtigten Professor Tonks ihr überhaupt nicht zusagten. »Aber es macht mich so glücklich, endlich wieder Zeit für die Malerei zu haben«, sagte sie.

»Und kannst du dir vorstellen, wie sehr *ich* mich danach verzehre, endlich wieder meine Bücher um mich zu haben? Zu lesen und zu schreiben? In meinem eigenen Zimmer zu sein? Einfach nur dazusitzen, ohne dass mich jemand fragt, ob ich mich nicht vielleicht ausruhen müsste? Ich will nicht mehr länger hierbleiben, Vanessa. Ich will nach Hause.«

»Ginia, Zicklein, ich verstehe dich. Aber bitte, sei vernünftig. Noch herrscht im Haus zu große Unruhe. Es sind noch längst nicht alle Kisten ausgepackt, und es fehlen so viele Dinge. Es ist ein einziges Kommen und Gehen …«

»Wer kommt denn?«

»Ständig kommt jemand«, sagte Vanessa. »Halb Kensington war schon da, um unser neues Domizil in Augenschein zu nehmen. Die Freshfields, die Balfours …«

»Siehst du, ich dachte es mir. Du badest im gesellschaftlichen Leben, und ich darf hier mit der Nonne Bibelverse rezitieren.« Virginia hatte so laut gesprochen, dass vor ihnen eine Amsel erschrocken aus dem Gebüsch aufflatterte.

Vanessa blieb stehen. »Und wenn wir einen anderen Ort finden?«

»Ich habe ein Zuhause, Vanessa. Das habe ich doch, oder?«

»Natürlich hast du das.«

»Dann will ich auch dorthin.«

»Wie wäre es mit einem Kompromiss?«

»Ein Kompromiss?«

»Du kommst nächste Woche nach London …«

Virginias Herz stolperte, wie es in letzter Zeit häufiger geschah. Meist war es ein Zeichen von Unruhe oder Erschöpfung, diesmal jedoch war es Freude, pure Freude. Doch Vanessa hatte nicht zu Ende gesprochen.

»… für eine Woche. Damit du dein Zimmer sehen und einrichten kannst. Dich von Tante Caroline Emilia erholen kannst. Und dann …«

Virginia musterte ihre Schwester argwöhnisch. »Was hast du dir jetzt schon wieder für mich ausgedacht?«

»Ich habe Madge geschrieben. Sie würde sich sehr freuen, wenn du sie für ein paar Wochen besuchen kommst. Dort könntest du dich frei bewegen, hättest viel frische Luft und eine gute Gesprächspartnerin. Ohne die Hektik Londons.« Madge Vaughn war Virginias Lieblingscousine. Sie lebte in Yorkshire und leitete mit ihrem Mann eine kleine Dorfschule. Außerdem schrieb sie Romane, hatte sogar bereits einige Erfolge verbuchen dürfen und war neben Violet der einzige Mensch, mit dem Virginia sich über ihre schriftstellerischen Versuche auszutauschen wagte. Aber so sehr Virginia sie mochte, schon wieder wurde über ihren Kopf hinweg etwas in die Wege geleitet, was sie von ihrem neuen Heim und dem Neuanfang, den sie dort suchte, fernhalten sollte. Sie öffnete den Mund, um zu protestieren, aber Vanessa redete schnell weiter.

»Und wenn du in London bist, darfst du alles tun, was du möchtest.«

»Eine Woche London also. Und wie viele Wochen planst du mich zu Madge abzuschieben?«

»Ich schiebe dich nicht ab.«

»Was ist es denn sonst?«, rief Virginia aus und trat gegen einen Ast, der in hohem Bogen ins Gestrüpp flog.

»Virginia, ich habe einfach Angst um dich.«

»Ich möchte nicht, dass du Angst um mich hast. Ich möchte, dass du mich verstehst.«

»Verstehst du dich denn selbst?«

Für einen Moment schien es Virginia, als hätten die Vögel aufgehört zu singen. Eine unwirkliche Stille umgab sie, ganz so, als hätten ihre Ohren plötzlich den Dienst quittiert.

In gebannter Konzentration sah sie ihre Schwester an, die ihren Blick erwiderte. Fast glaubte sie, die Antwort auf die Frage formulieren zu können – eine Antwort, die zugleich wahr und überzeugend klingen würde –, doch dann war der Moment vorbei, die Geräusche des Waldes kehrten zurück und mit ihnen die Trivialität der Worte, die ihr in den Sinn kamen. Sie klangen allesamt falsch. Frustriert schüttelte sie den Kopf.

»Siehst du«, sagte Vanessa.

Virginia bohrte die Spitze ihres Schuhs in das vermoderte Laub am Wegrand, entdeckte etwas darunter und schob es auseinander, um einen wunderschönen weißen Pilz freizulegen. Schwester Traill hätte sicher behauptet, er sei giftig, und sie fortgezogen. Sie bückte sich und strich mit der Hand über die samtig kühle Oberfläche.

»Also gut«, sagte sie dann. »Aber das ist die letzte Station. Spätestens Weihnachten will ich zu Hause sein.«

Kurz bevor sie durch das Gatter wieder auf das Grundstück der Tante zurückkehrten, sagte Vanessa plötzlich: »Thoby wird einen Gast haben, wenn du kommst. Vielleicht erinnerst du dich an ihn.«

Ein *Er* also. Zumindest war es keine Dame, die ihren Bruder für sich reklamieren würde und damit das vielversprechende Wohnarrangement am Gordon Square in Gefahr bringen konnte. »Wer denn?«, fragte Virginia.

»Leonard Woolf. Er hat uns kurz begrüßt, als wir zum Sommerfest in Cambridge waren. Du fandest ihn gut aussehend, weißt du noch?«

Virginia erinnerte sich vage an einen hageren dunkelhaarigen Mann, dessen leichter Tremor sie erstaunt hatte. Sie nickte. »Der mit den zitternden Händen.«

»Genau. Er kommt zum Dinner.«

Virginia zuckte die Achseln. »Solange ich keinen gesüßten Wein trinken muss und um neun ins Bett geschickt werde, ist mir alles recht. Selbst ein Dinner mit einer tattrigen Bohnenstange.«

9. Kapitel

46, Gordon Square, Anfang November 1904

In der Woche, in der Virginia endlich ihre eigenen Zimmer am Gordon Square in Besitz nehmen durfte, herrschte eisige Kälte. Der Wind rappelte an den Fensterläden, pfiff durch sämtliche Ritzen und fuhr so heftig in das Kaminfeuer, dass die Funken sprühten. Sie brauchte eine zusätzliche Decke, um nicht trotz der rund um die Uhr lodernden Flammen zu frieren. Aber die Tatsache, dass sie in ihrem kleinen Salon im Sessel vor dem Kamin sitzen, lesen, Briefe schreiben und ihren Gedanken nachhängen konnte, ließ sie vor Freude innerlich glühen. Zwei Zimmer ganz für sie allein. Zum ersten Mal in ihrem Leben hatte sie eigene Räume, die sie abschließen konnte – auch das Schlafzimmer mit dem großen Bett, den grün-weiß gestreiften Vorhängen und der passenden Tagesdecke aus grünem Chintz. Als Vanessa ihr die Musterproben der Stoffe gezeigt hatte, war Virginia entsetzt, aber zu schwach gewesen, um gegen die Farbwahl aufzubegehren. Nun war sie froh darum. So grau und trist der November auch war – das strahlende Grün ließ glauben, draußen schiene die Sonne.

Im Gegensatz zum Hyde Park Gate gab es am Gordon Square elektrisches Licht – eine echte Erleichterung für ihre Augen, wenn sie bis spät in die Nacht las. Auch das konnte sie nun tun, niemand verbot es ihr. Niemand zwang sie zu essen, wenn sie keinen Hunger hatte. Niemand schrieb ihr vor, wie sie sich zu verhalten hatte. Nicht einmal Vanessa. Und so fühlte Virginia sich wunderbar, auch wenn sie nachts weiterhin nicht schlafen konnte. Es machte ihr nichts aus. Manchmal lag sie einfach nur da, lauschte den noch unvertrauten Geräuschen des Hauses und genoss die Dunkelheit ohne Stimmen und bedrohliche Schatten.

Sie brachte die Woche damit zu, die Kisten mit ihren Büchern auszupacken und in die Regale zu sortieren, kleine Ausflüge durch die Straßen der Nachbarschaft zu unternehmen und mit Vanessas Hirtenhund Gurth auf den Füßen am Kamin zu sitzen und zu lesen. Der tierische Familienzuwachs war eine Überraschung gewesen. Mit keinem Wort hatte Vanessa ihn erwähnt, aber als das braune Fellbündel sie zur Begrüßung beinah umwarf, hatte sich Virginia sofort verliebt. Er erinnerte sie an die Ferien in St. Ives, wo sie als Kinder immer mit den Hunden des Dorfes gespielt hatten.

Es gab Momente, in denen sie glaubte, in Talland House in St. Ives zu sein, eines der Fenster öffnen und auf das Meer hinausblicken zu können und nicht den stürmischen Novemberwind, sondern die raue See dort draußen rauschen zu hören. Vielleicht rührte dieser Eindruck von der Höhe der Räume und den weißen Wänden, die sich bis in eine nächste Dimension zu erstrecken schienen, nur im Hier und Jetzt verankert durch die Gegenwärtigkeit der Menschen, die sie bewohnten.

Leonard Woolf sollte am Abend des letzten Tages vor Virginias Abreise zu Besuch kommen. Es erschien ihr eine seltsame Koinzidenz, dass auch Mister Woolf eine Abreise bevorstand. Während sie jedoch nur nach Giggleswick in Yorkshire reisen sollte, würde Leonard Woolf am nächsten Tag einen Ozeandampfer in Richtung Ceylon besteigen. Thoby hatte nicht viel über seinen Freund erzählt, wie er überhaupt nur dann etwas aus seiner Zeit in Cambridge erzählte, wenn Virginia ihn gezielt nach Neuigkeiten aus der Welt der Männer und des Geistes fragte. Auch wenn Thoby anerkannte, dass sie für ein Studium deutlich besser geeignet wäre als er, so stellte er die scharfe Trennung zwischen seiner Welt und der seiner Schwestern dennoch niemals infrage.

Virginia wusste, dass er einige sehr enge Freundschaften am Trinity College geknüpft hatte und dass die jungen Männer allesamt aus wohlhabenden Mittelstandsfamilien stammten – bis auf Leonard. »Der Jude«, wie Thoby ihn nannte, hatte als Kind in Kensington gewohnt, unweit von Hyde Park Gate, aber dann war sein Vater gestorben, und seine Mutter musste mit ihren neun Kindern ins deutlich ärmere Putney ziehen. Dank eines Stipendiums hatte er den Sprung nach Cambridge ans Trinity College geschafft und war dort sogar in die illustren Reihen der »Apostel« aufgenommen worden. Zu einem Apostel erwählt zu werden, war die höchste Auszeichnung, die einem jungen Cambridge-Studenten zuteilwerden konnte, und Virginia erinnerte sich noch genau, wie Thoby ihr das erste Mal von diesem geheimnisvollen Männerbund erzählt hatte. »Es sind zwölf. Sie treffen sich samstagabends und debattieren stundenlang. Worüber, weiß kein Mensch, sie haben so einen seltsamen Ehrenkodex, geheim natürlich. Sie halten sich für etwas ganz

Besonderes, sind aber allesamt sterbenslangweilige Kerle.« Schon damals hatte Virginia den Verdacht, dass Thoby neidisch auf die Auserwählten war und gern dazugehört hätte. Offenbar genügten aber weder seine Studienleistungen noch seine Eloquenz den hohen Ansprüchen, die an einen Apostel gestellt wurden. Er war damals schon mit Clive befreundet und hatte weitaus mehr Freude an sportlichen Aktivitäten als am stundenlangen Debattieren.

Im zweiten Jahr wohnten Clive und Thoby auf demselben Gang wie drei dieser sagenumwobenen Apostel, und nach wenigen Monaten waren sie dicke Freunde geworden. Daran, dass er die Mitglieder des Bundes einmal als »sterbenslangweilig« bezeichnet hatte, wollte Thoby sich nunmehr nicht erinnern.

»Ihr solltet ihn nicht auf Putney ansprechen, er hasst diesen Ort«, sagte Thoby, als sie alle zusammen im großen Salon saßen und auf das Eintreffen ihres Gastes warteten.

»Warum sollten wir auf die Idee kommen, ihn auf Putney anzusprechen?«, fragte Vanessa verwundert.

»Es wäre nicht das erste Mal, dass man einen Gast fragt, woher er kommt.«

»Für wie pietätlos hältst du uns?«, fragte Vanessa. »Nach der Herkunft zu fragen, wenn wir wissen, dass es Putney ist?«

»Na ja, eigentlich kommt er doch aus Kensington«, gab Virginia zu bedenken. »Dort ist er geboren, sagst du, also kommt er von dort.«

Adrian rollte mit den Augen. »Ihr hört euch an wie Tante Minnie. Ist doch vollkommen egal, wo er herkommt.«

»Natürlich ist es egal«, pflichtete Vanessa bei.

»Und er ist Jude«, stellte Virginia fest.

»Dafür kann er ja nichts«, sagte Adrian.

»Stimmt«, sagte Virginia. »Und außerdem ist er ein Apostel.«

»Jude, Putney, Apostel – was ist mit euch los? Er ist vor allem mein Freund. Und er hasst Snobs, also reißt euch zusammen.« Thoby war aufgestanden und stocherte im Kaminfeuer herum.

»Wer ist hier ein Snob?«, begehrte Vanessa auf. »Ich habe doch gerade gesagt, dass es egal ist, wo er herkommt.«

»Virginia ist auf jeden Fall ein Snob«, sagte Adrian und sah sie herausfordernd an.

Sie wollte protestieren, doch in diesem Augenblick ertönte die Türglocke.

Mister Woolf saß Virginia bei Tisch gegenüber. Niemand hatte daran gedacht, eine Sitzordnung zu planen, und so ließ sich jeder einfach auf dem Stuhl nieder, der ihm am nächsten stand. Zum Glück hatte Thoby neben Virginia Platz genommen, so dass Mister Woolfs Blick meist an ihr vorbeiging, sie nahm aber sehr wohl wahr, wie er manchmal kurz an ihr hängen blieb, als wartete er darauf, dass sie das Wort an ihn richtete. Sie tat es nicht. Zumindest nicht während der Vorspeise und des Hauptganges, den sie nur mit Mühe bewältigen konnte. Dennoch folgte sie gebannt der Unterhaltung, und immer wenn Mister Woolf sie *nicht* ansah, betrachtete sie ihn eingehend.

Sie fragte sich, ob sie ihrer Schwester wirklich gesagt hatte, sie finde ihn gut aussehend. Alles an ihm war lang und schmal, Arme, Beine, Nase und vor allem seine feingliedrigen Hände, die nur bei der Begrüßung leicht zitterten. Wenn er sprach, unterstrich er mit diesen Händen jedes seiner Worte, was dem Gesagten ein besonderes Gewicht verlieh. Es waren kluge Worte, die er von sich gab, jedes einzelne mit Bedacht gewählt und von großer Ernsthaftigkeit. Er saß leicht vorgebeugt, als zöge die Schwere seiner Gedanken seine Stirn hinab, die schon jetzt Furchen der Nachdenklichkeit zeigte. Virginia mochte seine Stimme. Tief, volltönend und warm. Was ihr weniger gefiel, war die Intensität seines Blickes, wenn er Vanessa ansah oder mit ihr sprach. Er hatte erstaunlich blaue Augen, in denen etwas lauerte, was sie in Unruhe versetzte. Dieses Etwas ließ sie an ein hungriges Tier denken, das versteckt in einer Höhle kauerte und darauf wartete, in der Dunkelheit auf Jagd gehen zu können.

»Was treibt Sie nach Ceylon, Mister Woolf?«, fragte Vanessa. Sie hatte bereits ein ganzes Glas Wein getrunken, und ihre Wangen waren von einer zarten Röte überzogen. Sie hatte sich lebhaft an einem Gespräch zwischen Thoby und Mister Woolf über die Zukunftsaussichten ihres Bruders beteiligt. Mister Woolf war der Meinung, dass es Thoby als Rechtsanwalt weit bringen werde, Thoby jedoch zweifelte, ob ihm das Leben zwischen Paragraphen und Gesetzen wirklich behagen könne. Viel lieber würde er seltene Schmetterlingsarten in fernen Ländern erforschen.

»Ich trete in den Kolonialdienst ein«, sagte Mister Woolf, ohne Vanessa dabei anzusehen. Stattdessen wischte er mit der Hand übers Tischtuch, als wollte er ein paar Krümel beiseitewischen. Oder einen unangenehmen Gedanken.

»Sind Sie nicht glücklich darüber, Mister Woolf?«, fragte Virginia. Es waren die ersten Worte, die sie seit Beginn des Dinners gesprochen hatte.

Überrascht sah er sie an. Diesmal wich Virginia seinem Blick nicht aus.

»Ich lebe gern in England«, sagte er.

»Und doch wollen Sie in die Ferne ziehen?«

»Wenn ich es verhindern könnte, bliebe ich hier.«

Noch immer sah er sie direkt an. Sein Blick hatte etwas Zwingendes, das Virginia ebenso irritierte, wie es sie in seinen Bann zog. »Warum tun Sie es dann?«, fragte sie.

»Niemand zwingt dich«, mischte Thoby sich ein. »Es ist deine freie Wahl.«

»Für einen mittellosen Juden, der sein Examen nur gerade eben bestanden hat, gibt es in England keine Verwendung im höheren Staatsdienst. Das weißt du genauso gut wie ich.«

Virginia registrierte, dass seine Hände wieder zu zittern begannen, obwohl er vollkommen ruhig wirkte.

»Und warum muss es der höhere Staatsdienst sein?«, fragte Vanessa, und alle drei Männer sahen sie an, als hätte sie gefragt, warum die Erde um die Sonne kreiste.

Virginia hatte nicht die geringste Vorstellung von Ceylon und den Lebensumständen dort, wollte sich aber nicht die Blöße geben, ihre Unwissenheit zu offenbaren. Also fragte sie: »Was wird Ihre Aufgabe dort sein?«

»Wenn ich ehrlich bin, weiß ich es selbst nicht genau. Es geht wohl darum, eine Administration aufzubauen, Strukturen zu schaffen, damit Straßen gebaut werden können, Häuser, Entwässerungssysteme, vielleicht sogar Elektrizität installiert werden kann. Die Menschen dort leben ja noch in Hütten.«

»Was ist gegen Hütten einzuwenden?«, fragte Vanessa.

»Gar nichts«, entgegnete Leonard. »Aber unsere Regierung findet, das dürfe nicht sein im British Empire.«

»Sind Sie gegen das Empire?«, fragte Virginia und beobachtete seine Reaktion.

Er sah sie an, als überlegte er, ob sie die Frage ernst gemeint haben könnte. »Ich halte nicht viel davon, anderen Kulturen unsere Lebensweise aufzuzwingen.«

»Dann ist das wohl genau die richtige Aufgabe für Sie«, sagte Virginia trocken, und Vanessa schenkte ihm ein mitfühlendes Lächeln.

Nach dem Dinner versammelten sie sich in Thobys Bibliothek, und Vanessa ließ die Köchin einen späten Kaffee zubereiten, den Virginia und Leonard dankend ablehnten. Vanessa hatte diese merkwürdige Gepflogenheit, nach dem Dinner Kaffee zu trinken, aus Paris mitgebracht, und ihre Brüder waren davon ebenso begeistert wie sie selbst.

»Was macht unser Freund Clive?«, fragte Leonard, als sie entspannt um das Kaminfeuer saßen und dem Prasseln der Flammen lauschten. Virginia fühlte eine angenehme Schwere in den Beinen und genoss es, den Kopf an die Sessellehne stützen zu können, ohne dass sie fürchten musste, ins Bett geschickt zu werden.

»Er hat seine akademische Laufbahn inzwischen offiziell an den Nagel gehängt«, sagte Thoby, der quer in seinem Sessel saß und die Beine locker über die Lehne baumeln ließ, wie früher, als er noch ein Junge war und dafür vom Vater immer einen Rüffel bekommen hatte.

»Offiziell heißt, sein Vater weiß Bescheid?«

»So ist es.«

»Und was hat er vor?«

»Du kennst doch Clive. Er nimmt, was das Leben ihm bietet.« Thoby warf einen Seitenblick auf Vanessa, die gedankenverloren in ihrem Kaffee rührte. »Er gibt den Kunstkenner und streckt seine Fühler in alle Richtungen aus.«

Leonard zog die linke Augenbraue in die Höhe. Dann nickte er und sagte: »Sieht ihm ähnlich. Wahrscheinlich ist er der Einzige von uns, der es zu etwas bringen wird, schon allein deshalb, weil er überhaupt nicht danach strebt, es zu etwas zu bringen.«

Es folgte eine nachdenkliche Stille, in der nur das leise Rührgeräusch von Vanessas Kaffeelöffel und das Knistern des Feuers zu hören waren.

»Wozu möchten Sie es bringen, Mister Woolf?«, fragte Virginia plötzlich in das Schweigen hinein.

Leonard wandte sich ihr überrascht zu, als hätte er vollkommen vergessen, dass sie auch noch da war. Er faltete die Hände und legte die Zeigefinger an die Lippen, ohne sie dabei aus den Augen zu lassen.

»Ehrlich gesagt weiß ich das nicht so genau«, sagte er nach einer Weile. »Ein ehrbares Leben führen, schätze ich.«

»Und was verstehen Sie unter einem *ehrbaren* Leben?«, fragte Virginia.

Wieder sank er in Schweigen. Dann erschien ein Lächeln auf seinen Lippen »Ich werde es Ihnen sagen, wenn ich es herausgefunden habe.«

Tilbury Docks, 19. November 1904

Leonard stand an der Reling und sah auf das Treiben im Hafen hinunter. Von hier oben erschienen ihm die Menschen, die sich vor der Gangway der *Syria* drängelten, um auf das Schiff zu gelangen, wie Lemminge kurz vor dem Sturz in den Abgrund. Irgendwo dort unten standen seine Schwester und seine Mutter, um zum Abschied noch einmal zu winken, aber er hatte sie aus den Augen verloren. In die salzige Luft der Themsemündung mischte sich der Geruch von Öl und Kohlefeuer, das dem Schlot des Dampfers entstieg. Über den Köpfen der rufenden, johlenden Menschenmenge kreisten die Möwen und stießen Laute aus, die in Leonards Ohren nach Entsetzensschreien klangen.

Sie hatten den Weg von Putney mit dem Zug zurückgelegt, in einem Wagen der dritten Klasse, zusammengepfercht mit schwitzenden, stinkenden Männern, pausenlos schwatzenden Frauen und schreienden Kindern. Weil alle Sitzplätze belegt waren, hatten sie auf seinen Koffern gesessen, in dem er neben einigen wenigen Kleidungsstücken die siebzig Bände seiner Voltaire-Ausgabe und eine Ersatzleine für seinen Foxterrier Charles mitführte, der während der ganzen Fahrt auf seinem Schoß eingerollt schlief.

Seine Kabine auf dem Schiff teilte er sich mit einem finster dreinblickenden Riesen, der als Erstes eine volle Flasche billigen Whisky ausgepackt und inzwischen halb leergetrunken hatte. Viereinhalb lange Wochen auf See lagen vor ihm – und eine Aufgabe, die ihm so bedrohlich und zugleich so wenig greifbar erschien wie die stinkende schwarze Wolke, die aus dem Schlot des Dampfers in den Himmel aufstieg. Charles saß zu seinen Füßen und sah fragend zu ihm auf.

»Du verstehst nicht, was hier vorgeht, was?«, sagte Leonard und bückte sich, um den Terrier auf den Arm zu nehmen. »Ich auch nicht, mein Lieber. Ich auch nicht.« Beruhigend kraulte er dem zitternden Tier den Nacken.

Das gestrige Dinner bei Thoby hatte ihm den Abschied noch schwerer gemacht. Thoby Stephen gehörte zu den Menschen, die er am meisten schätzte. Der aufrechte, geradlinige und zugleich feinfühlige Freund war nicht nur ein kluger Gesprächspartner – das waren seine Apostel-Freunde auch, aber Thoby war der Einzige, der *nicht* homosexuell war. So sehr Leonard sie alle liebte, vor allem seinen Mit-Apostel Lytton, niemals würde er … Nein, schon die Vorstellung körperlicher Liebe mit einem Mann war ihm mehr als fremd. Thoby verstand das, und es ging ihm genauso. Ihre ersten sexuellen Erfahrungen mit Frauen hatten sie gemeinsam gesammelt – in einem Bordell in Cambridge. Natürlich wusste niemand etwas davon, aber es schweißte sie zusammen. Dabei war der Gote, wie sie Thoby wegen seiner imposanten Schönheit nannten, deutlich furchtloser als er, in dieser wie auch in jeder anderen Hinsicht. Thoby hätte sich mit Begeisterung in das Abenteuer Ceylon gestürzt, doch ihm standen in England sämtliche Türen offen. Warum also sollte er um die halbe Welt reisen und sich mit Scharen von Moskitos und nervenaufreibenden Problemen in einem fremden, unzivilisierten Land herumschlagen?

Außerdem hatte er eine wunderbare Familie. Vanessa ähnelte Thoby sehr, nicht nur äußerlich. Genau wie er nannte sie die Dinge beim Namen und schien vollkommen in sich zu ruhen. Sie war beeindruckend, äußerst beeindruckend. Wenn er Thobys Bemerkung richtig gedeutet hatte, dann machte Clive ihr den Hof. Unfassbar, was dieser Kerl sich anmaßte; Vanessa war für Clive mehr als eine Nummer zu groß.

Der Jüngste, Adrian, würde noch in seine Körpergröße hineinwachsen müssen. Sicher hatte er es nicht leicht neben all diesen schönen, klugen, interessanten Geschwistern.

Und dann war da Virginia.

Leonard wusste nicht, was er von ihr halten sollte. Natürlich war da ihre außergewöhnliche, noble Schönheit, die ihm von der ersten Begegnung mit ihr besonders haften geblieben war und ihn damals furchtbar nervös gemacht hatte. Gestern aber war da etwas anderes gewesen. Er wusste es noch nicht zu deuten. Sie hatte ihn die ganze Zeit beobachtet, mit ihren Blicken seziert, und doch hatte ihn das nicht aus der Fassung gebracht. Die ausgesuchten Worte, die sie gesprochen hatte, waren wie Pistolenkugeln aus ihr herausgeschossen. Zugleich lag in ihren Blicken etwas Sehnendes, versteckt unter dem Mantel des Hochmuts, den er liebend gern lüften würde.

Ein ohrenbetäubendes Tuten ließ ihn zusammenzucken. Die Menschentraube unten am Kai hatte sich aufgelöst, Matrosen rollten die dicken Ankerseile ein und zogen die Gangway zurück. Das Schiff setzte sich in Bewegung, es begann zu vibrieren und zu stampfen. Langsam, ganz langsam vergrößerte sich der Abstand der seitlichen Schiffswand von der Kaimauer und gab den Blick frei auf das bleigraue Hafenwasser.

Vorbei. All das Wahre, Gute und Schöne, das sein Leben während der letzten Jahre in Cambridge veredelt hatte, lag nun hinter ihm, unerreichbar für lange Jahre des Exils auf einer Insel jenseits aller Aufklärung und Zivilisation.

Leonard überfiel ein plötzlicher, irrwitziger Drang, sich in einem halsbrecherischen Sprung von Bord zu stürzen und zurück an Land zu schwimmen. Keuchend klammerte er sich an der Reling fest, und Charles fiepte und jaulte, als ahnte er, wie wenig ihn von einem nassen Tod im novemberkalten Hafenbecken trennte.

10. Kapitel

46, Gordon Square, Januar 1905

»Ginia, dein *Guardian* ist da!«

Virginia riss die Tür des Salons auf, um ihrer Schwester entgegenzueilen, die mit wehendem Mantel die Treppe heraufgerannt kam, in der Hand die sehnsüchtig erwartete Kirchenzeitung, in deren Beilage ihr allererster Artikel erschienen war.

»Und? Ist er drin? Hast du schon nachgesehen?« Sie riss Vanessa das Blatt aus der Hand und lief, ohne ihre Antwort abzuwarten, zurück in ihr Zimmer. Dort breitete sie die Zeitung auf ihrem Stehpult aus, zog die »Wochenbeilage für Frauen« heraus und blätterte hastig darin, auf der Suche nach den Zeilen, die sie so gut kannte. Sie fand den Artikel gleich auf der zweiten Seite, und obwohl sie haargenau wusste, was darin stand, las sie ihn mit angehaltenem Atem ein weiteres Mal.

»Und? Hat sie sehr viel gekürzt?«, fragte Vanessa, die lautlos neben sie getreten war.

Virginia hob die Hand und las konzentriert zu Ende. »Nein«, sagte sie dann stolz. »Es steht alles genauso da, wie ich es geschrieben habe. Obwohl – warte.« Sie stürzte zum Schreibtisch und zog aus einer Schublade die Abschrift des Manuskripts, das sie dort sorgfältig in einer ihrer selbst gefertigten Kladden aufbewahrte. »Es fehlt das Wort *erregt* hier in diesem Satz. Sie hat es ersetzt durch *erwartungsvoll.*«

»Das ist doch nur eine winzige Veränderung«, sagte Vanessa.

»Ich habe das Wort bewusst gewählt. Es klingt intensiver.«

»Vielleicht erschien es ihr nicht passend.« Vanessa zuckte die Achseln und wandte sich zur Tür.

»Das mag sein«, sagte Virginia scharf. »Aber es *ist* passend.« Sie kehrte zum Stehpult zurück und las den Artikel erneut, diesmal mit gerunzelter Stirn und einem nagenden Gefühl der Unzufriedenheit. Die alte Mrs Lyttleton mochte sich als Witwe eines Bischofs in geistlichen Dingen gut auskennen, das prägnante Formulieren sollte sie aber lieber ihr überlassen.

Den Artikel hatte sie geschrieben, nachdem sie im Dezember mit Madge Vaughn das Pfarrhaus von Haworth besichtigt hatte, die ehemalige Wohnstätte der Brontë-Schwestern. Violet hatte ihn gelesen und ihn an Mrs Lyttleton weitergeleitet, die Herausgeberin des Beilagenblättchens und eine gute Bekannte war.

Mrs Lyttleton hatte den Artikel für gut befunden und Virginia sogar schon weitere Aufträge erteilt. Als Nächstes stand die Rezension eines dicken Wälzers über die Romanze zwischen einem Landarzt und einer schüchternen Pfarrerstochter an. Es war ein gruseliges Machwerk, und Virginia hatte alle Lust, es in der Luft zu zerreißen, fürchtete jedoch, dass Mrs Lyttleton ihr dann niemals wieder einen Auftrag erteilen würde. Und so formulierte sie so behutsam wie möglich und freute sich über die zwei Pfund, sieben Schilling und sechs Pence, die ihr die beiden Artikel im Januar einbringen würden.

Wenn sie sich die Kontobücher so ansah, dann war es auch dringend nötig, dass zumindest einer von ihnen etwas Geld verdiente. Der Umzug hatte Unsummen verschlungen und – ja, auch die Kosten für ihre Pflege, Schwester Traill und Doktor Savage hatten ein großes Loch in die Schatztruhen der vier Geschwister gerissen. Hyde Park Gate war noch immer nicht vermietet, und sowohl Thoby als auch Vanessa waren nicht eben sparsam mit dem Erbe ihres Vaters, das sie alle für lange Jahre würde ernähren müssen. Ständig gingen sie zum Essen aus, ins Theater, zu Konzerten, und Thoby durchtanzte mit unterschiedlichen Damen ganze Nächte.

Sie selbst blieb meist zu Hause. Nicht, weil sie nicht gedurft hätte – diese Zeiten waren zum Glück vorbei –, aber sie genoss die Stille am Abend, in der sie an ihrem Kamin saß, las oder schrieb, ohne dass irgendjemand sie stören konnte. Außerdem wusste sie selbst nur zu gut, dass allzu viel gesellschaftliches Leben sie schnell an den Rand der Erschöpfung brachte. Und den Abgrund, der dahinter lauerte, hatte sie zu fürchten gelernt.

Lieber bummelte sie durch die Straßen Londons und beobachtete dort die Menschen mit all ihren skurrilen Eigenheiten wie die alte blinde Frau, die mitten auf der Oxford Street gestanden und *Land of Hope and Glory* gesungen hatte, während Pferdekarren, Kutschen und Automobile an ihr vorbeidonnerten, oder den bärtigen Seemann mit dem Äffchen auf der Schulter, das die übrigen Passanten mit Brotkrumen bewarf. Begierig sog sie das Leben um sich herum auf und belauschte Gespräche von Unbekannten, die sie dann bei den gemeinsamen Mahlzeiten mit den Geschwistern zum Besten gab.

»Da waren diese beiden Bankangestellten …«, sagte sie.

»Woher weißt du, dass es Bankangestellte waren?«, wandte

Adrian ein, der stets alles hinterfragte, was seine Schwester von sich gab.

»Jeder erkennt doch einen Bankangestellten, wenn er einen vor sich hat.« Virginia winkte ungeduldig ab. Sie wollte ihre Geschichte zum Besten geben und sich nicht mit Spitzfindigkeiten aufhalten. »Es ging um diesen Artikel im *Daily Telegraph* über den Rückgang der Geburtenraten. Ihr habt ihn sicher gelesen.« Der *Daily Telegraph* war das konservative Tageblatt, das Virginia und ihre Geschwister nur zur Kenntnis nahmen, um sich über die verschrobenen Ansichten der moralischen Sittenwächter zu amüsieren, die darin zum Ausdruck kamen.

»Die Einzige in dieser Familie, die dieses Blatt von vorn bis hinten liest, bist du«, sagte Vanessa. »Ich finde es unerträglich.«

»George vielleicht noch«, sagte Adrian.

»Und er findet es bestimmt nicht unerträglich«, bestätigte Vanessa.

»George gehört nicht zur Familie«, sagte Virginia und ignorierte Thobys strengen Blick. Ihm lag noch daran, die Beziehung zu ihren Halbbrüdern aufrechtzuerhalten. »Sie sagen, die Geburtenraten gehen immer mehr zurück«, fuhr Virginia fort, indem sie mit schnarrender Stimme den Tonfall eines der unbekannten Herren nachahmte. Dann senkte sie ihre Stimme eine Oktave tiefer und gab den ganzen Dialog in wechselnden Tonlagen wieder. »Ja, ich habe es auch gelesen. Erschreckend! – Wenn das so weitergeht, ist das britische Volk spätestens 1960 ausgestorben! – Nicht auszudenken! Aber das Leben ist teurer geworden, finden Sie nicht? Manche können sich vielleicht die Vielzahl der Kinder nicht mehr leisten? – Sie meinen, dass deswegen die Geburtenraten zurückgehen? – Es könnte doch sein. – Unsinn. Es liegt an diesem Unfug, dass Frauen Bildung erhalten sollen. Und an diesen verweichlichten Männern, die das auch noch befördern. – Da könnten Sie recht haben. Es gibt ja sogar manche, die ihnen das Wahlrecht erteilen wollen. – Ja, ich hörte davon. – Warten Sie ab, irgendwann werden diese Weibsbilder noch in politische Ämter drängen. – Unvorstellbar! – Ach, ich habe ganz vergessen zu fragen, wie es Ihrer Frau geht. – Sie ist leider im Kindbett gestorben. – Gott sei ihrer Seele gnädig. Aber der Sohn ist wohlauf? Es ist doch ein Sohn? – Er ist wohlauf, ja. – Sehen Sie, Gott ist gnädig. – Jawohl, das ist er.«

»Brrrr«, machte Vanessa und verzog das Gesicht.

»Dann wisst ihr ja, was euch droht«, sagte Adrian.

»Wir heiraten nicht«, sagte Virginia bestimmt. »Nicht wahr, Vanessa? Wir haben Besseres zu tun.«

Einmal in der Woche kam Schwester Traill, um Virginia zu untersuchen, die diese Besuche fürchtete und peinlich darauf achtete, immer ausgeruht und rosig auszusehen. Der Blässe war leicht Abhilfe zu schaffen, indem sie ihre Wangen heftig rubbelte, bevor die Schwester eintraf. Gegen die Schatten unter den Augen, die sie bisweilen selbst erschreckten, wenn sie in den Spiegel sah, konnte sie allerdings nichts tun. Sie blieben, selbst wenn sie nachts inzwischen sehr gut schlief. Es mochte am vielen Lesen und Schreiben liegen, aber auch dagegen konnte sie nicht angehen. Sie *musste* einfach schreiben. In der Tinte, die durch ihre Feder aufs Papier floss, verdichtete sich das wilde Durcheinander in ihrem Kopf zu Worten und Sätzen, die in all das Gelesene, Gedachte und Erlebte eine beseelende, Ruhe spendende Klarheit brachten.

Oft trafen am Gordon Square Besucher ein. Violet kam regelmäßig, um gemeinsam mit ihr durch die Stadt zu bummeln. Vanessas Freundin Margery Snowden, ihre Cousine Emma Vaughn – und Mister Bell, immer wieder Mister Bell. Er kam meist unangekündigt zu einer Tasse Tee am Nachmittag, manchmal auch abends, wenn Thoby nach einem langen Tag, den er zwischen seinen juristischen Büchern verbracht hatte, aus seinem Arbeitszimmer schlurfte und sich im Salon erschöpft in einen Sessel warf. Und manchmal geschah es, dass mehrere Besucher gleichzeitig zugegen waren und sich gegenseitig misstrauisch beäugten, wie etwa am gestrigen Nachmittag.

George war hereingeschneit, um ihr und Vanessa eine Einladung zum Dinner im Hause Duckworth zu überreichen.

Vanessa war unterwegs zu irgendeiner Ausstellung, und so musste Virginia ihn allein empfangen. Er marschierte in den Salon, Stock in der Hand, Hut auf dem Kopf, und küsste sie kurz zur Begrüßung auf die Stirn, hielt aber ansonsten einen ungewohnten Abstand.

»Du siehst ein wenig müde aus, liebe Schwester, schläfst du ausreichend?«, fragte er, als er sich wie selbstverständlich in Thobys angestammtem Sessel niederließ und die Handschuhe von den Fingern zog.

»Ich schlafe wie ein Baby, aber gerade so viel, wie es meinem Alter entspricht.« Virginia setzte sich auf den am weitesten von ihm entfernten Platz, ließ die Schuhe von den Füßen gleiten und zog die Beine hoch, um sich wie ein Kind in den Sessel zu schmiegen.

George runzelte die Stirn, verkniff sich aber die Rüge, die früher postwendend erfolgt wäre. »Wir sind alle sehr froh, dass es dir wieder besser geht. Meine Gattin und ich würden uns sehr freuen, wenn ihr beiden uns die Ehre erweist.« Er nickte in Richtung der goldverzierten Einladungskarte, die er auf dem Tisch vor ihr abgelegt hatte. *Meine Gattin*, sagte er, wie um seinen neuen Status gegenüber Virginia zu betonen. Virginia war Lady Margaret Duckworth bereits einige Male begegnet und hatte sich anfangs um einen freundschaftlichen Umgang mit ihr bemüht, doch die Schwägerin war nicht nur förmlich und unnahbar, sondern obendrein auch noch sterbenslangweilig. Virginia wusste einfach nicht, worüber sie mit ihr reden sollte, und für belanglosen Smalltalk fehlte ihr jedes Talent.

»Wir werden es versuchen«, sagte Virginia. »Vanessa hat allerdings viele Verpflichtungen, und ich … Nun, du weißt ja. Ich darf mich nicht überfordern.« Sie lächelte fein, und George nickte verständnisvoll.

»Natürlich nicht, liebste Schwester. Es ist gut, dass du für dich sorgst.«

»Alle sorgen für mich«, sagte sie, »sogar der Hund.« Sie zeigte auf Gurth, der seine Nasenspitze durch den Türspalt geschoben hatte, schwanzwedelnd auf sie zugelaufen kam und ihr zur Begrüßung das Gesicht leckte.

»Pfui«, entfuhr es George. »Platz!«, kommandierte er und wies mit seinem Stock auf eine Stelle vor dem Kamin, wo in seinem eigenen Haus seine beiden Jagdhunde zu liegen hatten.

Virginia ließ ihre Füße wieder zu Boden sinken, und prompt ließ Gurth sich darauf nieder.

George starrte mit hochgezogenen Brauen auf den Hund, dann auf Virginia, wortlos, aber mit unverhohlener Missbilligung. Überrascht stellte sie fest, dass sie seinem Blick standhalten konnte – etwas, das ihr vor wenigen Wochen nicht gelungen wäre.

In diesem Augenblick waren unten in der Halle Stimmen zu hören und Vanessas lautes Lachen.

Wenig später trat sie in den Salon, dicht gefolgt von Clive Bell in einem lockeren Anzug, aber ohne Stock, Hut oder Handschuhe. Vanessa trug eines der selbst genähten Kleider, mit denen sie neuerdings herumlief. Heute war es ein malvenfarbenes mit orange abgesetzten Säumen und weiten Ärmeln, die aussahen wie die Flügel eines Paradiesvogels, wenn sie die Arme ausbreitete.

»Diese Ausstellung musst du dir ansehen, Virginia! Es sind …« Sie blieb überrascht stehen, so dass Clive beinah über sie stolperte.

»Oh. Hallo, George«, sagte sie und deutete übertrieben höflich einen Knicks an. Argwöhnisch musterte Virginia ihre Schwester. Ihre Wangen glühten, und sie strahlte über das ganze Gesicht, was bei ihr selten zu sehen war. War sie betrunken?

George stand auf und verneigte sich. »Schön, dich zu sehen, Schwester«, sagte er, und es klang, als übermittelte er eine besorgniserregende Botschaft. Sein Blick ging an Vanessa vorbei hin zu Clive, der nun auf das Sofa zusteuerte, auf dem er immer saß, wenn er zu Besuch kam.

»Und wer wäre der junge Mann?«, fragte George.

Clive schlug einen Haken und kam mit ausgestreckter Hand und gewinnendem Lächeln auf ihn zu. »Bell, mein Name ist Clive Bell. Sehr erfreut, Sie kennenzulernen, Mister …?«

»Duckworth. George Duckworth.« Die Worte klangen scharf wie ein richterliches Urteil. George lüftete nicht einmal den Hut.

»Der Stiefbruder?«

»Eben dieser.«

Die beiden Männer standen einander gegenüber, George breitbeinig wie ein zum Kampf bereiter Stier, Clive mit interessiert zur Seite geneigtem Kopf und einer Hand in der Hosentasche.

»Darf ich fragen, in welchem Verhältnis Sie zu …?« George machte eine unbestimmte Handbewegung, die aber keinen Zweifel daran ließ, dass seine beiden Schwestern darin einzuschließen waren.

»Er ist ein Freund von Thoby«, sagte Vanessa, die sich inzwischen mit einem erschöpften, aber zufriedenen Seufzer auf das Sofa hatte fallen lassen. Sie breitete die Arme auf der Rückenlehne aus, so dass ihre weiten Flügelärmel sich dekorativ entfalteten. Virginia bewunderte ihre Schwester für die Nonchalance, mit der sie ihren Stiefbruder zu provozieren wusste.

»Aha.« George hob das Kinn ein wenig und schien auf weitere Erklärungen zu warten. Als die nicht kamen, fragte er: »Und wo *ist* Thoby?«

»Darüber bin ich nicht im Bilde«, sagte Vanessa. »Weißt du, wo er ist, Ginia?«

Virginia schüttelte den Kopf.

»Nun«, sagte George und sah Clive an, als erlöschte damit für ihn die Berechtigung, sich in diesem Raum aufzuhalten. Clive jedoch ließ sich nicht beirren. Er lächelte, ließ sich neben Vanessa auf dem Sofa nieder und fragte in freundlichem Plauderton: »Interessieren Sie sich für Kunst, Mister Duckworth? Dann sollten Sie sich die aktuelle Ausstellung in den Grafton Galleries ansehen. Eine ganz außerordentliche Schau von Kunstwerken, nicht wahr, Vanessa?«

»In der Tat«, sagte Vanessa. »Virginia, du musst hingehen. Diese Bilder sind unglaublich. Ich habe einige von ihnen schon in Paris gesehen, aber dieser Franzose hat tatsächlich über dreihundert Bilder französischer Künstler zusammengetragen, eines großartiger als das andere. Paul Durand-Irgendwas. Wie hieß er noch gleich, Clive?«

Vanessa nannte Mister Bell also inzwischen beim Vornamen. Das war auch Virginia neu.

»Paul Durand-Ruel, ein ganz außerordentlicher Kunstsammler.«

Ganz außerordentlich waren seit einer Weile Clives Lieblingswörter, die er in beinah jedem Satz unterzubringen wusste. Inzwischen fand auch Vanessa so viele Dinge *ganz außerordentlich*, dass Virginia es schon nicht mehr hören konnte.

»Diese Bilder leuchten von innen heraus«, schwärmte Clive. »Cézanne, Degas, und dann dieser Monet! Ganz außerordentlich.«

»Ich fand auch die Werke von Berthe Morisot bezaubernd«, sagte Vanessa. »Eine solche Zartheit, ja – fast schon Durchlässigkeit, es scheint, als würden ihre Bilder atmen.«

George stand noch immer mitten im Raum. Er hatte die Hände hinter dem Rücken verschränkt und blickte von Clive zu Vanessa und wieder zurück, als wartete er nur auf den passenden Moment, um dem Geplänkel der beiden ein Ende setzen zu können. Die beiden redeten jedoch völlig unbeeindruckt von der Autorität seines Alters weiter über das denkwürdige Ereignis, dem sie beigewohnt zu haben glaubten.

»Es ist ganz außerordentlich unbegreiflich, dass diese Ausstellung so wenig Aufmerksamkeit findet«, sagte Clive. »Haben Sie gesehen, wie wenige Besucher dort waren, Miss Vanessa?«

»Mich wundert es nicht«, sagte Vanessa. »Wir Briten sind wie Rüstungen, die äußerlich Staub ansetzen und innerlich verrosten, bevor wir in eine Schlacht ziehen. Das ist in der Kunst nicht anders als im Leben.«

Anerkennend sah Virginia sie an. Vanessa war selten gesprächig, meist drückte sie sich knapp und pragmatisch aus. Manchmal jedoch formulierte sie wie aus dem Nichts schöne und wahre Sätze, die der Ausdruckskraft ihrer Bilder in nichts nachstanden. Diesmal allerdings verstand Virginia nicht genau, was sie sagen wollte. »Wie meinst du das?«, fragte sie.

»Schau sie dir doch an, unsere *große Kunst*!« Vanessa wies anklagend zum Fenster, als spazierten dort draußen die gesammelten Werke der National Gallery vorbei. »Lauter ausdruckslose Landschaften, triste Farben, steife, pompöse Porträts. In der britischen Kunst gibt es nichts Neues zu sehen.«

»Und in der Presse ist nichts zu lesen von den radikalen Neuerungen, die Durand-Ruel so ganz außerordentlich in Szene setzt. Die Franzosen sind uns mehr als ein halbes Jahrhundert voraus«, pflichtete Clive ihr bei.

»Nun«, sagte George. »Die Franzosen haben uns noch nie etwas Gutes gebracht.«

Clive sah amüsiert zu George auf. »Sagen Sie jetzt nicht, dass die Normannenschlacht in Hastings vor fast tausend Jahren eine nationale Tragödie war!«

Vanessa lachte laut auf. »Sie wissen nicht, wie nachtragend unser Bruder sein kann.« Sie stand auf und ging zum Schrank, wo sie in einer Schublade ihre Zigaretten aufbewahrte. Sie rauchte seit einiger Zeit regelmäßig – sogar in der Öffentlichkeit, was Virginia noch längst nicht wagte. Zwar griff auch sie selbst immer öfter zur Zigarette, aber immer nur zu Hause, wenn die Geschwister unter sich waren. Für Vanessa jedoch waren sowohl das Rauchen wie auch ihre aufsehenerregenden Kleider Teil des neuen Lebens am Gordon Square, in das sie sich mit Enthusiasmus gestürzt hatte.

»Noch jemand?«, fragte sie und bot das geöffnete Zigarettenetui feil. Clive schüttelte den Kopf, und Virginia schaute kurz hinüber zu George, dessen steingrauer Blick sie in die Knie zwingen zu wollen schien. Sie ertappte sich dabei, wie sie in einem ersten Impuls Vanessas Angebot ablehnen wollte, doch dann geschah etwas Merkwürdiges. In ihrem Inneren fühlte sie etwas aufbrechen, als berstete etwas Dünnes, aber Hartes – vergleichbar vielleicht mit der Krokantschicht auf einem Pudding, nur sehr viel bitterer. Der Spalt, der entstanden war, befreite etwas, so machtvoll, dass auch der Rest der harten Schicht bröckelte und freigab, was darunter versteckt gelegen hatte. War es das Herz? Die Seele? Es dauerte weniger als einen Wimpernschlag, und als sie sich noch über das beflügelnde Gefühl der Entgrenzung wunderte, das ihr Inneres so plötzlich überwältigt hatte, hielt sie bereits die Zigarette in der Hand.

Gebannt beobachtete sie Georges Mienenspiel, das von Erstaunen über Missbilligung in unverhohlene Abscheu übergegangen war. Virginia lächelte ihn an und blies ihm eine wunderschöne Rauchwolke entgegen.

»Möchtest du zum Essen bleiben?«, fragte sie.

Sein Kopf zuckte zurück, und in seinen Körper trat eine Spannung, die der eines Generals glich, der stoisch dem Niedergang seiner Kompanie entgegenblickte. »Nein danke«, sagte er. »Ich werde zu Hause erwartet.« Sein kurzes Zögern verriet, dass er darauf wartete, wie nun auch Clive sich empfehlen würde. Als dies jedoch nicht geschah, vollführte er eine zackige Drehung auf dem Absatz und marschierte mit gemessenen Schritten aus dem Raum.

Als unten die Tür ins Schloss fiel, sagte Clive: »Ganz außerordentlich, dieser Bruder«, und alle drei brachen in wildes Gelächter aus.

11. Kapitel

Wenige Tage später traf ein Besucher am Gordon Square ein, den Virginia und Vanessa schon seit vielen Jahren kannten, ohne je mehr als ein paar höfliche Worte mit ihm gewechselt zu haben: Lytton Strachey. Wie Leonard Woolf gehörte Lytton zum Zirkel der engsten Cambridge-Freunde ihres Bruders – auch er ein Apostel, dem der Ruf der Genialität vorauseilte. Entsprechend verlegen waren sie beide, als er von der Magd in den Salon geführt wurde, wo sie gerade ihren Nachmittagstee tranken. Thoby und Lytton wollten am Abend gemeinsam in die Oper gehen, und Thoby hatte den Besuch seines Freundes angekündigt, war jedoch kurz nach dem Lunch verschwunden und noch nicht wieder aufgetaucht. So herrschte erst einmal betretenes Schweigen, nachdem die höflichen Begrüßungsfloskeln ausgetauscht und die Unzuverlässigkeit Thobys hinreichend kommentiert worden waren.

Lyttons beeindruckende Größe, sein prächtiger Schnauzbart und die runde Brille, durch die er von oben auf sie herunterzuschauen schien, machten ihn zu einer einschüchternden Erscheinung. Virginia bot ihm einen Platz auf dem Sofa an, aber er wählte einen der niedrigen Korbstühle, die Vanessa eher zur Dekoration vor die Flügelfenster gestellt hatte. Dort saß er, die für den Stuhl viel zu langen Beine angewinkelt, und balancierte die Teetasse auf den Knien. Das Licht der untergehenden Sonne umfloss ihn und verlieh ihm die Aura eines sokratischen Weisen, der sich aus der Haut eines linkischen jungen Mannes geschält hatte.

»Ceylon?«, fragte er und zeigte auf seinen Tee.

Virginia und Vanessa wechselten einen verdutzten Blick. An die Herkunft des Tees, den Sophie ihnen täglich servierte, hatten sie nie einen Gedanken verschwendet.

»Ich frage die Köchin«, sagte Vanessa. »Wenn es von Bedeutung ist.«

»Ist es nicht.« Er winkte ab, ließ den Blick durch den Raum schweifen und betrachtete dann wieder intensiv seine Tasse.

Bevor die Stille unbequem wurde, stieß Virginia atemlos die erstbesten Worte aus, die ihr in den Sinn kamen: »Sie fragen sicher, weil Mister Woolf …«

Im gleichen Augenblick sagte Lytton: »Ich frage, weil unser Freund Woolf …«

Beide verstummten, und Virginia spürte, wie ihr das Blut in den Kopf schoss. Vanessa zündete sich gerade ihre zweite Zigarette an, und die Wanduhr tickte überlaut.

Virginia ergriff die Flucht nach vorn: »Finden Sie es nicht auch sehr mutig von Mister Woolf, in einem solch unzivilisierten Land leben zu wollen?«

»Ich finde es vor allem ganz außerordentlich bedauerlich.«

»Sie sagen es auch!«, entfuhr es Virginia. Dieses *ganz außerordentlich* gehörte wohl zur verbalen Grundausstattung eines Cambridge-Absolventen. Von Thoby hatte sie es allerdings noch nie gehört.

»Was meinen Sie?«, fragte Mister Strachey sichtlich verwirrt.

»Sie meint, dass sie es ebenfalls bedauerlich findet, denn Mister Woolf ist ein sehr guter Freund unseres Bruders. Er wird ihn vermissen.« Vanessa lächelte, aber Virginia kannte ihre Schwester gut genug, um zu wissen, dass sie innerlich über sie den Kopf schüttelte.

»Meine Schwester hat *ganz außerordentlich* recht«, sagte sie nun und blickte Vanessa triumphierend an.

Strachey nickte. »Wenn die Besten unserem Land den Rücken kehren, steht der Untergang bevor.«

Es war unmöglich zu sagen, ob er seine Worte wirklich ernst meinte. Er streifte Virginia kurz mit seinem etwas müden Blick und betrachtete dann wieder das Innere seiner Teetasse, als stünden dort weitere düstere Prognosen zum Ablesen bereit.

»Verstehe ich Sie richtig, dass auch *Sie* uns bald den Rücken kehren werden?«

Strachey blickte über den Rand seiner Brille, nun doch ein amüsiertes Lächeln in den Augenwinkeln.

»Ganz und gar nicht.«

»Also zählen Sie sich nicht zu den Besten?«

Strachey konterte sofort, wenngleich seine Miene verriet, dass Virginias Schlagfertigkeit ihn überrascht hatte. »Sagen wir so: Woolf trägt durch sein Weggehen zum Untergang bei, ich durchs Hierbleiben.«

In diesem Augenblick trat Thoby durch die Tür und schritt mit ausgebreiteten Armen auf seinen Freund zu. »Na, mein Alter, orakelst du schon wieder?«, fragte er gut gelaunt. »Nimm Rücksicht auf die zarten Seelen meiner Schwestern!«

Strachey faltete sich aus seinem Korbstuhl und schloss Thoby in seine schier endlos langen Arme. »Mein lieber Freund, ich wähnte dich bereits in den eisigen Wassern der Themse.«

»Verzeih meine Verspätung, aber ich habe unterwegs unseren Freund Bell getroffen. Ich hoffe, es macht dir nichts aus, dass ich ihn eingeladen habe, mit uns zu kommen?«

»Seit wann interessiert er sich für die Oper?«

»Interessiert? Wohl kaum, aber er sagt, für einen Abend mit uns nimmt er selbst eine Oper in Kauf.«

»Hast du ihm gesagt, er solle sein Jagdhorn zu Hause lassen?«

Thoby lachte und klopfte seinem Freund auf die Schulter. »Keine Sorge. Er wird dich schon nicht blamieren.«

»Es ist so«, sagte Strachey nun an Vanessa und Virginia gewandt. »Als ich Bell das erste Mal gesehen habe, trug er volle Jagdmontur, Peitsche und Jagdhorn inklusive. Und das war nicht bei einer Landpartie, sondern am Tag seines Einzugs am Trinity.«

Die hölzerne Zurückhaltung, mit der er eben noch in seinem Korbstuhl gekauert hatte, war von ihm gewichen. Zu voller Größe aufgerichtet, entfaltete sich nun seine Falsettstimme im Raum, was ihm zwar einerseits etwas Distinguiertes verlieh, im Zusammenspiel mit Gestik und Mimik jedoch ungeheuer komisch wirkte. Hinzu kam, dass er neben dem elegant gekleideten Thoby in seinem zerknitterten Jackett mit den zu kurzen Ärmeln und zu breiten Schultern ein wenig aussah wie eine überdimensionierte Vogelscheuche.

»Bestimmt hat ihm niemand gesagt, dass es in Cambridge keine Rebhühner zu erlegen gibt«, mutmaßte Virginia.

»O nein. Dessen war er sich durchaus bewusst. Aber er wollte zur Feier des Tages gut gekleidet sein«, sagte Thoby.

»Ich muss zugeben, dass er in Jagdkleidung tatsächlich eine ganz außerordentlich gute Figur macht. Aber das Jagdhorn?«

Strachey wandte den Blick in demonstrativer Ratlosigkeit zum Himmel.

Virginia beobachtete Vanessa und suchte nach heimlicher Verärgerung darüber, dass ihr Freund Bell so durch den Kakao gezogen wurde, doch in ihrer Miene spiegelte sich nur amüsierte Gelassenheit.

»Wir sollten aufbrechen«, sagte nun Thoby. »Clive erwartet uns in seinem Apartment.«

»Dann lass uns eilen und ihn davon abhalten, sich allzu sehr aufzuputzen«, sagte Strachey.

Thoby versetzte seinem Freund einen Stoß. »Du Lästermaul!«

»Im Gegenteil. Ich befürchte nur, dass man mich nicht in die Oper einlassen wird, wenn wir zusammen dort auftreten. Man könnte mich für euren Chauffeur halten.«

»Keine Sorge«, entgegnete Thoby. »Dafür bist du viel zu schlecht gekleidet.«

»Wie findest du ihn?«, fragte Virginia ihre Schwester, als die beiden das Haus verlassen hatten.

»Ein bisschen arrogant, aber amüsant.«

»Ich finde, er hat etwas von einer Spinne«, sagte Virginia. »Man könnte sich ekeln, wenn er zu nah kommt.«

»Gibt es Männer, deren Nähe dich nicht ekeln würde?«

»Thoby ekelt mich nicht. Und auch Adrian nicht«, sagte Virginia. Sie griff nach einer Zigarette aus dem Etui ihrer Schwester. »Bestimmt liebt er Männer«, setzte sie nachdenklich hinzu und ließ sich von Vanessa Feuer geben.

»Stört dich das?«, fragte Vanessa.

»Kein bisschen. Dich?«

»Warum sollte es? Thoby sagt, dass sie es fast alle tun.«

»Wer alle?«

»Seine Cambridge-Freunde.«

Virginia stand auf und wanderte zum Kaminsims, wo noch immer die Einladungskarte ihres Bruders lag. Der Termin war an diesem Abend, aber weder sie noch Vanessa hatten zugesagt, obwohl sie keine anderen Pläne hatten. »Wie würde George unseren Umgang wohl finden?«, sinnierte sie.

»Weißt du«, sagte Vanessa, »das Schöne ist doch, dass wir darüber nicht mehr nachdenken müssen.«

Virginia nahm die Karte und betrachtete sie eine Weile. Dann zerriss sie sie und warf sie ins Feuer. »Stimmt«, sagte sie. »Von nun an beginnt eine neue Zeit.«

»Ich finde, jetzt, wo wir uns eingelebt haben, sollten wir eine Einweihungsparty machen«, sagte Virginia.

Es war Sonntag, und die vier Geschwister saßen seit Längerem das erste Mal alle gemeinsam beim Frühstück.

»Eine Einweihungsparty?«, fragte Adrian gedehnt. Seine Haare standen in allen Richtungen vom Kopf ab. Er stand immer als Letzter auf und schaffte es meist nur so gerade eben, sich vor dem Frühstück in einen präsentablen Zustand zu bringen. Das Haarekämmen gehörte offenbar nicht zu seiner Vorstellung eines präsentablen Zustands, aber es wäre niemandem in den Sinn gekommen, ihn dafür zu rügen.

»Wen würdest du denn einladen wollen?«, fragte er. »Etwa unsere gefräßigen Cousinen?«

»Alle«, sagte Virginia. »Wir laden alle ein.«

Vanessa prustete beinah ihren Tee über den Tisch.

Thoby sah sie strafend an.

»Verzeih mir, Bruder. Aber ich stelle mir gerade Tante Minna und Lytton zusammen in einem Raum vor …«

»Oder Lytton und Rosamond«, brummte Adrian und lehnte sich über den Tisch, um die Butterschale zu erreichen.

Vanessa gab ihm einen Klaps auf die Hand: »Sag doch etwas!« Sie schob ihm die Schale näher und schüttelte den Kopf – ob über Adrians flegelhafte Tischmanieren oder über die Vorstellung einer Begegnung ihrer Verwandten mit Lytton Strachey, war nicht auszumachen. »Könnten wir denn nicht nur Freunde einladen?«

Virginia kicherte. »Ich wäre gern dabei, wenn Strachey und Tante Minna …«

»So etwas ist kein Theaterstück, bei dem du unbeteiligte Zuschauerin sein kannst.« Vanessa setzte ihre Besorgte-große-Schwester-Miene auf. »Du würdest dich mit allen unterhalten wollen und dich hoffnungslos überfordern.«

»Aber nein! Soll ich dir das Attest noch einmal zeigen?« Doktor Savage hatte Virginia im Januar feierlich verkündet, sie sei nun vollständig genesen und könne wieder ein ganz normales Leben führen. Sie hatte ihn gebeten, ihr das schriftlich zu bescheinigen, und hielt ihren Geschwistern dieses »Gesundheitsattest« bei jeder Gelegenheit unter die Nase.

Thoby räusperte sich. »Ich habe einen anderen Vorschlag.« Überrascht sahen sie ihren Bruder an, der am Kopfende saß und ihrem Schlagabtausch schweigend gelauscht hatte. Er stützte seine Ellbogen auf und verschränkte die Hände, ganz so wie ihr Vater früher, wenn er bei Tisch eine bedeutsame Ankündigung zu machen hatte.

»Ihr habt ja nun ein paar meiner Studienfreunde kennengelernt …«

»Strachey kannten wir vorher schon«, unterbrach Virginia ihn.

Sofort fiel Vanessa ihr ins Wort: »Kennen ist das falsche Wort. Also ich kenne ihn nicht, nur weil ich ihn schon einmal gesehen habe.«

»Dafür hast du Clive Bell umso besser kennengelernt«, trumpfte Virginia auf. »Er folgt dir ja auf Schritt und Tritt.«

»Falsch! Wir waren ein paarmal zusammen in einer Ausstellung, mehr nicht.«

»Du nennst ihn beim Vornamen. Das lässt doch keinen Zweifel …«

Thoby pochte mehrmals laut auf den Tisch. »Hört mir zu! Ich habe etwas zu sagen.«

»Bitte sehr. Sprich.« Virginia lehnte sich im Stuhl zurück und verschränkte die Arme. Sie mochte es nicht, wenn Thoby das Familienoberhaupt spielte, obwohl er nicht einmal der Älteste war. Diese Funktion hätte allenfalls Vanessa zugestanden, aber Vanessa hätte Thoby niemals von seinem Sockel gestoßen. Er war schon immer ihr Lieblingsbruder gewesen.

»Ich möchte meine Freunde gern regelmäßig zu uns einladen.« Er blickte in die Runde, als hätte er gerade verkündet, den König höchstpersönlich in ihrem Salon empfangen zu wollen. Der Begeisterungssturm, den er offenbar erwartete, blieb jedoch aus.

»Und weiter?«, fragte Vanessa.

»Seit wir das College verlassen haben, sehen wir uns viel zu selten.«

»Du siehst Clive jede Woche. Er ist doch Dauergast bei uns«, sagte Virginia mit einem Seitenblick auf Vanessa, die sie zur Antwort mit ihrer Serviette bewarf.

»Aber Maynard, Saxon und Desmond habe ich seit Monaten nicht gesehen.«

»Dann solltest du vielleicht weniger oft tanzen gehen und dich dafür mit ihnen treffen.«

»Darum geht es nicht! Ich möchte … also, Clive und ich haben uns überlegt, dass wir uns einmal in der Woche zu einer Art … nun ja … Gesprächszirkel treffen wollen.«

»Gesprächszirkel? Was soll denn das sein?«, fragte Adrian mit angewiderter Miene.

»Stell dir vor, es gibt Menschen, die treffen sich, um miteinander zu reden«, sagte Virginia und stieß ihn in die Seite. »Und jetzt setz dich endlich gerade hin. Du hängst über deinem Teller wie ein Höhlenmensch.«

»Höhlenmenschen hatten keine Teller.«

Vanessa stöhnte: »Könnt ihr euren kindischen Kleinkrieg einstellen und zuhören, was Thoby zu sagen hat?«

»Danke, Vanessa«, sagte dieser. Er rückte das vor ihm liegende Besteck und den Teller zurecht und blickte dann wieder in die Runde. Zufrieden, dass alle ihn erwartungsvoll ansahen, fuhr er fort: »Ganz genau haben wir noch nicht festgelegt, wie die Sache ablaufen soll. Aber wir dachten an ein zwangloses Treffen, bei dem wir jeweils über ein bestimmtes Thema sprechen.«

»Du meinst so eine Art Mini-Apostel-Treffen, wo sich die Ehemaligen die Ehre geben und mit ein paar Normalsterblichen über ein streng geheimes Thema philosophieren?«, fragte Virginia.

»Dein Sarkasmus ist völlig fehl am Platze.« Thoby klang gereizt, und es war nicht leicht, ihn zu reizen, dafür hatte er ein viel zu ausgeglichenes, fröhliches Gemüt.

»Dann lade sie doch einfach ein«, sagte Vanessa. »Wozu brauchst du unsere Zustimmung?«

»Nun, es ist unser gemeinsamer Salon. Da kann ich doch nicht …«

»Natürlich kannst du! Oder erwarten deine Freunde ein Dinner?«

»Nein. Ich sagte doch – zwanglos. Wir wollen reden, nicht essen.«

»Essen, pfui«, sagte Virginia. »Diese hochvergeistigten Menschen wollen doch nichts essen.«

»Das sagt die Richtige«, sagte Adrian. Diesmal war es Virginia, die ihn mit der Serviette bewarf.

»Kein Dinner, nur reden – für mich ist das kein Problem. Sie dürfen gern kommen.« Vanessa griff nach der Teekanne und stand auf, um Thoby nachzuschenken, der ihr seine leere Tasse entgegenhielt. Es waren diese kleinen Gesten ihrer Schwester, die ihre Mutter in den Raum zurückzuholen schienen. Viel mehr noch als durch das Porträt an der Wand erinnerten sie daran, wie schwer selbst ihr neues Leben an der Last der Vergangenheit zu tragen hatte.

»Ich würde sie am nächsten Donnerstag das erste Mal einladen. Irgendwelche Einwände?«, fragte Thoby.

Vanessa und Adrian schüttelten den Kopf. Virginia brauchte einen Moment, dann stellte sie eine Frage, die ihr dringlich schien. »Was ist mit uns?«

»Mit euch? Was meinst du?«

»Mit Vanessa und mir – dürfen wir dabei sein?«

Thoby wechselte einen Blick mit Adrian, der nicht den Eindruck machte, überhaupt irgendeine Meinung in dieser Angelegenheit zu haben, und sagte dann zögernd: »Es sind alles Männer.«

»Natürlich sind es alles Männer.«

»Nun …«, sagte Thoby gedehnt. »Ich muss gestehen, dass ich mir darüber noch keine Gedanken gemacht habe, aber …« Er sah zu Vanessa, als suchte er bei ihr nach Rückhalt für etwas, das er selbst nicht zu formulieren wagte. Vanessa jedoch hatte die Brauen hochgezogen und schien ihm ausnahmsweise nicht beistehen zu wollen. »Ich habe nichts gegen Männer«, sagte sie. »Im Gegenteil.«

»Dann ist es entschieden«, sagte Adrian mit seiner müden, gelangweilten Stimme und biss in einen Toast. »Ich bin übrigens auch dabei.«

»Als schweigende Präsenz«, versetzte Virginia.

»Das Reden überlasse ich dir.«

»Gut«, sagte Thoby, »wagen wir also das Experiment.«

12. Kapitel

An
Mister Leonard Woolf
Ceylon Civil Service
Jaffna, CEYLON

Lancaster Gate, London, Februar 1905

Leonard, Freund,
wie deprimierend alles ist, seit du fort bist! Dein Brief liegt seit einer Woche auf meinem Schreibtisch, aber ich konnte mich einfach nicht zu einer Antwort durchringen. Dafür gibt es keine Entschuldigung, außer meiner Schwermut. Sieh es mir nach.

Letzte Woche war ich in der Prachtvilla des Goten und durfte mit seinen beiden Prachtschwestern Tee trinken. Natürlich war er selbst nicht da, unzuverlässig, wie er ist. Angeblich hat Bell ihn aufgehalten, aber wer sollte das glauben? Schönen Menschen darf man nie etwas glauben. Miss Virginia ist eine ganz außerordentliche Person. Ich glaube, sie ist ein bisschen verrückt. Miss Vanessa ist schweigsam, aber mindestens genauso schön wie der Gote. Leider ist sie kein Mann. Vielleicht solltest du sie heiraten? Oder Virginia? Im fernen Ceylon wirst du sicher lernen, wilde Tiere und Menschen zu zähmen, was dich zum Ehemann dieser verrückten Miss Stephen qualifizieren könnte. Frag mich nicht, wie ich darauf komme. Vielleicht weil es ein Grund wäre, dich nach England zurückzulocken.

Am Donnerstag lädt der Gote uns alle zu sich ein – Keynes,

Sydney-Turner, McCarthy – die ganze Bande. Was aber sind wir ohne dich?

Schreib!

Dein Lytton

—•}} {{•—

46, Gordon Square, März 1905

Heute also war es so weit. Thobys famose Freunde sollten zum ersten Mal am Gordon Square zusammenkommen. Virginia saß allein im Salon und las einen Roman von Henry James, den sie rezensieren sollte. Mittlerweile bekam sie regelmäßig solche Aufträge. Zuletzt hatte der Chefredakteur des *Times Literary Supplement* angefragt – und für Mrs Lyttletons Kirchenzeitungsbeilage rezensierte sie inzwischen regelmäßig. Zurzeit arbeitete sie an einer Besprechung dieses merkwürdigen Romans, *Die goldene Schale* von Henry James. Sie hatte ihn schon zweimal gelesen, verstand jedoch nicht, worauf das Ganze hinauslief. Es ging um Menschen und ihre Eheprobleme, so viel verstand sie wohl, aber gewiss ging es da noch um mehr, nur worum? Henry James war ein langjähriger Freund ihres Vaters, gehörte fast zur Familie, aber sie fand vor allem seine späteren Romane schwer verständlich, sie schienen ihr einfach nichts mit ihrer Welt zu tun zu haben. Vor allem war er ein hoch geachteter Schriftsteller, einer, der erreicht hatte, wovon sie in ihren verwegensten Stunden träumte. In den Salons der gebildeten Mittelschicht sprach man über ihn, selbst Kitty Maxse, ihre Freundin aus Kensington, die sonst eher selten las, kannte ihn. Unmöglich also, die Rezension abzulehnen. Noch schwieriger aber, etwas Kluges über diesen Roman zu schreiben – und klug musste es sein. Das verstand sich von selbst.

Sie sah auf die Uhr. Viertel vor neun. Sie hatten sich darauf geeinigt, um neun Uhr zu beginnen, nach dem Dinner und noch bevor die Schläfrigkeit eintreten konnte. Vanessa fand natürlich, dass es für Virginia viel zu spät sei. Ihre Schwester konnte einfach nicht aufhören, sie wie ein kleines Kind zu behandeln.

Die Türglocke! Virginia registrierte, wie sich ihr Herzschlag beschleunigte. Alle anderen Symptome waren verschwunden, nur dieses dumme Herz musste immer noch durcheinandergeraten, wenn etwas Aufregendes passierte. Und aufregend war diese ganze Sache natürlich, auch wenn sie ihren Geschwistern gegenüber so getan hatte, als wäre es für sie eine Selbstverständlichkeit, mit lauter hochintelligenten Männern in einem Raum zu sitzen und ihrem klugen Diskurs zu lauschen. Bestimmt würde sie sich blamieren, wenn sie etwas sagte. Doch sie konnte ja auch einfach schweigen und zuhören, so wie Adrian es sicher tun würde. Aber was, wenn jemand das Wort an sie richtete?

Sie hörte Schritte draußen auf der Treppe. Hastig strich sie ihren Rock glatt, öffnete wieder ihr Buch und gab vor, zu lesen. Ein kurzes Klopfen, und die Tür öffnete sich. Es war Clive Bell. Niemand sonst. Wo zum Henker war Vanessa?

»Einen schönen guten Abend«, rief Clive gut gelaunt. »Darf ich eintreten?«

Die Frage war vollkommen überflüssig, denn er stand schon mitten im Raum. »Sind Sie doch schon«, sagte Virginia. »Nehmen Sie Platz, Mister Bell.«

Bislang hatte er noch keinen Versuch unternommen, die höfliche Distanz zwischen ihnen zu verringern. Es sollte ihr recht sein, auch wenn es ärgerlich war, dass er diesen Unterschied im Umgang zwischen ihr und Vanessa machte.

Er ließ sich direkt ihr gegenüber im Sessel nieder. »Noch niemand da?«

Virginia hob nur die Brauen. Auf solch eine unintelligente Frage erwartete er ja wohl keine Antwort.

»Verzeihung, ich meine natürlich, außer Ihnen.«

»Sehen Sie denn jemanden?«

Er lachte gut gelaunt. Immer war er guter Laune. Penetrant. Er zeigte auf ihr Buch. »Darf ich fragen, was Sie lesen?«

Gut. Das war ein unverfängliches Thema, auf das sie sich einlassen konnte. »Henry James«, sagte sie. »Kennen Sie ihn?«

»Persönlich nicht, nein. Ich habe das ein oder andere von ihm gelesen, aber ich werde nicht warm mit seiner Art zu schreiben.«

»Welche Art meinen Sie? Sein frühes Werk unterscheidet sich immerhin erheblich von diesem hier.«

»Ist das so?«, fragte Clive. »Dann sollte ich es vielleicht einmal damit probieren?« Er streckte die Hand nach dem Buch aus, aber Virginia legte es neben sich auf dem Sofa ab.

»Es wird Ihnen nicht gefallen. Seitenweise Dialoge, viel Innenschau, keine Handlung.«

»Und Sie glauben, das ist nichts für mich?«, fragte Clive amüsiert.

»Es würde mich sehr wundern.«

»Was würden Sie mir also empfehlen?«

»Wie wäre es mit *Die Schatzinsel* von Stevenson?« Sie sah ihn herausfordernd an. Irgendetwas an ihm reizte sie, so arrogant wie möglich aufzutreten. Vielleicht war es die eitle Art und Weise, wie er sich kleidete, vielleicht auch einfach die Selbstverständlichkeit, mit der er davon auszugehen schien, dass er jederzeit willkommen war.

»Interessanter Vorschlag. Allerdings etwas zu abenteuerlustig für meinen Geschmack.«

»Dann lesen Sie Thackeray. *Der Jahrmarkt der Eitelkeiten* zum Beispiel.«

Seine Mundwinkel zuckten. »Wir kommen der Sache näher. Aber immer noch nicht ganz das Richtige.«

»Was also lesen Sie dann? Oder lesen Sie gar nicht?«

Auch diese Provokation schien an ihm abzuperlen.

»Ich ziehe die französische Literatur vor. Eleganter, leichter, amüsanter. Kennen Sie *Les Liaisons Dangereuses* von Choderlos de Laclos? Man würde den Titel wohl mit *Gefährliche Liebschaften* übersetzen.«

Er wusste genau um ihre rudimentären Französischkenntnisse, und so kannte sie das Buch natürlich nicht, aber die Genugtuung, ihren Angriff pariert zu haben, würde sie ihm nicht geben. »Zurzeit beschäftige ich mich vor allem mit der griechischen Antike. Nicht leicht und amüsant, aber durchaus von einer gewissen Eleganz.«

»Dann sollten Sie sich mit unserem genialen Freund Sydney-Turner unterhalten. Saxon Sydney-Turner, kennen Sie ihn?« Ohne Virginias Antwort abzuwarten, sprach er voller Eifer weiter: »Er ist absoluter Experte auf diesem Gebiet. Legen Sie ihm eine beliebige Textstelle vor, und er wird sie Ihnen aus dem Stegreif übersetzen.«

»Beeindruckend«, sagte Virginia und versuchte gar nicht erst, beeindruckt zu klingen.

Um Punkt neun ging die Türglocke erneut. Wo blieben bloß ihre Geschwister? Clive stand auf und blickte erwartungsvoll zur Tür. Wieder Schritte auf der Treppe, diesmal auch Stimmen. Herein kam Thoby mit einem dunkelhaarigen Mann mit Schnauzbart, kurz dahinter Adrian mit Lytton Strachey. Gegenseitiges Schulterklopfen, freudige Begrüßungen, Clives lautes, fröhliches Lachen und die leise, weiche Stimme des Unbekannten, die sich wie eine akustische Umarmung im Raum ausbreitete. Virginia beobachtete den Neuankömmling, dessen Blick kurz zu ihr herüberschweifte, aber durch nichts zu erkennen gab, dass er sie wahrgenommen hatte.

In diesem Augenblick kam Vanessa. Sie hatte die Haare ordentlich hochgesteckt und eines ihrer wallenden farbenfrohen Kleider angezogen. Natürlich sah sie aufsehenerregend aus. Virginia indes war überhaupt nicht auf den Gedanken gekommen, ihren grauen Alltagsrock gegen etwas Außergewöhnlicheres einzutauschen und die Haare … Hastig steckte sie ihre verrutschten Haarnadeln fest, während sie beobachtete, wie sich alle Männer ihrer Schwester zuwandten und Thoby sie seinen Freunden vorstellte. Clive ergriff wie üblich ihre Hand und verneigte sich so tief, als stünde eine Renaissancekönigin vor ihm.

Vanessa lächelte auf ihre unergründliche Mona-Lisa-Weise und schritt ohne jede Unsicherheit quer durch den Raum auf Virginia zu, um sich auf dem Sofa neben ihr niederzulassen.

»Wo warst du so lange? Ich dachte schon, du kommst nicht mehr«, zischte Virginia.

»Ich musste mich um die Getränke kümmern.«

»Und? Was bietest du an? Wein? Whisky?«

»Keinen Alkohol heute, hat Thoby gesagt. Jetzt gibt es Kakao und Sandwiches.«

»Kakao? Ist das dein Ernst?«

Vanessa zuckte ratlos die Achseln. »Er sagt, Strachey liebt Kakao, also trinken sie ihn alle.«

Lytton Strachey hatte sich wieder im Korbstuhl am Fenster niedergelassen und nickte jetzt zu Virginia herüber. Thoby hockte vor ihm, Clive stand daneben. Sie redeten leise miteinander. Keine formelle Begrüßung, kein höflicher Smalltalk. Der große Salon bot viel Raum für Unverbindlichkeit. Adrian setzte sich zusammen mit dem schnauzbärtigen Unbekannten in die beiden Sessel direkt vor dem Kamin.

»Wer ist der Dunkelhaarige?«, fragte Virginia ihre Schwester leise.

»Keynes heißt er. John Maynard Keynes. Ich glaube, er und Adrian …« Vanessa kreuzte ihre Zeigefinger und hob bedeutungsvoll eine Augenbraue.

»Du meinst …?«

Vanessa nickte. Virginia beobachtete die beiden Männer, die die Köpfe eng zusammengesteckt hatten und etwas sehr Ernsthaftes zu besprechen schienen. Genauer gesagt, sprach ihr Bruder, und Keynes lauschte mit seitlich geneigtem Kopf, ganz so, als gäbe es in diesem Augenblick nichts und niemanden auf der ganzen Welt, der interessanter sein könnte als Adrian. Der schweigsame, mürrische Adrian, das war doch nicht zu glauben! Noch nie hatte sie sich Gedanken darüber gemacht, was ihr Bruder eigentlich für ein Mensch war, außer eben der kleine Bruder und Liebling ihrer Mutter. Sie hatte sich nie besonders gut mit ihm verstanden, hatte immer mehr die Nähe Vanessas und Thobys gesucht. Was Adrian außerhalb der Familie tat, wen er traf und was er mochte, wusste sie nicht.

»Und warum glaubst du, dass die beiden ...?« Wie sollte sie es ausdrücken? Welches Wort passte, wenn es ihren eigenen Bruder betraf? Wie sah sie überhaupt aus, eine solche Beziehung zwischen Männern, wenn sie sich nicht auf gemeinsames Jagen, Tennisspielen oder Diskutieren beschränkte? Dieser Maynard Keynes war kein schöner Mensch, wie es Thoby war. Er war deutlich kleiner und gedrungener als Adrian, hatte dunkle, unruhige Augen und eine leicht aufwärts gerichtete Nase. Das Äußere gäbe wohl zunächst keinen Anlass, ihn zu lieben, was auch immer das bedeuten mochte. Auch *Liebe* war eines von diesen Worten, das sich wie ein Chamäleon gebärdete, je länger Virginia darüber nachdachte, was das Wesen des Phänomens, die *Idee* von Liebe, sein mochte. Sie wusste, dass es bei Plato eine Menge zu diesem Thema zu lesen gab, aber noch war sie des Griechischen nicht mächtig genug, um seine Philosophie der Liebe bis in alle Einzelheiten zu verstehen. Daran musste sie arbeiten, denn sie wollte den großen Philosophen unbedingt im Original lesen.

Sie blickte wieder zu Lytton Strachey hinüber, der vorgebeugt in seinem Korbsessel saß, den linken Arm lässig über ein Bein gelegt, den rechten Ellbogen auf dem Knie und das Kinn in der Hand abgestützt. Er war so spindeldürr, dass er schon fast krank aussah. Sein Blick hing an Thobys Lippen, der noch immer vor ihm hockte, wie ein Schüler zu Füßen seines Lehrers. Clive hatte sich einen Stuhl herangezogen, und Thoby redete lebhaft auf ihn ein, während er unablässig von Strachey beobachtet wurde, dieser stets mit einem Lächeln auf den Lippen.

Ob auch zwischen Thoby und Strachey …? Nein, das war ausgeschlossen. Ihr Bruder erzählte ihr zwar nie etwas von seinen Damenbekanntschaften, aber Vanessa war ein paarmal mit ihm aus gewesen und hatte die eine oder andere Dame seines Herzens kennengelernt. Allerdings wechselten diese in sehr rascher Folge, so dass für Virginia nicht eindeutig geklärt war, auf welche Art und Weise Thoby seine Freunde liebte. *Dass* er sie liebte, war keine Frage. Und dass zumindest Strachey und Clive ihn liebten, schien auch klar. Oft hatte sie schon gesehen, wie Clive ihren Bruder umarmte. Und jetzt gerade legte Strachey seine lange, schmale Hand auf den Arm ihres Bruders, eine kurze Geste, fast liebkosend. Berührungen dieser Art waren ein Zeichen von Liebe, so viel hatte Virginia begriffen. Und Frauen berührten einander oft. Bei Männern hatte sie es selten gesehen, höchstens ein deftiges Schulterklopfen, anders als bei Strachey eben. Sie sah wieder zu Keynes und Adrian hinüber, die unverändert eng beisammensaßen, einander jedoch nicht berührten.

»Das glaube ich nicht«, sagte sie, allerdings so laut, dass Keynes es gehört haben musste und zu ihr herübersah. Schnell senkte Virginia den Blick und ärgerte sich im selben Moment über ihre Verlegenheit. Immerhin war es *ihr* Haus, *ihr* Salon. Es wäre Thobys Aufgabe gewesen, sie miteinander bekannt zu machen. Bei jedem gesellschaftlichen Anlass, dem sie bisher beigewohnt hatte, waren Neuankömmlinge stets angekündigt und zuallererst den Damen des Hauses vorgestellt worden. Nun saß sie hier wie ein vergessener Hund im Halbdunkel und wartete darauf, dass der Abend vorüberginge. Vanessa neben ihr rauchte und schien es gelassen hinzunehmen, dass sie von den Männern nicht beachtet wurden. Virginia griff wieder nach ihrem Buch, um wenigstens ihren Händen Halt zu geben.

In diesem Augenblick ging erneut die Türglocke. Die Magd war bereits für den Abend entlassen worden, weshalb Thoby öffnen ging. Auch in die anderen Männer kam Bewegung. Keynes und Adrian standen auf und traten zu Strachey, während Clive zu ihnen herüberkam.

»So still, die Damen?«, fragte er.

»Wir möchten die Herren nicht in ihrer Wiedersehensfreude stören«, entgegnete Virginia spitz.

»Und Thoby, der Flegel, hat seine Umgangsformen vergessen. Kann es sein, dass er Sie mit Maynard gar nicht bekannt gemacht hat?« In seinen Augen blitzte es spöttisch.

Virginia ignorierte seine Frage und sagte stattdessen zu Vanessa: »Glaubst du, Mister Bell wird der Kakao zusagen, den du vorgesehen hast? Mir scheint, er könne das für unter seiner Würde erachten.« Vanessa sah Clive an und hob leicht die Schulter, als müsste sie sich für ihre Schwester entschuldigen.

»Ah«, sagte Clive nun. »Da kommt Saxon!«

Hinter Thoby kam ein kleiner, blasser Mann hereingeschlurft, die Hände hinter dem Rücken verschränkt und die schmalen Schultern hochgezogen. Er schien die Aufmerksamkeit zu fürchten, die ihm durch sein verspätetes Eintreffen zuteilwurde, und nickte kurz in alle Richtungen, ohne jedoch den Blick auf einen der Anwesenden zu fokussieren. Er erinnerte an eine Maus, die sich zu weit aus ihrem Loch gewagt hatte und nun verzweifelt nach Deckung suchte. Das also war der geniale Saxon Sydney-Turner, von dem Clive gesprochen hatte.

Thoby machte Anstalten, mit Sydney-Turner direkt auf

Strachey, Adrian und Keynes zuzusteuern, doch Clive rief: »Thoby, willst du die Herren gar nicht mit deinen Schwestern bekannt machen?«

»O Clive«, stöhnte Vanessa. »Das war jetzt wirklich nicht nötig!«

Thoby stutzte, als wäre ihm die Tatsache ihrer Anwesenheit völlig entfallen. »Natürlich! Saxon, Maynard? Meine Schwestern. Vanessa und Virginia.« Er machte eine unbestimmte Handbewegung in ihre Richtung, als wäre es gänzlich unbedeutend, wer von ihnen wer war. Dann legte er kurz dem blassen Sydney-Turner die Hand auf die Schulter: »Das hier ist Saxon Sydney-Turner, und da drüben, der Herr mit dem Schnauzer, ist Mister Maynard Keynes.« Sydney-Turner zog die Schultern noch ein wenig höher und nickte kurz zu ihnen herüber. Keynes hob die Hand und lächelte. Immerhin.

Clive beugte sich zu ihnen und flüsterte: »Euer Bruder hat tatsächlich überhaupt keine Umgangsformen.«

»Manchen fehlen die Umgangsformen, anderen die Diskretion«, sagte Virginia. Vanessa kicherte.

Ein erneutes Läuten der Türglocke ließ sie auseinanderfahren. »Da kommt dann wohl Desmond«, sagte Clive. »Immer der Letzte. Wenn Lytton es nicht ist.« Er richtete sich auf und rief Thoby zu: »Bleib! Ich gehe öffnen.«

Virginia sah Vanessa erstaunt an. »Habe ich etwas verpasst? Ist er jetzt hier der Hausherr?«

»Auf jeden Fall fühlt er sich wie zu Hause.«

»Und wem haben wir das zu verdanken?«

Vanessa lächelte versonnen, eine Antwort blieb sie ihr jedoch schuldig.

Der letzte Gast, Desmond McCarthy, war ebenso unauffällig und blasshäutig wie Saxon Sydney-Turner, dafür stellte er sich ihnen selbst höflich und formvollendet vor, bevor er sich zu seinen Freunden gesellte, die sich in lockeren Zweier- oder Dreierpaarungen in den Sesseln im Raum verteilten, leise miteinander sprachen und nur manchmal verhalten lachten, als fürchteten sie, irgendeine heilige Ordnung zu stören, wenn sie lauter würden. Inzwischen hatte Sophie ein großes Tablett Sandwiches und Kakao serviert, das auf dem Sideboard abgestellt wurde, wo die Männer sich hin und wieder selbst bedienten. Es gab weder Servietten noch Besteck, aber das schien ihnen nichts auszumachen. Virginia blieb, wie auch Vanessa, den ganzen Abend auf dem Sofa sitzen und beobachtete das merkwürdige Geschehen, ohne ein einziges Wort mit einem der Männer zu wechseln – außer natürlich mit Clive Bell, der immer mal wieder zu ihnen herübergeschlendert kam und ihnen ein paar Bemerkungen über den einen oder anderen der Anwesenden zuflüsterte. So erfuhren sie, dass Sydney-Turner nicht nur aus dem Stegreif und ohne jedes Hilfsmittel Altgriechisch übersetzen konnte, sondern auch lateinische Gedichte schrieb und im Geheimen an einem revolutionären Werk über die italienische Oper arbeitete. Die Vollendung stehe kurz bevor, behauptete Clive.

»Und woher wissen Sie das, wenn er es heimlich tut?«, fragte Vanessa.

»Er weiß doch alles«, versetzte Virginia.

»So ist es«, sagte Clive und zwinkerte ihr zu.

Es wurde immer später, und keiner der Männer machte Anstalten zu gehen. Zwischendurch saßen sie bisweilen einfach nur schweigend da und blickten sinnierend vor sich hin, wie auf der Suche nach dem nächsten klugen Satz, den sie von sich geben könnten. Virginia wurden die Lider schwer, aber aufzustehen und vor aller Augen den Weg ins Bett anzutreten, stand außer Frage. Von Zeit zu Zeit schnappte sie ein paar Gesprächsfetzen auf, Namen, die sie nicht kannte, oder auch ein lateinisches oder griechisches Zitat, das sie sehr wohl kannte. Einmal, als ihr Bruder Aischylos falsch wiedergab, murmelte sie das korrekte Zitat vor sich hin, doch keiner der Männer nahm Notiz von ihr. Nur Vanessa kuschelte sich an sie und sagte leise: »Die geballte Cambridge-Elite bei uns auf dem Sofa, und keiner von ihnen kann es mit dir aufnehmen.«

»Sie langweilen mich«, flüsterte Virginia. »Woran liegt es, dass Männer so viel uninteressanter sind als Frauen?«

»An dir«, sagte Vanessa. »*Ich* bin da anderer Ansicht.«

In diesem Augenblick übertönte Lytton Stracheys Falsett das Gemurmel und ließ die übrigen Männer verstummen. »Hey Saxe, willst du uns nicht beim nächsten Mal etwas über die italienische Oper erzählen?«

Der blasse Sydney-Turner sank tief in den großen Sessel, in den er sich nach seiner Ankunft geflüchtet hatte, um den Gesprächen seiner Freunde zu lauschen und nur wenige, kaum hörbare Worte von sich zu geben, die er mit sparsamen Gesten seiner merkwürdig kleinen Hände untermalte. Auch jetzt sprach er so leise, dass selbst das Ticken der Wanduhr ihn beinah übertönte. »Aber das ist doch ein viel zu weites Feld. Können wir es nicht eingrenzen auf ein klar umrissenes Thema?«

»Wie wäre es mit der Liebe? Liebesarien in der italienischen Oper«, schlug Clive vor, und obwohl er nicht zu ihnen herübersah, hätte Virginia ihre gesamte Bibliothek darauf verwettet, dass sein Kommentar in erster Linie für Vanessa bestimmt war.

»Ausgerechnet Liebe«, rief Strachey. »Bitte nicht! Liebe ist doch nur als Idee reizvoll. Im wahren Leben reißt sie uns in den Abgrund.« Er hockte noch immer in seinem Korbstuhl, mit dem er verwachsen schien wie eine Schildkröte mit ihrem Panzer. »Schon der alte Sophokles hat sich aus Verzweiflung über eine unerwiderte Liebe von einem Felsen gestürzt«, behauptete er.

Virginia richtete sich kerzengerade auf und wartete darauf, dass jemand Einspruch erheben würde. Doch die Männer saßen nur schweigend da, und Adrian nickte kummervoll, als hätte Strachey ihm soeben sein eigenes Schicksal vorgezeichnet.

»Das war Sappho«, sagte sie erst leise, dann – als niemand reagierte – noch einmal lauter. »Sappho war das. Sophokles ist an einer Weinbeere erstickt. Er war über neunzig – deutlich zu alt, um sich aus Liebeskummer in den Tod zu stürzen.«

Nun fing sie Thobys Blick auf, der ihr aufmunternd zunickte. »Ich glaube allerdings nicht, dass es wirklich stimmt«, fuhr sie mutiger fort. »Es passt gar nicht zu Sappho, sich ausgerechnet aus Liebe zu einem *Jüngling* in den Tod zu stürzen. Wahrscheinlich hat Ovid die Geschichte nur erfunden.«

»Sieh an«, sagte Strachey und schob seine Nickelbrille höher. »Sappho also. Und mir gefiel der Gedanke, dass der alte Sophokles … Nun ja. Ob nun Wein oder Liebe – beides Torheiten.«

»Aber Liebe ist doch keine Torheit«, protestierte Clive.

Strachey lächelte nachsichtig. »Unerwiderte Liebe schon. Die Literatur ist voll davon – und den tragischen Folgen.«

Clive winkte ab. »Nicht alles steht geschrieben. Manche Dinge müssen gelebt werden.«

»Damit hast du ausnahmsweise recht«, sagte Strachey, und die übrigen Männer nickten in stummer Ehrfurcht über die bedeutungsvolle Erkenntnis, zu der sie zu dieser vorgerückten Stunde gelangt waren.

13. Kapitel

46, Gordon Square, Juni 1905

»Kannst du nicht einmal für wenige Minuten still sitzen?« Vanessa stöhnte leise und korrigierte erneut die Skizze, die sie von Virginia anzufertigen versuchte. »Du bist ein höllenschlechtes Modell, weißt du das? Immer musst du deine Position verändern, wie soll ich dich so zeichnen?« Sie hatte Virginia gebeten, auf dem Stuhl neben dem Fenster ihres Arbeitszimmers Platz zu nehmen und so zu tun, als dächte sie angestrengt über eine Formulierung nach. Sie wollte die typische Haltung ihrer Schwester einfangen, wenn sie in ihre Arbeit versunken war, Virginias »Aura der Genialität«, wie Vanessa es nannte. Doch so oft sie es auch schon versucht hatte, immer sah Virginia auf den Bildern müde oder erschöpft aus – die Versunkenheit jedoch festzuhalten, diese vollständige Absorption von der Welt des Geistes, war Vanessa bislang nicht gelungen.

Virginia indes war lebhafter und präsenter denn je. Sie erzählte ihrer Schwester von einem Besuch bei Violet Dickinson, die in diesen Tagen zu einer ihrer langen Reisen aufbrechen würde. Vanessa hatte befürchtet, der Abschied von Violet würde Virginia in Verzweiflung stürzen, aber es schien ihr überhaupt nichts auszumachen, dass sie die Freundin nun lange Zeit nicht sehen würde. Ihr Verhältnis war noch immer eng, aber längst nicht mehr so wie vor Virginias

Einzug am Gordon Square. Violet hatte sich nicht mehr bei ihnen blicken lassen, seit sie eines Nachmittags mit Lytton Strachey und Clive zusammengetroffen war. Stracheys unverhohlener Spott über die wohltätigen Einrichtungen, für die sie selbst so unermüdlich arbeitete, hatte Violet zutiefst empört.

»Sie meint, Thobys Freunde seien kein Umgang für uns. Strachey sei selbstverliebt, arrogant und ohne Manieren, und Clive Bell …« Virginia zog eine Margerite aus dem Strauß Wiesenblumen, der auf dem Tisch hinter ihr stand, und rupfte die Blütenblättchen eins nach dem anderen aus. »Findest du nicht, er hätte dir stilvollere Blumen schenken können?«

Clive hatte Vanessa die Blumen zum Geburtstag überreicht, zusammen mit Eintrittskarten für ein Theaterstück, das sie bereits gesehen hatte. »Immerhin war er der Einzige, der mir überhaupt etwas geschenkt hat. Außer dir natürlich.«

»Wenn nicht er, wer dann?« Virginia warf den blütenlosen Stängel achtlos in den Müllkorb zu den zerknüllten Skizzen, die sich dort bereits angesammelt hatten. »Ich habe Violet erzählt, dass Bell ständig deine Nähe sucht und wahrscheinlich verliebt in dich ist. Sie ist empört und hofft, dass du – Achtung, ich zitiere: *diesen putzsüchtigen Schildknappen in seine Schranken weist.*«

Vanessa lachte laut auf. »Er ist doch bloß freundlich und höflich. Und das ist er übrigens zu allen.«

»Zu dir aber besonders.«

Vanessa warf Virginia einen langen Blick zu. Nichts erinnerte mehr an das bleiche, ausgezehrte Nervenbündel, das ihre Schwester noch vor wenigen Monaten gewesen war.

Das rege gesellschaftliche Leben, in das sie sich gestürzt hatte, und die regelmäßigen Rezensionsaufträge, die ihr Lohn und Anerkennung einbrachten, hatten ihre Schwester erblühen lassen. Mittlerweile saß sie längst nicht mehr schweigend da, wenn Thobys Freunde zu ihren Donnerstagabendrunden zusammenkamen. Vanessa hingegen wusste meist nichts zu sagen. Außer Clive hatte keiner der jungen Männer ein besonderes Interesse an der Malerei, so dass sie neben Virginia wie ein ungebildeter Stockfisch wirken musste. Nicht, dass es sie im Gegenzug interessierte, was diese Jünglinge dachten, aber immer nur stumm dabeizusitzen, war auf die Dauer unbefriedigend. Wie sehr wünschte sie sich einen solchen Austausch, wie Thobys Freunde ihn untereinander pflegten, mit anderen Künstlern! Oft dachte sie an die Tage in Paris und die Atmosphäre in den Cafés, in denen sich die Künstler trafen und über ihre Ideen, Ziele und Visionen diskutierten. Clive gab sich merklich Mühe, ihr ein Gesprächspartner zu sein, aber was wusste er schon über die Schwierigkeit, die darin lag, eine Emotion in Farbe zu gießen, eine Stimmung zu einer Form werden zu lassen.

»Nun hast du den Kopf schon wieder bewegt!« Vanessa ging zu Virginia und drehte ihr Gesicht ein Stück Richtung Fenster. »Bleib so«, kommandierte sie.

Konzentriert zeichnete sie weiter, und Virginia schwieg, bis sie plötzlich fragte: »Bist du verliebt in ihn?«

»Was?«

»Ich frage dich, ob du seine Gefühle erwiderst.« Virginia rieb mit dem rechten Daumen über den Knöchel des linken, was sie immer tat, wenn sie nervös war. Sie hielt den Kopf weiter in der Position, in die Vanessa ihn gerückt hatte, und konnte Vanessa so nur von der Seite ansehen. Das gab ihrem Blick etwas Verschrecktes, beinah Angstvolles.

Vanessa stemmte eine Hand in die Hüfte. »Ich finde Clive amüsant. Ich mag es, mich mit ihm zu unterhalten. Aber ich bin nicht verliebt in ihn. Du brauchst dir also keine Sorgen zu machen.«

Virginia sah nicht überzeugt aus. »Irgendwann wirst du heiraten, und dann ist all das hier vorbei.« Sie breitete die Arme aus, als müsste sie das Haus und den Square mit seinen Bewohnern noch ein letztes Mal an sich drücken, bevor alles in eine ungewisse Zukunft entschwand.

»Auch du wirst irgendwann heiraten.«

»Nein«, sagte Virginia entschieden. »Ich werde eine alte, gelehrte Jungfer, die mit ihrem Hund auf den Füßen und der Brille auf der Nase irgendwo in einem Landhaus sitzt und auf grasende Schafe und langweilige Hügel blickt, während sie bedeutsame Dinge zu Papier bringt.«

Vanessa lachte. »Dann solltest du lieber die Welt bereisen, wie deine Freundin Violet.«

Doch Virginia schwieg und blickte düster aus dem Fenster. An ihrer verkrampften Haltung konnte Vanessa erkennen, dass das Thema für sie längst nicht abgeschlossen war. Sie wusste nur zu gut, welche Angst Virginia davor hatte, dass Vanessa oder auch Thoby heiraten könnten und ihr wundervolles Wohnarrangement sich auflösen würde. Schließlich fürchtete sie selbst, eine der zahllosen Damen, die Thoby umschwärmten, könnte sein Herz erobern und ihn aus ihrer Mitte reißen. Was würde dann aus ihr und Virginia? Um nichts in der Welt wollte sie ihre neu gewonnenen Freiheiten wieder verlieren, weswegen es völlig abwegig war, selbst zu heiraten. Wen denn überhaupt – Clive? Sie musste lächeln, wenn sie an den quirligen, stets gut gelaunten Freund dachte. Er war ein glänzender Unterhalter, nie um einen Scherz verlegen – aber als Ehemann? Sie ertappte sich dabei, wie sie unwillig den Kopf schüttelte.

»Ist es immer noch nicht gut?«, fragte Virginia und rutschte unruhig auf ihrem Stuhl hin und her. »Ich bekomme einen steifen Nacken, wenn ich die ganze Zeit in dieser seltsamen Haltung sitzen muss.«

»Wenn du liest oder schreibst, bekommst du niemals einen steifen Nacken.«

»Du brauchst einfach zu lange. Meine Beine fangen schon an zu kribbeln.« Sie nestelte an einer Haarsträhne herum, die sich gelöst hatte, wobei gleich mehrere Haarnadeln zu Boden fielen. Virginia hatte einfach kein Talent, ihre Schönheit in Szene zu setzen. Sie kleidete sich nachlässig und farblos, und ihr weiches braunes Haar rutschte fortwährend aus der unbeholfen hochgesteckten Frisur.

Vanessa legte ihre Zeichenkreide beiseite und setzte sich auf ihren Malhocker. »Dann steh eben kurz auf! Aber bitte, gib mir noch ein paar Minuten, es ist gleich fertig.«

Virginia sammelte die Haarnadeln auf und kam zu ihr herüber. »Meine Schultern sind zu eckig geraten. Hier, diese Linie muss weicher sein.«

»Findest du?« Kritisch musterte Vanessa ihr Bild. Nein, die Schultern waren gut gelungen. Sie mochten nicht realistisch gezeichnet sein, dennoch drückten sie genau das aus, was Virginia ausstrahlte, wenn sie ihre scharfen, kantigen Sätze formulierte.

»Vielleicht hättest du doch den Kurs an der Slade fortsetzen sollen?«, fragte Virginia, während sie von Neuem versuchte, ihre Haare in Ordnung zu bringen. Natürlich stellte sie sich dabei so ungeschickt an, dass das Ergebnis aussah wie ein zerrupftes Vogelnest.

»Lass mich das machen.« Mit wenigen Handgriffen brachte Vanessa die Sache in Ordnung und zupfte auch den Kragen von Virginias Bluse gerade. »Solange dieser Professor Tonks dort lehrt, bringt mich da niemand mehr hin. Er ist noch schlimmer als sein Ruf! Nichts ist ihm gut genug – man bekommt das Gefühl, ohne jedes Talent zu sein.«

Virginia griff die Hand der Schwester und schmiegte ihre Wange hinein. »Mein armer Delfin«, sagte sie. »Dabei hast du so viel Talent.«

Vanessa zeigte auf den Papierkorb, der vor lauter misslungenen Skizzen beinah überquoll. »Beweist das nicht das Gegenteil?«

»Ich brauche auch oft Stunden, um einen einzigen Satz zu schreiben. Nie klingen sie richtig. Violet sagt, ich solle nicht so streng mit mir sein, aber wenn mir das Ergebnis nicht gefällt, kann ich es doch auch ganz lassen, oder?«

Virginia redete weiter über ihr Schreiben, ihren Kampf um die treffende Formulierung, die Schwierigkeit, das, was sie oft nur vage spürte, in Worte zu fassen, aber Vanessa hörte ihr nur noch mit halbem Ohr zu. Es stimmte sicher, was Virginia sagte – und doch traf es für sie selbst nur halb zu. Virginia suchte immer den Vergleich, Vanessa jedoch war der Unterschied lieber. Und Worte waren keine Bilder, die von Farben ebenso wie von Kontrasten lebten. Von Linien. Schattierungen. Und noch von viel mehr als das.

In einer Ecke ihres Zimmers lehnten fünf verschiedene

Versuche eines Porträts von Adrian, die ihre Geschwister alle sehr gut getroffen fanden – im Gegensatz zu ihr selbst. Die Bilder waren charakterlos, das wusste sie, und daran waren weder Farben noch Konturen schuld. Sie kam einfach nicht dahinter, warum es so war.

Auch das war ein Grund, warum Heiraten für sie vollkommen ausgeschlossen war. Sie brauchte Zeit. Nur für sich. So viele Jahre war sie für andere da gewesen. Für ihren Vater. Ihre Brüder. Und für Virginia. Immer wieder Virginia, die die Energie aus ihr heraussaugen konnte mit ihrem Anlehnungsbedürfnis und ihrer Selbstbezogenheit.

»… wir uns das selbst erarbeiten können, findest du nicht?«, sagte Virginia gerade und reckte ihr Kinn selbstbewusst vor, wie sie es immer tat, wenn sie mit einem ihrer Gedankengänge zufrieden war. Worüber hatte sie gesprochen?

»Doch, doch, du hast natürlich recht«, sagte Vanessa zerstreut. Sie riss die begonnene Skizze von ihrem Block und warf sie in den Papierkorb. »Bleib genauso, wie du jetzt sitzt«, sagte sie. »Ich glaube, ich weiß jetzt, wie es gehen müsste.« Und nun zeichnete sie schnell und ohne ein einziges Mal abzusetzen. Und Virginia hielt ausnahmsweise still und schwieg.

Kings Bench Walk, Juli 1905

Clive riss das Fenster seines Apartments auf und lehnte sich in die schwüle Nacht. Annie trat hinter ihm ans Fenster und schmiegte ihren heißen Körper an ihn. Sie gurrte leise, ihre Finger wanderten über seinen Rücken hinab zu seinen Lenden. Er drehte sich um und hielt ihre Hände fest. Ihre Lippen suchten seinen Mund, aber er wich aus.

»Was hast du, Liebster? Woran denkst du?«

»Gar nichts. Es ist zu heiß.«

»Warum machst du auch immer das Fenster zu? Natürlich ist es heiß. Wir haben Juli.«

Er schob sich an ihr vorbei und hob seine Beinkleider auf, die sie ihm heruntergerissen hatte. Sie stöhnte zu laut in ihrer Lust. Deswegen musste er das Fenster schließen. Der Geruch ihrer Liebe hing im Zimmer wie ein zu schweres Parfüm. Vanessa benutzte keines. Sie roch entfernt nach einem herben Wein, der eben erst seine Reife erlangt hatte, bereit, getrunken zu werden. Geschaffen, ihn, Clive, trunken zu machen, süchtig.

Annie ließ sich auf das Bett sinken, reckte ihm ihre Brüste entgegen, die ihm so kümmerlich erschienen im Vergleich zu der sinnlichen Fülle, die er unter Vanessas Kleidern erahnen konnte. Sie streckte sich verführerisch auf den Laken aus, die bereits zerwühlt waren von seinem Begehren, das längst nicht mehr von ihr entfacht wurde. Sie war unbefriedigt geblieben. Kaum verwunderlich, denn er war förmlich in ihr explodiert, Vanessa im Kopf, Vanessa im Herzen, Vanessa in den Lenden.

»Zieh dir bitte etwas an, ich …« Er wich ihrem Blick aus, der deutlich ihre Enttäuschung zeigte.

»Was ist nur los mit dir heute?« Sie erwartete keine Antwort, sammelte hastig ihre Unterkleider ein, die überall im Zimmer verstreut lagen, und verschwand hinter dem Paravent, das er allein zum Zwecke ihrer sinnlichen Spiele aufgestellt hatte. Heute diente er ihr als Schutz vor seiner Zurückweisung. Bevor sie ging, legte sie ihm kurz die Hand auf den Arm. »Ich warte auf dich. Ganz gleich, wie lange es dauert.«

Er zog sich an und lief stundenlang durch die nächtlichen Straßen, vorbei an hell erleuchteten Fenstern, hinter denen ausgelassene Gesellschaften in den Morgen hineinfeierten, Pärchen, die sich in dunklen Ecken küssten. Wann hatte es angefangen? Nicht in Paris, da war seine Ehrfurcht vor ihrer Schönheit und Klugheit noch zu groß gewesen. Aber bald danach, als er sie privat erleben durfte, ihre Entschlossenheit, mit der sie den Rahmen für ihr neues Leben geschaffen hatte, mit der sie ihr Ziel verfolgte, Malerin zu werden. Dabei war sie es längst – er hatte einige ihrer Bilder gesehen. Sie füllte den Raum, ohne ein einziges Wort zu sprechen, war Gastgeberin, ohne das angestrengte Bemühen um das Wohlbefinden der Gäste, was jedes Wohlbefinden im Keim erstickte, war sinnlich, ohne jede Aufdringlichkeit. Sie gefiel, ohne gefallen zu wollen, und das war wohl die auffälligste ihrer Besonderheiten. Aber sie hatte auch etwas Unnahbares. Und das war es, was ihn zweifeln ließ. Wenn er sie beobachtete im Umgang mit seinen anderen Freunden, mit Desmond, Saxon, Maynard oder auch Lytton – er konnte beim besten Willen nicht sagen, wen sie vorzog. Nicht einmal, ob sie *ihn* vorzog. Immer war sie gleichbleibend freundlich, zugewandt, entspannt. Dennoch – die Art, wie sie sich eine Haarsträhne aus dem Gesicht strich, wie ihre Wangen sich röteten, wenn sie über die Malerei sprach, wie sie sich im Sessel zurücklehnte und die Arme über die Lehne legte – all das machte ihn wahnsinnig vor Begehren. Wie oft ertappte er sich dabei, sich ihren Körper vorzustellen, der unter ihren weichen, fließenden Kleidern so verheißungsvoll, so sinnlich schien.

Es gab niemanden, den er um Erlaubnis hätte bitten müssen, um ihre Hand anhalten zu dürfen. Sie war Herrin ihrer selbst. Auch das war so besonders an ihr. Weder gesellschaftliche Stellung noch ein Konkurrent standen zwischen ihnen. Was also hielt ihn noch zurück? Oh, es war der Mut, der ihm fehlte! Zu groß die Angst vor der Zurückweisung, vor der Schmach, wenn sie ihn ablehnte. Gerade weil es allein in ihrer Hand lag, über sein Schicksal zu entscheiden, fürchtete er ihr Urteil. Denn eines war gewiss: Sie würde gnadenlos über ihn richten, ihre Zurückweisung – wenn sie käme – wäre vernichtend.

Ohne Ziel war er durch die immer stiller werdenden Straßen gelaufen. Jetzt stand er plötzlich am Gordon Square, ein einsamer Schatten unter flackernden Gaslaternen. Im Haus Nummer 46 war alles dunkel. Irgendwo in den Bäumen hinter ihm heulte ein Käuzchen, oder vielleicht war es auch das Jaulen eines rolligen Katers.

Was, wenn sie ihn nicht zurückwies? Es war doch gut möglich, dass auch sie hoffte – ja, darauf wartete, er möge sich endlich erklären. Vielleicht hatte sie ihm auf ihre zurückhaltende Art Signale gegeben, die er nur nicht wahrgenommen hatte?

Eine Fledermaus flog knapp über seinen Kopf hinweg, auf der Jagd nach den zahllosen Mücken, die im Schein der Gaslaternen tanzten. Er beobachtete ihren zackigen, lautlosen Kurs eine Weile, dann nickte er. Natürlich. Die Lösung für sein Dilemma lag auf der Hand. Er musste nur noch handeln. Er warf einen letzten Blick auf das stille, dunkle Haus Nummer 46 und wandte sich mit beschwingtem Schritt zum Gehen.

14. Kapitel

Vanessa strich die farbverschmierten Hände an ihrem Malkittel ab und trat einen Schritt zurück, um das Bild zu betrachten. Nicht schlecht. Doch noch immer nicht so, wie sie es vor ihrem inneren Auge sah. Die Neigung des Kopfes, die eckigen Schultern, die linke Hand, die auf dem Notizblock lag und leichte Anspannung verriet – all das war gut gelungen. Der Gesichtsausdruck indes passte nicht zum Rest. Zu entspannt, zu lieblich. Bei all ihrer Zartheit wirkte Virginia niemals lieblich. Bezaubernd, ja. Aber immer lauerte Spott in ihren Augen, diese belustigte Herablassung, die so viele bei ihr fürchteten. Wie zum Beispiel Clive. Es war amüsant zu beobachten, wie bemüht er um die Anerkennung Virginias war, wie sehr er versuchte, ihr mit seinen literarischen Kenntnissen zu imponieren. Er versteckte sein Bemühen hinter einer humorigen Gelassenheit, aber sie kannte ihn inzwischen zu gut, um es nicht zu bemerken.

Durch Thobys enge Freundschaft mit ihm war er beinah zu einem Mitglied der Hausgemeinschaft geworden. Selten kündigte er seine Besuche an. Dass er die Tür öffnete, um Besucher einzulassen, störte inzwischen nicht einmal mehr Virginia. Und nun hatte er sie zum Dinner eingeladen. Nur sie allein. »Ich möchte mich für die Gastfreundschaft revanchieren, die mir in eurem Haus zuteilwird«, war seine Begründung gewesen. Unsinn war das, aber warum sollte sie ablehnen? Die Sache hatte etwas Verruchtes an sich. Welche Frau konnte es sich schon erlauben, einen alleinstehenden Mann in seiner Wohnung zu besuchen? Ein Skandal – doch sie konnte es, und die Selbstverständlichkeit, mit der sie die Einladung anzunehmen in der Lage war, bereitete ihr tiefe Befriedigung.

Es wurde Zeit. Sie legte ihren Kittel ab und wusch sich gründlich. Sie wählte bewusst eines ihrer dezenteren Alltagskleider, entschloss sich aber, ausnahmsweise ein Korsett anzulegen. Locker geschnürt, damit bei allem Anstand genug Luft zum Atmen blieb. Kurz bevor sie das Haus verließ, steckte sie noch ihre Ausgabe von Jane Austens *Die Abtei von Northanger* in die Tasche. Clive liebte Jane Austen, eine weitere Vorliebe, die sie teilten und von der Virginia nichts wusste. Sie hielt Clive noch immer für einen »schwach gebildeten Möchtegern-Poeten«.

Adrian und Thoby weilten seit ein paar Tagen mit Lytton und Maynard in Cambridge, und Virginia war mit ihrer Freundin Kitty Maxse im Theater. Vanessa hatte ihr nichts von der Einladung bei Clive erzählt und würde es auch zu einem späteren Zeitpunkt gewiss nicht tun.

Sie ging schnellen Schrittes den Kingsway hinunter Richtung King's College. Es war ein schwüler Augustabend, in den Straßen hing ein modriger Geruch, der von der Themse herüberwehte, und fast bereute sie, sich für das Korsett entschieden zu haben. Als sie am Kings Bench Walk anlangte, war sie verschwitzt und außer Atem. Sie setzte sich auf eine Bank und fächelte sich mit dem dünnen Austen-Büchlein Luft zu. Es dauerte eine ganze Weile, bis sich ihr Herzschlag beruhigte, aber als sie an die Tür zu Clives Apartment pochte, beschleunigte er sich sofort wieder.

Clive trug trotz der Schwüle Anzug und Krawatte. Seine Hände waren feucht, als er die ihre ergriff und einen Kuss darauf hauchte.

Er zog sie in das kleine Vestibül seines Apartments und schloss die Tür. Die entstandene Nähe war irritierend. Vanessa wich einen Schritt zurück und prallte gegen die Wand, der Jane-Austen-Roman, den sie nachlässig in ihre Handtasche gesteckt hatte, rutschte heraus und fiel zu Boden. Sie bückten sich beide gleichzeitig danach, und ihre Hände berührten sich erneut. Vanessa zuckte zurück.

»Verzeihung«, murmelte er, hob das Buch auf und reichte es ihr.

»Nein, nein. Es ist für Sie. Sie wollten es doch …«

»Verzeihen Sie, natürlich, ich … Bitte sehr. Treten Sie doch ein, ich …« Er stand nur da, stammelte und starrte sie an. Es gab zwei Türen, doch er machte keine Anstalten, ihr die richtige zu weisen.

»Bitte, gehen Sie vor«, sagte Vanessa, immer noch gegen die Wand gedrückt.

Clive besann sich und zeigte auf die rechte Tür. »Hier entlang. Es ist nicht so geräumig wie in Ihrem Haus, aber … nun, urteilen Sie selbst.«

Der Raum war tatsächlich nicht groß. Zwei Lithographien von Toulouse-Lautrec an der Wand, ein kleines Bücherregal und ein großes Fenster, das offen stand und den Blick auf die Themse freigab. Mehrere Schiffe lagen am Ufer vertäut und schaukelten auf den Wellen eines vorüberziehenden Dampfschiffes. Die Abendsonne war soeben hinter den am Horizont sich auftürmenden Gewitterwolken verschwunden und verlieh der Szenerie eine dramatische Unwirklichkeit, die einem Landschaftsgemälde von William Turner alle Ehre gemacht hätte.

Doch das war es nicht, was Vanessa innehalten ließ. Es waren die Rosen. Dunkelrote langstielige Rosen. Auf dem Kaminsims. Auf einem Stuhl in der Ecke. Dazu noch ein riesiger Strauß auf dem Tisch am Fenster. Darauf zwei Gedecke, Weingläser, Servietten und silberne Gloschen, unter denen sich wohl die Speisen befanden. Auf einem Beistelltisch ein Eiskübel, in dem eine Champagnerflasche ruhte. Schön sah es aus, wie geschaffen als Motiv für ein stimmungsvolles Gemälde, und doch breitete sich Unbehagen in ihr aus. Sie wandte sich um zu Clive, der in der Tür stehen geblieben war und sie beobachtete.

Wie immer war sie um die passenden Worte verlegen. Virginia hätte gewusst, wie sie die Peinlichkeit der Situation mit der ihr eigenen Schärfe zurechtschneiden konnte. Aber Virginia wäre Clives Einladung niemals gefolgt. »Sie haben sich viel Mühe gegeben«, sagte sie schließlich.

»Ich … ähm … nun ja …« Er machte einen Schritt auf sie zu, blieb stehen und ging dann an ihr vorbei zum Tisch, um einen der beiden Stühle zurückzuziehen. »Nehmen Sie doch bitte Platz.«

Vanessa setzte sich. Clive blieb einen Augenblick hinter ihr stehen, und sie spürte ein merkwürdiges Kribbeln im Nacken – aber es war kein angenehmes Gefühl. Es war doch nur Clive! Sie waren befreundet, sahen einander seit Monaten regelmäßig und waren oft zu zweit in einem Raum gewesen, ohne dass sie je verlegen oder unsicher gewesen wäre – warum also jetzt diese befremdliche Anspannung zwischen ihnen?

»Gefallen Sie Ihnen?«, fragte er, und seine Stimme klang anders als sonst. Sie hörte ihn atmen.

»Ein aufregendes Rot.«

»Nicht wahr?« Seine Hand auf ihrer Schulter. Eine sanfte, kaum spürbare Berührung. Ihr Unbehagen stieg.

Er trat um sie herum und lüftete die Gloschen. Nierenpastete, hauchdünn geschnittenes Roastbeef, Wachteleier, junges Gemüse.

»Ich habe es von Fortnum's kommen lassen. Keine Sandwiches heute. Ich hoffe, das ist Ihnen recht.«

Er setzte sich ihr gegenüber. Ihre Blicke begegneten sich für einen Moment, aber Vanessa sah schnell beiseite.

Ein kräftiger Windzug fuhr durchs Fenster, und in der Ferne war Donnergrollen zu hören.

»Sie werden das Fenster schließen müssen. Es wird sicher gleich Regen geben.«

»Warten wir noch. Der Wind ist angenehm kühl. Es ist sehr heiß hier im Zimmer, finden Sie nicht?« Nie sonst klang seine Stimme so rau. Er nahm die Champagnerflasche aus dem Kübel, und Vanessa registrierte, dass seine Hände zitterten. Sie suchte nach ein paar leichten Worten, aber die Luft war zu schwer, das Atmen zu anstrengend, um sie mit der nötigen Unbeschwertheit auszusprechen. Sie hatte das Korsett doch viel zu eng geschnürt. Und der Himmel verdunkelte sich immer mehr.

Der Korken knallte, kurz darauf erhellte ein Blitz das Zimmer, und ein krachender Donner ließ Vanessa zusammenzucken.

»Höchste Zeit«, sagte Clive und reichte ihr ein Glas Champagner.

»Zu trinken oder das Fenster zu schließen?«

»Beides.« Er zwinkerte ihr zu, sein typisches Clive-Zwinkern, und ihre Schultern entspannten sich. Gierig stürzte sie das perlende Getränk hinunter, dankbar für die Kühle in ihrer Kehle. Sofort breitete sich das angenehme Schwindelgefühl in ihr aus, das die geringste Menge Alkohol bei ihr verursachte.

»Ich war mit Margery in der Ausstellung dieses Porträtmalers Singer Sargent, die Sie mir empfohlen haben. Margery Snowden, Sie erinnern sich, meine Freundin Snow von der Royal Academy?« Ohne seine Antwort abzuwarten, redete sie weiter. »Anschließend haben wir Edna Clarke getroffen, ich erzählte Ihnen von ihr, ich habe sie an der Slade kennengelernt. Sie hat sich wieder über Tonks beschwert, ich weiß nicht, warum sie weiter dort hingeht. Er ist das perfekte Scheusal. Sie sagte, er habe einen ihrer Entwürfe vor aller Augen zerrissen, und … Aber das wollte ich gar nicht erzählen. Snow und ich, wir haben eine Idee …« Sie redete, ohne Luft zu holen, im Versuch, mit ihrem Wortschwall das seltsame Befremden zurückzudrängen, das sich zwischen sie geschoben hatte. Sie berichtete von ihrer Idee, einige befreundete Künstler einmal wöchentlich an den Gordon Square einzuladen, »ein Freitagsclub, ein bisschen wie Thobys Donnerstagsrunde, nur mit anderen Themen. Kunst statt Philosophie und Literatur, konkreter und weniger vergeistigt, auf keinen Fall so elitär.«

Clive saß zurückgelehnt da, nippte an seinem Champagner, auf den Lippen ein verzücktes Lächeln, als betrachtete er ein besonders gelungenes Kunstwerk. Draußen prasselte der Regen, und das Fenster stand immer noch offen, doch er machte keinerlei Anstalten, es zu schließen.

»Es regnet«, sagte Vanessa.

Clive blickte verträumt vor sich hin und schien ihre Worte gar nicht gehört zu haben.

»Clive?«

»Ja?«

»Möchten Sie nicht das Fenster schließen?«

»Oh, ja, natürlich. Verzeihung.« Er sprang auf und warf beinah die Vase mit den Rosen um.

»Was halten Sie von meiner Idee?«

»Welcher Idee?«

»Haben Sie mir überhaupt zugehört?«

»Ich ... ja, doch. Ich finde es eine großartige Idee! Möchten Sie etwas essen?«

Sie aßen schweigend, nur der Regen trommelte gegen die Fensterscheiben, und hin und wieder grollte ein entfernter Donner. Clive trank mehrere Gläser Wein, aber selbst das brachte ihm seine gewohnte Lockerheit nicht zurück. Ein paarmal legte er sein Besteck beiseite, tupfte sich die Lippen ab und sah sie an, als wollte er etwas sagen. Dann senkte er den Blick jedoch wieder und aß weiter.

Vanessa verursachte der Wein eine angenehme Schwere in den Gliedern. Als sie fertig gegessen hatte, rückte sie ihren Stuhl vom Tisch ab und beobachtete Clive, der einen Rest Gemüse auf dem Teller hin und her schob. Plötzlich legte er sein Besteck beiseite. Auf seiner Stirn standen Schweißperlen, und seine Hand krampfte sich um die Serviette.

»Miss Vanessa ...«

»Ja, Clive?«

»Ich ... Es ist ... Würden Sie ...« Er schloss die Augen und schüttelte den Kopf, wie verärgert über seine Unfähigkeit, einen vernünftigen Satz zustande zu bringen.

Mit einem Mal begriff Vanessa. Es war, als säße sie in einem Theater, erstaunt, dass sich hinter dem sich öffnenden Vorhang eine Bühne befand und sie selbst eine Rolle in diesem Stück spielen sollte. Wie hatte sie nur so blind sein können? Virginia hatte recht gehabt. Wie würde es sie amüsieren, wenn sie wüsste, wie naiv Vanessa in diese unwürdige Vorstellung hineingelaufen war. Aber sie wollte diese Rolle nicht. Um keinen Preis.

Wieder stieg Hitze in ihr auf. Der Raum erschien auf einmal noch kleiner als zuvor, der schwere Duft der Rosen unerträglich.

»Würden Sie … könnten Sie das Fenster wieder öffnen, bitte?«, fragte sie. Am liebsten hätte sie ihn nach dem Bad gefragt, aber wie fragte man einen Mann nach so etwas Intimem?

Clive sprang auf und riss das Fenster auf, wie erleichtert, dass sie endlich darum bat. Er lehnte sich einen Moment hinaus und schien nach Luft zu ringen, dann fuhr er herum.

»Miss Vanessa, wollen Sie …«

»Ich fürchte, ich muss jetzt gehen«, sagte sie schnell und stand auf. »Es ist spät geworden.«

»Nein! Warten Sie! Ich möchte Ihnen etwas sagen.«

»Clive, bitte.« Sie schüttelte den Kopf. Lächelte bedauernd. *Sag es nicht!*, beschwor sie ihn innerlich. Doch er fiel vor ihr auf die Knie, ergriff ihre Hand und sprach sie aus, die Worte, die alles zunichtemachten, was sie im Umgang mit ihm errungen zu haben glaubte.

Seufzend setzte sie sich wieder. »Ach, Clive«, sagte sie. Es war herzzerreißend zu sehen, wie der hoffnungsvolle Glanz in seinen Augen erlosch, wie seine Schultern zusammensackten und er ganz bleich wurde.

»Mir war nicht bewusst …« Sie hielt inne. Wie falsch diese Worte klangen. Welche Frau würde nicht wissen, was bevorstand, wenn sie zu einem romantischen Dinner mit Champagner und roten Rosen geladen wurde? Mit gesenktem Kopf hockte er vor ihr, die Hände auf den Knien abgestützt, als erwartete er sein Henkersurteil. Mitleidig betrachtete sie die Stelle an seinem Hinterkopf, an der die Haare auszudünnen begannen.

»Bitte Clive, stehen Sie auf. Es tut mir leid. Es ist einfach nicht der richtige Zeitpunkt. Ich …« Was hatte sie da gerade gesagt?

Er hob den Kopf, fragend.

»Sie müssen mich verstehen. Virginia – und Adrian … alles, was wir haben … gerade erst …«

»Ist das der Grund?« Hoffnung trat wieder in seinen Blick.

»Nein. Doch! Auch, ja … ich …«

Er griff wieder ihre Hand. »Vanessa, Verehrteste, Sie können sich nicht vorstellen, was Sie mir bedeuten. Ich kann Ihnen ein guter Ehemann sein. Ich weiß, wie wichtig Ihnen die Malerei ist, und ich würde Ihnen niemals im Wege stehen.«

»Nein, Clive, das weiß ich, aber …«

»Alles ist so hell und wunderbar, wenn wir beisammen sind. Ich träume von Ihnen, ich liege nachts wach und denke nur an Sie. Bitte, Vanessa, erhören Sie mich. Virginia und Adrian würden das verstehen. Bitte stürzen Sie mich nicht ins Unglück, heiraten Sie mich! Ich liege Ihnen zu Füßen.«

Wie zum Beweis seiner Ergebenheit küsste er die Spitze ihrer beiden Schuhe.

»Clive! Bitte, so erheben Sie sich doch!« Hastig stand sie auf und trat zurück. Sie blickte zum Fenster, um nicht sehen zu müssen, wie er auf den Knien vor ihr herumrutschte. Es hatte aufgehört zu regnen. »Ich schätze Sie sehr, Clive. Wirklich sehr. Aber ich kann Sie nicht heiraten. Verzeihen Sie mir!«

Und damit floh sie zur Tür hinaus.

An
Mister Leonard Woolf
Ceylon Civil Service
Jaffna, CEYLON

Lancaster gate, London, 12. August 1905

Lieber Wolf,
wie sehr freut es meine dürstende Seele, von Deiner Beförderung zu erfahren! Gewiss wirst Du den Perlenfischern von Marichchukkadi britische Effizienz einimpfen. Die Damenwelt wird es dir danken, solltest Du Dich je von Deinen dunkeläugigen Schönheiten trennen können.

Apropos schöne Augen: Maynard hält sich den jüngsten Stephen als Verehrer und macht zugleich meinem Cousin Duncan schöne Augen. Erinnerst Du Dich an Duncan Grant? Himmel, Du ahnst es schon! Meine Eifersucht ist grenzenlos. Wie meine Familie je einen solchen Adonis hervorbringen konnte, ist mir schlicht ein Rätsel.

Letzte Woche traf ich unseren Freund Bell zum Lunch im Rules. *Die Sache ist ernst. Ich schrieb Dir bereits in meinem letzten Brief, dass er der schönen Vanessa Stephen verfallen ist, aber da ahnte ich noch nicht, wie schlimm es um ihn steht. Stell Dir vor: Er hat tatsächlich um ihre Hand angehalten! Welch Selbstüberschätzung. Natürlich hat sie abgelehnt, und er ist in einem erbarmungswürdigen Zustand. Hätte er mich nur vorher ins Vertrauen gezogen, vielleicht hätte ich ihn vor dieser Torheit bewahren können. Nun überlegt er, unserer wundervollen Insel für immer den Rücken zu kehren. Glücklicherweise besitzt er nicht Deinen Schneid und fährt nun erst einmal zur Jagd nach Schottland. Bestimmt wird er dort in den Armen einer schottischen Lady Trost finden.*

Leonard, Freund, wann kehrst Du zurück? Die Abende im Haus des Goten sind es wert, glaube mir. Ein Stückchen Trinity im trostlosen Londoner Nebel.

Schreib!

Dein Lytton

15. Kapitel

46, Gordon Square, Oktober 1905

Zufrieden setzte Virginia einen Punkt hinter den letzten Satz ihres Essays. Sie liebte diese Gedankenspaziergänge, sie gaben ihr so viel mehr Freiheit als die Rezensionen, in denen sie doch nie in jener Schärfe urteilen durfte, wie die meisten dieser jämmerlichen Werke es gerechtfertigt hätten. Sie wusste genau, welche Sätze und Wörter Mrs Lyttleton eliminieren würde, also wählte sie diese erst gar nicht mehr – was das Schreiben für sie jedoch unbefriedigend machte. Und die meisten Werke, die sie zu rezensieren hatte, empfand sie als ebenso unbefriedigend. Öde Beschreibungen des Offensichtlichen, verquickt mit moralisierenden Botschaften. Wie zum Beispiel dieser Vielschreiber Arnold Bennett mit seinen *Five Towns*-Geschichten. Eine Literatur, die sich darauf beschränkte, niedere soziale Milieus realistisch zu beschreiben, war einfach nur langweilig. Obendrein behauptete der Kerl, der auch noch ein anerkannter Literaturkritiker und Essayist war, Frauen seien Männern intellektuell grundsätzlich unterlegen. Wie sehr wünschte sie sich, Männern wie diesem Bennett mit ihrer spitzen Feder einen verbalen Denkzettel in die Stirne zu ritzen. Allerdings würde niemand einen solchen Text von einer dreiundzwanzigjährigen Möchtegern-Schriftstellerin drucken. Doch irgendwann – schwor sie sich – würde sich das ändern. Sie musste nur immer weiterschreiben, ihren Geist weiterentwickeln, an ihrer Ausdrucksfähigkeit feilen und bei klarem, wachem Verstand bleiben, jetzt, wo sie ihn endlich zurückgewonnen hatte.

In ihren Notizbüchern hielt sie Szenen fest, die sie auf ihren Spaziergängen erlebte, übte sich in Beschreibungen, in denen sie ganz ohne Adjektive auszukommen versuchte. In denen sie herkömmliche Phrasen ihrer Bedeutung entkleidete, um die einzelnen Worte in frische, ungewohnte Zusammenhänge zu bringen. Auch in den Essays versuchte sie, ihrer Sprache die Kanten und ungewohnten Wege ihrer Gedanken aufzudrücken. Heute war es ihr gelungen, sie war zufrieden mit sich.

Es war Donnerstagabend, und sicher würde bald die Türglocke den ersten Besucher ankündigen. Die Herren kamen jede Woche ein wenig später, manche trudelten sogar erst nach elf Uhr ein. Einige neue Gesichter waren dazugekommen, darunter ein gewisser Edward Morgan Forster, den alle nur den »Maulwurf« nannten, weil er so blass und unscheinbar war. Seine Hände waren zartgliedrig und weiß wie die einer vornehmen Lady, und weil er immer fror, lag für ihn stets eine Decke bereit, die er sorgfältig über seinen Beinen ausbreitete, sobald er sich setzte. Er hatte bereits einen Roman fertiggestellt, der kurz vor der Veröffentlichung stand – eine Tatsache, die ihm selbst eher peinlich zu sein schien. Die meiste Zeit saß er stumm in seinem Sessel, trank Kakao und schlich sich zu fortgeschrittener Stunde aus dem Raum.

Auch die übrigen Herren zeichneten sich mehr durch eine an Unhöflichkeit grenzende Schweigsamkeit aus als durch geistvolle Gesprächsbeiträge in der großen Runde. Wie bereits bei ihrem ersten Zusammentreffen am Gordon

Square drückten sie sich meist paarweise in den wenig ausgeleuchteten Ecken des Salons herum, führten leise Gespräche und lachten über lateinische Witze, die nicht für die Ohren der übrigen Anwesenden bestimmt waren – vor allem wohl nicht für weibliche Ohren. Das Unbehagen der Männer im Angesicht zweier Damen in ihrer Mitte war nur allzu offensichtlich, aber weder Virginia noch Vanessa waren bereit, sich das wöchentliche Schauspiel entgehen zu lassen. Zu Beginn des Abends saßen sie meist nebeneinander auf dem großen Sofa, an dem die Herren sich nur schwer vorbeidrücken konnten. Einer nach dem anderen schlurfte herein, alle ohne Hut, Stock oder Handschuhe, mit zerknittertem Anzug und müdem Blick, als hätten sie den Tag in einer Ecke zusammengerollt zugebracht und nur darauf gewartet, ihre Schwermut abzuschütteln und ihre glorreiche gemeinsame Zeit am Trinity für wenige Stunden aufleben zu lassen. Doch schon allein die Verteilung der Sitzgelegenheiten im Raum machte es ihnen unmöglich, nicht hin und wieder in unmittelbarer Nähe Virginias oder Vanessas Platz zu nehmen. Da weder Thoby noch Adrian sich große Mühe gaben, ihre Schwestern in die Gespräche einzubinden, die sich sehr oft um die philosophischen Ergüsse eines Trinity-Fellows namens Moore drehten, blieb Virginia nichts anderes, als hin und wieder ungefragt ihre Ansichten kundzutun. Sie kannte Platos Schriften, und auch mit Sophokles, Euripides und Aischylos hatte sie sich abgemüht; von der Moralphilosophie *Principia Ethica* dieses George Edward Moore hatte sie allerdings noch nie etwas gehört. Es schien die Bibel dieser Männer zu sein. Irgendwann würde sie es einmal lesen müssen, aber erst wollte sie sich intensiver mit dem 18. Jahrhundert beschäftigen und all die Romane und Biographien lesen, die sich in ihrem Zimmer stapelten.

Bis in den Sommer hinein war es meist Clive gewesen, der die Brücke gebildet hatte zwischen ihr und Vanessa und diesen ungalanten Schlauköpfen. So manches Mal hatte sich auf diese Weise immerhin ein Gespräch über Literatur entsponnen, an dem sich mehrere der gelehrten Herren beteiligten. Aber Clive war seit den frühen Augusttagen nicht mehr am Gordon Square aufgetaucht. Er sei zur Jagd nach Schottland gereist, hatte Lytton erzählt, und Thoby war darüber sehr überrascht gewesen. Das war nun schon mehrere Wochen her, und immer wenn Clives Name fiel, konnte Virginia beobachten, wie Vanessas Hände fahrig über das Sofa strichen, sie nervös an ihrem Haar herumnestelte oder sogar aufstand, um den Raum kurzzeitig zu verlassen.

»Und was ist mit Clive?«, hatte sie die Schwester im September einmal gefragt, als Vanessas Pläne Form annahmen, ihre Künstlerfreunde an den Freitagabenden einzuladen. Vanessa fand Thobys Donnerstagsrunden unerträglich und wollte sich ihren eigenen Kreis schaffen, in dem sie selbst im Mittelpunkt stand, die bohèmehafte Königin der Künste. Wie Thoby würde sie ihre Höflinge um sich versammeln, und Virginia durfte an der Tür kratzen und um Einlass betteln!

»Was soll mit Clive sein?«, fragte Vanessa, ohne sie anzusehen. Sie standen in ihrem Zimmer vor dem Spiegel, wo Vanessa ihr die Haare frisierte, damit sie für ein bevorstehendes Dinner bei den Freshfields ansprechend aussähe. Inzwischen war Virginia die Einzige aus der Stephen-Familie, die noch zu gesellschaftlichen Anlässen nach Kensington geladen wurde – Vanessa hatte ihrem alten Leben mit der ihr eigenen Entschlossenheit endgültig den Rücken gekehrt.

»Gehört er auch zu deinem Freitagsclub?«

»Wenn er kommen möchte, darf er gern kommen, aber ich denke nicht, dass er kommen wird.«

»Warum sollte er nicht?« Sie beobachtete ihre Schwester, die sich die Haarnadeln zwischen die Lippen geklemmt hatte und konzentriert mit einer einzelnen Haarsträhne beschäftigt war.

»Ich finde es seltsam, dass er so lange nach Schottland verschwindet, ohne dir oder Thoby etwas davon zu erzählen.«

Vanessa reagierte nicht.

»Du nicht?«, setzte Virginia nach.

Vanessa nahm die letzte Nadel aus dem Mund und steckte sie so energisch fest, dass sie Virginia in die Kopfhaut stach. »Nein!«, sagte sie. »Das finde ich ganz und gar nicht seltsam.«

»Autsch! Geht das nicht ein bisschen sanfter?«

Vanessa warf ihr einen Stell-dich-nicht-so-an-Blick zu und fragte schroff: »Soll ich dir mit dem Korsett helfen?«

Seither hatten sie nicht mehr über Clive gesprochen, und Virginia war überzeugt, dass zwischen ihnen etwas vorgefallen sein musste. Was das aber war, darüber konnte sie nur spekulieren.

An diesem Donnerstag ließ sich Virginia viel Zeit, bevor sie in den Salon hinunterging. Mehrmals hörte sie die Türglocke läuten, und erst als sie sicher sein konnte, dass bereits eine größere Anzahl von Gästen im Salon versammelt sein würde, verließ sie ihr Zimmer. Kurz überlegte sie noch, ob sie den grauen Rock und die alte Strickjacke gegen ein ansprechenderes Kleid tauschen sollte, unterließ es dann jedoch mit dem befriedigenden Gefühl, sich um diese Äußerlichkeiten keine Gedanken machen zu müssen. An Thobys Donnerstagabenden zählte nur, was in den Köpfen steckte. Niemand würde sie – wie George früher – von oben bis unten betrachten und sich kritisch über den Sitz ihrer Kleider oder ihrer Frisur äußern.

Als sie in den Salon trat, saßen Lytton Strachey, Sydney-Turner und Maynard Keynes nebeneinander auf dem Sofa und schauten trübselig vor sich hin. Vanessa hatte mit Adrian am Kamin Platz genommen, und Thoby stand mitten im Raum und stopfte sich eine Pfeife. »Sie wissen einfach nicht, was ihnen damit entgeht«, sagte er gerade.

»Sie waren sicher nicht alle derselben Meinung«, sagte Keynes und tätschelte Strachey das Bein. »Nimm es nicht so schwer, Strache.«

»Sie werden es bereuen«, sagte Sydney-Turner mit düsterem Blick.

»Ganz sicher«, sagte Thoby.

Virginia setzte sich auf die Armlehne von Vanessas Sessel. »Ist etwas vorgefallen?«, fragte sie.

»Lyttons Bewerbung um ein Fellowship am Trinity ist abgelehnt worden«, erklärte Thoby.

»Ach, das tut mir leid«, sagte Virginia, war sich jedoch nicht sicher, ob sie genug Betrübnis in ihre Stimme gelegt hatte.

»Wenn es einer von uns verdient hätte, dann er«, sagte Maynard Keynes.

»*Du* hättest es geschafft, wenn du es gewollt hättest«, entgegnete Lytton.

»Ihr hättet es alle verdient«, sagte Thoby.

»Und was genau ist daran nun so besonders?«, fragte Virginia. Die Männer sahen sie an, als hätte sie damit wieder einmal bestätigt, dass der weibliche Verstand nicht zu komplexeren Schlussfolgerungen in der Lage sei.

»Ein Fellowship am Trinity bedeutet viel, Virginia«, erklärte Thoby mit nachsichtiger Milde. »Es ist eine ehrenvolle Aufgabe.«

»Es bedeutet Anerkennung«, sagte Sydney-Turner.

»Ein gutes und sicheres Einkommen«, sagte Keynes.

»Ruhm«, ergänzte Lytton und seufzte laut und vernehmlich. Alle nickten.

Lytton nahm seine Brille von der Nase und zog ein Tuch aus seiner Westentasche. »Meine Zukunft ist dahin«, murmelte er, während er intensiv seine Gläser putzte. »Ich bin gescheitert.«

»Nein!«, riefen alle Männer gleichzeitig.

»Doch, doch.« Er hatte sich vorgebeugt, die Arme auf den Knien abgestützt, und betrachtete seine Schuhspitzen. Die Brille, das nutzlos gewordene Utensil seiner Gelehrtheit, baumelte an seiner rechten Hand. »Andererseits …«, sagte er nach einer Weile, setzte die Brille wieder auf und blickte über die Ränder hinweg einen nach dem anderen an. »Findet ihr nicht auch, dass im Scheitern eine ganz besondere Schönheit liegt?«

»Du meinst die Schönheit des Tragischen?«, fragte Sydney-Turner mit seiner leisen, behutsamen Stimme.

Strachey bestätigte mit einem kurzen Kopfnicken. »Was wären unsere aristotelischen Helden ohne die Größe ihrer Tragik? Was wäre die griechische Tragödie ohne das Konzept des Scheiterns?«

»Keine Tragödie«, merkte Virginia trocken an, aber niemand beachtete sie.

»Nach Aristoteles ist es aber nicht der tragische Held, der mit einem Gewinn aus dem Stück hervorgeht, sondern der Betrachter«, sagte Thoby stattdessen. »Vergiss nicht, dass dein Leben kein Bühnenstück ist.«

»Und du bist nicht der Zuschauer. Du steckst mittendrin. Also keine Katharsis für dich«, pflichtete Sydney-Turner ihm bei.

Strachey machte eine wegwerfende Geste. »Wie schrecklich vernünftig ihr doch seid. Ein vorgezeichneter Weg ist etwas furchtbar Langweiliges. Wie viel schöner ist ein gewundener Pfad, der ins Ungewisse führt.«

»Ich weiß nicht«, murmelte Sydney-Turner. »Und wenn du am Ende feststellst, dass das große Unbekannte nur Dornengestrüpp war?«

»Aber was ist mit euren Talenten? Du, Saxe, du könntest ein neuer Shakespeare werden, wenn du nur nicht diese grässliche Beamtenlaufbahn einschlagen wolltest. Und Maynard – unser Land braucht einen echten Philosophen wie dich. Keinen Erbsenzähler. Die Ökonomie wird deinen Geist verengen, ich sehe es kommen.«

Maynard Keynes saß entspannt da und lächelte amüsiert mit geneigtem Kopf. Er schien die bedrohlichen Befürchtungen seines Freundes nicht zu teilen.

Sydney-Turner hingegen ließ die Schultern hängen und legte die Stirn in sorgenvolle Falten. »Ich weiß nicht«, sagte er. »Ohne eine alltägliche Aufgabe würde ich wahrscheinlich nur noch Kreuzworträtsel lösen und in die Oper gehen.«

»Herrlich!«, rief Lytton. »Auf meine Gesellschaft darfst du zählen.«

»Aber man braucht doch ein Ziel. Etwas, worauf man hinarbeiten kann.« Vanessa hatte die Stimme erhoben, in der Weise, wie sie etwa Adrian rügte, dass neben seiner Zimmertür noch immer unausgepackte Kisten herumstanden. Es war das erste Mal, dass sie in dieser Runde für alle vernehmbar gesprochen hatte.

Strachey blinzelte kurz, als müsste er sich erst vergewissern, dass es tatsächlich aus der sonst so schweigsamen Ecke einen Einwand gegen seine Überlegungen gegeben habe.

»Die Kunst ist ein hehres Ziel. Wohl dem, der sie zu erschaffen in der Lage ist«, sagte er. Er sah Vanessa dabei nicht an, aber in seinen Worten klang unüberhörbar die Bewunderung für das mit, was sie tat.

»Was ist mit der Literatur?«, fragte Virginia. Da war sie wieder, diese bohrende Eifersucht auf Vanessas Talent, die sie Dinge tun und sagen ließ, die sie hinterher immer bereute. Sie kam nicht dagegen an, es war wie eine gewaltige Welle, die über sie hinwegrollte, und sie brauchte das Ventil der Worte, um nicht darin zu ertrinken. Natürlich kannte sie die Antwort bereits. Sie hatte noch die Lobeshymne Stracheys im Ohr, als der »Maulwurf« Morgan Forster unter Räuspern und Gestotter die Fertigstellung seines Romans verkündet hatte.

»Die Literatur ist die Ausdrucksform des Geistes und somit per se ethisch und gut«, befand Strachey.

»Wenn Sie davon überzeugt sind, sollten Sie einmal einige der Werke lesen, die ich in letzter Zeit zu rezensieren hatte«, sagte Virginia. »Das könnte Ihren Standpunkt eventuell infrage stellen.«

»Ich spreche von der Literatur als Idee, sozusagen von der Essenz des geschriebenen Wortes. Das einzelne Werk mag wertloser sein als das Papier, auf dem es geschrieben steht, aber die Erschaffung schöner Literatur ist ebenso wie die Erschaffung eines Kunstwerks von … von … erhabenem Wert?« Er legte den Kopf schief, als fragte er sich, ob das, was er da gesagt hatte, überhaupt Sinn ergab. Es ergab keinen, aber Virginia würde sich hüten, das laut auszusprechen.

In diesem Moment ließ sich Maynard Keynes' warme Stimme vernehmen. »Damit sind wir bei der Frage, welchen Wert die Dinge haben, die wir erschaffen. Sind Gedichte und Gemälde wertvoller als, sagen wir, eine Dampfmaschine, die die Menschen schneller von einem Ort zum anderen bringt?« Er hatte sich ebenfalls aufgesetzt, offenbar wachgerüttelt von der Tiefgründigkeit des Themas. »Oder der Pflug, der die Erde umgräbt und uns mit Nahrung versorgt? Ist das weniger wertvoll als ein schönes Landschaftsbild?«

»Mir ging es um die Schönheit der Dinge. Nicht um ihren Wert«, sagte Strachey mit erhobenem Zeigefinger. »Das wäre eine materialistische Überlegung. Der Pflug, die Dampfmaschine – das sind die Dinge, die wir brauchen. Gemälde aber brauchen wir nicht. Auch Gedichte nicht. Und dennoch erschaffen wir sie. Und damit sind sie im eigentlichen Sinne gut, oder nicht? Weil sie einen Wert besitzen, der sich nicht aus ihrer Zweckmäßigkeit speist.«

»Dann sind nur die Künstler wahrhaft erhaben und Verkörperung des Guten?«, fragte Sydney-Turner.

»Das ist Unfug«, fuhr Vanessa dazwischen. »Die Kunst ist es vielleicht, die Künstler selbst aber …« Sie schüttelte vehement den Kopf.

»Wir sollten uns hüten, das Gute mit Erhabenheit oder Wert gleichzusetzen, vergesst nicht, was unser geschätzter Freund Moore in seiner *Principia Ethica* dazu gesagt hat. Das Gute ist ein Wert an sich, nicht die Summe bestimmter Eigenschaften. Wir können dies mit einer Formel darstellen, ihr erinnert euch …« Strachey war aufgestanden und wanderte gestikulierend vor ihnen auf und ab, während er über das Wesen des Guten sprach und sich immer weiter von seinem ursprünglichen Gedankengang entfernte. Bis auf Adrian, der gelangweilt im Kaminfeuer herumstocherte, saßen die anderen ehrfurchtsvoll da und lauschten Strachey wie einem Erleuchteten. Virginia begann ungeduldig mit dem Oberkörper vor und zurück zu wippen. So war es oft. Sie konnten sich stundenlang im Kreis drehen mit ihren Argumentationen und gefielen sich in ihrer Lebensferne, obwohl sie doch zugleich so verzweifelt bemüht waren, ihren Platz im Leben zu finden. Keiner von ihnen hatte sich je mit Erlebnissen auseinandersetzen müssen, in denen die Wirklichkeit Risse bekam und sich das eigene Leben absurd verzerrte. Und doch taten sie so, als wären sie nur Beobachter ihres eigenen Lebens. Dabei hatten sie keine Ahnung, dass es nichts Furchtbareres geben konnte, als nur noch eine verzerrte Sicht auf das zu haben, was andere als die Wirklichkeit erfuhren.

Strachey war inzwischen wieder bei der Frage, wie sich seine gescheiterte Existenz in lyrischer Schönheit darstellen ließe, und bat Sydney-Turner um den spontanen Versuch einer ersten Strophe. Virginia begann sich zu langweilen. Auch Vanessa schien mit den Gedanken in andere Sphären abgedriftet zu sein, denn sie blickte versonnen lächelnd vor sich hin.

»Was ist mit der Selbsttötung?«, platzte Virginia plötzlich mitten in einen Vers, den Sydney-Turner gerade unter großem Applaus ersonnen hatte.

Alle starrten sie an, und Vanessa setzte sich ruckartig auf.

»Wie bitte?«, fragte Sydney-Turner verwirrt.

»Ist die Selbsttötung als höchste Form des Scheiterns zu betrachten? Und wäre sie damit ebenfalls ein Ausdruck von Schönheit?«

»Natürlich nicht«, sagte Thoby streng.

»Ich finde, das ist ein interessanter Gedanke«, widersprach Strachey, der sich mittlerweile wieder an seinem Lieblingsplatz im Korbstuhl niedergelassen hatte. »Von bestechender Logik.«

»Ist es nicht eine moralische Frage?«, ließ sich Maynard Keynes vernehmen, der nun schon eine ganze Weile geschwiegen hatte.

»Es ist vor allem eine religiöse«, sagte Sydney-Turner.

»Es gibt keinen Gott«, beschied Thoby.

»Eben«, sagte Virginia. »Also stehen wir alle selbst in der Verantwortung für unser Leben – wie auch für unseren Tod. Und wenn wir unser eigenes Scheitern als heldenhaft begreifen, müssten wir doch auch …«

»Nein«, sagte Vanessa entschieden. »Ich verstehe zwar nur die Hälfte von dem, was hier geredet wird, aber eins weiß ich: Wir sind dazu verpflichtet zu leben, ganz gleich, wie. Und ich für meinen Teil möchte das auch. So gut, wie es nur eben geht!«

16. Kapitel

46, Gordon Square, November 1905

Ein Brief von Clive auf dem Frühstückstisch. Noch bevor Vanessa ihn in ihrer Rocktasche verschwinden lassen konnte, hatte Virginia ihn schon entdeckt.

»Oh, der verschollene Mister Bell meldet sich zurück. Was schreibt er wohl? Weilt er noch immer in Schottland?«

»Nein«, sagte Vanessa mit einem flüchtigen Blick auf die Absenderadresse. »Wiltshire.«

»Stammt er dort nicht her? Hat er sich vielleicht in sein Nest geflüchtet, weil du ihm nicht genügend Aufmerksamkeit geschenkt hast?«

Vanessa rollte mit den Augen, legte den Brief neben ihren Teller und widmete sich ihrem Toast. Sie war in Eile. Um zehn Uhr wollte sie ein paar Räume in Chelsea für ihren Freitagsclub besichtigen. Noch fanden die Treffen am Gordon Square statt, aber wenn sie die Idee umsetzen wollten, regelmäßig kleine Ausstellungen zu veranstalten, brauchten sie mehr Platz.

Es dauerte einige Minuten, bis Virginia ihren nächsten Angriff startete.

»Willst du ihn denn gar nicht öffnen?«

»Willst du denn gar nichts frühstücken?«

»Ich habe keinen Hunger.«

»Gut.« Es war alles andere als gut, wenn Virginia morgens

nichts aß. Das war meist ein Zeichen, dass sie lange gearbeitet und schlecht geschlafen hatte. Nach solchen Nächten brachte sie stets nur eine Tasse Tee herunter. Vanessa hatte noch sehr genau Doktor Savages einstige Anweisungen im Ohr: regelmäßige Mahlzeiten, ausreichend Schlaf, nicht mehr als zwei Stunden Arbeit am Nachmittag – und das konsequent. Aber Virginia hielt sich längst nicht mehr daran, und Vanessa hatte es aufgegeben, mit ihr darüber zu diskutieren.

»Möchtest du noch eine Tasse Tee?« Virginia war aufgestanden und mit der Teekanne um den Tisch herumgekommen, offensichtlich, um sich selbst davon überzeugen zu können, dass der Brief wirklich in Wiltshire abgestempelt worden war.

»Nein danke, ich muss mich beeilen, wenn ich um neun Uhr in Chelsea sein will.«

»Du kannst ihn gleich hier lesen. Und du musst mir nicht erzählen, was darin steht. Es interessiert mich gar nicht.« Virginia hatte sich wieder hingesetzt und malte mit dem Messer betont gelangweilt Muster ins Tischtuch.

Vanessa musste lachen. »Du alter neugieriger Ziegenbock«, sagte sie. Jetzt steckte sie den Brief doch in ihre Rocktasche. Und wenn Virginia vor Neugier platzte, sie würde sich hüten, ihn hier und jetzt zu öffnen. Sie stand auf, drückte ihrer Schwester einen Kuss auf die Wange und eilte hinauf in ihr Zimmer.

Dort riss sie den Umschlag sofort auf. Es waren nur wenige Zeilen:

Verehrte Vanessa,
ich bitte Sie aufrichtig um Verzeihung für meine Vermessenheit, zu

glauben, Sie könnten für mich mehr als nur Freundschaft empfinden. Wenn ich hoffen dürfte, Ihnen – sollten wir uns wiedersehen – als treuer und ergebener Freund gegenübertreten zu können, würde mich das sehr glücklich machen. Ich weiß, dies entspricht nicht den Gepflogenheiten, doch ich bin sicher, dass ich mich, wenn auch in vielem, nicht aber in Ihrer Großherzigkeit täusche.

Sie können jederzeit und in jeder Hinsicht auf meine Unterstützung zählen.

Clive

Obwohl ihr wenig Zeit blieb, setzte sie sich sofort hin und schrieb eine Antwort:

Lieber Clive,
warum sollten wir uns ausgerechnet in dieser Frage um Konventionen scheren, tun wir es doch auch sonst nicht? Seien Sie gewiss, die Tür zum Hause Stephen steht Ihnen jederzeit offen.

Vanessa

PS Im Freitagsclub würden wir uns sehr über einen Vortrag von berufener Seite über die Pariser Kunstszene freuen. Darf ich auf Sie zählen?

London, Februar 1906

Virginia wanderte seit zehn Minuten die Maiden Lane auf und ab. Sie war mit ihrer alten Kensington-Freundin Kitty Maxse zum Lunch im *Rules* verabredet. Kitty war wie Violet eine Freundin Stellas gewesen und oft am Hyde Park Gate und auch im Talland House in St. Ives zu Gast. Virginia erinnerte sich noch lebhaft an jenen sonnigen Vormittag in St. Ives, als sie sich alle am Fenster zusammengedrängt hatten und beobachteten, wie der langjährige Freund ihrer Eltern, Leo Maxse, vor Kitty niedergekniet war. »Er hält um ihre Hand an«, hatte Stella aufgeregt ihrer Mutter zugeflüstert, die nur sagte: »Aber ja, das ist der Grund, warum ich sie eingeladen habe.«

Heute trat Kitty in der Öffentlichkeit meist nur noch an der Seite ihres Gatten auf. Ohne dass Kitty es je ausgesprochen hätte, wusste Virginia, dass sie das Wohnarrangement der Stephen-Geschwister am Gordon Square höchst fragwürdig fand. Vielleicht war es auch Leo, der dieser Meinung war, was keinen Unterschied machte, denn Leos Ansichten waren auch Kittys.

Es wehte ein eisiger Wind durch die Straßen, aber Virginia besaß nicht die Unverfrorenheit, allein im Restaurant Platz zu nehmen, so gern sie es gewollt hätte.

Endlich kam Kitty angeeilt. Sie hatte in den letzten beiden Jahren erheblich zugenommen, was sie jedoch durch einen perfekt sitzenden Mantel zu kaschieren wusste. Auf ihrem Kopf thronte ein kecker Hut mit wippender Feder, der zwar nicht zum Wetter passte, dafür zweifellos schick war. Nicht so wie das alte, formlose Ding, das sie selbst trug. Die Ärmel ihres Wollmantels waren auch schon reichlich abgestoßen. Schon hasste sie Kitty dafür, dass die Freundin ihr die eigene Unzulänglichkeit so deutlich vor Augen führte. Vielleicht sollten sie sich nur noch aufs Briefeschreiben verlegen?

Kitty war außer Atem. »Entschuldige bitte, Leo hat für heute Abend spontan die Balfours zum Dinner gebeten, und ich musste noch rasch der Köchin Anweisungen geben. Ich fürchte, ich werde nicht lange bleiben können.«

Die Balfours zählten zu den einflussreichsten Familien Londons. Sie hatten einst zum engen Freundeskreis der Stephens gehört; in den Jahren der Krankheit ihres Vaters waren gegenseitige Besuche dann seltener geworden, nur George hatte den Kontakt immer versucht aufrechtzuerhalten, besonders nachdem Arthur James Balfour Premierminister geworden war. Virginia, Vanessa und die Nichten Balfours hatten als Kinder zusammen im Hyde Park gespielt, inzwischen aber fand Virginia die konservative Balfour-Sippe nur noch unerträglich und mied jedes Zusammentreffen mit Kittys Freundin, Elisabeth Balfour. Wie sehr hatte es sie gefreut, als Arthur James Balfour wegen parteiinterner Unstimmigkeiten im Dezember von seinem Amt zurückgetreten war. Und im Januar war sie mit Vanessa, Thoby, Strachey und Sydney-Turner zum Trafalgar Square gezogen, um dort mit Tausenden Anhängern der Liberalen deren Erdrutschsieg bei den Neuwahlen zu feiern.

»Ist Elisabeth sehr am Boden zerstört?«, fragte sie Kitty, als sie sich an ihrem Tisch am Fenster niederließen. Virginia hatte reserviert, und so saßen sie an ihrem Lieblingstisch, direkt unter einem Porträt Jane Austens.

Kitty zupfte sich die Handschuhe von den Händen und seufzte. »Ist es nicht schrecklich? Unvorstellbar, was uns die Liberalen nun an verrückten Reformen bescheren werden.«

Höchste Zeit, hätte Virginia am liebsten geantwortet, wollte Kitty jedoch nicht gleich in den ersten Minuten ihres Wiedersehens vor den Kopf stoßen. Stattdessen sagte sie: »Was gibt es Neues in Kensington? Du musst einfach öfter schreiben, ich leide unter Nachrichtenentzug.«

Kitty war eine verlässliche Quelle, wenn es um das komplizierte Beziehungsgeflecht der einflussreichen Familien Londons ging. Wenn sich irgendwo eine Verlobung abzeichnete, wusste Kitty dies, noch bevor das Paar sich offiziell erklärt hatte, und es gab keine heimliche Affäre eines hohen Staatsbeamten, über die sie nicht bis ins kleinste Detail zu berichten gewusst hätte. Und so froh Virginia war, der Enge ihres früheren Lebens entkommen zu sein, so sehr genoss sie es, dem Klatsch und Tratsch zu lauschen, der bei ihren seltenen Begegnungen mit den Angehörigen der alten Kensington-Garde bis nach Bloomsbury herüberschwappte. Auch Tante Minna war eine solche Quelle, aber Kittys beißender Humor verlieh der Sache meist eine besondere Würze. Heute aber war Kitty ungewohnt schweigsam.

»Es passiert nicht viel in Kensington«, sagte sie. »Das Übliche eben.«

»Keine Hochzeiten? Keine Todesfälle? Nicht einmal ein Skandälchen?«

»Wir sind alle sehr betroffen von der Wahlniederlage.« Kitty hatte die Hände wie zum Gebet gefaltet und blickte tatsächlich sehr betroffen drein. Sie hatte kleine Hände, weich und makellos, fast wie die eines Kindes. Der Anblick ließ Virginia ein wenig schaudern.

»Wir werden uns doch nicht von der Politik die Laune verderben lassen«, sagte sie und riss ihren Blick von Kittys Händen los.

»Ihr in Bloomsbury vermutlich nicht.«

Wie sie Bloomsbury aussprach. Das Wort triefte förmlich vor Verachtung. Als sei das ganze Übel der Wahlniederlage allein diesem Viertel zu verdanken. Aber auf einen Streit über politische Gesinnung würde sie sich nicht einlassen. Virginia griff zur Speisekarte. »Lass uns bestellen, ich bin hungrig.«

»Du und hungrig? Kaum zu glauben. Die Luft in Bloomsbury scheint dir zu bekommen.«

»Sehr gut sogar«, erwiderte Virginia und lächelte. Auch Kitty verzog den Mund, was wohl ein Lächeln sein sollte, wenngleich ihre Augen etwas anderes sagten.

Sie widmeten sich der Speisekarte, und nach einer Weile sagte Kitty: »Als ich das letzte Mal mit Leo hier war, hatte der Koch wohl einen schlechten Tag. Sein Steak war hart und die Zwiebeln verkocht.«

Leos Steak. Natürlich. Virginia lehnte sich zurück. »Erstaunlich«, sagte sie. »Ich habe vor zwei Wochen mit Gerald hier gespeist, und das Steak war wie gewohnt vorzüglich. Ich werde es wieder nehmen.« Eigentlich mochte sie Fleisch seit der Milch- und Fleischkur während ihrer Krankheit nicht besonders, aber unter diesen Umständen schien es ihr eine zwingend notwendige Wahl.

Sie gaben ihre Bestellung auf, worauf ein unbehagliches Schweigen eintrat. Virginia unternahm einen halbherzigen Versuch, Kitty von einem Theaterstück zu erzählen, das sie wenige Tage zuvor gesehen hatte, die Freundin sagte allerdings mehrmals »Wie wunderbar« und »Wie interessant« an völlig unpassenden Stellen, und so gab sie es auf. Zum Glück kam der Kellner bald mit ihren Speisen, so dass sie wenigstens ihre Hände beschäftigen und ihren Mund füllen konnte.

Das Fleisch war zart wie Butter, was sie dann aber doch zwischen zwei Bissen wortreich kundtat.

Kitty hob nur kurz den Blick von ihrem Kidney Pie und nickte.

Virginia hatte gerade das letzte Stück ihres Steaks mit gerösteten Zwiebeln behäuft und balancierte den beträchtlichen Bissen zum Mund, als Kitty plötzlich sagte: »Wir haben Vanessa gesehen. Letzte Woche. Mit einem Mann.«

Die Worte schossen aus ihr hervor wie mit einem Gewehr abgefeuert, und Virginia fiel vor Schreck der Bissen von der Gabel in den Schoß.

»O nein«, schimpfte sie.

»O doch, ich versichere es dir. Sie trank Tee mit ihm, in der King's Road. Sie saßen direkt am Fenster. Wir sind zweimal an ihnen vorbeigegangen, und ich bin sicher, dass sie niemand sonst begleitet hat.« Sie hielt kurz inne, wohl um Virginia die Gelegenheit zu geben, ihr Entsetzen zu äußern. Als nichts kam, redete sie weiter, die Stimme um eine Tonlage höher: »Sie haben uns nicht gesehen, und wir haben natürlich nicht gewagt hineinzugehen, um sie zu begrüßen.«

Virginia versuchte vergeblich, den Fettfleck auf ihrem Kleid mit der Serviette zu entfernen. Schließlich winkte sie den Kellner herbei und bat um etwas heißes Wasser.

»Hast du gehört, was ich dir gerade erzählt habe?«, fragte Kitty, als Virginia sich ihr wieder zuwandte.

»Natürlich. Du hast Vanessa gesehen. In der King's Road.«

»Mit einem Mann.«

»Richtig. Mit einem Mann.«

Kitty zeigte auf ihren Ehering. »Ist sie …?«

»Nein«, sagte Virginia. »Ist sie nicht.«

»Aber … er war jung!«

»Warum sollte sie auch mit einem alten Mann Tee trinken?«

»Virginia!«

Virginia legte den Kopf schief und sah Kitty fragend an. Sie war hin- und hergerissen zwischen ihrer Genugtuung über Kittys Empörung und dem Ärger darüber, dass sie selbst von der Sache nichts wusste. Sie konnte sich nur allzu gut vorstellen, wie man sich dank Kitty in Kensington nun das Maul über Vanessas skandalöses Benehmen zerriss. Aber wer war der junge Mann, mit dem ihre Schwester gesehen worden war? Clive? Hatten die beiden sich einander wieder angenähert? Er kam zwar inzwischen wieder regelmäßig zu Thobys Donnerstagabenden und hatte auch an dem ein oder anderen Treffen des Freitagsclubs teilgenommen, aber die alte Zwanglosigkeit zwischen Vanessa und ihm war verschwunden. Er wirkte scheu und ungewohnt zurückhaltend im Umgang mit ihr. Sollte sich etwa hinter ihrem Rücken etwas entwickelt haben?

»… ihrem Ruf sehr schaden kann. Sollte ihr überhaupt noch etwas daran liegen!« Kittys Stimme kreischte wie eine zum Zerreißen gespannte Violinsaite und riss Virginia aus ihren Grübeleien.

Sie sah Kitty an. Der Busen der Freundin hob und senkte sich, als hätte sie soeben einen Berg erklommen, und die Glut der Ereiferung brannte auf ihren Wangen. Die weichen Kinderhände lagen streng gefaltet auf dem Tisch vor ihr, und fast fürchtete Virginia, der Ekel würde ihr den Magen umdrehen. Sie sah schnell beiseite und blinzelte ein paarmal, um das Bild zu verjagen.

»Ich bin dir sehr dankbar für deine Einschätzung«, sagte sie und legte das feuchte Tuch beiseite, mit dem sie ihren Fleck bearbeitet hatte. Er war nur noch größer geworden. »Du hast es jetzt sicher eilig. Wenn es dir sehr pressiert, kannst du schon vorausgehen, ich übernehme die Rechnung.«

Kitty blinzelte verwirrt. »Nein, nein. Die Rechnung übernehme ich.«

»Wie du möchtest«, sagte Virginia und stand auf. Sie sah an sich herunter und zeigte auf den Fleck, der mitten auf ihrem Rock prangte. »Ach schau nur, wie mein Kleid aussieht! Denkst du, ich werde meinen Ruf sehr ruinieren, wenn ich so durch London laufe?«

Damit ließ sie die sprachlose Kitty allein zurück und lief, von hysterischen Lachanfällen geschüttelt, auf direktem Wege nach Hause.

»War es Clive?«

»Nein, es war nicht Clive.«

»Wer war es dann? Nun sag schon!«

Virginia war in Vanessas Zimmer geplatzt, die Haare aufgelöst, die Wangen heiß vom schnellen Laufen und der Neugier, die sie vom *Rules* direkt hierhergetrieben hatte. Vanessa stand an ihrer Staffelei und arbeitete an einem Porträt des konservativen Politikers Lord Robert Cecil – eine ihrer ersten Auftragsarbeiten.

»Es war Henry Lamb. Und ich sah keine Veranlassung, darüber zu berichten. Wir haben bloß Tee getrunken und über eine geplante Ausstellung gesprochen.«

Henry Lamb war einer von Vanessas Künstlerfreunden – gut aussehend und unzuverlässig, dazu ein notorischer Schürzenjäger, also genau der richtige Mann, um die Gerüchte über Vanessas Liederlichkeit zu befeuern.

»Bloß Tee getrunken«, sagte Virginia trocken. »Und nun zerreißen sie sich in Kensington das Maul über dich.«

»Stört es dich sehr?«

»Überhaupt nicht.« Virginia setzte sich auf einen Stuhl und beobachtete Vanessa, die vollkommen ungerührt weiterarbeitete. »Ich finde nur, du hättest es mir erzählen können.«

»Aber, Ginia. Musst du wirklich über jeden einzelnen Schritt, den ich tue, in Kenntnis gesetzt werden?«

»Ja.«

Vanessa ließ ihren Pinsel sinken und sah Virginia fast mitleidig an. Dann schüttelte sie den Kopf und widmete sich von Neuem ihrem Bild.

»Es stört mich ja nicht, wenn du dich mit Männern in der Öffentlichkeit zeigst, aber wenn du es mir verheimlichst, muss ich doch annehmen, dass es vielleicht ernster …«

»Bist du etwa eifersüchtig?« In Vanessas Gesicht spiegelte sich Überraschung.

»Auf dich? Wegen eines halbgaren Farbenpanschers wie dieses … dieses …« Ihr fehlte ein passendes Wort, was sie beinah noch mehr ärgerte als Vanessas Frage.

»Nicht auf mich – auf Henry Lamb. Auf alle, mit denen ich Zeit verbringe«, sagte Vanessa, legte nun endgültig ihren Pinsel beiseite und zog den Malkittel aus.

Virginia schüttelte unwillig den Kopf. Sie rieb nervös ihren Daumenknöchel und sah aus dem Fenster. Es hatte zu schneien begonnen, schwere nasse Flocken, die der scharfe Wind unerbittlich vor sich hertrieb. Sie fror plötzlich.

»Das ist es also«, sagte Vanessa, sanfter jetzt. Sie kam zu ihr herüber, strich ihr über den Kopf wie einem Kind und presste sie an ihren warmen, weichen Bauch. »Mein armes Böckchen. Du musst keine Angst haben, ich gehe dir nicht verloren.«

Ihre Worte klangen dumpf, wie durch ein weiches, luftiges Federkissen gesprochen. »Ich will nicht, dass das hier endet«, murmelte Virginia in Vanessas Kleid. Es roch wie der Farbkittel, den sie gerade abgelegt hatte, aber unter den strengen Geruch der Ölfarbe mischte sich etwas Süßliches, Unwiderstehliches. Der Duft ihrer Schwester. »Bitte sag mir, dass du nicht einen dieser Bohemiens heiraten wirst und mich fortschickst!«

»Ginia!« Vanessa hockte sich vor sie hin und umfasste ihre Hände. »Ich bin genau in diesem Augenblick sehr, sehr glücklich. Endlich kann ich nach Herzenslust malen, tun, was ich möchte, brauche niemanden zu fragen, lebe von meinem eigenen Geld. Glaubst du, ich würde das schon wieder aufgeben wollen?«

»Du bist bald siebenundzwanzig. Du wirst keine alte Jungfer werden wollen, das weiß ich.«

»Ach, Ginia. Nein, das will ich nicht. Aber sieh dir doch Kitty an. Du hast es selbst eben erst erzählt. Was hat die Ehe aus ihr gemacht? Einen fetten, verbitterten Trauerkloß, der keine eigene Meinung mehr haben darf. Nein. Das kommt für mich nicht infrage.«

»Auch nicht, wenn Clive …?«

Vanessa ließ ihre Hände los. Sie erhob sich und ging

zum Fenster. »Warum, Ginia? Warum erwähnst du gerade Clive?«

»Vielleicht weil er der Einzige wäre, der dir all das ermöglichen könnte, was du willst«, sagte Virginia nachdenklich. »Und du magst ihn.«

Vanessa drehte sich um. »Reicht das? Glaubst du wirklich, dass *mögen* reicht?«

»Ja«, sagte Virginia und stellte sich neben ihre Schwester. Sie küsste die zarte, weiche Stelle neben ihrem Ohr und flüsterte leise: »Das *muss* reichen.«

17. Kapitel

Cleeve House, Wiltshire, Juli 1906

Clive ließ das Gewehr sinken. Er hatte danebengeschossen, und das Reh verschwand im Unterholz. Dabei hatte er es genau vor dem Lauf gehabt, ein unfehlbares Ziel. So etwas passierte ihm normalerweise nicht.

Sein Cousin neben ihm lachte: »Junge, das war wohl ein Whisky zu viel gestern!«

Statt einer Antwort schulterte Clive sein Gewehr und stapfte los, tiefer in das Dickicht hinein.

Er hatte den Fehler gemacht, dem Tier in die Augen zu sehen. Immer wieder machte er diesen Fehler. So auch bei Vanessa. Und jeder Blick ihrer blaugrauen Augen trieb ihn weiter auf diesem Pfad des Verlangens, der sich doch längst als Sackgasse herausgestellt hatte.

Das Feuer in ihm war nicht erloschen. Im Gegenteil. Es loderte mit einer Macht, die ihn zu verzehren drohte. Und jedes Mal, wenn er sie ansah und sie seinem Blick nicht auswich, fraßen sich die Flammen ein Stückchen tiefer in sein darbendes Herz. Der Schmerz war kaum auszuhalten, aber der Schmerz, ihr dauerhaft nicht nah sein zu können, wäre unendlich größer.

Sie war in den letzten Monaten noch schöner geworden – sofern das überhaupt möglich war. Ihr ehemals blasser Teint zeigte sich nun überzogen von einer zarten Röte, die sie noch unwiderstehlicher machte als im letzten Jahr, als er in Liebe zu ihr entflammt war. Während ihr jeden Freitag eine ganze Heerschar junger Künstler und Künstlerinnen zu Füßen lag, hielt er sich im Hintergrund, lauschte den heftigen Diskussionen dieser jungen Menschen, auf welche Weise zu malen sei, welchen Lehren zu folgen und welche zu verwerfen seien, stets auf seine Gelegenheit wartend, sich Vanessa als Unterstützer, als Gönner und als ewig treuer Freund zu zeigen. Während sie auf den Wogen ihres Lebens tanzte, war das seine auf das winzige Fünkchen Hoffnung zusammengeschrumpft, dass sie sein Werben eines Tages doch noch erhören würde.

Da vorn war es wieder. Das Tier musste ihn gewittert haben, aber es floh nicht. Vermutlich war ein brünstiger Rehbock in der Nähe und die Rehkuh bereit zur Paarung, was sie kühn werden ließ.

Clive legte an. Ihr Kopf ruckte hoch, doch sie verharrte. Und wieder blickte sie in seine Richtung, als wollte sie ihn herausfordern. Doch diesmal ließ er sich nicht irritieren. Er schoss – und traf. Als er das Tier am selben Tag noch vor seinen Augen zerlegen ließ, stellte er fest, dass er mitten ins Herz getroffen hatte.

London, 31. Juli 1906

Sie hatte ihn gebeten, ihr bei der Vorbereitung ihrer nächsten Ausstellung behilflich zu sein. Vielleicht hatte er sich auch ein wenig aufgedrängt, aber das spielte keine Rolle. Es zählte allein die Tatsache, dass er nun mit ihr in diesem winzigen Raum stand, im Obergeschoss eines etwas heruntergekommenen Gebäudes im West End. Ein paar Werke hingen schon an den Wänden, und Vanessa hielt gerade ein Bild, auf dem die Themse im Abendlicht zu sehen war, in die Höhe und betrachtete es stirnrunzelnd.

»Finden Sie nicht, dass es zu blass geraten ist? Ich habe Sylvia gesagt, sie solle die Farbe in Schichten auftragen und mehr mit den Rottönen spielen, aber sie hört einfach nicht auf mich.« Seufzend stellte sie das Bild beiseite und griff zum nächsten, das auch nicht viel besser war. Sie waren engagiert, diese jungen Künstler, voller Ehrgeiz, aber ihnen fehlte der Mut, sich aus dem Schatten ihrer britischen Vorbilder zu wagen. Clive schüttelte den Kopf. »Viel zu brav. Langweilig«, sagte er.

»Brav, genau, das ist das Wort.« Vanessa zog eines ihrer Bilder hinter einem traurigen Stillleben hervor. Es war ein Porträt Virginias. Auch wenn die Schultern zu eckig und die Neigung des Kopfes recht unnatürlich geraten waren, strahlte es Kraft und Lebensfülle aus. Es zeigte klar die Handschrift Vanessas und offenbarte mehr von ihrem eigenen Charakter als dem Virginias …

»Das hier auch?«, fragte sie.

»O nein, das nicht«, sagte er entschieden. »Es muss hier hängen, direkt gegenüber der Tür, ein Blickfang, eine … eine Augenweide.« Er sah sie an, nicht das Bild.

»Gut. Wie Sie meinen.« Mit wenigen entschlossenen Schlägen hämmerte sie einen Nagel an die Stelle, auf die er gezeigt hatte, und hängte das Bild daran. Dann durchmaß sie mit wenigen großen Schritten den Raum, ihr Werk von der gegenüberliegenden Seite zu betrachten, und nickte. »Gut. Das passt.« Sie wandte sich wieder den Landschaftsbildern zu, die noch am Boden an der Wand lehnten. Plötzlich wirbelte sie herum. »Unsere Kunst muss farbiger werden. Kraftvoller. Ich will mehr Leben in den Bildern!« Sie warf den Kopf in den Nacken, breitete die Arme aus und drehte sich ihm entgegen, halb tanzend, halb schreitend, und Clive hatte plötzlich das Gefühl, der ganze Raum wirbelte um ihn herum.

»Vanessa …«

»Ja?« Sie sah ihn an. Ihre Wangen waren gerötet, in ihren Augen war Licht. Und sie wusste genau, wie sie auf ihn wirkte, dies war eine andere Vanessa als die, der er vor einem Jahr einen Antrag gemacht hatte.

»Sie sind das Kunstwerk«, murmelte er und trat einen Schritt näher an sie heran. Sie wich nicht zurück. Das hätte sie auch gar nicht gekonnt, denn hinter ihr war die Wand. Eines der Bilder wackelte gefährlich, als sie mit der Schulter daran stieß.

»Wenn ich malen könnte …« Er ergriff die Haarsträhne, die sich schon die ganze Zeit aufreizend neben ihrem Ohr kringelte, und wand sie sich sanft um den Finger.

»Für ein solches Gemälde ist der Raum zu klein«, sagte sie und lächelte. Verführerisch, sinnlich, so unkeusch, wie er sie selten hatte lächeln sehen.

»Von mir aus dürfte er noch kleiner sein«, murmelte er. Seine Lippen waren genau auf der Höhe der ihren.

»Dann würde er seinen Zweck nicht mehr erfüllen.« Sie ließ die Arme sinken, und er hielt ihre Hände fest. Eines der Bilder fiel zu Boden, doch sie zuckte nicht mit der Wimper.

»Welchen Zweck, Vanessa. Welchen? Sagen Sie es mir.«

Jetzt konnte er ihre Brust an seiner spüren, ihren Atem, der schnell ging, sehr schnell. Sie stieß ihn nicht fort, stand einfach da, die Lippen leicht geöffnet, die Schultern an die Wand gepresst und mit ausgebreiteten Armen.

»Clive«, flüsterte sie. War es eine Bitte? Eine Aufforderung? Fast fragend legte er seine Lippen auf die ihren, küsste so zart und vorsichtig, wie er nur je geküsst hatte, und das Herz in seiner Brust schien bersten zu wollen vor Glück. Sie gab einen beinah unhörbaren Seufzer von sich, dann jedoch wandte sie das Gesicht ab, beschämt, vielleicht auch erschrocken über diesen Kuss, der womöglich – nein, ganz sicher! – der erste gewesen war, den sie je empfangen hatte.

Er streichelte mit dem Finger über ihre Wange, küsste die zarte weiche Stelle direkt unterhalb ihres Ohrs und spürte, wie sie erbebte. Plötzlich stieß sie ihn von sich.

»Bitte, Clive, beherrschen Sie sich! Sie … ich … wir können nicht …«

»Doch, Vanessa, wir können«, sagte er so leise, wie es seine Erregung erlaubte. »Wenn Sie mich heiraten, können wir alles tun, was wir wollen. Wonach wir uns sehnen … was spricht dagegen? Sie wollen es doch auch.«

Sie öffnete den Mund, aber er legte den Finger über ihre Lippen. »Antworten Sie nicht. Nehmen Sie sich Zeit. Mein Herz, mein ganzes Leben lege ich Ihnen zu Füßen. Denken Sie nach. Ich werde warten.« Er nahm ihre Hand und küsste sie, noch sanfter, als er eben ihre Lippen geküsst hatte. »Und nun –«, er bückte sich und hob das heruntergefallene Bild auf, »bringen wir das hier zu Ende.«

Wie hatte sie sich nur zu diesem Kuss hinreißen lassen können? Sie wusste doch, dass er sie noch immer begehrte. Sie sah es jeden Donnerstag, wenn er zu Besuch kam, in seinem Blick, lodernd wie frisch geschürtes Feuer. Was war es nur, dass sie immer wieder dazu trieb, ihm zuzulächeln, ihre Hand auf seinen Arm zu legen, seine Dienste anzunehmen, die er nicht müde wurde ihr anzutragen? Längst hätte sie den Kontakt zu ihm abbrechen müssen. Nur wie, wenn doch die Donnerstage Thobys Freunden gehörten?

Es sind nicht nur die Donnerstage, um die es geht, bohrte die Stimme in ihr, die sie zu gern verdrängte, die Stimme des Anstands, der maßvollen Zurückhaltung. Doch in ihr war eine Gier entfacht, nach Leben, nach Berührungen, nicht keusch, nicht schwesterlich, sondern aufrüttelnd, unstillbar, die ihr den Atem stocken ließen, ihren Puls beschleunigten, wie dieser Kuss eben. War es Clive, den sie begehrte, oder war es das Küssen selbst, das dieses Kribbeln in den Gliedern verursachte, die Hitze im Schoß? Wie konnte sie sicher sein, dass sie ihn nicht doch liebte? Was bedeutete es überhaupt, einen Mann zu lieben? Eine Ehe jedenfalls bedeutete, ihre Freiheit für immer aufzugeben. Dann wäre er es, der darüber entschied, wofür sie ihr Geld ausgab, welche Anschaffungen getätigt werden durften, welche Freunde geladen und welche Veranstaltungen besucht. Wie lange noch würde sie davor zurückweichen können, ohne als alte Jungfer zu enden?

Und was, wenn sie ihn heiratete und dann feststellen musste, dass sie ihn nicht liebte? Dass jeder weitere Kuss trocken und öde wäre und die eheliche Pflicht zum Beischlaf eine Qual? Nein. Sie konnte ihn nicht heiraten. Sie würde alles verlieren, was sie sich im letzten Jahr erkämpft hatte.

Dafür begehrte sie ihn nicht genug – wenn es überhaupt Begehren war, sich dem Drängen eines Mannes für einen flüchtigen Kuss hinzugeben.

Es würde, es musste bei ihrem Nein bleiben.

Sie solle sich Zeit nehmen, hatte er gesagt. Aber sie brauchte keine Zeit. Entschlossen griff sie nach Stift und Papier, schrieb und zerriss den Bogen, schrieb neu und verwarf auch diesen Entwurf. Ein einfaches Nein hätte genügt. Aber die Dinge waren nicht einfach.

Es dauerte mehrere Stunden, bis sie endlich mit dem Geschriebenen zufrieden war. Sie warb um seine Freundschaft, bat um sein Verständnis, lud die Schuld für seinen Irrglauben, sie könnte das Gleiche für ihn empfinden wie er für sie, auf sich. Das Einzige, was ihr nicht gelang, war, ihn in aller Entschiedenheit von sich zu weisen – was ihre Pflicht gewesen wäre. Sie konnte es nicht.

An
Mister Leonard Woolf
Ceylon Civil Service
Mannar, CEYLON

Lancaster Gate, London, 5. August 1906

Lieber Wolf,
Dein letzter Brief ließ mich in Sorge zurück. Sind die üblen Südwestwinde daran schuld, dass Du in solcher Hoffnungslosigkeit versinkst? Drei Monate Regen sind bestimmt nicht leicht zu verkraften, aber erinnerst Du Dich noch an unsere kleine Insel hier im Norden?

Du bist nun schon bald ein Jahr fort, möglich, dass die Kämpfe, die Du mit Tigern, Opiumhändlern und perlentauchenden Wilden auszustehen hattest, die Erinnerung an unseren feinen britischen Sommerregen ausgelöscht haben. Bleibe also zuversichtlich und trotze dem Wetter wie jeder gute Brite! Und glaube mir, die Unerträglichkeit des Seins greift nicht nur im fernen Ceylon um sich.

Du fragst nach aufheiternden Neuigkeiten. Ich bin nicht sicher, ob es Dich aufheitern wird, wenn ich berichte, dass der Gote sein Testament gemacht hat. Wohl kaum. Dann höre den Grund: Thoby und Adrian hat die Expeditionslust gepackt. In wenigen Tagen werden sie zu einer halsbrecherischen Reise nach Griechenland aufbrechen – zu Pferd von Triest über Montenegro nach Albanien. Mir schmerzt schon bei dem Gedanken an einen Sattel der … Du weißt schon, aber im Hause Stephen werden wöchentlich waghalsige Ideen geboren. Dieses irrwitzige Abenteuer darf uns also nicht allzu sehr überraschen.

Der Gedanke, dass ich hier im trostlosen Londoner Herbst zurückbleibe und vermutlich eine ganze Weile auf Neuigkeiten von Euch Welteroberern werde warten müssen, versetzt mich in eine Melancholie, die der Deinen sicher in nichts nachsteht. Also verharre nicht zu lange in Deiner Trostlosigkeit und schreib mir einen aufmunternden Brief!

Dein Lytton

»Du bist ja verrückt!« Virginia warf beinah ihr Tintenfass um vor Schreck. Vanessa war in ihr Zimmer geplatzt, hatte sich auf ihr Schreibpult gestützt und ihr den absurdesten Plan unterbreitet, den sie je ausgeheckt hatte.

»Ginia, das ist deine Gelegenheit, das wirkliche Griechenland kennenzulernen! Nicht nur diese rätselhaften Hieroglyphen, mit denen du dich abkämpfst. Du hast schon eine ganz staubige Nase davon.« Vanessa bekräftigte ihre Worte, indem sie das Buch zuschlug, das vor Virginia auf dem Tisch lag, und tatsächlich wirbelte eine kleine Staubwolke von den kreuz und quer auf ihrem Pult verteilten Büchern, Briefbögen und Notizzetteln auf.

Virginia bedachte sie mit einem strafenden Blick und öffnete das Buch wieder. Es war passenderweise ein Reiseroman über Ägypten, den sie zu rezensieren hatte. »Eine solche Reise braucht Vorbereitung«, sagte sie und musterte Vanessa über die Brille hinweg, die sie seit Neuestem tragen musste, weil ihre Augen sonst zu schnell ermüdeten. »Du hast doch gesehen, was Thoby und Adrian alles in Bewegung setzen mussten. Sie haben damit im Frühjahr begonnen und nicht …«

Vanessa fuhr mit der Hand durch die Luft, als wollte sie Virginias Argumente beiseiteschieben. »Wir fahren mit dem Zug und mit der Fähre. Ich war schon bei *Thomas Cook* und habe mich erkundigt. Es lässt sich alles noch organisieren, wenn wir uns schnell entscheiden. Und um unsere Reiseausstattung kümmere ich mich.«

»Aber …«

»Kein Aber – wir machen das. Wir nehmen Violet mit, sie hat Erfahrung mit solch weiten Reisen. Schreibst du ihr?«

Vanessa lief jetzt im Zimmer auf und ab und gestikulierte wild. So erregt hatte Virginia sie selten erlebt. Normalerweise konnte kaum etwas ihre Schwester aus der Ruhe bringen, und in den vergangenen Tagen war sie regelrecht in sich gekehrt gewesen, aber heute wirkte sie plötzlich wie aufgepeitscht. War es die bevorstehende Abreise ihrer Brüder?

»Wie kommst du nur auf diese aberwitzige Idee?«, fragte Virginia. »Ist es die Sorge um Thoby und Adrian?«

Vanessa blieb stehen und sah sie an, als suchte sie nach Worten für etwas, das sie selbst nur schwer fassen konnte. »Bist du denn besorgt?«, fragte sie dann.

»Sollte ich es sein?«

»Immerhin haben unsere Brüder ihr Testament gemacht.«

»Ja, aber doch nur … Vanessa, bitte sag mir, muss ich mir Sorgen machen?« Virginia klappte ihr Buch nun doch wieder zu und sah Vanessa argwöhnisch an. Natürlich war es eine abenteuerliche Reise, aber Thoby und Adrian waren zwei kräftige junge Männer und hatten alle notwendigen Vorkehrungen getroffen. Sie selbst war mit ihren Rezensionen und journalistischen Arbeiten viel zu beschäftigt gewesen, um über mögliche Gefahren einer solchen Unternehmung nachzudenken. Aber wenn ihre Schwester Zweifel hegte …

Vanessa schüttelte den Kopf, nickte jedoch gleich darauf. »Es kann nicht schaden, die beiden zumindest ein Stück auf ihrer Reise zu begleiten. Junge Männer sind manchmal …« Sie überließ es Virginia, sich den Rest des Satzes zu denken, doch ihre Stimme war unheilschwanger. Schwungvoll griff sie nach dem Globus. Schon als Kinder hatten sie hierauf all die fernen Länder gesucht, von denen in den Büchern die Rede gewesen war, die ihr Vater ihnen vorlas. »Ich habe es mir genau angesehen. Wir fahren mit dem Zug nach Italien, wo wir von Brindisi mit dem Schiff nach Patras in Griechenland übersetzen, und dann treffen wir die beiden in

Olympia. Den Olymp besteigen wir zusammen, was meinst du? Dann geht es weiter nach Athen und Konstantinopel.« Sie zeigte auf die beiden Städte, winzige Punkte jenseits des Mittelmeers, die schon immer Sehnsuchtsorte ihrer Brüder gewesen waren. »Lass uns fahren, Ginia, bitte!« Vanessa umschloss ihr Gesicht mit beiden Händen und sah sie an, als hinge ihr Leben von ihrer Entscheidung ab. Es musste eine Art Panik sein, die sie bei der Erkenntnis erfasst hatte, dass ihre Brüder sich in ein lebensgefährliches Abenteuer stürzten und sie nicht mehr für ihr Wohlergehen tun konnte, als warnende Worte auf Papier in die Ferne zu senden.

»Und um meine Gesundheit fürchtest du gar nicht?«, fragte Virginia spitz.

Vanessa ließ überrascht die Hände sinken. »Warum sollte ich?«

»Hier ermahnst du mich schon, wenn ich bei offenem Fenster schlafe oder eine Mahlzeit vergesse, und nun willst du mich quer über den Globus scheuchen?«

»Du hörst ohnehin nicht auf mich. Ob du es hier nicht tust oder auf den sieben Weltmeeren, macht keinen großen Unterschied, findest du nicht?«

Virginia sah sie zweifelnd an. Sie wanderte um ihren Schreibtisch herum. Im Gehen konnte sie besser nachdenken, und nachdenken musste sie. Es war ein verlockender Gedanke. Ein Abenteuer, endlich einmal ein Abenteuer! Zwar war das Leben am Gordon Square keinesfalls langweilig, aber eine Reise in die Ferne wäre um so vieles aufregender als geistvolle Gespräche, Begegnungen und Theaterbesuche. Gewiss konnten auf einer solchen Reise furchtbare Dinge geschehen: Krankheiten, Unfälle, Naturkatastrophen – aber wenn sich etwas Derartiges ereignete, dann wollte sie dabei sein und nicht in diesem Zimmer von einem Unglück ihrer Brüder erfahren.

Sie fing Vanessas Blick auf, die sie beobachtete. War es das, was ihre Schwester antrieb – eine Mischung aus Abenteuerlust und Angst? Oder war es etwas ganz anderes?

Gut möglich, dass es nur ein Trick war, dieser Appell an ihre tiefsitzende Furcht vor Krankheiten oder Unfällen, die einen von ihnen aus ihrer Mitte reißen könnte. Virginia wurde aus ihrer Schwester nicht mehr schlau. Sie handelte immer öfter impulsiv, wie getrieben von einem Hunger nach Leben, nach Intensität, den sie nicht stillen zu können schien. Gleichzeitig wachte sie mit einer mütterlichen Fürsorge über ihre Geschwister, vor allem über Virginia, die so gar nicht zu ihrem eigenen Freiheitsdrang passte. Die Spannung, die daraus erwachsen musste, schien in ihrem Inneren zu gären; sichtbar wurde sie in Vanessas Bildern, die oft unentschlossen wirkten, mit unscharfen Konturen einerseits und allzu dick aufgetragenen Farbschichten andererseits. Auch ihre Körperhaltung zeugte von ihrem Konflikt: Mit ihrem halbherzig zurückgesteckten Haar und brennendem Blick sah sie aus wie eine gefangene Löwin, die eine Lücke im Zaun entdeckt hatte und doch den endgültigen Sprung in die Freiheit nicht wagte.

»Hast du mit Thoby darüber gesprochen?«

Vanessa nickte. Natürlich. Thoby war immer der Erste, den Vanessa ins Vertrauen zog, wenn es um wichtige Entscheidungen ging.

»Mit Adrian auch?«

Wieder nickte Vanessa.

»Also bin ich die Letzte, die du fragst? Obwohl ich diejenige bin, die mit dir reisen soll?«

»Ich habe Thoby und Adrian nicht gefragt. Ich habe sie informiert. Du bist diejenige, die es entscheiden wird.«

Oh, wie klug sie war! Ihre Schwester wusste genau, welche Fäden sie ziehen musste, um die Dinge in die von ihr gewünschte Richtung zu lenken. Aber Himmel, war es nicht auch das, was sie an ihrer Schwester so sehr liebte?

Virginia setzte sich an ihren Schreibtisch, legte sich einen Briefbogen zurecht und tunkte ihre Feder ins Tintenfass. Sie blickte kurz zu Vanessa auf und sagte: »Nun geh schon, triff deine Vorkehrungen. Ich werde Violet schreiben.«

»Das heißt also ja? Du willst fahren?«

»Wenn ich von dir endlich einmal die Erlaubnis zu einem Abenteuer bekomme …«

Vanessa stieß einen kleinen Freudenschrei aus und umarmte sie. »O Ginia, es wird wunderbar werden!«

»Aber«, sagte Virginia und hielt Vanessa fest, die schon zur Tür hinausstürzen wollte. »Ich werde nur mit dir reisen, wenn du mir versprichst, mich unterwegs nicht wie eine delikate Pflanze zu behandeln, die vor jedem Luftzug bewahrt werden muss.«

»Aber, Ginia«, sagte Vanessa, »du *bist* eine delikate Pflanze.«

18. Kapitel

An
Mister Clive Bell
Cleeve House, Wiltshire
England

Korinth, 1. Oktober 1906

Clive, mein lieber Freund,
ich sende Dir euphorische Grüße aus Korinth, wo wir gar nicht geplant hatten zu verweilen, aber Vanessa fühlt sich unwohl und braucht ein paar Tage Ruhe.

Clive, wenn Du je etwas anderes sehen möchtest als Rotwild in schottischen Hochwäldern, dann komm nach Griechenland. Allein das Licht hier erhebt die Seele und lässt uns ahnen, was unseren alten griechischen Freunden ihre Weisheit eingegeben hat. Das Meer, die zerklüfteten Küsten, die weißen Dörfer an den Hängen und darüber thronend die Säulen des Apollo-Tempels, die in den tiefblauen Himmel ragen – leider fehlt mir die Virtuosität im Umgang mit Worten, um Dir zu beschreiben, was ich hier sehen und erleben darf.

Clive, diese Reise fühlt sich an wie die Apotheose meines Lebens. Ich war nie zuvor so glücklich, glaube mir.

Sobald Vanessa wieder kräftig genug ist, reisen wir weiter nach Athen (O Parthenon, wir nahen!) und von dort aus nach Euböa. Dies wird also mein letzter Brief sein, wie Du Dir denken kannst. Am 14. Oktober werde ich die Heimreise antreten, denn im No-

vember stehen mir die Prüfungen bevor, die ich nach dieser erquicklichen Erfahrung sicher mit Bravour bestehen werde (lache nicht!).
Dein Thoby

PS: Sorge Dich nicht um Vanessa (sie hat mich ins Vertrauen gezogen ...). Ich verstehe ihre Zweifel nicht, aber ich bin ihr gewiss kein guter Ratgeber in diesen Angelegenheiten.

Athen, 12. Oktober 1906

»Wir brauchen *sofort* einen Arzt, nicht erst morgen!« Virginia ließ zur Bekräftigung ihrer Worte die Faust auf den Tresen der Rezeption niedersausen – etwas, das sie in England niemals tun würde. Dieses Land machte sie noch selbst zur Barbarin! Der kleine livrierte Grieche, der gerade seine Schicht angetreten hatte, hob abwehrend die Hände und schüttelte heftig den Kopf. Er stieß einen Schwall griechischer Worte aus, durchsetzt mit wenigen englischen Brocken, die klangen wie die Weinfässer, die morgens vor dem Hotelfenster über das Kopfsteinpflaster zur nahe liegenden Taverne gerollt wurden. Zu Beginn ihres Abenteuers hatte Virginia noch versucht, sich in diesem Land voller Puten und Esel mit ihren Griechischkenntnissen verständlich zu machen. Sehr bald hatte sie jedoch feststellen müssen, dass die barbarischen Laute, die die Menschen hier von sich gaben, nicht das Geringste mit dem Griechisch ihrer Lehrbücher zu tun hatten. Die wundervolle Sprache eines Euripides war zu einem Bauerndialekt verkommen. Überhaupt enttäuschte das moderne Griechenland Virginia zutiefst. Wanzen in Hotelbetten, Bettler, die überall ihre schmutzigen Hände nach ihnen ausstreckten, Latrinen, denen sie selbst einen lichten Busch vorzog – all das brachte sie auf und enttäuschte sie zugleich. Über ihr Bild von der erhabenen Wiege europäischer Kultur hatte sich eine dreckstarrende, schweißtriefende, nicht selten ekelerregende Realität geschoben. Und nun lag Vanessa von Fieberkrämpfen und Leibschmerzen geschüttelt in diesem trostlosen Zimmer, und kein Arzt war aufzutreiben!

Nervös trommelte Virginia mit den Fingern auf den Tresen und überlegte, was sie tun sollte. Der Uniformierte wühlte sich geschäftig durch die vor ihm liegenden Papiere und tat, als ginge ihn ihr Problem nicht das Geringste an. *»Παρακαλώ!«, parakalo, bitte!*, flehte sie, doch er hob nur kurz den Blick und zog eine Grimasse, die sowohl Ratlosigkeit als auch Mitleid bedeuten konnte. Diese Menschen waren ihr ein Rätsel. Ob er bestechlich war? Ein paarmal hatte sie gesehen, wie Thoby einem Führer oder einem Museumswärter ein paar Münzen zugesteckt hatte. Vielleicht half das auch in dieser Situation? So schnell sie konnte, eilte sie aufs Zimmer, schnappte sich ihre Geldbörse und wollte wieder hinuntereilen.

»Was tust du?« Vanessas sonst so kraftvolle Stimme war dünn wie wässrige Milchsuppe.

»Ich organisiere einen Arzt.«

»Bitte nicht. Ich muss nur schlafen.«

»Schlafen, schlafen – nur Schlafen bringt dich nicht auf die Beine. Wir brauchen einen Arzt.«

Wie sehr bereute Virginia es, ihre Schwester und Violet in Athen zurückgelassen zu haben und mit Thoby und Adrian nach Euböa gefahren zu sein – auch wenn die schlichte Natürlichkeit dieser Insel sie ein wenig mit dem modernen Griechenland versöhnt hatte. Aber niemals hätte sie Vanessa in ihrem schlechten gesundheitlichen Zustand allein lassen dürfen. Schon auf der Überfahrt von Brindisi nach Patras war ihr sehr übel gewesen, aber das hatte Virginia nicht weiter besorgt. Doch nach den vielen Besichtigungen auf dem Peloponnes war Vanessa ernsthaft krank geworden. Fieber, Herzrasen und krampfartige Leibschmerzen hatten sich abgewechselt mit ohnmachts ähnlichen Schwächeanfällen, so dass sie in Korinth einen Arzt konsultieren mussten. Über seine Diagnose – Hysterie – hatten sie herzlich gelacht, die empfohlene Champagnertherapie allerdings gewissenhaft befolgt. Mit Riechsalzen, mehreren Gläsern Champagner am Tag und Eiskühlungen war Vanessa dann recht bald wieder auf den Beinen gewesen. Nach Euböa war sie dennoch nicht mitgefahren, vor allem weil Violet, die selbst etwas kränkelte, strikt dagegen gewesen war und mit Vanessa lieber ein paar ruhige Tage in Athen verbringen wollte. Violet hatte sich nun zum Ausruhen in ihr eigenes Zimmer zurückgezogen, was bitter nötig war.

Virginia legte Vanessa die Hand auf die Stirn. Sie glühte. Hysterie, beim Zeus! Ein solch hohes Fieber erzeugte auch der akuteste Hysterieanfall nicht! In Vanessas Körper tobte eine Entzündung oder Schlimmeres, da konnte dieser korinthische Quacksalber sagen, was er wollte.

So schnell sie konnte, lief Virginia zurück ins Foyer. Der unkooperative Rezeptionist hatte sich inzwischen auf einen Stuhl gesetzt, die Uniformmütze tief in die Stirn gezogen und sah aus, als wäre er in einen frühabendlichen Tiefschlaf versunken. Virginia beugte sich vor und knallte einen Geldschein vor ihm auf den Papierstapel, den er eben noch so eifrig durchwühlt hatte. Blitzschnell verschwand der Schein in der Westentasche des plötzlich hellwachen Rezeptionisten.

»Einen Arzt – jetzt!«, kommandierte Virginia, und der kleine Mann nickte dienstbeflissen.

»Warten auf Zimmer«, sagte er, eilte zum Hoteleingang und pfiff den Pagen heran, der dort draußen für spät eintreffende Gäste bereitstand. Und Virginia wusste nicht, ob sie ihm laute Flüche hinterherschicken sollte oder einen Segensspruch.

»Appendicitis«, sagte der bereits leicht angegraute, untersetzte Arzt, der überraschend schnell eingetroffen war und Vanessas Bauch gründlich abgetastet hatte. Zufrieden nickte er, als wäre allein die Tatsache, dass ihm eine Diagnose gelungen war, eine beglückende Botschaft. Er steckte das Stethoskop zurück in seine Tasche und sagte noch etwas, aber Virginia verstand ihn nicht. Hilflos wandte sie sich um zu Violet, die sie zu Hilfe hatte rufen müssen, weil der Arzt kein Englisch sprach und Violet zumindest ein paar Brocken modernes Griechisch verstand. Auch sie saß bleich im Sessel, und unter ihren Augen lagen tiefe Schatten.

»Mit Eis kühlen, sagt er. Und irgendwas mit Essen, aber das habe ich nicht verstanden.«

»Nichts essen. Trinken. Bettruhe«, meldete sich Vanessa mit dünner Stimme zu Wort.

»Seit wann sprichst du Griechisch?«, fragte Virginia überrascht.

»Ich spreche kein Griechisch. Aber das war es, was die Ärzte Stella empfohlen haben, als sie noch dachten, sie habe eine Blinddarmentzündung.«

Stella. Plötzlich trat die Erinnerung hinter dem Schleier der Jahre hervor, und Virginia sah, wie Stella schon mehr tot als lebendig auf ihrem Krankenbett lag und George sie, in ihren Pelzmantel gehüllt, krank und fiebernd, an der geöffneten Zimmertür vorbeitrug. Am nächsten Tag wurde Stella operiert – und starb. Virginia hatte sich nicht von ihr verabschiedet.

Der Knoten der Angst, der sich seit ihrer Rückkehr aus Euböa in ihrem Bauch gebildet hatte, zog sich fester zusammen.

»Und was machen wir jetzt?« Ihre Stimme war schrill. Sie sollte Ruhe ausstrahlen, aber wie nur? Atmen. Ein, aus, ein, aus. Sie wanderte mehrmals zwischen Bett und Tür hin und her und zählte bis zehn.

»Muss sie operiert werden?«, fragte sie den Arzt. Der lächelte nur freundlich und hielt die Hand auf. Richtig. Bezahlt werden wollte er. Hektisch suchte Virginia nach ihrer Geldbörse. Sie hatte sie irgendwo hingeworfen, als sie eben den Hotelangestellten bestochen hatte. Doch wohin?

»Ich lasse mich nicht operieren.« Vanessa war auf dem Bett hochgefahren, Entsetzen im Blick. Sie verzerrte das Gesicht vor Schmerz und ließ sich wieder zurücksinken. »Nicht operieren. Bitte. Nicht hier!«, flehte sie. Virginia vergaß die Geldbörse und stürzte zu ihr. Sie ergriff ihre Hände, die jetzt eiskalt waren. »Nein. Keine Angst, kleiner Delfin. Wir fahren übermorgen heim. Es wird vorbeigehen. Wahrscheinlich nur eine Reizung. Wir schaffen das!« Sie flüsterte die Worte immer wieder vor sich hin und ließ die Stirn auf Vanessas Brust sinken.

Violet war neben sie getreten und legte ihr die Hand auf den Kopf. »Bestimmt ist es nur eine Reizung. Wir werden kühlen und Ruhe halten bis zur Abreise. Dann sehen wir weiter.« Violets tiefe, sanfte Stimme lockerte den Knoten etwas. Es würde gut gehen. Es musste. Musste!

Einen Moment verharrten sie so, und nur das Maunzen einer Katze draußen auf der Straße war zu hören. Die Stadt hatte sich zur Ruhe gelegt, und vom Meer wehte eine kühle Brise durch das geöffnete Fenster herein. Erst als der Arzt ein Räuspern in ihrem Rücken vernehmen ließ, ruckte Virginia hoch. Die Geldbörse! Eispackungen, wo sollte sie welche auftreiben, mitten in der Nacht? Trinkwasser – hatten sie genug? Die Überfahrt mit dem Schiff nach Konstantinopel, die lange Zugreise – was, wenn Vanessa … Nicht darüber nachdenken. Aber die Geldbörse. Bestimmt lag sie unten an der Rezeption. Vielleicht hatte der kleine schmierige Gauner sie schon leer geräumt, sie musste …

»Stopp!« Violet hatte sie an den Schultern gepackt. Erst jetzt merkte Virginia, dass sie die ganze Zeit vor sich hin gesprochen hatte.

»Du darfst jetzt nicht den Kopf verlieren«, sagte Violet. »Du bist nicht allein. Ich bin da. Und Adrian. Wir suchen jetzt zusammen die Geldbörse, und dann kümmern wir uns um das Eis. Alles andere morgen. Hörst du?«

Woran lag es, dass Violets sonst so hell strahlende Augen ihr auf einmal grau erschienen? Es musste das Licht sein – oder war ihre Wahrnehmung von der Erinnerung an die Vorboten des Todes gezeichnet, die sich aus dem Schatten der Vergangenheit gelöst hatten und dem Jetzt die Farben raubten?

»Nicht den Kopf verlieren. Ja.« Virginia nickte und schaute zu Vanessa, die mit geschlossenen Augen dalag und aussah, als könnte nur ein Wunder sie lebend nach London zurückbringen. Violet hatte recht. Diesmal durfte sie den Verstand nicht verlieren, denn dann gäbe es niemanden, der sie vor dem Abgrund bewahren konnte.

Oh, diese Übelkeit! Diese elende Schwäche! Vanessa biss die Zähne zusammen, als der Dampfer in Konstantinopel angelegt hatte und sie sich von ihrem unbequemen Lager erheben musste, um an Land zu gehen. Zum Glück war es eine ruhige Überfahrt gewesen, dennoch hatte sie mehr als einmal geglaubt, diese Schiffsreise nicht zu überleben. Das Fieber und die Schmerzen in ihrem Leib waren abgeklungen, vermutlich dank der Eispackungen, die ein merkwürdiges Taubheitsgefühl in Becken und Beinen verursachten. Auch das Schmerzmittel, das der Doktor ihnen in Athen vor der Abreise gegeben hatte, tat seine Wirkung. Aber wie sie den Weg vom Schiff hinunter bis ins Hotel schaffen sollte, wusste sie nicht. Würde sie überhaupt noch gehen können?

»Stütz dich auf mich«, sagte Virginia, die während der letzten Tage nicht eine Sekunde von ihrer Seite gewichen war. Vanessa wusste nicht, ob und wann ihre Schwester überhaupt schlief. Aber sie sah erstaunlich rosig und kräftig aus. Die Sonne, die salzreiche Luft und der griechische Wein hatten ihr gutgetan, vielleicht auch das wenige Lesen. Trotzdem war

Virginia von ihnen allen die Zarteste. Wie sollte sie sie stützen können!

»Lass das, ich mach das schon«, sagte nun Adrian und schob Virginia beiseite. Er zog ihren Arm um seine Schultern, was bei seiner Größe überhaupt nicht half.

»So geht es nicht«, sagte sie schwach und sank zurück auf die Bank, die man ihr für die Überfahrt bereitgestellt hatte.

»Kinder, ihr müsst sie zwischen euch nehmen. Oder du trägst sie, Adrian, schaffst du das?« Violet sprach ungewohnt leise. Sie bemühte sich zwar, Zuversicht und Energie auszustrahlen, dabei konnte sie sich selbst kaum auf den Beinen halten. Sie hatte glasige Augen und war bleich. Bestimmt hatte auch sie Fieber, was sie jedoch beharrlich verneinte.

Adrian betrachtete sie skeptisch. Wie sehr vermisste Vanessa die Entschlossenheit und Kraft Thobys. Er hätte sie allein bis ins Hotel getragen. Aber er war schon vor drei Tagen abgereist, und nun mussten sie ohne ihn zurechtkommen.

Gestützt von Virginia und Adrian, wagte Vanessa schließlich einige Schritte. Ihre Beine wollten nicht gehorchen, nur durch allergrößte Kraftanstrengung konnte sie einen Fuß vor den anderen setzen. Auf der Gangway wurde ihr entsetzlich übel. »Ich muss … ich …«, stöhnte sie.

»Nessa«, hörte sie wie aus weiter Ferne jemanden rufen. Dann wurde ihr schwarz vor Augen.

Als sie zu sich kam, lag sie in den Armen eines schwarzhaarigen bärtigen Mannes. Es musste einer der Matrosen vom Schiff sein. Er stank nach Schweiß, und sein Gesicht war ölverschmiert, aber er trug sie ohne Mühe bis zu einem Karren mit vorgespanntem Maultier, der am Kaiufer bereitstand. Adrian hielt die Zügel des Tieres, während er auf den kleinen Mann einredete, dem der Karren offenbar gehörte. Ringsum wimmelte es von Menschen, Männern in langen schwarzen Gewändern, Frauen unter Schleiern verborgen, deren dunkle Augen man nur durch einen schmalen Gesichtsschlitz sehen konnte, und einigen wenigen Europäern mit absurd großen Koffern, Strohhüten und Sonnenschirmen. Ganz ähnlich sahen sie wohl auch aus, die Tatsache allerdings, dass ein schmutzstarrender Matrose eine in Weiß gekleidete Europäerin durch die Menge trug, erregte Aufmerksamkeit. Frauen blieben stehen und streckten die Hände aus, wie um ihr Segen zu spenden. Virginia lief neben ihr her und hielt ihren Sonnenschirm über sie, als fürchtete sie, die Sonne könnte Vanessa auf den wenigen Metern verbrennen.

Der Matrose bettete sie auf den Karren, neben Säcke, aus denen Gerüche aufstiegen, die Vanessas Übelkeit von Neuem anfachten. Aber sie war froh, liegen zu dürfen, und lächelte ihn dankbar an. Er nickte kurz und verschwand in der Menge.

Adrian lud ihr Gepäck auf den Karren, und Violet setzte sich neben sie, an einen der Säcke gelehnt. Schweißperlen hatten sich auf ihrer Stirn gebildet, und ihre Lippen waren blutleer.

»Das hatten wir uns anders vorgestellt«, sagte sie und lächelte schwach.

Vanessa nickte stumm. Sie griff nach Violets Hand und drückte sie. Langsam rumpelte der Karren durch die unebenen Straßen des Hafenviertels hinauf zum Hotel, das unweit der Hagia Sophia in einer kleinen Nebengasse lag. Es war heiß, und der Staub der Straße vermischte sich mit den strengen Gerüchen, die aus allen Ecken drangen. Sehen konnte Vanessa bis auf den blauen Himmel und Violets bleiches Gesicht kaum etwas. Aber sie hörte Stimmengewirr, fremdsprachige Laute, die wieder ganz anders klangen als das Griechische, Geschrei von Frauen und Kindern, Räder, die über unebenes Pflaster rollten, Hufgetrappel und immer wieder den Wagenbesitzer, der mit lauten Rufen sein Maultier antrieb. Um sie herum pulsierte dieses bunte und für sie völlig fremde Leben, aber all das perlte an ihr ab, versank im Nebel grenzenloser Erschöpfung.

Einen ganzen Tag würden sie in dieser Stadt verbringen, bevor sie am morgigen Abend endlich den Zug nach Paris besteigen konnten. Vanessa sehnte sich nach einem weichen Bett, das nicht rumpeln, ruckeln oder schlingern würde. Sie sehnte sich nach ihrem Zimmer am Gordon Square, der Kühle des Londoner Herbstes und nach dem vertrauten Ploppen der Bälle auf dem Tennisplatz des Squares am Sonntagvormittag.

Virginia beugte sich über den Rand des Karrens und blickte besorgt auf sie herab. »Wie geht es dir?«, fragte sie und wartete die Antwort gar nicht erst ab. »Wir haben es bald geschafft. Halte durch!«

Nie hätte Vanessa gedacht, dass sich ihre Rollen einmal so verkehren würden. Weder die anstrengende Anreise noch die wanzenverseuchten Hotelzimmer und nicht einmal die öligen fremden Speisen hatten Virginia etwas anhaben können. Das, was sich Vanessa von dieser Reise erhofft hatte, war für ihre Schwester eingetreten: Sie hatte ihr Londoner Leben für ein paar Wochen ganz und gar hinter sich gelassen und war mit jeder Faser ihres Körpers und ihres Geistes in die Fremde eingetaucht.

Sie selbst aber hatte das ungeklärte Problem mit Clive stets mit sich getragen, war bis in ihre fiebergeschüttelten Träume davon verfolgt worden. Wahrscheinlich hatte es einen guten Teil dazu beigetragen, dass sie krank geworden war. Und jetzt fühlte sie sich so elend, dass sie nicht wusste, ob sie ihn je wiedersehen würde.

19. Kapitel

Dover, 1. November 1906

England empfing sie mit Schneeregen und eisigem Nordwind. Und es war nicht Thoby, der sie wie vereinbart an der Fähre in Dover in Empfang nahm, sondern George. Als Virginia ihn sah, wusste sie sofort, dass etwas nicht stimmte. Es war nicht das freudlose Lächeln, mit dem er sie begrüßte und ihnen in seinen Einspänner half, auch nicht die unnötigen Peitschenhiebe, mit denen er das Pferd zur Eile antrieb – es war der Blick, den er Adrian zuwarf. Ein Blick von Mann zu Mann, schonungslos, ohne die geübte Unverbindlichkeit, mit denen Männer wie er unangenehme Wahrheiten vor der vermeintlich zarten Damenseele zu verbergen suchten.

Virginias Hochgefühl, endlich zu Hause angekommen zu sein, stürzte ins Bodenlose.

»Wo ist Thoby?«, fragte Vanessa, nachdem sie Violet in die Obhut ihres Bruders gegeben hatten. Der Freundin ging es mittlerweile so schlecht, dass Virginia ihrem Bruder Ozzy noch aus Paris ein Telegramm geschickt und ihn gebeten hatte, sich rechtzeitig um jemanden für ihre Pflege zu bemühen. Was ihr fehlte, wussten sie nicht.

»Er liegt im Bett«, sagte George und lenkte sein Pferd auf die Straße nach London, auf der reger Betrieb herrschte. Er schimpfte über ein Automobil, das unvermittelt vor ihnen zum Stehen gekommen war und die Straße blockierte.

»Was ist los? Was hat er?«, fragte Vanessa und wurde noch bleicher, als sie ohnehin schon war.

»Er kam krank zurück. Wie ihr«, sagte George und warf Vanessa einen strafenden Blick über die Schulter zu. Er war von Anfang an gegen diese Reise gewesen.

»Ich bin nicht krank«, sagte Virginia.

»O Wunder«, sagte Adrian.

Thoby lag bleich in seinen Kissen, aber über sein Gesicht huschte ein Lächeln, als sie sein Zimmer betraten.

»Thoby, was ist passiert? Was hast du?« Vanessa kniete an seinem Bett nieder und streichelte sein Gesicht, das noch vor zwei Wochen voller Lebensfreude und Energie geleuchtet hatte. Jetzt glühten seine Wangen im Fieber, und er schien deutlich an Gewicht verloren zu haben.

»Der Arzt sagt, es sei Malaria. Ärgerlich. Ich werde die Prüfungen nicht ablegen können.«

»Du Armer! Und dann warst du noch ganz allein. Hat Sophie dich wenigstens gut versorgt?«

»Ich war nicht allein. Clive war da.«

»Clive«, sagte Vanessa nur und strich über Thobys Laken. Ihre Hände wirkten unendlich schmal und zerbrechlich auf dem weißen Stoff.

»Du solltest dich hinlegen«, sagte Virginia, doch ihre Schwester schüttelte unwillig den Kopf.

»Mir geht es gut«, sagte sie, dabei sah sie aus, als würde sie jeden Moment in Ohnmacht fallen.

»Du legst dich jetzt hin«, kommandierte Virginia. »Wenn ihr wollt, dass ich das hier überlebe, hört ihr ausnahmsweise mal darauf, was ich sage!«

In den folgenden beiden Tagen ließ Virginia unterschiedliche Ärzte kommen und engagierte eine Krankenschwester. Sie kämpfte gegen Vanessas Unvernunft an, die ständig aufstehen und nach Thoby sehen wollte, obwohl der Arzt ihr strenge Bettruhe verordnet hatte. Virginia lernte Fieberkurven zu interpretieren und sandte Krankenberichte an Violet, die mit kurzen, aber aufmunternden Botschaften antwortete. Um sie solle sich Virginia keine Sorgen machen, schrieb sie. Die Tatsache jedoch, dass ihre Briefe in der krakeligen Schrift ihrer Krankenschwester verfasst waren, besorgte Virginia umso mehr.

Virginia hatte alle Hände voll damit zu tun, die ständigen Besucher abzuwimmeln, die ihr mit so gut gemeinten wie sinnlosen Ratschlägen zur Seite stehen wollten. Sie staunte, wie resolut sie in der Lage war, mit den Ärzten zu verhandeln, die beiden Kranken gegen ungebetene Besucher abzuschirmen und gemeinsam mit Sophie Diätpläne aufzustellen, deren Einhaltung sie strengstens überwachte. Nie zuvor in ihrem Leben hatte sie für das Wohlergehen ihrer Geschwister sorgen müssen – es war immer umgekehrt gewesen. Und so kräftezehrend es auch war, es machte sie stolz und auf eine fast perfide Weise glücklich, diese Rolle übernehmen zu können. Es war unwichtig, dass ihr zum Schreiben keine Zeit blieb, dass Rezensionen liegen blieben, die sie für den November angenommen hatte, dass ihr zum ersten Mal in ihrem Leben keine Zeit blieb, sich und die Prozesse in ihrem Inneren minutiös und sorgenvoll zu beobachten. Sie war gesund, und sie fühlte sich stark – ja, fast ein wenig heroisch.

Lieber Clive, schrieb Vanessa, *Sie haben vielleicht gehört, dass …* Sie schüttelte den Kopf und zerriss den Bogen. So konnte sie nicht beginnen, schließlich war es Clive selbst gewesen, der Thoby nach seiner Rückkehr ins Bett geschickt hatte. Sie musste anders beginnen.

Lieber Clive, ich möchte mich bei Ihnen entschuldigen. Ich fürchte, ich war sehr unfreundlich zu Ihnen, denn ich hätte …

Nein, mit einer Entschuldigung konnte sie auch nicht beginnen. Sie hatte seinen wiederholten Antrag abgewiesen und hatte ihre Gründe dafür. Er war Thobys bester Freund, und so war es selbstverständlich, dass er sich um ihn gekümmert hatte, als es nottat. Das eine hatte mit dem anderen nichts zu tun.

Sie sollte ihn einfach bitten zu kommen. Er war seit ihrer Rückkehr nicht mehr hier gewesen – vermutlich aus Respekt vor ihrer Entscheidung. Aber sie befanden sich in einer Notlage, und er war der einzige Mensch, dem sie zutraute, in einer solchen Situation einen klaren Kopf zu bewahren. Virginia schlug sich wacker, aber wie lange würde das gut gehen? Sie wussten doch alle, wie schwach Virginias Nervenkostüm war.

Einige Wochen absolute Ruhe hatten die Ärzte ihr verordnet. Keine Besucher, keine körperliche Anstrengung und keine nervliche Belastung. Ihr Hausarzt hatte zwar die Diagnose der Blinddarmreizung bestätigt, war aber außerdem der Meinung, dass sie sich in einem Zustand extremer Erschöpfung befand. Kein Wunder, wenn die Patientin bei der Untersuchung in Tränen ausbricht und etwas von »Ich kann nicht mehr« daherredet. Was war bloß in sie gefahren? Ein Moment der Schwäche, wie sie ihn sich unter normalen

Umständen niemals erlaubt hätte. Nun musste sie hier liegen und durfte nicht einmal zu Thoby hinunter, um nach ihm zu sehen. Und Virginia achtete natürlich genauso streng auf die Einhaltung ihrer Ruhekur, wie sie es getan hatte, als Virginia krank war. Was waren sie nur für eine schwächliche Sippe!

Vanessa warf auch den zweiten Entwurf fort und legte sich einen neuen Briefbogen zurecht. Diesmal schrieb sie zügig: *Lieber Clive, ich bin dazu verdammt, im Bett zu liegen, und darf außer meinen Geschwistern niemanden sehen, aber wenn Sie Thoby weiterhin besuchen wollen, wird meine Schwester Sie sicher nicht fortschicken. Wir sind sehr dankbar, dass Sie sich um ihn gekümmert haben, als er so krank von seiner Reise zurückgekehrt ist.*

Ob Clive aus diesen Worten würde herauslesen können, dass sie ihn um Hilfe bat? Sie setzte die Feder ab und blickte nachdenklich aus dem Fenster. Es war ein trüber, nebliger Tag. Er entsprach genau ihrer Verfassung und den unklaren Gefühlen, mit denen sie seit Wochen kämpfte. Sollte sie deutlicher werden?

Nach einigem Zögern schrieb sie weiter: *Ich glaube, es würde mir guttun, Sie in der Nähe zu wissen, auch wenn ich Sie selbst noch nicht empfangen kann.* Sie strich das *noch* mehrmals durch, so dass es nicht mehr lesbar war, und beendete ihren Brief mit den Worten: *Es ist furchtbar für mich, dass Thoby so krank ist und ich nicht zu ihm darf. Sie an meiner Stelle an seiner Seite zu wissen, würde mich trösten. Vanessa Stephen*

Sie bat Adrian, Clive den Brief zu bringen und Virginia nichts davon zu erzählen. Adrian bedachte sie nur mit einem kritischen Blick, sagte jedoch nichts.

Clive kam am nächsten Tag. Ihre Zimmertür stand offen, und als der sanfte melodische Klang der Türglocke ertönte, beschleunigte sich ihr Puls, als wüßte ihr Körper bereits, dass er es war. Er sprach leise mit Virginia, und Vanessa lauschte mit geschlossenen Augen, durchflutet von einem Gefühl der Dankbarkeit und Erleichterung, das sie selbst überraschte.

Wenig später kam Virginia in ihr Zimmer.

»Clive ist da. Er ist jetzt bei Thoby.« Sie setzte sich zu ihr ans Bett und befühlte fürsorglich ihre Stirn. Ihre neue Rolle schien ihr zu gefallen.

»Wie schön.«

»Hast du ihn gerufen?« Es klang nicht so argwöhnisch oder eifersüchtig, wie Vanessa erwartet hätte.

»Vielleicht«, antwortete sie. »Ich habe ihm geschrieben, dass Thoby sich freuen würde, wenn er käme.«

»Thoby?«, sagte Virginia, und ihre linke Augenbraue wanderte in die Höhe.

»Ich dachte, er sei auch für dich eine Unterstützung. Wir können jede Hilfe gebrauchen.« Warum hatte sie eigentlich das Gefühl, sich rechtfertigen zu müssen?

»Für mich ist es vollkommen in Ordnung, dass er hier ist. Auch wenn ich nicht glaube, dass er helfen kann.« Virginia stand auf, klopfte ihre Kissen auf und glättete die Bettlaken. Bevor sie wieder verschwand, sagte sie: »Und du darfst ihn ohnehin vorerst nicht sehen.«

Nach einer Woche fühlte sich Vanessa viel besser. Sie konnte aufstehen und ihren Tee im Salon einnehmen, ohne dass ihr vor Schwäche die Knie zitterten. Und sie durfte einmal am Tag nach Thoby sehen. Der Arzt war der Meinung, dass er sich gut mache und das Schlimmste überstanden sei. Leider hatten sie inzwischen alle wenig Vertrauen in die Zunft – aber was blieb ihnen anderes übrig, als die Anweisungen der Ärzte zu befolgen und zuversichtlich zu bleiben?

Am Dienstag nach ihrer Rückkehr saß Vanessa nach einem Lunch aus gedünsteten Karotten und magerem Fleisch im Salon am Fenster, warm in eine Decke gehüllt, und genoss es, einfach nur aus dem Fenster zu blicken. In der Nacht hatte es geschneit, inzwischen war der Himmel jedoch wieder blau, und die Bäume des Squares erstrahlten weiß überzuckert. Sie hatte kurz mit Thoby gesprochen, der zwar immer noch sehr schwach, aber fieberfrei war und ihr von der Schönheit Euböas erzählte. »Griechenland«, sagte er mit leuchtenden Augen, »war das Allerbeste, was mir in meinem Leben passiert ist!«

Vanessa konnte nur müde lächeln. Ihr blieb Griechenland als verworrene Abfolge endloser Zug- und Schiffsreisen, Krankenlager, schweißtreibender Besichtigungen und gleißender Sonne, die in den Augen schmerzte, in Erinnerung. Das Ganze überlagert von Zweifeln, ob sie in Bezug auf Clive richtig gehandelt hatte. »Zum Glück empfindest du es so«, sagte sie. »Stell dir vor, du würdest so krank von einer Reise zurückkehren, die einfach nur schrecklich war.«

»Die Überfahrt von Calais nach Dover war so unruhig, und mir war so elend, dass ich glaubte, sie nicht zu überleben«, fuhr Thoby mit seiner vom Fieber noch heiseren Stimme fort. »Und weißt du, was ich die ganze Zeit gedacht habe?«

»Sag es mir.«

»Dass ich sogar bereit wäre zu sterben. Dass all das, was ich in Griechenland erleben durfte, mehr als wert wäre, dafür zu sterben.«

»Sag so etwas nicht!«, sagte Vanessa erschrocken und griff nach Thobys Hand. »Keine Reise der Welt ist es wert, mit sechsundzwanzig Jahren zu sterben.«

Thoby hatte nur versonnen vor sich hin gelächelt.

Die Türglocke ging zum wiederholten Mal an diesem Tag. Virginia hatte sich in ihr Zimmer zurückgezogen. Vanessa erhob sich und trat hinaus auf den Flur, um zu sehen, wer da kam. Es war Clive. Er sprach leise mit der Magd, dann blickte er plötzlich zu ihr. Sie wich zurück, aber er hatte sie schon gesehen. Ein kurzes Zögern, ein Lächeln, dann verneigte er sich tief, als huldigte er einer Königin. Sie spürte, wie ihr Herz einen Satz voran machte oder zurück, je nachdem. Auf jeden Fall veränderte seine Anwesenheit die Atmosphäre im Haus. Die Ruhe und innere Gelassenheit, die sie eben noch beim Anblick der verschneiten Bäume empfunden hatte, wich einer zittrigen Nervosität, die mit einem merkwürdigen Gefühl der Schwäche einherging. Sie musste sich sofort wieder hinlegen. Kurz hob sie die Hand zum Gruß und stieg, so schnell sie konnte, hinauf in ihr Zimmer. Die Tür jedoch ließ sie offen stehen und lauschte mit geschlossenen Augen den Vorgängen im Erdgeschoss. Schritte waren zu hören, Clives Stimme, eine Tür, die sich schloss. Er war da und saß nun bei Thoby, würde ihn zum Lachen bringen und ihn nach seinen Wünschen fragen. Er würde ihm vielleicht etwas vorlesen und ihn ermahnen, genug zu trinken. Bei den geringsten Anzeichen von Müdigkeit würde er sich verabschieden und leise das Haus verlassen. Vielleicht würde er noch einmal nach oben schauen, dorthin, wo sie gestanden hatte. Ein bleiches Wesen im Morgenmantel, dünn und zittrig, die Haare nur notdürftig hochgesteckt. Ein Schatten.

Hätte sie seinen Antrag nicht abgelehnt, säße er in diesem Moment bei ihr, hielte ihre Hand und spräche ihr aufmunternde Worte zu. Aber nein, sie läge ja gar nicht hier, wenn sie ihm ihr Jawort gegeben hätte! Dann wäre sie mit ihm verreist an einen Ort, den er bestimmt hätte. Vermutlich in sein Elternhaus nach Wiltshire. Sie würde mit ihm durch schottische Hochwälder reiten oder Tee mit seiner Mutter trinken, während er auf der Jagd nach Rebhühnern das Land durchstreifte, das ihm eines Tages gehören würde. Und nachts würde sie mit ihm das Bett teilen und sein Schnarchen ertragen müssen. Wäre es so? Oder ganz anders? Würden sie nach Paris reisen, die Museen durchstreifen und in den Cafés am Montmartre sitzen, gemeinsam mit Rodin, Matisse, Signac und anderen aufstrebenden Künstlern? Wäre sie am Ende mit ihm glücklicher, als sie es bisher gewesen war, da er in ihr all jenes wach küssen konnte, was versteckt lag, irgendwo unter dem Pflichtgefühl?

Unwillig warf Vanessa die Bettdecke zurück. Wohin wanderten ihre Gedanken da? Wie konnte ein kurzes, nur wenige Sekunden währendes, Zusammentreffen mit diesem Mann sie so sehr aufwühlen? Nicht einmal ein Wort hatten sie miteinander gewechselt!

Sie durfte ihn nicht wiedersehen. Sobald Thoby gesund war und sie wieder kräftig genug, um sich um den Haushalt zu kümmern, würde sie Clive bitten, nicht mehr zu kommen. Thoby würde das verstehen. Und für Clive wäre es auch besser. Er musste sie vergessen und eine Frau finden, die zu ihm passte. Oder nein – eine Frau, die in die Ehe mit ihm passte.

Entschlossen griff sie zu Papier und Feder, die neben ihr auf dem Nachttisch bereitlagen, und schrieb einen langen Brief. Danach fühlte sie sich besser.

Doch mit Thoby wurde es nicht besser. Es wurde schlimmer. Zehn Tage nach der Rückkehr seiner Geschwister bekam er Durchfall, und mit den übel riechenden, nur noch flüssigen Ausscheidungen, die in den eiligst besorgten Bettpfannen landeten, wichen auch die letzten Kräfte aus seinem Körper. Das edle, schöne Gesicht fiel in sich zusammen, bis die aschfahle Haut sich nur noch pergamentdünn über die Wangenknochen und das spitzkantige Kinn spannte. Die einst lebhaften, klugen Augen saßen grau und erloschen in den Augenhöhlen.

Wieder wurden Ärzte herbeigerufen, die ihn abtasteten, die seine Ausscheidungen begutachteten und die erneut ansteigende Fieberkurve analysierten. Und schließlich kamen sie überein, dass es nicht Malaria sei. Es war Typhus.

Virginia hatte ein paar Worte an Violet schreiben wollen. Eine kurze Nachricht nur, um sie in Kenntnis zu setzen. Schon gestern und vorgestern war Virginia nicht zu ihrem täglichen Brief an die Freundin gekommen, ebenso wie von

Violet kein Brief eingetroffen war. Ob es auch bei ihr Typhus war, an dem sie litt?

Virginia starrte auf das leere Blatt, und wie von selbst schrieb ihre Feder die altgriechischen Buchstaben: τύφος.

Wie passend, dass die Bezeichnung für die Krankheit aus dem Griechischen stammte. Wörtlich übersetzt war es der *Nebel.* Genauso fühlte sie sich. Umnebelt. Die Worte, mit denen sie die wenigen Fakten an Violet hätte übermitteln wollen, verschwanden hinter den Dunstschwaden der Fassungslosigkeit. Er war doch auf dem Weg der Besserung gewesen. Und nun lag er da in seinen eigenen Ausscheidungen, ausgeliefert dem Stümpertum der Ärzte, die ein weiteres Mal mit ihren falschen Diagnosen eines ihrer Geschwister in Lebensgefahr gebracht hatten. Verdacht auf Darmperforierung, sagten sie. Sofort operieren! Virginia versuchte sich zu erinnern, was genau der Arzt gesagt hatte, aber auch diese Worte waren verschwunden. Der typhoide Nebel tauchte alles in eine stumpfe Empfindungslosigkeit, die all ihre Sinne erfasst hatte.

Vanessa hatte einen Schwächeanfall erlitten. Sie lag nun in ihrem Zimmer, gnadenvoll betäubt von irgendeinem Mittel aus dem schwarzen Koffer eines der Stümper. Adrian war erstaunlich ruhig geblieben. Aber vielleicht war auch er nur betäubt.

Warum hatte sie Violet schreiben wollen? Die Freundin konnte ihr nicht beistehen. Zum ersten Mal konnte Virginia sie nicht um Hilfe bitten. War auch Violets Leben bedroht?

Virginia beobachtete ihre Hand, die das Blatt mit den fatalen Zeichen zerknüllte und in den Papierkorb warf. Es war, als wäre es nicht die eigene, sondern eine fremde. Und diese fremde Hand war es, die nach einem neuen Bogen Papier griff und wenige Worte schrieb:

Lieber Mister Bell,
Thoby hat Typhus. Es ist ernst. Wir brauchen Ihre Hilfe. Bitte kommen Sie.
Ihre Virginia Stephen

20. Kapitel

Vanessas Briefe lagen noch immer auf Clives Schreibtisch. Erst vor wenigen Tagen hatte sie ihn gebeten zu kommen. Nun bat sie ihn, London für eine längere Zeit zu verlassen und sich etwas zu suchen, das ihn von ihr ablenken würde. Über mehrere Seiten hinweg versuchte sie, ihm zu erklären, dass sein Drängen nicht schuld an ihrer Krankheit war – und sagte doch etwas völlig anderes. Clive hatte den zweiten Brief nun schon mehrere Male gelesen und wurde einfach nicht schlau aus ihren vielen Worten. Sie wollte ihn gern sehen, als Freund, aber dann auch wieder nicht, weil das egoistisch wäre. Also solle er besser ganz aus ihrem Leben verschwinden – aber wie sollte er? Sein bester Freund lag schwer krank darnieder, und auch wenn Virginia behauptete, die Ärzte sähen ihn auf dem Weg der Besserung, hatte er dennoch ein ungutes Gefühl. Er sah doch, dass sie alle heillos überfordert mit der Situation waren. Virginia lief kopflos durch das Haus, Adrian war in eine Art stoische Starre verfallen, und Vanessa … Er spürte ein schmerzhaftes Ziehen in der Brust, wenn er daran dachte, wie bleich und abgemagert sie ausgesehen hatte.

Es war bereits spät am Nachmittag, und er hatte sich mit Saxon verabredet, um am Abend ins Theater zu gehen. Der Freund war sehr besorgt und wollte über Thobys Gesundheitszustand auf dem Laufenden gehalten werden, blieb aber selbst im Hintergrund – wie auch Lytton, Desmond und Maynard. Sie alle waren kluge Burschen, dem hässlichen Gesicht der Krankheit hielten ihre zarten Seelen jedoch nicht stand.

Er musste sich beeilen, weil er noch zu dem Schreibwarengeschäft auf der Strand wollte, um für Thoby eine dieser großen Landkarten von Griechenland zu kaufen, die er gestern im Vorbeigehen gesehen hatte. Es herrschte ein eisiger Wind, und er musste seinen Hut festhalten, damit er nicht davonflog. Er zog seinen Mantelkragen bis weit über die Ohren und stapfte durch den nassen Schnee, der am Nachmittag gefallen war. Beinah rempelte er eine junge Frau an, die ihm entgegengeeilt kam. Er lüpfte entschuldigend den Hut und marschierte weiter.

»Mister Bell, sind Sie das?«

Die Stimme kannte er. Er blieb stehen und wandte sich zu ihr um. Es war Maud, die Magd der Stephens.

»Ich soll Ihnen das hier von Miss Stephen geben.«

Sie drückte ihm einen mehrfach gefalteten Zettel in die Hand und blieb abwartend stehen.

Was zum Teufel … schon wieder ein Brief von Vanessa? Er dankte ihr und steckte den Zettel in die Manteltasche. Er musste in Ruhe lesen, nicht hier auf der Straße.

»Was darf ich Miss Virginia ausrichten?«, fragte die Magd.

Miss Virginia? Clive stutzte, zog den Zettel wieder hervor und las ihn. Ohne eine Sekunde zu zögern, rannte er los.

»Sie wollen ihn morgen operieren. Aber ist es das Richtige? Warum wollen sie ihn operieren, Mister Bell? Vanessa schläft gerade, aber ich sollte vielleicht hinaufgehen und ihr sagen, dass Sie …«

Virginias Hände flogen durch die Luft wie aufgescheuchte

Vögel, und sie atmete hektisch wie nach einem endlosen Treppenlauf. Er hatte das unziemliche Bedürfnis, sie in den Arm zu nehmen oder zumindest ihre Hände festzuhalten.

»Nein, wecken Sie sie nicht. Bleibt die Krankenschwester über Nacht?«

»Sie war die letzten beiden Nächte bei ihm, aber eben sind ihr die Augen zugefallen, und ich habe sie schlafen geschickt. Sie hat mir erklärt, wie mit der Bettpfanne …«

»Ist schon gut. Ich mache das. Bringen Sie mir einen großen Kessel heißes Wasser und ein paar Tücher. Ich bleibe über Nacht bei ihm.«

»Gut. Ja … Danke! Ich lasse das Gästezimmer … Vielleicht könnte Adrian Ihnen … Verflixt, Adrian, wo ist er eigentlich?«

Clive zog Mantel und Sakko aus und krempelte seine Ärmel hoch. Er hatte keine Ahnung, wie mit einer Bettpfanne umzugehen war, aber er würde es schaffen. »Ruhig bleiben, Miss Virginia. Ich bin da. Es wird gut.«

Sie sah ihn an und nickte, aber in ihren weit aufgerissenen Augen stand die blanke Angst.

Die ganze Nacht wich er nicht von Thobys Seite. Er verabreichte ihm löffelweise Wasser und kühlte ihm mit feuchten Tüchern die glühende Stirn. Die Bettpfanne kam glücklicherweise nicht zum Einsatz, doch das Fieber stieg und stieg, und der Freund schien schreckliche Schmerzen zu leiden. Um Mitternacht kam Virginia und wollte ihn ablösen, aber er schickte sie zurück ins Bett. Gegen Morgen sank das Fieber etwas, und Thoby wurde ruhiger. Er war völlig verschwitzt, und Clive half ihm, das Hemd zu wechseln.

»Danke, mein Freund«, flüsterte Thoby, als er in seine Kissen zurücksank. »Wer hätte gedacht, dass du dich zum Krankenpfleger eignest.«

»Ich eigne mich nicht. Ich bemühe mich nur.«

Thoby lag mit geschlossenen Augen da, und fast schien es, als lächelte er, was jedoch auch der Lichtschein der Nachtlampe sein mochte, die einen Schatten auf sein hageres Gesicht warf. Clive wurden die Lider schwer, und gerade als er einnicken wollte, murmelte Thoby etwas, zu leise, um es zu verstehen. Clive beugte sich vor. »Was sagst du?«

Thoby griff nach seiner Hand. »Du musst dich weiter um Vanessa bemühen.« Er konnte kaum sprechen.

»Schlaf jetzt, Thoby. Schone dich.«

»Versprich es mir.« Seine Hand drückte fester, und es kostete ihn sichtlich Kraft, die Augen zu öffnen und Clive anzusehen. Sein Blick kam wie aus weiter Ferne. »Wenn ich die Operation nicht überlebe, musst du für sie da sein.«

»Natürlich wirst du die Operation überleben. Du wirst gesund werden.«

»Versprich es mir«, wiederholte Thoby. Er atmete angestrengt, aber seine Hand umklammerte unverändert fest die Clives.

»Ich verspreche es«, sagte dieser. Und dann noch einmal, mit mehr Nachdruck: »Ich verspreche es, mein Freund.«

Vanessa schlief fast zwei Tage und Nächte am Stück. Als sie erwachte, glaubte sie im ersten Moment, sie läge auf einer Liege im Bauch des Dampfschiffes auf dem Ägäischen Meer.

Es war noch dunkel, und ihr Bett schien zu schwanken, wie auch der Fußboden und das ganze Zimmer. Es dauerte eine Weile, bis sie sich traute aufzustehen, um das Licht einzuschalten. Erst mit der Helligkeit im Raum kam die Erinnerung an das Grauen zurück, das sich mitten in ihrer Familie breitgemacht hatte, schon wieder.

Was hatte ihr dieser Arzt bloß verabreicht? Ihr Körper fühlte sich an, als wären die Knochen aufgeweicht und könnten Organe und Haut gerade so davor bewahren, zu Brei zu zerfließen.

Sie wankte zurück zum Bett. Sie müsste sich ankleiden, nach Thoby sehen, sich vergewissern, dass sie alles nur geträumt hatte. Aber sie konnte nicht. Der Boden hatte keine Festigkeit mehr, in ihrem Kopf drehte sich alles.

Hatte dieser Arzt wirklich gesagt, Thoby müsse schnellstens operiert werden? Typhus. Fortgeschrittenes Stadium. Fortgeschritten, warum? Weil die Ärzte es wieder einmal nicht rechtzeitig erkannt hatten. Wie damals bei Stella. Welcher Fluch lag über den Stephens, dass sich dieselbe Geschichte wiederholte, immer wieder von Neuem?

Sie musste aufstehen. Sie konnte Virginia nicht mit all dem allein lassen. Musste darüber wachen, dass nicht noch mehr Fehler gemacht wurden. Das alles wäre nicht passiert, wenn sie bei Verstand und Gesundheit gewesen wäre, als sie aus Griechenland zurückgekehrt waren. Es wurde Zeit, die Zügel wieder in die Hand zu nehmen.

Doch es war jemand anders, der die Zügel aufgenommen hatte. Als Vanessa die Treppe hinunterkam – langsam und tastend, weil der Boden unter ihren Füßen noch immer nicht stabil schien –, trat Clive aus Thobys Bibliothek. Er trug weder Sakko noch Krawatte wie sonst, wenn er zu Besuch kam, und die Ärmel seines Hemdes waren bis zu den Ellbogen hochgekrempelt.

Als er sie sah, streckte er die Hand aus, als müsste er ein Pferd zur Ruhe bringen, das vor einer Gefahr scheute.

Doch Vanessa verstand in diesem Augenblick, dass all die Dinge, die sie noch vor Tagen als Last empfunden und mit ihrem verzweifelten Brief von sich gestoßen hatte, nichts als dumme Befindlichkeiten waren. Sie war so froh, ihn zu sehen, dass sie ihm beinah um den Hals gefallen wäre.

»Clive! Sie sind da, Gott sei Dank!«

Er kam auf sie zu und half ihr die letzten beiden Treppenstufen hinab. »Sie sollten in Ihrem Bett bleiben«, sagte er streng, aber in seinen Augen war ein Lächeln, wenn auch ein sehr müdes.

»Sie sind schon so früh aufgestanden, um nach Thoby zu sehen?«

»Ich bin bereits seit vorgestern Abend hier.«

»Habe ich so lange geschlafen?« Ihr fuhr der Schreck in die Glieder, und ihre ohnehin zittrigen Knie gaben nach. Sie musste sich auf die Treppenstufe setzen.

»Orpheus hat offenbar Gefallen an Ihnen gefunden«, sagte Clive und ließ sich mit einem erschöpften Seufzer neben ihr nieder.

»Dann ist Thoby bereits operiert?«

»Ja, er wurde operiert. Gestern früh.«

»Und? Wie geht es ihm? Ich muss …« Sie wollte sich am Geländer hochziehen, aber Clive hielt sie fest.

»Warten Sie. Er schläft jetzt. Legen Sie sich besser selbst

noch etwas hin, Sie sind bleicher als die Wände in diesem Haus.«

Vanessa ließ sich wieder neben ihn sinken. Tatsächlich hatte sie schon der Weg aus ihrem Zimmer bis hierher ermüdet. »Warum sind Sie hier?«, fragte sie, ohne ihn anzusehen.

»Miss Virginia hat mich um Hilfe gebeten.« Er krempelte seine Ärmel hinunter. Er hatte kräftige Unterarme und Hände, was ihr noch nie aufgefallen war. »Ich hoffe, meine Anwesenheit ist nicht allzu belastend für Sie?«, fragte er.

»Nein, nein! Ich … Es tut mir leid. Mein Brief. Ich war … Es war dumm von mir, Sie in dieser Situation … Es ist schwierig, ich …«

»Schsch«, machte er. »Sie brauchen nichts zu erklären. Wir werden tun, was getan werden muss. Für Thoby.«

»Ja«, sagte Vanessa und sah ihn dankbar an. »Für Thoby.«

Es sah nicht gut aus. Eine Entzündung hatte sich in Thobys Eingeweiden festgesetzt und seinen Darm durchlöchert. Dem konnte auch die Operation nichts mehr entgegensetzen. Bereits während des Eingriffs war dem operierenden Arzt klar geworden, dass der Patient nicht überleben würde. Die Frage war nur noch, wie lange sein Körper dem Unausweichlichen würde Widerstand leisten können.

Es war Thobys Wunsch, inmitten seiner Bücher zu sterben, und so ließ Virginia ihm ein Bett in der Bibliothek aufstellen, wo sie, Adrian und Clive abwechselnd Wache hielten und dem Tod dabei zusahen, wie er sein vernichtendes Werk an diesem viel zu jungen Körper vollendete.

Vanessa durfte zu ihm, wann immer sie wollte, aber Virginia und auch Clive schirmten sie ansonsten gegenüber allem ab, was sie unnötig hätte ermüden können – Besucher, Gespräche mit dem Arzt oder der Krankenschwester, die nun rund um die Uhr im Hause war.

Der langjährige Hausarzt der Familie, Doktor Seton, verabreichte Thoby große Dosen Morphium, die ihm die Schmerzen nahmen, ihn jedoch in einen Dämmerzustand versetzten, aus dem er nur selten und für kurze Zeit erwachte. In diesen kurzen Momenten der Klarheit sprach er seinen Geschwistern Mut zu und zeigte sich als das, was er für sie alle immer gewesen war: ein Held.

Clive hatte schließlich doch noch die Griechenlandkarte erstanden, die nun direkt gegenüber Thobys Bett an der Wand hing. Virginia las ihm seine Lieblingsstellen aus Miltons *Das verlorene Paradies* vor, und Adrian rezitierte Keats' *Ode auf eine griechische Urne.*

Virginia bestand darauf, dass niemand außer ihnen zu ihm gelassen werden solle. Weder George noch Tante Minna noch die tränenseligen Cousinen durften die Schwelle zu seinem Krankenlager übertreten. Sie hatte noch allzu gut die dramatischen Szenen in Erinnerung, die sich am Sterbebett ihres Vaters abgespielt hatten. Ein solches Schauspiel war ihres Bruders unwürdig, befand sie.

Und so sahen sie alle dem Unvermeidlichen mit großer Tapferkeit entgegen.

Am frühen Morgen des dritten Tages nach der Operation erwachte Vanessa mit dem sicheren Gefühl, dass die Stunde des Todes unmittelbar bevorstand. Sie fuhr hoch und griff sofort nach ihrem Morgenmantel. Im Haus war alles still, aber sie konnte nicht mehr im Bett bleiben.

Sie hatte erstaunlich gut geschlafen und fühlte sich so kräftig wie lange nicht. Am Abend zuvor war Virginia zu ihr ins Bett gekommen, und sie hatten eng umschlungen beieinandergelegen.

»Ich bin so froh, dass Mister Bell da ist. Er hilft wirklich sehr«, hatte Virginia gesagt.

»Ja. Er ist eine große Stütze.«

»Wirst du ihn eines Tages heiraten?«

Vanessa konnte spüren, wie sich Virginias Körper verspannte. »Warum fragst du das?« Sie rückte ein klein wenig von der Schwester ab und versuchte, ihren Gesichtsausdruck in der Dunkelheit zu erkennen.

»Ich denke, du wirst ihn heiraten.« Virginia rieb sich über die Augen, als müsste sie Tränen fortwischen. Aber es blieb ein stummes Weinen.

»Ich weiß nicht, wie du jetzt über so etwas nachdenken kannst«, hatte Vanessa gesagt und die Schwester fest an sich gedrückt. »Und wenn es so sein sollte, dann nicht sehr bald.«

Es war kalt im Flur. Im Speisezimmer hatte die Magd bereits den Frühstückstisch gedeckt und ein Feuer im Kamin gemacht, aber noch schien niemand aufgestanden zu sein. Vanessa trank hastig ein paar Schluck Wasser, das in einem Krug auf dem Tisch bereitstand, und ging weiter hinunter ins Erdgeschoss. Die Tür zu Thobys Zimmer stand offen, und die Krankenschwester beugte sich gerade in diesem Moment über ihren Bruder und schob mehrere Kissen in seinen Rücken, damit er höher liegen konnte. Er war also wach. Adrian saß in Thobys Sessel und schlief. Vanessa weckte ihn und flüsterte: »Geh ins Bett, ich bin jetzt bei ihm.«

Adrian wollte protestieren, aber sie legte einen Finger auf die Lippen und bedeutete ihm mit einer Kopfbewegung, zu tun, was sie gesagt hatte. Er gehorchte.

Als sie sich zu Thoby umdrehte, lag er mit offenen Augen da und blickte an die Decke.

»Vanessa«, flüsterte er und wandte ihr langsam den Kopf zu. Selbst diese kleine Bewegung schien ihn große Kraft zu kosten.

Sie bedeutete auch der Krankenschwester, dass sie mit Thoby allein gelassen werden wollte, und setzte sich an sein Bett.

»Hast du Schmerzen?«, fragte sie, doch er reagierte nicht auf ihre Worte. Sein Hörsinn hatte in den letzten Tagen stark nachgelassen, offenbar war er mittlerweile vollständig taub. Auch seine Augen waren wieder geschlossen, und so blieb ihr nur, ihm die Haare aus der Stirn zu streichen und seine Hand zu ergreifen.

»Ich bin gesegnet«, sagte er plötzlich. »Solche Geschwister zu haben. Und Freunde.«

»Wir sind an deiner Seite«, sagte Vanessa.

»Ohne dich …« Er atmete angestrengt. »Ohne dich hätten wir dieses Haus nicht. Die letzten beiden Jahre … Es war die schönste Zeit meines Lebens.«

Die Worte kamen stoßweise, und sie musste dem Impuls

widerstehen, ihm die Finger auf die Lippen zu legen, um ihm die Mühsal des Sprechens zu ersparen.

Wieder öffnete er die Augen, aber er sah nicht sie an, sondern an ihr vorbei zur Tür. Sie wandte sich um. Dort stand Clive, der sich zurückziehen wollte, als sie ihn erblickte. Sie schüttelte unmerklich den Kopf. So blieb er stehen, die Hände im Rücken verschränkt wie ein geduldiger Torwächter.

»Du solltest ihn heiraten«, flüsterte Thoby. Dann schloss er die Augen, und Vanessa küsste ihn auf die Stirn. Sie hörte, wie Clive leise neben sie trat. Er legte ihr die Hand auf die Schulter, sagte jedoch nichts. Erst als die Krankenschwester zurückkehrte, verließen sie gemeinsam den Raum, und Vanessa ließ zu, dass Clive sie lange und fest in den Arm nahm.

Kurz darauf fiel Thoby erneut in ein Delirium, aus dem er nicht mehr erwachte. Er starb noch am selben Tag.

21. Kapitel

Trotz der Kälte, die draußen herrschte, hatte Virginia das Fenster geöffnet. Der Vorhang bauschte sich ins Zimmer, und mit der kühlen Luft wehten die Geräusche der Straße herein. Das musste ein Vierspänner sein, der da gerade vorbeirollte. Sie waren selten geworden, denn die meisten Familien, die sich früher so große Gespanne hatten leisten können, besaßen nun Automobile. Da kam eins herangeknattert und überlagerte mit seinem aufdringlichen Motorengeräusch das Klirren des Pferdegeschirrs und das Hufgetrappel auf dem Pflaster.

Es tat gut, die kalte Luft im Gesicht zu spüren. Die Stadt zu hören, die lebendig war, als wäre alles wie immer. Das Klappern der Töpfe und Kessel, das aus den Untergeschossen der umliegenden Häuser drang. Sophie würde eine Suppe für das Dinner bereiten, damit sie etwas Warmes zu sich nahmen vor dieser kalten, einsamen Nacht. Der ersten ohne ihren Bruder.

Es sind die dunklen Tage, die Raum für Licht geben.

Sie wollte kein Licht. Die Dunkelheit war so viel gnädiger als das Licht. Sie konnte sich in ihren Winkeln verstecken und warten, bis die Wirklichkeit ihre scharfen Kanten verlor. Harsche Tatsachen ließen sich in düstere Ecken schieben, an die nie jemand rührte.

Sie musste Violet schreiben. Sicher wartete die Freundin auf Nachricht. Sie selbst mache sich gut, hatte Violet in ihrem letzten Brief geschrieben. Eine langwierige Krankheit, aber mit der richtigen Pflege zu überwinden. Natürlich war es Typhus. Violet hatte es längst gewusst, sie jedoch nicht beunruhigen wollen. Noch so eine düstere Ecke.

Die richtige Pflege. Kein guter Gedanke.

Virginia erhob sich von ihrem Bett und ging hinüber in ihren kleinen Salon, wo das Feuer im Kamin brannte. Sie zündete nur eine Kerze an, um ihren Brief zu schreiben. Die Buchstaben tanzten im flackernden Schein. Totes – Papier, Tinte und Feder – erwachte zu neuem Leben. Sie musste gar nicht viel tun, nicht nachdenken, ihre Hand schrieb wie von allein, reihte Wort an Wort und ließ Sätze zu einer Geschichte verschmelzen, die hätte sein *können*, an diesem Tag.

Es sei langwierig, schrieb sie, aber es gehe aufwärts mit ihrem Patienten. Kein Grund zur Besorgnis. Sie berichtete von Rezensionen, die sie geschrieben hatte, und Geschichten, die sie vielleicht einmal schreiben würde. Morgen würden Thoby und Vanessa auf die Waage gestellt, um zu kontrollieren, ob sie an Gewicht zunahmen.

Wie unbedeutend, so dachte sie, war doch diese feine Linie, die Erdachtes von der Realität trennte. Wie gnadenvoll die Wahrheit, die sich durch Worte erschaffen ließ – gnadenvoller noch als die Dunkelheit. Vielleicht war es diese Art von Licht, die sich hinter dem Satz ihrer Mutter verbarg, den sie als einzige klare Erinnerung an sie im Sinn behalten hatte.

Virginia faltete den Brief, steckte ihn in einen Umschlag und legte ihn im Erdgeschoss auf das silberne Tablett, auf dem die ausgehende Post gesammelt wurde. Auch Vanessa hatte einen Brief geschrieben, an ihre Freundin Margery

Snowden. Ganz sicher berichtete sie darin eine ganz andere Geschichte, aber Vanessa war schon immer unfähig zum Lügen gewesen. War es eine Lüge? Gewiss, aber für Virginia fühlte es sich an wie ein wohltuendes Pflaster auf einer frisch aufgebrochenen alten Wunde.

Die nächsten beiden Tage waren konturlos. Traumlose Nächte gingen in unwirkliche Tage über, durch die Virginia sich tastete wie eine Wanderin im Nebel. Von Zeit zu Zeit lösten sich Umrisse aus diesem Nebel, wurden zu altbekannten Gesichtern – George und Margaret, Gerald, Kitty, die Tanten und Cousinen, langjährige Freunde, die entgegen den Gepflogenheiten schnell wieder verabschiedet wurden. Keine Teegesellschaft für Trauergäste, keine Tränen von Menschen, die ihren Bruder seit Jahren nicht gesehen hatten. Weder sie noch Vanessa ließen rührselige Szenen an Thobys Totenlager zu; die Tür zur Bibliothek, hinter der sein Körper für die Bestattung vorbereitet wurde, blieb – zur Empörung der Ausgeschlossenen – versperrt.

Nicht jedoch für Thobys Freunde. Lytton Strachey, Saxon Sydney-Turner, Desmond McCarthy und Maynard Keynes tauchten am Tag nach Thobys Tod am Gordon Square auf, ernst, schweigsam und fassungslos. Sie versammelten sich im Salon, nahmen wortlos ihre Stammplätze ein, als wäre es ein gewöhnlicher Donnerstagabend und Thobys Abwesenheit nicht mehr als ein vorübergehender Zustand. Niemand fragte, was nun aus ihnen – Virginia, Vanessa und Adrian – werden solle, ohne den älteren Bruder. Wenn einer von ihnen sprach, dann hörten die anderen ihm zu, ernst, aber gefasst, ohne jene Tränenseligkeit, die das Sterben im Hause Stephen in der Vergangenheit stets begleitet hatte. Der Salon wurde zum Kokon, in dem Thobys Freunde sich um Virginia und ihre Geschwister scharten und allein durch ihr Dasein der Endgültigkeit seines Todes ihren Schrecken nahmen. Ihr Bruder hatte diese jungen Männer in ihr Leben gebracht, und die Tatsache, dass sie blieben, obwohl er selbst gegangen war, gab Virginia Halt. Wie beruhigende Leuchttürme ragten sie aus dem konturlosen Nebel, durch den sie sich und ihre beiden Geschwister navigieren musste, denn – so dachte sie – weder Vanessa noch Adrian waren in der Lage, die notwendigen Entscheidungen zu treffen, die mit dem Tod eines Familienangehörigen verbunden waren.

Vanessa verließ nur selten ihr Zimmer. Es war nicht ihre Art, den eigenen Schmerz zu zeigen – selbst Virginia gegenüber nicht. Diese wusste darum und unterließ es, Vanessa in ihrem Zimmer aufzusuchen – so sehr sie selbst die Nähe zu ihrer Schwester gebraucht hätte. Trost fand sie in ihren Briefen an Violet, der sie von der steten Genesung Thobys berichtete. Sie redete sich ein, dies zum Schutz der Freundin tun zu müssen. Wie könnte sie ihr die schreckliche Wahrheit erzählen, wo Violet doch selbst noch so von der Krankheit geschwächt war? Im Grunde ihres Herzens jedoch wusste sie, dass diese Briefe nicht mehr als ein hilfloser Versuch waren, ihren Bruder noch ein wenig am Leben zu halten, wenn auch nur in ihrer Phantasie. Sie zählte auf, was Thoby gegessen hatte und welche Bücher er sich ans Bett bringen ließ. Er wolle endlich wieder mit Mister Bell ausreiten, und plane, im nächsten Frühjahr zu verreisen. *Sein Herz*, so schrieb sie, *ist stark genug, um die Arbeit zweier Männer zu verrichten, und sein Hirn so klug wie das kaum eines anderen jungen Mannes. Das hat mir der Arzt heute genau so gesagt.*

Thoby wurde in kleinstem Kreis bestattet. Virginia lud nur Thobys Freunde, Gerald und George mit seiner Frau ein, und nicht einmal George hatte etwas dagegen einzuwenden – was vermutlich daran lag, dass Lady Margaret guter Hoffnung war und ohnehin wenig Aufregung vertrug.

Nach der Zeremonie zog sich Virginia in ihren kleinen Salon zurück und schrieb drei Briefe an Violet. Als sie danach zum Tee hinuntergehen wollte, sah sie, wie gegenüber Clive in Vanessas Zimmer trat und die Tür hinter sich zuzog. Sie hatte nicht bemerkt, dass er im Haus war, was jedoch oft der Fall war. Dass er aber Vanessa in ihrem Zimmer aufsuchte – das war neu. Virginia widerstand der Versuchung, ihm zu folgen, und ging zurück an ihren Schreibtisch, die Tür zum Flur einen Spalt offen. Lange Zeit passierte nichts. Sie versuchte, ihre Antwort auf Henry James' Kondolenzbrief zu vollenden, doch es gelang ihr nicht. Immer wieder stand sie auf und trat hinaus auf den Flur, um zu hören, ob durch die geschlossene Tür Gesprächslaute zu vernehmen waren. Nichts. Nicht einmal ein leises Murmeln. Redeten sie überhaupt?

Es wäre unter ihrer Würde, ihr Ohr an die Tür zu legen oder gar durchs Schlüsselloch zu linsen, also ging sie wieder zurück in ihr Zimmer. Wie immer, wenn sie nervös war oder nachdachte, wanderte sie um ihren Tisch herum. Die Uhr auf ihrem Kaminsims tickte. Nichts geschah. Nun wurde die Sache doch langsam bedenklich. Vielleicht sollte sie anklopfen, um sich zu vergewissern, dass …

In diesem Moment öffnete sich die Tür, und heraus trat ein hochroter, ja glühender Clive. Er tänzelte regelrecht. Und als er sie sah, schien er nicht einmal vor Scham im Boden versinken zu wollen. Im Gegenteil. Er strahlte über das ganze Gesicht und breitete die Arme aus. Virginia wich zurück, für den Fall, dass er sie wirklich umarmen wollte.

»Sie hat ja gesagt! Sie hat wirklich ja gesagt!«, rief er und fasste sich mit beiden Händen an den Kopf, als könnte er es selbst nicht glauben. Dann ergriff er ihre Hände, drückte auf jede jeweils einen höchst ungalanten Kuss und lief dann die Treppe hinunter. »Ich muss … Ich komme bald wieder!«, rief er noch, und dann fiel die Tür hinter ihm ins Schloss.

Virginia blieb wie betäubt oben stehen und starrte ihm nach. Was hatte er da gerade gesagt? Ihr Blick wanderte zu Vanessas Tür. Sie stand nun offen, aber drinnen rührte sich nichts. Wagte sie es nicht, ihr gegenüberzutreten? Sie hatte ja gesagt? Es durfte nicht sein. Es konnte nicht sein! Virginia lehnte sich an den Türrahmen und erwartete fast, dass ihr schwarz vor Augen werden würde. Aber ihr Kopf blieb klar, die herbeigesehnte Gefühllosigkeit stellte sich nicht ein.

Es war also geschehen. So lange schon hatte sie sich vor diesem Tag gefürchtet. Dass er aber jetzt, so kurz nach Thobys Tod, eintreten würde, war … Wie ließ er sich beschreiben, dieser Schmerz, wenn sich Verlust auf Verlust stapelte? Noch während sie dastand und nach den passenden Worten suchte, die sie ihrer Schwester an den Kopf schleudern könnte, erschien Vanessa in ihrer Zimmertür – aufrecht, blass und ohne die Spur jener Glückseligkeit, die von einer Frischverlobten zu erwarten wäre. Aber in ihrer Haltung lag

Entschlossenheit, in ihrem Blick Erleichterung. Sie sahen einander über den Flur hinweg an, und Virginia erschien die Distanz zwischen ihnen breiter als die Themse, ein endloser Strom aus sinnlosen, kummervollen Ereignissen, der alles mit sich riss, was für sie je von Bedeutung gewesen war.

»Du wirst ihn heiraten«, sagte sie tonlos.

Vanessa nickte.

»Warum ausgerechnet jetzt, Nessa? Thoby ist erst seit zwei Tagen tot.« Sie ließ sich an der Wand hinunter in die Knie sinken. Ihr fehlte die Kraft, zu sprechen und gleichzeitig aufrecht zu stehen.

»Er hat es sich gewünscht.«

»Natürlich wünscht er es sich. Das wusste ich schon, als er dir das erste Mal ins Gesicht geblickt hat.«

»Nicht Clive. Thoby. Es war sein Wunsch.«

»Willst du etwa sagen, du heiratest ihn, weil er Thobys Freund war?«

»Nein, Ginia. Ich heirate ihn, weil …« Vanessa rieb sich die Stirn, wie sie es immer tat, wenn sie sich konzentrieren musste. Dann ließ sie die Hand sinken und sah Virginia hilflos an. Plötzlich tat sie ihr leid.

Virginia rappelte sich auf, schaffte es jedoch nicht, die wenigen Schritte auf sie zuzugehen. »Siehst du«, sagte sie. »Du findest selbst keinen vernünftigen Grund. Du tust es Thoby zuliebe.«

»Nein. Nicht ihm zuliebe. Es hilft zu wissen, dass er einverstanden gewesen wäre. Aber es ist etwas anderes, Wichtigeres.«

»Sag nicht, du liebst ihn!«

»Liebe«, sagte Vanessa. »Was soll das sein? Ich mag ihn, ja.

Ich vertraue ihm. Er ist … die Zukunft. Das Leben wird vorwärts gelebt, Ginia.«

Virginia blickte auf den Boden. Sie hasste Tränen und gestattete sie sich nur in der Dunkelheit. Es kostete Kraft, sie zurückzudrängen, und manchmal geschahen dann merkwürdige Dinge. So wie jetzt. Die Dielen vor ihren Füßen begannen sich zu wellen, und der Boden schien ins Wanken zu geraten. Sie blinzelte rasch und sah Vanessa an, der einzige Fixpunkt in ihrem Leben, der immer da gewesen war, wenn sie ihren Halt verloren hatte.

»Und was wird aus mir?«, flüsterte sie.

Vanessa kam auf sie zu und schloss sie in die Arme, sagte aber nichts.

»Ich werde nie mehr allein mit dir sein. Immer wird dieser … wird Clive …«

»Wie kommst du denn auf so etwas?«

»So ist es doch, wenn man heiratet.«

»Nein«, sagte Vanessa fest. »Ich verschenke nicht meine Seele. Ich bleibe ich. Und du in unserer Nähe – wenn du willst.«

Virginia stieß Luft durch die Nase aus. »Als euer Anhängsel? Nein, danke. Ich werde meinen Weg schon finden.« Sie schob Vanessa von sich, ging zu ihrem Schreibtisch und begann die Bücher, die darauf verstreut lagen, auf einem Stapel zu ordnen. »Heirate ruhig«, sagte sie, ohne Vanessa anzusehen. »Ich werde lieber eine berühmte Schriftstellerin als die Schwester einer vielversprechenden, aber unbedeutenden Malerin, die sich an einen Landjunker verschenkt.«

Als von Vanessa keine Reaktion kam, schaute sie kurz auf, um zu sehen, ob ihre Spitze Wirkung zeigte. Vanessa jedoch hatte nur eine Augenbraue in die Höhe gezogen, und ihr linker Mundwinkel zuckte. Amüsierte sie sich etwa? Virginia warf ihr einen bösen Blick zu und sammelte die auf dem Boden herumliegenden Bücher ein. Selten herrschte in ihrem Zimmer Ordnung. Sie mochte dieses schöpferische Chaos, aber nun störte es sie.

»Vielleicht darfst du ja deine Staffelei mit auf euer Gut nach Wiltshire nehmen und hin und wieder eine Jagdszene malen.« Es tat gut, ihrem Zorn Luft zu machen, es half ihr, die Verzweiflung in Schach zu halten.

»Du könntest dich wenigstens ein bisschen mit mir freuen«, sagte Vanessa.

»Du freust dich ja nicht einmal selbst.«

»O doch, Ginia. Ich freue mich.«

Virginia ließ das Buch sinken, das sie gerade auf den absurd hoch geratenen Stapel legen wollte. Er schwankte schon.

»Wirklich?«

»Ja, tatsächlich. Ich bin … Er hat mich letzten Sommer das erste Mal gefragt. Diesen Sommer wieder. Es ist ihm ernst. Und ich … ich war so froh, dass er bei uns war, dass er Thoby mit uns zusammen in den Tod …«

Sie wischte sich über die Augen. Virginia sah schnell beiseite.

»Er hat dich schon zweimal gefragt, und du hast es mir nicht erzählt?«, fragte sie und sah Vanessa fassungslos an.

»Ich wusste, wie du reagieren würdest.«

»Da hast du es dir lieber für zwei Tage nach Thobys Tod aufgespart!« Wütend legte Virginia das Buch auf den Stapel. Es war ein Gedichtband von Keats, Thobys Lieblingsdichter. Ihre Hand zitterte, das Buch verrutschte, und der ganze Stapel stürzte mit lautem Poltern vom Tisch. Sie starrte auf den Haufen zu ihren Füßen. »Das war es dann also«, sagte sie und sah Vanessa an.

»Was meinst du?«, fragte Vanessa.

»Siehst du? Du bist dir nicht einmal bewusst, was das für mich bedeutet. Ich wollte … wir wollten … es ging doch darum, frei zu leben, ohne diese … die Regeln einer Ehe – du als Malerin, ich als Schriftstellerin. Und du hast es kaputt gemacht, denn all das ist nun vorbei.«

»Warum?«

Virginia starrte Vanessa fassungslos an. »Du glaubst wirklich, als Anhängsel dieses …« Sie schüttelte ungeduldig mit dem Kopf, weil ihr kein passendes Wort einfallen wollte. »Du wirst ein Kind nach dem anderen bekommen und enden wie Mutter. Wart's nur ab.«

Vanessa presste die Lippen zusammen und blickte zur Seite. Dann hob sie das Kinn und sah Virginia wieder an. »Für dich gibt es nur Schwarz und Weiß. Tinte und Papier. Ich aber bin Malerin, und ich werde alle Farben nutzen. In der Kunst wie im Leben.«

»Gut«, sagte Virginia. Sie bückte sich, hob den Gedichtband auf, der mit zerstörtem Einband zuoberst lag, und drückte ihn Vanessa in die Hand. »Dann viel Freude dabei. Ich komme allein zurecht.«

22. Kapitel

An
Mister Leonard Woolf
Ceylon Civil Service
Mannar, CEYLON

Lancaster Gate, London, im Januar 1907

Lieber Freund,
ich habe viel zu lange nicht geschrieben. Eine wirkliche Entschuldigung gibt es nicht. Die Tatsache, dass mein göttlicher Cousin Duncan zurück in London ist und wir viel Zeit miteinander verbringen, könnte vielleicht als solche herhalten. Tatsächlich fürchte ich, er hat mir den Kopf verdreht. Sollte ich seinem Charme widerstehen? Er ist eine untreue Seele, aber warum sollte mich das davon abhalten, ihn zu lieben? Sollte es das überhaupt? Was meinst du, lieber Freund? Du bist in diesen Dingen so viel vernünftiger, als ich es jemals sein möchte.

Und dann gibt es noch mehr schlechte Nachrichten aus dem Hause Stephen. Clive und Vanessa werden heiraten. Wie lange wird es wohl dauern, bis ihr klar wird, dass er es nicht ist? Sie ist viel zu intelligent, um nicht spätestens in einigen Monaten ihren fürchterlichen Fehler zu bemerken. Aber wir machen alle gute Miene zum bösen Spiel und werden ihnen alles Glück wünschen, welches dieses verrückte Universum bereitzustellen in der Lage ist.

Das eigentliche Drama an der Sache ist wohl, dass Virginia und Adrian dem Paar nun den Gordon Square überlassen und sich eine eigene Bleibe suchen müssen. Eine ungeeignetere Konstellation ist kaum vorstellbar.

Und um dem ganzen Durcheinander die Krone aufzusetzen, organisiert nun auch noch meine Schwester Pippa einen Marsch der Frauen quer durch London. Ich sehe mich schon ein Spruchband durch die Straßen tragen! »Sprengt eure Fesseln!«, oder so ähnlich. Sie nennen sich Suffragetten und wollen das Wahlrecht. Mein lieber Freund, glaube mir, hier in London steht die Welt kopf.

Halte dich wacker, ich versuche es gar nicht erst.

Dein Lytton

46, Gordon Square, 7. Februar 1907

Eine bescheidene Hochzeit im kleinen Kreis sollte es werden. Weder Clive noch Vanessa hatten sich mit dem Gedanken anfreunden können, ihre Vermählung in Wiltshire zu feiern, so sehr Clives Familie sich das auch gewünscht hätte. Also gab es nun einen Termin am frühen Vormittag des 7. Februar im Standesamt von St. Pancras. Das war alles andere als eine standesgemäße Hochzeit. George war entsetzt. Damit dem Ereignis wenigstens ein bisschen Glanz innewohnte, lieh er sich von seinem Schwiegervater, Sir George Herbert, eine Kutsche samt livriertem Chauffeur aus, um die Braut vom Gordon Square bis vor das plebejische Gebäude fahren zu lassen.

Als das prachtvolle Gefährt mit dem auffälligen Familienwappen genau eine Stunde vor dem Termin herangerollt kam, stand Virginia gerade am Fenster ihres Salons und überlegte, ob der Nieselregen dem extravaganten Samthut schaden könnte, den sie eigens für diesen Tag gekauft hatte. Sie beobachtete, wie mehrere Passanten stehen blieben, um das Wappen näher zu betrachten. George stieg aus – stattlich, mit Stock, Hut und festlichem Frack – und schritt auf das Haus zu, nicht ohne mehrmals seinen Hut zu lüften und die Runde der ehrfürchtigen Bewunderer zu grüßen.

»Nessa, George ist da«, rief Virginia laut in den Flur hinaus.

»Er soll im Salon warten. Ich bin noch nicht so weit«, klang es dumpf aus ihrem Zimmer. Vanessa war die Ruhe selbst. Sie waren gestern Abend in der Oper gewesen und hatten danach zu dritt noch eine Flasche Wein geleert. Heute früh hatte sie am längsten von allen geschlafen und am Frühstückstisch getrödelt. Virginia war das unbegreiflich, zumal das Paar bereits am Mittag den Zug nach Manorbier besteigen wollte, wo sie die Flitterwochen in dem malerischen Cottage zu Füßen der Burg verbringen würden. Virginia hatte ihnen den Ort vorgeschlagen, weil sie fand, dass die spektakuläre Kulisse dort sich bestens für bedeutende Wendepunkte im Leben eignete, ganz gleich, ob es sich nun um eine Hochzeit oder einen Todesfall handelte. Für sie fühlte sich Vanessas Heirat ohnehin wie ein weiterer Todesfall in der Familie an.

Sie hatte kaum geschlafen. In ihrer melodramatischen Verfassung hatte sie Vanessa in der Nacht eine Art Abschiedsbrief geschrieben und eine Weile in Erwägung gezogen, sich aus dem Fenster zu stürzen, war aber zu müde gewesen, um sich noch einmal aus dem Bett zu erheben. Eine Tatsache, über die sie heute Morgen doch froh war, denn natürlich wollte sie Vanessa den Tag nicht vermiesen. Ihre Schwester schien tatsächlich glücklich zu sein.

George schritt im Salon auf und ab, als sie hinunterkam. Er war offenbar noch nervöser als sie selbst.

»Ich hatte erwartet, dass ihr bereit seid«, sagte er ohne seine übliche förmliche Begrüßung. Die Zeiten, als er sie zum Morgengruß noch geküsst hatte, waren zum Glück lange vorbei.

»Guten Morgen, George«, sagte sie freundlich. »Nimm doch Platz. Vanessa wird sicher keine Sekunde zu früh fertig sein.«

»Es ist mir unbegreiflich, wie sie den wichtigsten Tag ihres Lebens in einer solchen … einer solchen …« Er fuhr mit dem Stock in der Luft herum, als müsste er das, wofür er kein Wort fand, von sich fernhalten.

»Einer solch gewöhnlichen Umgebung?«, schlug Virginia vor.

George verzog angewidert das Gesicht. »St. Pancras. Es klingt schon gewöhnlich.«

»Der Ort erfüllt seinen Zweck. Geht es um mehr?« Sie sah ihn herausfordernd an. Aber George kannte sie gut genug, um sich nicht provozieren zu lassen.

»Ein interessantes Kleid hast du da an«, sagte er und wies mit seinem Stock auf sie. Virginia sah an sich hinunter und ärgerte sich im selben Moment, dass sie es tat. Es sollte ihr gleich sein, was George über ihre Garderobe dachte, aber die Demütigungen, die er ihr zugefügt hatte, als er sie noch zu seinen grässlichen Abendgesellschaften mitnahm und maßregelte, wenn ihr Äußeres nicht seinen Ansprüchen genügte, blieben wohl als ewige Splitter in ihrem Fleisch. Es gab kaum etwas, das sie mehr hasste, als Kleidung zu kaufen und sich selbst im Spiegel betrachten und von Verkäuferinnen begutachten lassen zu müssen. Für die Hochzeit war es allerdings notwendig gewesen, und sie hatte lange nach etwas gesucht, was zu ihrer melancholischen Stimmung passte. Es war dieses dunkelgrüne Kleid mit schwarzen Applikationen an Kragen und Ärmeln geworden, dazu der samtgrüne Hut, den George sicher auch nicht gutheißen würde.

Er zog seine Taschenuhr hervor. »Nun wird es wirklich Zeit. Wo bleibt sie nur?« Er begann erneut, unruhig auf und ab zu wandern.

»Es sind nur wenige Minuten bis dort. Wir könnten sogar zu Fuß hingehen.«

»Zu Fuß!« Er verzog das Gesicht. »Es sähe Vanessa ähnlich, zu Fuß zu ihrer eigenen Hochzeit zu erscheinen.«

»Ich denke, ich werde es so halten«, sagte Virginia spitz.

»Oh«, machte George und blieb abrupt stehen. »Gibt es einen Kandidaten? Bist du …?«

»Ganz und gar nicht.«

»Bedauerlich«, sagte er und ließ sich nun doch in einem Sessel nieder. Er sah sie voller Mitgefühl an. »Es wäre an der Zeit. Schließlich wird das Ehepaar für sich sein wollen. Sicher möchtest du ihnen nicht zur Last fallen.«

In diesem Augenblick trat Vanessa in den Raum. Sie trug ein schlichtes elegantes Kleid, in dem sie sich sowohl vor dem Standesbeamten als auch im Zug würde wohlfühlen können, so hatte sie gesagt, als Virginia ihr heute Morgen beim Ankleiden geholfen hatte. Es war im Rücken geknöpft, und Virginia ertappte sich bei dem unangenehmen Gedanken, dass heute Abend Clive ihrer Schwester beim Auskleiden helfen würde.

Vanessa sah von einem zum anderen, und ihr Blick blieb an Virginia hängen.

»Ist etwas passiert?«, fragte sie. »Du siehst aus, als hätte dir gerade jemand in den Magen geboxt.«

»So könnte man es nennen«, sagte Virginia. »George war so freundlich, mich daran zu erinnern, dass ich schnellstens ausziehen solle, damit du und dein Gatte euch nicht durch mich belästigt fühlt.«

Um die Kutsche hatte sich eine Gruppe Kinder versammelt, die mit großen Augen zusahen, wie sie das Gefährt bestiegen. Virginias Hut war so ausladend, dass er beim Einsteigen hängen blieb und auf die nasse Straße fiel. Sie wusste nicht, was schmachvoller war – das Gelächter der Kinder oder Georges Blicke. Vanessa nahm tröstend ihre Hand, als führen sie nicht zu ihrer Hochzeit, sondern zu Virginias Hinrichtung. Aber Virginia blieb tapfer und folgte nicht dem Impuls, in letzter Sekunde auszusteigen und die Flucht zu ergreifen.

Adrian hatte sich geweigert, eine Kutsche mit dem Wappen eines »Imperialisten« zu besteigen, und lief zu Fuß nach St. Pancras. So saßen sie zu dritt in den samtgepolsterten Sitzen und fuhren schweigend Vanessas neuem Leben entgegen.

Die Fahrt schien endlos, und George wurde erneut unruhig.

»Wie lange dauert das denn noch?«, fragte er. »Du sagtest doch, es sei ganz in der Nähe!«

»Ist es auch«, sagte Vanessa und sah aus dem Kutschfenster. »Könnte es sein, dass dein Kutscher sich verfahren hat? Das sieht mir hier alles sehr unbekannt aus.«

Virginia kicherte. »Der war wahrscheinlich noch nie in seinem Leben in St. Pancras.«

George sah sie strafend an, ließ den Kutscher anhalten und stieg aus, um sich mit ihm zu beraten.

»Du wirst zu spät zu deiner eigenen Hochzeit kommen«, stellte Virginia fest.

Vanessa lachte. »Das wird sich George nie verzeihen.«

Virginia konnte nur staunen, wie gelassen ihre Schwester blieb. Ihr ebenmäßiges Gesicht war rosig, ohne die hektischen Flecken, die sie selbst immer bekam, wenn sie nervös wurde. Jetzt beugte Vanessa sich aus der geöffneten Tür und winkte einen Jungen heran, der einen Karren mit Kohlen hinter sich herzog. »Erklärst du dem Herrn dort den Weg zum Registry Office? Wir haben uns verfahren, und ich möchte gern heiraten.«

»Aye, Madam«, sagte der Junge und blickte schüchtern zu Boden. Es war offensichtlich, dass er es nicht gewohnt war, mit vornehmen Herrschaften zu sprechen.

»Keine Sorge«, sagte Vanessa und drückte ihm einen Shilling in die Hand. »Der Herr ist eigentlich ganz nett.« Sie setzte sich wieder neben Virginia und setzte halblaut hinzu: »Wenn man ihn nicht näher kennt.«

Sie tauschten einen Blick und brachen zeitgleich in Gelächter aus. Das Lachen tat gut, es lockerte den Knoten in Virginias Bauch.

»Bist du gar nicht nervös?«, fragte sie.

»Weil wir zu spät kommen? Ach, Clive wird schon nicht davonlaufen.«

»Das meine ich nicht.«

»Was sonst? O ja, wir könnten den Zug verpassen. Das wäre natürlich ärgerlich.«

»Du verstehst mich nicht. Nervös wegen … na ja, du

weißt schon. Die erste Nacht und …« Es war das erste Mal, dass sie an dieses Thema rührte. Der Gedanke, dass Clives gedrungener haariger Körper sich bald schon an Vanessas zarte Haut drängen würde, verursachte ihr Ekel.

»Ah! Das meinst du.« Vanessa beugte sich vor und flüsterte ihr ins Ohr: »Ich kann es kaum erwarten.«

In diesem Augenblick stieg George wieder ein. Er nickte ihnen zu, und Virginia überlief eine Gänsehaut. Sie warf einen Seitenblick auf Vanessa, die versonnen vor sich hin lächelte. Ihre arme Schwester, sie wusste nicht, was sie erwartete.

Sie kamen zu spät. So spät, dass Clive den Standesbeamten zur Eile antreiben musste und selbst so hektisch war, dass ihm der Ring hinunterfiel, als er ihn Vanessa anstecken wollte. Er kullerte zwischen die Stühle und verschwand in einer Bodenritze. Vanessa bog sich vor Lachen, während George und Clive versuchten, das edle Metall zu bergen, was sich allerdings als höchst diffizile Angelegenheit herausstellte.

»Wir werden die Bodendiele anheben müssen«, sagte Clive.

Der Standesbeamte riss erschrocken die Augen auf. »Himmel, nein! Gibt es keine andere Lösung?«

»Doch«, sagte Virginia, löste eine ihrer Haarnadeln, und wenige Sekunden später hatte sie den Ring befreit. »Mit weiblichem Geschick lässt sich so manches Problem lösen«, sagte sie und legte ihn Clive mit einem spöttischen Lächeln in die Hand. Als Clive und Vanessa sich wenige Augenblicke später zum ersten Mal küssen durften, überlief sie ein Schaudern, und sie musste den Blick abwenden. Zum wiederholten Male fragte sie sich, was Vanessa an den Augen haben musste, dass sie diese komische kleine Manneskreatur mit ihren rosigen Wangen und spitzen Zähnen in solcher Nähe ertragen konnte.

Dann kam der Abschied. Er fiel denkbar kurz aus, denn dem Paar blieben nur noch wenige Minuten, um den Zug zu erreichen. Und so sehr Virginia sich bemühte, dem freudigen Ereignis entsprechende Heiterkeit auszustrahlen – innerlich fühlte sie sich gefühllos wie ein Stück Holz. Langsam wanderte sie mit Adrian zurück zum Gordon Square und begann noch am gleichen Nachmittag mit der Suche nach einer neuen Bleibe.

Sie verpassten den Zug um wenige Sekunden. Während Clive neue Fahrkarten kaufte, zog sich Vanessa in die Wartehalle zurück und schrieb einen Brief an Virginia. Der Blick der Schwester beim Abschied ließ sie nicht los. Wie blass sie gewesen war heute Morgen. Es mochte auch an diesem grässlichen moosgrünen Kleid gelegen haben, aber wenn das blaue Äderchen an ihrer Nasenwurzel so deutlich hervortrat, war das immer ein Grund zur Besorgnis. Auch Adrian war nicht besonders glücklich über Vanessas Heirat, obwohl er Clive wirklich gernhatte. Adrian hatte Veränderungen nie gemocht, fand sich dann jedoch meist schnell in die neue Situation ein – im Gegensatz zu Virginia. Sie litt, das war nur allzu offensichtlich. Und es war gefährlich. Zwar schien sie erstaunlich stabil, trotz all dem, was seit Thobys Erkrankung passiert war, aber wer wusste schon, ob das während Vanessas Abwesenheit so bleiben würde.

»Schon Sehnsucht?«

Clive stand vor ihr. Sie hatte sein Kommen nicht bemerkt.

»Fandest du nicht, dass Virginia sehr krank aussah heute Morgen?«

»Ganz und gar nicht«, sagte er. »Allerdings muss ich sagen, dass ich nur Augen für meine Frau hatte.«

Seine Worte setzten etwas in ihr in Bewegung, wie beim vorsichtigen ersten Flügelschlag eines jungen Vogels. Sie lächelte und beendete den Satz, über den sie soeben nachgegrübelt hatte. Es fiel ihr schwer, sich in Worten auszudrücken, und sie brauchte stets etwas länger für ihre Briefe an Virginia, deren eigene Briefe so voller Lebendigkeit und Phantasie steckten.

Clive setzte sich neben sie. »Was nun soll ein frischgebackener Ehemann davon halten, dass seine Gattin nach der Hochzeit als Erstes an ihre Schwester schreibt, statt sich mit ihm zu beschäftigen?« In seinen Augen leuchtete dieses gutmütige Schmunzeln, das sie so sehr an ihm mochte.

»Ich mache mir Sorgen um sie«, sagte Vanessa.

»Tu das nicht. Nicht heute, nicht jetzt.«

»Ich schreibe nur eben diesen Brief fertig. Dann bin ich für dich da«, versprach sie.

»Es geht nicht um die paar Minuten, die du dafür brauchst.« Er legte ihr die Finger unters Kinn und zog ihr Gesicht zu sich. »Es ehrt dich, dass du dir so viele Gedanken um deine Geschwister machst. Aber du darfst sie auch einmal beiseiteschieben und dich auf das freuen, was vor dir liegt.«

Sein Blick war nun streng, doch zugleich lag darin so viel Verständnis und Mitgefühl, dass sie glaubte, dahinschmelzen zu müssen …

»O Clive«, sagte sie leise, auch wenn er es bei dem Trubel, der in der Wartehalle herrschte, möglicherweise nicht hören konnte. »Ich freue mich ja. Ich freue mich so sehr.«

23. Kapitel

Manorbier, Pembrokeshire, 7. Februar 1907

Wie kaum ein anderer Ort war Manorbier für Vanessa untrennbar mit Neuanfang verbunden. Gern erinnerte sie sich daran, wie sie hier wenige Wochen nach dem Tod des Vaters zu jener für sie so typischen Ausgelassenheit zurückgefunden hatte, die ihr während seines langen Sterbens verloren gegangen war. Das Haus schmiegte sich an die Mauern der verfallenen normannischen Burg direkt auf den Klippen über dem Meer. Vom Fenster ihres Schlafzimmers aus konnten sie einen Zipfel des Meeres sehen, das in seinem ewigen Auf und Ab an die felsige Küste brandete. Vor dem Haus begann ein Pfad, der sich über viele Kilometer an den Klippen entlangschlängelte. Zu hören war nichts außer dem Wind und dem Meer. Und zu sehen war niemand.

Vanessa konnte sich nicht erinnern, je zuvor eine so lange Zeit mit einer einzelnen Person an einem einsamen Ort wie diesem verbracht zu haben. Unmittelbar nach der Verlobung war sie mit Clive in dessen Elternhaus gefahren und hatte auf langen Reitausflügen durch die Wälder Gelegenheit gehabt, ihn näher kennenzulernen. Sie hatte festgestellt, dass sie stundenlang miteinander reden konnten, ohne dass ihr langweilig wurde. Sein Wissen über Kunst und Literatur war anregend, sein Humor brachte sie zum Lachen, und seine Zärtlichkeit ließ sie schmelzen. Wenn er sie küsste – stets keusch und behutsam –, spürte sie, dass sie sich nach mehr sehnte. Und dass es ihm genauso ging. Aber die Grenzen des Anstands waren gewahrt geblieben.

Heute also würde sich das ändern. Und je näher der Moment rückte, an dem er zum ersten Mal bei ihr liegen würde, desto aufgeregter wurde sie. Wobei auch die Angst keine ganz unbedeutende Rolle spielte. Dennoch hatte sie nicht gelogen, als sie Virginia am Morgen sagte, dass sie es kaum erwarten könne. Was genau sie aber zu erwarten hatte – das wusste sie nicht. Mit wem hätte sie auch darüber sprechen können? Stella war gestorben, bevor sie ihr etwas von ihren eigenen Erfahrungen hätte erzählen können. Und Virginia … Es würde vermutlich ewig ihr Geheimnis bleiben, was George ihr angetan hatte. So blieben nur die vagen Andeutungen von Kitty Maxse, die während eines weinseligen Dinners einmal hinter vorgehaltener Hand gesagt hatte, »die Sache« sei einigermaßen erträglich, wenn man die Augen schließe.

Das Haus war behaglich warm, und die Köchin, die ihnen für die Zeit ihres Aufenthaltes zur Verfügung stand, hatte ihnen einen Imbiss für die Nacht bereitgestellt. Clive brachte die Koffer ins Obergeschoss, und Vanessa blieb unschlüssig im Salon stehen und überlegte, was nun zu tun sei. Sie hatte keinen Hunger, und für einen Spaziergang in der Umgebung war es zu spät. Würde Clive sie auffordern, ins Bett zu gehen, wenn es so weit war? Sie hörte ihn die Treppe herunterkommen, und plötzlich wünschte sie sich zurück nach London, in ihren eigenen Salon mit seinen hellen Wänden, den vertrauten Möbeln und Gesprächen über Kunst und Literatur. In diesem Haus gab es kein elektrisches Licht, die

Wände waren dunkel getäfelt und die Fenster so klein, dass sie selbst am Tag vermutlich kaum Helligkeit hereinließen. Erinnerungen an ihr Elternhaus am Hyde Park Gate kamen hoch, an ihre Mutter, die von früh bis spät nur für andere da gewesen war, vor allem für ihren Vater. Vanessa sah sie vor sich, auf dem Sofa nebeneinander: ihren Vater beeindruckend und streng und ihre Mutter daneben, wunderschön, aber doch so müde und verbraucht. Sieben Kinder hatte sie geboren, und wäre sie nicht so krank geworden, wären sicher weitere gefolgt. Ob sie die Augen zugemacht hatte, wenn ihr Vater sich zu ihr legte? Wie oft mochte das geschehen sein? Wie oft würde Clive …

»Möchtest du etwas essen?«

Sie fuhr herum. Clive hatte sein Jackett abgelegt und die Krawatte gelöst. Sie hing nun in einer losen Schlaufe um seinen Hals. Er stand da, die Hände in den Hosentaschen, den Kopf seitlich geneigt, und offenbar selbst unsicher, wie mit dieser Situation umzugehen wäre. Mit seinen rötlichen Locken, die im Kaminfeuerschein zu lodern schienen, und dem geöffneten Hemdkragen erinnerte er eher an einen Schuljungen, der einen Streich plante. Er hatte so wenig mit ihrem Vater gemein wie ihr Hirtenhund Gurth mit einem Adler. Vielleicht war das der Grund, warum er ihr gefiel.

»Ich habe keinen Hunger«, sagte sie. »Du?«

Clive wiegte den Kopf hin und her. »Auf eine gewisse Weise schon.«

Die Art, wie er es sagte, löste erneut dieses seltsame Gefühl in ihrem Inneren aus, von dem sie nicht wusste, ob es Angst oder doch freudige Erregung war. Ein lautes Knacken im Kamin ließ sie zusammenfahren. Sie spürte schmerzhaft ihre Schultern, so angespannt war sie. »Dann solltest du etwas essen«, sagte sie mit gepresster Stimme.

Clive blickte zu dem Tablett mit Sandwiches und kaltem Hühnchenfleisch hinüber, das die Köchin auf einem niedrigen Tisch vor dem Kamin angerichtet hatte. Sie hatten sich beide nicht vom Fleck bewegt. Zwischen ihnen lag die Weite des Raumes, aufgeladen mit der Hitze des Kaminfeuers und einer Unsicherheit, die Vanessa nie zuvor im Umgang mit Clive verspürt hatte.

»Ich glaube, mich verlangt nach etwas anderem.« Nun machte er einen Schritt auf sie zu. Nur einen.

»Was könnte das sein? Vielleicht eine warme Suppe? Oder etwas Süßes? Wir könnten nach der Köchin rufen lassen ... Aber nein, dafür müssten wir ... Soll ich nachschauen, ob etwas ...« Sie war zurückgewichen und redete, ohne Luft zu holen. Himmel, war es plötzlich stickig in diesem Raum!

»Vanessa«, sagte Clive und legte einen Finger auf die Lippen. Und er blieb stehen, wo er war.

»Ich habe Angst«, flüsterte sie. Sie hatte es nicht sagen wollen, es klang albern, war es vermutlich auch, aber es war einfach herausgerutscht. Wie dumm konnte man sich benehmen? Sie hatte ihn geküsst, und es war schön gewesen. Das andere würde schon nicht so schlimm sein.

»Du weißt nicht, was dich erwartet, habe ich recht?«, sagte Clive und kam langsam auf sie zu. Das Feuer prasselte, und die Bodendielen knarrten unter seinen Schritten, was sie beruhigte. Wenn sie die Augen schloss, könnte sie sich vorstellen, sie wäre zu Hause am Gordon Square. Aber nein, dann wäre Virginia im Haus und mit ihr das Gefühl, etwas Abstoßendes zu tun.

»Mach die Augen auf. Sieh mich an«, sagte Clive. Er war ganz nah.

Widerstrebend öffnete sie die Augen und sah in sein vertrautes Gesicht.

»Ich werde dich jetzt küssen«, sagte er. »Mehr wird erst einmal nicht passieren. Einverstanden?«

Sie nickte. Er legte seine Lippen auf die ihren und küsste sie sanft, fast keusch. Dann arbeitete er sich mit kleinen, zärtlichen Küssen zu ihrem Ohr vor, den Hals abwärts, hin zu ihrem Nacken. Er trat hinter sie, und sie spürte, wie er begann, ihr Kleid aufzuknöpfen. Virginia hatte ihr heute Morgen geholfen, es anzuziehen. Und schon wieder dachte sie an Virginia.

Clive hielt inne. »Wir tun nur, was du möchtest, Vanessa«, sagte er, direkt neben ihrem Ohr. »Aber du musst mir vertrauen.«

Er nahm ihre Hand und zog sie mit sich, hinauf ins Schlafzimmer. Auch hier brannte ein Feuer im Kamin, aber der Raum war bedeutend kühler. Wahrscheinlich hatte Clive es eben erst geschürt. Er legte Holz nach, und Vanessa stand vor dem Bett, das im Halbdunkel schimmerte wie eine beruhigende weiße Insel.

Er löste seine Krawatte nun ganz und warf sie beiseite. Wieder trat er hinter sie, und seine Hände schoben ihr langsam das Kleid über die Schultern, er küsste ihren Nacken und löste ihre Haare. Jede Berührung auf ihrer Haut ließ sie erschauern.

»Ist dir kalt?«, fragte er.

»Nein. Mach weiter«, flüsterte sie.

Er öffnete auch die letzten Knöpfe, bis das Kleid raschelnd

zu Boden fiel und sie in ihrem dünnen Hochzeitskamisol dastand, das ihr Tante Caroline Emilia geschenkt hatte. Ein zartes Nichts aus Bändchen und Spitzen, das sie erst nach einigem Überlegen angezogen hatte. Es war ihr einziges Kleidungsstück, das Virginia nicht kannte – unentdeckt und unkommentiert. In diesem Moment war Vanessa froh darum.

Clive kniete vor ihr nieder und rollte ihre Strümpfe hinunter. Dann fuhren seine Hände ihre Beine hinauf, und er streifte mit den Fingerspitzen jene Stelle zwischen ihren Beinen, die sie selbst oft schon berührt hatte, schon als ganz junges Mädchen, weil es sich so schön anfühlte.

Sie seufzte leise, und Clive küsste sie oberhalb ihrer Scham. Dann löste er das Bändchen ihres Kamisols und knöpfte auch das auf.

Lange sah er sie einfach nur an. Ein paarmal öffnete er den Mund, als wollte er etwas sagen, blieb jedoch stumm. Und Vanessa stellte fest, dass sie sich für ihre Nacktheit nicht schämte. Im Gegenteil. Sie genoss seine Blicke, die über ihre Brüste, ihren Bauch hinab zu ihrem Schoß wanderten, Blicke, die ihre Haut prickeln, ihren Schoß vor Verlangen schmerzen ließen. Erneut kniete er nieder und zog sie an sich.

»Ich werde mich jetzt ausziehen«, sagte er und sah sie an, als bäte er sie um Erlaubnis.

Sie nickte. Er stand auf und kehrte ihr den Rücken zu, um sich seiner Kleider zu entledigen.

»Dreh dich um. Ich möchte dich ansehen.« Sie sagte es fordernd, die Angst wich plötzlich keckem Übermut. Und auch von Clive schien mit ihren Worten die angespannte Vorsicht, die jede seiner Berührungen begleitet hatte, abzufallen. Er richtete sich auf und wandte sich ihr zu, die Brauen hochgezogen, aber ein Lächeln im Gesicht. Vanessa trat auf ihn zu und berührte die Wölbung in seiner Mitte, die noch von seiner Unterhose bedeckt war, vorsichtig, langsam, dann beherzter. Sie schob die Hand unter den Stoff, fühlte seine Härte, tastete neugierig und schloss ihre Hand dann fest um sein Glied. Sie beobachtete, wie sein Atem schneller ging und er die Augen schloss und wieder öffnete, Überraschung im Blick.

Sie ließ los, plötzlich unsicher, ob sie etwas Unpassendes getan hatte.

»Verzeih«, murmelte sie.

Er lachte heiser auf und schloss sie in seine Arme. »Tu alles, wonach dir ist«, flüsterte er. »Wir sind Mann und Frau.« Dann zog er auch das letzte Kleidungsstück aus, und sie sanken zusammen in die kühlen Laken.

In den nächsten beiden Tagen peitschte der Regen beinah ohne Unterlass gegen die Fenster der dem Meer zugewandten Seite des Hauses, und es war so stürmisch, dass sie kaum vor die Tür gehen konnten. Doch vermutlich hätte sie selbst die schönste Witterung nicht aus ihrem warmen, die Sinne berauschenden Nest locken können. Sie verbrachten die meiste Zeit des Tages im Bett. Vanessa entdeckte ungeahnte Empfindungen ihres Körpers, bei denen Clive genau zu wissen schien, welche Stellen zu berühren waren, um ihr Lustempfinden jedes Mal ein wenig mehr zu steigern. Sie liebten sich frühmorgens das erste Mal und verließen das Bett nur um der köstlichen Mahlzeiten willen, die die Köchin ihnen auftischte. Sie selbst war selten zu sehen; sobald sie ihre

Arbeit verrichtet hatte, zog sie sich diskret zurück, und Vanessa musste ihr nicht ein einziges Mal Anweisungen geben. Sie schien zu wissen, was das junge Paar am dringendsten brauchte.

Am dritten Tag machten sie sich nicht einmal mehr die Mühe, sich vollständig anzukleiden, und allein der kühle Stoff ihres Morgenmantels auf ihrer nackten Haut versetzte Vanessa in einen Zustand erwartungsvoller Erregung. Es war wie eine gewaltige Explosion lange angestauter Sehnsüchte, deren sie sich nicht einmal bewusst gewesen war. Bald war sie es, die Clive im Halbdunkel ihres meeresdurchrauschten Schlafgemachs ihre Wünsche zuflüsterte, seine Hände an die Stellen führte, die sie berührt wissen wollte und die er auf eine Weise zu berühren verstand, die sie in einen anhaltenden Sinnenrausch versetzte. Sie schloss nicht ein einziges Mal die Augen, wenn er in ihren Schoß drängte und sich mit kraftvollen rhythmischen Stößen zum Höhepunkt trieb, um schließlich erschöpft über ihr zusammenzubrechen.

Einmal bat sie ihn, sich rittlings auf ihn setzen und ihn so tief in sich aufnehmen zu dürfen, wie es ihr nur irgendwie gelingen konnte, und er gewährte ihr die Kontrolle über den gemeinsamen Akt mit der gleichen rückhaltlosen Hingabe, mit der er um sie geworben hatte, so lange Zeit. Immer öfter fragte sie sich, warum sie so lange gezögert hatte, diesen Mann zu heiraten. Er kam ihr jeden Tag anziehender, das Beisammensein mit ihm aufregender und facettenreicher vor. Nie zuvor war sie so glücklich gewesen.

Jeden Tag kam ein Brief von Virginia. Sie waren meist nur kurz, scheinbar flüchtig dahingekritzelt, aber Vanessa kannte ihre Schwester zu gut, um nicht zu wissen, dass jedes Wort wohlüberlegt war. Virginia berichtete von ihren Bemühungen, ein passendes Haus für sich und Adrian zu finden, von einsamen Spaziergängen und stillen Abenden im verlassenen Haus am Gordon Square. Und sie wünschte ihr Tag für Tag die allerbeste Zeit ihres Lebens.

Als Vanessa auf zwei Briefe in Folge nicht geantwortet hatte, traf ein Brief an Clive ein. Er hatte das Frühstück heraufgeholt, das die Köchin wie immer für sie bereitgestellt hatte und bei dem oft – wenn sie lange geschlafen hatten – auch schon die Post lag. Vanessa, noch nackt und warm vom frühen Liebesakt, griff nach dem Brief und wollte ihn beiseitelegen. Es war nicht der richtige Moment, um ihre Schwester in ihre Gedanken zu lassen.

»Er ist für mich«, sagte Clive.

Vanessa registrierte, dass er seinen Morgenmantel anbehielt, als er zu ihr ins Bett stieg. An den anderen Tagen hatte er ihn sogleich wieder ausgezogen.

»Für dich? Von Virginia? Das ist … überraschend.« Sie hielt ihm den Umschlag mit spitzen Fingern hin. Er begann zu lesen, und Vanessa beobachtete ihn. Es schien ein langer Brief zu sein, deutlich länger als Virginias Nachrichten an sie.

»Was schreibt sie?«

»Ich soll dein linkes Auge küssen, wenn dein Lid sich über der Wölbung glättet und ein wenig blau auf der Kuppe ist.«

»Das hat sie geschrieben?« Vanessa schenkte Tee ein und warf ein wenig zu energisch zwei Klümpchen Zucker in Clives Tasse. »Das sieht ihr ähnlich.«

»Sie redet von dir als Tempel, in dem ich wohnen darf«, er zwinkerte ihr zu, »und von sich selbst als Anbeterin davor.«

»Gütiger Himmel!«, rief Vanessa aus und schob die Bettdecke beiseite, um sich ebenfalls ihren Morgenmantel überzuziehen. »Was ist in sie gefahren? Gestattest du mir, ihn zu lesen?«

Sie wollte nach dem Bogen greifen, aber Clive streckte den Arm in die Höhe, so dass sie ihn nicht erreichen konnte. Das Geschirr auf dem Tablett zwischen ihnen klirrte gefährlich, so dass Vanessa es beiseitestellte. Dann setzte sie sich rittlings auf ihn und küsste ihn. Clive ließ den Brief fallen und umfasste ihre Brüste. Sofort schnappte sich Vanessa den Bogen und ließ von Clive ab, um ihn zu lesen.

»Du Biest«, keuchte er.

Sie warf ihm ein schelmisches Lächeln zu. Virginia hatte eine halbe Seite darauf verwendet, in gedrechselten Worten über das Briefeschreiben selbst zu sinnieren. *Ein echter Brief*, so schrieb sie, solle *sein wie ein hauchzarter Wachsfilm, der an die Gravierungen des Geistes gepresst wird*. Ihr eigener Brief wäre *übersät von rätselhaften und kantigen Einschnitten*, wenn sie dies so umsetzen wolle. Es folgten Gedanken über einen Schriftsteller, den Vanessa nicht kannte und dessen Werk Virginia zu rezensieren im Begriff war, und schließlich eine geradezu schwülstige Passage über die Schönheit eines göttlichen Tempels, der alle Wahrheiten umschließe, womit wohl Vanessa selbst gemeint war.

»Was ist in sie gefahren?«, murmelte sie und faltete den Bogen zusammen.

»Sie vermisst dich. Und sie hatte wohl Lust, ihren poetischen Muskel ein wenig zu trainieren«, sagte Clive und tunkte unbekümmert einen ungerösteten Toast in seinen Tee, eine dieser Gewohnheiten, die er aus Frankreich mitgebracht hatte, und Vanessa schauderte jedes Mal, wenn sie ihn dabei beobachtete.

»Wirst du ihr antworten?«, fragte sie.

Er legte den Kopf schief und sah in gespielter Nachdenklichkeit an die Decke. Dann sagte er: »Ja, ich denke, ich werde ausführlich antworten.«

»Gut«, sagte Vanessa und zog den Gürtel ihres Morgenmantels fester. »Wähle deine Worte mit Bedacht. Sie wird jedes einzelne davon unter die Lupe nehmen, um den Spalt aufzuspüren, durch den sie ihren Weg in den Tempel finden kann.«

24. Kapitel

Fitzroy Square, London, 19. Februar 1907

Virginia hatte am Fitzroy Square ein leer stehendes Haus entdeckt, das nur zehn Minuten zu Fuß vom Gordon Square entfernt war. Doch obwohl die eleganten Häuser rund um den kreisförmig angelegten Platz von einer herrschaftlichen Vergangenheit sprachen, hatte die Gegend jenseits der Tottenham Court Road einen zweifelhaften Ruf. Die aristokratischen Familien waren längst fortgezogen, und in den letzten Jahren hatten sich zahlreiche Werkstätten und Künstlerateliers rings um den Square angesiedelt. Auch der Verkehrslärm war beträchtlich. Unablässig rollten Karren, Pferdekutschen und Automobile rund um den Platz, und über die Straße direkt vor dem Haus führte eine Trasse für die Schienenwaggons, in denen das Material an die umliegenden Werkstätten geliefert wurde.

Als Virginia für eine erste Besichtigung mit Adrian vor dem Haus stand und hinter ihnen einer dieser Waggons mit lautem Quietschen und Rumpeln herannahte, wollte sie schon kehrtmachen.

»Im Innern wird man es nicht so sehr hören«, sagte Adrian und hielt sie zurück. »Lass es uns ansehen.«

Sie hatten bereits eine ganze Reihe Häuser besichtigt, aber die meisten waren entweder zu teuer oder so heruntergekommen, dass eine Renovierung unmöglich schien.

Adrian zeigte sich dabei deutlich weniger wählerisch als sie selbst, die sich nicht mit dem Gedanken anfreunden konnte, in ein Haus zu ziehen, das so viel weniger hermachte als ihr bisheriges Domizil. Erschwerend hinzu kam, dass eine Bleibe gefunden werden musste, die nah, aber eben nicht zu nah am Gordon Square lag. Schließlich wollte sie nicht zu einem lästigen Anhängsel des glücklichen Ehepaars werden.

Die Nummer 29, vor der sie jetzt standen, konnte es hinsichtlich der Eleganz mit dem Gordon Square mehr als aufnehmen. Es hatte eine helle stuckverzierte Fassade und prachtvolle Bogenfenster im Erdgeschoss. Groß genug schien es ebenfalls zu sein. Bis auf die abblätternde dunkelblaue Farbe der Haustür wirkte es sehr ansprechend. Virginia klopfte, und eine hagere, schmallippige Frau in einem Kleid, dessen Schick schon seit Längerem aus der Mode gekommen war, öffnete ihnen. Sie stellte sich als Miss Huntingdon und Schwester der Besitzerin vor, die an diesem Tage selbst leider verhindert sei. Ohne weitere Erklärungen führte sie Virginia und Adrian zunächst in die oberen Räume. Es gab elektrisches Licht, aber kein Bad. Die einst helle Tapete wies einen Gelbstich auf, der von starkem Zigarrenrauch stammen musste, und die Holzböden waren abgestoßen und wurmstichig. Einige Dielen waren sogar gebrochen. Vor allem aber drang der Straßenlärm beinah ungehindert durch die Fensterscheiben, und zwischen den Ritzen in den Rahmen zog die kalte Februarluft herein. Als Adrian versuchte, eines der Fenster zu öffnen, brach er den Griff ab. Miss Huntingdon sagte nichts und zog nur wortlos eine Braue hoch. »Hier hat wohl lange niemand mehr gewohnt«, sagte Virginia und warf Adrian einen kritischen Blick zu.

»Hier oben nicht, nein. Der letzte Mieter war Bernard Shaw, und er ist 1898 ausgezogen. Seitdem stehen diese Räume leer.«

»Was für ein verrückter Zufall«, sagte Virginia, unterließ es jedoch, Miss Huntingdon zu erklären, worin das Verrückte dieses Zufalls genau bestehe. Sie schien auch kein Interesse daran zu haben.

»Wir nehmen es«, sagte Virginia, als sie mit Adrian wieder auf die Straße trat.

Er sah sie erstaunt an. »Ich hätte gedacht, dass es dir zu heruntergekommen ist.«

»Es ist mehr als heruntergekommen. Aber das Haus hat nach dem erfolgreichen Dramatiker eine angehende Schriftstellerin als Bewohnerin verdient, findest du nicht?«

Sobald sie zu Hause eintrafen, schrieb Virginia an Vanessa, um ihr von dem Fund am Fitzroy Square zu berichten. Sie war nicht sicher, ob der Brief Vanessa in Manorbier überhaupt noch erreichen würde, denn das Paar wollte nach den einsamen Wochen an der Küste nach Paris aufbrechen, um dort die Flitterwochen um einen weiteren Monat auszudehnen. Vielleicht auch länger, hatte Vanessa geschrieben, in Paris gebe es so viel zu unternehmen, und in London werde sie hoffentlich nicht allzu sehr vermisst. Das Biest. Sie wusste genau, wie sehr Virginia unter der Trennung litt. Die Frequenz der Briefe, die aus Manorbier eingetroffen waren, hatte nach den ersten drei Tagen erheblich nachgelassen, und Virginia hegte inzwischen große Zweifel, ob sie je wieder zu der alten Vertrautheit mit ihrer Schwester zurückgelangen würde. Auch waren Vanessas Briefe meist so kurz und langweilig, dass es Virginia fast lieber gewesen wäre, sie hätte gar nicht geschrieben. Dafür hatte ihr Clive mit einigen schönen, amüsanten Zeilen geantwortet, in denen er auf ihre Gedanken zur Kunst des Briefeschreibens einging und seine Empfehlung wiederholte, sie solle unbedingt *Les Liaisons Dangereuses* lesen.

Am nächsten Tag kam zum ersten Mal seit langer Zeit Violet zum Tee. Sie war endlich vollständig genesen und hatte ihre wohltätigen Aktivitäten wiederaufgenommen. Allerdings war sie noch immer auffallend bleich und so dünn, dass man bei ihrer Größe die Befürchtung haben musste, sie könne in der Mitte entzweibrechen.

»Meine Violet! Fast hätte ich dich nicht erkannt!«, rief Virginia, als die Freundin von der Magd in ihren Salon geführt wurde. Seit Vanessa fort war, nutzte sie den großen Salon gar nicht mehr, und auch Adrian hielt sich meist in seinen eigenen Räumen auf. Es war, als wären sie schon jetzt nur noch Gäste am Gordon Square.

Violet schloss sie in die Arme, und sie verharrten inniglich. »Mein tapferes Küken«, sagte sie und küsste Virginia auf den Scheitel. »Wie stark du gewesen bist.«

»Gar nicht. Ich hatte nur ständig deine Ermahnungen im Ohr, mich selbst nicht so wichtig zu nehmen. Ich kann zwar nicht behaupten, dass es mir wirklich gut gelungen ist, aber ich habe mir große Mühe gegeben.«

»Diese Mühe war deinen Briefen deutlich anzumerken«, sagte Violet mit einem Augenzwinkern und ließ sich in dem alten Ohrensessel ihres Vaters nieder, den Thoby für sie beim Auszug aus Hyde Park Gate vor Vanessa gerettet hatte. Violet war wahrscheinlich die einzige Frau, die in diesem Möbelstück nicht bedeutungslos aussah.

»Du spielst hoffentlich nicht auf meine kleine Lüge an?«, fragte Virginia und schenkte ihr Tee ein. Virginia hatte der Freundin bis kurz vor Weihnachten die Nachricht von Thobys Tod vorenthalten. Violet hatte es aus der Zeitung erfahren. Zum Glück war die Freundin viel zu großmütig, um es Virginia übel nehmen zu können, aber auf diese Weise von der Wahrheit zu erfahren, war hart für sie gewesen. Noch immer schämte sich Virginia dafür, dass sie den Schwindel so lange aufrechterhalten hatte. *Warum konntest du mir nicht die Wahrheit sagen! Du hättest meinen Trost gebraucht!,* hatte Violet von ihrem Krankenlager geschrieben, und das selbstlose Mitgefühl der Freundin war für Virginia fast noch beschämender als die Lüge selbst. Schließlich entsprach auch ihre Erklärung, dass sie Violet habe schützen wollen, nur zum Teil der Wahrheit, denn wahrscheinlich hatten ihr die phantasievollen Berichte von Thobys stetem Genesungsprozess mehr Trost gespendet, als ein gutes Wort der Freundin es jemals gekonnt hätte. Es würde ihr wohl nie gelingen, sich so sehr für andere aufzuopfern, wie Violet es tat und wie es auch ihre Mutter immer getan hatte. Sie fand schon das Leben mit sich selbst schwer genug.

»Wie fühlst du dich?«, fragte Virginia. »Du siehst erschöpft aus. Isst du auch genug?« Sie kniete sich vor der Freundin nieder und ergriff ihre schmalen Hände.

Violet lachte. »Kommen mir diese Worte nicht bekannt vor?«

»Mich brauchst du nicht nach meinem Befinden zu fragen. Mein Bruder ist gestorben, meine Schwester hat geheiratet, und ich werde mehr oder weniger vor die Tür gesetzt. Mir geht es also bestens.«

»Ich weiß, meine Liebe«, sagte Violet und küsste ihre Stirn. »Du hast meine aufrichtige Bewunderung für deine Tapferkeit.«

Virginia legte den Kopf in Violets Schoß und genoss die intime Nähe, die sie so schmerzlich vermisste, seit Vanessa fort war.

»Du hast nicht auf meine Frage geantwortet«, murmelte sie.

»Ach«, sagte Violet und streichelte ihr übers Haar. »Von mir reden wir nicht. Ich bin eine alte Schachtel. Erzähl mir lieber von euch. Wie geht es Vanessa? Schreibt sie dir?«

Virginia richtete sich ein wenig auf. »Zu selten«, sagte sie. »Ich vermute, sie badet in Glückseligkeit und ist hauptsächlich mit sich selbst beschäftigt. Du solltest sie tadeln.«

»Du stichelst schon wieder. Und sicher ist sie weniger mit sich selbst als mit ihrem Gatten beschäftigt. So soll es ja auch sein.«

»Gewiss«, sagte Virginia und zog eine Grimasse. »Allerdings hatte ich ihr ein besseres Urteilsvermögen zugetraut. Leider ist ihr Mister Bell ohne jede Phantasie. Aber gut, auch Vanessa ist nicht sehr phantasiebegabt, das könnte also doch ganz gut passen.«

Violet setzte energisch ihre Teetasse ab. »Aus dir sprechen Selbstsucht und Missgunst«, sagte sie tadelnd.

»Wäre es nicht entsetzlich langweilig, wenn wir alle tugendhaft und anständig wären? Worüber sollten wir dann reden?«

Violet versetzte ihr einen Klaps aufs Knie. »Man kann

einfach nicht böse mit dir sein«, sagte sie. »Aber lass uns nicht über Vanessa sprechen. Ich möchte wissen, wie es um dich steht. Kommst du mit dem Schreiben voran?«

Virginia hob ihre Hand und wies auf die Schwielen an den Fingern, mit denen sie die Feder hielt. »Hier siehst du es. Es ist ein Wunder, dass ich noch nicht mit der Feder verwachsen bin.«

»Hast du begonnen, etwas Eigenes zu schreiben? Du erwähntest neulich in deinem Brief eine Idee, die dich beim Spaziergang überfallen habe?«

»Habe ich das?« Virginia legte die Stirn in Falten. Es geschah häufig, dass sie auf ihren Spaziergängen durch die Straßen Londons Menschen beobachtete oder Gesprächen lauschte, die in ihr eine Kaskade an Bildern und Worten auslösten und sie glauben ließen, den Zipfel einer Geschichte oder gar eines Romans erhascht zu haben. Doch meist zerstoben diese Ideen wie Sprühnebel, sobald sie versuchte, sich ihnen anzunähern.

»Die Sache mit der jungen Frau, die eine Reise unternimmt«, sagte Violet.

»Ach das.« Virginia machte eine wegwerfende Handbewegung. »Das war so ein Gedanke, der mir kam. Aber ich muss so viele Rezensionen verfassen und Briefe, dass mir die Zeit fehlt, diese Idee weiterzuspinnen.«

»Das ist schade. Es ist schön, dass du viele Aufträge hast, aber du solltest auch deiner Phantasie ein Spielfeld geben.«

»Immerhin schreibe ich Essays. Das macht mir viel Freude.«

»Ich aber warte auf den Tag, an dem ich endlich deinen ersten Roman in Händen halten darf.«

Virginia ließ sich wieder auf die Knie fallen und rutschte näher an Violet heran. »Traust du mir wirklich zu, so etwas schaffen zu können?«

Violet lächelte nachsichtig. »Aber das weißt du doch. Du brauchst gar nicht so kokett zu fragen. Du sagst es oft genug selbst.«

Virginia rieb sich mit der Hand über die Stirn. »Es nagt an mir, dass ich nicht vorankomme mit meinem eigenen Schreiben, aber ich muss sehen, dass ich genügend Geld verdiene, um für mich und Adrian sorgen zu können.«

»Denkst du nicht, dass Adrian alt genug ist, um für sich selbst zu sorgen?«

Virginia ruckte hoch. »Adrian soll einen eigenen Haushalt führen?«

»Ich finde das keinesfalls abwegig«, sagte Violet. »Wahrscheinlich ist er dazu genauso gut oder schlecht in der Lage wie du.«

»Welchen Sinn sollte es machen, dass jedes Mitglied der Stephen-Familie einen eigenen Haushalt unterhält?«

»Vanessa ist jetzt eine Bell.«

»Danke, dass du mich daran erinnerst.«

»Und du solltest auch sehen, dass du …«

Virginia versteifte sich. Sie wusste genau, was nun kommen würde. Nahezu jede ihrer Freundinnen und Verwandten hatte sie in den Monaten seit Thobys Tod mehr oder weniger direkt gefragt, wie es denn um ihre Heiratspläne stehe, nun, da Vanessa den Schritt endlich vollzogen hatte. Zuletzt hatte ihre Freundin Beatrice Thynne – selbst unverheiratet, aber als Tochter des vierten Marquis von Bath mit allerbesten Verbindungen und einer Heerschar glühender Verehrer ausgestattet – behauptet, wenn sie sich nicht ein wenig beeile, könne es zu spät sein.

»Sprich mir nicht von Heirat!«, schimpfte Virginia. Sie rappelte sich hoch und vollführte eine theatralische Verneigung vor ihrer Freundin. »Es sei denn, du möchtest, dass ich dir einen Antrag mache?«

»Pfui«, sagte Violet mit gespielter Empörung. »Schäm dich für deine Gedanken.«

»Ich habe ja auch schon an Beatrice Thynne gedacht«, fuhr Virginia fort. »Aber sie ist zu adlig für mich. Oder Janet Case vielleicht?« Janet Case war Virginias ehemalige Griechischlehrerin, eine stille, liebenswürdige Frau, deren einziges prägnantes Merkmal die Warze auf ihrer Nase war.

Violet prustete sehr undamenhaft in ihre Teetasse und blinzelte ein paar Lachtränen weg. »Ihr zwei gäbet ein gelehriges Paar ab«, rief sie. Dann aber wurde ihre Miene ernst. »Es gibt zwei Dinge, um die du nicht herumkommen wirst.«

Virginia baute sich mit verschränkten Armen vor ihr auf, um sich gegen die Worte zu wappnen, die zu kommen drohten.

»Erstens«, sagte Violet und streckte Virginia ihren langen Zeigefinger entgegen. »Du musst dein eigenes Schreiben voranbringen.«

Virginia nickte. Damit konnte sie leben.

»Und zweitens«, Violets Mittelfinger schnellte neben dem Zeigefinger in die Höhe, »du musst heiraten.«

»Und hast du auch gleich einen geeigneten Kandidaten für mich?«, fragte Virginia und stemmte die Hände in die Hüften. »Es muss ja nun wohl ein Mann sein, und alle Männer, die ich kenne, sind …« Sie warf die Arme in die Luft, als könnte es gar keine passende Bezeichnung für die männlichen Bekanntschaften geben, die sie in ihrem bisherigen Leben gemacht hatte.

Violet neigte den Kopf zur Seite und sah sie fragend an. »Ja? Wie sind die Männer, die du kennst?«

Virginia zählte auf: »Sydney-Turner: zu langweilig, Maynard Keynes: zu hässlich, Morgan Forster: zu still, Lytton Strachey: zu …« Sie zuckte mit den Schultern. »Interessiert sich nicht für mich. Keiner von ihnen übrigens.«

»Aber, Virginia, diese Männer kommen natürlich nicht in Frage. Aber es gibt doch noch andere.«

Virginia stieß ein höhnisches Lachen aus. Die wenigen Männer, mit denen sie Kontakt unterhielt, waren Freunde oder Verehrer ihres Vaters, die ihre Rezensionen und Essays lasen und ihr lobende Worte schrieben. Walter Headlam war einer von ihnen. Ein Altphilologe aus Cambridge, den sie schon seit ihrer Kindheit kannte und der darum gebeten hatte, alles von ihr zu lesen, was ihrer Feder bislang entflossen war. Sie hatte ein paarmal Tee mit ihm getrunken, aber seine Lobeshymnen auf ihr Schreiben waren durchsetzt mit anzüglichen Bemerkungen über ihre »wunderbar zierliche Statur«, die sie ausgesprochen abstoßend fand.

»Du bist doch auch nicht verheiratet«, sagte sie nach einer Weile. »Warum willst du, dass ich …«

»Weil du jemanden an deiner Seite brauchst.«

Virginia ließ sich in den Sessel fallen und sah Violet stumm an. Bisher war immer Vanessa an ihrer Seite gewesen, und wenn es nach ihr gegangen wäre, hätte das einfach so bleiben können.

»Mach nicht so ein Gesicht«, sagte Violet. »Du hast auch noch das Schreiben, um das du dich kümmern solltest.«

»Ja«, sagte Virginia. »Es scheint das Einzige zu sein, was mir bleibt.«

Nach dem Tee bat sie Violet, gemeinsam mit ihr zum Fitzroy Square zu spazieren, um ihr das Haus dort zu zeigen.

»Fitzroy Square? Ist das dein Ernst?«, fragte Violet.

»Was spricht dagegen?«

Violet hob nur die Augenbrauen, sagte jedoch nichts.

Es war ein milder Tag, und Virginia hakte sich bei Violet ein unter dem Vorwand, sie stützen zu wollen, weil sie noch so schwächlich aussehe, aber es war vielmehr das eigene Bedürfnis, der Freundin so nahe wie möglich zu sein. Sie umrundeten den Platz, setzten sich im Park gegenüber der Nummer 29 auf eine Bank und beobachteten den Verkehr, der an ihnen vorüberrollte. Mit einem Mal schüttelte Violet den Kopf. »Ich weiß nicht, Virginia. Das Haus mag ganz hübsch sein, aber das Umfeld ist wirklich nichts für eine alleinstehende junge Frau.«

»Findest du?« Virginia wies auf das weit geöffnete Tor einer Holzmanufaktur, aus dem soeben ein junger Mann einen aufwendig geschnitzten Stuhl heraustrug und auf einen Pferdekarren lud. »Es gibt zumindest immer etwas zu sehen. Ich finde es inspirierend.« Einer der Schienenwaggons rollte an ihnen vorbei. »Voller Leben«, setzte sie hinzu.

Violet presste die Lippen zusammen. Sie standen auf und näherten sich dem Haus. Zwei junge Männer mit schlecht sitzenden Hosen und hochgekrempelten Hemdsärmeln gingen grußlos an ihnen vorbei. Violet blickte ihnen nach. »Ich fand ja schon den Gordon Square unpassend für euch, aber das hier … Ich bitte dich, Virginia. Das kann nicht dein Ernst sein.«

»Das sind Künstler«, sagte Virginia achselzuckend, als die beiden in einem der nahe gelegenen Ateliers verschwanden.

»Eben«, sagte Violet streng. »Hier kommst du deinem Ziel, einen passenden Ehemann zu finden, sicher nicht näher.«

»Das ist nicht mein Ziel.«

»Natürlich ist es das. Du weißt es nur noch nicht.«

Virginia rollte mit den Augen und wies dann auf eines der Fenster im Obergeschoss. »Zuletzt hat in diesem Haus ein Schriftsteller gelebt, George Bernard Shaw, du kennst ihn sicher.«

»Das macht es nicht besser. Und er ist ein *Mann.*«

Virginia seufzte. »Ach, Violet. Wie schrecklich konventionell du doch bist.«

»Ich kann daran nichts Schlechtes finden.«

»Nein«, sagte Virginia. »Das fürchte ich auch.«

25. Kapitel

29, Fitzroy Square, März 1907

»Wir brauchen einen Hund.«

»Wir haben doch Gurth.«

»Gurth ist Vanessas Hund. Wir brauchen einen eigenen.«

Adrian warf seiner Schwester einen kritischen Blick von der Seite zu, die gerade stirnrunzelnd einen Riss in der Wandvertäfelung des Salons am Fitzroy Square betrachtete. Sie nahmen heute zum ersten Mal die frisch renovierten Räume ihres neuen Heims in Augenschein. Das Bad war noch nicht fertig, aber die Bodendielen waren instand gesetzt und die Wände in einem dezenten Beige gestrichen. Die Wandvertäfelung im Salon hatte Virginia unbedingt beibehalten wollen, weil sie dem Raum »etwas Altehrwürdiges« verlieh. Adrian hasste Wandvertäfelungen, hatte sich jedoch nicht gegen seine Schwester durchsetzen können. Wie in so vielen Dingen.

Er öffnete das Fenster, dessen Griff er bei seinem ersten Besuch abgerissen hatte, und prompt warf ein Windstoß die Tür des Salons zu. Die Geräusche der Straße füllten das Zimmer mit Geschäftigkeit. Adrian war gespannt, wann Virginia sich das erste Mal darüber beklagen würde, dass sie bei diesem Lärm nicht arbeiten könne.

»Mach das Fenster zu! Ich rede mit dir«, rief sie und sah ihn vorwurfsvoll an. Er gehorchte widerstrebend.

»Du bist diejenige, die einen eigenen Hund braucht«, sagte er. »Mir reicht Gurth.« Er maß mit großen Schritten die Länge des Raumes ab. »Bevor wir uns einen Hund anschaffen, brauchen wir erst einmal ein paar Möbel für diesen riesigen Salon.«

Virginia machte eine unwirsche Handbewegung. »Du lenkst vom Thema ab.«

»Findest du nicht, dass wir erst einmal klären sollten, worauf wir sitzen wollen, bevor wir uns Gedanken um einen Hund machen?«

»Das habe ich schon«, sagte Virginia. »Während du mit Gott weiß was deine Zeit vertrödelt hast, habe ich bereits alles genau geplant.«

»Wunderbar«, sagte er. »Lässt du mich an deinen Plänen auch teilhaben?«

Virginia begann, in ihrer Handtasche zu kramen, schien aber nicht fündig zu werden. »Wo ist denn … ich hatte ihn doch … Das gibt es doch nicht!« Schließlich leerte sie den gesamten Inhalt auf den Fußboden aus. Schlüssel, Geldbörse, Haarnadeln, ein Notizblock, eine Miniaturausgabe von Miltons *Das verlorene Paradies*, mehrere Schreibfedern und ein angebissener Apfel landeten vor Adrians Füßen.

»Na wunderbar«, murmelte er.

Virginia zog etwas Weißes aus dem Haufen. Es war ein auf kleinste Größe zusammengefalteter Zettel. »Hier«, sagte sie triumphierend und hielt ihm das Papierklümpchen unter die Nase. »Ich habe alles aufgezeichnet.« Sie faltete den Zettel auseinander und breitete ihn auf dem Boden aus.

»Was soll das sein?«, fragte Adrian. Er konnte nur Vierecke, Kreise und Pfeile erkennen.

»Würde der Herr sich eventuell aus seinen erlauchten Sphären in unsere Niederungen herabbegeben, damit ich ihm den Plan erklären kann?«

Seufzend hockte sich Adrian neben sie.

»Dies hier«, sie zeigte auf ein Quadrat in der Mitte ihres Zettels, »ist der Salon. Und das«, ihr Finger tippte auf einen winzigen Kreis inmitten des Quadrats, »ist der Ohrensessel aus meinem Wohnzimmer am Gordon Square. Der kommt vor den Kamin. Und da«, sie wies, ohne den Blick zu heben, in Richtung Fenster, »kommt dein Sofa hin.«

»Mein Sofa? Aber …«

»Es ist zu groß für dein Zimmer. Dort passt es gut hin«, beschied Virginia, faltete ihren Zettel wieder zusammen und schob alle Gegenstände zurück in ihre Tasche – bis auf den Apfel, den sie angewidert ansah, um ihn dann in Ermangelung einer besseren Alternative doch noch in der Tasche verschwinden zu lassen.

Adrian überlegte, ob er gegen die Vereinnahmung seines Sofas protestieren wollte, unterließ es aber. Seit Virginia den Entschluss gefasst hatte, Fitzroy Square 29 zu mieten, schien sie in einer Art schalldichtem Tunnel zu wandeln, an dessen Außenwänden nicht nur jede Kritik abprallte, sondern auch Adrians Versuche, Einfluss auf sie zu nehmen. Das Einzige, was Virginia ihm gestattet hatte, war, sie zum Polizeirevier zu begleiten, wo sie sich vergewissern wollte, dass am Fitzroy Square nicht jede Woche ein Meuchelmord geschah und auch die Zahl der Einbrüche das übliche Maß nicht überstieg. »Wenn du solche Bedenken hast, sollten wir vielleicht doch woanders hinziehen«, hatte er gesagt, als sie das Revier wieder verließen.

»Ich habe keine Bedenken. Violet hat mich gebeten, diese Dinge zu klären«, war ihre Antwort gewesen.

Adrian wusste, dass nicht nur Violet, sondern auch George und Gerald, Virginias Lieblingscousine Madge und ihre engsten Freundinnen versucht hatten, sie von ihrem Vorhaben abzubringen, zum Fitzroy Square zu ziehen. Aber Virginia war standhaft geblieben, hatte hartnäckig mit der Vermieterin verhandelt und einen Preis von 120 Pfund bei einer Mietdauer von fünf Jahren ausgehandelt. Adrian, wie auch Vanessa, fand das zu lang, Virginia hatte sich jedoch nicht beirren lassen. »Ich bin die Einzige in dieser Familie, die mit harter Arbeit Geld verdient – also entscheide ich.«

Noch nie hatte Adrian seine Schwester so entschlossen erlebt. Für gewöhnlich zauderte Virginia bei jeder Entscheidung, die sie treffen sollte. Schon die Wahl eines Gerichts im Restaurant konnte ihr unermessliche Qualen bereiten, schließlich könnte das Fleisch zu zäh, das Gemüse zu stark gewürzt, die Suppe zu fad und die Sauce zu flüssig sein. Mit Virginia Einkäufe zu erledigen, glich einem Gang durch dorniges Gestrüpp. Jedes Geschäft wurde zu einem Widerhaken, an dem sie hängen blieb und mit sich rang, ob sie nicht doch vielleicht diesen Sonnenschirm oder jenes Teeservice erstehen solle. Am Ende siegte dann meist ihr Geiz, und Adrian musste sich bei den verärgerten Verkäufern entschuldigen, die manchmal Stunden damit zugebracht hatten, Virginias sprunghaften Wünschen nachzukommen.

Nun also würden sie umziehen, sobald die Wohnräume renoviert waren – noch bevor Clive und Vanessa aus den Flitterwochen zurückkehrten. Warum seine Schwester es so eilig hatte, das Haus am Gordon Square zu verlassen, konnte

Adrian nur erahnen. Sie sprach nicht darüber, drängte nur darauf umzuziehen. Als er zu bedenken gegeben hatte, dass das Bad zu dem Zeitpunkt längst nicht fertig sein würde, hatte sie ihn als Zauderer und Nichtsnutz beschimpft. Das Zusammenleben mit Virginia war nie einfach gewesen, aber die Wochen seit Vanessas Heirat übertrafen alles, was er je mit ihr erlebt hatte. Solange sie jedoch nicht wieder dem Wahnsinn verfiel, war er bereit, jede ihrer Kapriolen mitzutragen.

»Ich finde ja immer noch, dass wir warten könnten, bis das Bad fertig ist«, sagte er jetzt, als sie die Baustelle im zweiten Stock in Augenschein nahmen, aus der einmal ein großzügiges Badezimmer werden sollte.

»Wir haben jeder ein Waschbecken in unserem Schlafzimmer. Und die Latrine hinter dem Haus. In St. Ives sind wir damit auch zurechtgekommen.«

Adrian rollte mit den Augen. »St. Ives. Daran kann ich mich nicht einmal mehr richtig erinnern.«

»Verzeih. Ich vergaß, was für ein Baby du noch bist«, stichelte sie.

Sie stiegen hinab in die Küche, die sich – wie auch am Gordon Square – im Untergeschoss befand. Hier war es kalt und dunkel, die Oberlichter ließen nur sehr wenig Licht herein. Die Frage des Hauspersonals war noch ungeklärt, auch wenn Sophie Adrian gegenüber gesagt hatte, sie werde auf jeden Fall mit Miss Virginia gehen. »Sie weiß ja nicht einmal, was sie auf dem Teller liegen hat!« Virginia aber kam nicht gut mit der resoluten Köchin zurecht, da sich diese wenig um Virginias wählerische Speisevorschläge scherte.

»Es gibt Bücher, die erklären, wie Gerichte zubereitet werden«, sagte Virginia und betrachtete nachdenklich den alten Ofen, der in der Küche verblieben war. Sie öffnete mit spitzen Fingern die Ofenklappe und warf sie sofort angeekelt wieder zu.

»Du willst doch wohl nicht selbst kochen?« Adrian sah vor seinem inneren Auge Virginia vor einem flammenden Topf stehen und hektisch in ihrem Kochbuch nach einem Hinweis suchen, wie Küchenbrände zu löschen seien.

»Natürlich will ich nicht selbst kochen, aber solange wir keine Köchin haben …«

»Du weißt nicht einmal, wie man einen Herd bedient.«

Virginia zuckte die Achseln, als wäre dies ein vollkommen unbedeutender Tatbestand. »Ich lerne lieber kochen, als mich täglich mit ungehobeltem Hauspersonal herumschlagen zu müssen.«

Adrian wandte sich genervt ab und stieg die Treppe zum Erdgeschoss hinauf. Aber sie lief hinter ihm her und hielt ihn fest. »Gut, wir suchen uns schnellstens eine Köchin. Aber eine Magd können wir uns nicht auch noch leisten. Dafür reicht mein Geld nicht.«

»Unser Geld«, sagte Adrian.

»Ich bin die Einzige …«

»Die eigenes Geld verdient, ja, ich weiß. Und du hast mehr als ich, das weiß ich auch.« Er war stehen geblieben und sah auf sie hinunter. Er war nicht leicht aus der Ruhe zu bringen, aber allmählich hatte er genug. »Und wenn du so weitermachst, suche ich mir eine eigene Bleibe.« Damit ließ er sie stehen und verließ wütend das Haus.

An der Tottenham Court Road holte sie ihn ein und

lief schweigend neben ihm her. Als sie den Gordon Square erreichten, sagte sie plötzlich: »Aber wir *brauchen* einen Hund.«

Sie wies auf einen schwarzen Spaniel, der am Tennisplatz im Park angebunden war und mit hektischen Kopfbewegungen den Flug des Balls verfolgte, den zwei junge Männer hin und her jagten. »Genau so einen will ich. Er wird geduldig vor mir sitzen, während ich schreibe, und mich treuherzig anblicken. Von Zeit zu Zeit werde ich ihn hinter den Ohren kraulen oder ihn etwas süßen Tee von meinem Finger schlecken lassen, und wenn ich dann fertig bin, wird er schwanzwedelnd aufspringen und …«

So fing es meistens an. Virginias Geist war wie Spiritus, ein winziger Funke konnte sie entzünden, und einmal entfacht, brannten die Flammen ihrer Phantasie alles nieder, was sich ihr in den Weg stellte. Adrian war geübt darin, sich wegzuducken, wenn Virginias Redefeuer wie eine Wand auf ihn zurollte, allerdings hatte in der Vergangenheit auch immer eines seiner Geschwister, vor allem Thoby, schützend zwischen ihnen gestanden. Thoby hatte Virginia diszipliniert, Vanessa war das Gefäß für ihre Emotionen gewesen. Adrian wusste, dass er keinen von beiden ersetzen konnte, und manchmal wurde ihm angst und bange bei der Vorstellung, die nächsten Jahre mit seiner Schwester zusammenleben zu müssen. Wenn sie nur auch bald heiraten würde – dann wäre er frei zu leben, wie er wollte und mit wem er wollte. Aber er würde Virginia nicht im Stich lassen.

»Adrian? Hörst du mir überhaupt zu?« Virginia packte ihn am Arm und schüttelte ihn.

»Immer, Ginia«, sagte er.

»Und? Kaufen wir nun einen schwarzen Spaniel?«

»Ja«, sagte Adrian. »Natürlich. Was immer du willst.«

Schon wieder kein Brief von Vanessa! Wütend warf Virginia den Stapel Post, der soeben eingetroffen war, zurück auf das silberne Tablett. Ihre Schwester vergnügte sich mit Clive in Paris, während die ganze Arbeit mit dem Umzug auf ihren Schultern lastete. Und Adrian war wieder einmal verschwunden. Was er nur immer trieb? Sie hatten gestern noch gemeinsam einen Tisch für das Speisezimmer, Stühle und ein Pianolo für ihr eigenes Zimmer gekauft. In einem Stoffgeschäft hatte er sie dann stehen lassen, weil sie sich nicht zwischen zwei Rottönen für die Brokatvorhänge in ihrem Zimmer hatte entscheiden können. Er war so ungeduldig. Natürlich machte es einen Unterschied, ob ein Vorhang rostrot oder zinnoberrot war. Und natürlich bedurfte es reiflicher Überlegung, ob der bereits erstandene grüne Teppich zu den Vorhängen passte oder nicht. Vanessa hätte gewusst, welche Farbe zu wählen wäre. Vanessa hätte auch die Geduld gehabt, mit ihr noch ein zweites oder drittes Mal in das Geschäft zu gehen, um die Stoffe erneut nebeneinanderlegen zu lassen, um zu sehen, ob sich ihre Empfindungen gegenüber der jeweiligen Wirkung der Farben verändert hätten.

Doch die Zeit drängte. Der Umzug stand kurz bevor, und nur wenige Tage später würde Virginia mit Adrian nach Paris reisen, um Vanessa und Clive dort zu besuchen. Es musste alles fertig eingerichtet werden, bevor sie fuhren, denn Clive und Vanessa würden bald zurückkehren und Gordon Square Nummer 46 mit ihrem Eheglück vereinnahmen.

Virginia stieg hinauf in ihr Wohnzimmer, wo ein heilloses Durcheinander herrschte. Sie hatte beginnen wollen, ihre Bücher in Kisten zu sortieren, war aber an der Frage gescheitert, ob sie nach alphabetischer Reihenfolge oder nach Jahreszahl des Erscheinungsdatums vorgehen solle. Dann hatte sie ihre Notizbücher und Briefe auf dem Boden ausgebreitet und sich in den alten Eintragungen festgelesen. Schließlich waren ihre Augen so müde geworden, dass sie erst einen Spaziergang unternehmen musste, bevor sie fortfuhr. Nun war es bereits Abend geworden, und noch nichts war eingepackt.

Sie hockte sich auf den Boden und nahm den zuoberst liegenden Brief auf. Es war der letzte, den Clive ihr geschrieben hatte, was eine ganze Woche zurücklag. Sie musste ihm gleich antworten, sonst würde sie ihm gar nicht mehr schreiben können. Sie setzte sich an ihr Pult und tunkte die Feder in Tinte.

Mein lieber Clive, schrieb sie, *ich kann mir keinerlei Umstände vorstellen, die weniger geeignet wären, einen Brief zu schreiben, als die, in denen ich mich in diesem Augenblick befinde.*

Sie ließ den Blick über das Chaos auf ihrem Boden schweifen. Vanessa hätte sie getadelt. Wie könne sie nur Briefe schreiben, wo doch so viele Dinge zu tun seien? Nun, Vanessa war weit weg und hatte sie vergessen, zumindest in die hinterste Ecke ihres Gemütes verdrängt. Also geschah es ihr recht, dass sie diese wertvollen Minuten Clive und nicht ihr widmete. Virginia stellte sich vor, wie Vanessa ihren Kopf an Clives Schulter lehnte und mit geschlossenen Augen lauschte, während er ihre schön gedrechselten Sätze laut vorlas und im Stillen ihre Metaphern bewunderte.

Sie wählte ihre Worte mit Bedacht und webte in jeden Satz Anspielungen ein, die nur Vanessa verstehen konnte. So wurde der an Clive gerichtete Brief zu einer heimlichen sehnsuchtsvollen Botschaft an ihre Schwester. Sie brauchte lange für diese zwei Seiten und bemerkte nicht, dass im Kamin nur noch eine schwache Glut glomm. Erst als sie die Feder beiseitelegte, spürte sie die Kälte, die ihre Glieder hinaufgekrochen war und sich bis in ihre Eingeweide gefressen hatte. Sie ging zu Bett, ohne eine einzige Kiste gepackt zu haben.

29, Fitzroy Square, April 1907

Den Tag, an dem Vanessa und Clive Gordon Square nach ihren langen Flitterwochen in Besitz nahmen, verbrachte Virginia in ihrem neuen Wohnzimmer am Fitzroy Square und erweckte auf dem Papier jene junge Frau zum Leben, die schon so lange durch ihre Gedanken geisterte – auf ihren Spaziergängen, in ihren Träumen, auch während der anstrengenden Tage des Umzugs. Inzwischen hatte sie ihre ersten Schritte skizziert und auf losen Zetteln die Worte notiert, die sie ihr zuflüsterte. Schamhaft versteckte sie diese Notizen jedoch vor den Augen aller, nicht einmal in ihr Tagebuch durften ihre Gedanken Eingang finden, die den zarten ersten Regungen eines Fötus glichen; durch bloßes Tasten nicht spürbar und doch so beglückend war das Wissen, dass da etwas im Stillen heranwuchs. Selbst Violet gegenüber verheimlichte sie, dass sie begonnen hatte, diese Geschichte zu schreiben. Und welche Freude, welche Genugtuung lag darin, in ihrem eigenen Salon zu sitzen und über diesem Geheimnis zu brüten, in einem Haus, das sie von ihrem Geld bezahlte und mit der Kraft ihrer eigenen Hände und ihres Verstandes so gestaltet hatte, wie sie es sich wünschte – mit Bücherpyramiden auf dem Fußboden, roten Brokatvorhängen und dem Dunst von Zigaretten und Staub, der über allem hing. In diesem Moment spielte es keine Rolle, dass nur zehn Minuten von hier entfernt Vanessa ein eigenes, von ihr getrenntes Leben begonnen hatte, an der Seite eines Mannes, der ihrer nicht würdig war.

Clive gab sich Mühe, o ja, das hatte Virginia schon in den Tagen in Paris, die sie gemeinsam verbracht hatten, wahrgenommen. Er tat alles, um seine Frau glücklich zu machen. Teure und geschmackvolle Möbel hatten sie erstanden, moderne Gemälde, die die Familienporträts der Stephens ersetzen sollten, und farblich auf das Mobiliar abgestimmte Vorhänge, die die indischen Tücher verdrängten. Clive schmeichelte Vanessa, er bewunderte sie, er las ihr jeden Wunsch von den Augen ab. Und Vanessa sog all das in sich auf, sogar den aufdringlichen Wohlstand, über den sie in den Wochen ihrer Verlobungszeit, die sie mit Clive in seinem Elternhaus verbracht hatte, noch so voller Verachtung geurteilt hatte. Ihre Schwester erschien Virginia wie ein weit offenes Gefäß, in das sich ein unablässiger Strom an Geschenken, an Zärtlichkeiten, an Zuneigung ergoss. Ihre eigene Liebe für Vanessa indes fand darin keinen Platz mehr – nein, falsch. Clive verwässerte sie, darin lag das ganze Drama.

Virginia legte die Feder beiseite und las die letzten Zeilen, die sie geschrieben hatte. Da! Es war schon wieder geschehen! Wenn sie nicht achtgab, würde ihre Heldin ein blasses Abbild Vanessas werden. Immer wieder schlich sich die Schwester in ihre Gedanken und spülte die Ecken und Kanten weich, die Virginia dieser Figur mitgeben wollte. Sie sollte ein Individuum werden, ein Wesen, geboren aus ihrem Geist, aber eigenständig und echt. Himmel, war das ein schweres Unterfangen! Wie war es zu bewerkstelligen, das eigene Leben aus der Fiktion herauszuhalten, welche sich doch aus den zahllosen Eindrücken nähren musste, die Tag für Tag auf ihren Geist wirkten? Wie schreiben, ohne die Hand der Schöpferin spürbar werden zu lassen, ihre Schwächen zu entlarven? Viele Sätze hatte sie schon verworfen, und nur langsam, sehr langsam setzte sich aus ihren tastenden Worten das Geschöpf zusammen, das ihr vorschwebte. Und eines Tages würde sie dieses Geschöpf in die Welt hinauslassen, so wie eine Mutter ihr Kind ziehen lässt. Allein das war ein Ziel, für das es sich zu leben lohnte.

26. Kapitel

Rye, Sussex, im August 1907

London war zu einem Brutkasten geworden. Auf einen nassen Juni war ein glühend heißer Juli gefolgt, der die Menschen aus ihren Häusern aufs Land trieb. Vanessa und Clive hatten in den ersten Julitagen die Stadt verlassen, um die Sommermonate in einem hübschen Landhaus in Rye zu verbringen. Auf ihren Spaziergängen hatte Vanessa ein Cottage in Playden entdeckt, nur eine Meile von Rye entfernt. *Kommt her*, schrieb sie. *Ihr könnt es mieten. Es hat einen blühenden Garten, und man blickt über das Marschland bis hin zum Meer. Du kannst die salzige Luft riechen und in der Nacht die Leuchttürme blinken sehen. Es würde dir gefallen.*

Virginia hatte keine Sekunde gezögert. Mit einem Koffer voller Bücher, zahllosen Schreibfedern und einem vom Reiseziel wenig begeisterten Adrian war sie nach Playden gefahren, und nun saß sie hier im Schatten eines alten Apfelbaums, blickte über das weite Land, das nach der Trockenheit der letzten Wochen braun und öde war, und fragte sich, was wohl ein passender Name für ihre junge Heldin sein könnte, die zwischen den Deckeln eines grünen Notizbuches zu leben begonnen hatte. Der Hund der Landlady, ein altersschwacher Bobtail, lag zu ihren Füßen und schlief. Adrian kam aus dem Haus geschlendert und setzte sich zu ihr. Schnell klappte sie ihr Buch zu und sah ihn fragend an.

»Was machst du?«, fragte er.

»Nichts Besonderes. Du?«

»Nichts.« Er tippte den Bobtail mit der Fußspitze an, hob einen Ast auf und warf ihn aufs Feld hinaus. Der Hund hob nur müde den Kopf.

»Es ist zu heiß. Lass ihn in Frieden.«

»Hm«, brummte Adrian. Dann nach einer Weile: »Wir sollten nach Rye hinüberspazieren.«

»Wir waren gestern dort.«

»Vanessa und Clive wird es nicht stören, wenn wir auch heute kommen.«

Virginia antwortete nicht.

Adrian machte ein mürrisches Gesicht und wippte mit seinem Stuhl vor und zurück. »Vanessa hat sich verändert, findest du nicht?«

»Verändert? Inwiefern?«

»Im Gesicht.«

»Sie hat etwas zugenommen, ja«, sagte Virginia.

»Vielleicht ist sie …« Adrian deutete mit der Hand einen gerundeten Bauch an.

Virginia setzte sich kerzengerade auf. »Schwanger? Vanessa?« Sie schüttelte heftig den Kopf. »Nein! Das wüsste ich.«

»Wenn du meinst.« Er blickte gelangweilt in den Himmel.

Sie schwiegen beide, und Virginia begann, ihren linken Daumenknöchel zu bearbeiten. Nach einer Weile sagte sie: »Etwas so Wichtiges würde sie mir sagen.«

»Bin nicht sicher«, brummte Adrian. »Ihr steht einander ja nicht mehr so nahe.«

»Was soll das heißen?«

Adrian beobachtete eine Spinne, die am Bein der Gartenbank heraufgekrabbelt war und nun in aller Seelenruhe über sein Bein spazierte. Er nahm sie zwischen die Finger und hielt sie Virginia vor die Nase. »Das, was ich sage.«

»Du weißt gar nichts!«, schimpfte Virginia und schlug seine Hand fort. Früher hatte er sie mit Spinnen ärgern können, doch das war lange vorbei.

»Mehr, als du glaubst«, sagte er, stand auf und ging zurück zum Haus. Bevor er durch die Tür verschwand, rief er: »Bestimmt erwartet sie ein Kind.«

Virginia warf ihm einen winzigen unreifen Apfel nach, der vom Baum herabgefallen war, und knallte das grüne Notizbuch auf den Gartentisch. Sie musste sich zusammenreißen, um ihrem Bruder nicht die wüsten Beschimpfungen hinterherzuschreien, die ihr auf der Zunge lagen. Er wusste genau, wie er sie verletzen konnte. Natürlich war das Verhältnis zu Vanessa nicht mehr dasselbe wie noch vor ihrer Hochzeit. Wie denn auch? Immer war Clive um sie herum, es gab sie einfach nicht mehr, diese stillen Momente, in denen sie Vanessa ganz für sich hatte. Aber viel schlimmer noch war, dass Adrian vielleicht recht hatte. Wie war es möglich, dass ausgerechnet ihr unsensibler, vertrottelter Bruder sie darauf aufmerksam machen musste, dass Vanessa guter Hoffnung sein könnte? Warum war ihr dieser Gedanke nicht selbst gekommen? Vanessa war nicht nur praller geworden, sie strahlte wie eine Blume im Morgentau, saftig und lebensspendend, umsummt von Freunden und Familie, die sich an ihrer Süße labten. Wäre das nicht ein Satz, der gut zu ihrer Heldin passen könnte? Sie klappte ihr Notizbuch auf und notierte ihn. Dann runzelte sie die Stirn und strich ihn mit so viel Nachdruck wieder durch, dass sie ein Loch ins Papier riss.

»Ja, Adrian hat recht. Wir erwarten ein Baby.«

Einen Moment lang schienen die Insekten in ihrem emsigen Treiben innezuhalten und die kreischenden Möwen über ihren Köpfen zu verstummen. Eine ganze Weile hörte Virginia nichts anderes als das Rauschen des Blutes in ihren Ohren. Sie registrierte, wie Vanessa ihre Hand in die Clives schob und sie mit einem beinah mitleidigen Blick ansah. Die beiden lagen auf einer großen Picknickdecke im Gras, Clive mit lang ausgestreckten Beinen, den Oberkörper halb aufgerichtet und auf den Ellbogen abgestützt. Vanessas Kopf ruhte in seinem Schoß. Sie trug ein dünnes Sommerkleid, unter dem sich deutlich die Linien ihres Körpers abzeichneten. Eine Bauchwölbung konnte Virginia nicht erkennen, aber das Bild, das die beiden in diesem Augenblick abgaben, sprach für sich.

»Du hättest es mir sagen können«, sagte sie. Sie hockte vor ihnen, auf einem schmalen Zipfel der Decke. Adrian saß im Gras. Sie waren gemeinsam zu einer Wanderung entlang der Küste aufgebrochen und hatten sich zur Rast in einer windgeschützten Senke unweit der steil abfallenden Klippen niedergelassen. Schwach war die unablässige Brandung des Meeres zu hören, zerrissen vom Schreien der Möwen hoch über ihnen.

»Es war zu früh. Ich wollte sichergehen, dass wir es nicht wieder verlieren.«

Virginia nickte. Natürlich. Eine plausible Erklärung und dennoch – ein weiteres Steinchen im Gefüge ihrer einst sicheren Familienfestung bröckelte. Bald bliebe nur noch eine Ruine übrig.

»Wann ist es so weit?«

»Wir denken, im Februar oder März nächstes Jahr.«

Wir. Früher einmal hatte dieses »wir« sie selbst eingeschlossen.

»Nun«, sagte Virginia. »Dann darf man wohl gratulieren.« Sie schaffte es sogar zu lächeln. Dann stand sie auf und wanderte bis zum Rand der Klippen, dahin, wo die Vegetation endete und der bloße Fels zu ihren Füßen in die Tiefe stürzte.

46, Gordon Square, im Oktober 1907

Vanessa hatte sie gebeten, zum Tee vorbeizukommen. Natürlich wurden solche Einladungen immer nur in die eine Richtung ausgesprochen. Vanessas Salon war so viel geschmackvoller eingerichtet als ihr eigener, und kaum je kamen Vanessa und Clive auf die Idee, sie und Adrian am Fitzroy Square von sich aus zu besuchen. Die beiden wurden nicht müde, Gäste einzuladen und die stilvolle Eleganz im neu gestalteten Salon am Gordon Square zu präsentieren. Allerdings kamen nur bestimmte Besucher in den Genuss der Gastfreundschaft im Hause Bell. Vanessa erschien Virginia inzwischen wie eine französische Salondame, die nur ausgesuchte Geistesgrößen um sich versammelte. All jenen Bekannten und Verwandten, die ihrem Anspruch an Originalität nicht genügten, schlug sie mit Entschiedenheit die Tür vor der Nase zu. George hatte sich bereits bei Adrian beschwert, dass Vanessa ihn und seine Gattin noch nicht ein einziges Mal zum Dinner gebeten hatte, und von ihrer Cousine Margaret Vaughn musste Virginia sich eine empörte Tirade anhören, nachdem Vanessa sie nach nur fünfzehn Minuten hinausbefördert hatte, weil sie angeblich von einer furchtbaren Kopfschmerzattacke geplagt wurde. »Es hat mich nicht sehr gestört, aber … Ich war ohnehin noch zu einer Dinnergesellschaft geladen und wollte nur die Gelegenheit nutzen … Nun, wie auch immer. Sie sah übrigens blendend aus an dem Tag … Das sagte auch Mary Fisher, ich traf sie neulich, sie hat … Aber was ich erzählen wollte … Wir fuhren wenig später noch einmal am Haus vorbei, und da … Nun, es war gewiss ein Zufall, dass zwei Herren hineingingen … Ob ihr Kopfschmerz schon wieder abgeklungen war? Es gibt ja solche Attacken, aber … Nun, sie wird …«

Und so war es weitergegangen, bis Virginia selbst Kopfschmerzen bekam. Dennoch besaß sie den Anstand, Margaret nicht vor die Tür zu setzen, sondern ertrug ihren Redeschwall, bis die Cousine ihren Antrittsbesuch am Fitzroy Square selbst beendete. Natürlich nicht ohne zum wiederholten Male die »höchst ungünstige Lage« zu bemängeln, die Virginia sich zum Wohnen ausgesucht habe.

Virginia fühlte sich wohl in ihrem neuen Heim, wenngleich die Kritik, die es von allen Seiten hagelte, ihr zusetzte. Der beständige Vergleich mit dem Gordon Square, der sich durch Vanessas Gespür für Stil und Farben und Clives Geld zu einem regelrechten Kunstwerk gemausert hatte, nagte an ihrem Selbstwertgefühl. Und Adrian trieb ihn immer tiefer ins Fleisch, indem er ständig an allem herumnörgelte. Der Salon war zu dunkel (die Wandvertäfelung!), die Straße zu laut, die Speisen ohne Sinn und Verstand zusammengestellt und sie selbst zänkisch und unordentlich. Die ewigen Streitereien mit ihrem Bruder zerrten an ihren Nerven, aber sie besaß weder Thobys Autorität noch Vanessas Gleichmut, um Auseinandersetzungen in friedliche Bahnen zu lenken. Ebenso wenig wie Adrian. Und so konnte es passieren, dass ein gemeinsames Frühstück in einer regelrechten Schlacht endete. Wie zum Beispiel an diesem Morgen. Sie hatte lustlos an einem trockenen Toast geknabbert und ihn dann beiseitegeschoben.

»Du musst etwas essen«, hatte Adrian gesagt. »Du hast schon gestern Abend nichts gegessen.«

»Ich muss gar nicht. Ich kann. Aber ich will nicht.«

»Du weißt, dass du essen musst.«

»Du tätest mir einen großen Gefallen, wenn du dich um deine Angelegenheiten kümmern könntest.«

»Wenn du nicht genug isst, wirst du zu meiner Angelegenheit. Wir wohnen zusammen, falls du es vergessen haben solltest.«

»Das zu vergessen, ist kaum möglich. Ich bin bereits heute früh über deine Schuhe gestolpert, die du so hilfreich auf der Treppe hast stehen lassen.«

Mit einer übergroßen Portion Porridge im Mund murmelte Adrian etwas, das klang wie »Hab ich vergessen«.

»Mit vollem Mund spricht man nicht.«

Adrian kaute aufreizend langsam zu Ende und sagte dann: »Wenn ich nicht geantwortet hätte, hättest du mich angefahren, ich solle gefälligst etwas dazu sagen.« Er seufzte und schob sich den nächsten Löffel in den Mund.

Virginia musste den Blick abwenden. »Du wirst mich noch umbringen mit deiner Vergesslichkeit.«

»Deine Bücher liegen auch überall herum.« Er wies auf das Sideboard, auf dem Virginia die alte Voltaire-Ausgabe ihres Vaters dekoriert hatte.

»Sie liegen nicht herum. Ich habe sie absichtlich dorthin gestellt.«

»Zu welchem Zweck?«

»Sie sehen schön aus.«

»Schön? Eine eigenartige Vorstellung von Schönheit hast du.« Er sah sie mitleidig an.

Da war er wieder, der versteckte Vergleich mit Vanessa, auf den nahezu jede Diskussion zwischen ihnen irgendwann hinauslief und der die brodelnde Unzufriedenheit in ihrem Inneren unfehlbar zur Explosion brachte. »Ich weiß genau, was du damit sagen willst«, schrie sie und warf ihm eine Toastscheibe an den Kopf.

Adrian stutzte und wehrte sich mit einem Stück Kandiszucker, das Virginia sofort zurückwarf. Das Ganze endete damit, dass Adrian wutentbrannt das Haus verließ und Virginia ein Stück Butter von der Wand kratzen musste, das Adrian nach ihr geworfen hatte.

Als Virginia an diesem Nachmittag am Gordon Square eintraf, saß Lytton bei Vanessa im Salon. Clive war mit Saxon nach Cambridge gefahren, um Maynard zu besuchen. Wann aus den Herren Strachey, Keynes, Sydney-Turner und Mac Carthy für sie Lytton, Maynard, Saxon und Desmond geworden waren, wusste Virginia nicht mehr genau. Mit Thobys Tod hatte die distanzierte Förmlichkeit im Umgang mit seinen Freunden jede Sinnhaftigkeit verloren. Besonders Lytton war zu einem engen Freund und Vertrauten geworden – vor allem für Vanessa. Er ging am Gordon Square ein und aus wie einst Clive, und der lockere Umgangston zwischen den beiden hätte Außenstehende gewiss schockiert. Virginia jedoch empfand noch immer ein wenig Scheu vor dem ehemaligen Apostel. Nachdem seine Bewerbung um ein Fellowship in Cambridge abgelehnt worden war, schien er sich damit abfinden zu wollen, ein ewig verkanntes Genie zu bleiben. Er lebte mit seinen knapp dreißig Jahren in einer, wie er es nannte, »jämmerlichen Dachkammer« unter dem strengen Regiment seiner Mutter und verdingte sich mit aufsehenerregenden Rezensionen und Essays für den *Spectator.* Solchermaßen dem Joch des bezahlten Journalismus unterworfen, fühlte sich Lytton außerstande, sein bahnbrechendes literarisches Werk zu beginnen, das ihm den Ruhm der Nachwelt einbringen sollte. Er sprach sehr freimütig und unbescheiden über seine großartigen Ideen – stets jedoch im Konjunktiv. Vielleicht, dachte Virginia manchmal, war auch das nur eine Pose, und er schrieb tatsächlich Bahnbrechendes in seiner Dachkammer. Diese Vorstellung allerdings gefiel ihr ganz und gar nicht. Gewiss war er dazu nicht eher in der Lage als sie selbst! Ohne dass er es wusste, lag sie mit ihm im Wettstreit. Sie las jede seiner Rezensionen und musste zähneknirschend zugestehen, dass sie brillant waren. Er jedoch schien nie eine einzige ihrer Veröffentlichungen zur Kenntnis zu nehmen. Augenscheinlich hatte er wenig Interesse an ihr – weder als Frau noch als Rezensentin oder Essayistin. Manchmal griff er einen Gesprächsfaden von ihr auf – und sie ärgerte sich, dass ihr das schmeichelte. Die selbstherrliche Cambridge-Arroganz, die Lytton in ihren Augen verkörperte, war ihr furchtbar zuwider – zugleich hätte ein anerkennendes Wort zu einer ihrer Arbeiten aus seinem Mund ihr jedoch mehr bedeutet als jedes Lob von Clive – der wiederum alles las, was es von ihr zu lesen gab.

Lytton saß wie immer am Fenster, allerdings hatte sein favorisierter Korbstuhl einem modernen Sessel weichen müssen, der im Ton auf die malvenfarbenen Vorhänge abgestimmt war. Davor nahm sich der rostrote Schnauzbart des Gastes wie eine Beleidigung des Auges aus, und Virginia lag eine spöttische Bemerkung dazu auf der Zunge, die sie sich dann aber verkniff.

Gurth warf sie zur Begrüßung fast um, und sie hatte Mühe, ihn davon abzuhalten, neben ihr auf das Sofa zu springen – denn auch das war im Hause Bell neuerdings nicht mehr gestattet.

»Du übst einen schlechten Einfluss auf den Hund aus«, schalt Vanessa sie und schob Gurth zur Tür hinaus.

»Ich übe einen schlechten Einfluss auf jeden Hund aus. Frag Hans.«

Hans war der Spaniel, der wenige Wochen zuvor am Fitzroy Square Einzug gehalten hatte. Eine Seele von Hund, die sich allerdings jeglichem Versuch der Erziehung widersetzte und trotz strengster Ermahnungen nicht begreifen wollte, dass Tischbeine nicht dazu bestimmt waren, um daran das eigene Bein zu heben, schon gar nicht, wenn Gäste anwesend waren. Was, wie Adrian behauptete, Virginias Schuld war. Im Gegenzug warf Virginia ihm vor, regelmäßig zu vergessen, dass er den Hund ausführen müsse, wenn sie nicht im Hause war.

»Hans?«, fragte Lytton und sah mit hochgezogener Braue von Vanessa zu Virginia. »Ein Deutscher?« Es war bemerkenswert, wie viel Abscheu Lytton in ein einziges Wort zu legen vermochte.

»Oh, Hans ist Virginias jüngste Eroberung«, sagte Vanessa in dieser tiefen, gurrenden Stimmlage, mit der sie neuerdings so oft sprach. Sie räkelte sich in ihrem Sessel wie eine schmusewillige Katze und warf Virginia einen gespielt vorwurfsvollen Blick zu. »Ginia! Hast du Lytton etwa noch nicht mit ihm bekannt gemacht?«

»Leider hatten wir das Vergnügen noch nicht«, gab Virginia trocken zurück. Vanessas anzüglicher Unterton gefiel ihr ganz und gar nicht, auch wenn sie sich den Spaß, Lytton zu foppen, nicht entgehen lassen wollte. »Wenn du uns in näherer Zukunft einmal mit einem Besuch beehrst, könnte ich dieses Versäumnis nachholen«, sagte sie, zu Lytton gewandt.

»Ich wäre vorsichtig, Lytton«, sagte Vanessa und stand auf, um Lytton Tee einzuschenken. Auch ihr Hüftschwung hatte sich verändert, fand Virginia. Aber das mochte an ihrem anschwellenden Bauch liegen. »Wenn Hans dir schöne Augen macht …«, schnurrte sie und klimperte mit den Lidern.

»Oh, und er hat schöne Augen«, fiel Virginia ihr ins Wort. »Es ist kaum möglich, seinem Charme zu widerstehen.«

»Ich würde sogar sagen, Hans' Charme übertrifft den deines geliebten Cousins Duncan um ein Vielfaches«, sagte Vanessa. Sie hatten Duncan in Paris kennengelernt, wo er Malerei studierte. Er hatte sie alle begeistert mit seinem Witz und unwiderstehlichen Charme.

»Nein, Virginia. Ich fürchte, du musst eine Begegnung verhindern, sonst wird dir Hans noch untreu.«

Lytton neigte den Kopf leicht zur Seite. Ihm schien allmählich zu dämmern, dass die beiden Damen ihn aufzogen. Aber er hatte selbst zu viel Freude an anzüglichen Scherzen, um das Spiel nicht mitzuspielen.

»Ich sehe da keine Gefahr. Ich kann mir nicht vorstellen, dass ein stattlicher Teutone sich mit einem mageren Angelsachsen wie mir abgeben wollte.«

»Oh«, sagte Vanessa. »Er wäre hingerissen von dir. Meinst du nicht auch, Ginia?«

Virginia setzte eine skeptische Miene auf. »Er ist mir treu ergeben. So leicht wird es nicht sein, ihn von meiner Seite zu locken.«

»Aber wenn doch sogar ein junger Gott wie Duncan ihn …« Vanessa schaffte es, dass der unausgesprochene Teil des Satzes in der Luft zu knistern schien.

Das war mehr als eine nur verdeckte Anspielung auf Lyttons Vorliebe für junge Männer, aus der er selbst keinen Hehl machte, inzwischen auch nicht mehr vor Vanessa und Virginia. Dennoch überraschte Virginia, wie unverblümt ihre Schwester das Thema ansprach. Doch Vanessa ging noch weiter: »Wenn Lytton deinen Hans nur an den richtigen Stellen krault, wird er …«

»Vor Glück mit dem Schwanz wedeln?«, fragte Lytton.

Vanessa warf den Kopf in den Nacken und lachte schallend. »O ja«, rief sie aus. »Er wird ihn steil aufstellen, nicht wahr, Ginia?«

Virginia spürte, wie ihr die Röte in den Kopf stieg. Lytton lehnte sich im Sessel zurück, schlug die Beine übereinander und sah sie erwartungsvoll an, als erhoffte er sich von ihr die Schlusspointe. Aber die beiden hatten sich mit ihrem Schlagabtausch auf ein Terrain begeben, auf dem sie sich unsicher, wenn nicht gar unwohl fühlte. Es führte in einen Bereich, der für sie im Dunkeln lag, zu Gefühlen, die mit Ekel und Abscheu verbunden waren. Andererseits gab es da auch den Reiz des Verbotenen und den Drang, in diese so schamhaft verhüllten Schlafzimmergeheimnisse anderer eingeweiht zu werden. Was war dran an dieser »Sache«, über die niemand sprechen konnte? Die Vanessas Körper so augenscheinlich verändert hatte? Sie sah hinüber zu ihrer Schwester, die ihre bloßen Füße auf der neu erstandenen Chaiselongue ausgestreckt hatte, den Arm hinter dem Kopf, so dass sich ihre üppige Brust und ihr sich rundender Bauch vorwölbten. Ihre Züge waren weicher geworden, ihre Bewegungen fließender. Aus jeder Pore ihres sinnlichen Körpers strömte die Botschaft, dass sie nun eine geliebte, eine vollkommene Frau war.

»Nun«, sagte Virginia endlich und sah wieder Lytton an. Herausfordernd. Direkt. »Der Schwanz von meinem Hans ist leider recht kurz, aber vielleicht beehrst du uns dennoch mit deinem Besuch.«

Vanessa rollte vor Lachen beinah von ihrer Chaiselongue, und Lytton neigte seinen langen Oberkörper in einer angedeuteten Verbeugung vor. Mit einer galanten Handbewegung sagte er: »Wie sollte ich einem solch verlockenden Angebot widerstehen können. Vielleicht kann mich dein Hans darüber hinwegtrösten, dass Duncan seinen Sch…« Er räusperte sich. »Nun, dass er mittlerweile lieber andere mit seinem Charme beglückt.« Bei diesen letzten Worten schien ein Schatten über sein Gesicht zu huschen, aber er wischte den Moment mit einer schwungvollen Geste beiseite und erhob sich. »Meine Damen. Es war mir ein Vergnügen, aber nun muss ich zurück in meine Dachkammer eilen und die letzten vernichtenden Zeilen über eine missratene Theateraufführung schreiben.« Er verneigte sich und schritt auf seinen langen spindeldürren Beinen aus dem Raum.

Virginia warf Vanessa einen fragenden Blick zu. »Haben wir ihn verschreckt?«

»Er hat Liebeskummer«, sagte Vanessa, als unten die Tür ins Schloss fiel. »Maynard hat mit Duncan … Nun, sie haben hinter Lyttons Rücken eine Affäre angefangen.«

»Und das hat er dir erzählt?«, fragte Virginia ungläubig. Solche »Affären« zwischen Männern wurden mit zwei Jahren Gefängnis und sozialer Ächtung bestraft, und auch wenn Lytton freimütig davon berichtete, dass die hübschen Kellner im Carlton ihn beinah um den Verstand brachten, so war eine Schwärmerei doch etwas ganz anderes als Sex zwischen Männern – denn das meinte Vanessa sicher, wenn sie von »Affäre« sprach.

»Angedeutet hat er es – und ich kann eins und eins zusammenzählen.« Wie selbstzufrieden sie das sagte. Nicht zum ersten Mal ärgerte sich Virginia darüber, wie aufdringlich Vanessa ihr neu gewonnenes Wissen über die Sexualität zur Schau trug. Als wäre der Umstand, dass Virginia noch so gänzlich unerfahren auf diesem Gebiet war, höchst bemitleidenswert.

Sie schluckte ihren Ärger hinunter. »Auf deine Rechenkünste würde ich mich nicht verlassen.«

Vanessa lachte fröhlich. »Komm her, du alter Ziegenbock.«

Sie setzte sich auf und klopfte auf den Platz neben sich. »Lass dir das Kinn kraulen.«

Virginia setzte sich neben sie und genoss die selten gewordene Nähe zu ihrer Schwester. Sie legte ihr die Hand auf den Bauch. »Spürst du es schon?«

»O ja«, sagte Vanessa. »Es rumpelt ganz ordentlich. Besonders nachts.«

»Das muss ein schönes Gefühl sein.« Virginia legte ihren Kopf auf Vanessas Bauch und dachte an ihr grünes Notizbuch, in dem sich Seite um Seite füllte. Und dann dachte sie daran, dass es bald einen weiteren Menschen in Vanessas Leben geben würde, der ihrer Liebe bedurfte.

»Vielleicht solltest du Lytton heiraten«, sagte Vanessa plötzlich.

»Was?« Virginia fuhr hoch. »Aber er ist ein Sodomit!«

»Das macht doch nichts. Er ist intelligent und witzig, und er schreibt – wie du. Ihr würdet perfekt zueinander passen.«

»Er liebt mich doch nicht.«

»Ach«, sagte Vanessa und lächelte versonnen. »Liebe … die findet sich nicht so leicht.«

»Du hast sie gefunden.«

»Ja«, sagte Vanessa und küsste sie auf den Scheitel. »Aber für diese Art von Liebe bist du nicht geschaffen.«

27. Kapitel

Virginia wusste nicht, für welche Art von Liebe sie »geschaffen« sein sollte. Männer stießen sie entweder ab, oder sie langweilten sie. Die meisten Männer, mit denen sie nähere Bekanntschaft gemacht hatte, waren entweder deutlich älter als sie, oder sie waren homosexuell wie Lytton, Maynard, Morgan Forster und auch der höchst charmante Duncan Grant. Es gab diese Männer wie George Duckworth, der die eigene Ehefrau als zentrales Element seines gesellschaftlichen Ansehens betrachtete und sie wie einen Orden zur Schau stellte. Und es gab solche wie Leo Maxse, Kittys Ehemann, der beim Essen schwitzte und so laut sprach, dass niemand anderes wagte, das Wort zu erheben. Am allerwenigsten seine Gattin. Undenkbar, die Nähe eines solchen Mannes zu ertragen. Wenn es nicht ohnehin ganz und gar undenkbar war, die Nähe eines Mannes zu ertragen. Insofern hatte Vanessa vielleicht recht, dass Lytton der perfekte Ehemann für sie wäre. Er würde sich ihr gewiss nicht körperlich nähern wollen, und er war einer der intelligentesten Männer, die sie kannte. Sie würden einander zu geistigen Höhenflügen inspirieren, würden über das Wesen der Liebe philosophieren, in beidseitigem Einverständnis, dass sie im Grunde eine Torheit war. Hatte nicht Lytton selbst so etwas gesagt? Nun sah es allerdings ganz und gar nicht so aus, als wollte Lytton ihr einen Heiratsantrag machen. Er schien verstrickt in sein Beziehungsnetz jenseits der gesellschaftlichen Schranken und wenig geneigt, sein Leben in konventionelle Bahnen zu lenken. Zudem hatte er Vanessa zu seiner Vertrauten auserkoren, nicht sie. Sie mochte Plato zitieren können – die Liebe aber war Vanessas Terrain. Mit ihren neuen Kurven, ihrer tiefen lockenden Stimme und ihrer Bereitschaft, jedes harmlose Gespräch in eine zweideutige Richtung zu lenken, inszenierte sie sich als Göttin der Fruchtbarkeit – geschaffen für »diese Art von Liebe«, von der Virginia so offensichtlich ausgeschlossen war.

Während ihre Schwester Lytton gegenüber wenig Scheu zu empfinden schien, Andeutungen über ihr aktives Eheleben zu machen, blieb sie Virginia gegenüber stets zurückhaltend. Es wäre Virginia auch nicht in den Sinn gekommen, sie danach zu fragen. Sie wollte gar nicht wissen, auf welche Weise Clive den Körper ihrer Schwester berührte, allein die Vorstellung, dass er es tat, ließ sie schaudern. Sexualität war tabu, offen darüber zu sprechen, ein Frevel.

Doch dann kam dieser Tag, an dem sich all das änderte.

Sie saßen nebeneinander auf dem Fußboden in Thobys ehemaliger Bibliothek, den Vanessa zu einem kleinen Salon umfunktioniert hatte. Es war einer dieser wenigen intimen Momente, die sie nur noch so selten erlebten. Vanessa zeigte ihr einige Skizzen von Clive in seiner Jagdmontur, die sie während ihres letzten Aufenthaltes in Seend gemacht hatte.

»Findest du nicht, dass sein Körper viel zu gedrungen wirkt? Ich habe ihn nicht gut getroffen«, sagte sie zerknirscht und tippte auf eine der Skizzen.

Virginia nahm das Bild auf. »Ganz im Gegenteil. Du hast ihn sehr gut getroffen.«

Vanessa stieß sie in die Seite. »So füllig um die Mitte ist er gar nicht. Das behauptest du nur immer.« Sie seufzte. »Ich habe viel zu wenig Zeit zum Malen. Ständig haben wir Besuch oder sind unterwegs. Das muss sich wieder ändern.«

»Es wird noch schwieriger werden, wenn das Kind da ist«, sagte Virginia. Vanessas Bauch war inzwischen so groß geworden, dass sie nur noch mit gespreizten Beinen sitzen konnte und beim Gehen ihren Rücken mit der Hand abstützte.

»Das fürchte ich auch. Aber es ist so wichtig für mich!«

»Du hast jetzt Clive«, sagte Virginia. »Und bald das Kind.« Sie hasste sich selbst dafür, aber fast empfand sie so etwas wie Genugtuung, dass auch in Vanessas Leben leere Stellen blieben, unerfüllbare Sehnsüchte.

»Ich werde weiter malen. Niemand kann mich davon abhalten!« Vanessa sprach laut, als könnte sie ihre Befürchtungen durch die Macht ihrer Stimme in Schach halten.

In diesem Moment läutete die Türglocke. Vanessa warf einen Blick auf die Uhr an der Wand hinter ihr.

»Das ist sicher Lytton. Er kommt meistens um diese Zeit.« Und tatsächlich klopfte es kurz darauf, und Lytton trat ein. Er grüßte, nahm die Skizzen von Clive in Augenschein, die am Boden verstreut lagen, dann heftete sich sein Blick auf Vanessa – oder vielmehr auf einen hellen Fleck auf ihrem Rock. Virginia hatte ihn wahrgenommen, aber nicht weiter beachtet. Vanessa hatte häufig Farbflecken an ihren Kleidern.

Lytton streckte seinen Zeigefinger aus und zeigte auf den Fleck. »Sperma?«, fragte er.

Virginia starrte ihn mit offenem Mund an. Hatte er das wirklich gerade gesagt? Sie blickte zu Vanessa, dann wieder zu Lytton, der jedoch keine Miene verzog. Und wie auf Kommando brachen sie alle drei gleichzeitig in ausgelassenes Gelächter aus.

Es war wie ein Dammbruch. Von diesem Moment an gab es nichts mehr, was zwischen ihnen nicht gesagt werden konnte, kein Körperteil, das nicht mit kruder Deutlichkeit benannt werden konnte. Dinge, die zuvor nur hinter vorgehaltener Hand getuschelt, in stillen Ecken geflüstert worden waren, wurden nun laut ausgesprochen und mit Inbrunst diskutiert.

Im November nahmen Clive und Vanessa die regelmäßigen Donnerstagabend-Treffen mit Lytton, Saxon und Desmond am Gordon Square wieder auf. Desmond hatte geheiratet und erschien meist zusammen mit seiner Frau Molly, was Vanessa anfangs gar nicht gefiel. Aber Molly war so witzig und klug, dass sie es schaffte, ihre Zuneigung zu erobern. Lytton brachte seinen Bruder James und dessen Liebhaber, den jungen Dichter Rupert Brooke, mit, einen feingliedrigen Jüngling mit seelenvollem Blick, der selten sprach, und wenn er es tat, betonte er seine Worte, als rezitiere er ein Gedicht.

Obwohl es zwischen Maynard und Lytton keinen offenen Streit wegen dessen »Affäre« mit Lyttons Cousin Duncan Grant gegeben hatte, blieb Maynard den Treffen immer öfter fern. Im Gegenzug kam Duncan und eroberte sich mit seiner unbekümmerten, nonchalanten Art einen festen Platz im Salon der Bells. Virginia konnte gut verstehen, dass Lytton und Maynard in ihn verliebt waren. Er war einer der Menschen, die bei einem Dinner jeder gern als Tischnachbarn hätte. Wenn er mit seiner ewig rutschenden Hose und der Zigarette im Mundwinkel ins Zimmer kam, die Augen leicht zusammengekniffen und dieses schiefe Lächeln auf den Lippen, schwappte ihm die allgemeine Zuneigung förmlich entgegen. Für ihn schien das Leben nichts weiter als eine amüsante Angelegenheit zu sein, in die er durch Zufall hineingeraten war.

Auch der schüchterne Edward Morgan Forster war oft mit von der Partie, obwohl er sich bei den intimen Gesprächen schamhaft zurückhielt. Er kicherte allenfalls in sein Whiskyglas, wenn Lytton eines seiner obszönen Gedichte zum Besten gab. Sie lasen sich gegenseitig aus *Les Liaisons Dangereuses* vor, spürten erotische Anspielungen in John Donnes Sonetten auf oder trugen in abwechselnden Rollen schlüpfrige Theaterstücke des 18. Jahrhunderts vor, die auf den Bühnen Londons längst nicht mehr gespielt werden durften. Während sie zu Thobys Zeiten manchmal stundenlang über Ethik und Moral, über das Gute und Schöne diskutiert hatten, ging es nun darum, wer mit wem schlief und wie oft. Lytton weihte sie in die Begrifflichkeiten der Liebe zwischen Männern ein und erzählte ohne Scham, dass er sein Lieblingsrestaurant Carlton bei seinem letzten Besuch mit einer prächtigen Erektion verlassen habe, weil sein Lieblingskellner ihm beim Servieren des Desserts allzu nah gekommen sei.

»Und was hast du gemacht?«, wollte Vanessa wissen.

»Ich musste selbst Hand anlegen«, war Lyttons Antwort, woraufhin sie Duncan vorwurfsvoll ansah und sagte: »Du hättest ihm behilflich sein können.«

Wenn Clive und Vanessa ihren Wunsch äußerten, sich ins eheliche Gemach zurückzuziehen, wurde das mit lautem Johlen und eindeutigen Gesten aufgenommen, und die Gesellschaft zog zum Fitzroy Square, wo sie oft bis zum Morgengrauen weiterdiskutierten. Sie rauchten, tranken Whisky, und manchmal schlief einer von ihnen einfach auf dem Sofa ein, ermattet von endlosen Gesprächen über die Sinnhaftigkeit – oder wahlweise auch die Sinnlosigkeit – des Lebens und der Liebe. In einer dieser Nächte gab sich Lytton unter dem beträchtlichen Einfluss von Bier und Whisky seinem Weltschmerz hin und klagte über sein Los als Homosexueller.

»Wir nehmen jeden sozialen Absturz in Kauf«, sagte er und blickte Duncan an, der ihm gegenüber auf dem Fußboden saß, die Beine lang ausgestreckt und den Rücken gegen Adrians Knie gelehnt. »Wir gehen ins Gefängnis, nur um einen eurer entzückenden Ärsche zu ficken.«

Duncan schenkte ihm ein Lächeln und schwieg. Er war weitaus weniger mitteilsam als Lytton, wenn es um sein Intimleben ging.

»Du solltest ein wenig Rücksicht auf Virginia nehmen«, sagte Desmond und nahm Lytton das Whiskyglas aus der Hand. Um Mollys Tugendhaftigkeit schien er sich in dieser Beziehung weniger Sorgen zu machen.

»Er verträgt keinen Alkohol. Manchmal vergisst er das leider«, sagte Duncan. »Gib ihm Wasser.«

»Pardon, Virginia«, murmelte Lytton. »Aber du musst wissen, Männer sind wertlose Geschöpfe. Sie denken mit ihren Schwänzen.«

»Nicht immer, hoffe ich«, sagte Virginia.

»Meistens schon.« Lyttons kluge Augen waren glasig geworden, und er nickte betrübt. »Das gilt übrigens für alle, stimmt's, Desmond?«

Desmond nahm Molly in den Arm. »Manchmal schaffen wir es, mit dem Kopf zu denken, nicht wahr, Molly?«

Lytton ließ sich nicht beirren. »Ein Mann, der einer Frau seinen Schwanz zwischen die Beine zwingt, egal ob sie will oder nicht, ist ein ehrbarer Bürger, der sich sein Recht nimmt. Zwei Männer, die einander lieben, sind Verbrecher.«

»Sie dürfen sich nur nicht erwischen lassen«, sagte Duncan achselzuckend.

Lytton streckte eines seiner endlosen Beine aus und versetzte Duncan einen sanften Tritt. »Macht es das besser?«, fragte er.

»Es macht es einfacher«, sagte Duncan.

»Die schlimmsten Verbrechen spielen sich hinter den Schlafzimmertüren wohlfeiler Bürger ab. Und das in völliger Legalität!« Lyttons hohe Fistelstimme spitzte sich gefährlich zu.

Virginia setzte sich auf. Draußen graute bereits der Morgen, und sie hatte längst zu Bett gehen wollen, aber Lyttons Worte hatten sie wachgerüttelt.

Sonst nahm der Freund die Verlogenheit der bürgerlichen Moral mit zynischer Gelassenheit, doch heute schien er sich in ungewohnte Rage zu reden. »Sie drängen uns ins Dunkel«, zischte er, »ziehen die Schönheit, die Reinheit der wahren Liebe in den Schmutz.«

Virginia stand auf. Sie musste sich bewegen. Die Richtung, die das Gespräch genommen hatte, versetzte ihren Körper in Unruhe. »Wie ist sie denn, die wahre Liebe?«, fragte sie.

»Eine Liebe, die auf gegenseitiger Achtung fußt?«, schlug Saxon vor, der vorübergehend eingenickt war. Sein bleiches Gesicht hing geisterhaft im rauchverhangenen Kerzenlicht, und Virginia fragte sich, ob Saxon überhaupt wusste, was eine Erektion war. Je länger sie ihn kannte, desto überzeugter war sie, dass er ein vollkommen geschlechtsloses Wesen war.

»Nur die gleichgeschlechtliche Liebe kann wahre Liebe sein«, deklamierte Lytton. »Sie ist die eigentliche Liebe, nicht auf den schnöden Zweck der Fortpflanzung gerichtet.«

»Schließt du die sapphische Liebe mit ein?«, fragte Virginia. »Hältst du sie ebenfalls der Liebe zwischen Mann und Frau überlegen?«

Lytton nickte erst langsam, dann entschiedener. »Wenn man es so betrachtet, ja. Wenngleich es mir etwas widersprüchlich scheint, das schwache Geschlecht als überlegen zu bezeichnen.«

Virginia verzichtete darauf, Lytton daran zu erinnern, dass er selbst viel zu häufig kränkelte, um Frauen als »schwach« und »unterlegen« bezeichnen zu dürfen. Das hatten sie und Vanessa schon allzu oft getan.

»Demzufolge kann es wahre Liebe in der Ehe nicht geben?«, fragte Saxon mit leiser Stimme. Überrascht sah Virginia ihn an. Sollte Saxon sich doch im Geheimen mit der Frage, ob und wen er heiraten solle, beschäftigen? Wen würde er wohl erwägen? Ganz gewiss doch nicht sie? Oder doch?

»Nein«, sagte Lytton. »Vollkommen ausgeschlossen.«

Virginia blickte zu Desmond und Molly, die nebeneinander auf dem Sofa saßen und der Unterhaltung mit nachsichtigem Lächeln lauschten, wie ein Elternpaar, das sich über das Spiel ihrer Kinder amüsiert.

»Warum dann heiraten?«, fragte Saxon.

»Ja«, fragte auch Virginia. »Warum heiraten?« Und sie alle sahen Lytton an, als wäre aus seinem Munde die endgültige Klärung einer jahrhundertealten Streitfrage zu erwarten. Lytton nahm seine Brille ab, hauchte gegen die Gläser und putzte sie mit einem Zipfel seines Hemdes, das aus der Hose gerutscht war. Anstatt sie wieder aufzusetzen, legte er sie auf den Beistelltisch neben sich, kniff die Augen mehrmals zusammen und sagte: »Liebe Freunde, ich weiß es nicht. Ich kenne keinen triftigen Grund.«

Nächte wie diese erschöpften Virginia – nicht nur aufgrund des fehlenden Schlafes. Die Plötzlichkeit, mit der in aller Offenheit über Geschlechtsverkehr und Sodomie diskutiert wurde, überforderte sie bisweilen. Doch sie schob ihre Gefühle beiseite und beteiligte sich mit Eifer an den Gesprächen über die Frage, mit wem Lytton ins Bett gehen solle und mit wem besser nicht, wann Maynard mit Duncan zuletzt kopuliert habe und ob Rupert Brooke neben James Strachey weitere Liebschaften unterhalte. Es war das Skandalträchtige, das sie reizte. Die Bedeutung aber, die dem männlichen Glied in all diesen Klatschgeschichten und oft äußerst schlichten Zoten beigemessen wurde, empfand sie als anmaßend. Ein jämmerlicher Schwellkörper, der den männlichen Verstand außer Kraft setzte! Niemals ging es um die Frage, welchen Genuss eine Frau aus dem sexuellen Akt ziehen könne. Konnte sie das überhaupt? Vanessa schien ein Beispiel dafür zu sein, dass es möglich war. Oder spielte Vanessa ihnen allen etwas vor? So offen die Gespräche geworden waren, so wenig Tiefgang hatten sie zugleich. Und keine ihrer eigenen Fragen, keiner ihrer Zweifel wurde davon berührt. Es war, als triebe sie an der Oberfläche eines dunklen Gewässers, ohne schwimmen zu können, und allein die

Tatsache, dass sie sich einredete, noch stehen zu können, bewahrte sie vor dem Ertrinken.

Ihr Schlaf wurde zunehmend unruhig, häufig erwachte sie schweißgebadet, als hätte sie ein altbekannter Feind durch ihre Träume gejagt. Doch nie bekam sie ihn zu fassen.

Manchmal wurde sie wütend, wobei es in den seltensten Fällen einen konkreten Auslöser für diese Wut gab. Sie wachte morgens mit ihr auf und trug sie mit sich in den Tag wie ein lästiges Gepäckstück, das ohne jeden Nutzen war und dennoch nicht zurückgelassen werden konnte. Oft war Adrian das Opfer. Ein harmloses Wort von ihm genügte, und sie überschüttete ihn mit irrationalen Anschuldigungen und Flüchen, die ihn sprachlos zurückließen. Danach wanderte sie meist stundenlang durch London und führte innere Zwiegespräche, die sie im Anschluss in die Sätze einfließen ließ, mit denen sich ihr grünes Notizbuch nach und nach füllte. Inzwischen hatte sie einen Namen für ihre Heldin gefunden, was ihr half, Vanessa aus den Zügen ihrer Figur zu tilgen. Sie hieß Rachel Vinrace und würde auf einem Schiff nach Südamerika reisen. Natürlich würde sie sich auch verlieben, aber es sollte keine Liebesgeschichte werden, im Gegenteil. Ihre Reise würde eine symbolische sein, der Aufbruch Rachels in ein Leben, das voller Zwänge und Heuchelei war. Das Schiff nannte sie nach einer der drei griechischen Grazien, *Euphrosyne* – ein Name, den Lytton, Clive und Saxon als Titel für eine Reihe selbst verfasster Gedichte gewählt hatten, die vor männlicher Gelehrsamkeit und jämmerlicher Melancholie nur so strotzten. Virginias Rachel indes war empfindsam und leidenschaftlich, begeisterungsfähig, aber auch oft zornig, weil sie sich nicht damit abfinden wollte, als Frau von höherer Bildung ausgeschlossen und nur für die Ehe bestimmt zu sein.

Für das Ende der Geschichte hatte Virginia noch keine Idee. Vielleicht würde sie ihre widerständige Heldin einfach sterben lassen. Im Moment schien es unmöglich, sie dem Schicksal einer Ehefrau preiszugeben.

Auch einen Titel hatte sie bereits: *Melymbrosia*.

Melymbrosia war *ihr* Schiff, auf das sie sich retten konnte, wenn die vielen Fragen und Unsicherheiten, die das Leben ihr in den Weg stellte, in gewaltigen Wogen über ihr zusammenschlugen. Dieses Schiff würde ihr den Weg in einen sicheren Hafen weisen. Sie musste ihm nur vertrauen.

28. Kapitel

46, Gordon Square, 4. Februar 1908

Ein langgezogenes, beinah unmenschliches Stöhnen klang dumpf aus dem Schlafzimmer über ihren Köpfen. Virginia wartete zusammen mit Clive im Salon auf den erlösenden ersten Schrei des Babys. Aber zu hören war nur immer wieder dieses Stöhnen, manchmal Schritte oder leises Gemurmel. Wie lange ging das nun schon so? Clive hatte am frühen Morgen vor der Tür am Fitzroy Square gestanden, bleich und voller Angst im Gesicht. Vanessas Wehen hatten in der Nacht eingesetzt, und Virginia wollte auf jeden Fall benachrichtigt werden, wenn es losging. Mittlerweile war es Mittag, und noch immer war das Kind nicht da.

»Wie lange soll das noch weitergehen?« Clive stand am Fenster und wippte auf den Fußballen vor und zurück. Er hatte noch keine Sekunde gesessen und lief immer wieder hinaus ins Treppenhaus, um zu hören, was oben passierte. »Da stimmt doch etwas nicht. Ich rufe jetzt den Arzt.«

»Geh hinauf«, sagte Virginia. »Sieh nach.«

Er fuhr herum und sah sie an, als hätte sie ihn aufgefordert, das Kind eigenhändig aus Vanessas Leib zu schneiden.

Virginia hatte in der Frühe eine ganze Weile bei Vanessa gesessen, aber jedes Mal, wenn eine Wehe den Körper ihrer Schwester überrollte, zog sich auch ihr eigener Leib in mitfühlendem Schmerz zusammen. Sie hatte den Anblick nicht ertragen können, und so wartete sie nun hier und musste Clives Angst aushalten, wie auch ihre eigene, was noch viel schwerer war. Es half nichts, zu wissen, dass jeden Tag Mütter von ihren Kindern entbunden wurden, ohne dass etwas Schreckliches geschah. Es half nichts, dass Vanessa selbst großes Vertrauen in ihre Fähigkeit hatte, dieses Kind gesund zur Welt zu bringen. Auch die Versicherungen der Hebamme halfen nichts, dass alles normal und in Ordnung sei und ein Kind nun einmal unter großen Schmerzen geboren werden müsse. Sie begriff die Freude nicht, mit der alle auf dieses Ereignis gewartet hatten, vor allem Vanessa. Es war ein unerträglicher Vorgang.

»Ich hätte längst einen Arzt rufen sollen«, schimpfte Clive. »Dann wäre es sicher schon da.«

»Wenn du einen Arzt gerufen hättest, wäre es sicher schon tot«, murmelte Virginia und musste über Clives entsetzten Gesichtsausdruck lachen.

»Es gibt auch gute Ärzte«, sagte er.

»Mir ist noch keiner begegnet. Die machen wohl einen Bogen um die Familie Stephen.«

»Vanessa ist eine Bell.«

»Danke, dass du mich daran erinnerst.«

Clive drehte sich wieder zum Fenster, während Virginia sich mit zittrigen Fingern eine Zigarette anzündete und begann, im Zimmer auf und ab zu wandern.

Da war wieder das Stöhnen zu hören. Es schwoll an und endete in einem markerschütternden Schrei. Etwas Furchtbares musste passiert sein! Virginia warf die Zigarette beiseite, rannte nach oben und stürzte ins Schlafzimmer. Sie sah den breiten Rücken der Hebamme, die sich über ihre

Schwester beugte, Vanessas bloße Beine, weit auseinandergespreizt, die Magd, die neben ihr stand und ihre Hand hielt, und mehrere zusammengeknüllte blutige Tücher auf dem Fußboden daneben.

»Nein!«, schrie sie und wollte sich auf die Hebamme stürzen. Sie musste verhindern, dass diese Frau ihrer Schwester noch mehr Leid zufügte. Sie hätte es ahnen müssen. Hier passierte etwas Grausames, wo sonst käme das Blut her. Sie wollte die Frau beiseitestoßen, aber die Magd hatte die Situation erfasst. Sie ließ Vanessas Hand los und hielt Virginia auf, zog sie auf die Seite des Bettes und sagte: »Da!«

Und nun sah Virginia es: Zwischen den Beinen ihrer Schwester ragte ein schmieriges, haariges Etwas hervor. Der Kopf des Kindes.

»Pressen«, kommandierte die Hebamme, und Vanessa stieß einen animalischen Schrei aus. Ihr Leib hob sich, und zwischen ihren Beinen rutschte der Rest der blutverschmierten Kreatur in die Hände der Hebamme. Mit einer Mischung aus Abscheu und Faszination starrte Virginia auf das winzige Geschöpf und spürte Übelkeit in sich aufsteigen. Sie riss sich aus der Umklammerung der Magd und stürzte aus dem Zimmer. Neben der Tür lehnte sie sich an die Wand und rang nach Luft. Und da hörte sie den ersten Schrei des Babys, ein zartes Meckern, wie das einer jungen Ziege. Clive kam die Treppe heraufgerannt. »Ist es da?«, fragte er atemlos.

Virginia nickte.

»Gott sei Dank!« Er bekreuzigte sich, was sie bei ihm noch nie gesehen hatte. Dann verschwand er im Schlafzimmer und schloss die Tür hinter sich.

Virginia ließ sich an der Wand entlang in die Knie sinken und lauschte in die Stille, die plötzlich eingetreten war.

—•»«•—

Es war ein Junge. Ein wunderschöner, kräftiger Junge. Nachdem die Hebamme die Nabelschnur durchschnitten hatte, legte sie ihn Vanessa noch verschmiert und warm vom Inneren ihres Körpers auf den Bauch. Vanessa staunte über die kleinen Fingerchen, die sogar schon winzige Nägel hatten, und streichelte ihm vorsichtig über den dunklen Haarflaum. Sein Köpfchen ruckte hin und her, als versuchte er, die Richtung auszumachen, aus der die Berührung kam. Sie schob ihn ein Stückchen höher, hinauf zu ihrer Brust, die sie entblößt hatte, damit er zum ersten Mal daran trinken konnte.

Clive saß neben ihr, gemeinsam betrachteten sie das Wunder, das sie geschaffen hatten. Die Hebamme hatte Clive fortschicken wollen, denn es war nicht üblich, dass der Ehemann seine Frau mit entblößtem Leib und noch vor der Nachgeburt zu Gesicht bekam, aber Vanessa hatte verlangt, dass er dableiben dürfe. Es würde Gerede unter den Dienstboten geben, aber das war ihr egal.

»Wir nennen ihn Julian«, sagte Vanessa.

»Willkommen, kleiner Julian«, murmelte Clive. Vanessa wusste, dass in seiner Familie der Erstgeborene traditionellerweise den Vornamen des Vaters erhielt, und sie rechnete es ihm hoch an, dass er ihren Wunsch so widerstandslos respektierte.

Ganz von selbst fand Julian ihre Brustwarze und begann erstaunlich kräftig zu saugen. Sie spürte ein Ziehen in ihrem

Leib und nahm wahr, wie die Magd ein Laken über ihrer Mitte hochhielt, damit Clive nicht sah, was dort unten geschah.

Julian trank nur wenige Züge. Dabei blickte er erstaunlich wach und fokussiert zu ihr auf, als müsste er sich ganz genau einprägen, was er sah. Konnte er überhaupt schon etwas sehen? »Kleiner Julian«, murmelte sie, durchflutet von einer Welle des Glücks, wie sie es nie zuvor verspürt hatte. Der Moment währte vielleicht nur Sekunden, aber er schien sich in Raum und Zeit auszudehnen und jede Faser ihres Körpers in Schwingung zu versetzen.

Doch dann schob sich das Gesicht der Hebamme in ihr Gesichtsfeld. Gleichgültig gegenüber der Magie dieses Moments rupfte sie ihr das Kind von der Brustwarze. »Jetzt kann er gewaschen werden«, sagte sie und warf Clive einen strengen Blick zu. Offenbar hatte sie es nicht verwunden, dass er ihre Autorität durch sein Beisein während dieses so urweiblichen Geschehens untergraben hatte.

»Ich geh wohl besser«, murmelte er.

»Nein«, sagte Vanessa und hielt ihn fest. »Bleib noch.«

Diesmal ignorierte die Hebamme ihren Wunsch. »Ich bringe Ihnen das Kind in den Salon, wenn es fertig ist«, sagte sie in einem Tonfall, der keine Widerrede duldete.

Clive küsste Vanessa die Stirn. »Ich komme später wieder.«

Vanessa schloss die Augen und nickte. Dann fiel ihr etwas ein. »Wo ist Virginia?«, murmelte sie. »Sie war doch eben hier.«

»Draußen, sie stand auf dem Flur, als ich …«

»Hol sie bitte rein. Ich möchte sie sehen.«

Aber Virginia war fort. Ihre Schwester war gegangen,

ohne dass Vanessa den schönsten Moment ihres Lebens mit ihr hatte teilen können.

—•⋟⋞•—

Diesmal konnte selbst *Melymbrosia* ihr nicht helfen. Virginia hatte fluchtartig das Haus der Bells verlassen und war blind durch die Straßen gelaufen, vor dem inneren Auge das Bild des blutverschmierten Wesens, das aus Vanessas Leib hinausrutschte. Erst ein Beinah-Zusammenstoß mit einem Automobil auf der Strand brachte sie zurück in die Wirklichkeit.

»Können Sie nicht aufpassen?«, schimpfte der Chauffeur hinter ihr her, während sie weiterhastete, ohne zu wissen, wohin.

Warum entsetzte sie so, was sie gesehen hatte? Was hatte sie erwartet – dass Babys sauber in Tücher gewickelt zur Welt kamen? Es war die krude Körperlichkeit, das Animalische der Situation, das sie so verstörte. Das ebenmäßige Gesicht ihrer Schwester, verzerrt im Schmerz, diese Kreatur zwischen ihren Beinen, das Blut auf den Laken, die Konzentration aller Aufmerksamkeit auf den intimsten Teil dieses Körpers ihrer Schwester, der Virginia so vertraut war und mit einem Mal fremd.

Das also würde ihr drohen, wenn sie heiratete. Vanessa war stark und voller Energie, schien geschaffen dafür, ein oder mehrere Kinder in ihrem Leib zu tragen, sie unter Qualen aus sich herauszupressen. Sie selbst dagegen – niemals. Unvorstellbar. Noch unvorstellbarer gar als der Akt, der einer Empfängnis vorausgehen musste.

Vanessa hatte recht. Sie war nicht dafür geschaffen. Ihre

Kinder würden Geschöpfe des Geistes bleiben, gewoben aus den feinen Fäden ihrer Einbildungskraft. Sie würde eine Außenstehende bleiben, gefangen im Kokon ihrer Gedankenwelt, und aus der Ferne das Familienglück ihrer Schwester bewundern. Sie sah das sonnendurchflutete Speisezimmer von Talland House in St. Ives vor sich. Am Kopf des Tisches nicht ihr Vater, sondern Clive in fortgeschrittenem Alter, noch fülliger um die Mitte, der seine Lieben mit wohlwollendem Lächeln betrachtete, und Vanessa, die Haare angegraut, aber noch immer schön, so schön, wie ihre Mutter es gewesen war, geduldig und nachsichtig gegenüber ihren lebhaften, reizenden, intelligenten Kindern. Und sie, die merkwürdige Tante, die von Zeit zu Zeit zu Besuch kam und Geschenke mitbrachte, um sich in die Herzen dieser Kinder einzuschleichen, die an ihr vermutlich genauso wenig Interesse haben würden, wie sie es an ihren Tanten gehabt hatte.

Sie lief bis zur Themse. Bleigrau und träge strömte der Fluss dahin, gleichgültig gegenüber den Verwerfungen im Leben der Menschen, die seine Ufer bevölkerten. Lange stand sie nur da, starrte in das Wasser hinunter, von dessen eisiger Umarmung sie nur ein einziger Schritt trennte. Erst als die Kälte sie stumpf und gefühllos gemacht hatte, trat sie den Weg zurück zum Gordon Square an.

Bald fluteten Blumen und Geschenke das Schlafzimmer, in dem Vanessa die lange Zeit des Wochenbetts verbrachte. Sie teilte das große Louis-XVI-Bett nun nicht mehr mit Clive, sondern mit ihrem Baby und unzähligen Glückwunschkarten, winzigen Häkeljäckchen und wärmenden Babydeckchen. Virginia besuchte sie jeden Tag, doch immer war das Kind bei Vanessa, und immer ging es um nichts anderes als die Fragen, wie gut es schlief, ob es genügend trank und wie oft sie ihm nachts die Brust hatte geben müssen. Eine Amme lehnte sie strikt ab. »Ich werde mich doch nicht um die schönsten Momente mit meinem Kind bringen«, sagte sie.

»Was meint Clive dazu?«, fragte Virginia.

Vanessa zuckte nur die Achseln. »Er hat es aufgegeben, mich davon abzubringen, ihn selbst zu stillen.«

»Die Leute werden reden.«

»Das hoffe ich doch«, sagte Vanessa. »Kitty Maxse war hier und hat mir dringend angeraten, mir eine Amme zu suchen, um Clive nicht zu verärgern.«

»Das sieht ihr ähnlich.«

Vanessa kicherte. »Wahrscheinlich hat man in Kensington die Hoffnung schon aufgegeben, dass aus diesem Kind ein anständiger Bürger wird.«

Sie erzählte, dass Clive sich davor scheute, das Baby auf den Arm zu nehmen. »Er behauptet, er habe Angst, ihn fallen zu lassen. Ich glaube aber, dass er nur fürchtet, der Kleine könnte spucken und seine Weste beschmutzen.«

Es war das erste Mal, dass Virginia ihre Schwester kritisch über Clive sprechen hörte.

»Gestern war er kurz davor, einen Arzt zu rufen, weil Julian so viel schrie. Ich konnte es gerade noch verhindern.«

»Bestimmt ist er eifersüchtig«, sagte Virginia.

Vanessa sah sie überrascht an. »Eifersüchtig? Auf das Baby?«

»Ich wäre es, wenn ich dein Mann wäre.«

»Du bist es, ohne mein Mann zu sein«, sagte Vanessa und strich ihr über den Arm. »Vielleicht möchtest du ihn einmal halten?«, fragte sie jetzt und hielt ihr das weiße Bündel entgegen, aus dem nur das dunkle Köpfchen herausragte.

Virginia wollte ablehnen, aber Vanessa legte ihr das Kind einfach in den Schoß. Erschrocken starrte Virginia auf das winzige Wesen, das sie interessiert aus dunklen Augen anblickte.

»Er hat weder deine noch Clives Augen«, stellte sie fest.

»Es ist noch zu früh«, erklärte Vanessa. »Die endgültige Augenfarbe entwickelt sich erst nach ein paar Wochen.«

Vorsichtig schob Virginia eine Hand unter das Köpfchen, wie sie es bei Vanessa beobachtet hatte, und hob es ein wenig an. Was sagte man zu einem Säugling? Konnte er sie überhaupt schon hören? Sie versuchte es mit einem Lächeln. Prompt verzerrte ihr kleiner Neffe das winzige Gesichtchen und begann zu weinen.

Schnell gab sie Vanessa das Kind zurück. »Er mag mich nicht.«

»Unsinn. Er kennt dich nicht, das ist alles.« Zärtlich strich sie dem Baby über das Gesicht und machte gurrende, kehlige Geräusche. Sie drückte ihn an sich und schaukelte mit dem Oberkörper vor und zurück, bis er sich beruhigt hatte. Aber sie legte ihn nicht zurück in die Wiege, die direkt neben dem Bett stand, sondern behielt ihn im Arm, eng an sich gepresst, als drohte Gefahr, dass ihn ihr irgendjemand wieder entreißen könnte.

Nach einer Weile sagte Virginia: »Ich war gestern im Theater.« Sie wartete auf eine Reaktion, und als keine kam, setzte sie hinzu: »Allein.«

»Hm«, machte Vanessa nur, streichelte ihrem Baby über den Kopf.

»Neben mir saß ein Mann.«

Vanessa hatte den Kopf seitlich geneigt und sah sie lächelnd an, schien jedoch völlig abwesend.

»Er hat mich nach der Vorstellung angesprochen. Meinte, dass wir uns kennen müssten, er wisse aber nicht mehr, woher.« Virginia lachte. »Einen dümmlicheren Flirtversuch habe ich noch nie erlebt.« Normalerweise wäre Vanessa sofort näher gerückt, mit blitzenden Augen, begierig, mehr zu erfahren. Aber sie lächelte nur weiter mit leerem Blick und nickte.

»Hörst du mir überhaupt zu?«

Vanessa blinzelte. »Aber ja, natürlich. Erzähl weiter.«

Virginia winkte ab. »Ach, es war nichts von Bedeutung.«

Tatsächlich hatte sie heute früh einen Brief von dem Fremden erhalten. Sie gehe ihm nicht aus dem Kopf. Sie habe sehr traurig ausgesehen, und wenn sie es nicht für zu vermessen halte, würde er sie gern zu einem gemeinsamen Theaterbesuch wiedersehen. Selbstverständlich würde sie auf diese Einladung nicht eingehen, und doch war es eine der bemerkenswertesten Begebenheiten der letzten Wochen. In früheren Zeiten hätte sie das Ereignis für Vanessa wortreich ausgemalt.

»Ich würde so gern mit ihm spazieren gehen«, sagte Vanessa plötzlich.

»Wie bitte?«

»Ich möchte spazieren gehen. Es ist entsetzlich, hier wochenlang eingesperrt zu sein.«

»Ja. Du Arme«, sagte Virginia und dachte an die vielen Monate ihres Lebens, die sie selbst eingesperrt gewesen war.

»Ich weiß, was du fühlst.« Sie drückte ihrer Schwester einen Kuss auf die Wange und stand auf. Es war höchste Zeit zu gehen, sie war schon viel zu lange geblieben.

»Es geht mir jeden Tag besser, und Julian schläft viel. Ich beginne, mich zu langweilen.«

»Dann lies«, sagte Virginia. Sie hätte Vanessa von ihrem Roman erzählen können, mit dem sie inzwischen gut vorangekommen war. Tag für Tag schrieb sie mehrere Stunden und dürstete danach, das Manuskript jemandem zu zeigen. Doch wie lange war es her, dass es für sie selbstverständlich gewesen war, ihre Texte zuallererst Vanessa zu geben?

»Würde ich ja. Aber weißt du«, sagte Vanessa, »es ist merkwürdig. Ich begreife nichts von dem, was ich lese. Mein Kopf ist wie benebelt.«

»Ja«, sagte Virginia. »Diesen Eindruck habe ich auch.« Sie zwinkerte ihrer Schwester zu, um dem Satz die Schärfe zu nehmen, doch Vanessas gerunzelte Stirn ließ keinen Zweifel daran, dass sie ihn genauso verstanden hatte, wie er gemeint war.

29. Kapitel

April 1908

Am Tag, an dem Vanessa endlich ihr Wochenbett verlassen durfte, herrschte strahlender Sonnenschein, und die prallen Blütenknospen der Rhododendren auf dem Gordon Square standen kurz vor dem Erblühen. Anstatt jedoch mit ihrem kleinen Julian den ersten, heiß ersehnten Spaziergang in der warmen Frühlingsluft zu unternehmen, schoben sich Vanessa und Clive mit einem Berg Gepäck und der eigens engagierten Kinderschwester Elsie, die den schreienden Julian auf dem Arm trug, durch den übervollen Zug nach Wiltshire. Ostern stand vor der Tür, und es war selbstverständlich, dass dieses bedeutsame Fest im Kreis der Familie Bell gefeiert werden sollte. Sie brauchten eine ganze Weile, bis sie sich zu ihrem Abteil durchgedrängelt hatten, und das verzweifelte Gebrüll des Babys zog sämtliche Blicke auf sie. »Kannst du ihn nicht ruhigstellen?«, zischte Clive, während er die Koffer in den Gepäcknetzen verstaute. Auf seiner Stirn standen Schweißperlen, und er warf entschuldigende Blicke in die Runde der übrigen Reisenden – eine hagere, ältere Dame mit einem sehr strengen Zug um den Mund, ein untersetzter, kahlköpfiger Mann, vermutlich ihr Gatte, der sich hinter seinem *Daily Telegraph* verschanzt hatte, und ein Geistlicher, der das schreiende Baby aus kleinen, wässrigen Augen betrachtete, als überlegte er, die Flucht zu ergreifen.

»Er hat Hunger«, sagte Vanessa. Der Aufbruch war mit großer Hektik verbunden gewesen, und wahrscheinlich hatte Julian bei seiner letzten Mahlzeit nicht genug getrunken. Mit Blick auf die Reise hatte sie ihn in den letzten Tagen an das Milchfläschchen gewöhnt, das Elsie ihm nun zu geben versuchte. Aber er warf den Kopf hin und her und brüllte unaufhörlich weiter. Vanessa nahm ihn an sich und setzte sich auf ihren Platz. »Außerdem ist er so viele Menschen nicht gewöhnt.« Entschuldigend lächelte sie dem Geistlichen zu, der kurz nickte und schnell wieder aus dem Fenster sah. Sie wiegte Julian in den Armen, steckte ihm den kleinen Finger in den Mund, um ihn zu beruhigen, aber nichts half.

»Ich werde ihm die Brust geben müssen«, sagte sie leise zu Clive. Offenbar aber nicht leise genug, denn sämtliche Augenpaare richteten sich auf sie. Der Kahlköpfige ließ seine Zeitung sinken, und die Brauen seiner Gattin wanderten fast bis zu ihrem Haaransatz. Sie wechselten einen kurzen, befremdeten Blick, dann wanderte die Zeitung wieder hoch. Der Geistliche blinzelte irritiert und kratzte sich am Ohr, er schien sich zu fragen, ob er sich nicht vielleicht verhört hatte.

Als der Zug sich in Bewegung setzte, beruhigte sich Julian und schlief ein. Vanessa übergab ihn wieder an Elsie und lehnte sich erleichtert zurück. Die angespannte Atmosphäre im Abteil löste sich, Clive zog ein Buch hervor, und der Geistliche schenkte ihr sogar ein wohlwollendes Lächeln. Dann wandte er sich dem Kahlköpfigen zu, der inzwischen seine Zeitung zusammengefaltet hatte.

»Wie ich eben sagte, die Ernennung dieses Asquith zum Prime Minister ist eine Katastrophe.« Sein Zeigefinger stieß in die Luft, wie um den Benannten mit seiner Verachtung zu durchbohren.

»Die Katastrophe ist schon 1906 bei den Wahlen eingetreten. Die Liberalen werden das Land zugrunde wirtschaften mit ihrem übertriebenen Wohlfahrtsprogramm. Asquith kann es kaum schlimmer machen«, brummte der Kahlköpfige.

»Oh, das kann er! Er arbeitet schon lange daran, die Macht der *Peers* im Oberhaus zu beschneiden, damit sie dem Verschleudern unserer Gelder nichts mehr entgegensetzen können. Die Steuern werden steigen und steigen, warten Sie es ab.« Die fleischigen Wangen des Gottesvertreters gerieten in Bewegung, so sehr ereiferte er sich. »Wir werden alle zu Sklaven dieses Landes degradiert, enterbt, entrechtet. Und der Abschaum, die Gottlosen, die Geisteskranken, die Schwarzen – sie alle werden den fetten Braten unter sich aufteilen.« In seinen Mundwinkeln hatte sich der Speichel gesammelt, und feine Tröpfchen davon flogen durch die Luft. Vanessa zog ihre Beine näher heran und wechselte einen Blick mit Clive, der sein Buch zugeklappt hatte und der Unterhaltung ebenfalls zu lauschen schien.

»Wenigstens stellt er sich gegen diesen Unsinn, dass Frauen wählen sollen«, näselte die hagere Gattin des Kahlköpfigen. »Als ob wir für solch einen Unsinn auch noch Zeit hätten.«

Der Geistliche ging auf ihre Bemerkung nicht ein, zu befremdet offenbar, dass Frauen überhaupt eine Meinung in politischen Angelegenheiten haben konnten. Stattdessen rückte er näher an seinen kahlköpfigen Gesprächspartner heran und sagte mit gesenkter Stimme: »Am Ende werden sie noch all diesen schwarzen Wilden, die sie aus den Kolonien herschleppen, das Recht zu wählen zusprechen – warten Sie es ab.«

»Das wohl aber nun doch nicht«, entgegnete der Kahlköpfige erschrocken.

»Ganz bestimmt. Dieser Asquith …«, ein deutlich sichtbarer Speicheltropfen landete auf der Titelseite des *Daily Telegraph*, »wenn ihn niemand aufhält … Es wird immer schlimmer werden! Und die Schwarzen, diese Wilden, sie werden uns überrennen. Unsere einzige Hoffnung liegt darin, sie zum Teufel zu jagen!«

Die letzten Worte waren mit solchem Nachdruck gesprochen, dass Vanessa zusammenzuckte. Als hätte er ihre Abscheu gespürt, begann Julian zu wimmern. Elsie, die Vanessa gegenübersaß, versuchte, ihn wieder in den Schlaf zu wiegen, aber das Wimmern wurde unaufhaltsam lauter.

Vanessa nahm ihn an sich. »Ja«, sagte sie, »du hast recht, dich zu empören. Das Gerede einiger Menschen ist wirklich nicht zu ertragen.« Sie stand auf und setzte mit lauter Stimme hinzu: »Ich bin gleich wieder da. Ich werde ihm nun doch die *Brust geben*. Elsie, ich ziehe mich auf die Damentoilette zurück. Bringst du bitte frische Windeln mit?« Zufrieden mit der Wirkung ihrer Worte verließ sie das Abteil und verbrachte den Rest der Reise mit Clive im Speisewagen.

Bei ihrer Ankunft in Cleeve House standen sämtliche Bells mitsamt der umfangreichen Dienerschaft auf der großen Steinveranda vor dem Eingang des Anwesens, um den Familiennachwuchs mit großem Pomp zu empfangen. Cleeve House war ursprünglich ein einfaches viktorianisches Wohnhaus, das Mister Bell durch zahlreiche bauliche Veränderungen in ein klassizistisch anmutendes Herrenhaus verwandelt hatte. In das steinerne Geländer der breiten Treppe waren Glocken und Löwenköpfe eingearbeitet, jeden Tür- und Fenstersturz zierte ebenfalls eine steinerne Glocke, und weiße Säulen umrahmten die hohe Eingangstür, über der ein prachtvolles Wappen mit den Initialen des Hausherrn prangte. Das Wappen hatte Mister Bell selbst entwerfen lassen, wohl in der festen Überzeugung, Begründer einer aufstrebenden Familiendynastie zu sein. In der Eingangshalle mit ihren beiden Emporen und der hohen, kathedralenförmig gewölbten Decke offenbarten sich die beiden wichtigsten Eckpfeiler der familiären Kultur: die Jagd und die Kirche. Hirsch- und Eberköpfe ragten überall aus den Wänden hervor, und in einer Ecke der Halle war eine Art Kanzel errichtet worden, von der aus Mister Bell zu festlichen Gelegenheiten Ansprachen hielt oder auch aus der Bibel rezitierte. Der Wohlstand, zu dem es der ehemalige Bergbauingenieur gebracht hatte, atmete aus jedem Winkel des Hauses. Leider stand der Reichtum der Bells in einem deutlichen Missverhältnis zu ihrem intellektuellen Niveau, wie Vanessa bereits bei ihren vorangegangenen Besuchen in Cleeve House hatte feststellen müssen. Clive schien in dieser Hinsicht ein wenig aus der Art geschlagen zu sein.

Mister Bell war gewiss ein gewitzter Geschäftsmann, aber er hatte nach Clives Aussage in seinem ganzen Leben noch kein einziges Buch bis zum Ende gelesen, geschweige denn ein Museum besucht. Bei den gemeinsamen Mahlzeiten saß er meist schweigend am Kopfende des Tisches, ließ sich große Portionen auf den Teller häufen, aß schnell und ohne aufzublicken und trommelte dann ungeduldig auf das Tischtuch, um den Rest der Familie zur Eile anzutreiben und wieder seinen Geschäften nachgehen zu können. Mrs Bell war immerhin stets um gepflegte Konversation bemüht, nur leider wusste sie über wenige Dinge etwas zu sagen. Und so erschöpften sich die Tischgespräche meist in variantenreichen Kommentaren über das Wetter.

Clives Schwestern, Dorothy und Lorna, waren trotz eifriger Bemühungen um ihre Einführung in die »Gesellschaft« bislang noch ohne nennenswerte Verehrer geblieben, und sie ließen Vanessa spüren, dass sie gegenüber der Londoner Eroberung ihres Bruders wenig Sympathie empfanden. Mit ihrer stämmigen Statur, der sehr blassen Hautfarbe und den spitzen, unregelmäßigen Zähnen sahen die beiden Clive auf unvorteilhafte Weise ähnlich, dafür besaßen sie allerdings weder seine Eloquenz noch seine gutmütige, humorige Art. Allein Cory, den Jüngsten der Bells, hatte Vanessa bei ihren ersten Besuchen ins Herz geschlossen. Er war lebhaft wie sein Bruder, immer zu Späßen aufgelegt und auf eine charmante Weise tollpatschig. Ständig passierte ihm irgendein Ungeschick, für das er von seinem Vater dann lautstark heruntergeputzt wurde. Er ließ die Tiraden über sich ergehen, schüttelte sie anschließend ab wie ein nasser Hund und hatte gleich den nächsten Scherz auf Lager. Ein wenig erinnerte er Vanessa an ihr früheres Selbst, als sie noch die Zielscheibe der cholerischen Anfälle ihres Vaters gewesen war, nur dass sie die damals mit weniger Nonchalance aufgenommen hatte.

Der kleine Julian sorgte für großes Entzücken bei Mrs Bell und den beiden Schwestern. Er wurde herumgereicht wie eine Jagdtrophäe, und es wurde einstimmig festgestellt, dass er eine sehr große Ähnlichkeit mit seinem Vater habe.

»Die blauen Augen, sieh doch nur, wie blau sie sind«, rief Lorna und schlug die Hände vor der Brust zusammen.

Mrs Bell spitzte die Lippen und flötete: »Du du du du du. Ei ei ei ei ei!« Sie wandte sich zu Clive um, der seinen Vater mit einer respektvollen Verneigung begrüßt hatte und seinem Bruder durchs Haar wuschelte. »Genauso hast du ausgesehen, rundlich und proper und herzallerliebst.«

»Er hat sogar seine hohe Stirn«, sagte Dorothy. »Bestimmt hat er auch seine Klugheit geerbt.«

»Ich hoffe, er hat Vanessas Klugheit geerbt. Sie ist mir in der Hinsicht deutlich überlegen«, entgegnete Clive und warf Vanessa einen warmen Blick zu.

Das verzückte Lächeln auf Dorothys Lippen gefror, und sie reichte Julian weiter an Lorna, die ihm über den braunen Haarflaum strich. »Die dichten, dunklen Haare hat er sicher von Vanessa«, sagte sie. »Er kann sich glücklich schätzen.« Sie nickte Vanessa versöhnlich zu.

Julian hatte derweil offensichtlich genug von den vielen Händen, die ihn streicheln, und Lippen, die ihn küssen wollten, und setzte zu lautem Gebrüll an. Schnell drückte Lorna ihn wieder Elsie in den Arm, die sich im Hintergrund gehalten hatte.

»Ich habe euch das große Westzimmer herrichten lassen. Die Kinderfrau schläft mit Julian in der Kammer nebenan«, sagte Mrs Bell und wies den Hausburschen an, die Koffer ins Obergeschoss zu tragen.

Das »große Westzimmer« war Clives früheres Kinderzimmer, das zwar nicht beeindruckend, aber ausreichend groß war, um auch noch eine Wiege für Julian hineinzustellen. Und das musste sein, denn Vanessa wollte Julian auch weiterhin nachts die Brust geben, wenn er danach verlangte. »Oh, Julian bleibt nachts in unserem Zimmer«, sagte sie schnell.

Mrs Bell blinzelte und sah Clive fragend an. Vanessa registrierte, wie Dorothy und Lorna einen erstaunten Blick wechselten, woraufhin Dorothy ein leises Grunzen hören ließ, als müsste sie ein Kichern unterdrücken. Lorna schaute verschämt zu Boden.

Clive zögerte kurz, nickte dann jedoch. »Wenn Vanessa es so wünscht. Selbstverständlich.« Er presste die Lippen zusammen, und an der Haltung seiner Schultern konnte Vanessa sehen, dass er verärgert war. Was hatte er erwartet? Sie waren jetzt eine Familie, und das Baby brauchte sie – auch nachts.

»Aber …«, setzte Mrs Bell an, doch Clive unterbrach sie.

»Es ist gut, Mutter«, sagte er. »Und nun geben wir der jungen Mutter die Möglichkeit, sich frisch zu machen. Es war eine anstrengende Reise.«

Das Baby, das Baby und immer nur das Baby! Dass seine Frau ihn vor seiner eigenen Familie derart demütigen konnte! Clive wusste genau, was sie dachten, auch wenn sie es natürlich niemals laut aussprechen würden – ganz im Gegensatz zu den Freunden in London. »Armer Junge. Sie lässt dich nicht mehr ran, stimmt's?«, hatte Lytton letzte Woche noch gesagt, als sie alle zusammen in Vanessas Zimmer gesessen hatten. Vanessa hatte sich im Wochenbett gelangweilt, und ihr zuliebe hatte er die Freunde nach dem Dinner zu ihr hinaufgebeten. Vollbusig und schön hatte Vanessa da gesessen, umringt von ihren Freunden, die auf seine Kosten schlüpfrige Possen rissen. Ihm war das alles zuwider, diese ganze frivole Offenheit, das schamlose Geschwätz über männliche Erektionen und Kopulation. Ein paar anzügliche Späße mochten noch angehen, aber allmählich artete das ganze Spiel zu ordinärem Geschwätz aus, in dem der Feinsinn, den sie so lange untereinander kultiviert hatten, überhaupt keine Rolle mehr spielte.

Seit er Vanessa in die Geheimnisse der körperlichen Liebe eingeweiht hatte, war sie wie entfesselt. In ihren Stunden zu zweit fand er das ausgesprochen anziehend, aber die Freunde mussten nun wirklich nicht wissen, welche Stellungen sie beim Sex bevorzugte. Bevorzugt *hatte*, musste er jetzt wohl sagen, denn natürlich stimmte Lyttons Vermutung. Seit das Baby da war, hatte er Vanessas Bett nicht mehr geteilt. Zumindest nicht zum Beischlaf. Er war ein rücksichtsvoller Mann, und solange es gesundheitlich bedenklich gewesen war, hatte er sich zurückgehalten. Aber nun war das vorbei, und er hatte gehofft, dass auch sie … Ob sie ihn überhaupt noch liebte? Auf jeden Fall deutlich weniger als ihr Kind.

Es war vollkommen unüblich, dass eine Frau von Vanessas Stand ihrem Kind so lange Zeit die Brust gab – dass sie es überhaupt tat. Sie hätten sich ohne Weiteres eine Amme leisten können, und die Kinderpflegerin dazu. Gott weiß, was sein Vater dachte. Normalerweise konnte er gut über das Missfallen seiner Eltern hinwegsehen, aber in dieser speziellen Angelegenheit …

Nun stand die Wiege mit Julian in ihrem Schlafgemach, und wie zu erwarten gewesen war, hatte er diese Nacht kaum ein Auge zugetan. Vielleicht war es die ungewohnte Umgebung, vielleicht war es auch die künstliche Milch, die Elsie zubereitete und Julian verabreichte, wenn Vanessas Milch nicht reichte. Aber nach zwei Monaten musste Vanessa doch langsam einsehen, dass dem Jungen ihre Brust nicht mehr genügte.

Wenn die heutige Nacht wieder so unruhig wurde, dann würde er in die Dachkammer umziehen, wie zu Hause am Gordon Square. Ausquartiert. Verstoßen von der eigenen Frau. Und das vor den Augen der Familie. Konnte es eine schlimmere Schmach geben? So etwas gab es in der Welt seiner Eltern nicht. Wenn der Mann sein Recht einforderte, hatte die Frau zu gehorchen – Baby hin oder her.

Während Vanessa sich am frühen Nachmittag mit Julian zurückzog, unternahm Clive einen Ausflug zum Tennisplatz, der genau zwischen dem Grundstück der Bells und dem der befreundeten Familie Raven-Hill lag und von beiden Familien genutzt wurde. Sein Herz klopfte wie lange nicht, denn es gab jemanden, den er dort anzutreffen hoffte. Genau genommen war es eine Sie. Annie Raven-Hill, seine ehemalige Geliebte. Er hatte das Verhältnis mit ihr kurz vor der Hochzeit mit Vanessa beendet und seither jeden Kontakt zu ihr vermieden. Annie und ihr Ehemann, der *Punch*-Cartoonist Leonard Raven-Hill, verbrachten seit eh und je die Ostertage auf dem Landsitz der Raven-Hills, sie würden den beiden also früher oder später ohnehin über den Weg laufen. Lieber wollte er dabei jedoch allein sein.

Der Tennisplatz lag ganz am Ende des Grundstücks, hinter einer Reihe hoher Bäume. Schon von Weitem hörte er das Ploppen der Bälle und eine helle Frauenstimme. Annies Lachen, unverkennbar. Tatsächlich – da saß sie auf der Bank am Spielfeldrand, ganz in Weiß, ein Bein über das andere geschlagen und die Arme lässig über die Rücklehne gelegt. Sie hatte die Haare hochgesteckt, und der Anblick ihres Nackens, den er so oft schon liebkost hatte, verursachte ihm Schwindel.

Ein schlecht getroffener Ball landete vor ihren Füßen. »Ein wenig mehr Konzentration, die Damen bitte«, scherzte sie und stand auf, um den Ball einer der beiden Spielerinnen zuzuwerfen. Clive kannte keine von beiden, wahrscheinlich Freundinnen von Annie. Er nutzte den Moment und nahm blitzschnell den Platz ein, auf dem sie gesessen hatte. Als Annie sich wieder setzen wollte, landete sie genau auf seinem Schoß.

»Hallo, schöne Dame«, flüsterte er ihr ins Ohr.

Mit einem Schrei fuhr sie hoch. Als sie ihn sah, entfuhr ihr ein weiterer Schrei, und ihre Augen strahlten vor Freude.

»Clive! Mein Gott, Clive! Wie schön, dich zu sehen!«

An den Moment, als er ihr von seiner bevorstehenden Hochzeit erzählt hatte, erinnerte er sich noch genau. »Spielt es für dich eine Rolle?«, hatte sie gefragt und ihre Arme und Beine verführerisch um ihn geschlungen, als könnte sie ihn auf diese Weise ewig an sich binden.

Unvorstellbar war es ihm zu dem Zeitpunkt erschienen, die Affäre fortzusetzen, zu sehr hatte Vanessa ihn gefesselt. Wenn er sich in diesem Augenblick die Frage gestellt hätte, ob das immer noch so war, wäre die Antwort wohl nicht ganz so eindeutig ausgefallen.

»Es ist vor allem schön, dich zu sehen«, sagte er und rückte beiseite, damit Annie sich neben ihn setzen konnte. Aber sie sagte: »Gehen wir ein paar Schritte. Du musst mir erzählen, wie es dir geht.«

Sie wandte sich zu den beiden Damen um, die ihr Spiel unterbrochen hatten und zu ihnen herübersahen. »Spielt euer Match zu Ende. Ich bin gleich wieder da.«

Sie hakte sich bei ihm ein, und gemeinsam wanderten sie über eine Wildwiese auf den Wald zu, der das Grundstück der Bells begrenzte. Die Gräser standen beinah kniehoch, und bald waren sie außer Sichtweite.

»Ich vermute, du bist mit deiner Frau hier«, sagte Annie leise und warf einen Blick über die Schulter, wie um sich zu vergewissern, dass die Benannte nicht direkt hinter ihnen war.

»Und mit meinem Sohn.«

»Ihr habt ein Kind«, rief Annie aus und drückte ihm einen Kuss auf die Wange. »Wie wunderbar, gratuliere!« Sie schien sich ehrlich für ihn zu freuen. »Seit wann?«

»Er ist jetzt zwei Monate alt.«

»Aha«, sagte Annie nur und streifte ihn mit einem Seitenblick aus ihren dunkelblauen, wissenden Augen. Sie riss einen Grashalm aus und kitzelte ihn damit unter dem Kinn. »Und?«

Er sah sie an. Oh, Annie war klug. Sie hatte feine Antennen für all jenes, was nicht ausgesprochen wurde.

»Vanessa ist sehr glücklich mit dem Baby«, sagte er nur.

»Und du?« Das Blau unter den langen schwarzen Wimpern schimmerte in der Sonne wie ein tiefer Bergsee, geheimnisvoll und lockend.

Er riss sich von ihrem Anblick los. »Nun. Es ist der Anfang. Es wird auch wieder besser werden.«

»Ja«, sagte sie und lächelte feinsinnig. »Das wird es. Und dann kommt das nächste und das nächste und …«

»O Himmel, nein!«, rief Clive. »Mir reicht eines.«

»Und Vanessa?«

Er schüttelte entschieden den Kopf. »Sie möchte auch keine Großfamilie.« Und nicht ohne Stolz setzte er hinzu: »Sie ist Malerin, und das mit ganzer Seele.«

»Dann solltet ihr Vorkehrungen treffen«, stellte Annie nüchtern fest.

»Vorkehrungen treffen?« Clive sah vor seinem inneren Auge, wie Vanessa ihn im Höhepunkt von sich stieß, damit er nur ja seinen Samen nicht in ihr ergießen konnte. Oder noch schlimmer: wie sie ihn bei jeder zärtlichen Annäherung zurechtwies, dass sie doch keine Kinder mehr wollten.

Als hätte Annie seine Gedanken erraten, sagte sie: »Es gibt bessere Methoden als Enthaltsamkeit.«

»Ich glaube nicht, dass Vanessa sie kennt.«

»Aber ich kenne sie. Wenn du willst, verrate ich sie ihr.« Sie zwinkerte ihm verschwörerisch zu.

Clive hatte sich nie gefragt, wie Annie es bewerkstelligt hatte, bei ihrer Affäre nicht ungewollt schwanger zu werden. Es wäre ihm nie in den Sinn gekommen, über so etwas nachzudenken.

»Dann sollte ich euch wohl miteinander bekannt machen«, sagte er.

»Das solltest du.«

Ohne dass Clive es bemerkt hatte, waren sie wieder am Tennisplatz angekommen. Die beiden Damen saßen im Gras und winkten ihnen zu. »Spielst du noch?«, rief eine der Spielerinnen.

»Ich komme«, rief Annie zurück. Zu Clive gewandt sagte sie: »Lass mich wissen, wenn ich mehr für dich tun kann.« Ihr Blick und die Tonlage ließen keinen Zweifel daran, was sie mit diesem *mehr* meinte.

30. Kapitel

Die Ostertage krochen mit einer ermüdenden Gleichförmigkeit dahin. Julian schlief so unruhig, weinte so oft, dass Clive jeden nur erdenklichen Vorwand suchte, um das Haus zu verlassen. Da der Rest der Familie in der Osterwoche jeden Morgen in die Kirche ging, blieb Vanessa häufig allein mit Julian und Elsie, und sie verbrachte die Zeit damit, Virginia sehnsuchtsvolle Briefe zu schreiben. Virginia schrieb ebenfalls – aber nicht nur ihr. Auch Clive bekam oft Post – witzige, geistsprühende und ironische Tändeleien, gespickt mit literarischen Anspielungen, die Vanessa nicht verstand. Virginia berichtete von Rezensionen, die sie schrieb, Romanen, die sie las – oft auf Empfehlung Clives. Sie näherte sich ihm auf einem Terrain, das Vanessa unbekannt, von dem sie ausgeschlossen war. Dafür steckten die Briefe an sie selbst jedoch voller Liebkosungen und Zärtlichkeit – etwas, das Vanessa zu fehlen begann. Clive schien zu glauben, dass ihr die Nähe zu ihrem Kind ausreichte, doch sie sehnte sich nach diesen kleinen Gesten der Liebe – einem Kuss, einer Berührung, einem liebevollen Streicheln. Sie fand jedoch die Worte nicht, um Clive das zu sagen.

Virginia tat es für sie. In ihrem letzten Brief hatte sie geschrieben, er solle Vanessa *höchst leidenschaftlich* auf all ihre privaten Stellen küssen. Doch Clive hatte ihr den Brief nicht gezeigt. Er lag unter einem Bücherstapel in seinem Zimmer, wo sie nach Tinte gesucht hatte, als sie wieder einmal allein im Haus gewesen war und ihre eigene Tinte aufgebraucht war. Und noch etwas stand in diesem Brief: Er solle ihrer Schwester sagen, wie sehr Virginia ihm zugetan sei. Eine Schmeichelei – aber wem wollte sie mehr schmeicheln? Und wie viele von diesen Briefen hielt Clive vor ihr versteckt?

Virginias Briefe lasen sich wie ein Puzzle, das zusammengesetzt ein völlig anderes Bild ergab, als es die Einzelteile erahnen ließen. Allerdings war es ein unscharfes Bild. Es löste Befremden bei ihr aus, ohne dass Vanessa hätte benennen können, was sie störte, und so versuchte sie, das Gefühl beiseitezuschieben.

Heute fiel ihr das leicht, denn sie waren zum Dinner eingeladen. Eine willkommene Abwechslung gegenüber den geisttötenden Abenden im Kreis dieser Familie, in der sie sich so fehl am Platze fühlte.

Clive hatte nicht viel von den Raven-Hills erzählt, die er schon lange kennen musste, immerhin gehörte ihnen das Anwesen gleich neben dem der Bells. Vanessa wusste nur, dass Mister Raven-Hill ein politischer Satiriker war. Es versprach also ein amüsanter Abend zu werden.

Das Anwesen der Raven-Hills war so verschieden von dem der Bells wie nur irgend möglich. Keine Säulen und Rosetten, keine Tierköpfe und Messingklinken, dafür schlichte, moderne Eleganz. In ihrem Salon hingen zwei Lithographien von Toulouse-Lautrec, was Vanessa sofort für das Ehepaar einnahm – ganz besonders für Annie Raven-Hill, die mit ihrem rabenschwarzen Haar, den tiefblauen, dunkel geschminkten Augen und ihrer zierlichen Statur selbst wie ein französisches Kunstwerk aussah. Sie ließ jegliche steife Begrüßungsfloskel außer Acht und hakte sich sofort bei Vanessa ein wie bei einer engen Vertrauten.

»Clive hat so von Ihnen geschwärmt. Aber Sie sind noch viel schöner, als ich es mir je hätte vorstellen können«, sagte sie und zog sie auf das Sofa, wo sie ihr ein Glas Champagner reichte und mit ihr anstieß, wie um ein lang ersehntes Wiedersehen zu feiern.

»Ich gebe das Kompliment zurück, auch wenn ich es Clive ein wenig übel nehme, dass ich jetzt erst das Vergnügen habe, Sie kennenzulernen«, sagte Vanessa mit einem Seitenblick auf Clive, der mit Leonard in den beiden entfernteren Sesseln Platz genommen hatte und neugierig zu ihnen herübersah.

»Ich muss ihn in Schutz nehmen«, sagte Annie. »Wir waren viel auf Reisen – unter anderem in Paris, wo wir diese beiden wundervollen Lithographien erstehen konnten.« Sie zeigte auf die Bilder, die Vanessa bereits beim Betreten des Salons ausgiebig gewürdigt hatte.

»Sie wissen gar nicht, wie wohltuend es ist, hier in Wiltshire ein wenig Kunstverstand zu begegnen«, sagte Vanessa mit gesenkter Stimme.

Annie sah sie mitfühlend an und legte ihr eine Hand auf den Arm. »Ich weiß genau, was Sie meinen. Diese Tierköpfe jagen mir immer einen Schauer über den Rücken.« Sie schüttelte sich und flüsterte hinter ihrem Champagnerglas: »Die Jagd ist etwas Entsetzliches, aber diese toten Tiere im Haus …«

»Und doch sind sie fast weniger entsetzlich als die geisttötenden Gespräche über die Jagd und das Wetter«, flüsterte Vanessa und hob ihr Glas: »Ich bin Ihnen so dankbar für die Einladung.«

Bald waren sie in ein angeregtes Gespräch über Paris und alles Aufregende, was dort in der Kunst geschah, vertieft, und Mrs Raven-Hill erzählte von den Jahren, die sie in der französischen Hauptstadt gelebt hatte. Die Raven-Hills waren bestimmt zehn Jahre älter als Clive und Vanessa, und Annie, so stellte Vanessa bald fest, war eine erfahrene Frau – in jeder Hinsicht. Sie erzählte von einer persönlichen Begegnung mit Toulouse-Lautrec im Jahr 1901. »Er war schon so krank, der Arme. Die Trinkerei, die Syphilis … Er war kleiner als ich, aber ein Lüstling, wie er im Buche steht.« Sie hatte, gemessen an ihrer zierlichen Statur, eine erstaunlich tiefe, fast schon zu anzügliche Stimme, und sie betonte das Wort *Lüstling* auf eine Weise, die keinen Zweifel daran ließ, dass sie genau wusste, wovon sie sprach. Vanessa ließ sich ein weiteres Glas Champagner einschenken und rückte an sie heran. Sie mochte diese Mrs Raven-Hill, auch wenn sie möglicherweise gefährlich nah an der Promiskuität wandelte.

Auch ihr Mann war ein glänzender Unterhalter, dessen bissiger Humor Vanessa ein wenig an Lytton Strachey erinnerte. Als sie während des Dinners von ihrer Begegnung mit dem Geistlichen während der Zugfahrt erzählte, stand Leonard Raven-Hill plötzlich vom Tisch auf und kehrte mit Feder und Skizzenblock zurück. Unter dem Gelächter und den aufmunternden Zurufen der anderen zeichnete er in kürzester Zeit eine perfekte Karikatur ihrer drei Zugbekanntschaften.

»Und jetzt fehlt noch Vanessa mit dem Baby am entblößten Busen.« Annie ließ ihr kehliges, sinnliches Lachen hören.

»Frevel!«, rief Vanessa in gespielter Empörung.

»Oder zwei! An jeder Brust eines.« Annies Augen blitzten, und sie warf Clive einen vielsagenden Blick zu. »Sicher wirst du ihr noch viele Kinder machen.«

»Annie!«, mahnte Leonard.

»Nicht doch. Er weiß, wie es gemeint ist, nicht wahr, Clive?«, sagte Annie und prostete Clive zu. »Wir kennen uns schon so lange.«

Clive lächelte in sein Glas und nickte, ohne Annie anzusehen.

Dann widmeten sie sich ihrem Dessert, einem köstlichen Sahnesoufflé mit einer verführerischen Kirsche obenauf, und kurz darauf erhob sich Annie und sagte: »Kommen Sie, Vanessa, wir plaudern etwas über die Freuden des Ehelebens.«

Sie strich ihrem Mann im Vorbeigehen mit der Hand über Arm und Schulter und sah dabei Clive auf eine Weise an, die Vanessa zum ersten Mal an diesem Abend ein ungutes Gefühl gab. Kannten sich die beiden etwa besser, als Clive vorgab?

Sie ließen sich wieder auf dem Sofa nieder, Mrs Raven-Hill zündete sich eine Zigarette an und schlug die Beine übereinander. Unter ihrem schmalen Rock lugten schlanke Fesseln hervor. Sie trug keine Strümpfe, und Vanessa fragte sich, was sie wohl noch so alles *nicht* trug. Ganz offensichtlich mochte Mrs Raven-Hill dieses gewagte Spiel mit der Grenze zwischen offenherziger Lässigkeit und Frivolität. Es wäre also kaum verwunderlich, wenn sie dabei manchmal über ihr Ziel hinausschoss.

»Ihr wollt also unserem schönen Land keine große Kinderschar schenken?«, fragte sie und lehnte sich entspannt zurück.

»Ungern«, sagte Vanessa. »Ich habe selbst eine große Zahl Geschwister, und meine Mutter … Ach, lassen wir das. Eins ist mir erst einmal genug. Irgendwann vielleicht einmal ein zweites, wer weiß.«

»Das verstehe ich gut.« Annie nickte verständnisvoll und blickte versonnen den Rauchschwaden hinterher, die sich über ihrem Kopf verflüchtigten. »Sex ist etwas Wunderbares, nicht wahr?«, sagte sie plötzlich. »Wenn nur nicht immer die Gefahr bestünde, schwanger zu werden.«

Vanessa brauchte einen Moment, um zu verstehen, worauf Annie anspielte. »Ich nehme an, Sie selbst haben keine Kinder?«

»O nein«, rief sie und lachte, als hätte Vanessa etwas sehr Dummes gefragt. »Ich wäre eine furchtbare Mutter.«

»Vielleicht bin ich es auch. Wer weiß. Es ist zu früh, um das zu wissen.«

»Sie sind eine kluge Frau, Vanessa«, sagte Mrs Raven-Hill mit einem sinnlichen Lächeln und legte ihr die schmale Hand aufs Bein. Sie trug einen Ring am Daumen, etwas, was Vanessa noch nie bei einer Frau gesehen hatte. Es sah verrucht aus. »Und ich bin sicher, Sie sind eine gute Mutter. Ich frage mich allerdings …«

Sie sah Vanessa an, als wäre sie unsicher, wie vertraulich sie werden durfte.

»Sagen Sie es ruhig, meine Liebe. Ich habe meine Unschuld längst verloren«, sagte Vanessa mit einem Augenzwinkern.

Mrs Raven-Hill lachte erneut und neigte sich ein wenig zu ihr herüber. »Wenn Sie eine Schwangerschaft vermeiden wollen, aber nicht auf guten Sex verzichten möchten, müssen Sie etwas dafür tun.«

Der Abend entwickelte sich noch viel besser, als Vanessa es erwartet hatte, denn natürlich hatte sie sich schon gefragt, wie sie verhindern konnte, allzu schnell von Neuem schwanger zu werden. »Verraten Sie mir auch, was?«, fragte sie leise.

»Es gibt verschiedene Möglichkeiten.« Mrs Raven-Hill wirkte nun ganz sachlich, als erklärte sie Vanessa den Weg zum Damenschneider. »Erstens«, sagte sie und spreizte den beringten Daumen ab: »Sie könnten ein Kondom benutzen. Es gibt sie mittlerweile auch aus Gummi, sie werden über den Penis des Mannes gestülpt wie eine zweite Haut. Für Clive wäre das allerdings etwas unkomfortabel, und ich weiß nicht …« Sie wiegte skeptisch den Kopf hin und her.

»Nicht Ihre favorisierte Methode«, stellte Vanessa fest, wobei sie versuchte, ebenso abgebrüht zu klingen wie Mrs Raven-Hill, obwohl sie spürte, wie ihre Wangen glühten und sich auch ihr Herzschlag beschleunigte. Es war das erste Mal, dass sie mit einer erfahrenen Frau über den Beischlaf sprach, und sie hatte sich vorgebeugt, um nur ja kein Detail zu verpassen.

»Zweitens«, sagte Mrs Raven-Hill, ohne auf Vanessas Bemerkung einzugehen. Sie streckte den Zeigefinger in die Höhe. »Scheidenspülungen, direkt danach. Haben Sie ein Bidet zu Hause?«

»Ein – was?«

»Ein Bidet. Ein tiefes Waschbecken zum Hineinsetzen und Säubern der intimen Körperteile. In Frankreich ist es sehr verbreitet. Aber es ist eine unsichere Methode, ich empfehle sie nicht.«

»Dann kommt sie nicht in Frage«, winkte Vanessa ab.

Mrs Raven-Hill nickte, offenbar zufrieden mit Vanessas Antwort. »Dann drittens.« Ihr Mittelfinger schnellte in die

Höhe. »Das Pessarium. Es besteht aus Seidendarm oder aus Gold und wird in die Gebärmutter eingeführt. Das muss ein Arzt machen, allerdings gibt es nur sehr wenige Ärzte, die die Methode überhaupt kennen. Mein Geheimtipp; die einzig zuverlässige Methode, die ich kenne.«

Vanessas Augen weiteten sich, als Mrs Raven-Hill ihr ausführlich erklärte, wie dieses Pessarium aussah und wie es funktionierte. »Ich soll mir einen Metallgegenstand in die …?« Sie schüttelte sich. »Das klingt ja furchtbar!«

»Keine Angst. Es ist sehr klein, und Sie spüren es nicht. Glauben Sie mir. Ich habe mir selbst vor wenigen Monaten erst eines einsetzen lassen. Es funktioniert hervorragend, ich schwöre.«

»Aber … wie soll ich das bewerkstelligen?« Vanessa stellte sich das Gesicht ihres Arztes vor, wenn sie ihn darum bat, ihr dieses mörderische Instrument in den Leib zu schieben.

In diesem Augenblick traten Clive und Leonard durch die Terrassentür in den Salon. Sie waren pfeiferauchend auf dem Rasen vor dem Haus auf und ab spaziert, ebenfalls in ein angeregtes Gespräch vertieft.

Vanessa registrierte, wie Clive einen kurzen Blick mit Mrs Raven-Hill tauschte. »Amüsiert ihr euch?«, fragte er und lächelte Vanessa an, aber sein Lächeln erreichte seine Augen nicht. Er wirkte angespannt.

»Sehr«, sagte Vanessa. »Ein höchst aufschlussreicher Abend.«

Mrs Raven-Hill griff zu einer neuen Zigarette und ließ sich von Clive Feuer geben. »Deine Frau ist eine ganz zauberhafte Person«, sagte sie. »Wir verstehen uns glänzend.«

Clive sah ihr tief in die Augen und sagte: »Ich habe nichts anderes erwartet.«

Als sie sich am Ende des Abends von den Raven-Hills verabschiedeten, schob ihr Mrs Raven-Hill einen Zettel in die Hand.

»Hier ist eine Adresse. Sehr zuverlässig. Sagen Sie, Sie kennen mich.« Und mit einem letzten seelenvollen Augenaufschlag zu Clive säuselte sie: »Ich hoffe, wir sehen uns bald wieder. Ihr seid ein entzückendes Paar.«

31. Kapitel

Trevose House, St. Ives, 20. April 1908

Das Gästehaus lag direkt in der Hafenbucht. Aus ihrem Fenster konnte Virginia auf das Meer blicken, das sich in der Ferne im Dunst des frühen Morgens verlor. Gleich nach ihrer Ankunft gestern Abend war sie den Strand entlang bis zum Ende des benachbarten Porthminster Beach gelaufen, genau zu der Stelle, wo sie immer gebadet hatten, damals, als sie noch Kinder waren. Der schmale Pfad hinauf zu ihrem Sommerhaus existierte noch, das Haus selbst aber war von hier unten nicht zu sehen. Früher hatte sie aus ihrem Zimmer im Talland House einen freien Blick über die Bucht gehabt, später dann war ein Hotel direkt davor errichtet worden und hatte die Sicht versperrt. Damals hatten die Eltern zum ersten Mal über Verkauf gesprochen, doch der Gedanke, nicht mehr die Sommermonate an diesem Ort verbringen zu können, war jenseits ihrer Vorstellungskraft gewesen. Es gab Dinge, die Erwachsene manchmal sagten und deren Schrecken nur verdrängt werden konnte, weil sie in einer nicht greifbaren Zukunft lagen. Erst der Tod der Mutter hatte Virginia gelehrt, dass die schrecklichsten Dinge ohne Vorwarnung eintraten.

Sie war bis zum Haus hochgelaufen und hatte die Zweige der Escalloniahecke auseinandergeschoben, um hindurchzusehen, einen Blick auf das neue Leben zu erhaschen, das sich dort entfaltete. Aber die Läden waren dicht verschlossen, keine Liegestühle auf dem Rasen, keine Wäsche zum Trocknen aufgehängt, kein Kinderlachen. Das Haus schien jenseits der Grenze zu dem Paradies zu liegen, das sich im Dunst des längst Vergangenen verlor.

Es war ihr Vorschlag gewesen, ein paar Tage gemeinsam mit Vanessa, Clive und dem Baby in St. Ives zu verbringen. Auf der anderen Seite der Bucht. Bewusst war sie vor den Bells angereist. Sie wollte ungestört Kontakt zu diesem Ort aufnehmen, an dem sie die glücklichsten Momente ihres Lebens verbracht hatte. Doch nun stellte sie fest, dass der Schmerz des Unwiederbringlichen allein kaum zu ertragen war.

Sie sehnte sich nach Vanessa. In London war diese Sehnsucht aushaltbar, hier jedoch wurde sie von allzu vielen Erinnerungen genährt, die vernarbt geglaubte Wunden aufbrechen ließen. Die täglichen Briefe, die von ihr kamen, waren ein schwacher Ersatz. Um ihren Gedanken an die Schwester Raum zu geben, hatte sie begonnen, Vanessas Biographie zu schreiben, obwohl das ein großes Wort war für die skizzenhafte Darstellung der gemeinsamen Kindheit und Jugend in Hyde Park Gate und Talland House. Dieses Eintauchen in die Vergangenheit half, ihr eigenes Leben aus *Melymbrosia* herauszuhalten, auch wenn sich ohnehin schon viel davon in die Geschichte eingeschlichen hatte. Der Roman war nun beinah durcherzählt, aber noch war er nicht mehr als der grob behauene Stein eines Bildhauers: die gewollte Form erkennbar, doch noch ohne den Glanz des vollendeten Werks.

Sie hatte ein großes Zimmer gemietet, das sie eigentlich

an Clive und Vanessa hatte abtreten wollen, sobald sie eintrafen, aber Vanessa schrieb, sie und Clive würden in getrennten Zimmern übernachten, weil Clive sich durch Julian gestört fühle. War dies der erste feine Riss in der goldenen Schale ihrer Ehe?

Trevose House, Freitag, 24. April

Heute war es endlich so weit. Die Wiege und die Badewanne für Julian waren bereits eingetroffen und standen in Vanessas Zimmer bereit, das gleich neben Virginias lag. Clive bekam ein Zimmer im Stockwerk darüber. So hatte er Ruhe und zudem einen besseren Blick über die Bucht.

Sie hatte ein wenig an der *Melymbrosia* gefeilt und einige Passagen zu Vanessas Biographie hinzugefügt. Keine Rezensionen, keine unbefriedigende Lektüre, dafür ausgiebige Spaziergänge entlang der Küste. Wege, die sie früher mit ihrem Vater entlanggewandert waren, so vertraut, dass Virginia sie gefahrlos mit geschlossenen Augen hätte gehen können. Wie auch der Geruch nach Fisch und Tang im Hafen, der salzige Geschmack auf den Lippen und das Prickeln auf der bloßen Haut, wenn der Wind den feinen Sand der Bucht vor sich hertrieb.

Vanessa stieg als Erste aus dem Zug und machte vor Freude einen kleinen Satz, als sie Virginia erblickte. Diese lief ihr entgegen und fiel ihr um den Hals.

»Mein Gott, wie gesund du ausschaust«, rief Vanessa und

hielt sie auf Armeslänge von sich. »Sieh sie dir an, Clive! Wie viele Männer haben dir einen Heiratsantrag gemacht, seit du hier bist?«

»Ich stecke meine Nase zwischen Buchdeckel, sobald sich einer nähert. Das hilft immer, sie in die Flucht zu schlagen«, sagte Virginia.

»Wenn du so strahlst wie jetzt, wird auch das dickste Buch nichts ausrichten können«, sagte Clive. Er sah ihr in die Augen dabei und lächelte sein warmes und immer ein wenig schiefes Lächeln.

Es verging eine ganze Weile, bis auch Elsie, Julian, der Kinderwagen und die unzähligen Gepäckstücke wohlbehalten auf dem Bahnsteig standen.

»Das beste Rezept gegen unliebsame Avancen ist ein schreiendes Baby, glaub mir«, sagte Vanessa und nahm Julian an sich, der das Geschehen ringsum mit großen erschrockenen Augen beobachtete. Sie ging voraus auf den Wagen zu, den Virginia für den Transport organisiert hatte.

Virginia folgte mit Clive, der sichtlich erschöpft wirkte. »Ob ich doch lieber einen Heiratsantrag in Kauf nehmen sollte?«, fragte sie leise und lächelte spitzbübisch.

Er wiegte den Kopf hin und her. »Dabei musst du bedenken, dass auch der irgendwann zu einem schreienden Baby führen wird.«

Virginia lachte. »Oh, du hast natürlich recht. Sollte ich also besser bei den dicken Büchern bleiben?«

»Frag mich morgen noch einmal. Heute würde ich tatsächlich zu den Büchern raten«, sagte er und zog eine Grimasse. Dann lachten sie beide.

»Du siehst müde aus«, stellte Virginia fest, als sie abends beim Dinner beisammensaßen. Vanessa war still und hatte ihr Schokoladendessert mit der Begründung abgelehnt, dass Schokolade Julian Blähungen verursache.

»Sie lässt Julian keine Sekunde aus den Augen, wenn er schläft. Das kostet den eigenen Schlaf«, sagte Clive.

»Du bist ein schlechter Zeuge, wenn es um meinen Schlaf geht«, sagte Vanessa mit einem übertrieben liebenswürdigen Lächeln. »Aber du hast recht, Ginia«, fuhr sie fort. »Ich werde früh schlafen gehen. Julian weckt mich bis zu zweimal nachts, weil er Hunger hat.«

»Sie besteht darauf, Julian auch weiterhin die Brust zu geben. Damit ist er wahrscheinlich nicht mehr zufrieden.« Clive hob ratlos die Schultern.

»Er verträgt Elsies Fläschchen nicht gut, wie Clive selbst schon einige Male hat feststellen dürfen«, entgegnete Vanessa. Die beiden saßen einander gegenüber, sahen aber nur Virginia an, während sie sprachen, die sich fühlte wie der Schiedsrichter bei einem unfair gespielten Tennismatch. Diese Rolle wollte sie jedoch auf keinen Fall spielen. Sie schwieg.

»Apropos«, sagte Clive plötzlich. »Du hast ein schönes Zimmer für mich ausgesucht. Danke dafür.«

»Nicht wahr? Ich hätte es selbst bezogen und euch das große Zimmer überlassen, aber Vanessa …«

»Ich habe ihr geschrieben, dass du dich von Julian gestört fühlst«, unterbrach Vanessa sie und sah Clive herausfordernd an.

»Nun, dann hoffen wir, dass Julian nicht auch noch Virginia um ihren Schlaf bringt«, gab er zurück.

Die Stimmung drohte zu kippen. Schnell warf Virginia den erstbesten Gedanken dazwischen, der ihr in den Sinn kam: »Duncan will ein Atelier am Fitzroy Square mieten.«

»Ach«, sagte Vanessa.

»Interessant«, sagte Clive, aber keiner von beiden sah aus, als wäre die Nachricht bis in die tieferen Hirnregionen vorgedrungen.

»Er ist ständig pleite und kommt zu uns zum Essen, weil er alles Geld für sein Kunststudium aufwenden muss«, fuhr Virginia unbeirrt fort. »Jetzt will Lytton ihm die Miete bezahlen. Und das, obwohl Duncan eindeutig öfter mit Maynard geschlafen hat als mit Lytton.« Sie sah Vanessa an und wartete, dass sie diese pikante Information mit einem eigenen Kommentar würzen würde, doch Vanessa nickte nur abwesend.

»Lytton spielt den Märtyrer. Eigentlich müsste er Maynard hassen, weil der ihm Duncan ausgespannt hat. Stattdessen lädt er ihn ständig zum Essen ein.«

»Und was bezweckt er damit?«, fragte Clive.

Virginia zuckte die Achseln. »Ich glaube, er kann nicht anders. Sein natürlicher Altruismus bricht sich Bahn.«

»Nein«, sagte Vanessa. Sie schien plötzlich hellwach. »Er will geliebt werden, um jeden Preis. Wenn er sich zwischen die beiden drängt, kann er sie vielleicht auseinanderbringen, und dann hätte er Duncan wieder für sich.« Sie stupste Virginia in die Seite und setzte mit einem Augenzwinkern hinzu: »Du solltest ihn wirklich heiraten. Ihr beide seid euch so ähnlich.« Dann erhob sie sich. »Ich ziehe mich zurück. Bestimmt habt ihr euch eine Menge Spannendes zu erzählen. Gute Nacht.«

In dieser Nacht schlief Virginia wenig, allerdings nicht weil das Baby schrie, sondern weil sie noch lange mit Clive im kleinen Salon von Trevose House vor dem Kamin saß und eine ganze Flasche Rotwein leerte. Clive brachte es sogar auf zwei. Sie sprachen über französische Briefromane, englisches Theater und die Nutzlosigkeit silberner Verschlüsse für angebrochene Weinflaschen. Und ganz zum Schluss sprachen sie über Vanessa – das allerdings zu einem Zeitpunkt, als Virginia nicht mehr vollständig im Besitz ihrer geistigen Kräfte war. So erinnerte sie sich am nächsten Tag nur noch vage, dass Clive über seine Verbannung aus Vanessas Schlafzimmer geklagt und sie ihn gefragt hatte, wie wichtig für ihn der Beischlaf in seiner Ehe sei.

»Sehr wichtig«, war Clives Antwort. Er dehnte das *sehr* in die Länge und trank den letzten Rest des Weins direkt aus der Flasche.

»Was seid ihr doch für armselige Wesen«, murmelte Virginia. Sie hätte noch viel mehr über die Jämmerlichkeit des männlichen Triebes sagen wollen, aber sie spürte, dass sie endgültig die Kontrolle über ihre Zunge zu verlieren begann.

Clive blickte trübselig in sein leeres Weinglas und nickte. »Recht hassu. Aber du …« Er zeigte auf sie, und es fiel ihm offensichtlich schwer, seinen Blick zu fokussieren. »Du bist rein und wunnervoll. Ein bissschen schwer zu …« Er griff mit den Händen in die Luft, als versuchte er, nach etwas Unsichtbarem zu fassen, ließ sie dann frustriert fallen und sagte: »Wird Zeit, schlafn zu gehn.« Er stand auf und wankte zur Tür. »Komm, Virgo Virginia, gehn wir ins Bett. Du in deins, ich in meins. Wie sich das gehört.«

Sie waren kichernd die laut knarzende Treppe hinaufgestolpert, und vor ihrer Tür hatte Clive versucht, sich huldvoll vor ihr zu verneigen, was ihm nur mittelmäßig gelungen war.

Heute Morgen tat Virginia der Kopf weh. Sie trank einen kräftigen schwarzen Tee im Bett und lauschte auf die Geräusche aus dem Nebenzimmer. Schritte und Stimmen waren zu hören, auch wenn sie nicht bestimmen konnte, wer da sprach. Kurz darauf weinte Julian, er beruhigte sich jedoch schnell wieder. Dann ging nebenan die Tür, und die Treppe knarrte. Sie knarrte erheblich, wie sie in der Nacht mit Clive festgestellt hatte. O Gott, zu was für einem Geschwätz hatte sie sich hinreißen lassen! Hoffentlich erinnerte Clive sich nicht. Sie schloss die Augen und versuchte, noch etwas zu schlafen, dann aber hörte sie, wie nebenan ein Stuhl verrückt wurde. Ob Vanessa noch im Zimmer war?

Rasch zog Virginia sich einen Morgenmantel über ihr Nachthemd und klopfte leise bei Vanessa an. Ohne eine Antwort abzuwarten, schob sie die Tür einen Spalt auf. Vanessa saß im Bett, die Beine angezogen, und trank Tee. Sie war allein.

»Komm rein«, sagte sie. »Ich habe Elsie mit Julian zum Spazierengehen geschickt. Er war schon wieder so früh wach.«

»Ich habe ihn nicht schreien hören. Kein einziges Mal.« Virginia schloss die Tür hinter sich und schlüpfte zu Vanessa ins Bett, die bereitwillig beiseiterückte.

»Er hat auch nicht geschrien. Das tut er nachts fast nie. Clive fühlt sich allerdings schon beim leisesten Schmatzen in seiner Nachtruhe gestört.«

Virginia schmiegte sich an die Schwester. »Erzähl mir von Cleeve House. War es sehr schrecklich?«

»Grauenvoll. Aber ich weiß jetzt, wie das Wetter im Sommer 1894 war und dass Rotwild in der Brunftzeit leichter zu schießen ist. Und ich habe eine interessante neue Bekanntschaft gemacht.«

Sie erzählte Virginia von einer gewissen Mrs Raven-Hill, die ähnlich schamlos wie Lytton über Sex sprach und ein erstaunliches Wissen über Möglichkeiten der Geburtenkontrolle besaß. »Aber ich werde mir dieses Pessarium erst einmal noch nicht einsetzen lassen. Es macht mir ein wenig Angst.«

Virginia gruselte bei der Vorstellung, dass ihre Schwester sich einen Fremdkörper in den Leib schieben lassen könnte. Schnell vertrieb sie das Bild aus ihrem Kopf.

»Ich war an unserem Haus«, sagte sie schnell, bevor Vanessa das Thema vertiefen konnte.

Vanessa sah sie an, und ihr Blick wurde weich. Ihre Schwester drückte sie fest an sich. »Und?«, fragte sie. »War es sehr schlimm?«

»Es sieht verlassen aus. Als wären wir gerade gestern abgereist.«

»Ach, Zicklein«, sagte Vanessa. »Du hättest warten sollen, bis ich da bin. Dann wären wir zusammen hingegangen.«

Virginia lehnte ihren Kopf an Vanessas Schulter und schloss die Augen. Für einen Moment war es so, wie es in der Vergangenheit zwischen ihnen gewesen war.

»Weißt du noch, wie Mutter uns immer ans Ende des Gartens geschickt hat? Dorthin, wo wir das Bahnsignal sehen konnten, das anzeigte, wenn ein Zug nahte? Die Hektik, die dann ausbrach?«

»Ja«, sagte Vanessa. »Und Thoby, der das Boot steuern durfte, mit dem wir aus der Bucht herausfuhren, an ruhigen Tagen.«

»Und wie er uns einmal, als Sturm aufkam, ganz ohne Vaters Hilfe zurückgebracht hat.«

»Wir waren alle so stolz auf ihn.« Vanessa stand auf, öffnete weit das Fenster und stellte sich auf die Zehenspitzen, als könnte sie so einen Blick auf Thoby erhaschen, wie er das Boot in die Bucht steuerte. »Du solltest über ihn schreiben. Er gäbe einen guten Romanhelden ab«, sagte sie und schlüpfte wieder zu Virginia unter die Bettdecke.

Diese umschlang die Schwester und ließ sich vom Kreischen der Möwen und dem fernen Meeresrauschen in ihre inneren Bilder hineintragen. Plötzlich aber mischte sich Babygeschrei dazwischen. Es wurde lauter, und Virginia spürte, wie Vanessas Körper sich anspannte. Die Tür flog auf, und herein kam Elsie mit dem brüllenden Julian auf dem Arm, gefolgt von Clive, der mit verschränkten Armen im Türrahmen stehen blieb und die Szene, die sich ihm bot, erstaunt betrachtete. Er sagte etwas, das jedoch im Babygeschrei unterging.

»Es tut mir leid, Mrs Bell«, rief Elsie. »Er lässt sich nicht beruhigen. Ich habe alles versucht, sogar das Fläschchen, aber …«

»Schon gut«, sagte Vanessa und warf die Bettdecke zurück. Schnell wickelte sich Virginia enger in ihren Morgenrock und sprang aus dem Bett. Sie fühlte sich ertappt, obwohl sie nichts Verwerfliches getan hatte.

Vanessa nahm Julian an sich und lief tänzelnd mit ihm durchs Zimmer.

»Er wird noch die übrigen Gäste wecken«, sagte Clive. Er starrte mit seinen verquollenen Augen auf Vanessa, die sich nun mit Julian im Sessel niederließ und ihre Brust entblößte. Sie war makellos weiß und groß und prall, der Nippel, an dem Julian jetzt andockte, rosig und steil aufgerichtet. Es war nicht der Anblick selbst, der Virginia die Hitze ins Gesicht trieb, sie hatte Vanessa oft in ihrer nackten, natürlichen Schönheit bewundert. Es war Clives Anwesenheit, die das Intime der Situation zu etwas Unanständigem werden ließ.

»Deine Frau kann uns jetzt nicht gebrauchen«, sagte sie, schob Clive beiseite und zog schnell die Tür zu. »Und es gibt keine anderen Gäste.«

»Umso besser«, sagte er, räusperte sich und schien unentschlossen, was er nun tun sollte. Aus Vanessas Zimmer drang erneut Julians Geschrei. Clive zog eine Grimasse, als hätte er Zahnschmerzen.

»Vielleicht sollten wir einen Spaziergang machen«, schlug Virginia vor. »Ich habe Kopfschmerzen. Frische Luft könnte helfen.«

»Frische Luft hilft bestimmt, aber …« Er räusperte sich und wies auf ihre Füße. Sie war barfuß. Zudem trug sie unter dem dünnen Morgenmantel ein noch dünneres Nachthemd. »Vielleicht möchtest du dich vorher ankleiden?«

In Windeseile hatte Virginia sich angezogen und war mit Clive vor dem unablässigen Geschrei, das aus Vanessas Zimmer drang, hinunter zum Strand geflüchtet.

Hier zog sie die Schuhe aus und lief barfuß über den Sand. Clive wanderte neben ihrer, korrekt gekleidet, mit Hut und

Krawatte und die Hände auf dem Rücken verschränkt wie zu einem Sonntagsspaziergang durch den Hyde Park.

»Du wirst dir die Schuhe ruinieren«, sagte Virginia und kicherte. Der Wind löste ihre Haare und zerrte an ihren Kleidern. Sie breitete die Arme aus, lief hinunter zum Wasser und watete ein paar Schritte hinein. Sie drehte sich zu Clive um und rief: »Zieh dir die Schuhe aus, komm!«

Er schüttelte den Kopf, tat es dann aber doch. Mit bloßen Füßen, hochgekrempelter Hose und Hut auf dem Kopf balancierte er über den Sand wie über rohe Eier. Kurz bevor er sie erreicht hatte, riss ihm eine Böe den Hut vom Kopf. Der Wind trieb ihn vor sich her, und Clive stellte sich bei der Jagd danach so ungeschickt an, dass Virginia sich vor Lachen krümmte. Sie lief an ihm vorbei, schnappte den Hut und drückte ihn ihm wieder auf den Kopf mit den Worten: »Ist es das erste Mal in deinem Leben, dass du an einem Strand bist?«

»Das zweite«, sagte Clive. »Beim ersten Mal hatte ich Windeln an und wurde getragen.«

Virginia zog ihn zum Wasser, doch er scheute sich, auch nur einen Zeh hineinzustecken. Sie wanderten die Bucht entlang zum anderen Ende, wo sie auf das Hotel hinaufwies, hinter dem Talland House verborgen lag.

»Damit hat es angefangen«, sagte sie, »ein erster Schatten auf unserem Paradies.«

Er warf ihr einen Seitenblick zu. »Vanessa hat mir gezeigt, was du über eure Kindheit geschrieben hast. Es ist wundervoll. Du solltest weiter daran arbeiten.«

»Ich schreibe an etwas anderem«, sagte sie zögernd. Sie wartete, hoffte, er würde sie auffordern, mehr zu erzählen, doch das tat er nicht. Nur der leicht geneigte Kopf verriet, dass er ihr konzentriert zuhörte. Sie hob eine Muschel auf und befreite sie vom Sand. Sie war noch nass, und das perlmuttweiche Innere glitzerte im Sonnenlicht. »Schön, nicht?«, fragte Virginia, und dann, ohne die Antwort abzuwarten, sagte sie schnell: »An einem Roman.«

»Sehr schön«, sagte er und nickte.

»Ich hatte früher ganz viele Muscheln«, sagte sie. »Sie lagen auf meinem Pult am Hyde Park Gate. Wahrscheinlich hat Vanessa sie irgendwann fortgeworfen. Ich habe sie nie danach gefragt.«

Clive schüttelte den Kopf. »Nein, ich meine, es ist schön, dass du an einem Roman schreibst. Ich werde ihn lesen. Du bist eine wundervolle Autorin.«

»Das kannst du doch gar nicht wissen.«

»Ich sehe es an deinen Sätzen. Der Kraft deiner Sprache, der Bilder, die du erschaffst. Ich sehe es in deinen Briefen. Darin ist etwas …«, er wies auf die Muschel in Virginias Händen, »etwas Einzigartiges. Es schillert, wie das Innere dieser Muschel.«

Stumm hatte sie seinen Worten gelauscht, angstvoll zuerst, dann mit einem freudigen Flattern im Inneren, als hätte dort gerade ein federiges Wesen die schützende Schale durchbrochen und zum ersten Mal vorsichtig die Flügel ausgebreitet.

Sie zögerte, dann gab sie sich einen Ruck. »Darf ich dir etwas zu lesen geben?«

»Es wäre mir eine große Ehre.« Er lüftete den Hut und verneigte sich.

32. Kapitel

Sie war ein Genie. Vanessa hatte es schon oft gesagt, wenn auch meist mit der Einschränkung, dass Virginias Genialität in direkter Relation zu ihren menschlichen Schwächen stand. Clive schob es auf schwesterliche Rivalität, denn er konnte an Virginia keine menschlichen Schwächen feststellen. Sie war scharfsinnig, brillant, humorvoll und zu allem Überfluss von außergewöhnlicher Schönheit. Auf eine viel delikatere, fragilere Weise als Vanessa, und das lag nicht nur an der Zartheit ihrer Statur. Es war die Schönheit ihres Geistes, ihre ästhetische Empfindsamkeit und, ja – es musste auch an ihrer Fähigkeit liegen, das innere Wesen der Dinge in Worte zu kleiden. Seit sie ihm diese wundervollen Briefe zu schreiben begonnen hatte, war Virginia allgegenwärtig in seinen Gedanken. Er ertappte sich dabei, wie er Romane, die er las, aus Virginias Blickwinkel zu betrachten versuchte. Sie konnte gnadenlos sein mit ihrer Kritik. Nur allzu gut erinnerte er sich an ihren Spott über den Gedichtband, den er gemeinsam mit Lytton und Saxon veröffentlicht hatte. *Euphrosyne*. War es ein Seitenhieb, dass sie das Schiff in ihrem Roman nun ausgerechnet so nannte? »O nein«, hatte sie gesagt, mit diesem Augenaufschlag, bei dem er nie wusste, ob es ehrliche Unschuld war oder Ironie, »es ist einfach so ein passender Name für ein Schiff, findest du nicht?«

Wie oft hatte sie sich schon über ihn lustig gemacht, was er ihr jedoch nicht übel nehmen konnte. Wer könnte es schon? Bei aller Klugheit und Belesenheit wirkte sie oft wie ein ausgelassenes Kind, verspielt und neugierig, ohne jede Böswilligkeit. Und dann war da diese ängstliche Seite an ihr. Der scheue Blick, die Unsicherheit, die bei ihm das beinah unwiderstehliche Bedürfnis auslöste, sie fest in seine Arme zu schließen, zu küssen gar.

Aber wohin wanderten seine Gedanken? Ruckartig schob er den Stuhl zurück und wanderte im Zimmer hin und her. Die ersten beiden Kapitel von *Melymbrosia* hatte er nun gelesen, genug, um sicher zu sein, dass Virginia Stephen eine der besten Schriftstellerinnen werden könnte, die es seit Jane Austen in England gegeben hatte. Gewiss, da waren einige Stellen, die einer mäßigenden Hand bedurften. Welch merkwürdige Abneigung gegenüber seinem Geschlecht war es nur, die sie antrieb, die männlichen Figuren derart vulgär, beschränkt und tyrannisch darzustellen? Dagegen waren die Frauenfiguren allesamt sensibel und taktvoll, scharfsinnig und anmutig. Diese plumpe Kontrastierung tat der Geschichte nicht wohl, und sie war einer Virginia Stephen nicht würdig, fand er. Einige Stellen steckten so voller Zorn und weibischem Eifer, dass er darüber nur den Kopf schütteln konnte. Was ging da bloß in ihr vor? Er würde ihr dringend raten, das zu tilgen. Das Besondere an *Melymbrosia* aber waren die Luzidität und Magie der Sprache, mit der es ihr gelang, außergewöhnlich tiefgründige Empfindungen in Worte zu kleiden und eine einzigartig stimmungsvolle Atmosphäre zu schaffen.

Er trat ans Fenster und blickte auf die Hafenbucht hinunter, an der er gestern mit ihr entlanggewandert war. Wie übermütig sie gewesen war, wie verschmitzt sie ihn angeblickt hatte, und dann diese Melancholie in ihren Augen, als sie auf das Hotel gezeigt hatte, hinter dem sich das frühere Sommerhaus der Stephens verbarg. Und ja – es war schändlich, aber der Gedanke an die Zartheit ihrer Füße … Er hätte niederknien und sie küssen mögen. Welch beispiellose Laune der Natur, die seiner Frau, seiner so begabten, wunderschönen Frau, eine beinah noch begabtere und schönere Schwester an die Seite gestellt hatte.

Er musste dringend an die frische Luft. Vielleicht wollte Virginia ihn begleiten, und er könnte ihr sagen, wie sehr er ihre Arbeit bewunderte.

Er ignorierte die leise Stimme in seinem Inneren, die ihn ermahnte, nach seiner Frau und seinem Sohn zu sehen, und machte sich auf die Suche nach Virginia.

Schon wieder waren sie zusammen weggegangen! Vanessa hatte sich nach dem Essen niedergelegt, um verlorenen Schlaf nachzuholen. Julian schlief noch, ein wenig Zeit also, um in aller Ruhe mit Virginia und Clive auf der Terrasse vor dem Haus den Tee einzunehmen. Nur war niemand da. Schön, dann würde sie eben allein einen Spaziergang unternehmen, das hatte sie ohnehin schon viel zu lange nicht mehr getan.

Sie bat Elsie, Julian ein Fläschchen zu geben, wenn er wach wurde und hungrig war, zog sich einen leichten Mantel über und wanderte zum Strand hinunter. Der Himmel über dem Meer war verhangen, nur am Horizont schimmerte die Wasserlinie als schmaler blauer Streifen. Es lag wohl vor allem an diesem Lichteffekt, dass die Wolken so dunkel und regenschwer aussahen. Die Flut trieb das Wasser in die Bucht hinein, und nur wenige Menschen waren am Strand. In der Ferne konnte Vanessa zwei Spaziergänger ausmachen, die auf das Ende der Bucht zustrebten. Dort, hinter der kleinen Landzunge, lag der Porthminster Beach, der Strand ihrer Kindheit. Sie hatte es noch nicht einmal geschafft, bis dorthin zu spazieren, so sehr nahm Julian sie in Anspruch.

Clive würde es hassen, wenn Sand in seine feinen Lederschuhe geriete, und ganz sicher würde er nicht barfuß über den Strand laufen. Das Pärchen dort hinten konnten also nicht Virginia und Clive sein. Warum war sie sich überhaupt so sicher, dass die beiden gemeinsam unterwegs waren? Virginia ging oft allein spazieren, um ungestört mit ihren Gedanken zu sein. Aber Clive?

Sie kam an einer Gruppe Kinder vorbei, die trotz der kühlen Witterung große Löcher in den nassen Sand buddelten. Die Flut trieb das Wasser in die Löcher hinein, worauf die Kinder unter lautem Gejohle in die Pfützen sprangen. Es waren vermutlich Geschwister, denn sie waren alle unterschiedlichen Alters. Der Jüngste lief jetzt weinend auf die drei Erwachsenen zu, die sich mit Badetüchern, Klappstühlen und einem Kinderwagen im Sand niedergelassen hatten. Vermutlich waren es die Eltern mit der Kinderfrau, die ein wenig abseits saß. Vielleicht war diese Frau auch eine nahe Verwandte, jemand wie Virginia, die von allen geliebt wurde und fest dazugehörte – und doch das Gleichgewicht des Familienlebens störte.

Über ihr riss der Himmel auf, und die Sonne brannte mit plötzlicher Intensität auf sie nieder. Sie hob die Hand und schirmte die Augen ab. Die beiden Spaziergänger in der Ferne waren inzwischen verschwunden. Es war Teezeit, doch sie war allein am Strand, außer dieser Familie, deren Johlen und Rufen vom Wind zerrissen wurden. Sollte nicht Clive jetzt an ihrer Seite sein? Die Momente, in denen Julian sie nicht brauchte, mit ihr zusammen genießen? Wo war er nur?

»Ich möchte dir etwas zeigen, traust du dich?«

Sie waren am Ende der Hafenbucht angelangt. Es wäre Zeit umzukehren, um mit Vanessa den Tee einzunehmen, aber Clives Worte über ihre Anfangskapitel von *Melymbrosia* hatten Virginia in eine übermütige, ja euphorische Stimmung versetzt.

»Ist es eine Mutprobe?«, fragte Clive, und sein skeptischer Gesichtsausdruck brachte Virginia zum Lachen.

»Es könnte eine sein, je nachdem, wie geschickt du dich anstellst.« Sie zeigte auf die felsige Landzunge, die die Hafenbucht vom benachbarten Porthminster Beach trennte. Bei Ebbe konnte man entspannt um die Felsen herumwandern, bei Flut aber musste man drüberklettern, wenn man nicht einen großen Umweg laufen wollte.

»Dort auf der anderen Seite befindet sich der Strand, den wir von Talland House aus sehen konnten. Dort möchte ich gern mit dir hin.«

»Und dafür willst du mit mir über die Felsen klettern?« Er

starrte entgeistert auf seine Füße. Heute hatte er direkt beim Betreten des Strandes Strümpfe und Schuhe ausgezogen, die er nun an den Schnürsenkeln zusammengebunden über der Schulter trug.

»Wir können auch durchs Wasser waten, wenn dir das lieber ist«, neckte sie. Das Meer war unruhig, und obwohl die Flut ihren Höchststand noch nicht erreicht hatte, brandeten die Wellen an die Felsen und ließen die Gischt aufspritzen.

»Du bist abenteuerlustig«, stellte Clive anerkennend fest. »Eine völlig neue Seite an dir.«

»Welche Seiten glaubst du denn zu kennen?«, fragte Virginia. Sie lief rückwärts vor ihm her auf die Felsen zu. Es war beflügelnd, seine Aufmerksamkeit so ganz auf sich gerichtet zu wissen, und es fiel ihr überraschend leicht, dabei nicht an Vanessa zu denken.

»Immerhin durfte ich deine poetische Seite kennenlernen. Was mich mit großer Freude erfüllt hat.«

»Du meinst die *Melymbrosia*. Ich meine aber mich.«

»Das lässt sich nicht trennen. Was du schreibst, wie du es schreibst, zeigt doch zugleich die Poesie deiner Seele.«

»Du findest, ich habe eine poetische Seele?«

Er sah sie auf eine merkwürdige Weise an, die sie nicht zu deuten wusste. Inzwischen waren sie an den Felsen angelangt. »Muss das wirklich sein?«, fragte er und fuhr sich mit der Hand durch die windzerzausten Haare. Wieder musste sie über ihn lachen.

»Du folgst mir einfach. Es ist ganz leicht. Und wenn wir drüben sind …« Sie begann, die Felsen ein kleines Stück hinaufzuklettern, und streckte dann eine Hand nach ihm aus.

Seufzend griff er danach und ließ sich hochziehen. »Ja?«, fragte er. »Was dann?«

Sie kletterte weiter, ihm immer um einige Schritte voraus. Als sie den Scheitelpunkt erreicht hatte und sich vor ihr die Bucht ihrer Kindheit ausbreitete, hätte sie vor Glück und Übermut am liebsten laut jubeln mögen. Stattdessen aber wandte sie sich zu ihm um und rief: »Dann kriegst du einen Kuss!«

Sein Kopf ruckte hoch, und er verlor beinah den Halt. Sie lachte ausgelassen, kletterte rasch auf der anderen Seite wieder hinunter und sah ihm entgegen. Die Sonne hatte sich zwischen den Wolken hervorgeschoben und blendete sie. So konnte sie seinen Gesichtsausdruck erst sehen, als er direkt vor ihr stand. Viel zu nah.

»Du darfst mir so etwas nicht anbieten«, sagte er. Er war außer Atem, weitaus mehr, als die Anstrengung rechtfertigen konnte.

»Nicht?«, fragte sie und reckte ihm ihr Gesicht entgegen. So ganz aus der Nähe betrachtet, war er gar nicht so hässlich. Seine Sommersprossen verliehen ihm etwas Jungenhaftes. Seine Augen waren natürlich längst nicht so klar und blau wie die Vanessas, aber wenn er ernst dreinblickte wie jetzt, waren sie von einer beinah ergreifenden Intensität. Er durfte nur nicht lachen, dann sah man seine spitzen Zähne, und der Effekt war dahin.

»Virginia«, murmelte er. »Tu das nicht.«

»Was tue ich denn?«, fragte sie. »Ich darf meinem tapferen Schwager doch wohl einen Kuss geben für seine Heldentat.« Sie stellte sich auf die Zehenspitzen und tat, als wollte sie ihn tatsächlich küssen, dann aber stupste sie ihn lachend von sich und rief: »Oh, du hältst es für unschicklich. Da hast du natürlich recht!« Und dann lief sie mit ausgebreiteten Armen aufs Wasser zu und rannte so weit hinein, dass ihre Röcke nass wurden.

»Gib ihn mir nur. Ich werde ihn selbst füttern.« Vanessa hatte am Ende der Hafenbucht kehrtgemacht und war, so schnell sie konnte, zurückgegangen, von einem plötzlichen Unbehagen ergriffen, weil sie Julian alleingelassen hatte. Und tatsächlich kämpfte Elsie verzweifelt damit, ihm das Fläschchen zu geben, als sie ins Zimmer trat. Julian weigerte sich und brüllte sich die Lunge aus dem kleinen Leib. Beschämt zog Elsie sich in den Hintergrund zurück, während Vanessa ihn am offenen Fenster stillte. Inzwischen war der Himmel vollständig aufgeklart, die Sonne flutete herein und wärmte ihr Gesicht. Sie lauschte den Seemöwen und genoss den Frieden, der beim Stillen immer über sie kam. Als sie Elsie das satte, zufriedene Baby mit den Worten übergab: »Ich werde unten auf der Terrasse noch einen späten Tee trinken. Bring ihn mir nach dem Wickeln bitte hinunter«, war der Ärger über das Verschwinden von Clive und Virginia längst verflogen.

So saß sie, Julian schlafend im Kinderwagen neben sich, auf der Terrasse vor dem Haus, als die beiden, in ein lebhaftes Gespräch vertieft, die Straße heraufkamen. Virginias Rock war bis zum Schoß hinauf nass, ihre Haare aufgelöst und ihre Wangen gerötet. Sie gestikulierte lebhaft, und Clive hing mit verzücktem Lächeln an ihren Lippen, als wäre jedes ihrer Worte mit Gold veredelt. Dann erblickte Clive sie, und für den Bruchteil einer Sekunde verschwand das Lächeln aus seinem Gesicht, schließlich aber kam er freudestrahlend auf sie zu. Virginia verharrte kurz und blieb einige Schritte hinter ihm.

»Hast du gut geruht, meine Liebe?«, fragte er und drückte ihr einen Kuss auf die Stirn. »Ich wollte dich nicht stören, so habe ich Virginia …«

»Ihr wart am Strand, ich sehe es«, sagte Vanessa. »Ich hoffe, du hast dir deine schönen Schuhe nicht ruiniert.« Sie wartete seine Antwort nicht ab, sondern zeigte auf Virginias Rock. »Seit wann badest du in deinem Alltagskleid?«

»Du solltest einfach besser auf mich achtgeben. Du weißt doch, wie vergesslich ich manchmal bin«, sagte Virginia, stibitzte sich ein Stück Teegebäck von Vanessas Teller und verschwand lachend im Haus.

Clive setzte sich neben sie, die Hände auf dem Tisch gefaltet und die Schultern hochgezogen, wie in Erwartung einer Standpauke. Was auch immer die beiden besprochen hatten, es war ganz offensichtlich nichts, was er mit ihr teilen wollte. Sie registrierte, dass er nicht einmal einen flüchtigen Blick in den Kinderwagen warf. Es war, als wäre sein Sohn gar nicht da.

»Hattet ihr einen schönen Spaziergang?«, fragte sie, mit geschlossenen Augen und entspanntem Lächeln. Sie wunderte sich selbst, wie gut es ihr gelang, die zufriedene Ehefrau zu spielen.

»Wir sind nur ein paar Meter gegangen. Hätte ich dich wecken sollen?«

»Unter gar keinen Umständen. Ich freue mich, dass ihr die Zeit so gut nutzen konntet.«

»Es ist hübsch hier«, sagte er mit einer unbestimmten Handbewegung die Straße hinunter.

»Schön, dass es dir gefällt.«

Er blickte sie fragend an, aber das, was von Bedeutung hätte sein können, blieb unausgesprochen.

Er hätte sie geküsst. Wäre sie nur eine Sekunde länger vor ihm stehen geblieben, er hätte sich nicht mehr beherrschen können. Welches Spiel trieb sie mit ihm? Er wurde nicht schlau aus ihr. Hatte sie durchschaut, dass er sie unwiderstehlich fand? Wie sie da vor ihm gestanden hatte, die Lippen so nah an seinen, dieser schneeweiße Hals, der sich ihm dargeboten hatte. Nein. Er hätte sie nicht auf den Mund geküsst. Er wäre mit den Lippen von dieser zarten Stelle zwischen Schlüsselbein und Hals entlanggefahren bis hinauf zu ihrem Ohr, in das er ihr süße Worte geflüstert hätte. Er hätte gespürt, wie sie erschauerte, und so unschuldig, so rein, wie sie war, hätte diese Berührung sie in eine zauberhafte Verwirrung gestürzt.

Lag sie vielleicht gerade jetzt in ihrem Zimmer, aufgewühlt und voller Sehnsucht nach diesem Kuss, den er ihr verwehrt hatte? Aber hatte er das wirklich? Oder hatte sie ihn nur an der Nase herumgeführt? Es war alles so schnell gegangen, trunken machte sie ihn, ihre Wendigkeit, die sich im Erklimmen der Felsen genauso zeigte wie in ihren Worten. Kaum möglich war es, den ausgelassenen Sprüngen ihres Geistes zu folgen.

Wenn sie es zuließe … Er wäre so sanft. Behutsam würde

er den obersten Knopf ihres Kleides lösen, nur diesen einen, um ihr Schlüsselbein freizulegen, diese so unendlich zarte Haut zu streicheln, zu liebkosen, und dann …

Himmel, was dachte er da!

Der Morgen graute bereits, und er hatte diese Nacht noch kein Auge zugetan. Sein Geist war ruhelos, sein Körper in Aufruhr. Vanessa schien nichts zu ahnen, sie war zu sehr mit dem Baby beschäftigt. Und Virginia? Er zog die Bettdecke bis weit über die Ohren, als könnte er so seine eigenen Gedanken aussperren. Ein paarmal warf er sich noch hin und her, dann aber stand er auf. Es war zwecklos.

Er zündete die Kerze an, die auf seinem Schreibtisch stand. Das elektrische Licht war zu hart für diesen verletzlichen Moment. Er begann ein paar Zeilen aus *Melymbrosia* zu lesen, doch immer wieder wanderten seine Gedanken hinunter zu ihrem Zimmer, wo sie vielleicht genauso wach lag wie er und an ihn dachte.

Irgendwann hielt er es nicht mehr aus und schlich die Treppe hinab, um an ihrer Tür zu lauschen. Alles war still. Auch im Zimmer nebenan, wo seine Frau vielleicht just in diesem Augenblick dem Baby ihre Brust reichte. Diese Intimität würde er nicht stören. An die Stelle seines einst so unstillbaren Verlangens nach Vanessa war etwas getreten, was so viel reiner, so viel edler sein könnte, wenn es ihm nur gelänge, sich zu beherrschen. Und das wollte er. Er würde Virginias Jungfräulichkeit nicht beschmutzen, im Grunde war das undenkbar. Aber er würde ihr all seine Zuneigung schenken, die tiefsten Gefühle, deren er fähig war. Sie war anbetungswürdig – und er, das wurde ihm in diesem Moment klar, war ihr verfallen.

33. Kapitel

Die Tür zu Virginias Zimmer stand offen, ihre Schwester saß an dem kleinen Pult neben dem Fenster und schrieb. Die Feder kratzte eilig über das Papier, und sie schien so vertieft in ihr Tun, dass sie nicht bemerkte, wie Vanessa mit Julian auf dem Arm eintrat.

Vanessa hatte eine ausgedehnte Mittagsruhe gehalten und war verwundert, Virginia in ihrem Zimmer vorzufinden. Die Tatsache, dass ihre Tür offen stand, sprach dafür, dass ihre Schwester vielleicht Clive die Gelegenheit hatte geben wollen, sie zu einem Spaziergang einzuladen.

Auf leisen Sohlen trat sie an Virginia heran und sagte: »Du bist hiergeblieben.«

Virginia fuhr herum. »Himmel, habt ihr mich erschreckt!«, rief sie. »Ich habe euch nicht kommen hören.«

»Wir haben uns angeschlichen, um dich auszuspionieren«, sagte Vanessa scherzhaft und warf einen Blick auf den Bogen, der vor Virginia lag. Es war ein Brief, aber sie konnte nicht sehen, an wen er gerichtet war. »Beglückst du einen weiteren Verehrer mit deinen Zauberworten? Lytton vielleicht?«

Virginia hob nur die Augenbrauen und sah an ihr vorbei. »Die ganze Familie Bell in meinem Zimmer versammelt, welche Ehre«, sagte sie.

Vanessa wandte sich um, und da stand Clive mit einem Stapel Papier in der Hand. War er es gewesen, der die Tür hatte offen stehen lassen, um nur schnell etwas zu holen?

»Noch ein Spion, Julian, was sagst du dazu?«, sagte sie fröhlich. Sie staunte selbst, wie gut es ihr gelang, ihr wachsendes Misstrauen gegenüber den beiden unter Kontrolle zu halten.

»Du bist wach«, stellte Clive unnötigerweise fest.

»Hellwach«, entgegnete sie freundlich. »Ich bin überrascht, euch anzutreffen. Normalerweise nutzt ihr doch meine Mittagsruhe zu einem Spaziergang.«

»Heute nicht«, sagte Virginia. »Aber setzt euch doch«, sie wies auf die beiden Sessel, die am Kamin standen. »Soll ich den Tee heraufbringen lassen?«

»Gern«, sagte Vanessa.

Clive wechselte einen Blick mit Virginia, wedelte dann mit dem Papierstapel und sagte: »Dann bringe ich das nur schnell weg und …«

»Was ist es denn?«, fragte Vanessa. »Hast du etwas Bedeutsames geschrieben?«

»Ich … nein.«

»Es ist von mir«, sagte Virginia. »Clive war so freundlich, es zu lesen. Leg es nur dort drüben hin.« Sie wies auf ein Regal, auf dem sich ihre mitgebrachten Bücher stapelten. Virginia reiste immer mit einem halben Koffer voller Bücher, selbst wenn sie die gar nicht alle lesen konnte. In dieser Woche hatte Vanessa sie noch kein einziges Mal mit einem Buch gesehen. Tatsächlich hatte sie ihre Schwester ohnehin fast nicht gesehen. Clive dafür aber offenbar umso mehr.

Clive legte den Stapel ab und setzte sich in einen der Sessel. Sein Bein wippte auf und ab, etwas, was bei ihm immer für starke innere Erregung sprach.

Virginia beobachtete ihn und sagte dann zu Vanessa: »Ich schreibe nur schnell noch diesen Satz zu Ende.« Dabei lächelte sie, als hätte sie gerade eine besonders spannende Rolle in einem Theaterstück zugewiesen bekommen.

Vanessa konnte der Versuchung nicht widerstehen, einen Blick auf das Manuskript zu werfen, das Clive offenbar lesen durfte, sie aber nicht. Wie zufällig streifte sie das Regal, auf dem es lag, und verschob den Papierstapel. Das oberste Blatt segelte zu Boden. Darauf stand in Virginias schönster Handschrift: *Melymbrosia, ein Roman.*

»Du schreibst einen Roman?«

Virginia drehte sich nicht einmal zu ihr um. Sie nickte nur und schrieb weiter.

Vanessa sah zu Clive. Eine winzige Bewegung mit der Schulter, ein leicht schiefes Grinsen – seine Art, sich für etwas zu entschuldigen, was er nicht für sein Verschulden hielt. Sie legte das Blatt zurück auf den Stapel, rückte ihn ordentlich zurecht und sagte: »Ich gehe und kümmere mich um den Tee.« Sie drückte Julian seinem erschrockenen Vater mit den Worten »Pass bitte kurz auf ihn auf« in die Arme und verließ schnell den Raum. Julians Protestgeschrei, das kurz darauf durchs Haus gellte, bereitete ihr eine tiefe Befriedigung. Wenigstens auf ihren Sohn konnte sie sich verlassen.

»Warum hast du mir nicht erzählt, dass du an einem Roman arbeitest?«

»Du hast doch Julian.«

»Was hat Julian damit zu tun?«

»Er ist dein Baby, und du lässt ihn nicht aus den Augen.«

»Und?«

»Melymbrosia ist mein Baby, das ich ungern aus den Augen lasse.«

»Bei Clive hast du's getan.«

»Ich brauchte einen informierten Rat.«

»Aha«, sagte Vanessa nur. Virginia sah die Schwester von der Seite an. An ihrem Gesichtsausdruck war nicht zu erkennen, was sie dachte, aber Virginia wusste, dass es sie verletzen musste, nicht von ihr ins Vertrauen gezogen worden zu sein.

Es war noch früh am Vormittag, und sie spazierten durch die Gassen von St. Ives, hinter ihnen Elsie mit dem Kinderwagen. Clive war in seinem Zimmer geblieben, um ein paar Briefe zu schreiben. Virginia hatte allerdings den Verdacht, dass Clive der angespannten Stimmung aus dem Weg gehen wollte, die seit dem Vorfall in ihrem Zimmer am gestrigen Nachmittag zwischen ihm und Vanessa herrschte. Sie hätte erwartet, dass Vanessa spätestens beim Dinner noch einmal auf *Melymbrosia* zu sprechen käme, aber das hatte sie nicht getan.

»Du kannst es lesen, wenn du möchtest«, sagte Virginia.

Vanessa lachte kurz auf. »Willst du, dass ich es lese, oder glaubst du, du müsstest mich trösten, weil ich es nicht zuerst lesen durfte?«

»Vielleicht beides?«

Sie kamen zum Hafen und beobachteten, wie ein Fischer seinen Fang auf einen Karren lud. Der intensive Geruch verursachte Virginia eine leichte Übelkeit. Sie hatte noch nichts gefrühstückt.

»Ich brauche keinen Trost«, sagte Vanessa nach einer Weile. »Ich habe Julian, der mich sehr glücklich macht. Wenn du der Meinung bist, dass ich keine gute Ratgeberin für dein Schreiben bin, dann hast du damit vermutlich recht.«

»Darum geht es nicht.«

»Worum, liebe Schwester, geht es denn?«, fragte Vanessa und stellte sich vor sie. Sie verschränkte die Arme und sah sie streng, zugleich aber auch ein wenig mitleidig an, wie eine liebevolle Mutter, die ihr ungezogenes Kind maßregeln muss.

Virginia dachte an die Befriedigung, die es ihr gestern noch bereitet hatte, als Vanessa das Manuskript entdeckt hatte. Wie sehr schämte sie sich heute dafür. Sie konnte dem Blick der Schwester nicht standhalten.

»Lass uns zurückgehen. Mir ist ein wenig unwohl«, sagte sie.

Die Strenge in Vanessas Blick löste sich auf, und sie nahm Virginia in den Arm. »Ach, Ginia«, flüsterte sie. »Was bist du nur für ein dummes Zicklein.«

Am Nachmittag kam ein Sturm auf. Vanessa zog sich mit Julian in ihr Zimmer zurück. Sie hatten alle zusammen einen Spaziergang unternehmen wollen, aber Vanessa fand es zu riskant bei der Witterung. Außerdem sei sie müde.

Das Gespräch mit der Schwester hatte Virginia aufgewühlt. Das schlechte Gewissen nagte an ihr, doch auch Wut, eine völlig irrationale, heiße Wut – auf Clive, der genau zum falschen Zeitpunkt ins Zimmer gekommen war, auf das Baby, das ständig und immer schreien musste, und auf Vanessa, die nichts aus der Ruhe zu bringen schien und die sie alle behandelte, als wären sie übermütige Kinder, deren Streiche verzeihlich waren. Warum konnte sie nicht einfach zugeben, dass sie verletzt war? Warum tat sie so, als freute sie sich, wenn Virginia mit Clive spazieren ging? Und dann dieses aufreizend beseelte Lächeln, das sie nur ihrem Baby schenkte, ihre ständige gedankliche Abwesenheit, als wäre sie in höhere Sphären aufgestiegen, in die niemand außer einer Mutter vordringen konnte.

Wäre sie doch bloß niemals hergekommen. Es war eine unmögliche Situation.

Und dann waren da noch die Randbemerkungen, mit denen Clive ihr Manuskript versehen hatte. Vorsichtig formuliert, aber doch eindeutig: Ihre Figuren seien noch nicht so wahrhaftig, wie sie gewiss sein könnten, wenn sie den Text noch einmal überarbeitete. Die Kritik traf sie. Während ihrer Spaziergänge hatte es anders geklungen, das Lob hatte überwogen. Aber vielleicht hatte sie auch nicht gut genug hingehört. All diese verworrenen Gefühle und Gedanken setzten Virginias Körper so unter Spannung, dass die Enge ihres Zimmers unerträglich wurde. Sie musste an die frische Luft.

Mit offenem Mantel und heißem Gesicht lief sie durch die Gassen von St. Ives Richtung Porthmeor Beach und weiter hinauf, auf den schmalen Küstenpfad zu, der sich an den Klippen entlang bis nach Zennor schlängelte. Plötzlich hörte sie Rufe hinter sich. Es war Clive. Sie lief schneller, doch er holte sie ein.

»Du solltest bei deiner Frau bleiben«, rief sie, ohne ihn anzusehen.

»Du solltest bei dieser Witterung nicht allein hier oben herumlaufen.«

»Hast du Angst, der Wind könnte mich von den Klippen wehen?« Ihr überreiztes Lachen ging im Tosen des Windes unter. Sie musste sich weit vorlehnen, um gegen den Sturm anzukommen. »Vielleicht wäre es sogar besser. Ich störe doch ohnehin nur.«

Clive hielt sie am Arm fest. »Was redest du für einen Unsinn?«

Sie riss sich los und lief auf den Rand der Klippen zu.

»Virginia!«

Mit einem Satz war Clive bei ihr, warf die Arme um sie und riss sie zurück. Es war zu albern. Sie kannte hier jeden Zentimeter Boden und wusste genau, wo Vorsicht geboten war. Vor ihr lagen noch mehrere Meter bis zur Bruchkante der Felsen. Aber sie ließ sich dennoch von ihm ein Stück zurückziehen und wehrte sich nicht dagegen, dass er sie länger im Arm hielt, als nötig gewesen wäre.

»Was ist passiert?«, fragte er, dicht neben ihrem Ohr. Zu nah, viel zu nah.

Sie stieß ihn von sich. Dann bückte sie sich, hob einen Stein auf und schleuderte ihn weit über den Rand der Klippen hinaus ins Meer, das tief unter ihnen gegen die Felsküste donnerte. »Sie hat alles, und was habe ich?«, brach es aus ihr heraus. »Die Natur hat so viel mehr für sie als für mich getan. Sieh doch nur hin! Was für ein mickriges, blasses Wesen ich bin.«

Clive sagte etwas, doch er sprach zu leise, sie konnte ihn nicht verstehen. Aber sie wollte auch gar nichts hören, sie wollte nicht, dass er sie so ansah und seine Hand sich nach ihr ausstreckte.

»Sieh diese Finger!«, schrie sie und hielt ihm ihre Hände entgegen. »Tintenbeschmiert, krumm, voller Beulen. Ich versuche so krampfhaft, Geistvolles zu Papier zu bringen – und am Ende ist es nur wertloses Geschwafel. Nichts von Bestand. Tinte auf Papier, die ein einziger Tropfen Wasser zu einem hässlichen Geschmiere macht.«

Es tat gut, zu schreien, alles hinauszubrüllen, was sie quälte und gegen das sie vergeblich versucht hatte anzukämpfen.

Clive machte Anstalten, sie wieder an sich zu ziehen, aber sie wehrte sich. Seine Berührungen brachten sie nur noch mehr auf.

»Geh zu deiner Frau! Lass mich! Ich will allein sein!«, schrie sie und rannte weiter, doch Clive folgte ihr beharrlich.

Eine Weile liefen sie so gegen den Sturm an, Clive immer wenige Meter hinter ihr. Der Pfad wand sich an einigen Stellen gefährlich eng an der Bruchkante der Felsen entlang. Immer dann, wenn sie an eine solche Stelle kamen, griff Clive sie am Arm und zog sie von der Gefahrenzone fort. Seine Besorgnis amüsierte sie und zugleich tat es ihr gut, ihn so in ihrem Bann zu wissen.

Sie durchschritten eine windgeschützte Senke, und Virginia setzte sich auf einen Felsen. Sie war so schnell gerannt, dass sie völlig außer Atem war. Sie brauchte eine Weile, bis sie wieder etwas sagen konnte. Clive blieb, die Hände auf dem Rücken verschränkt, vor ihr stehen und sah sie an.

»Sie hatte immer mehr von allem«, stieß sie schließlich hervor. »Schönheit, Begabung, alle bewundern sie. Und jetzt hat sie dich. Und ein Kind. Ein prachtvolles Haus voller glamouröser Freunde. Luxus. Und ich, was habe ich?« Ihre Stimme drohte zu kippen. Sie holte tief Luft, um sie wieder unter Kontrolle zu bekommen. »Ein schäbiges Zimmer am Fitzroy Square mit meinem Bruder, der mich verachtet.«

Clive runzelte die Stirn und sagte: »Du darfst so nicht reden.«

»Du findest mich undankbar?«

»Nein. Aber du hast ein zu schlechtes Bild von dir selbst.« Er setzte sich neben sie, wie man sich neben ein Kind setzt, das sich das Knie angeschlagen hat. »Ich bewundere dich«, sagte er eindringlich. »Und ich kenne eine ganze Menge Menschen, die dies auch tun.«

Sie wischte seine Worte mit einer unwilligen Handbewegung beiseite. »Ich schreibe mir den Rücken krumm für ein wenig Anerkennung, was ich aber bekomme, sind Almosen. Du sagst, meine Worte sind … wie nanntest du es gleich? Luzide und magisch. Aber die Wahrheit ist, dass ich keine Begabung habe, Figuren lebendig werden zu lassen.«

Clive wollte widersprechen, aber sie ließ ihn nicht zu Wort kommen: »Doch, ich habe gelesen, was du an den Rand geschrieben hast. Und du hast recht. Es ist vielleicht nicht alles wertloses Zeug, aber vieles davon.«

»Nichts davon ist wertlos! Es ist großartig, das habe ich dir gesagt, und ich meine es auch so. Ich weiß aber, dass du es noch besser kannst.«

»Ich kratze an eurer Tür«, fuhr sie unbeirrt fort. »Ich bettle um ein paar jämmerliche Streicheleinheiten, und weil du ein so wunderbarer Mensch bist, gibst du mir das Gefühl, willkommen zu sein. Aber in Wahrheit …«

»Es ist die Wahrheit!«, rief Clive. »Ich bin glücklich, dass du hier bist. Die Stunden mit dir sind so wertvoll. Ich könnte dir stundenlang zuhören, wenn du sprichst. Du …«

»Du schmeichelst mir.«

»Wenn du sehen könntest, was ich jetzt sehe …« Er hob die Hand, vorsichtig, wie um zu verhindern, dass sie ihn zurückstieße, doch sie ließ ihn gewähren. Sanft strich er mit dem Finger über ihre Wange, nahm eine Haarsträhne und wickelte sie sich um den Finger. »Du bist die klügste Frau, die ich kenne«, sagte er leise, als fürchtete er, der Wind könnte seine Worte bis nach St. Ives hinübertragen. »Wahrscheinlich, so denke ich, die klügste Frau in ganz England.«

»Männer fürchten sich vor klugen Frauen.«

»Ich tue es nicht.«

»Du solltest es aber.«

»Nein, Virginia«, sagte er. »Wenn du es nur zuließest …« Sein Gesicht kam dem ihren gefährlich nah.

»Schsch!«, machte sie und legte ihm einen Finger auf die Lippen. »Du darfst diese Dinge nicht einmal denken.«

»Vielleicht. Ganz gewiss. Aber ich weiß auch, dass du eine empfindsame Seele hast und dich danach sehnst …«

»Maße dir nicht an, zu wissen, wonach ich mich sehne«, sagte sie streng.

»Weißt du es denn selbst?«, fragte er, und wieder strich sein Finger über ihr Gesicht.

Wusste sie es? Er saß direkt neben ihr, ihre Beine berührten einander fast, und sie spürte dieses Kribbeln, von dem sie nicht wusste, ob es Aufregung, Nervosität oder gar Angst war. Sie überlegte, wie es wäre, wenn sie nun die Augen schließen und ihm ihre Lippen darbieten würde, willig, nicht spöttisch, wie sie es ein paar Tage zuvor getan hatte. Er würde sie küssen, ohne Zweifel. Überrascht stellte sie fest, dass ihr Widerwille gegen einen solchen Kuss beinah größer war als die Scham, ihre Schwester auf diese Weise zu hintergehen.

»Es ist gewiss nicht das, was du dir vielleicht wünschen würdest«, sagte sie und schob seine Hand weg.

»Verzeih«, murmelte er. »Ich wollte nicht …«

Sie stand auf. »Wir sollten zurückgehen. Vanessa vermisst uns sicher schon.«

Er sah sie von unten herauf an wie ein armseliger Bittsteller, dessen Flehen nicht erhört worden war. In diesem Moment wurde ihr klar, welche Macht sie über ihn besaß. Eine kleine Geste, ein Wort nur, vermochte ihn in höchstes Entzücken zu versetzen – oder in tiefe Verzweiflung. Wenn sie es nur wollte, könnte sie Clives Charakterschwäche ausnutzen und Vanessas Glück zerstören. Es war so jämmerlich und zugleich so erhebend.

»Ach, Clive«, sagte sie. »Wir wissen doch beide, dass das hier zu nichts Gutem führen würde.«

Er senkte den Blick und nickte. Sie legte ihm eine Hand auf die Schulter, und als er zu ihr aufsah, lächelte sie aufmunternd, wie eine Lehrerin einem Schuljungen zulächeln würde, der eine Übung zu ihrer Zufriedenheit gelöst hat.

»Ich verehre dich, Virginia«, sagte er, »mehr, als du es dir vorstellen kannst.«

»Nun«, sagte sie. »Dagegen habe ich ausnahmsweise überhaupt nichts einzuwenden.«

Virginia war froh, als sie zwei Tage später abreisen konnte. Sie mied jede weitere Zweisamkeit mit Clive und war nicht einmal in der Lage, ihrer Schwester offen in die Augen zu blicken. Auf dem Weg zum Bahnhof fiel ihr auf, dass sie die Biographie, die sie zu rezensieren hatte, im Frühstückszimmer von Trevose House hatte liegen lassen. Clive eilte zurück, um sie zu holen. Der Zug fuhr schon an, als Clive angelaufen kam und ihr das Buch ins Abteilfenster reichte. Gerade als sie es ergriff, stolperte und stürzte er, und sie sah noch, wie Vanessa auf ihn zueilte, dann aber fuhr der Zug in eine Kurve, und die beiden verschwanden aus ihrem Blickfeld.

»Das Buch muss Ihnen aber viel bedeuten, wenn er dafür sein Leben riskiert«, sagte eine junge Frau, die mit ihr zusammen das Abteil betreten und die Szene beobachtet hatte. Sie lächelte, und in ihren großen dunkelbraunen Augen blitzte es spöttisch. Die Kurzhaarfrisur und die Lässigkeit, mit der sie sich in ihren Sitz fallen ließ, verliehen ihr etwas Verwegenes, beinah Jungenhaftes. Virginia ließ sich ihr gegenüber nieder und sagte: »Das männliche Geschlecht scheint anfällig für Fehleinschätzungen dieser Art zu sein.«

Die junge Frau legte einen Finger auf die Lippen und beugte sich vor. »Das dürfen Sie nicht zu laut sagen!«

In diesem Augenblick öffnete ein dicker schwitzender Herr die Abteiltür. »Ist hier noch etwas frei?«, fragte er und machte Anstalten, sich mit seinem Koffer durch die Tür zu schieben.

»Hier ist leider alles besetzt«, sagte Virginia schnell.

Er blickte erstaunt von ihr zu den freien Sitzplätzen, zuckte dann die Achseln und zog weiter.

»Wir sind unter uns«, sagte Virginia zufrieden und wandte sich wieder der Frau ihr gegenüber zu. »Wir dürfen sagen, was wir wollen.«

Die Frau warf den Kopf in den Nacken und lachte schallend. Und Virginia musste wieder einmal feststellen, dass sie Frauen so viel anziehender fand als Männer.

»Und was also lesen Sie so Wertvolles?«, fragte sie.

»Ach, es ist nur die Lebensbeschreibung eines Mannes, der von anderen Männern für wichtig gehalten wird.«

Sie hielt die Biographie über John Delane in die Höhe, durch die sie sich nun schon seit Tagen hindurchquälte. Delane war bis 1877 Herausgeber der *Times* gewesen, und es war selbstverständlich, dass sie als Tochter des großen Biographen Leslie Stephen dieses Werk für das *Times Literary Supplement* rezensieren sollte. Sie tat es zähneknirschend, denn immer öfter ärgerte sie sich darüber, dass die Werke, über die sie schreiben sollte, immer nur von Männern stammten. Freimütig erzählte sie der völlig fremden Frau, was sie von dem Buch hielt.

Es entspann sich ein anregendes Gespräch, in dessen Verlauf Virginia erfuhr, dass die junge Frau eine Tante in St. Ives besucht hatte, Mathematik am Girton College studierte und zu den auserwählten Studentinnen gehören würde, die nach Dublin reisen konnten, wo ihnen gegen Zahlung von 10 Pfund und 30 Schilling der wohlverdiente akademische Titel zugesprochen werden würde, der ihnen in Cambridge verwehrt wurde.

Virginia war beeindruckt von der Energie und dem Selbstbewusstsein der Studentin, die einige Jahre jünger als sie selbst sein musste und sich durch nichts und niemanden davon abhalten lassen wollte, einen akademischen Grad zu erreichen. Virginia fragte sich einmal mehr, was aus ihr selbst geworden wäre, hätte sie die Chance zu einem Studium bekommen. Hätte sie ebenfalls den Mut gehabt, wie diese junge Frau sich allen Hindernissen zum Trotz das Recht auf ihren Titel zu erkämpfen? Und was hätte das verändert? Standen dieser jungen Frau mehr Möglichkeiten offen, ihr Leben zu gestalten, als ihr selbst? Wohl kaum, denn trotz aller Bildung gab es für Frauen nahezu keine Möglichkeit, einen Beruf zu ergreifen und Einfluss auf das öffentliche Leben zu nehmen. Aber es hätte ihr Selbstvertrauen gegeben und eine größere Klarheit in ihrem Streben und Denken. Vielleicht müsste sie nicht ständig mit der Angst leben, dass das, was sie schrieb, wertlos war und von klugen, gebildeten Männern in der Luft zerrissen werden könnte. Sie hätte vielleicht nicht gerade Clive um ein Urteil gebeten – dessen Urteil nicht verlässlich war, weil er sie, wie er es nannte, anbetete. Was war es also wert? Sie kam zu dem Schluss, dass es mit ihm in St. Ives nur so weit hatte kommen können, weil er der Einzige war, dem sie sich nicht unterlegen fühlte, und sie es nur deshalb gewagt hatte, ihm ihre *Melymbrosia* zu zeigen. Mit einer soliden akademischen Bildung und dem damit einhergehenden Selbstbewusstsein hätte sie vermutlich den Mut gehabt, Lytton Strachey zu fragen oder gar Henry James. So aber hatte sie für ein heilloses Durcheinander gesorgt und Vanessa, ihre geliebte Vanessa, aufs tiefste verletzt. Aber wie sollte sie ihr je wieder nahekommen, ohne zugleich auch Clive nahe zu sein?

In den Tagen nach Virginias Abreise verbrachte Vanessa viele Stunden an ihrer Staffelei. Clive humpelte nach seinem Sturz nur noch mit Leidensmiene durch die Gegend. Das Spazierengehen, das ihm mit Virginia so viel Freude bereitet hatte, quälte ihn nun, bei den gemeinsamen Mahlzeiten war er schweigsam wie nie zuvor, und die Abende verbrachte er einsilbig mit einer Flasche Wein vor dem Kamin im Salon. Er schrieb täglich Briefe, die er dann von Elsie zur Post bringen ließ. Vanessa war zu stolz, um zu fragen, an wen diese Briefe gerichtet waren. Sie wusste es auch so.

Der Abschied von Virginia war frostig ausgefallen, frostiger, als sie es beabsichtigt hatte. Seit Clive an diesem stürmischen Nachmittag Virginia nachgelaufen und vollkommen durchnässt und aufgewühlt zurückgekehrt war, wusste Vanessa, dass die beiden einander näherstanden, als sie es bislang vermutet hatte. Doch sie hatte keine Worte gefunden, um ihrer Wut Ausdruck zu verleihen. Was hätte sie auch sagen sollen? Wem die Schuld zuweisen? Virginia, die sich in ihrer Angst, alleingelassen zu werden, Stück für Stück zwischen sie und Clive gedrängt hatte? Oder Clive, der Virginia schon immer bewundert hatte und womöglich nicht einmal bemerkte, dass sie ihn nur benutzte, um *ihr* nahe zu sein? Es war ausgeschlossen, dass Virginia für Clive zärtliche Gefühle hegte. Wenn es so wäre, hätte Vanessa sogar noch Verständnis für die Schwester aufgebracht. Dass Virginia ihn aber nur lockte, um ihn von seiner Frau zu entfernen – das war mehr, als Vanessa ertragen konnte, mehr, als in Worte zu fassen war.

Wut und Sprachlosigkeit waren inzwischen einem brennenden Schmerz gewichen, den sie im ganzen Körper spürte, der ihr nachts den Schlaf raubte und sie tagsüber stumpf und gleichgültig werden ließ. Für diese Art von Schmerz gab es keine Linderung. Sie konnte ihn nur aushalten. Mehr noch als zuvor konzentrierte sie ihre Aufmerksamkeit auf Julian und widmete die Zeit, während der er schlief, der Malerei.

Ihre Staffelei hatte sie von Cleeve House bis hierher begleitet, aber bis zu Virginias Abreise hatte sie kein Verlangen nach den Farben und Pinseln gehabt, die in ihrem Koffer ruhten. Jetzt, nachdem die Schwester fort war und mit ihr die Freude, nach so vielen Jahren noch einmal an diesem Ort zu sein, der ihnen allen so viel bedeutet hatte, drängte es sie hinunter zum Wasser, wo sie ihre düstere Stimmung im aufgewühlten Meer und den am Himmel dahinjagenden Wolken gespiegelt fand. Bild um Bild malte sie, doch keines konnte sie zufriedenstellen. Nicht einmal mehr das Malen brachte ihr die innere Ausgeglichenheit zurück, die sie brauchte, um Clives Schwermut zu ertragen und den Gedanken daran, dass ihre Schwester und er in regem Briefwechsel standen.

Je näher ihre eigene Abreise rückte, desto mehr fürchtete sie sich vor dem Wiedersehen mit Virginia. Wie nur sollte sie ihr gegenübertreten? Eine offene Konfrontation stand außer Frage – nicht zuletzt weil sie fürchtete, Virginias Seelenzustand damit zu destabilisieren, denn Virginia hatte doch niemanden, der sich um sie kümmern würde, wenn so etwas noch einmal geschähe.

Es gab nur einen Weg, um das Dilemma für sie alle zu lösen, ohne dass noch größerer Schaden angerichtet wurde: Für Virginia musste ein Ehemann gefunden werden.

34. Kapitel

67, Belsize Park Gardens, London, Juni 1908

Für Lytton hatte der Tag keinen guten Anfang genommen. Seine letzte Theaterkritik über die Uraufführung von Shaws Stück *Heiraten*, die er mit so viel genialischem Wortwitz zugespitzt hatte, dass man damit das gesamte britische Establishment hätte sezieren können, war von seinem Onkel und Herausgeber des *Spectator*, John St. Loe Strachey, wieder einmal weichgespült worden. Die Ehe sei eine zu ernste Angelegenheit, als dass man über sie spotten dürfe, stand nun da. Niemals würde er einen solchen Satz schreiben! Er hatte nicht wenig Lust, seinem Onkel den Dienst zu quittieren und sich nach Ceylon einzuschiffen, um in einer Hängematte vor Leonards Bungalow die Tage zu verdösen. Aber vielleicht wäre Schottland seinem delikaten Gesundheitszustand zuträglicher. Hitze erschöpfte ihn allzu schnell und würde vermutlich seinem Herz schaden, das ohnehin dazu neigte, aus dem Rhythmus zu geraten. Genau das war heute wieder einmal der Fall. Schon beim Aufstehen war es ein paarmal heftig gestolpert, und danach hatte er sich so schwach gefühlt, dass er sein Frühstück im Bett einnehmen musste. Nun war es bereits vier Uhr am Nachmittag, und noch immer hatte er die Kraft nicht aufgebracht, den seidenen Hausrock gegen seine Alltagskleider zu tauschen. Die Glocke, mit der im Hause Strachey stets zum gemeinsamen

Lunch gerufen wurde, hatte er standhaft ignoriert. Er lag hingestreckt auf seinem Bett, den *Spectator* mit seinem zensierten Artikel auf dem Fußboden neben sich und überlegte, wie er diesen Tag überleben sollte, ja, ob er ihn überhaupt überleben wollte. Dafür sprach, dass er am Abend mit Duncan eine Ausstellung besuchen sollte, über die er ebenfalls zu schreiben gedachte. Er war nicht besonders an den bildenden Künsten interessiert, aber kürzere Artikel über das Kunstgeschehen in London hatten den zweifachen Vorteil, dass sie ihm Geld einbrachten und er nicht viel Herzblut darein investieren musste. Viel Herzblut konnte er ohnehin nicht erübrigen, allzu viel davon floss in seine leider so unglückliche Liebe zu Duncan. Doch egal, wie sehr Duncan ihn mit Maynard hintergangen hatte und wie oft sie miteinander schliefen – er würde niemals aufhören, ihn zu lieben.

Gestern hatten sie zusammen Räume am Fitzroy Square besichtigt, die Duncan als Atelier dienen könnten. Die Miete war günstig, aber immer noch zu hoch für Duncan. Lytton hatte ihn gebeten, Maynard nicht zu erzählen, dass das Geld dafür von ihm stamme, aber natürlich würde Duncan es trotzdem tun. Maynard wusste genau, dass sich Duncan oft nicht einmal eine warme Mahlzeit kaufen konnte, und er war viel zu offenherzig, um dem Freund Lügen aufzutischen. Lytton kicherte und seufzte gleich darauf. Wie armselig das Ganze war. Nicht einmal sich selbst konnte er davon überzeugen, dies alles aus reinem Edelmut zu tun.

In diesem Moment trommelte jemand an seine Tür. Er schloss sich immer ein, um zu vermeiden, dass eines seiner Geschwister hereinplatzte, während er gerade an seinen klugen Sätzen feilte oder noch im Bett lag, wie an diesem Tag.

»Ich arbeite«, rief er.

»Ich auch. Und ich bin in Eile, also öffne!«

Seine Mutter. Da war jeder Widerstand zwecklos. Rasch stellte er das Fläschchen mit seinem Herzmittel gut sichtbar auf den Nachttisch und schleppte sich zur Tür.

Sobald er den Schlüssel im Schloss herumgedreht hatte, flog die Tür auf, und Lady Strachey schritt energisch an ihm vorbei in den Raum. Im Bruchteil einer Sekunde hatte sie aus dem zerwühlten Bett, dem Medizinfläschchen und dem *Spectator* auf dem Fußboden ihre eigenen Schlüsse gezogen und ließ ihren missbilligenden Blick auf Lyttons Hausrock ruhen.

»Du weißt, dass ich Millicent und ein paar andere Damen von der NUWSS zum Tee erwarte. Sicher möchtest du nicht in dieser Aufmachung dazu erscheinen.«

»Ich werde nicht …«

»Natürlich wirst du. Es gilt, schlagkräftige Texte zu formulieren, mit denen wir unsere nächsten Aktionen bewerben können. Dazu brauchen wir deine Unterstützung.«

Lytton fehlte die Energie, seine Mutter darauf hinzuweisen, dass es in London wohl kaum jemand Ungeeigneteren als ihn geben könnte, um Flugblatttexte für Frauendemonstrationen zu formulieren. Lady Strachey kämpfte seit vielen Jahren an der Seite ihrer Freundin Millicent Fawcett für das Wahlrecht der Frauen. Sie gehörte dem Vorstand der *National Union of Women's Suffrage Societies* an und hatte bereits seine Schwestern Pippa und Pernel mit ihrem Eifer für die »Sache« infiziert. Pippa machte sich furchtbar wichtig mit ihrer Aufgabe, die kommenden Frauenmärsche durch London zu organisieren. Schon bei dem großen Marsch im vergangenen Jahr, den die

Presse als *Mud March* verhöhnt hatte, weil die marschierende Damenwelt von Regen und Morast förmlich davongespült worden war, hatte Pippa ihn einzubinden versucht. Da war es ihm noch gelungen, rechtzeitig das Weite zu suchen, in den letzten Monaten hatten die Damen jedoch einen Unternehmensgeist entwickelt, dem er in seiner Energielosigkeit nichts entgegenzusetzen hatte. Ohnehin war es kaum möglich, dem Willen seiner Mutter etwas entgegenzusetzen. Sie herrschte über die Familie mit generalstabsmäßiger Entschlossenheit, und dafür, dass ausgerechnet er als ihr Lieblingssohn sich ihrem straffen Regiment zu entziehen versuchte, hatte sie nicht das geringste Verständnis. Auch die Tatsache, dass er tatsächlich oft krank war, änderte daran nichts.

Es blieb ihm also nichts anderes übrig, als sich anzukleiden und dem umstürzlerischen Willen einer eloquenten weiblichen Teegesellschaft zu stellen.

Als er in den Salon trat, diskutierten seine Mutter, Pippa, Pernel und Mrs Millicent Fawcett gerade über die Gestaltung eines Plakates, das sie überall in der Stadt aufzuhängen gedachten, um möglichst viele Frauen für den nächsten Marsch am 13. Juni zu mobilisieren. In ihrem Eifer bemerkten sie ihn zunächst gar nicht, und so konnte er sich still in einen Sessel setzen und in aller Ruhe seinen Tee trinken.

»Ich finde, wir sollten es etwas farbenfroher gestalten«, sagte Pippa gerade. »Wenn es in diesen Grün- und Brauntönen gehalten ist, wird es übersehen.«

Mrs Fawcett machte ein skeptisches Gesicht. »Zu bunt darf es nicht sein, dann nimmt man uns nicht ernst«, sagte sie mit ihrer sanften, tiefen Stimme, die so gar nicht zu ihrer Aufgabe als Sprecherin einer Organisation passen wollte, die an den Grundfesten des politischen Systems rüttelte. Genauso wenig sah man Millicent Fawcett an, dass sie eine leidenschaftliche Streiterin für die Sache der Frauen war. Sie kleidete sich mit großer Sorgfalt und war trotz ihrer sechzig Jahre sehr ansehnlich. Ihre zurückhaltende, freundliche Art ließ nicht vermuten, dass sie bereits ihr halbes Leben für das Stimmrecht der Frauen kämpfte und auf Veranstaltungen vor Hunderten von Menschen Reden hielt. Sie war Witwe und Mutter und strafte damit all jene erzkonservativen Herrschaften Lügen, die die Frauenrechtlerinnen als verbitterte Jungfern abstempeln wollten. Lytton hatte überhaupt nichts dagegen einzuwenden, dass Frauen wählen sollten, aber es war ihm in höchstem Maße unangenehm, in diese politischen Streitereien hineingezogen zu werden. Tatsächlich war ihm jede Art des Streits unangenehm, und er fand die Ernsthaftigkeit, mit der diese Damen sich ihr Recht zu erkämpfen suchten, höchst befremdlich.

»Gut«, sagte Pernel, die das Plakat entworfen hatte. »Ich versuche es noch einmal mit etwas mehr Farbe.«

In diesem Moment hob Mrs Fawcett den Kopf und entdeckte Lytton.

»Ah, Mister Strachey«, sagte sie und kam mit ausgestreckten Händen auf ihn zu. »Wie schön, dass Sie sich auch einbringen wollen.«

Lytton versuchte, gleichzeitig Mrs Fawcett anzulächeln und seiner Mutter einen verwunderten Blick zuzuwerfen. Wahrscheinlich entglitt ihm dabei seine Miene vollständig, denn Mrs Fawcett fragte mit Verunsicherung in der Stimme: »Das wollen Sie doch, nicht wahr?«

»Ich … ähm, natürlich. Stets zu Ihren Diensten. Gewissermaßen«, murmelte er, faltete sich aus dem Sessel und verneigte sich vor Mrs Fawcett. »Ich fürchte allerdings, dass ich in meiner Eigenschaft als Mann nicht die richtige Person für …«

»Papperlapapp«, fuhr seine Mutter dazwischen. »Sehr viele Männer kämpfen an unserer Seite.«

»Wenn Lytton mitmacht, können wir bestimmt auch Duncan dafür gewinnen, uns ein Plakat zu gestalten«, rief Pernel aus. Pernel war mindestens genauso in Duncan verliebt wie er selbst, auch wenn sie natürlich wusste, wie aussichtslos die Sache für sie stand. Er musste sie immer aus dem Raum scheuchen, wenn Duncan zu Besuch kam. Lästig.

»Ich habe einige Ihrer Rezensionen und Kritiken gelesen. Sie sind wunderbar geschrieben«, sagte Mrs Fawcett und legte so viel Betonung auf das *wunderbar*, dass Lytton ihr Lob kaum ernst nehmen konnte. »Sie müssen etwas über unsere Bewegung schreiben, Mister Strachey. Das würde uns so helfen.«

Wenn sie seine Kritiken wirklich gelesen hätte, würde sie nie auf die Idee kommen, ihn um einen Beitrag zu bitten. Ironische Distanz war gewiss nicht die Haltung, die sie sich für ihre Schriften vorstellte.

»O ja«, fiel Pippa ein. »Ich habe auch schon überlegt, dass wir Artikel in der Tagespresse platzieren könnten.«

»Wir müssen bedenken, dass nur die wenigsten Frauen überhaupt Zeitung lesen – und wir wollen sie *alle* mobilisieren«, gab Mrs Fawcett zu bedenken.

Pippa ließ sich nicht beirren. »Trotzdem könnte Lytton im *Spectator* einen Artikel schreiben.«

»Du glaubst doch nicht im Ernst, dass Onkel St. Loe so etwas durchgehen lassen würde.« Pernel blickte ihre Schwester über den Rand ihrer Brille hinweg an. Seine Schwestern waren beinah ebenso hager wie Lytton selbst und trugen das gleiche Brillenmodell. Sie hatten das heiratsfähige Alter beinah überschritten, und es war nicht zu vermuten, dass aus ihnen noch etwas anderes werden konnte als streitbare Eiferinnen für die Sache der Frau.

»Er muss ihn überzeugen.« Pippa sprach mit so viel Nachdruck, dass keine der anwesenden Damen zu widersprechen wagte. Dafür richteten sich jetzt sämtliche Augenpaare auf Lytton, obwohl er sich wieder in seinem Sessel niedergelassen und möglichst unsichtbar zu machen versucht hatte.

Er zog die Beine an und hob die Schultern, wie eine Schildkröte, die sich in ihren Panzer zurückzieht.

»Nun, Mister Strachey?«, fragte Mrs Fawcett und nickte ihm aufmunternd zu.

»Eher werde ich einen Esel überzeugen können, eine Arie zu singen«, sagte er und lächelte entschuldigend.

Pippa und Pernel ließen einen synchronen Seufzer vernehmen, und seine Mutter verschränkte die Arme vor der Brust. Nur Mrs Fawcett brach in herzliches Lachen aus. »Haben Sie einen anderen Vorschlag?«, fragte sie mit amüsiert blitzenden Augen. Es war beruhigend, dass die Anführerin der gemäßigten Frauenrechtsbewegung Sinn für Humor zu haben schien.

»Den habe ich tatsächlich«, sagte Lytton und pausierte, um dem Geistesblitz, der ihm so plötzlich gekommen war, die nötige Aufmerksamkeit zu sichern. »Fragen Sie Virginia Stephen. Sie ist vermutlich die am besten geeignete Person in ganz England, um aus Worten eine Speerspitze für die Sache der Frau zu schmieden.«

»Du hast *mich* vorgeschlagen?« Virginia riss die Augen auf und ließ die Teetasse sinken, die sie gerade zum Mund führen wollte. Sie saß mit Lytton in ihrem kleinen Salon am Fitzroy Square und hatte seiner Schilderung des Treffens der obersten Suffragetten im Hause Strachey amüsiert gelauscht. Nun brach sie in lautes Gelächter aus. »Wie kommst du nur auf einen solch irrwitzigen Gedanken?«

»Ich halte ihn für einen ganz außerordentlich hellsichtigen Gedanken.«

»Gib es zu: Du wolltest nur deinen Kopf aus der Schlinge ziehen.« Virginia richtete einen Zeigefinger auf Lytton, als wäre sie selbst die Verkünderin seines Todesurteils.

»Pfui! Stell dir vor, welch schauerliches Bild ich als gehenkter Suffragettenhäuptling abgäbe. Obwohl natürlich die Vorstellung eines Arschfickers als Verfechter der Frauenfrage schon einen gewissen Charme hat.«

»Du hast recht. Eine Sapphistin an eben diesem Galgen macht sich da natürlich viel besser«, entgegnete Virginia trocken. »Nein, mein lieber Lytton. Ich trage diese Schlachten lieber in meinem Roman aus als auf matschigen, von Tausenden Frauen zertrampelten Wiesen.« Virginia wies zum Schreibtisch, wo die letzten Seiten von *Melymbrosia* lagen. Nach ihrer Rückkehr aus St. Ives hatte sie sich ein Herz gefasst und nach Clive nun auch Lytton um seine Meinung zu ihrem Roman gebeten. Lytton allerdings hatte sie nur die wenigen Seiten gezeigt, von denen sie selbst ganz überzeugt war. Im Gegensatz zu Clives süßen Worten war Lyttons Urteil eher nüchtern ausgefallen. »Sehr interessant«, hatte er gesagt. »Mit viel Verve geschrieben.«

»Du musst ja nicht mitmarschieren. Nur ein paar Worte schreiben«, sagte der Freund jetzt und fuhr mit der Hand durch die Luft, als zeichnete er einen Schlachtruf auf ein Plakat. »*Der Engel im Haus ist tot. Es lebe die Amazone im Unterhaus!* Oder so ähnlich.«

Virginia lachte. »Siehst du«, sagte sie, »du bist ein viel besserer Provokateur als ich.«

»Ich fürchte, diese Eigenschaft ist in der Angelegenheit nicht gefragt. Außerdem habe ich einen Ruf zu verlieren.«

»Welchen? Den des Oberarschfickers von London?« Virginia staunte selbst, wie leicht ihr inzwischen die obszönsten Worte über die Lippen gingen.

Lytton legte den Kopf schief und schmunzelte. »Der Titel als Königin der Provokation gebührt fraglos dir, meine liebe Virginia.«

Sie kicherte. Wie sehr genoss sie diesen Schlagabtausch mit dem Freund. Längst hatte sie ihre schüchterne Ehrfurcht vor seiner geistigen Brillanz verloren. An die Stelle war echte wertschätzende Zuneigung getreten. Lytton war unter dem Panzer seines Zynismus ein warmherziger, tiefgründiger Mensch, der mit seinen Selbstzweifeln ebenso zu kämpfen hatte wie sie. Seit sie wusste, dass sein Herz in belastenden Situationen genauso aus dem Rhythmus geraten konnte wie ihr eigenes, sah sie in ihm einen Seelenverwandten, und Vanessas scherzhafter Vorschlag, dass sie ihn heiraten solle, erschien ihr nicht mehr ganz so abwegig. Allerdings würde ihm selbst dieser Gedanke wohl kaum je in den Sinn kommen. Sein Herz war übervoll mit Liebe zu Duncan. Daran änderte auch die Tatsache nichts, dass Duncan das untreueste Wesen im ganzen Königreich war und für Lytton eine ständige Quelle größter Seelenpein.

»Was ist mit deinem Engel?«, fragte Virginia jetzt, zündete sich eine Zigarette an und ging davon aus, dass Lytton sich eine Pfeife stopfen würde. Als er es jedoch nicht tat, wusste sie, dass er an baldigen Aufbruch dachte. Sie nahm es mit Bedauern zur Kenntnis. »Wird er Fitzroy 22 mieten?« Das Atelier, das Duncan im Blick hatte, lag nur wenige Häuser neben dem ihren, und es geschah nicht selten, dass Duncan kurz vor dem Lunch hereinschneite und damit Sophie in helle Aufregung versetzte. Seinem Charme aber konnte sich auch die Köchin nicht entziehen, und sie fand immer eine Möglichkeit, ihn mit zu verköstigen.

Lytton nickte, aber die amüsierte Gelassenheit, mit der er sie bis eben angesehen hatte, war aus seiner Miene verschwunden.

»Dann wird er wohl demnächst noch öfter zum Essen zu uns kommen.«

»Davon ist auszugehen.«

»Sind Maynard und er noch …?« Sie hatte es sehr vorsichtig gefragt, beinah mitleidig.

Er schien plötzlich in seinen Sessel hineinzusinken und wich ihrem Blick aus. Es war offensichtlich, dass er mit ihr nicht über seinen Liebeskummer sprechen wollte. Vanessa gegenüber war er in dieser Hinsicht nie schüchtern.

»Na ja.« Virginia drückte energisch ihre Zigarette aus, als könnte sie so auch den Gedanken an die Schwester unterdrücken. Seit ihrer Rückkehr aus St. Ives hatten sie nur das Notwendigste miteinander gesprochen. Vanessa schien ihr aus dem Weg zu gehen, wann immer es möglich war, und in gemeinsamen Momenten stand immer Julian im Zentrum der Aufmerksamkeit.

Schnell sprach Virginia weiter. »Und? Gibt es Neuigkeiten aus dem wilden Ceylon? Hat dein Freund Woolf wieder einen Tiger erlegt? Und was ist mit dem Adonis aus dem Carlton? Hast du ihn noch einmal wiedergetroffen?«

Es kam wieder Leben in Lytton, und er erzählte von Mister Woolf, der mit seiner britischen Rigidität am ceylonesischen Kastensystem zu verzweifeln drohte. »Woolf wollte einen Mann zur Strafe, dass er auf seine Veranda gespuckt hatte, den Boden sauber wischen lassen, aber der gehörte einer Kaste an, die keine Böden wischt. Also hat Woolf ihn auspeitschen lassen und verlor daraufhin seinen Posten.«

»Oh«, sagte Virginia. »Und was nun?«

»Er sinnt über den schmerzlosesten Weg nach, sich umzubringen.«

»Und? Denkst du, er wird es tun?«

»Nicht bevor er meinen ersten Roman in den Händen hält. Das hat er zumindest geschrieben.«

»Gut«, sagte Virginia mit spöttischem Lächeln. »Dann bleibt ihm noch viel Zeit.«

Lytton verzog das Gesicht, wie gequält von plötzlichem Zahnschmerz. Seit seine bahnbrechende Dissertation abgelehnt worden war, mit der er sich um ein Trinity-Fellowship beworben hatte, war er fest entschlossen, als Romanschriftsteller berühmt zu werden. Allein die Zeit fehle ihm, behauptete er. Das Joch des Journalismus halte ihn ebenso davon ab wie die Zwänge seines Familienlebens. Lytton sprach seit Jahren davon, endlich sein Elternhaus mit den ewigen gesellschaftlichen Verpflichtungen, die seine Mutter ihm aufbürdete, hinter sich zu lassen. Er hatte schon viele Pläne über Wohnarrangements mit seinen jeweiligen Liebhabern geschmiedet, deren Umsetzung allerdings immer an gebrochenen Herzen und fehlenden finanziellen Mitteln gescheitert war. Häufig flüchtete er zu einem seiner vielen Ex-Cambridge-Geliebten aufs Land oder nach Frankreich, wo seine Schwester mit dem französischen Maler Bussy lebte. Dieser hatte im Hause Strachey ein Familiendrama ausgelöst, als er bei seinem Antrittsbesuch seinen Teller nach dem Essen mit Brot sauber wischte.

»Ah«, machte Lytton und ließ die Hand durch die Luft schweifen. »Der Tag wird kommen.«

»Und derweil versteckst du dich in deinem Zimmer vor Pippa, um dich nicht in den Tentakeln der Suffragetten zu verfangen.«

»Momentan verstecke ich mich am Fitzroy Square Nummer 29 bei einer heimlichen Sapphistin, die früher oder später in ebendiesen Tentakeln zappeln wird.«

»Ich bin keine heimliche Sapphistin.«

»Nennen wir es eine platonische«, sagte Lytton augenzwinkernd und stand auf. »Meine liebe Sapphistin, ich werde mich nun zurück an meinen Schreibtisch quälen und noch ein paar weltbewegende Zeilen zu Papier bringen.«

»Das solltest du tun. Aber lass dir Zeit, damit deinem Freund Woolf noch ein paar Lebensjahre bleiben.«

Lytton verneigte sich und wandte sich zum Gehen. An der Tür drehte er sich noch einmal zu ihr um: »Und was sage ich nun Pippa?«

»Pippa. Oh. Ja, richtig. Sag ihr, dass ich leider zu wenig Zeit für ein Engagement in dieser wichtigen Sache habe, ihre Aktionen aber aus gebührender Distanz im Auge behalten werde.«

Lytton neigte den Kopf zum Zeichen, dass er ihren Wunsch respektierte. Doch als er die Treppe hinabzusteigen begann, rief sie: »Nein, warte!« Sie streckte den Zeigefinger in die Höhe, um ihren Worten mehr Gewicht zu verleihen: »Sag nicht *aus gebührender Distanz*. Nenn es *mit leidenschaftlichem Interesse*. Immerhin habe ich einen Ruf zu verlieren.« Sie zwinkerte ihm zu und kehrte zurück in ihr Zimmer.

35. Kapitel

46, Gordon Square, Oktober 1908

»Wenn du als Schriftstellerin ernst genommen werden willst, darfst du die Harmonie deiner Komposition nicht durch diese feministischen Übertreibungen stören.«

Clive wanderte vor Virginia auf und ab, in der Hand die erloschene Pfeife, mit der er seine Worte zu unterstreichen schien. Sein zunehmend lichtes Haar war zerzaust und das Hemd aus der Hose gerutscht. Er sah aus, als hätte er die ganze Nacht am Schreibtisch gesessen, um ihre neuesten Seiten von *Melymbrosia* zu lesen und mit seinen Randbemerkungen zu versehen.

Ein langer Sommer voller Aktivitäten und Reisen lag hinter Virginia. Sie hatte einige Wochen allein in Manorbier verbracht, wo sie fern des Londoner Trubels an ihrem Roman gearbeitet hatte. Unter dem Eindruck der immer lauter werdenden Frauenproteste, der Demonstrationen, die Pippa Strachey über den Sommer organisiert hatte und die für viel Diskussionen in der Presse sorgten, hatte sie einige Teile noch einmal neu geschrieben und Clive um seine Meinung gebeten.

»Es gefällt dir also nicht.« Virginia schob die dicht beschriebenen Blätter zusammen, die Clive vor ihr auf den Tisch gelegt hatte.

»O doch, es gefällt mir sehr! Aber du solltest weniger didaktisch sein und vor allem das Thema Sodomie herauslassen.«

»Du hast über Sodomie geschrieben?« Vanessa saß mit einer Näharbeit am Fenster und blickte überrascht zu ihnen herüber. Noch immer verhielt sie sich ihr gegenüber kühl und distanziert. Wenn Virginia und Clive eine ihrer lebhaften Diskussionen miteinander führten, schwieg sie meist und tat desinteressiert, dabei wusste Virginia, dass ihre Schwester jede Geste und jeden Blick zwischen ihr und Clive genau beobachtete. Wie gern hätte Virginia ihr gesagt, dass sie niemanden auf der Welt so sehr liebe wie ihre Schwester und sie keinen Grund habe, eifersüchtig oder misstrauisch zu sein, aber ihr fehlte der Mut für ein solches Gespräch. Und Vanessa würde es ganz gewiss nicht suchen. Virginia blieb nur, ihr liebevolle Briefe zu schreiben und darauf zu hoffen, dass sie ihr irgendwann die Tändelei mit Clive verzeihen würde.

»Ich habe nicht über Sodomie geschrieben, sondern über Menschen, über Beziehungen, die Schwierigkeit des Zusammenlebens im Inneren und Äußeren, all das, was den Strom des Lebens ausmacht. Liebe ist ein Teil davon – also auch die Liebe zwischen Männern. Oder zwischen Frauen. Oder Schwestern.« Sie sah Vanessa an, flehend fast, aber diese wandte den Blick ab. »Es sind nur wenige Passagen«, sagte Virginia leichthin. »Sie sind einfach zu tilgen.«

»Meinetwegen lass sie drin«, sagte Vanessa achselzuckend und beugte sich wieder über ihre Näharbeit.

»Bloß nicht. Nimm sie raus!«, rief Clive. »In der ersten Fassung, die ich gelesen habe, stand davon nichts. Genauso wenig wie dieses Suffragettengeschwätz.«

Virginia fuhr hoch. »Du hältst die Frage, ob Frauen wählen sollen oder nicht, für Geschwätz?«

Er hob abwehrend die Hände. »Himmel, nein! Ich würde nie … Aber du schreibst einen Roman und keine Streitschrift. Widme dich diesen Themen in einem Essay, und lass die lyrische Schönheit deiner Sätze unüberschattet strahlen.« Er nickte, sichtlich zufrieden mit der Bildkraft seiner Worte.

Virginia wanderte um den Tisch, auf dem ihre Manuskriptseiten lagen, wie um die zur Debatte stehenden Stellen einzukreisen. Dann blieb sie stehen und drehte sich ruckartig zu Vanessa um. »Hast du es auch gelesen?« Früher hätte sie so etwas nicht fragen müssen. Selbstverständlich hätte ihre Schwester an der Entstehung ihres ersten Romans Anteil genommen.

Vanessa hob langsam den Kopf. Ihre Miene war ausdruckslos, ihre Augen schimmerten im hellen Licht so grau wie eine Felswand. »Nein«, sagte sie. »Hättest du gewollt, dass ich es tue?«

Ihre Antwort war ein Hieb in die Magengrube, doch Virginia schaffte es, gleichmäßig weiterzuatmen und sogar zu lächeln. »Vielleicht. Aber mach dir keine Gedanken.« Sie sammelte die Manuskriptbogen ein. »Ich muss aufbrechen. Lytton kommt zum Lunch.«

»Lytton«, sagte Vanessa mit plötzlich erwachtem Interesse. »Schon wieder. Er war doch erst gestern da.«

»Dafür, dass du lange nicht mehr bei uns warst, bist du gut informiert über das Kommen und Gehen am Fitzroy Square«, sagte Virginia.

»Ich interessiere mich eben für das Leben meiner Schwester«, konterte Vanessa. »Und ihrer Verehrer«, setzte sie hinzu und wechselte einen Blick mit Clive. Virginia registrierte, dass er die Stirn runzelte.

Clive begleitete Virginia hinaus, wobei sie Vanessas Blick in ihrem Rücken zu spüren glaubte.

Bevor sie das Haus verließ, legte sie Clive die Hand auf den Arm. »Danke für deine Mühe«, sagte sie. »Sicher hast du recht mit dem, was du sagst.« Sie schenkte ihm ein warmes Lächeln und wollte davoneilen, aber er lehnte sich in den Türrahmen und schien sie mit dem Blick festhalten zu wollen.

»Ich möchte nicht, dass die Herren Kritiker dich irgendwann in der Luft zerreißen nur wegen einiger Passagen, die für deine Geschichte gänzlich bedeutungslos sind«, sagte er.

Sie ließ sich ihre Freude darüber, dass er ihr Werk für würdig befand, von »den Herren Kritikern« überhaupt wahrgenommen zu werden, nicht anmerken und fragte stattdessen: »Sind sie das tatsächlich?«

»Ganz gewiss.«

»Interessant«, sagte sie. »Und ich war der Meinung, dass ich es nun viel besser auf den Punkt gebracht hätte.« Sie zuckte gespielt erstaunt mit den Achseln. Dann wandte sie sich zum Gehen.

»Virginia!«, rief er ihr nach, als sie schon die Straße überqueren wollte. Er tat ein paar Schritte auf sie zu. »Du und Lytton … seid ihr … äh … hat er …«

»Aber, Clive.« Sie sah hinauf zum Fenster, wo Vanessa stand und auf sie herabblickte. Sie winkte ihr zu, lächelte dann Clive an und sagte: »Nein. Hat er nicht. Auf was für absurde Gedanken du manchmal kommst.«

Wie sie ihn anlächelte. Ruckartig wandte sich Vanessa vom Fenster ab. Sie hatte Clives Augen leuchten sehen, als er Virginia begrüßte. Wenn er mit ihrer Schwester diskutierte, war er stets voller Eifer und ließ seinen Charme spielen. So wie früher, als er noch um sie selbst geworben hatte. Doch während ihrer Reisen nach Paris, Italien und natürlich dem obligatorischen Aufenthalt in seinem Elternhaus war er ihr gegenüber mürrisch und gedankenverloren gewesen – außer natürlich in Schottland, wo sie in Gesellschaft seiner Jagdfreunde eine für Vanessa unendlich öde und deprimierende Woche verbracht hatten. Sie war froh, endlich wieder in London zu sein, Freunde einzuladen, Ausstellungen zu besuchen und zu malen. Auch auf das Wiedersehen mit Virginia hatte sie sich gefreut, ja, tatsächlich. Die Briefe, die sie ihr über den Sommer geschrieben hatte, so voller Zärtlichkeit und Zuneigung, hatten sie beinah vergessen lassen, was in St. Ives geschehen war. Aber nun, nach wenigen Begegnungen, war das bittere Gefühl wieder da. In dem Maße, wie Clive durch Virginias Nähe auflebte, schien sie selbst innerlich auszutrocknen. Wie bezaubernd Virginia aber auch aussah. Wie sie aufblühen konnte, wenn sie über ihre Arbeit sprach. Kein Wunder, dass Clive in den Bann ihrer Schwester geraten war.

Sie hörte, wie er die Treppe heraufkam und sich die Tür seines Arbeitszimmers schloss. Er schlief mittlerweile wieder im gemeinsamen Ehebett, aber bis auf den ebenso unbefriedigenden wie selten gewordenen ehelichen Beischlaf im Dunkeln hatten sie einander kaum berührt. Sie verspürte auch wenig Lust dazu. Julian erfüllte ihr Bedürfnis nach Nähe mehr als reichlich, und meist war sie viel zu müde, um des Nachts den Weg in Clives Arme zu suchen. Aber dennoch. Es war zutiefst verletzend, wie schnell Clives Gefühle für sie abgekühlt waren. Und wenn es vielleicht auch nicht allein Virginias Schuld war, trug sie doch großen Anteil daran.

Virginia beeilte sich, nach Hause zu kommen. Sie hatte Pippa und Pernel Strachey zum Dinner gebeten. Lyttons Schwestern versuchten immer noch beharrlich, sie zur Mitwirkung in der NUWSS zu überreden, obwohl Virginia es bereits einige Male abgelehnt hatte. Aber Pippa war eine amüsante Person, die genauso leidenschaftlich über Literatur reden konnte wie über die Stellung der Frau in der Gesellschaft, und so war Virginia mit ihr in einen regen Austausch getreten.

Vor dem Dinner jedoch wollte sie sich unbedingt noch die Textstellen vornehmen, die Clive so scharf kritisiert hatte.

Der Blick, mit dem er sich von ihr verabschiedet hatte, ging ihr nicht aus dem Kopf. Wäre es ihm möglich gewesen, hätte er sie festgehalten, geküsst vielleicht sogar. Je mehr sie versuchte, ihre Beziehung auf die freundlich unverbindliche Ebene zurückzuführen, auf der sie vormals gewesen war, desto drängender schien sein Bedürfnis, die Vertrautheit wiederherzustellen, zu der sie sich in St. Ives hatte hinreißen lassen. Warum konnte er nicht vernünftig sein? Sie würden beide Vanessa verlieren, wenn er sich nicht besann! Sollte sie es unterlassen, ihm zu schreiben und ihn um seinen Rat zu bitten? Aber wem könnte sie sich dann anvertrauen mit ihren Zweifeln, dieser ewig nagenden Angst, wertloses Zeug zu schreiben? Er war der Einzige, der sie in dem bestärkte, was sie tat. Weder Lytton noch Vanessa und am allerwenigsten Adrian gaben ihr das, was Clive ihr im Überfluss vermittelte: das Gefühl, Bedeutendes leisten zu können, eine Künstlerin der Worte zu sein. Und danach verlangte es sie mehr als nach irgendetwas anderem.

Zu Hause angelangt, ging sie auf direktem Weg in ihr Arbeitszimmer und las jeden von Clives Kommentaren, die er sorgfältig an den Rand ihres Textes geschrieben hatte, mit allergrößter Konzentration.

Suffragettengeschwätz. Hatte sie sich tatsächlich zu Geschwätz hinreißen lassen? Es wäre leicht, seine Kritik abzutun, immerhin war er ein Mann. Was wusste er also schon von den Ungerechtigkeiten, die ihre Geschlechtsgenossinnen hatten erdulden müssen, so lange Zeit? Was wusste er von Männern wie George, die sich wie selbstverständlich nahmen, wonach es sie verlangte? Was wusste er von den Unfreiheiten in einem Frauenleben, das darauf angelegt war, für Nachkommen zu sorgen – und für das Wohlergehen des Mannes? Aber sie tat ihm unrecht. Er gehörte gewiss nicht zu den Männern, die der Meinung waren, Frauengehirne seien kaum in der Lage zu komplexerer Aktivität als Menschenaffen.

Vermutlich hatte er also recht, wenn er sie davor warnte, allzu Politisches zu schreiben. Vielleicht hatte sie sich beim Schreiben zu sehr von ihrem Wunsch davontragen lassen, die Vielschichtigkeit des Daseins in diese Seiten zu pressen. Es fiel ihr immer wieder schwer, aus den vielen Eindrücken, die jeden Tag ihre Wahrnehmung fluteten, genau das herauszufiltern, was bedeutsam war und in dem jene universelle und zugleich individuelle Wahrheit aufleuchtete, die der menschlichen Existenz erst Bedeutung verlieh. Oft fühlte sie sich wie ein Fisch, der gegen einen reißenden Strom aus Ereignissen, Gedanken, Wortfetzen und Bildern anschwamm, ohne je wirklich voranzukommen. Das Schreiben half ihr, wenigstens ein paar dieser Daseinsmomente, die da in rasender Geschwindigkeit an ihr vorbeiströmten, festzuhalten und, in ihre eigenen Worte gekleidet, mit Schönheit und Bedeutung anzufüllen. Aber offensichtlich musste sie sich um mehr Klarheit bemühen, um die »Harmonie ihrer Komposition« zu bewahren. Waren das seine Worte gewesen? Wenn also die Heldin ihres Romans den Sinn der Ehe infrage stellte und in fiebrigem Zorn über die Heuchelei bürgerlicher Moral entbrannte, störte das diese Harmonie?

Über die Jahre hatte sie Clives literarische Expertise zu schätzen gelernt. Er mochte kein guter Dichter sein, aber im Gegensatz zu ihr war er im klassischen Sinne gebildet, hatte eine akademische Ausbildung genossen, die ihr als Frau – natürlich – verwehrt geblieben war. Sie tat also gut daran, auf ihn zu hören, darauf zu vertrauen, dass er wüsste, was die innere Harmonie eines Textes ausmachte. Sie selbst mit ihrem bruchstückhaften Wissen, ihren strukturlosen Gedankenflügen wäre vermutlich ohne eine korrigierende Hand niemals in der Lage, einen Roman zu schreiben, dem man ihr verzweifeltes Bemühen um gedankliche Schärfe nicht anmerkte.

Sie raffte die Seiten von *Melymbrosia* zusammen und stopfte sie in die immer dicker werdende Kladde, in der sie die Abschriften ihres Manuskriptes aufbewahrte. Sie würde weiter daran arbeiten, es immer wieder neu zermetzeln, bis sich irgendwann die klare, schöne, ebenmäßige Form zeigte, die ihren inneren Bildern entsprach. Dann erst wäre es Kunst. Und das war es, wonach sie strebte.

Als Virginia um die Ecke verschwunden war, riss Clive seinen Mantel vom Haken und lief aus dem Haus. Um nicht in Versuchung zu geraten, Virginia hinterherzulaufen, schlug er die entgegengesetzte Richtung ein. Er musste sich bewegen, seine Gedanken abkühlen und dieses dumme Herz beruhigen, das jedes Mal wild zu pochen begann, wenn er sich mit der Schwester seiner Frau im selben Raum befand. Noch in Schottland hatte er geglaubt, über seine allzu zärtlichen Gefühle für Virginia hinweg zu sein. Das Zusammensein mit seinen Jagdfreunden, die Fokussierung auf diese so überaus männliche Aktivität, die nüchterne Entschlossenheit verlangte und jede emotionale Wankelmütigkeit sofort bestrafte, hatte ihm gutgetan.

Er hatte sogar versucht, sich Vanessa wieder anzunähern – auch körperlich. Vor allem körperlich. Aber die Intensität, mit der sie sich vor Julians Geburt dem gemeinsamen Liebesakt hingegeben hatte, war verschwunden. Es schien, als ließe sie ihn gewähren, um einer Pflicht nachzukommen, die er ihr niemals auferlegt hatte.

Er lief ohne Ziel durch die belebten Straßen und fand sich auf einmal am Kings Bench Walk wieder, just zu Füßen des Gebäudes, in dem er einst gelebt und Vanessa seinen ersten

Antrag gemacht hatte. Wie sehr war er damals in Liebe zu ihr entbrannt gewesen. Mehr als jetzt zu Virginia? Oh, gewiss, diese Begierde, die er damals verspürt hatte, war nicht vergleichbar mit der so zarten, ja beinah vergeistigten Leidenschaft für Virginia.

Er setzte sich auf eine Bank am Victoria Embankment und blickte auf die Themse. In Gedanken formulierte er einen Brief an Virginia, in dem er sie von der Reinheit seiner Zuneigung zu überzeugen versuchte. Wie oft hatte er solche Briefe schon geschrieben und sie dann vernichtet. Wie vergeudet waren all diese Stunden, die er mit sinnlosen Grübeleien zubrachte. Sie hatte ihm in aller Deutlichkeit gesagt, dass sie seine leidenschaftlichen Gefühle nicht erwiderte.

Warum dann schrieb sie ihm immer wieder diese Briefe, die ihn ins Taumeln brachten? Warum sah sie ihn aus diesen tiefen, geistvollen Augen an, als erhoffte sie sich von ihm etwas, was er zu dumm war zu begreifen? Was wollte sie wirklich?

Es begann bereits zu dämmern, als er genug inneres Gleichgewicht zurückerlangt zu haben glaubte, um nach Hause zurückzukehren. Ein plötzlicher Impuls führte ihn zum Delikatessenkaufhaus Fortnum & Mason, wo er die Pralinen erstand, die Vanessa so besonders liebte. Als er auf die Straße trat, stieß er fast mit einer elegant gekleideten Frau zusammen, die das Geschäft gerade betreten wollte. Ihr Gesicht war halb hinter einem Schleier verborgen, nur die dunkelrot geschminkten Lippen waren zu sehen. Sie schien es eilig zu haben.

»Verzeihung, die Dame«, sagte er, trat beiseite und lüftete galant seinen Hut.

»Clive«, rief die Frau aus und hob ihren Schleier an.

Er blickte direkt in die bergseeblauen Augen von Annie Raven-Hill. Das Zusammenspiel dieser Augen mit ihren sinnlichen roten Lippen verfehlte seine Wirkung auch diesmal nicht. Wie festgewurzelt blieb er stehen und starrte sie an.

Sie zog ihn ein Stück beiseite, um die übrigen Passanten vorbeizulassen. »Was für ein Zufall, gerade eben habe ich noch an dich gedacht.«

»Was machst du?«, fragte er. »Bist du allein hier?«

»Wir sind auf dem Weg zu einem Dinner.« Sie wies unauffällig mit dem Kopf zur Straße, wo eine Droschke wartete. »Ich wollte nur schnell noch eine Kleinigkeit für die Gastgeberin erstehen. Leonard wartet auf mich.«

»Dann möchte ich dich nicht aufhalten.« Offenbar gelang es ihm nicht wirklich, die Enttäuschung aus seiner Stimme zu verbannen, denn sie senkte den Blick und sah ihn von unten herauf an.

»Du weißt, dass ich mich immer über ein Wiedersehen mit dir freue.« Ihre Stimmlage ließ keinen Zweifel zu, an welche Art des Wiedersehens sie dachte.

Er schmunzelte. Wenn sie ein Ziel im Visier hatte, zögerte sie nicht, ihre Pfeile abzuschießen. Das liebte er an Annie.

»Du hast recht«, sagte er. »Wir haben viel zu lange nicht … geplaudert.«

Sie lächelte und reichte ihm ihre behandschuhte Hand. »Wie wäre es mit Lunch in unserem Lieblingsrestaurant? Übermorgen?«

Ihr »Lieblingsrestaurant« war ein kleines, unscheinbares Gasthaus in Chelsea mit angeschlossenem Hotel, in dem sie sich einige Male getroffen hatten, noch bevor Clive sein Apartment am Kings Bench Walk bezogen hatte.

»Eine glänzende Idee«, sagte er und hauchte einen Kuss auf ihren seidigen schwarzen Handschuh.

36. Kapitel

46, Gordon Square, Dezember 1908

Es war ein trüber, kalter Dezembernachmittag, und Vanessa wollte gerade in ihren Malkittel schlüpfen, als die Türglocke ertönte. Sie war seit Langem zum ersten Mal allein im Haus. Die Kinderfrau war mit Julian zu einem Spaziergang aufgebrochen, und Clive war mit Desmond zum Lunch verabredet. Er sollte eigentlich längst zurück sein, aber das Treffen schien sich bis in den Abend auszudehnen. Vanessa war froh um die Stille und wollte gar nicht wissen, was genau Clive trieb, auch wenn es sie beruhigte, dass er zumindest Virginia nicht würde treffen können. Die weilte bei ihrer Cousine Madge in Yorkshire.

Vanessa überlegte, ob sie sich von Maud verleugnen lassen sollte, sie hatte keine Lust auf unangekündigten Besuch. Ihre Staffelei stand zu lange schon verwaist herum. Dann aber legte sie doch den Kittel beiseite und ging hinaus auf den Flur, um zu sehen, wer gekommen war. Es war Lytton.

»Oh, du meine Güte«, rief sie aus und eilte die Treppe hinunter. »Lytton! Welch schöne Überraschung!«

Sie hatte den Freund schon eine ganze Weile nicht gesehen und erschrak, als er zu ihr aufblickte. Sein ohnehin hageres Gesicht wirkte abgezehrt, die Augen schienen tiefer in die Höhlen gesunken zu sein, und in seinem Blick lag eine Freudlosigkeit, wie Vanessa sie bei ihm noch nie wahrgenommen hatte. Er stieg mit schleppendem Schritt die Treppe hinauf, und als er bei ihr ankam, fürchtete sie fast, ihn stützen zu müssen.

»Lytton, was ist los? Bist du krank?«

»Nein, nein«, winkte er ab. »Es ist nur der übliche Weltschmerz.« Selbst sein Augenzwinkern wirkte angestrengt.

Sie führte ihn in den Salon und wies Maud an, einen starken Tee mit ordentlich gebutterten Scones zu bringen.

Lytton ließ sich mit einem tiefen Seufzer in seinem angestammten Sessel am Fenster nieder. »Ganz allein?«, fragte er.

»Glücklich allein, ja«, sagte Vanessa. »Du kannst dir alles von der Seele reden. Niemand wird es hören, außer mir.«

»Ich hatte es kaum zu hoffen gewagt.«

»Ist es der alte Liebeskummer?«

Lytton wackelte mit dem Kopf, als könnte sein dünner Hals die vielen schweren Gedanken darin kaum tragen. So zusammengesunken, wie er dasaß, schien er nur noch aus Kopf, Hals und endlos langen Beinen zu bestehen.

»Ist das ein Ja? Ein Nein? Ein Ich-weiß-nicht?«, fragte Vanessa. Sie hatte sich einen Stuhl herangezogen, um dem Freund möglichst nahe zu sein.

»Es ist vor allem ein Ausdruck des Selbstekels«, sagte er.

»Aber nein. So etwas darfst du nicht sagen. Wir sind einstimmig der Meinung, dass du der wertvollste Mensch von uns allen bist.«

Er lächelte schwach. »Du musst mir nicht schmeicheln. An einem Arschficker ist nichts Wertvolles.«

»O Lytton! Dich hat es wirklich schlimm erwischt.«

»In der Tat«, sagte er düster. »Ich sitze winselnd vor meinem eigenen Cousin, der mir hin und wieder ein Zuckerchen hinwirft, um sich dann mit Freuden in die Arme eines anderen zu werfen.«

»Duncan also«, sagte Vanessa und nickte.

»Nicht nur Duncan, aber vor allem Duncan.«

»Wer noch?«

»Unwichtig.«

»Erzähl!«

Lytton schilderte in ungewohnt knappen Worten, wie er versucht hatte, sich mit einem jungen, sensiblen Cambridge-Absolventen über Duncan hinwegzutrösten. Die Mutter dieses jungen Helden hatte jedoch die Briefe entdeckt, die Lytton ihm geschrieben hatte, und dafür gesorgt, dass der arme Kerl sich freiwillig zum Kolonialdienst auf den Fidschi-Inseln bewarb, um wieder klaren Sinnes zu werden.

»Herrje«, sagte Vanessa. »Fidschi! Aber du denkst nicht etwa daran, ihm dorthin zu folgen?«

»Lieber lasse ich mich lebendig begraben!« Die Düsternis in Lyttons Stimme ließ Vanessa vor Mitgefühl seufzen. Sie reichte ihm Tee und Gebäck und beobachtete, wie er zwei Scones verschlang. Er schien seit Tagen nichts gegessen zu haben.

Zwischen dem dritten und vierten Scone berichtete Lytton, dass der Roman, den er voller Illusionen zu schreiben begonnen hatte, nach vier Kapiteln im Sande verlaufen war und sein Onkel ihm den Posten als Chefredakteur des *Spectator* angeboten hatte.

»Aber das ist doch großartig«, sagte Vanessa.

Er sah sie an, als hätte sie ihm zu seiner Hinrichtung gratuliert.

»Das ist ganz außerordentlich entsetzlich. Schon jetzt bin

ich nichts als ein lahmer Produktionsesel des bürgerlichen Heuchlertums. Jede Woche ringe ich mir Worte ab, von denen die besten zensiert werden. Und das für einen Lohn, der es mir nicht erlaubt, ein halbwegs anständiges Leben unter einem eigenen Dach zu führen.«

»Das könntest du, wenn du das Angebot deines Onkels annähmst.«

»Und dafür meine Seele zerstückeln lasse?« Lyttons Falsett schraubte sich in schwindelerregende Höhen.

»Stimmt«, sagte Vanessa. »Ein außerordentlich hoher Preis.«

»Ich werde ihn nicht zahlen. Lieber lasse ich mir den Schwanz beschneiden, als die Verantwortung für dieses Blatt zu tragen.«

Vanessa musste so lachen, dass sie beinah den Tee verschüttete, den sie Lytton gerade nachschenken wollte.

»Lach du nur«, sagte er trübselig und stützte den Kopf auf drei seiner langen spinnenartigen Finger. »Ich werde bald dreißig und stehe mit nichts als zerplatzten Hoffnungen und unerfüllbaren Sehnsüchten da. Ich werde wohl auch die nächsten dreißig Jahre in der Dachkammer eines Suffragettenhaushaltes verbringen müssen.«

»Wie furchtbar«, sagte Vanessa. Sie hatte wenig Sympathie für all die Frauen, die für das Wahlrecht auf die Straße gingen, auch wenn sie grundsätzlich ihrer Meinung war. Doch sie fand diese Art des Protests zu schrill und hysterisch, um die herrschenden Männer von ihrer Sache zu überzeugen.

»Es *ist* furchtbar«, bestätigte Lytton. Er ließ den Blick durch den Raum schweifen und seufzte schwer. »Wie paradiesisch euer Leben dagegen scheint«, sagte er, »angefüllt mit Kunst und Liebe, reich mit …«

»Jedes Paradies hat seine eigenen Schatten«, unterbrach Vanessa ihn.

»Oh«, sagte Lytton. »Stimmt etwas nicht im Hause Bell?«

Einen Moment lang war Vanessa versucht, ihm von ihren eigenen düsteren Momenten zu erzählen, doch es widerstrebte ihr, Virginia oder Clive in ein schlechtes Licht zu stellen. Es war besser, ihren Gram dort zu belassen, wo er war – tief in ihrem Innern, jenseits von Worten, die den Schmerz ohnehin nicht würden lindern können.

»Bei uns ist alles bestens«, sagte sie und lächelte.

Lytton nahm seine Brille ab, um sie zu putzen. Als er sie wieder aufsetzte und Vanessa mit seinen scharfen, klugen Augen ansah, fühlte sie sich ertappt. »Nur Virginia macht mir manchmal Sorgen«, sagte sie schnell.

»Virginia?«, fragte er. »Welchen Anlass zur Sorge könnte sie dir geben? Sie scheint mir ganz außerordentlich munter zu sein.«

»Sie ist oft einsam.«

»So?« Lytton konnte seine Augenbrauen bis fast unter den Haaransatz ziehen, wenn er es darauf anlegte. »Den Eindruck habe ich allerdings ganz und gar nicht.«

»Du kennst sie nicht so gut wie ich.« Das zumindest konnte Lytton nicht anzweifeln. Sie griff nach ihrem Zigarettenetui und zündete sich eine Zigarette an, drückte sie jedoch rasch wieder aus, denn ihre Hände zitterten leicht. Das Gespräch war an einem wichtigen Wendepunkt angelangt, nun musste sie behutsam vorgehen, um den Gedanken, den sie schon so lange mit sich herumtrug, geschickt zu platzieren. »Das Zusammenleben mit Adrian ist schwierig für sie«, fuhr sie fort. »Die beiden verstehen sich nicht besonders, musst du wissen.«

»Das ist mir nicht entgangen«, sagte Lytton und nickte schmunzelnd. Jetzt, da es nicht mehr um seinen eigenen Kummer ging, hatten sich seine Schultern entspannt.

Vanessa beobachtete den Freund, der gedankenverloren ein drittes Stückchen Zucker in seine Teetasse fallen ließ. »Sie braucht jemanden an ihrer Seite, der ihre Interessen teilt. Der ihr geistig gewachsen ist«, sagte sie und sah Lytton bedeutungsvoll an.

Lytton entgegnete ihren Blick mit unschuldiger Miene. »Wer könnte das sein? Saxon vielleicht?«

»O Lytton«, sagte Vanessa und rollte mit den Augen. »Ich kenne nur einen Menschen, der es mit Virginia aufnehmen kann.«

»O nein!«, rief Lytton und hob abwehrend die Hände. »Nein, nein, nein! Du überschätzt mich. Ich bin nur ein armseliger Zeitungsschreiber.«

»Ihr würdet euch wunderbar ergänzen.«

»Warum sprichst du im Konjunktiv? Das tun wir doch schon jetzt.«

»Du verstehst nicht.« Vanessa griff erneut zu einer Zigarette, lehnte sich zurück und schlug die Beine übereinander. Sie sah Lytton an und blies langsam den Rauch aus. Dann holte sie tief Luft und sagte: »Du solltest Virginia heiraten.«

»Wie bitte?« Lytton schnellte im Sessel nach vorn, auf dem Sprung, die Flucht zu ergreifen. Dann verharrte er einen Moment und ließ sich mit schief geneigtem Kopf zurücksinken. »Das ist ein … ein … ganz außerordentlicher Gedanke«, stammelte er.

»Nicht wahr?«

»Allerdings nicht praktikabel.« Er hob bedauernd die Schultern.

»Warum nicht?«

Lytton drehte die Handflächen himmelwärts und sah Vanessa beinah mitleidig an. Doch Vanessa ließ sich nicht beirren.

»Am Fitzroy Square ist ausreichend Platz. Adrian hätte bestimmt nichts dagegen. Überlege es dir. Wenn du sie heiratest, würden sich all deine Probleme auf einen Schlag erledigen.«

In diesem Moment hörte Vanessa ein Geräusch hinter sich, und Lyttons Blick ging an ihr vorbei zur Tür.

»Hallo, Clive«, sagte er und tat, als lüftete er den Hut.

Vanessa fuhr herum. Clive stand da, stützte sich mit der einen Hand im Türrahmen ab und strich sich mit der anderen über die Stirn.

»Oh, Clive«, sagte sie. »Ich habe dich nicht kommen hören. Bist du schon lange da?«

»Lange genug«, gab er zurück und ließ die Hand sinken. »Aber ich möchte euch nicht stören. Ich sehe, ihr habt wichtige Dinge zu besprechen.« Er nickte dem Freund kurz zu und verschwand. Kurz darauf fiel die Tür seines Arbeitszimmers mit einem lauten Knall zu.

»Mir scheint, dein Gatte ist von deiner Idee nicht sehr angetan.«

»Damit hast du das Problem auf den Punkt gebracht«, sagte Vanessa grimmig.

»Ah«, machte Lytton. »So ist das also.« Er nickte bedächtig und sagte dann mit amüsiert blitzenden Augen: »Das nenne ich eine interessante Gemengelage.«

Nachdem Lytton sich verabschiedet hatte, stieg Vanessa zu Clive hinauf. Als er auf ihr Klopfen nicht reagierte, öffnete sie leise die Tür und schob sich vorsichtig ins Zimmer. Er saß zusammengesunken an seinem Schreibtisch, den Kopf in die Hände gestützt und die Beine von sich gestreckt, als hätte ihn soeben die Nachricht über den bevorstehenden Weltuntergang ereilt.

»Clive, was ist los? Fühlst du dich nicht wohl?«, fragte Vanessa und näherte sich ihm behutsam. Er hob den Kopf, und die Kälte in seinem Blick ließ sie innerlich zusammenzucken.

»Wie kannst du nur deine Schwester in die Arme eines Arschfickers treiben wollen?«

Normalerweise benutzte Clive diese drastische Bezeichnung nie, selbst wenn sie in ihrem Kreis zum guten Ton gehörte. Dass er es jetzt tat, klang in Vanessas Ohren obszön. Sie umrundete den Schreibtisch und stützte sich vor ihm darauf ab.

»Lytton ist der liebenswerteste Arschficker, den ich kenne«, sagte sie sanft. »Sie mögen einander, und beide brauchen einen Partner. Ich finde, es ist eine ausgezeichnete Lösung für alle Beteiligten. Was kannst du dagegen haben?«

Er schüttelte den Kopf. »Hasst du sie so sehr?«, fragte er.

»Du glaubst wirklich, dass ich Virginia hasse?«

»Dein Verhalten legt es nahe.«

»O Clive«, seufzte sie. »Nein. Ich hasse sie nicht. Es ist ganz genau das Gegenteil. Ich liebe Virginia mehr als …« Sie stockte. Dann schloss sie leise: »Ich liebe meine Schwester wie mein eigenes Kind, und das weißt du.«

»Aber du gönnst ihr die Liebe nicht.«

»Welche Liebe, Clive?«, flüsterte sie und sah ihn dabei so durchdringend an, dass er den Blick senkte.

Er fuhr mit der Hand über den Tisch, wie um unsichtbaren Staub beiseitezuwischen. Dann sagte er: »Die Liebe eines Mannes. Sie braucht jemanden, der sie verehrt und achtet, der … der …«

Vanessa musste sich abwenden, sie konnte Clives Gestammel nicht ertragen, ging zum Fenster und sah hinaus. Erste Schneeflocken fielen.

Clive redete weiter: »Jemanden, der sie aufrichtet, wenn sie nicht weiterweiß, der sie stützt und ihr Kraft gibt. Sie braucht einen Partner, einen Freund, einen …«

»So jemand könnte Lytton ihr sein«, unterbrach sie ihn.

»Aber er kann sie nicht lieben!«, rief Clive aus.

Vanessa drehte sich zu ihm um. *Nicht so wie du?*, hätte sie beinah gefragt, aber sie hielt die Worte zurück. Sie auszusprechen hätte bedeutet, den Keil tiefer in den Spalt zu treiben und die goldene Schale ihrer Ehe auseinanderbrechen zu lassen. Stattdessen sagte sie: »Kennst du sie tatsächlich so wenig?«

»Wie meinst du das?«

Vanessa betrachtete ihren Mann, wie er da saß, die Haare zerzaust, die Krawatte gelöst, Verwirrung im Blick. All seine Gewissheiten schienen gerade von einer Lawine in den Abgrund gerissen zu werden.

Vanessa kniete sich neben ihn, streichelte sein Gesicht und sagte: »Alles, was du sagst, zeigt mir, dass du Virginia nicht verstanden hast.« Dann küsste sie ihn und ließ ihn allein.

37. Kapitel

An
Mrs Vanessa Bell
Cleeve House
Seend, Wiltshire

Fitzroy Square, 3. Januar 1909

Geliebte Schwester,
schon der dritte Tag in Folge ohne einen Brief von Dir! Halten Dich die Wettererzählungen von Mrs Bell so sehr vom Schreiben ab? Ich dürste nach einer Nachricht von Dir, hast Du doch von mir einen der zärtlichsten Briefe erhalten, die ich je geschrieben habe.

Wie ich Dir schrieb, habe ich gestern Kitty in Kensington einen Besuch abgestattet, und da ich nach den weihnachtlichen Ausgaben um Sparsamkeit bemüht bin, nahm ich die Untergrundbahn. Du weißt, wie sehr ich diese stinkenden, dunklen Tunnel hasse, und so kannst Du ermessen, in welchem Maße mich der Geiz im Griff hält. Im Nachhinein möchte ich sagen, dass mich Verschwendungssucht in dieser speziellen Angelegenheit um eine der reizendsten Begegnungen der letzten Wochen gebracht hätte. Mir gegenüber saß eine Frau in meinem Alter, die vermutlich genauso überrascht war von ihrer eigenen Verwegenheit, dieses Verkehrsmittel zu benutzen, wie ich. Sie las in einem Roman, den ich selbst jüngst mit dem allergrößten Vergnügen gelesen habe (ich erspare Dir den Titel, Du wirst ihn Dir ohnehin nicht merken), und ich sprach sie an. Im Nu waren wir in ein solch anregendes Gespräch verwickelt, dass ich meinen Ausstieg verpasste. Leider werde ich ihr wohl kaum je wieder begegnen, aber die Begegnung hat mir wieder einmal gezeigt, wie viel interessanter Frauen doch sein können als Männer.

Ich erwarte Lytton und Saxon zum Tee, und wir werden mitleidig an Dich denken. Und nun, mein lieber Delfin, sende mir postwendend Deine Antwort, damit ich endlich wieder ein paar Deiner liebenden Worte lesen darf.

Deine Ziege

An
Miss Virginia Stephen
29, Fitzroy Square
London, Bloomsbury

Cleeve House, Seend, 6. Januar 1909

Liebste Ziege,
wenn Du einst berühmt sein wirst und Deine Briefe an mich der Öffentlichkeit preisgegeben werden, wird man glauben, dass ich Deine Geliebte war. Noch nicht einmal Clive hat mir jemals solch leidenschaftliche Briefe geschrieben. Aber oh, ich liebe Deine Worte, schreib nur so leidenschaftlich, wie Du kannst!

Was aber ist davon zu halten, dass Du in Londons Untergrund Deinen sapphischen Neigungen nachgibst und mit zufälligen Damenbekanntschaften flirtest? Muss ich Rivalität fürchten?

Clive und ich haben beschlossen, Julian niemals länger als eine Woche allein hier in Seend zu belassen. Die Vorstellungen von guter Erziehung, die hier gepflegt werden, würden meinen armen Jungen bald zu einem zweiten George verformen. Sie sind so schrecklich konventionell. Kein Sonntag ohne Anzug und Kirche, dabei ist Julian erst ein Jahr alt. Ihr tut also wohl, mich zu bemitleiden, und ich kann es kaum erwarten, endlich wieder unsere Donnerstagabende aufzunehmen.

Bleib brav, meine liebe Ziege, ich küsse Dich.

Deine V.

An
Mister Clive Bell
Cleeve House
Seend, Wiltshire

Fitzroy Square, 7. Januar 1909

Lieber Clive,
heute Morgen kam endlich wieder ein Brief von Deinem Schatz und hat einen goldenen Hauch über meinen Tag gelegt. Bist Du auch gebührend dankbar und glücklich, im strahlenden Glanz meiner Schwester leben zu dürfen?

Ich komme gut mit Moores Principia Ethica *voran, auch wenn ich so oft über die Seiten krieche, dass ich fast meine eigenen Fußspuren sehe. Ich kann fühlen, wie seine Ideen in die entferntesten Winkel meines Hirns reisen und dort eine befremdliche Störung verursachen, die sich kaum Denken nennen lässt. Ich bin also nicht so vom Donner gerührt, wie ich es vielleicht sein sollte, dennoch bin ich bezaubert von seiner Menschlichkeit, die solch großen Geistern oft fehlt.*

Ich habe an Melymbrosia *herumgemetzgert und nähere mich, so glaube ich, jener Durchlässigkeit, die, wie Du sagst, ein Zeichen großer Poesie ist. Oh, ich bin bescheiden genug, um zu wissen, dass ich noch viel zu oft im Trüben fische, aber ich gebe mir die Art von Mühe, die sich dem Ergebnis nicht aufdrücken darf.*

Deine Adeline Virginia Stephen

Virginia überflog ihren Brief an Clive ein letztes Mal und fügte im Postskriptum einen weiteren, den wichtigen letzten Satz hinzu:

Küsse meinen Lieblingsdelfin auf die Stirn, die Augen und auf all ihre privaten Stellen, besonders die Halsgrube, dort, wo ihre Haut am zartesten ist.

Zufrieden faltete sie den Bogen und steckte ihn in einen Umschlag. Zwei weitere Umschläge lagen vor ihr, einer davon an Saxon, einer an Lytton adressiert. Allerdings hatte sie den Brief an Lytton nicht mit ihrem Namen unterzeichnet, sondern mit *Eleanor Hadyng.*

Im Dezember hatten sie, Clive und Lytton einen fiktiven Briefwechsel begonnen, aus dem ein romantischer Briefroman werden sollte. Jeder von ihnen übernahm eine Rolle in einem Liebesdrama, das sich ganz allmählich in ihren Briefen entfalten sollte. Clive hatte die Rolle eines gewissen James Philips übernommen, der ihr, der Eleanor Hadyng, glühende Liebesbriefe schrieb. Der delikate Umstand, dass Mister Philips mit einer Schönheit namens Clarissa verheiratet war und Eleanor Hadyng einem Mister Hatherly alias Lytton versprochen, sollte den Rahmen der Handlung bilden. Vanessa hatte es abgelehnt, sich an diesem Spiel zu beteiligen, und – soweit Virginia wusste – auch keinen der Briefe gelesen. Und das war gut so.

Zwischen Virginia, Clive und Lytton waren noch im Dezember die Episteln rege hin und her gegangen, doch mit seinem letzten Brief an Eleanor hatte sich Clive aus dem Spiel herausgezogen. Er wähle nun, so hatte er geschrieben, *in tiefster Verzweiflung angesichts der Hoffnungslosigkeit meiner Liebe* den Freitod, um Eleanors Eheglück nicht mehr länger im Wege zu stehen.

Mit nur zwei verbliebenen Akteuren hatte das pikante Spiel in Virginias Augen seinen Reiz verloren, doch Lytton hatte ihr einen weiteren Brief als Mister Hatherly geschrieben. Darin forderte er sie auf, sich zu ihrer heimlichen Liebschaft mit James Philips alias Clive zu bekennen. Die *glühenden Blicke* ihres Verehrers, seine Fahrigkeit und Melancholie seien ihm nicht entgangen, und er frage sich, inwieweit sie, Eleanor, die Gefühle des Rivalen erwidere.

Lytton hatte also erkannt, dass sich unter dem Schutzmantel der Fiktion eine brisante Wahrheit verbarg. Sie hatte lange überlegt, ob sie ihm als Virginia antworten und um Diskretion bitten sollte. Das Spiel war längst zu gefährlich geworden, um es fortzusetzen. Noch gefährlicher aber schien ihr, die Masken gänzlich fallen zu lassen, und so hatte nun Mrs Eleanor Hadyng einen Brief verfasst, der zugleich alles und nichts sagte:

Sehr geehrter Mister Hatherly,
so ist es Ihnen also aufgefallen. Sie sind ein kluger und zugleich grausamer Mensch, legen Ihre Finger stets auf den schmerzhaftesten Punkt der Wunde. Sie ahnen doch gewiss, dass die »außerordentlichen Schlussfolgerungen«, die Sie gezogen haben, für mich recht unerfreulich sein könnten. Vor allem für Clarissa. Ich muss in aller Deutlichkeit die Vermutung, ich könne irgendwelche zärtlichen

Gefühle für James Philips erwidern, von mir weisen. Auch dürfen Sie mir glauben, dass ich niemals versucht gewesen bin, mir diese Art der Gefühle zu erschleichen. Seien Sie gewiss: James hat sich mir gegenüber zu jeder Zeit anständig und ehrenvoll betragen. Der Umstand seiner Melancholie mag einer Gefühlsverwirrung geschuldet sein, die – da bin ich sicher – vorübergehender Natur sein wird.

Wenn Sie mir recht bald wieder einmal die Ehre erweisen wollen, mich in meinen Räumen zu besuchen, werde ich Ihnen einen ceylonesischen Tee mit den köstlichsten Muffins servieren, die eine aus Yorkshire stammende Köchin zu bereiten in der Lage ist. Lassen Sie nicht zu viel Zeit verstreichen, denn mich dürstet nach den geistigen Höhenflügen, zu denen mich das Gespräch mit Ihnen aufzuschwingen vermag.

Und so verbleibe ich
Ihre stets ergebene
Eleanor Hadyng

An
Mister Lytton Strachey
67, Belsize Park Gardens
London

Hambantota Bungalows, Ceylon, 1. Februar 1909

Mein lieber Lytton,
Du kannst Dir nicht vorstellen, wie sehr ich mich danach verzehre, mit einem intelligenten Menschen zu reden. Ich bin längst zu einem einsilbigen Knochen geworden, mit Schwielen an den Händen wie auf der Seele.

Ich arbeite wie besessen, nur um die Leere nicht spüren zu müssen, die mich von innen heraus auslöscht. Du sprichst über die Ehe als einem rettenden Hafen vor dem düsteren Meer der Depression. Ja, du hast recht. Ich hätte längst heiraten können. Ich weiß nicht, was mich davon abhält, hätte ich hier doch genügend Gelegenheiten, eine brave, willige und vielleicht sogar liebreizende Frau zu finden. Ceylon ist voll von blasshäutigen Töchtern hoher Kolonialherren. Es könnte so einfach sein. Und doch scheint mir die Ehe ein Gespenst, vor dem ich mit zitternden Knien zurückweiche.

Du sprichst von Virginia und Vanessa in solch berückenden Worten, sie müssen Lichtwesen sein. Bell ist wirklich ein nichtswürdiger Gockel, sich von Virginias »bezaubernden Merkwürdigkeiten«, wie Du sie nennst, den Kopf verdrehen zu lassen. Ich hoffe, er behält seine Finger bei sich. Ich verstehe gut, dass Du eine Ehe mit ihr in Erwägung ziehst – auch wenn ich es nicht klar vor mir sehe. Du und eine Ehe? Wie sollte das funktionieren? Ich kann nur vermuten, dass es einer Deiner zynischen Scherze ist, der sich im geschriebenen Wort nicht recht vermitteln will.

Glaubst Du, Virginia würde mich als Ehemann akzeptieren? Wenn es auch nur halbwegs stimmt, was Du über sie schreibst, muss sie ein Wunder sein.

Wie auch immer es mit ihr und Dir und Bell weitergeht, halte mich auf dem Laufenden.

Dein Leonard

Gerade faltete Lytton den Brief seines Freundes zusammen, da klopfte es leise an die Tür seiner Dachkammer. Er ignorierte die nunmehr dritte Störung seiner Ruhe an diesem Tag und versuchte, sich wieder seinem Essay über eine chinesische Gedichtanthologie zuzuwenden, der längst überfällig war. Immer öfter befiel ihn eine beängstigende Konzentrationsschwäche, die ihn minutenlang dasitzen und auf das Blatt vor ihm starren ließ. Die Angst, endgültig den Verstand zu verlieren und niemals die Worte schreiben zu können, die ihm den Ruhm der Nachwelt einbringen sollten, versetzte ihn manchmal in haltlose Panik. Die einzige Person, die Verständnis für seine Zustände aufbrachte, war Virginia. Sie habe ähnliche Situationen erlebt und könne ihm versichern, dass es vorbeigehen werde. Sie riet ihm zu ausgedehnten Spaziergängen an der frischen Luft und frühem Zubettgehen. »Zieh bloß keinen Arzt zurate«, hatte sie gesagt. »Dann werden sie dich mit heißer Milch, Lebertran und Veronal abfüllen und ans Bett fesseln, damit du nur ja nicht aus dem Fenster springen kannst.«

Seine Mutter war entschieden anderer Ansicht. Zutiefst besorgt ob seiner Blässe und schwindenden Muskelkraft wollte sie ihn nach Schweden in ein Sanatorium schicken. Nach Schweden! Wenn er sich nicht vorsah, würde er unter dem strengen Blick einer schwedischen Walküre mit Herzstillstand in einem Eiskräuterbad enden.

Wieder klopfte es zaghaft. Seine Mutter war es sicher nicht, sie hätte längst lautstark Einlass verlangt.

»Wer ist da?«, fragte Lytton ungeduldig. »Ich habe doch gesagt, ich will nicht gestört werden!«

»Ich bin es, Duncan.«

Lyttons linker Arm zuckte wie von einem Blitzschlag getroffen. Er stieß sein Wasserglas um, und der Inhalt ergoss sich über die bisher geschriebenen Seiten. In Ermangelung eines besseren Hilfsmittels griff er nach dem erstbesten Stück Stoff, dessen er habhaft werden konnte, und versuchte, den

See aus Tinte trockenzulegen, in dem sich all seine klugen Gedanken aufzulösen begannen.

»Ich komme«, rief er. »Warte. Geh nicht fort, ich ...« Entsetzt starrte er auf den tintendurchtränkten Stofffetzen in seiner Hand und stellte fest, dass es sein bestes Hemd war. Die Magd hatte es für den Abend in der Oper zurechtgelegt, zu dem er mit Saxon und Virginia verabredet war. Seine mühsam komponierten Sätze über die chinesische Anthologie waren zu einem unleserlichen blassblauen Fleck zerflossen.

Er schloss die Tür auf und schleppte sich mit letzter Kraft zu seiner Chaiselongue hinüber, wo ihm das verfärbte Hemd aus der Hand glitt.

Duncan schlenderte herein und ließ sich auf seinen Stuhl fallen. »Du bist grau im Gesicht, mein Freund«, konstatierte er ohne Mitleid in der Stimme. Mitleid gehörte nicht zu Duncans Empfindungsrepertoire. Dafür hatte er selbst ein viel zu sonniges Gemüt.

Sein Blick fiel auf das umgestürzte Wasserglas, den Essay – oder das, was davon übrig geblieben war – und schließlich auf das Hemd am Boden. Er nickte. »Verstehe«, murmelte er. »Eine Katastrophe größeren Ausmaßes.«

»Ich schreibe seit zwei Wochen daran«, sagte Lytton. »St. Loe wird mich zerfleischen.«

»Viel zu zerfleischen gibt es bei dir ja nicht«, sagte Duncan. Er saß da, die Beine von sich gestreckt, die Hände in den Hosentaschen, und betrachtete Lytton mit diesem Schmunzeln, das auch im Angesicht der erschütterndsten Ereignisse kaum je aus seiner Miene verschwand.

»Wenn es so weitergeht, wird er mich ohnehin feuern.«

»Ist es nicht das, was du dir wünschst?«, fragte Duncan.

»Was ich mir wünsche, weiß ich schon lange nicht mehr«, sagte Lytton und warf Duncan einen vielsagenden Blick zu.

Ungerührt zündete Duncan sich eine Zigarette an und ließ sie dann im Mundwinkel hängen. Er blätterte in dem Gedichtband, der das Wasserglas-Malheur zum Glück unbeschadet überstanden hatte.

»Mach bitte das Fenster auf«, bat Lytton.

»Stört es dich, wenn ich rauche?«, fragte Duncan, ohne aufzusehen.

»Nein«, sagte Lytton, stand auf und öffnete das Fenster selbst. Zu einer der strengen Regeln im Hause Strachey gehörte das Rauchverbot in den oberen Zimmern. Wer rauchen wollte, musste dafür ins Herrenzimmer im Erdgeschoss gehen, wofür Lytton meist die Energie fehlte. Mittlerweile rauchte er nur noch, wenn er in Bloomsbury war.

Er setzte sich wieder und wartete, dass Duncan den Grund seines Kommens erklären würde. Unangekündigt erschien er in der Regel nicht, weil er die strenge Lady Strachey noch mehr fürchtete, als Lytton es tat. Doch Duncan legte nur wortlos den Gedichtband beiseite und starrte gedankenverloren ins Leere.

»Wer hat dich eingelassen?«, fragte Lytton.

»Die Magd.«

»Und sonst hast du niemanden gesehen? Pernel? Pippa?«

»Sie hat gesagt, ich solle im vorderen Salon warten, aber ich habe sie bezirzt, und so durfte ich heraufkommen.« Duncan konnte auf eine Weise mit dem linken Auge zwinkern, die Lyttons Körpermitte jedes Mal in einen zartbitteren Schmelz verwandelte.

Duncan sah zu ihm herüber, doch sein Blick schien an ihm abzugleiten. Eine Weile saßen sie schweigend da.

Lytton hob das tintenverschmierte Hemd mit der Fußspitze in die Höhe. »Damit ist's wohl vorbei«, sagte er.

»Alles endet«, murmelte Duncan.

Als die Stille bedrohlich zu werden begann, gab Lytton sich einen Ruck. »Warum bist du hier?«

Duncan hob die Schultern und ließ sie dann mit einem hörbaren Seufzer fallen. Das Lächeln war aus seinem Mundwinkel verschwunden, plötzlich wirkte er hilflos.

Lytton vergaß für einen Moment sein eigenes Unglück und fragte besorgt: »Was ist los, Duncan?«

Duncan nahm die Zigarette aus dem Mundwinkel, suchte nach einem Aschenbecher, und als er keinen fand, stand er auf und schnippte sie aus dem Fenster. »Es ist Maynard«, sagte er schließlich, ohne Lytton anzusehen.

Der richtete sich steil auf seiner Chaiselongue auf. Endlich war er gekommen, der Moment, auf den er so lange gewartet hatte. Er stand auf und wollte neben Duncan ans Fenster treten, um ihn im Arm zu halten, während der Freund sich das Drama vom Ende seiner Affäre mit Maynard vom Herzen redete.

Duncan aber fuhr herum. »Ich liebe ihn, Lytton! Wir uns! Wir können kaum ohne einander sein, und doch …« Er stockte und ließ sich wieder auf den Stuhl fallen. »Es ist so grausam. Eine solche Liebe – und doch muss sie im Dunkeln bleiben. Ständig diese Angst, entdeckt zu werden und alles zu verlieren. Nicht nur die Liebe, alles.«

Lytton erstarrte. Er tastete nach einer Stütze, doch da war nichts. Erneut legte sich die Hoffnungslosigkeit wie ein schwerer Umhang auf seine Schultern und schien ihn niederdrücken zu wollen. Er schlich zurück zur Chaiselongue und sank in sich zusammen. »Ja«, sagte er. »Das ist grausam.«

»Wir müssen ja nicht nur unsere Liebe verstecken – es geht doch um alles!«, rief Duncan. »Unsere Art zu denken, zu fühlen, die Art, wie wir unser Leben gestalten wollen – all das darf nicht sein. Wir sind Abschaum, Lytton.« Er zeigte aus dem Fenster. »Wenn wir Teil dieser Welt da draußen sein wollen, bleibt uns nur, uns zu verleugnen oder …« Seine Miene verzerrte sich, er schluckte schwer.

»Oder?«, fragte Lytton leise.

»Oder wir sind einfach nur der Dreck, der in Hinterhöfen stinkt!« Die letzten Worte schleuderte er von sich, als wären sie selbst voller Schmutz.

»Ja«, sagte Lytton, und ihm war so eng um die Brust, dass er kaum atmen konnte. »Das sind wir. Stinkender Dreck.«

Sie sahen einander an. Duncans Verzweiflung und seine eigene Trostlosigkeit schienen sich wie zwei negative Pole abzustoßen. Zwischen ihnen blieb nichts außer dem Gefühl, am Ende einer sehr langen Sackgasse angelangt zu sein. Vielleicht empfand Duncan es genauso, denn er hob die Hände, ließ sie auf die Oberschenkel zurückfallen und sagte: »Tja. Ich gehe dann mal wieder.«

»Tu das«, sagte Lytton.

Duncan stand auf, rückte den Stuhl ordentlich zurecht und ging langsam zur Tür. Zum ersten Mal hatte Lytton nicht das Bedürfnis, ihn festzuhalten. Er hatte gar kein Bedürfnis mehr.

Duncan drückte die Klinke nieder und öffnete die Tür. Da, plötzlich, geschah etwas in Lyttons Innerem. Es war wie ein Blitz, vielleicht auch eher ein heller Lichtstrahl, der ihn durchzuckte. Er fuhr hoch und sagte, noch bevor Duncan den Raum verlassen konnte: »Ich werde Virginia Stephen heiraten.« *Um ihre Hand anhalten*, hätte er sagen sollen, aber das schien ihm nicht endgültig, nicht hart genug. Duncan sollte sehen, wie allein er war. Der aber drehte sich nur kurz um und hob die Augenbrauen. »Sieh mal an.« Er lächelte wieder dieses Duncan-Lächeln, mit dem er sich vor der Verachtung der Welt zu schützen verstand. »Dann trittst du ja aus dem Dunkel ins Licht. Glückwunsch!«

Und damit ging er.

38. Kapitel

29, Fitzroy Square, 17. Februar 1909

Es war ein klirrend kalter Februarmorgen, und Virginia war mit ihrem Spaniel Hans früh zu einem strammen Spaziergang durch den Regent's Park aufgebrochen. Die eisige Luft brannte in ihren Lungen, und trotz der dicken Handschuhe hatte sie kaum noch Gefühl in den Fingern. Es waren sehr wenige Menschen unterwegs, und die Stille, nur unterbrochen vom Knirschen ihrer Schritte auf den gefrorenen Wegen, brachte sogar das unablässige Tosen ihres Gedankenstroms zur Ruhe. Beinah andächtig nahm sie den Anblick der frostüberzuckerten Gräser und des Morgennebels in sich auf, der das frühe Licht über dem zugefrorenen See zu verdichten schien. Wie sehr wünschte sie, den Zauber dieses Moments ohne ein solch plumpes, unzulängliches Vehikel, wie Worte es waren, festhalten zu können. Wie viele Stunden brachte sie damit zu, die oft so flüchtigen Konturen ihrer inneren Bilder in Sätze zu pressen, wo sie allein an der Regelhaftigkeit der Sprache zerschellten. Immer schien ihr das Ergebnis nicht mehr als ein starres, lebloses Gerüst zu sein, das die Sicht auf die schöne Wirklichkeit versperrte, die dahinter lag. In Augenblicken wie diesen beneidete sie Vanessa um ihr Talent noch mehr, als sie es ohnehin schon tat.

Als sie, atemlos vom schnellen Schritt und trunken von der Schönheit des Morgens, zum Fitzroy Square zurückkehrte, erblickte sie schon von Weitem eine vermummte Gestalt, die, den Kopf tief zwischen die Schultern gezogen, vor ihrer Haustür auf und ab wanderte. Der Oberkörper des Mannes – denn ein Mann war es wohl – wippte im Rhythmus seiner Schritte leicht vor und zurück, und es sah aus, als führte er ein intensives Selbstgespräch. Als sie sich näherte, ruckte sein Kopf hoch, und Virginia erkannte Lytton Strachey. Der Freund starrte sie beinah erschrocken an, und für eine verwirrende Sekunde glaubte sie, er wolle das Weite suchen, dann aber kam er langsam auf sie zu.

»Lytton«, rief Virginia. »Ein Besuch zu so früher Stunde? Ist etwas passiert?«

»Nein«, sagte er, korrigierte sich jedoch sofort. »Ja.« Und dann: »Vielleicht.«

Virginia musterte ihn argwöhnisch. Seine Augen waren rot gerändert, die Lippen fast blau. »Komm erst mal rein«, sagte sie und schloss die Tür auf. »Du siehst erbarmungswürdig aus.«

»Danke für das Kompliment.«

»Gern geschehen. Bist du schon lange hier?«

»Nein. Doch. Eine Weile.« Seine Brille war beschlagen, weshalb Virginia den Ausdruck seiner Augen nicht sehen konnte, aber seine Stimme war merkwürdig rau.

»Nun. Ich sehe, du bist wenig entscheidungsfreudig. Ich frage dich also gar nicht erst, ob du mit mir zusammen frühstücken möchtest.« Virginia nahm ihm Mantel, Hut und Schal ab und wies Sophie an, das Frühstück für zwei Personen im Speisezimmer zu servieren.

»Nimm Platz, ich komme sofort«, sagte sie und wollte die Treppe hinaufgehen, um sich die Haare zu richten, die sie nur notdürftig gekämmt und hochgesteckt hatte. Auch wenn sie Lytton gegenüber nicht das Gefühl hatte, sich besonders zurechtmachen zu müssen, wollte sie dennoch nicht aussehen wie gerade dem Bett entstiegen.

Lytton zögerte und fragte: »Ist Adrian …«

»Er steht nie vor zehn auf. Stört es dich, nur mit mir vorliebnehmen zu müssen?«

»Nein. O nein, ganz und gar nicht, ich …« Er wirkte fahrig, als wäre er nur durch einen ganz besonders dummen Zufall vor ihrer Haustür gelandet und wagte es nicht, das Missverständnis aufzuklären.

Als Virginia ins Speisezimmer trat, wanderte Lytton in großen Schritten um den Esstisch herum. Er trug einen für seine Verhältnisse schicken Anzug und sah dabei so übernächtigt aus, dass Virginia sich fragte, ob er womöglich direkt von einer Abendgesellschaft kam, die aus dem Ruder gelaufen war. Auf einmal beschlich sie ein ungutes Gefühl. Womöglich musste der Freund ihr eine Schreckensbotschaft übermitteln? Ein Todesfall im Kreise ihrer Freunde, von dem sie noch nichts wusste?

»Ist jemand gestorben?«, fragte sie scharf.

»Wie bitte?« Lytton blieb stehen und sah sie verwirrt an. »Gestorben? O nein, nein!«

»Gut.« Sie setzte sich und wartete, dass auch Lytton endlich Platz nähme. Doch er blieb stehen.

»Würdest du …?« Er rang mit den Händen, stützte sich dann auf einer Stuhllehne ab und schüttelte den Kopf.

Seine spürbare Anspannung verunsicherte sie, und wenn sie unsicher war, plapperte sie, eine Angewohnheit, die sie selbst an sich am meisten hasste. »Möchtest du etwas essen oder nur Tee trinken? Ich trinke meist nur Tee. Vor elf bringe ich kaum etwas runter, aber ich werde vielleicht von dieser Orangenmarmelade kosten. Ein Familienrezept der Köchin, sie hat es etwas abgewandelt, sagt sie. Adrian mag sie nicht, also die Marmelade, nicht die Köchin …«

»Virginia!« Lytton hob beschwörend die Hände. »Bitte, hör mir zu.«

»Es ist doch jemand gestorben«, rief Virginia und fuhr von ihrem Stuhl hoch.

»Nein! Aber ich möchte dich heiraten!« Lyttons Falsett schraubte sich so sehr in die Höhe, dass er das letzte Wort nur noch krächzend hervorbrachte. Virginia plumpste zurück auf ihren Stuhl und starrte ihn verständnislos an.

»Heiraten?«, fragte sie. »Du willst mich …«

Lytton nickte. Jetzt, wo die Worte heraus waren, entspannten sich seine Schultern, und er ließ sich mit einem Seufzer der Erleichterung ebenfalls auf einen Stuhl fallen.

»Oh«, sagte Virginia. »Wirklich?«

Lytton drehte nur wortlos die Handflächen nach oben, als wäre sein Antrag längst überfällig gewesen und die Tatsache, dass er ihn jetzt erst stellte, ein kaum verzeihliches Versäumnis.

Virginia kicherte. »Du und ich! Heiraten! Das ist …« Lytton sah sie erstaunt an, dann begann auch er zu kichern, und bald brachen sie beide in hysterisches Gelächter aus.

Als sie sich einigermaßen beruhigt hatten, fragte Lytton: »Willst du denn?«

»Aber ja!«, rief Virginia. »Natürlich will ich! Ich finde, das ist eine ganz außerordentlich gute Idee.« Sie stand auf und zog Lytton an beiden Händen von seinem Stuhl hoch. »Dann solltest du mich jetzt küssen«, verlangte sie.

»Küssen?«

»Macht man es nicht so?«

Lytton nahm seine Brille ab, rieb die Gläser einige Male über seinen Jackettärmel und setzte sie wieder auf. »Vermutlich«, sagte er dann, beugte sich vor und platzierte mit seinen immer noch kalten Lippen einen vorsichtigen Kuss auf ihre Stirn. Dann murmelte er etwas von einer dringenden Angelegenheit, die er zu erledigen habe, und stürzte an ihr vorbei aus dem Raum.

Virginia brauchte einen Moment, um den Schwindel unter Kontrolle zu bekommen, der sie erfasst hatte. War das gerade eben wirklich passiert, oder war es wieder eine dieser Visionen, die sie damals gehabt hatte, als ihr Kopf nicht richtig funktionierte?

Vanessa hatte in letzter Zeit häufiger gefragt, ob sich Lytton endlich erklärt habe, und für sie schien es eine realistische Möglichkeit, aber auch wenn Virginia selbst so manches Mal gedacht hatte, dass der Freund der einzige Mann in ihrem Leben sei, mit dem sie sich ein Zusammenleben vorstellen könnte, hätte sie doch nie geglaubt, dass er sie tatsächlich fragen würde. Und so war es nun, als hätte sie gerade eben eine Doppelgängerin ihrer selbst dabei beobachtet, wie sie Virginia Stephen bei der Uraufführung eines lange einstudierten Bühnenstücks spielte.

Sie stürzte den noch immer heißen Tee hinunter und verbrannte sich Mund und Kehle. Der Schmerz war real, was sie mit Interesse registrierte. Es war also kein Traum, kein Bühnenstück. Es war tatsächlich passiert. Sie. Würde. Heiraten!

Den Rest des Vormittages brachte sie damit zu, wortreiche Briefe an Violet, Kitty und Madge zu verfassen und ihnen die großartige Neuigkeit von ihrer bevorstehenden Eheschließung mit Lytton Strachey zu verkünden. Auch ihren Brüdern Gerald und George schrieb sie, ihrer Griechischlehrerin Janet Case, ihren Tanten und Cousinen, und sogar Henry James bedachte sie mit ein paar wohlgesetzten Worten. Der Stapel aus Briefen vor ihr auf dem Schreibtisch wurde immer höher, und immer noch fielen ihr Menschen ein, die unbedingt erfahren sollten, dass Virginia Stephen bald in den Stand der Ehe eintreten würde. Virginia Strachey. Es klang ein bisschen merkwürdig, was jedoch vermutlich nur eine Sache der Gewohnheit war. Die Stracheys waren wie die Stephens eine hoch angesehene Familie von Literaten und Intellektuellen. Niemand, der Lytton nicht allzu genau kannte, würde behaupten, dass dies eine unpassende Verbindung sei, so wie die Leute es getan hatten, als Vanessa Clive geheiratet hatte. Violet würde sicher entsetzt die Hände über dem Kopf zusammenschlagen, und George … Virginia musste erneut kichern, als sie sich Georges Gesicht vorstellte, wenn er ihren Brief läse. Würde er sie mit seiner Imperialistenkutsche auch zu ihrer Trauung bringen wollen? Ganz sicher nicht!

Nun musste sie noch Vanessa die frohe Botschaft verkünden. Aber halt – da war noch Adrian, auf dessen Leben sich ihre Ehe mit Lytton gravierend auswirken würde. Gewiss würde sie mit Lytton zunächst am Fitzroy Square wohnen bleiben, so wie auch Clive am Gordon Square eingezogen war. Lytton hatte bestimmt nichts dagegen, wenn Adrian sein Zimmer noch eine Weile behielte.

Sie ließ den Stapel Briefe auf ihrem Schreibtisch liegen

und machte sich auf die Suche nach Adrian, der inzwischen aufgestanden sein sollte. Sie fand ihn noch im Speisezimmer vor den Resten seines immer sehr ausgiebigen Frühstücks.

»Guten Morgen«, sagte sie liebenswürdig.

Er hob nur kurz den Kopf, brummte und wandte sich wieder seiner Zeitung zu.

Adrian gegenüber machte es wenig Sinn, die blanken Tatsachen in ausschweifende Worte zu kleiden, also sagte Virginia schlicht: »Ich werde Lytton heiraten.«

Adrian ließ die Zeitung sinken. Seine Miene war ein Fragezeichen. »Wie kommst du auf so eine Idee?«

»Nun«, sagte Virginia würdevoll. »Er hat mich gefragt.«

»Das glaube ich nicht.«

»Doch. Er hat um meine Hand angehalten.«

Adrian kniff die Augen zusammen und legte demonstrativ eine Hand ans Ohr, als hätte er ein Hörproblem. Dann schüttelte er den Kopf und sagte: »Er muss verrückt geworden sein.«

Virginia zog es vor, darauf nichts zu erwidern. Stattdessen sagte sie: »Du musst keine Sorge haben. Ich werde dich nicht vor die Tür setzen.« Mit hoch erhobenem Kopf verließ sie den Raum und kleidete sich an, um zu Vanessa zu gehen.

67, Belsize Park Gardens

Sie hätte ihn *richtig* geküsst, wenn er es gewollt hätte. Aber was für ein absurder Gedanke! Virginia war ohne Zweifel die reizendste und klügste Person in ganz England, und doch war es ihm schlicht nicht möglich, sie auch nur in den Arm zu nehmen. Natürlich würde sie von ihm erwarten, dass er sich benähme, wie ein anständiger Ehemann es tun würde. Möglicherweise glaubte sie sogar, mit ihm Kinder haben zu können! Wie hatte er auch nur eine Sekunde lang denken können, es würde irgendeines seiner Probleme lösen, wenn er Virginia heiratete? Nun hatte er ein noch viel größeres Problem. O Gott, was für ein Durcheinander hatte er verursacht.

Nach seiner Flucht aus Virginias Haus war Lytton im Laufschritt in seine Dachkammer zurückgekehrt. Hier hatte er sich eingeschlossen und wanderte nun seit Stunden zwischen Chaiselongue und Schreibtisch hin und her. Er hatte einen Brief begonnen, in dem er Virginia seinen Irrtum zu erklären versuchte, aber sein Verhalten war so skandalös, seine Erklärungen so jämmerlich, dass er es nicht ertrug, sie in geschriebenen Worten vor sich stehen zu sehen.

Er musste die Sache rückgängig machen. Er konnte Virginia nicht heiraten. Wäre sie nur halb so wunderbar, wie sie es war, wäre es ihm vielleicht sogar möglich. Eine unangenehme, aber durchaus erträgliche Zeremonie, ein gemeinsames Haus, getrennte Schlafzimmer und eine achtbare Stellung in der Gesellschaft. Wie viele solcher Ehen gab es wohl im Vereinigten Königreich? Eher sollte er wohl fragen, wie viele Ehen nicht so waren? Virginia aber hatte Besseres verdient. Sie brauchte einen Mann, der sie küssen und umarmen wollte und vollkommen ehrlich zu ihr war. Der es aus ganzem Herzen tat und sich dafür nicht verleugnen musste.

Er aber war ein gottverdammter Sodomit – und so sollte es bleiben. Und wenn er dafür durch die Hölle ging.

Er zerriss die Zeilen, die er geschrieben hatte, zerrte sich den elenden Anzug vom Leib, den er extra für die Gelegenheit angelegt hatte, und hüllte sich in seinen seidenen Hausmantel. Mit einem heißen Kakao und warmen Socken verkroch er sich in sein Bett und ließ sich von den klaren, gemessenen Versen eines Alexander Pope in die beruhigenden Sphären des Geistes davontragen.

Als Virginia am Gordon Square eintraf, nahm die Hausmagd gerade die Post entgegen. »Mrs Bell ist in ihrem Atelier. Warten Sie im Salon, ich kündige Sie an«, sagte die Magd. Sie war neu im Haushalt der Bells und nahm ihre Aufgabe mit viktorianischer Gewissenhaftigkeit wahr.

»Nicht nötig. Ich finde den Weg«, sagte Virginia und schlüpfte an ihr vorbei ins Haus.

Vanessa arbeitete an ihrer Staffelei, und Clive lehnte im Türrahmen und beobachtete sie. Julians Wiege, aus der der kleine Junge längst herausgewachsen war, stand am Fenster, wo die feine Gaze des Stoffhimmels das hereinfallende Tageslicht filterte und einen hellweißen Schimmer über das Bettchen legte.

»Es sieht aus wie blasse Milch«, schimpfte Vanessa, und Clive nickte. »Vielleicht musst du weniger Weiß …«

»Es hat nichts mit Farbe zu tun!«, fuhr Vanessa ihm über den Mund. »Nur mit Können! Und ich bin nicht … Oh, hallo Virginia.«

Virginia war leise hinter Clive getreten und betrachtete das Bild, an dem Vanessa arbeitete. Sie fand es perfekt. Clive fuhr zu ihr herum. »Du musst ein Geist sein«, sagte er. »Ich habe dich nicht kommen hören.«

»Ich bin vielleicht geistvoll, aber doch ganz real«, entgegnete sie und berührte ihn leicht am Arm. Es amüsierte sie immer wieder, wie sehr es ihn verunsicherte, wenn sie ihm nahe kam. Sie ging an ihm vorbei und umarmte ihre Schwester.

»Ich finde es sehr gelungen«, sagte sie und wies auf das Bild. »Was stört dich?«

»Ich versuche, das Licht so einzufangen, wie es hier durchs Fenster fällt, und das will einfach nicht gelingen«, sagte Vanessa.

»Du hast eine Stimmung erzeugt. Ist das nicht viel wichtiger?«

Vanessa neigte den Kopf und tat einen Schritt zur Seite, um ihr Bild aus einem anderen Winkel zu betrachten. »Du findest es stimmungsvoll?«

»Nein, ich habe gesagt, du hast eine Stimmung erzeugt. Es wirkt wie ein Idyll, das durch etwas getrübt wird. Man erkennt deine Handschrift.«

»Na großartig«, murmelte Vanessa.

»Virginia könnte recht haben«, meldete sich Clive aus dem Hintergrund.

Vanessa runzelte die Stirn.

»Wolltest du es romantischer haben?«, fragte Virginia.

»Ein Idyll, das nicht romantisch wirkt, ist keins«, beschied Vanessa. »Also taugt es nichts.«

»Es ist die Romantik, die nichts taugt«, sagte Virginia.

»Was eine traurige Entwicklung ist«, sagte Clive.

»Meinst du? Ich finde, die Wahrheit ist etwas viel Ansprechenderes als romantische Verklärung.«

Vanessa versetzte ihr einen Stoß. »Philosophierst du schon wieder?«, fragte sie. »Warum bist du überhaupt hier um diese Zeit? Ich erwartete dich zum Tee.«

Virginia verschränkte die Hände hinter dem Rücken und wippte auf den Zehenspitzen auf und ab. »Es gibt Neuigkeiten.«

Vanessa riss die Augen auf, und in ihr Gesicht kam ein Leuchten, das Virginia schon lange nicht mehr gesehen hatte. »Was? Nun sag schon!«, drängte sie.

Virginia nahm aus den Augenwinkeln wahr, wie Clive näher kam. »Rate!«, befahl sie.

»Lytton!«, rief Vanessa aus. »Hat er …?«

»Ja. Er hat. Heute Morgen. Er will mich heiraten.«

Vanessa jubelte und fiel ihr um den Hals.

»Woher wusstest du?«, fragte Virginia, als Vanessa von ihr abließ.

»Ich wusste nicht. Ich habe es mir nur so für dich gewünscht.«

»Er kam heute Morgen, und wir haben so gelacht.« Virginia erzählte die Szene in allen Einzelheiten und vergaß nicht den Kuss zu erwähnen, ließ allerdings unerwähnt, dass es nur ein kalter Kuss auf die Stirn gewesen war.

»Dann darf man wohl gratulieren«, sagte Clive mit einer steifen Verbeugung.

»Man darf«, entgegnete Virginia. »Danke, dass du dich mit mir freust.«

»Aber natürlich. Wenn es das ist, was du dir gewünscht hast.«

»Es ist eine sehr zufriedenstellende Entwicklung«, sagte Virginia.

»Zufriedenstellend …« Clive zog die Mundwinkel skeptisch nach unten. »Reicht dir das?«

Virginia sah zu Vanessa, dann zu ihrem Bild. »Ja«, sagte sie. »Das reicht vollkommen.«

An diesem Abend verließ Clive zu später Stunde das Haus. Vanessa hatte sich bereits zur Nachtruhe zurückgezogen, denn sie waren in den vergangenen Tagen zu mehreren Abendgesellschaften geladen gewesen, und Vanessa war müde. Es war nicht das erste Mal, dass Clive nach zehn noch das Haus verließ und erst in den frühen Morgenstunden zurückkehrte. Wenn Vanessa es je bemerkt haben sollte, dann behandelte sie seine Ausflüge mit bemerkenswerter Diskretion.

Wie wütend er auf Vanessa war. Über Monate hatte sie auf ihre subtile Weise Virginia davon zu überzeugen versucht, dass Lytton der perfekte Ehemann für sie wäre, hatte vermutlich auch Lytton zu diesem absurden Antrag verleitet. Clive kannte niemanden, der so hartnäckig seine Wünsche durchzusetzen vermochte wie seine Frau, eine Eigenschaft, die er einst an ihr bewundert hatte. Das war jedoch lange vorbei.

Niemals würde Virginia glücklich werden in einer Ehe mit diesem selbstverliebten Sodomiten! Sie hatte eine zarte, ja, eine romantische Seele, auch wenn sie die immer wieder verleugnete. Sie würde zerbrechen an dieser Verbindung. Er hatte versucht, sie davor zu bewahren, nicht zuletzt durch diese Briefe, die er ihr als James Philips geschrieben hatte.

Wie sehr hatte er sich bemüht, ihr zu zeigen, was Liebe bedeutete. Selbstlose Liebe, eine Liebe, die auf Anstand und Achtung gründete und sich mitunter verleugnete aus dem Wunsch heraus, den anderen glücklich zu sehen. Es hatte alles nichts genützt.

Er empfand Ekel. Vor Lytton, vor der abscheulichen Lüge, in die Virginia verstrickt wurde, und vor dieser Gesellschaft, die solche Verbindungen erzwang. Nicht zuletzt auch vor sich selbst. In was für einen Sumpf aus frustriertem Begehren und unerwiderter Liebe hatte er sich verstrickt. Die Einzige, die ihm – wenn auch nur vorübergehende – Erleichterung bot, war Annie. Er hatte ihre unverhohlene Einladung zu einem heimlichen Stelldichein mit dem festen Vorsatz angenommen, dass es eine einmalige Sache bleiben sollte, und nun konnte er nicht mehr von ihr lassen.

Sie empfing ihn in der kleinen Mansarde, die sie unweit ihres Londoner Wohnhauses angemietet hatte. Auch ihr Mann Leonard schien gut darin zu sein, über die heimlichen Aktivitäten seiner Frau großzügig hinwegzusehen. Das Bemerkenswerte an Annie war, dass sie nie Fragen stellte und doch immer genau wusste, was er brauchte, wenn er zu ihr kam. Sie hüllte ihn ein mit ihrer Lust, ihrer so gänzlich unkomplizierten Sinnlichkeit, und lenkte seine Aufmerksamkeit auf das, was das Gedankenkarussell in seinem Kopf unfehlbar zum Stillstand bringen konnte: den Schoß einer Frau, die ihn wollte.

39. Kapitel

29, Fitzroy Square, am nächsten Tag

Virginia war nicht überrascht, als Lytton am nächsten Morgen erneut vor ihrer Haustür stand. Es war noch einige Grad kälter als am Vortag, und Lytton stand, zu einer Eissäule gefroren, da.

»Wir sollten möglichst bald heiraten, damit du nicht noch vor der Hochzeit vor meiner Tür erfrierst«, sagte sie und ließ ihn ins Haus.

Heute bat sie ihn hinauf in ihren Salon, wo Sophie ihr wie an jedem normalen Wochentag nach ihrem Morgenspaziergang Tee und ein Stück Gebäck servierte. Lytton wollte weder Tee noch Gebäck. Er wollte auch seinen Mantel nicht ablegen. Er blieb mitten im Raum stehen und hauchte sich die Finger warm.

»Du könntest am Kamin Platz nehmen«, schlug Virginia ihm vor und ließ sich mit einer Tasse Tee entspannt in ihrem Sessel nieder.

»Danke, es geht schon wieder.«

»Wie lange hast du heute auf mich gewartet?«

»Nur gerade so lange, um das Warten nicht aufzugeben.«

»Oh, so lange.«

In diesem Augenblick tat Lytton etwas vollkommen Befremdliches: Er ließ sich vor ihr auf die Knie fallen, ergriff ihre Hand und klappte ein paarmal den Mund auf und zu, als weigerten sich die Worte, die ihm auf der Zunge lagen, ausgesprochen zu werden.

Virginia betrachtete ihn amüsiert. »Du hast doch gestern schon um meine Hand angehalten.«

Lytton war so groß, dass er selbst auf dem Boden kniend auf einer Augenhöhe mit Virginia in ihrem Sessel war. Es wäre die perfekte Höhe, um einander zu küssen. Richtig zu küssen. Virginia beugte sich ein ganz klein wenig vor, gerade genug, um ihm den entscheidenden Schritt zu erleichtern. Lytton jedoch lehnte sich mit dem Oberkörper ein ebenso winziges bisschen zurück und sagte: »Ich kann es nicht, Virginia.«

»Oh«, machte Virginia. »Du musst mich nicht küssen. Wir können auch ein wenig plaudern. Hast du inzwischen die Liebesbriefe der Carlyles gelesen, die ich dir geliehen hatte?«

»Ich meinte«, er räusperte sich, »ich kann es gar nicht.«

»Gar nicht?«

»Nein.«

»Du meinst, du kannst gar nicht küssen?«

Seine Schultern sackten nach vorn, und er senkte den Kopf, plötzlich schien ihn jede Energie verlassen zu haben. So wie er da in seinem schwarzen Mantel vor ihr hockte, sah er aus wie ein zum Tode Verurteilter vor seinem Henker. »Ich kann dich nicht heiraten, Virginia. Es tut mir leid, aber ich kann es einfach nicht«, flüsterte er, den Blick starr auf den Boden gerichtet.

Virginia brauchte eine Weile, um die Tragweite dessen, was er da kaum hörbar gesagt hatte, zu erfassen. Sie presste die Knie zusammen und strich ein paarmal mit den Händen über ihren Rock, als könnte sie so die Situation in Ordnung bringen.

»Nun …«, sagte sie dann.

Lytton hob den Blick, und seine sonst so flinken Augen unter den schweren Lidern schienen erloschen. »Ich kann dir gar nicht sagen, wie elend …«

»Dann sag es nicht«, unterbrach Virginia ihn. Sie stellte ihre Teetasse mit einem klirrenden Geräusch ab und stand auf. »Betrachten wir es als eine amüsante Episode. Es könnte sich als Posse eignen. Vielleicht schreibst du sie auf?«

Lyttons Kopf sank wieder zwischen die Schultern. Sie sah auf ihn hinab und stellte zum ersten Mal fest, dass sein Haar am Hinterkopf auszudünnen begann.

Sie ging zu ihrem Schreibtisch, auf dem noch die Briefe lagen, die sie gestern geschrieben hatte. Der oberste war ihr langer Brief an Violet. Sie hatte ihn am Abend noch einmal gelesen und ein PS hinzugefügt: *Ich weiß nicht, ob ich ihn liebe. Aber ich sehe eine helle Zukunft vor mir.*

Sie sah zu Lytton, der nach wie vor auf dem Boden hockte. »Würdest du bitte aufstehen«, sagte sie. »Ich fühle mich schlecht, wenn du da so vor mir kniest.«

»Entschuldige, natürlich.«

Sie wartete, bis er vor ihr stand, und sagte: »Ich liebe dich ohnehin nicht.«

»Nein?«, fragte Lytton, und in seinen Blick kehrte Leben zurück.

»Nein«, bestätigte Virginia. »Es war ein amüsanter Gedanke. Aber ganz sicher ist es besser, wenn wir alles belassen, wie es ist.«

»Genau das denke ich auch.«

»Wir hatten viel Spaß gestern, nicht wahr?«

»Nun …« Er schmunzelte. »Du hattest Spaß.«

»Glücklicherweise habe ich sie noch nicht abgeschickt.« Virginia hielt Violets Brief hoch, packte dann den gesamten Stapel und warf ihn in einem Schwung in den Kamin. Für einen Moment sah es so aus, als erstickte der große Haufen Papier das Feuer, doch schließlich begann es, sich knisternd und fauchend in die ersten Ecken hineinzufressen, und dann gingen all ihre stolzen Glücksbotschaften in lodernden Flammen auf.

An
Mister Leonard Woolf
British Civil Service
Hambantota, CEYLON

67, Belsize Park Gardens, 19. Februar 1909

Mein lieber Freund,
ich kann Dir nicht sagen, wie wohltuend es immer wieder ist, Deine Worte zu lesen. Du bist der einzige Mensch, der mich wirklich zu verstehen scheint.

Wirst Du mir glauben, wenn ich Dir gestehe, dass ich vorgestern Virginia einen Antrag gemacht habe? Ich höre Dich lachen, aber es ist ein entsetzlicher Schlamassel. Schon während ich es tat, wurde mir klar, dass es ein grauenhafter Fehler war. Virginia ist so unberührt, in ihrer Jungfräulichkeit scheint sie die Tragweite des Ganzen überhaupt nicht zu erfassen. O Gott, ich hatte solche Angst, dass sie mich küssen würde!

Gestern Nacht habe ich endlich einmal wieder mit Duncan geschlafen, der nun aber in Cambridge ist, um mit Maynard ins Bett zu gehen. Du siehst also, wie unmöglich eine Verbindung zwischen mir und Virginia ist, so sehr ich mir auch wünschen würde, endlich im ruhigen Hafen einer Ehe vor Anker zu gehen.

Ich bin immer mehr davon überzeugt, dass Du der einzig richtige Mann für sie wärest. Du hast alles: Intelligenz, Aufrichtigkeit und Mannhaftigkeit. Du würdest sie so begehren, wie sie es verdient. Spricht aus Deiner Sicht etwas dagegen? Sie ist die einzige Frau auf der Welt mit genügend Verstand. Der Moment, in dem sie gezeugt wurde, muss eine Sternstunde des Schicksals gewesen sein. Wenn Du nicht achtgibst, verpasst Du die Gelegenheit. Jeden Augenblick kann sie der Himmel weiß wen heiraten. Sie ist jung und wild und neugierig wie keine andere. Und sie sehnt sich danach zu lieben. Also komm zurück!

Dein Lytton

Hambantota, Ceylon, April 1909

Leonard saß auf der Veranda seines Bungalows und las nun schon zum dritten Male Lyttons letzten Brief, der beinah zwei Monate unterwegs gewesen war. So fern war sein geliebtes England, und das Einzige, was Leonard noch mit seinem alten Leben dort verband, waren diese selten gewordenen Zeilen des Freundes.

Wenn Du nicht achtgibst, verpasst Du die Gelegenheit.

Eine Fliege summte um seinen Kopf und schien ihm die Worte zuzuflüstern. Leonard scheuchte sie fort und blickte hinaus aufs Meer, das nur wenige Hundert Meter von ihm entfernt in trägen, gleichmäßigen Wellen ans sandige Ufer brandete. Was er jedoch vor seinem inneren Auge sah, war eine junge Frau, die im weißen Sommerkleid auf einer saftig grünen Wiese saß, die Haare hochgesteckt und die Hände in einer Pose geduldigen Wartens im Schoß gefaltet. Leonard erinnerte sich kaum an ihr Gesicht, das ihrer Schwester Vanessa war ihm deutlicher im Gedächtnis haften geblieben, doch das Sehnende in Virginias Augen hatte er nicht vergessen. Er hatte mit einigen Frauen geschlafen, seit er in Ceylon war, meist sprachen sie nicht einmal seine Sprache, doch die Liebe hatte er nicht gefunden.

Das Heimweh, das ihn zu Beginn seines Aufenthaltes hier in Ceylon manchmal fast um den Verstand gebracht hatte, war inzwischen nur noch ein dumpfer Schmerz tief in seinem Inneren, den er durch viel Arbeit betäuben konnte. Und doch …

Wenn Du nicht achtgibst, verpasst Du die Gelegenheit.

Die Fliege gab keine Ruhe. Nun setzte sie sich auf sein Hosenbein und begann, ihre Flügel zu putzen, wie um ihn mit ihrer Gleichgültigkeit gegenüber seiner Seelenpein zu verhöhnen. Er hob die Hand, um sie wegzujagen, doch sie blieb sitzen. Interessiert betrachtete Leonard sie eine Weile, um dann blitzschnell zuzuschlagen. Das betäubte Insekt fiel zu Boden, und er zertrat es mit dem Absatz.

Er war schon immer ein Mann der Tat gewesen, endloses Grübeln und selbstzermürbendes Zweifeln lagen ihm nicht. Im Grunde wusste er längst, was er würde tun müssen.

Er faltete Lyttons Brief, stand auf und ging zu seinem Schreibtisch im Bungalow, auf dem Briefpapier, Tinte und Feder bereitlagen. Mit einem zufriedenen Lächeln formulierte er ein paar wenige Zeilen an seinen Vorgesetzten, in denen er um eine einjährige Beurlaubung bat. Ein Jahr sollte genug Zeit bieten, um herauszufinden, ob Virginia Stephen tatsächlich die Liebe seines Lebens werden könnte.

29, Fitzroy Square, Mai 1909

Die letzten Szenen. Inzwischen war klar, dass Rachel sterben musste. Ihre Heldin aus *Melymbrosia* hatte ihre Naivität verloren, hatte gestritten und getanzt, sich ereifert und sich verliebt. Sie durfte lieben, ja, leidenschaftlich sogar. So sehr, dass sie ein Fieber befiel, das sie verzehren würde wie das Kaminfeuer Virginias Briefe, die von der bevorstehenden Heirat mit Lytton hatten künden sollen.

Virginia hatte von Beginn an geahnt, dass dieser Roman keinen glücklichen Ausgang haben konnte. Nicht einmal eine getrübte Idylle, wie Vanessa sie lebte, war für Rachel Vinrace denkbar. Ihr Verlobter, St. John Hirst, trug Züge Lytton Stracheys, und auch wenn St. John seine Verlobte – anders als Lytton sie – auf jede erdenkliche Weise begehrte, so waren diese beiden sensiblen Menschen genauso wenig in den starren Rahmen einer Ehe zu pressen wie Lytton und sie. Was blieb? Noch konnte sich Virginia nichts anderes vorstellen als den Tod, der ihr in dieser Geschichte zum ersten Mal nicht als der grausame Zerstörer begegnete, der er in ihrem Leben bisher gewesen war, sondern als gnadenvoller Ausweg aus einem unlösbaren Dilemma.

Die ersten Kapitel hatte sie in einem traumartigen Zustand geschrieben, die späteren Kapitel dann zermürbt von

Zweifeln und Ängsten, der Text könnte nicht gut genug sein; danach – bestärkt von Clive – mit einer ruhigen Besonnenheit, in der sie in jedem Satz abwog, was durch Clive von außen an sie herangetragen wurde und was aus ihrem Inneren drang. Sie hatte lange Passagen gestrichen, um sich nicht dem Vorwurf anheimzustellen, dass sie für eine Sache »predige«, hatte versucht, die Atmosphäre zu verdichten, eine Sprache zu finden, welche die Klarheit und Frische fließenden Wassers besaß.

Um das Ende nun tänzelte sie seit Tagen herum. Was geschehen musste, stand ihr deutlich vor Augen, doch wie ließ es sich schreiben, ohne dass diese fließende, durchlässige Qualität verloren ging, die darauf hindeuten sollte, dass der Strom der Ereignisse im Leben wie in Geschichten niemals zum Stillstand kam, auch dann nicht, wenn das letzte Wort geschrieben war?

Vielleicht würde sie an dieser Geschichte weiterarbeiten, immer weiter, Szenen hinzufügen und andere löschen, Wörter austauschen, Sätze neu formulieren und so die Helden ihrer Geschichte einem steten Wandel unterziehen, echten Menschen gleich, gebeutelt von den Verwerfungen des Lebens ihrer Schöpferin.

Zumindest jedoch hatte sie eine Antwort auf die Frage gefunden, was aus ihr werden, nach welchem Status als Frau und als Schriftstellerin sie streben sollte. Es war ihr gelungen, einen Roman zu vollenden und mit ihrem Schreiben ihr eigenes Geld zu verdienen, auch wenn sie nach der Episode mit Lytton mehr denn je das Gefühl hatte, dass ihre Geschlechtsgenossinnen noch einen weiten Weg gehen mussten, um sich gegenüber all den Regeln und Gepflogenheiten, den

Moralvorstellungen und Ansprüchen ihrer Zeit zu behaupten und gänzlich auf eigenen Füßen zu stehen.

Und die Liebe? Ihre Schwester war noch immer überzeugt, dass Virginia am Ende Lytton heiraten würde, obgleich sie einander nicht liebten. Virginia aber wollte geliebt werden – und sie wollte lieben. So wie sie ihren Weg als Schriftstellerin gefunden hatte, würde sie irgendwann auch die Liebe finden, daran glaubte sie fest.

Indessen würde sie weiterbalancieren auf dem Seil ihres Lebens, das ihre Vergangenheit mit der Zukunft verband und dessen Erschütterungen durch die Geschehnisse der Gegenwart sie nicht selten bedrohlich ins Schwanken brachten. Aber nur so, das wusste sie inzwischen, wäre sie in der Lage zu schreiben. Und solange sie schrieb, würde sie nicht fallen.

Nachwort

Die Entstehung dieses Romans begann mit einem kleinen Wunder. Die Fertigstellung meines letzten Romanes lag bereits eine Weile zurück, doch der Zündfunke zu einer neuen Idee wollte sich nicht einstellen. Dennoch hatte ich beständig das Gefühl, eine Figur, eine Geschichte stehe die ganze Zeit neben mir und zerre an meinem Ärmel, damit ich sie endlich wahrnehme. Und dann – es war ein sonniger Morgen, ich saß mit einer Tasse Tee am Fenster und blickte auf die blühenden Rosen im Garten – war mir, als hörte ich plötzlich ein Flüstern: Bloomsbury.

Ich war viele Jahre nicht in London gewesen, in Bloomsbury sogar noch nie, und auch mein Anglistikstudium, währenddessen ich mich mit der Bloomsbury Group und ihrer Bedeutung für den Wandel zur Moderne in der britischen Kunst und Literatur beschäftigt hatte, lag Jahrzehnte zurück. Und doch haben sich die Bloomsberries mit ihren schillernden Biographien, ihren einzigartigen Werken und revolutionären Ideen durch die verschiedenen Schichten meines Bewusstseins gearbeitet und damit einmal mehr ihre Strahlkraft bewiesen.

Das Wort Bloomsbury allein hat für mich eine ästhetische Schönheit wie kaum ein anderes. Wenn ich die Augen schließe und es ausspreche, sehe ich kunstvolle Muster und lebendige Farben, aber natürlich sehe ich auch das berühmte Porträt der Frau, die gemeinsam mit ihrer Schwester im Mittelpunkt der Bloomsbury Group stand und das Cover dieses Buches ziert: Virginia Woolf.

Ich hatte immer ein wenig Angst vor den Werken dieser herausragenden Schriftstellerin. Ich muss zugeben, dass ich als Studentin einen Bogen um Virginia-Woolf-Seminare machte. So bedeutsam sie für die Entwicklung des modernen Romans auch war – viele ihrer Texte waren für mich damals nicht leicht zu lesen. Ihre komplexe Persönlichkeit jedoch, der unerbittliche Wille, als Schriftstellerin erfolgreich zu sein, die Brillanz und Schärfe ihrer Essaykunst und ihr unermüdliches Streben nach weiblicher (und literarischer) Unabhängigkeit – all das hat mich schon immer fasziniert und mit großer Ehrfurcht erfüllt. Je mehr ich in das Leben dieser besonderen Frau eintauchte, desto klarer aber wurde mir, dass auch ihrer Schwester Vanessa eine große Bühne zusteht und ich Virginia Woolf nicht gerecht werden könnte, wenn nicht auch Vanessa eine Hauptrolle bekäme. Jede von ihnen ist einzigartig, aber nur zusammen sind sie zu dem geworden, was die Engländer *larger than life* nennen.

So hat sich nun aus diesem kleinen wundersamen Moment der Inspiration eine ganze historische Saga entwickelt, mit all den Schwierigkeiten und Herausforderungen, die ein historischer Stoff stets mit sich bringt. Da ist zunächst die umfangreiche Recherche, die Notwendigkeit, aus den vielen biographischen Details eine Auswahl zu treffen, die zahlreichen Figuren kennenzulernen, die das Leben der Hauptakteurinnen beeinflussten, und zu einem tieferen Verständnis der zeitgeschichtlichen Einflüsse auf das Denken dieser Menschen zu gelangen. Ich habe mich durch sämtliche Biographien gearbeitet, deren ich habhaft werden konnte; mich nicht nur in das Leben Virginia Woolfs und Vanessa Bells (sowie für den dritten Band Vita Sackville-Wests) vertieft, sondern auch in die Biographie Leonard Woolfs, Lytton Stracheys und Roger Frys, um nur einige zu nennen. Ebenso herangezogen habe ich Tagebucheinträge und Briefe, Kunstbände und zeitgenössische Zeitungsartikel. Ich bin allein mit dem Auto in einer Zeit nach England gereist, in der Corona, Lebensmittelknappheit und Kraftstoffkrise die Briten in Atem hielten – im Gepäck nicht nur die Biographien über Virginia Woolf und Vanessa Bell, sondern auch einen 10-Liter Benzinkanister und jede Menge Lebensmittel. Belohnt wurde meine Waghalsigkeit mit einzigartigen Einblicken in das Leben und Wirken der Schwestern. Im Charleston Farmhouse in Sussex ist noch heute der Geist dieser kreativen, feinsinnigen Menschen spürbar. Den emotionalsten Moment meiner Recherche hatte ich am Gordon Square 46, dem zentralen Schauplatz der legendären Bloomsbury-Treffen, wo ich ein paar Tränen wegblinzeln musste. Wie gerne hätte ich an dieser Haustür geklingelt, um ihnen, den längst verstorbenen Helden und Heldinnen meiner Geschichte, zu erzählen, dass sie nicht vergessen sind und wir sie noch heute lesen, lieben und verehren.

Die Ehrfurcht vor Virginia Woolf hat mich auch über die Monate der Recherchen und des Herantastens an diesen Stoff nicht verlassen. Im Gegenteil. Je tiefer ich eintauchte, desto größer wurden meine Zweifel, diese so komplexe Persönlichkeit darstellen zu können. Wie das Leben einer Frau erzählen, die psychisch so labil war, dass sie mehrfach in ihrem Leben in manisch-depressive Abgründe stürzte und sich schließlich mit Steinen in den Taschen ertränkte? Ich habe lange gebraucht, um die passende Stimme für diese Geschichte zu finden, und bin meiner wunderbaren Agentin, Sabine Langohr, unendlich dankbar, dass sie mich dabei mit ihrem außerordentlichen Gespür für gute Geschichten unterstützt hat. Um den richtigen Ton für diesen Roman zu finden, habe ich neben den Sekundärtexten auch Virginia Woolfs eigene Werke wieder gelesen, ihre Briefe, Essays und einige ihrer Romane, oft mit der Sorge, vor dem literarischen Anspruch Virginia Woolfs eigener Werke nicht bestehen zu können. Vielleicht war und ist das sogar meine größte Schwierigkeit in der Arbeit an dieser Saga: einen für heutige Leser:innen gut lesbaren, packenden Roman in einer Sprache zu schreiben, die zumindest ansatzweise die Ausdruckskraft der Literatur Virginia Woolfs greifbar werden lässt.

Nicht minder herausfordernd waren die Themen, um die sich das Leben und Denken der Bloomsberries drehten. Neben Virginia und Vanessa waren sie fast durchweg hochgebildete Männer, die der intellektuellen Elite Englands angehörten. In den ersten Donnerstagabendrunden, zu denen sie sich trafen, ging es vorwiegend um Philosophie, Literatur und Kunst; sie alle konnten auf eine umfassende klassische Bildung zurückgreifen, wenn sie miteinander diskutierten, doch von keinem dieser Treffen gibt es Aufzeichnungen oder Protokolle. Und so musste ich mich auf mein eigenes Wissen und meine Phantasie verlassen, um den Esprit dieser legendären Diskussionen zumindest ansatzweise heraufzubeschwören.

Die Bloomsberries waren nicht nur Intellektuelle, sie waren vor allem auch Rebellen, die sich gegen das moralische

Korsett ihrer viktorianischen Elternhäuser auflehnten. Dies äußerte sich in besonderem Maße in ihrer Sprache, die oft drastisch war. Während ihre Eltern sich einer wohlfeilen und alles Körperliche vermeidenden Ausdrucksweise bedienten, sprachen die Bloomsberries unverblümt über Sexualität, ganz gleich, ob es sich um die Liebe zwischen Frau und Mann oder zwischen Männern handelte. In einer Zeit, in der Geschlechtsverkehr zwischen Männern mit harten Gefängnisstrafen geahndet wurde, muss dies als revolutionär und äußerst mutig angesehen werden. Um dies auch für moderne Leser:innen greifbar werden zu lassen, habe ich mich ebenfalls eines zum Teil drastischen Vokabulars bedient. Für die englischen Bezeichnungen wie *sodomy*, *copulation* oder *bugger*, die die Bloomsberries selbst benutzten, habe ich die deutschen Entsprechungen »Sodomie« (heute veraltet für Homosexualität), »Kopulation« und »Arschficker« gewählt, wohl wissend, dass dies für manchen Leser und manche Leserin befremdlich klingen mag.

Ebenso schwierig war für mich der Umgang mit den antisemitischen Tendenzen der Zeit, von denen auch die Bloomsberries nicht gänzlich frei waren. Die Tatsache, dass Leonard Woolf Jude war, hat zwar der Freundschaft Leonards mit Lytton Strachey, Saxon Sydney-Turner, Desmond McCarthy und Clive Bell keinen Abbruch getan, sie wurde aber von Virginia Woolf des Öfteren thematisiert und später problematisiert, als Leonard zu einem potenziellen Heiratskandidaten für sie wurde.

Auch wenn wir uns heute aus guten Gründen einer genderneutralen Sprache zu bedienen versuchen und jeglichen rassistischen, homophoben oder antisemitischen Inhalt aus unseren Werken verbannen, sehe ich mich als Autorin eines historisch-biographischen Romanes dennoch in der Pflicht, meine Figuren so authentisch, die Geschehnisse so faktentreu wie möglich zu erzählen.

Mein Anspruch beim Schreiben des vorliegenden Romanes war, das Leben dieser Menschen in der Phantasie meiner Leser:innen wiedererstehen zu lassen – in all seinen Facetten, auch denen, die aus unserer heutigen Sicht fragwürdig geworden sein mögen. Sie sind Teil der Zeitgeschichte; sie im Sinne einer etwaigen *political correctness* tilgen zu wollen, entspricht nicht meinem Verständnis von dem, was Kunst und Literatur sein sollten: Anregungen zum Denken, Fühlen und Staunen.

Ich bin nur ganz selten (und wenn, dann aus erzählökonomischen Gründen) von den historischen Gegebenheiten abgewichen, zum Beispiel im frühen Auftreten Maynards in Bloomsbury, der eigentlich erst zu einem späteren Zeitpunkt durch Duncan in den Freundeskreis eingeführt wurde. Das Leben der Bloomsberries war so prall gefüllt mit Liebe und Drama, dass es kaum einer Abweichung von den tatsächlichen Geschehnissen bedurfte. Die Herausforderung war vor allem, eine geschickte Auswahl zu treffen und die historischen Ereignisse mit Emotionen aufzuladen, die natürlich durch meine eigene Persönlichkeit und Erfahrungswelt gefiltert sind, und so einen spannenden und unterhaltsamen Roman zu schreiben. Ich hoffe, es ist mir gelungen.

Ihre Stefanie H. Martin

Literaturliste

AUSGEWÄHLTE WERKE:

Im vorliegenden Roman habe ich mich von folgenden Werken Virginia Woolfs inspirieren lassen, die im erzählten Zeitraum entstanden sind:

Virginia Woolf, *Die Fahrt hinaus*, Roman, Frankfurt/Main, 1991

Virginia Woolf, *Melymbrosia: A Novel*, hrsg. von Louise DeSalvo, San Francisco, 2004 (Dieses Werk ist der Versuch einer Rekonstitution des Romans, wie er vor den umfangreichen Überarbeitungen und Warnungen v.a. Clive Bells in Bezug auf die darin enthaltene scharfe Gesellschaftskritik gewesen war.)

Virginia Woolf, *Frauen und Literatur: Essays*, Frankfurt/Main, 1992

Virginia Woolf, *Briefe 1: 1888–1927*, hrsg. von Klaus Reichert, Frankfurt/Main, 2006

Virginia Woolf, *Augenblicke des Daseins: Autobiographische Skizzen*, Frankfurt/Main, 2012

Selected Letters of Vanessa Bell, London, 1993

Das von mir vorangestellte, übersetzte Zitat entstammt folgendem Werk:

Lytton Strachey, *Eminent Victorians*, Oxford World's Classics, Oxford University Press, 2009

Zur weiterführenden Lektüre empfehle ich:

1. BIOGRAPHIEN:

Quentin Bell, *Virginia Woolf: Eine Biographie*, Frankfurt/Main, 1982

Hermione Lee, *Virginia Woolf: Ein Leben*, Frankfurt/Main, 2006

Louise DeSalvo, *Virginia Woolf: Die Auswirkungen sexuellen Missbrauchs auf ihr Leben und Werk*, Frankfurt/Main, 1994

Dr. Birgit Susanne Seibold, *Virginia Woolf – Schreiben gegen die eigene Krankheit*, Stuttgart, 2017

Frances Spalding, *Vanessa Bell: Portrait of the Bloomsbury Artist*, London, 2018

Jane Dunn, *Virginia Woolf and Vanessa Bell: A Very Close Conspiracy*, London, 2001

Virginia Woolf, *Roger Fry*, New York, 1940

Michael Holroyd, *Lytton Strachey: The New Biography*, London, 2015

Victoria Glendinning, *Leonard Woolf: A Life*, London, 2006

2. AUSGEWÄHLTE LITERATUR ÜBER BLOOMSBURY:

Christine Frick-Gerke (Hrsg.), *Inspiration Bloomsbury: Der Kreis um Virginia Woolf*, Frankfurt/Main, 2003

Quentin Bell, *Erinnerungen an Bloomsbury*, Frankfurt/Main, 2018

Amy Licence, *Living in Squares, Loving in Triangles: The Lives and Loves of Virginia Woolf and the Bloomsbury Group*, Gloucestershire, 2016

Frances Spalding, *The Bloomsbury Group*, National Portrait Gallery Publications, 2021

Simon Watney, *Bloomsbury in Sussex*, Alfriston, 2007

3. ZEITGESCHICHTLICHES:

Samuel Hynes, *The Edwardian Turn of Mind*, London, 1992

Brendan Simms, *Die Briten und Europa: Tausend Jahre Konflikt und Kooperation*, München, 2016

Jerry White, *London in the 20th Century, A City and Its People*, London, 2016

Leseprobe

STEFANIE H. MARTIN
Die Liebenden von Bloomsbury
VANESSA
UND DIE KUNST DES LEBENS
Roman
atb

1. Kapitel

Cambridge, Januar 1910

Über die Straßen von Cambridge hatte sich in der Nacht ein fluffiger weißer Teppich gelegt. Noch immer fiel der Schnee in dichten Flocken und tauchte die frühmorgendliche Stadt in eine geräuschlose Unwirklichkeit. Nur das Knirschen ihrer eiligen Schritte im knöchelhohen Schnee gab Vanessa die Gewissheit, dass sie sich nicht in einem dieser erdrückenden Träume befand, in denen man sich hoffnungslos verspätet durch eine zähe Masse quält, um einen Zug zu erreichen.

Clive rannte mit beiden Koffern und wehendem Mantel vor ihr her und hinterließ wohlgeformte Abdrücke im Schnee, in die sie gern ihre eigenen Füße gesetzt hätte, um zu verhindern, dass die Nässe in ihre Schuhe dringen konnte, die für den Schnee völlig untauglich waren. Aber Clives Schritte waren zu groß. Sie hätte von Abdruck zu Abdruck springen müssen – eine lächerliche Vorstellung.

Jetzt drehte er sich nach ihr um. »Wo bleibst du denn? Beeil dich doch bitte!«

»Ich habe mich selten mehr beeilt«, rief sie zurück und blieb kurz stehen, um die oberen Knöpfe ihres Mantels zu schließen. Auch wenn das beginnende Leben in ihrem Leib noch nicht zu spüren war, es reichte zu wissen, dass es da war, um es schützen zu wollen.

Clive schüttelte den Kopf und rannte weiter.

Als sie endlich am Bahnhofsgebäude ankam, war er bereits im Inneren verschwunden. Eine Handvoll Menschen stand in der Wartehalle, von Clive keine Spur. Er würde doch wohl nicht ohne sie abfahren? Suchend sah sie sich um. Ihr Blick fiel auf einen großen, schlanken Mann mit einem weiten Mantel, dessen Taschen sich auffällig ausbeulten. Er stand an eine Säule gelehnt und kritzelte etwas in ein kleines Notizbuch. Ein breitkrempiger Hut bedeckte sein Gesicht, aber die leicht vorgebeugte Haltung und die hochgezogenen Schultern verrieten eine intensive Konzentration. Das jedoch war es nicht, was Vanessas Aufmerksamkeit auf sich zog. Es waren seine für die Witterung viel zu eleganten Lederhalbschuhe und die bis weit über die Knöchel aufgekrempelten Hosenbeine, die ein Paar sumpfdottergelbe Strümpfe hervorblitzen ließen. Vanessa musste immer wieder auf diese Strümpfe schauen, die im grau-braunen Einerlei ihrer Umgebung wie zwei Sonnenflecken leuchteten.

In diesem Augenblick schob sich Clives dunkelblauer Stoffmantel in ihr Blickfeld.

»Da bist du ja! Ich dachte schon, ich müsste ohne dich fahren.« Er ließ die Koffer fallen, nahm seinen Hut ab und fuhr sich durch die Haare – eine typische Geste, die sie früher einmal unwiderstehlich gefunden hatte.

»Was du selbstverständlich nicht getan hättest. Deine Bemerkung macht also wenig Sinn.« Sie trat einen Schritt zur Seite, um an Clive vorbeisehen zu können. Der Mann mit den gelben Strümpfen stand noch immer an der Säule. Das Notizbuch hatte er weggepackt, wühlte in seiner rechten Manteltasche und zog nun eine silberne Zigarettendose hervor. Er steckte die Zigarette in den Mund, und als er sie mithilfe eines Streichholzes anzündete, wanderte sein Blick zu ihr herüber. Vanessa durchzuckte ein Gefühl des Erkennens, aber sie konnte es mit keinem Namen belegen.

»Er hat Verspätung«, sagte Clive in diesem Moment.

»Wer?«, fragte Vanessa zerstreut.

»Der Zug, Vanessa, der Zug. Wäre er pünktlich, säßen wir jetzt darin. Wobei – du vielleicht nicht.«

Vanessa war zu sehr mit der Frage beschäftigt, wer dieser Mann war, um auf Clives Bemerkung einzugehen. Er schien sie jedenfalls nicht erkannt zu haben, denn sein Blick schweifte an ihr vorbei, scheinbar ins Leere. Diese scharfen, intelligenten Züge, die runde Brille und das kantige Kinn … Aber natürlich!

»Das ist Roger Fry«, sagte sie, mehr zu sich selbst als an Clive gerichtet.

»Wie bitte?«

»Der Mann dahinten. Ich kenne ihn.«

»Wo denn?«, fragte er und drehte sich suchend um.

»Clive, bitte! Nicht so auffällig.«

Sie hakte sich bei Clive ein und zog ihn aus dem Blickfeld des Mannes, der nun mit amüsiertem Schmunzeln eine vielköpfige Familie betrachtete, die soeben in Orgelpfeifenmanier in die Wartehalle strömte, wo die drei Jüngsten in verschiedene Richtungen auseinanderstoben und von den älteren Geschwistern unter Gejohle und Geschrei wieder eingesammelt wurden. Vanessa versetzte der Anblick einen schmerzhaften Stich. Ganz ähnlich hatte es wohl ausgesehen, wenn sie mit ihren Eltern und den Geschwistern nach St. Ives in die Sommerfrische aufgebrochen waren – nur dass die Sache sicherlich disziplinierter vonstattengegangen wäre. Die beiden Mädchen, die dort neben dem riesigen Stapel Koffer standen, erinnerten sie an sich selbst und Virginia – immer brav und vernünftig, zu klug, um dem strengen Vater Anlass zu Ärger zu bieten. Und die junge Frau mit dem Jüngsten auf dem Arm hätten gut ihre älteste Schwester Stella mit dem kleinen Adrian sein können. Stella. Schnell wischte Vanessa den Gedanken beiseite. Stella gehörte in ein anderes Leben, eines, an das sie nicht mehr denken wollte.

»Wer ist Roger Fry?«

Vanessa brauchte einen Augenblick, um wieder in die Gegenwart zurückzukehren.

»Er war vor vielen Jahren mein Tischpartner bei einer Dinnergesellschaft bei den Balfours, zu der George mich mitnahm. Es dürfte die letzte gewesen sein.« Sie zog eine Grimasse. Nur ungern erinnerte sich Vanessa an die Zeit, als sie ihren Halbbruder George praktisch jedes Wochenende zu einem gesellschaftlichen Anlass hatte begleiten müssen, als wäre sie seine Verlobte. Ungefragt selbstverständlich.

»Du müsstest ihn eigentlich kennen. Er war in Cambridge einer der Apostel, allerdings weit vor deiner Zeit.«

»Ah, Roger Fry! Natürlich. Aber ja doch.«

Clive machte Anstalten, auf ihn zuzugehen, aber Vanessa hielt ihn fest.

Clive drehte sich verwundert nach ihr um. »Warum begrüßt du ihn denn nicht, wenn du ihn doch kennst?«

»Ich bezweifle, dass er *mich* noch kennt.«

»Unsinn, dich kann man nicht vergessen. Komm, stell uns einander vor.«

Er schob sie von hinten auf Roger Fry zu.

»Clive, bitte!«

Erstaunt sah er sie an. »Seit wann bist du schüchtern?«

»Wie schlecht du mich doch kennst.«

»Es sind ja auch erst drei Jahre Ehe«, erwiderte Clive mit einem hilflosen Achselzucken. Vanessa musste lachen. In Momenten wie diesen hätte sie Clive auf der Stelle küssen mögen, egal, wie viele Augenpaare dabei auf sie gerichtet waren. Es war vor allem ein ganz bestimmtes Augenpaar, das sie davon abhielt.

»Warte bitte hier«, sagte sie und löste sich von Clive. Zögernden Schrittes ging sie auf Roger Fry zu. Sie wusste noch, wie überrascht sie damals gewesen war, dass man sich mit diesem angesehenen und weit gereisten Kunstgelehrten ganz zwanglos unterhalten konnte. Noch überraschter war sie gewesen, als er sie nach dem Abend in sein Haus in Hampstead einlud, wo sie seine Ehefrau Helen kennenlernte. Sie war ebenfalls Künstlerin, allerdings in ausgesprochen schlechter Verfassung. Damals hatte sie Vanessa sehr an Virginia in ihren dunkelsten Momenten erinnert. Ein verstörender Besuch.

Als sie wenige Schritte von ihm entfernt war, ertönte ein schrilles Pfeifen. Der Zug fuhr ein! Roger Fry bückte sich und griff nach seinem Koffer. Vanessa wollte schon kehrtmachen, da traf sie sein Blick. Die hellen Augen hinter der runden Brille weiteten sich, und ein Lächeln breitete sich auf seinem Gesicht aus.

Entschlossen ging Vanessa auf ihn zu und reichte ihm die Hand.

»Mister Fry, ich war mir nicht ganz sicher, ob Sie es wirklich sind.«

Er hielt ihre Hand länger fest, als der Anstand gebot. Dabei strahlte er sie an wie jemand, der soeben eine Glücksbotschaft empfangen hat. Dann besann er sich und lüftete, ohne ihre Hand loszulassen, den Hut, unter dem sein bereits ergrautes Haar zum Vorschein kam, das sich offensichtlich jedem Versuch, es zu bändigen, erfolgreich widersetzte.

»Mein Name ist Vanessa Bell, ehemalige Stephen. Es ist schon ein paar Jahre her, aber ich war einmal bei Ihnen zu Gast, nachdem wir uns …«

»Vanessa Stephen. Natürlich! Ihr Name war mir entfallen, aber das Gesicht habe ich noch in allerbester Erinnerung. Wie schön, Sie wiederzusehen!« Spätestens jetzt wäre es an der Zeit gewesen, dass er sie losließ, aber nicht einmal das laute Quietschen der Zugbremsen schien ihn aus seiner freudigen Erstarrung zu lösen.

»Ich bin mit meinem Gatten hier«, sagte Vanessa und deutete vage hinter sich. »Wir sind auf dem Weg zurück nach London. Sie vermutlich auch?«

Sie wies auf seinen Koffer, den er aus halber Höhe auf den Boden hatte zurückfallen lassen, als er sie erblickte.

Da endlich kam wieder Bewegung in ihn. »Ich auch, gewiss«, sagte er und ließ ihre Hand los. Er bückte sich nach seinem Koffer, richtete sich jedoch sofort wieder auf. »Ihr Mann? Sie sind also …?«

Vanessa drehte sich um und winkte Clive herbei, der bereits mit ihrem Gepäck parat stand und unentschlossen schien, ob er zu ihnen stoßen oder doch direkt auf den Bahnsteig eilen sollte.

»Wir sollten einsteigen, sonst fährt er noch ohne uns ab«, rief er im Näherkommen.

»Clive, das ist Roger Fry. Mister Fry – mein Ehemann, Clive Bell.«

Die beiden Männer lüfteten ihre Hüte, doch für mehr blieb keine Zeit, denn inzwischen war der Zug endgültig zum Stehen gekommen, und durch die geöffneten Türen stiegen bereits die Reisenden aus.

»Wollen wir unser Gespräch im Zug fortsetzen?«, fragte Mister Fry. »Ich habe keine Platzreservierung, und wenn Sie …«

»Es ist uns ein Vergnügen«, sagte Clive. Gemeinsam steuerten sie den Schaffner an, der den Einlass kontrollierte.

Sie fanden ein leeres Abteil, in dem Fry sich sofort häuslich einrichtete. Er zog seinen Mantel aus und hängte ihn an einen Haken direkt über seinem Kopf, so dass er bequem in die Manteltaschen greifen konnte, aus denen er, noch bevor sich der Zug in Bewegung gesetzt hatte, einige Stifte, das Zigarettenetui, Streichhölzer, eine Zeitschrift und sein Notizbuch zutage förderte. Auch eine kleine Trinkflasche aus Metall befand sich in diesen schier unerschöpflichen Taschen und ein Apfel, in den er nun herzhaft hineinbiss.

Clive setzte sich auf den Platz gegenüber und zeigte auf die Zeitschrift. Es war die letzte Ausgabe des Literaturmagazins *Athenaeum.*

»Es ist also schon erschienen. Vielleicht darf ich später einen Blick hineinwerfen? Ich durfte einen kleinen Beitrag beisteuern, einen Artikel über Prosper Mérimée und seine *Lettres à une inconnue*«, sagte er mit unverhohlenem Stolz.

»Ah, *die Briefe an eine Unbekannte.*« Roger Fry zog anerkennend die Augenbrauen hoch und musterte sein Gegenüber mit wacher Neugier. »Ich habe sie bisher auch nur durchgeblättert, werde Ihren Artikel aber mit besonderem Interesse lesen. Schreiben Sie des Öfteren für das *Athenaeum*?«

»Gelegentlich. Ich bin sozusagen der Spezialist für französische Literatur.«

Clive hatte bisher nicht mehr als drei Artikel in der *Athenaeum* untergebracht, auch wenn er sich jeden Tag für mehrere Stunden in sein Arbeitszimmer zurückzog. Die Anzahl der dort verbrachten Stunden stand eindeutig nicht in Relation zu seiner Produktivität. Wenn Clive die *Athenaeum* nicht nur dann gelesen hätte, wenn ein Artikel von ihm selbst erschienen war, dann hätte er wohl zur Kenntnis genommen, dass Roger Fry sehr häufig darin veröffentlichte. Es war also eine gewagte Behauptung, die ihn leicht als Hochstapler entlarven konnte.

»Hochinteressant!«, sagte Mister Fry ganz ohne Ironie, und seine Augen blitzten amüsiert. »Leider bin ich des Französischen nicht so mächtig, dass ich Mérimée im Original lesen könnte. Wenn die schreibende Zunft dieses wunderbaren Landes aber dieselbe Ausdruckskraft besitzt wie ihre malenden Zeitgenossen, dann würde ich mich fast dazu hinreißen lassen, diese Sprache doch noch richtig zu lernen.«

Er lehnte sich entspannt zurück und schlug ein Bein über das andere, so dass oberhalb seiner gelben Strümpfe nun ein Stück behaarter, fast weißer Haut zu sehen war. Die Hose war von feinstem Tweed, und anstatt eines Jacketts trug er einen Strickpullunder mit auffallendem orangefarbenem Karomuster, der in seiner Hässlichkeit durchaus mit den sumpfdottergelben Strümpfen konkurrieren konnte. Seine Aufmachung widersprach in jeder Hinsicht den üblichen Bekleidungsgewohnheiten eines englischen Gentleman, die feinen Gesichtszüge jedoch, der intelligente, hellwache Blick und die wohldosierte Gestik ließen keinen Zweifel daran, dass er genau das war.

Während die beiden die Überlegenheit der französischen Lebensart gegenüber der britischen erläuterten und Clive von seinen Studienjahren in Paris erzählte, betrachtete Vanessa fasziniert Roger Frys feingliedrige Hände, die still in seinem Schoß ruhten, den spitzen Kehlkopf, der auf und ab wanderte, wenn er sprach, und die fein geschwungenen Lippen, die ein lebenskluges, aber nicht herablassendes Lächeln umspielte. Draußen war inzwischen der Himmel aufgeklart, und eine fahle Wintersonne ließ sein helles, krauses Haar leuchten. Selten hatte sie so sehr das Bedürfnis gehabt, einen Menschen zeichnen zu wollen. Warum nur hatte er damals keinen bleibenden Eindruck bei ihr hinterlassen? Sie konnte sich nicht erinnern, je einen anziehenderen Mann gesehen zu haben.

Das Gespräch der beiden Männer wurde immer lebhafter, doch Vanessa war so sehr in Mister Frys Anblick versunken, dass die Worte ineinanderflossen und sich mit dem gleichmäßigen Rattern des Zuges zu einer sanft dahinplätschernden Melodie verbanden.

Plötzlich geriet Frys Körper in eine Anspannung, die der eines sprungbereiten Tieres ähnelte und Vanessa aus ihrem verzückten Traumzustand löste.

»Sie waren mit einem Freund Gauguins befreundet?« Frys angenehm tiefe Stimme rutschte eine Oktave höher.

»Roderic O'Conor, ja. Er malte selbst, und sein Atelier war voller Fotos von Bildern Gauguins. Da hing mehr Gauguin als O'Conor«, lachte Clive.

»Und? Wie fanden Sie sie?«

»Nun«, sagte Clive zögerlich. »Ich bin ein absoluter Fan der französischen Impressionisten. Wir hätten gern einen Degas im Original, nicht wahr Vanessa? Bisher hat es aber leider nur für eine Reproduktion gereicht.« Er lachte – übertrieben laut, fand Vanessa, aber Fry schien es nicht zu irritieren.

»Wobei Gauguin in seiner Farbintensität und mit seiner Abstraktion ja schon nicht mehr als Impressionist gezählt werden kann«, merkte er an, ohne dass es in irgendeiner Weise belehrend klang. »Haben Sie noch Kontakt zu diesem … wie hieß er gleich? O'Conor?«

»Er ist, soweit ich weiß, mittlerweile nach Irland zurückgekehrt. Aber ich könnte ihm schreiben.«

»Wenn er sich nicht mehr in Paris aufhält, könnte es schwierig für ihn sein«, sagte Fry, mehr zu sich selbst als an Clive gewandt.

»Schwierig? Was meinen Sie?«

Fry tippte hektisch mit dem Zeigefinger auf seine gespitzten Lippen, den Kopf nach vorn geneigt und den Blick auf Clive geheftet, als erwäge er, seinem Gegenüber ein wohlgehütetes Geheimnis anzuvertrauen.

»Mich treibt da seit einiger Zeit ein Gedanke um, der … nun, um es vorsichtig auszudrücken, ein wenig gewagt erscheinen mag. Eine – ja – fast schon umstürzlerische Unternehmung … Aber vielleicht teilen Sie ja meine Einschätzung, dass …«

Er wechselte ein paarmal seine Beinposition, und bei den letzten Worten sah er Vanessa beinah flehend an, wie um sie um Vergebung für seinen unausgesprochenen Gedanken zu bitten.

»Planen Sie den Raub der Kronjuwelen?«, fragte sie.

Er stutzte und brach dann in herzhaftes Gelächter aus. Sein Lachen schien das gesamte Abteil für einen Moment in ein Meer aus flirrenden, tanzenden Farbtupfern zu verwandeln.

»Nein«, rief er aus. »Aber es könnte sein, dass mir die britische Öffentlichkeit einen solchen Raub weniger übel nehmen würde.«

»Das klingt vielversprechend«, sagte Clive und lehnte sich vor, das Kinn erwartungsvoll in beide Hände gestützt.

»Ich möchte …« Fry machte eine kunstvolle Pause. Dann breitete er die Arme aus und sagte mit fester Stimme: »Ich möchte die zeitgenössische französische Kunst in England bekannt machen. Cézanne, Degas, Gauguin, vielleicht dazu noch einige van Goghs …«

»Aha«, sagte Clive nur, lehnte sich mit verschränkten Armen zurück und lächelte anerkennend.

Vanessa war wie gebannt. »Sie meinen, Sie wollen unsere hübsche, wohlgeordnete Insel mit revolutionärer kontinentaler Importware verschandeln?«, fragte sie.

Er antwortete mit einem verschwörerischen Lächeln. »Sie sagen es«, sagte er, sichtlich erfreut über ihre scharfzüngige Ironie. »Schauen Sie sich doch um in unseren Galerien, nichts als triste Farben und langweilige Darstellungskunst. Verstaubte Porträtmalerei, stimmungslose Landschaftsbilder, öde Stillleben – was soll uns das noch sagen? Wie provinziell wollen wir noch werden? Es wird Zeit für einen Wandel in der britischen Kunst.«

Seine Augen leuchteten, und seine lebhaft gestikulierenden Hände schienen aus dem Nichts die so schmerzhaft vermisste Farbenfreude in der britischen Kunst herbeizaubern zu wollen.

Vanessa dachte an ihre eigenen Porträts und Stillleben der letzten Jahre. Ihr Unbehagen mit dem, was sie schuf. Stillstand.

»Gauguin …«, sagte Clive mit einer übertriebenen Betonung des Nasallauts der zweiten Silbe, mit der er wohl Roger Fry gegenüber seine Kunstkennerschaft demonstrieren wollte. »Ich könnte mir vorstellen, dass Sie das britische Publikum damit ordentlich schockieren würden.«

»Ist das nicht ein entzückender Gedanke?«, fragte Fry, und sein spitzbübisches Lächeln gefiel Vanessa mehr noch als die Vorstellung, wie sich die Ladys Shuttleworth, Chamberlain oder Darlington in Abscheu von einem Gemälde französischer Provenienz abwenden würden, das gegen ihr teuer gehegtes Geschmacksempfinden verstieß.

»Und wie haben Sie sich das vorgestellt? Wie wollen Sie die Gemälde nach London holen? Sie können sie ja nicht alle einfach kaufen«, fragte Clive, der den Materialismus seiner bürgerlichen Herkunft nie abgelegt hatte, so sehr er sich auch als Bohemien geben mochte.

Roger Fry ignorierte seine Bemerkung. Er hatte einen Stift ergriffen und blätterte hektisch in seinem Notizbuch. Er schrieb ein paar Worte hinein und zeigte dann abwechselnd mit dem Stift auf Clive und auf Vanessa: »Glauben Sie an Vorsehung? Ich eigentlich nicht, aber dass Sie beide mir gerade heute über den Weg laufen, kann kein Zufall sein. Ich habe den Eindruck, zusammen können wir Großes schaffen. Was meinen Sie?«

»Mama!« Ein lauter Jubelschrei klang durch die Eingangshalle, gefolgt von schnellem Fußgetrappel und einem wirbelnden Bündel, das sich von der untersten Treppenstufe in Vanessas Arme warf.

»Langsam, langsam, junger Mann«, mahnte Clive, der hinter ihr ins Haus getreten war. Vanessa schob ihren Sohn auf die Hüfte und vollführte mit ihm einen schwungvollen Tanz durch die Halle.

»Wir sind wieder da, da, da«, sang sie und bedeckte Julians pausbackiges Gesicht mit Küssen. »Du wirst von Tag zu Tag schwerer«, rief sie und setzte ihren verzückt johlenden Sohn theatralisch nach Luft schnappend ab. »Womit hat die Köchin dich wieder gefüttert?« In gespielter Strenge stemmte sie die Hände in die Hüften und blickte auf den zweijährigen Blondschopf hinab. »Pfundweise Butterscones, Zuckerwatte und Plumpudding?«

Julian schüttelte heftig den Kopf. »Bloß so wenige Fabbulus Fuds bei Tante Dschini!« Er hob alle Finger hoch, denn zählen konnte er nicht, wusste aber, dass Finger dazu dienen. *Fabulous Fudges* waren teure, zartschmelzende Schokoladenbonbons, die Virginia nur für Julian kaufte. Einer ihrer Tricks, um ihren Neffen an sich zu fesseln.

»Virginia?«, fragte Clive. »Ist sie zurück?«

Virginia hatte am Heiligabend aus heiterem Himmel beschlossen, allein nach Cornwall zu fahren. Es war eine dieser vollkommen irrationalen Aktionen Virginias, die Vanessa immer zu denken gaben. Virginia hatte behauptet, sie wolle in Ruhe an ihrem Roman arbeiten, aber Vanessa kam es vor wie eine Flucht. Die Frage war nur, wovor?

»Das solltest du doch sicher wissen«, gab Vanessa spitz zurück und griff die Hand ihres Sohnes. »Komm, bauen wir ein Haus? Oder möchtest du lieber etwas malen?«

Voller Freude hüpfte Julian auf und ab. »Haus baun, ja!« Vanessa ließ sich von Julian ins Spielzimmer ziehen, wo Elsie, das Kindermädchen, gerade dabei war, das Holzspielzeug in eine Kiste zu räumen. »Er hat Sie sehnsüchtig erwartet«, sagte sie und knickste, als sie Vanessa erblickte.

»Und ich ihn«, sagte Vanessa, hockte sich auf den Boden und zog ihren Sohn auf ihren Schoß. Es gab nur zwei Dinge, die Vanessa die Welt um sich herum vergessen lassen konnten: Julian und die Malerei.

Clive würde das nie verstehen. Aber Clive verstand so vieles nicht.

Als sie eine Stunde später an Clives Arbeitszimmer vorbeikam, stand die Tür offen, aber er selbst war nicht da. Es war still im Haus, denn Julian war nach dem Spielen müde auf ihrem Arm eingeschlafen, und dem Kindermädchen hatte sie den Nachmittag freigegeben. Es war selten still im Haus am Londoner Gordon Square, genau wie früher, als sie hier noch mit Virginia, Adrian und Thoby gewohnt hatte.

Oft dachte sie mit Wehmut an diese Zeit zurück. Im Rückblick erschien sie ihr wie eine sonnenüberflutete Ebene, die sich am Ende einer dunklen Schlucht plötzlich vor ihr aufgetan hatte, voller Verheißungen, unendlicher Möglichkeiten und Ideen für die Zukunft. Nächtelang hatten sie mit Thobys Studienfreunden zusammengesessen, über Schönheit und Wahrheit philosophiert, den absoluten Wert der Freundschaft gefeiert und über Virginias Scharfsinn gestaunt. Virginia. Die lebte nun mit Adrian am Fitzroy Square, nur wenige Meter Luftlinie entfernt, gefühlt jedoch waren es Welten.

Und Thoby war tot.

Etwas hatte sich verschoben. Aus dem engen Gefüge der Menschen, die sie liebte, war ein fragiles Puzzle geworden, dessen Einzelteile auseinanderdrifteten. Clive und Virginia. Vanessa und Julian. Virginia und Clive.

An den äußeren Rändern Adrian, der seit Neuestem Duncan anhimmelte, Lytton, der vielleicht irgendwann Virginia heiraten würde, wäre er nicht immer noch verzweifelt in Duncan verliebt, und John Maynard Keynes, der sicherlich mit Duncan zusammenleben würde, wäre da nicht seine Karriere als Fellow in Cambridge. Was damals so einfach schien, war plötzlich kompliziert geworden.

Auf Clives Schreibtisch lag ein Brief. Normalerweise betrat Vanessa sein Arbeitszimmer nur, wenn er sie dazu aufforderte. Es fühlte sich an wie ein kleiner Betrug, es jetzt einfach so zu tun. Und es war auch keine große Überraschung, dass der Brief von Virginia stammte. Es war ein für Virginias Verhältnisse extrem kurzer Brief. Wenige Zeilen nur. Vanessa las ihn nicht. Vermutlich wollte Clive sie strafen, wenn sie gegen die unausgesprochene Regel verstieß, sein Büro in seiner Abwesenheit nicht zu betreten, und hatte die Tür bewusst offen gelassen, den Brief bewusst dort platziert. Er gab sich nicht einmal mehr die Mühe, seinen fortgesetzten Briefwechsel mit Virginia zu verheimlichen. Wie unnötig. Sie wusste auch so, wie sehr ihr Mann ihre Schwester liebte.

Ruckartig wandte Vanessa sich ab. Sie würde dem Schmerz keinen Raum geben. Sie wusste, wie das ging.

Sie stieg hinauf in den zweiten Stock, wo sich ihr Atelier befand. »Atelier« war ein hochtrabendes Wort für das kleine Zimmer mit dem nach Norden weisenden Fenster. Auf der anderen Seite des Flures hatte Virginia ihr Zimmer gehabt. Virginia brauchte die Helligkeit, um das Dunkel in ihrem Inneren in Schach zu halten. Und sie brauchte Vanessa, vor allem in jenen Phasen, in denen der Boden unter ihren Füßen ins Wanken geriet.

Vanessa brauchte Virginia nicht, genauso wenig wie Clive. Was sie brauchte, waren ihre Pinsel, den Geruch der Farben, das reine Tun ohne die Schwere der Reflexion, des ewigen Ergründens von Gefühlen, die doch meist nicht zu benennen waren. Virginia schrieb sich mit klarsichtigen Worten in ihr Dunkel hinein – Vanessa zog es vor, es mit Farben zu übermalen.

Farben. Wo hatte er nur diese gelben Strümpfe her? Kein Mensch trug so etwas.

Während der zweistündigen Zugfahrt von Cambridge zurück nach London hatte Roger es tatsächlich geschafft, Clives Begeisterung für seine verrückte Idee zu entfachen. Die beiden Männer hatten beschlossen, ein Komitee zu gründen, das sich der Organisation einer großen Ausstellung zeitgenössischer französischer Kunst in London widmen sollte. Gemälde von Malern, die auf dem Kontinent zu einer anerkannten und geachteten Avantgarde zählten, von der in England kaum jemand gehört hatte. Gemälde, die zu einem großen Teil weder in Galerien noch Museen zu finden waren, die private Wohnzimmer und Salons schmückten oder sogar in Ateliers und auf Dachböden verstaubten, weil sie nie einen Abnehmer gefunden hatten. Eine Sisyphusarbeit, die ausgedehnte Reisen nach Frankreich erforderlich machen würden. Reisen, die Vanessa nicht würde antreten können, weil sie ihr zweites Kind erwartete.

Missmutig schob sie die Pinsel und Farbtöpfe auf dem Tisch beiseite und zog ihren Skizzenblock heran. Sie starrte auf das Blatt.

Es würde sich zeigen, wie lange Clives Begeisterung anhielt. Er war sehr schnell zu begeistern, allerdings wenig hartnäckig, wenn sich ihm Probleme entgegenstellten. Und Probleme würde es geben, dessen war Vanessa sich gewiss. Roger Fry konnte sie nicht einschätzen, aber eins war klar: Er versetzte die Atmosphäre in Schwingung. Seine Energie war aufwühlend, seine Ausstrahlung magnetisch. Sie hatte sein Kraftfeld so sehr im eigenen Körper gespürt, dass sie noch jetzt voller Unruhe war.

Beim Abschied am Bahnhof hatte er sie und Clive in sein neues Haus nach Guildford eingeladen. Es würde also ein Wiedersehen geben.

Einer plötzlichen Eingebung folgend, griff sie nach einem Stück schwarzer Pastellkreide und zeichnete wenige Linien. Der Umriss eines sitzenden Körpers, ohne jedes Detail, nur die Silhouette. Worin genau drückte sich Gelassenheit, entspannte Selbstsicherheit aus? In der Neigung des Kopfes? Den übereinandergeschlagenen Beinen? Oder doch in der Haltung von Armen und Händen? Sie schraffierte den Hintergrund schwarz, der Körper blieb weiß. Ein umgekehrter Schattenriss, den man aus der Distanz auch als unregelmäßigen, hellen Lichtfleck am Ende eines Tunnels wahrnehmen konnte.

Clive war am Fitzroy Square gewesen und hatte Virginia Adrian und Duncan mitgebracht. Ihr Gelächter füllte das Haus und versetzte Julian in Unruhe, der schlafen sollte. Meist übernahm Vanessa es selbst, Julian ins Bett zu bringen. Als er endlich schlief, hätte sie sich am liebsten in ihr Zimmer zurückgezogen, aber das hätte bedeutet, die Distanz zu ihrer Schwester noch weiter auszubauen. Und auch das fühlte sich nicht richtig an.

»Schläft er endlich?«, fragte Clive, als sie ins Wohnzimmer trat. Virginia saß im Sessel am Kaminfeuer und Clive auf der Lehne, direkt neben ihr. Sie berührten einander nicht, aber die demonstrativ zur Schau gestellte Nähe ließ Vanessas Inneres brodeln.

Sie umarmte ihren Bruder, ließ eine spöttische Bemerkung darüber fallen, dass Adrian und Duncan wie siamesische Zwillinge geworden waren, und legte Virginia kurz zur Begrüßung die Hand auf die Schulter. Dann schenkte sie sich ein Glas Scotch ein und setzte sich ein wenig abseits in einen Sessel, wo der Schein des Kaminfeuers sie nicht erreichen konnte.

»Clive hat uns von eurer Bekanntschaft im Zug heute Morgen erzählt«, sagte Virginia.

Vanessa nickte nur, was die anderen aber vermutlich durch den Schutz, den die Dunkelheit ihr bot, nicht sehen konnten.

»Sie traute sich zuerst nicht, ihn anzusprechen«, berichtete Clive belustigt.

»Verständlich. Er ist eine Eminenz in der Kunstszene«, sagte Virginia. »Ist er nicht auch Kurator am Metropolitan Museum in New York? Ich meine, ich hätte so etwas gelesen.«

»War«, sagte Vanessa. »Seit Anfang des Jahres nicht mehr.«

»Woher weißt du das?«, fragte Clive erstaunt.

»Du hast kurz das Abteil verlassen, wenn du dich vielleicht erinnerst. Da hat er es mir gesagt.« Es war nur ein kurzer Moment gewesen, in dem sie mit Mr Fry allein im Abteil gesessen hatte. Sie hatte sich nach seiner Frau erkundigt – einer Frage, der er ausgewichen war und ihr stattdessen berichtet hatte, dass er sich nach langen Jahren des Pendelns zwischen New York und London nun endgültig wieder in England niederlassen wollte.

»Was hältst du von seinem Vorhaben?«, fragte Virginia. Ihre Augen schienen nach einem direkten Blickkontakt zu suchen, da sie ihn jedoch nicht fand, blinzelte sie und sah vor sich auf den Boden, als könnte sie dort den Halt finden, den Vanessa ihr verweigerte.

»Ich halte ihn für einen Fantasten. Aber er scheint auch eine gewisse Sturköpfigkeit zu besitzen. Beides zusammengenommen könnte zum Erfolg führen.«

»Und was würde einen solchen Erfolg ausmachen?«

»Das liegt im Auge des Betrachters«, antwortete Vanessa achselzuckend.

»Was allerdings für sich genommen schon eine skandalöse Behauptung ist«, entgegnete Virginia.

Sie tat es schon wieder. Jeden einfach dahingesagten Satz nahm sie auseinander, bis er in sinnentleerte Worte zerfiel, um ihn dann mit ihrer eigenen zwingenden Logik aufzuladen.

Vanessa seufzte. Clive jedoch nahm Virginias Gedanken begeistert auf. »Nehmen wir den guten Geschmack als allgemeingültiges Ideal an, so haben wir es mit Bildern wie denen eines Gauguin mit dem abartigen Auswurf eines verwirrten Geistes zu tun.«

Interessant, dachte Vanessa. So hatte er es Fry gegenüber nicht ausgedrückt. Wen wollte er nun mehr beeindrucken, Roger Fry oder Virginia?

»Und jeder Betrachter, der anderes behaupten würde, wäre selbst ein verwirrter Geist«, sagte Virginia mit diesem feinen Lächeln, das auf Menschen, die sie nicht kannten, so einschüchternd wirken konnte.

Clive sah hingerissen auf sie hinunter. »Dessen Meinung zu akzeptieren einem Skandal gleichkäme.«

Der Umgang mit Virginia schien bei ihm das Bedürfnis zu verstärken, sich in jeder Sekunde als geistreich und eloquent beweisen zu müssen. Früher waren seine Einwürfe deutlich profaner, seine Gedanken weit weniger philosophisch gewesen. »Erfolg ist also nur dann Erfolg, wenn er demjenigen zuteil wird, der uns schöne Dinge zeigt …«

»Wobei *schön* das ist, was wir alle kennen und als solches abgesegnet haben«, vollendete Virginia das gemeinsame Gedankenexperiment.

»Seid ihr fertig?«, fragte Vanessa müde und erhob sich. »Willst du schon schlafen gehen?« Clive sah sie nicht einmal an, während er das sagte.

»Nein. Ich brauche noch etwas zu trinken, um euren klugen Gedanken folgen zu können«, gab sie zurück.

»Julian hat übrigens seine Vorlieben für Lexika entdeckt.« Virginia griff nach ihrer Hand, als Vanessa an ihrem Sessel vorbei zum Sideboard ging, wo sie sich den letzten Rest Scotch einschenkte. Sie sollte keinen Alkohol trinken, aber heute half die wohltuende Wärme in der Kehle gegen die brodelnde Unruhe in ihrem Körper, von der sie nicht wusste, wem sie sie mehr anlasten sollte: Clive und Virginia oder Roger Fry.

»So, hat er?«, fragte sie, ohne Virginia anzusehen.

»Ich musste ihm die kompliziertesten Wörter vorlesen und er konnte sich kaum halten vor Lachen.«

»Dann hat er vielleicht das literarische Gen seines Vaters geerbt«, sagte Clive und zwinkerte Virginia zu.

»Ich hoffe nicht.« Virginia lachte laut auf, ein glockenheller Ton, der von ihr in letzter Zeit nur allzu selten zu hören war.

»Willst du vielleicht damit andeuten, dass meine literarischen Ergüsse nicht deinen Qualitätsansprüchen genügen?«

»Ergüsse?«, fragte Vanessa. »Wo wären die zu finden? Habe ich etwas verpasst?«

»Kann es sein, dass seine Ergüsse sich in andere Schöße er…«, setzte Adrian mit einem anzüglichen Grinsen an, doch Duncan brachte ihn mit einem Hieb in den Nacken zum Schweigen.

»Seht ihr? Er kann sich einfach nicht anständig benehmen.« Virginia zeigte anklagend auf Adrian, der auf dem Boden saß, direkt neben Duncans lang ausgestreckten Beinen. Die beiden saßen so eng beieinander, dass Vanessa überlegte, ob sie mittlerweile auch das Bett teilten. Bei Gelegenheit würde sie Duncan fragen.

»Und mit einem solchen Flegel muss ich zusammenwohnen«, empörte Virginia sich.

Adrian feixte ungeniert.

»Seit wann scheren wir uns um Anstand?«, fragte Vanessa

und ließ sich auf der zweiten Armlehne des Sessels nieder, in dem Virginia saß. Sie lächelte über Virginias Kopf hinweg Clive an, dessen Nacken und Ohren rot angelaufen waren. Es war mittlerweile ein offenes Geheimnis, dass er nicht nur Virginia vergötterte, sondern auch noch eine Geliebte hatte, die er regelmäßig besuchte. Vanessa ging stillschweigend darüber hinweg. Was hätte sie auch tun sollen? Sie war nicht nur zu stolz, ihn zur Rede zu stellen und an sein Treuegelöbnis zu erinnern, es widersprach auch dem hohen Wert, den sie der Toleranz beimaß. Wenn er meinte, bei einer anderen Frau Dinge zu finden, die sie ihm nicht geben konnte, dann sollte er das tun. Es gab ihr die Freiheit, genau das zu tun, was ihr beliebte. Nur leider war das im Moment auf einen sehr kleinen Radius beschränkt, weil Julian noch klein und sie schon wieder schwanger war.

Virginia drehte Clive den Rücken zu und schmiegte sich an Vanessa. »Und wie findest du ihn, diesen Roger Fry? Wie sieht er aus? Ist er attraktiv?«

Vanessa lächelte verschwörerisch und ließ sich von der Armlehne in den Sessel rutschen. Virginia rückte beiseite und schubste so beinahe Clive von der Lehne. Mit säuerlicher Miene stand er auf und setzte sich neben Duncan, der von einer Ausstellung erzählte, die er mit Lytton besucht hatte.

»Das Beste an ihm ist seine Stimme«, sagte Vanessa leise. »So warm und beruhigend und zugleich … irgendwie männlich.«

»Männlich? Meinst du … erotisch?« Virginias Stimme schraubte sich in die Höhe und alle drei Männer sahen vom Sofa zu ihnen herüber. Clive runzelte die Stirn.

Vanessa wiegte den Kopf hin und her. Sie genoss den Moment. Oh, wie sehr sie ihn genoss!

»Nun«, sagte sie und sah Virginia zum ersten Mal an diesem Abend frei und offen an. »Das weiß ich noch nicht. Aber ich werde es herausfinden.«